本书出版支持单位

汉语海外传播河南省协同创新中心

河南省汉语国际推广汉字文化基地

安阳师范学院汉字文化研究中心

安阳师范学院文学院中国语言文学河南省重点学科

甲骨文信息处理河南省特色骨干学科建设学科（群）

河南浚县方言民谣志

郑献芹 著

社会科学文献出版社
SOCIAL SCIENCES ACADEMIC PRESS (CHINA)

郑献芹

安阳师范学院文学院教授，硕士研究生导师。1986 年毕业于河南大学中文系，2006 年获武汉大学文学硕士学位。主要从事现代汉语词汇与方言研究。在《修辞学习》《中州学刊》《河南大学学报》《河南师范大学学报》《汉字文化》等期刊发表论文 30 余篇，出版专著 1 部，主编、参编教材多部。主持或参与省部级以上项目多项。

序　一

流行于民间的歌谣，历史悠远，内容丰富，具有深厚的地域、民俗文化内涵。"故三代遣𫐐轩使者，经绝域，采方言，令人君不出户牖而知异俗之语耳。"（宋·苏颂《苏魏公文集·校风俗通义题序》）可见，远在周秦时期，朝廷即派使者到各地收集方言歌谣，借以观民风、察民俗。作为一种特殊的民间文学形式，民谣言辞朴实，情感真实，通俗易懂，生动有趣，节奏鲜明，易于吟诵，口耳相传而生生不息，虽难登"大雅之堂"，却"深入民心"，能充分表达劳动人民的思想感情、意志、要求和愿望。

文学是社会生活的反映，民谣则是社会生活最直接、最及时的反映。因而，有什么样的社会生活，就会产生什么样的民谣。随着社会生活的发展变化，旧民谣逐渐衰亡，新民谣渐次产生，既符合社会发展的一般规律，也与现实生活的必然要求相适应。民谣不仅具有强烈的时代性，而且具有鲜明的地域性。优秀的民谣作品，在如实反映一个时期历史风貌的同时，被打上地域文化、风土人情的鲜明烙印。

社会生活的变化越大，民谣代谢的速度就越快。改革开放四十多年来，我国的社会面貌发生了翻天覆地的巨变，作为反映20世纪70年代之前一个历史时期的传统民谣，因日益疏离人们的日常生活而加速衰亡。如果我们不对这一时期的民谣进行抢救性搜集整理而任其自生自灭，必将造成这种文化资源不可弥补的损失。

浚县，是河南省唯一一座县级国家历史文化名城。其悠久的历史、灿烂的文化，孕育了丰富的民谣资源。献芹老师生于浚县，长于浚县，对家乡文化情有独钟。有感于浚县传统民谣的濒临消亡，遂不辞辛劳，深入民间，广泛调查，精心整理，历时数载，撰写了这部地域文化特色鲜明的《河南浚县方言民谣志》。

《河南浚县方言民谣志》有两个突出特点。

其一，内容丰富，覆盖面广。这本书照实收录了浚县民间歌谣共829条，可谓搜罗富赡。它涉及民众生活的各个方面，包括风物人情、历史掌故、民间信仰、婚姻家庭、生产劳动、时令节气等，反映了极其丰富的本土文化，不仅有利于读者对浚县风土人情、民俗民风的了解，而且有利于促进乡土文化的传承，同时，也为民俗与民间文学研究提供了丰富、可靠的资料。

其二，记录用字得当，注音准确规范。民谣主要靠口耳相传，又是用民间俗语而作成，因此有些词语要如实记录下来并非易事，特别是口语化带来的音变，常常令人无从下手，若没有扎实的语言学尤其是方言学基础，是很难做到的。这本书在采用国际音标对所收民谣逐行逐字进行注音的基础上，还对涉及的特殊音变现象一一标注、说明其语法意义，客观展现了浚县方言的基本面貌，能够使其突破地域的限制，让读者不仅知其义，而且知其音，提高了全书的科学性和实用性，更重要的是它为豫北方言研究提供了一种可资参考的材料。

民谣是地域文化的重要载体，是我们了解和认识不同时代人们生产和生活的珍贵资料。《河南浚县方言民谣志》一书把方言调查和语汇、民俗研究结合起来，具有创新意义和推广价值，为社会语言学、方言学、民俗学等研究及弘扬中华民族优秀民间文化做出了贡献。献芹老师的辛勤努力，一定会得到浚县父老乡亲和广大读者的认可！

张生汉

2021 年 4 月 16 日于开封寓所

序　二

因为我是浚县人，郑献芹教授就将她的新作《河南浚县方言民谣志》拿来给我看，并要我提出意见。提意见不敢，但可以先睹为快。

谁知一看，竟然放不下手了。为啥呀？这里竟然都是我熟悉的歌谣，那歌谣中描述的内容和情景，都是我当年在家乡时经历的、熟悉的；这些歌谣，随着岁月的流逝，大多忘记了，就像忘记了故乡的水坑、老树、土路……一样，今天一读这本书稿，仿佛一下子回到了故乡，看见了那些多年不见的老屋、水井……，听到了早已远逝了的碓杆声、羊咩声……，于是，就一下子回到了家乡的深情当中去了！

现在，有人写家乡干涸了的水井，有人写家乡快要坍塌了的老屋，有人写故乡的空心村……，以此来寄托乡思、乡情、乡愁，哪里能比得上郑献芹教授独辟蹊径，搜集的一大本家乡歌谣中所包含的乡情浓厚而深重呢！

"长恨春归无觅处，不知转入此中来！"

故乡的温馨、苦难和春夏秋冬，儿时的欢乐、享受和日月星辰，那么多那么多情感……，竟然都可以在《河南浚县方言民谣志》中找到。此书对浚县民间文化资源的发掘和传承，功不可没！

这算我读了《河南浚县方言民谣志》一书的感想和收获吧，也算我写给这本即将付梓的书的序言吧！

周国瑞

2021 年 4 月 16 日于安阳

凡 例

一 立目

1. 本书共收录浚县方言民谣 829 条（含谜语谣）。

2. 标题大部分为作者所加。其中，部分谜语谣因难拟题目，本书暂以谜底命名。

3. 各条目的编排体例均为"条目—注音—释义"。

二 排序

条目按标题排序。几点说明：

1. 按标题的首字音序排序。首字声韵相同而声调不同的，按阴平、阳平、上声、去声的顺序排列。首字是同一个音节的，按第二个字的音序排列，依次类推。首字变韵或首字不明的，一律排在原韵母之后。

2. 标题完全相同的，加注序号以示区别，再按正文的首字音序排列。

三 注音

1. 注音一律采用国际音标；为节省篇幅，音标外不再加 [ ]。

2. 浚县话零声母在音节中不予标注，如：娃娃 ua^{42}ua^0。

3. 声调标注采用调值标记法。轻声调值标作 0，如：月亮 yɛ^{24}lian^0。变调标注在原调之后，中间用"｜"隔开，如：不会 pu$^{24｜42}$xuei^{213}。

4. 用上标"D"表示动词、形容词、介词和地名变韵，如：添 ^{D}t'iæ^{24}、好 ^{D}xo^{55}、比 ^{D}pie^{55}、张 ^{D}庄 tʂæŋ^{24}tʂuaŋ^0。用上标"D-0"表示零形式的 D 变韵，如：坐 $^{D-0}$那儿 tsuə^{213}nɐr^0。

5. 用上标"Z"表示子变韵，如：帽 ᶻ mæu²¹³。用上标"Z-0"表示零形式的子变韵，如：秃 ᶻ⁻⁰ t'u²⁴。

6. 用上标"H"表示词语合音，如：里 ᴴ liou⁵⁵（"里头"的合音）。

四 释义

1. 主要对浚县风土人情及其涉及的人、物、典故和较为难懂的词语等进行解释。另外，对字面表意不明确的谜语谣进行解释。

2. D 变韵中动词、形容词变韵的语法意义逐一随文解释；介词变韵、地名变韵在浚县方言中为凝固性的，不表语法意义，不作解释。

3. 浚县方言中作 Z 变韵的均相当于普通话的"子尾词"，不作一一解释。

4. 合音词一般只在其首次出现的条目中进行解释，不再一一随文解释。

五 其他

1. 用字尽量选用本字，但按实际发音标注读音，如：白日儿 pɛ⁴² iər⁰、尿鳖 niau²¹³ piau²⁴。

2. 本字不详或无从考证的，用同音字代替（凡同音字一律在下边加单波浪线表示，如：麦麦 mɛ²⁴ mɛ⁰）。如果没有同音字，则用□表示其书写形式，用国际音标标注其实际读音，如：□ tsʅə²¹³。

3. 有一些字的读音，或是保留了较早时期的读法，或是在语流中产生了音变，与新派或单念时的读法存在一定的差别，本书一律按百姓口语中的实际读音标注，如：牛 ou⁴²、和尚 xuə⁴² tʂ'æŋ⁰、黄鼠狼 ᶻ xuai⁴² ʂʅ⁰ læŋ²⁴、打发 ta⁵⁵ pa⁰、埋怨 man⁴² yan²¹³、糊涂 xu⁴² tu⁰、龙抬头 lyŋ⁴² t'ai⁴² t'ou⁴²、抱娃娃 pu²¹³ ua⁴² ua⁰、耀月亮 ʐau²¹³ yɛ²⁴ liaŋ⁰。

4. 对于重复出现的各类词语，一般只在其首次出现的条目中进行解释。

5. 凡谜语谣均在标题后加"*"标示。

6. 为便于理解，正文前附有"浚县方言声韵调""浚县方言的音变"和"浚县方言常用词语例释"。

目　录

浚县方言声韵调

浚县位于河南省北部，隶属鹤壁市。东与滑县相邻，南与延津、卫辉接壤，西与淇县、鹤壁市相望，北与汤阴、内黄搭界。

浚县的北部、西部、西南部都与晋语区搭界，但浚县方言没有保留入声。根据贺巍[①] 和《中国语言地图集》[②] 的划分，浚县方言属于中原官话的郑开片。本书所记语音为浚县县城所在地城关镇的情况。

一 声母

浚县方言共有 22 个声母（包括零声母），见表 1。

表 1 浚县方言声母

p	p'	m	f	
t	t'	n		l
ts	ts'		s	
tʂ	tʂ'		ʂ	ʐ
tɕ	tɕ'		ɕ	
k	k'		x	
ø				

说明：

①所有声母一律按实际读音标注。

②辛永芬[③] 认为浚县方言还有一个 ɣ 声母；李琳[④] 认为老派发音人

---

① 见贺巍《河南山东皖北苏北的官话》，《方言》1985 年第 3 期。

② 中国社会科学院语言研究所等：《中国语言地图集》（第 2 版），商务印书馆，2012。

③ 参见辛永芬《河南浚县方言的动词变韵》，《中国语文》2006 年第 1 期。

④ 李琳：《河南浚县方言俗语志》，中国社会科学出版社，2020。

浊音色彩比较明显，新派发音人大部分都读成零声母了，可以记作零声母。我们认为，ɣ声母与零声母在听觉上很难分辨，且这样的音节仅为少数，本书也作零声母处理。

二　韵母（42个）

浚县方言共有42个韵母，如表2所示。

表2　浚县方言韵母

ʅ		i	u	y
ʅ	ʅə			
a		ia	ua	
ə			uə	yə
ɚ				
ɛ		iɛ	uɛ	yɛ
ʮ	ʮə			
ai			uai	
ei			uei	
au		iau		
ou		iou		
an		ian	uan	yan
ən		in	uən	yn
aŋ		iaŋ	uaŋ	
əŋ		iŋ	uəŋ	yŋ

说明：

①后元音 ɑ 记作 a。

②ə 在 ʅə / ʮə 中的实际音值是 ɘ，本书统一记作 ə。

③yən / iəŋ/ yəŋ 分别记作 yn/ iŋ/yŋ。

④其他韵母按实际读音标注。

三 声调表

浚县方言单字调共有四个，如表 3 所示。

表 3 浚县方言单字声调

调类	调值	例字	
阴平	24	淹 ian^{24}	支 tʂʅ^{24}
阳平	42	盐 ian^{42}	直 tʂʅ^{42}
上声	55	眼 ian^{55}	纸 tʂʅ^{55}
去声	213	咽 ian^{213}	志 tʂʅ^{2213}

浚县方言的音变

音变，指的是音素、音节、声调等在语流中发生变化的现象。浚县方言的音变现象非常突出，主要有：变韵、合音、变调。

一 变韵

在实际语言运用中，名词、动词、形容词等通过变韵来表示语法意义是浚县方言的一大特色。浚县方言的变韵"具有普遍性，但不具有周遍性，不能任意类推"。[①]浚县方言的儿化韵、Z 变韵和 D 变韵（见表 4、表 5、表 6）都是由基本韵变来的，并且与基本韵之间有成系统的整齐的对应关系。

（一）儿化韵 [①]

表 4　浚县方言儿化韵 *

基本韵母	儿化韵母	例　字	基本韵母	儿化韵母	例　字
a	ɐr	把儿 pɐr²¹³	ɿ	ər	籽儿 tsər⁵⁵
aŋ		岗儿 kɐr⁵⁵	ʅ		事儿 ʂər²¹³
ɛ	or	黑儿 xor²⁴	ei	ər	辈儿 pər²¹³
ai		孩儿 xor⁴²	ou		头儿 tʻər⁴²
au		膏儿 kor²⁴	ən		门儿 mər⁴²
an		摊儿 tʻor²⁴	əŋ		风儿 fər²⁴

---

① 李琳：《河南浚县方言俗语志》，中国社会科学出版社，2020。

基本韵母	儿化韵母	例 字	基本韵母	儿化韵母	例 字
ə	ɣr	蛾儿 ɣr⁴²	u		路儿 luər²¹³
ʅə	ʅɣr	车儿 tʂʻʅɣr²⁴	ʅ		猪儿 tʂuər²⁴
i		皮儿 pʻiər⁴²**	uei	uər	味儿 uər²¹³
iou	iər	球儿 tɕʻiər⁴²	uən		棍儿 kuər²¹³
in		劲儿 tɕiər²¹³	uəŋ		种儿 tʂuər⁵⁵
iŋ		影儿 iər⁵⁵	ʅə	ʅɣr	小说儿 ʂʅɣr²⁴
ia	iɐr	架儿 tɕiɐr²¹³	uə	uɣr	锅儿 kuɣr²⁴
iaŋ		想儿 ɕiɐr⁵⁵	ua		洼儿 uɐr²¹³
iɛ	iɣr	叶儿 iɣr²⁴	uaŋ	uɐr	筐儿 kʻuɐr²⁴
iau	ior	苗儿 mior⁴²	uai		块儿 kʻuor²¹³
ian		烟儿 ior²⁴	uan	uor	弯儿 uor²⁴
y		曲儿 tɕʻyər²⁴***	yɛ		月儿 yɣr²⁴
yn	yər	裙儿 tɕʻyər⁴²	yə	yɣr	药儿 yɣr²⁴
yŋ		熊儿 ɕyər⁴²	yan	yor	圈儿 tɕʻyor²⁴

注：*表4、表5、表6三个表均转引自李琳《河南浚县方言俗语志》（中国社会科学出版社，2020）。根据方言实际，略有改动。

** "皮儿" 又音 pʻiɐr⁴²。

*** "曲儿" 又音 tɕʻyɛr²⁴。

说明：

① ər /uɛ 没有儿化韵。

② 不变韵母和可变韵母经过整合形成了一个独立的儿化韵系统，韵母由原来的 42 个变为 19 个（含 ər /uɛ）。

（二）Z变韵

表5 浚县方言Z变韵

基本韵母	Z变韵母	例 字	基本韵母	Z变韵母	例 字
a	æu	渣 tʂæu²⁴	ə	ɣau	鸽 kɣau²⁴
au		帽 mæu²¹³	uə	uau	桌 tʂuau²⁴
ɿ	ɿau	丝 sɿau²⁴	uan	uæ	橡 tʂʻuæ⁴²
ʅ	ʅau	虱 ʂʅau²⁴	uaŋ	uæŋ	筐 kʻuæŋ²⁴
ʅə		车 tʂʻʅau²⁴	i	i:au	鸡 tɕi:au²⁴
ʮ	ʮau	黍 ʂʮau⁵⁵	iɛ		茄 tɕʻi:au⁴²
ɛ	ɛau	塞 sɛau²⁴	ia	iæu	架 tɕiæu²¹³
ai		带 tɛau²¹³	iau		瓢 pʻiæu⁴²
ei		痱 fɛau²¹³	ian	iæ	钳 tɕʻiæ⁴²
an	æ	憨 xæ²⁴	iaŋ	iæŋ	酱 tɕiæŋ²¹³
aŋ	æŋ	鞋帮 pæŋ²⁴	yan	yæ	院 yæ²¹³
ua	uæu	刷 ʂuæu²⁴	y*		话絮 ɕyau²¹³
uai	uɛau	筷 kʻuɛau²¹³	yɛ	yau	瘸 tɕʻyau⁴²
uei		穗 suɛau²¹³	yə		角 tɕyau²⁴

注：* y韵母的Z变韵形式我们仅发现三例：半语 yau⁵⁵、话絮 ɕyau²¹³、小鱼 yau⁴²。半语 yau⁵⁵：指人说话口齿不清，医学上称为构音障碍。话絮 ɕyau²¹³：本义为话语很多，多用于指言行不当而为他人留下话柄或说笑的由头。小鱼 yau⁴²：仅见于极少数老年人口中。

说明：

①u/ər/ʮə/ou/iou/ən/in/uən/uɛ/yn/əŋ/iŋ/uəŋ/yŋ 等14个韵母，或没有Z变韵形式，或作零形式Z变韵（Z变韵母与原韵母形式相同），表5内未列变韵形式及例字。

②Z变韵母的读音主要以原韵母为条件。

（三）D 变韵

表6　浚县方言 D 变韵

基本韵母	D变韵母	例字	基本韵母	D变韵母	例字
i	iɛ	急 ^{D}tɕiɛ^{42}	uai	uɛ	坏 ^{D}xuɛ^{213}
in		聘 ^{D}p'iɛ^{213}	uei		碎 ^{D}suɛ^{213}
u	uə	扶 ^{D}fuə^{42}	uən		顺 ^{D}ʂuɛ^{213}
ɿ	ɿə	死 ^{D}sɿə^{55}	an	æ	慢 ^{D}mæ^{213}
ʅ	ʅə	吃 ^{D}tʂ'ʅə^{24}	ian	iæ	扁 ^{D}piæ^{55}
ʮ	ʮə	除 ^{D}tʂ'ʮə^{42}	uan	uæ	晚 ^{D}uæ^{55}
ai	ɛ	盖 ^{D}kɛ^{213}	yan	yæ	全 ^{D}tɕ'yæ^{42}
ei		给 ^{D}kɛ^{55}	y	yɛ	锯 ^{D}tɕyɛ^{213}
ən		跟 ^{D}kɛ^{24}	yn		训 ^{D}ɕyɛ^{213}
au	o	饱 ^{D}po^{55}	aŋ	æŋ	当 ^{D}tæŋ^{55}
ou		守 ^{D}ʂo^{55}	iaŋ	iæŋ	想 ^{D}ɕiæŋ^{55}
əŋ		坑 ^{D}k'o^{24}	uaŋ	uæŋ	慌 ^{D}xuæŋ^{24}
iau	io	漂 ^{D}p'io^{24}	uəŋ	uo	红 ^{D}xuo^{42}
iou		丢 ^{D}tio^{24}	yŋ	yo	用 ^{D}yo^{213}
iŋ		听 ^{D}t'io^{24}			

说明：

①a/ə/ɛ/ɿə/ʮə/ər/ia/iɛ/ua/uə/yɛ/yə/uɛ 等 13 个韵母，或没有 D 变韵形式，或作零形式 D 变韵（D 变韵母与原韵母形式相同），表 6 内未列变韵形式及例字。

②D 变韵母的读音主要以原韵母为条件。

③D 变韵适用的对象主要是谓词，同时包括小地名中的姓氏名词、个别介词等。谓词变韵是动态的，同一个谓词的 D 变韵形式在不同的句法格式中可以表示多种语法意义；而介词变韵、地名变韵是静态的（固定的），没有语法意义。

④后鼻音韵母变韵后，韵腹带有明显的鼻化色彩。为标音方便，本书不作标示。

二 合音

合音，即两个音节由于受语流结构和语流速度的影响而合为一个音节的音变现象。浚县方言的词语合音现象比较复杂，这里仅列举使用频率较高的几种合音现象。

（一）数量词合音

主要有两种情况。

第一，个位数词与量词"个"常常合为一个音节；合音之后，除"两个"可写作"俩"、"三个"可写作"仨"、"八个"可写作"八"之外，其他的都有音无字；主要有以下十个。

一个——□ yə²⁴　　　　　两个——俩 lia⁵⁵

三个——仨 sa²⁴　　　　　四个——□ ʂʅə²¹³

五个——□ ŋuə⁵⁵　　　　　六个——□ liɔ²¹³

七个——□ tɕʻiɛ²⁴　　　　八个——八[1] pa²⁴

九个——□ tɕiɔ⁵⁵　　　　十个——□ ʂʅə⁴²

第二，数词"十"与量词"个"常常合为一个音节，音 ʂʅə⁴²；当"十个"处在十位整数后边时，变读为 ʂo²⁴；除了没有"一十个"之说外，其他的主要有以下九个。

二十个——ər²¹³ ʂo²⁴　　　三十个——san²⁴ ʂo²⁴

四十个——sʅ²¹³ ʂo²⁴　　　五十个——u⁵⁵ ʂo²⁴

六十个——liou²¹³ ʂo²⁴　　七十个——tɕʻi²⁴ ʂo²⁴

八十个——pa²¹³ ʂo²⁴　　　九十个——tɕiou⁵⁵ ʂo²⁴

几十个——tɕi⁵⁵ ʂo²⁴

（二）方位词合音

里头[2]：li⁵⁵ tʻou⁰——liou⁵⁵　　底下：ti⁵⁵ ɕia⁰——tiɛ⁵⁵/ tia⁵⁵

地下：ti²¹³ ɕia⁰——tiɛ²¹³/ tia²¹³　身上：ʂən²⁴ ʂaŋ⁰——ʂæ²⁴

顶上：tiŋ⁵⁵ ʂaŋ⁰——tio⁵⁵

---

[1] 我们认为，"八"当为"八个"的零形式合音。

[2] "里头"合音也作"liou⁵⁵ tʻou⁰"，本书记作"里ᴴ"。

（三）动词合音

起来：tɕʻi⁵⁵ lai⁰——tɕʻiai⁵⁵　　　　出来：tʂʻʯ²⁴ lai⁰——tʂʻuai²⁴

知道：tʂʅ²⁴ ⁴² tau²¹³——tʂo²⁴　　　　做啥：tsu²¹³ ʂa⁵⁵——tsuai⁴² / tsua⁴²

（四）语助词合音

嘞呀：lɛ⁰ ia⁰——lia⁰　　　　了呀：lə⁰ ia⁰——lia⁰

嘞哟：lɛ⁰ io⁰——lio⁰　　　　不了：pu⁰ liau⁰——puə⁰

不得：pu⁰ tɛ⁰——puə⁰

（五）其他

日头：zʅ²¹³ tou⁰——zou²⁴　　　　没了：mu⁴² lə⁰——mə⁴² / mæ²⁴

几个：tɕi⁵⁵ kə²¹³——tɕiɛ⁵⁵　　　　弟兄们：ti²¹³ ɕyŋ⁰ mən⁰——tiɛ²¹³ mɚ⁰

另外，næŋ⁵⁵ 疑为疑问代词"哪厢""哪里"的合音，□ tsʅə²¹³ 疑为人称代词"自个儿""自家"的合音，待考。

三　变调

浚县方言的变调主要包括：两个音节连读时前一音节的变调；数词"一""三""七""八"的变调；副词"不""都""光"的变调；合音词"出ᴴ"的变调；等等。

主要变调规则及标注示例见表7。

表7　浚县方言的主要变调规则及标注示例

规　　则	标　注　示　例
55＋55——42＋55	打鼓 ta⁵⁵ ⁴² ku⁵⁵ 满脸 man⁵⁵ ⁴² lian⁵⁵
55＋0——42＋0	指头 tʂʅ⁵⁵ ⁴² tʻou⁰ 老鼠 lau⁵⁵ ⁴² ʂʯ⁰
"一／三／七／八"在213前变42	一步 i²⁴ ⁴² pu²¹³ 三句 san²⁴ ⁴² tɕy²¹³ 七岁 tɕʻi²⁴ ⁴² suei²¹³ 八遍 pa²⁴ ⁴² pian²¹³
"不／都／光／只"在213前变42	不会 pu²⁴ ⁴² xuei²¹³ 都是 tou²⁴ ⁴² ʂʅ²¹³ 光大儿嘞 kuaŋ²⁴ ⁴² tɚ²¹³ lɛ⁰ 只要 tʂʅ²⁴ ⁴² iau²¹³

续表

规　则	标 注 示 例
"出 H" 在语流中变 55 或 0	练不出 H lian²¹³ pu⁰ tʂʻuai²⁴ | 55 说出 H ʂʅə²⁴ tʂʻuai⁰
介词"给 D"在语流中变 213	给 D 他说说 kɛ⁵⁵ | ²¹³ tʻa⁰ ʂʅə²⁴ ʂʅə⁰ 给 D 猫攒 D 嘞 kɛ⁵⁵ | ²¹³ mau⁴² tsæ⁵⁵ lɛ⁰
"知"在"知道"中变 42	知道 tʂʅ²⁴ | ⁴² tau²¹³
"老"在 42/55 前变 24	老婆儿 lau⁵⁵ | ²⁴ pʻor⁴² 老马 lau⁵⁵ | ²⁴ ma⁵⁵

浚县方言常用词语例释

一 代词

□ tʂʅə²¹³：人称代词，自己。

□ iæ⁴²：人称代词，人家、别人。

恁 nən⁵⁵：人称代词，你、你们。

□ tʂən⁴²/ tʂən⁵⁵：指示代词，用于指示程度，相当于普通话的"这么"；除"□些 tʂən⁴² ɕiɛ⁰ /tʂən⁵⁵ ɕiɛ⁰"外，后边只能跟形容词。

□们 tʂən⁴² mən⁰：同 tʂən⁴²。

□ nən²¹³：指示代词，用于指示程度，相当于普话的"那么"；除"□些 nən²¹³ ɕiɛ⁰"外，后边只能跟形容词。

□们 nən²¹³ mən⁰：同 nən²¹³。

这 ᴴ tʂæŋ⁵⁵：指示代词，这边、这里。

那 ᴴ næŋ²¹³：指示代词，那边、那里。

哪 ᴴ næŋ⁵⁵：疑问代词，哪边、哪里。

咋 tsa⁵⁵：疑问代词，怎么、如何。

咋着 tsa⁵⁵ tʂuə⁰：疑问代词，怎么、如何。

二 副词

没 mu⁴²：①相当于普通话中的"没有"。②不能用在句末，不能单独回答问题，但能在句中作状语或动语（此时可与"冇 mau²⁴"互换）。

冇 mau²⁴：①相当于普通话中的"没有"。②可以用在句末，可以单独回答问题。

没冇 mu⁴²mau²⁴ / mu⁴²mau⁰：①相当于普通话中的"没有"。②一般不用在句末，但可以单独回答问题。③大多数时候可与"没 mu⁴²""冇 mau²⁴"自由替换。④使用频率远远低于"冇 mau²⁴""没 mu⁴²"，仅见于老年人口语中。

都 tou²⁴：①范围副词，表总括。②又音 tou²¹³，相当于普通话的副词"就"。

光 kuaŋ²⁴：只、单、仅。

□ t'iɛ²⁴：表示程度极高，相当于普通话的副词"太"。

白 pɛ⁴²：①不要。②不必、不用，相当于普通话的副词"甭"。③徒然、无代价，相当于普通话的副词"白"。

三 时间名词

夜个 iɛ²¹³kə⁰：昨天；也作"夜儿个 ior²¹³kə⁰"。

今ᴰ个 ① tɕiɛ²⁴kə⁰：今天；也作"今儿个 tɕiər²⁴kə⁰"。

明ᴰ个 mɛ⁴²kə⁰：明天；也作"明个 miŋ⁴²kə⁰"。

过明ᴰ个 kuə²¹³mɛ⁰kə⁰：后天；也作"过明个 kuə²¹³miŋ⁰kə⁰"。

黑价 xɛ²⁴tɕia⁰：夜里；又音"xɛ²⁴tɕiɛ⁰"。

白日儿 pɛ⁴²iər⁰：白天。

□ᴰtɕ'iæŋ²⁴：早上；可与"□ᴰ起ᴰtɕ'iæŋ²⁴tɕ'iɛ⁵⁵"自由替换。

□ᴰ起ᴰtɕ'iæŋ²⁴tɕ'iɛ⁵⁵：早上，可与"□ᴰtɕ'iæŋ²⁴"自由替换。

□ᴰ起儿 tɕ'iæŋ²⁴tɕ'iər⁵⁵：早上，同"□ᴰ起ᴰtɕ'iæŋ²⁴tɕ'iɛ⁵⁵"。

□ᴰxo²¹³ ②：晚上，可与"□ᴰ黑 xo²¹³xɛ²⁴"自由替换。

□ᴰ黑 xo²¹³xɛ²⁴：傍晚、晚上，可与"□ᴰxo²¹³"自由替换。

晌ᴰ午 ʂæŋ²¹³u⁴²：上午、中午；又音"ʂæŋ⁴²u⁰"。

后半儿 xou²¹³por⁰：下午。

傍黑儿 paŋ²⁴xor²⁴：傍晚；也作"落黑儿 luə²⁴xor²⁴"。

将将儿 tɕiaŋ²⁴tɕiər⁴²：刚刚。

① "今ᴰ个、明ᴰ个、过明ᴰ个、□ᴰ起ᴰ、□ᴰ黑、晌ᴰ午"等时间名词，究竟是变韵还是合音，待详考。本书暂且记作 D 变韵。

② □ᴰxo²¹³：老年人口中也作"xæŋ²¹³"。

样^z窝儿 iæŋ²¹³ uor⁰：现在。

四 语助词

着 tʂʅ⁰：①结构助词，表示动作、状态的持续。②用于动词之后表示达到目的或有了结果。

嘞 lɛ：结构助词、语气词，相当于普通话的"的、地、得、呢、哪"等；其读音受前一音节的影响而发生音变，当前一音节的韵尾是"n"时，变读为"nɛ"。

五 其他

做 tsu²¹³：动词。

在 kai²¹³：①动词，又音 tai²¹³ 或 tsai²¹³。②介词，又音 kɛ²¹³ 或 kei²¹³。

得 tɛ²⁴：①能愿动词，必须、应该。②形容词，满意、舒服。

不递^① pu²⁴ | ⁴²ti²¹³：不如，可与"不胜""不如"自由替换。

不胜 pu²⁴ | ⁴²ʂəŋ²¹³：不如，可与"不递""不如"自由替换。

---

① 递：推测本字应为"抵"或"敌"，待考。

A

俺嘞门前搭戏台 ①

椿树椿，槐树槐，	tʂ'uən²⁴ ʂʮ⁰ tʂ'uən²⁴ xuai⁴² ʂʮ⁰ xuai⁴²
俺嘞门前搭戏台。	an⁵⁵ nɛ⁰ mən⁴² tɕ'ian⁴² ta²⁴ ɕi²¹³ t'ai⁰
□嘞闺女都来了，	iæ⁴² lɛ⁰ kuei²⁴ ny⁰ tou²⁴ lai⁴² lə⁰
俺嘞闺女还没来。	an⁵⁵ nɛ⁰ kuei²⁴ ny⁰ xai⁴² mu⁴² lai⁴²
牵个毛驴儿去叫她，	tɕ'ian²⁴ kə⁰ mau⁴² lyər⁴² tɕ'y²¹³ tɕiau²¹³ t'a⁰
她嘞婆ᶻ不叫来。	t'a⁵⁵ lɛ⁰ p'au⁴² pu²⁴ ⌐ ⁴² tɕiau²¹³ lai⁴²

□：人家，别人。

俺娘领ᴰ俺串亲戚

俺家里，没吃嘞，	an⁵⁵ tɕia²⁴ li⁰ mu⁴² tʂ'ʮ²⁴ lɛ⁰
俺娘领ᴰ俺串亲戚。	an⁵⁵ niaŋ⁴² lio⁵⁵ an⁵⁵ tʂ'uan²¹³ tɕ'in²⁴ tɕ'i⁰
来到俺嘞姥姥家，	lai⁴² tau⁰ an⁵⁵ nɛ⁰ lau⁵⁵ lau⁰ tɕia⁰
姥姥姥爷逃荒去。	lau⁵⁵ lau⁰ lau⁵⁵ iɛ⁰ t'au⁴² xuaŋ²⁴ tɕ'y²¹³
哭声爹，叫声娘，	k'u²⁴ ʂəŋ²⁴ tiɛ²⁴ tɕiau²¹³ ʂəŋ²⁴ niaŋ⁴²
扑河死，河水长，	p'u²⁴ xə⁴² sʮ⁵⁵ xə⁴² ʂuei⁵⁵ tʂ'aŋ⁴²
跳井去，井水凉，	t'iau²¹³ tɕiŋ⁵⁵ tɕ'y²¹³ tɕiŋ⁵⁵ ⌐ ⁴² ʂuei⁰ liaŋ⁴²
趴ᴰ⁻⁰井台ᶻ上哭亲娘。	p'a²⁴ tɕiŋ⁵⁵ t'ɛau⁴² ʂaŋ⁰ k'u²⁴ tɕ'in²⁴ niaŋ⁴²

此谣描述的是旧社会穷人逃荒要饭的情景。领ᴰ：领着，动词变韵表持续义。趴ᴰ⁻⁰：趴到，动词变韵表终点义。

---

① 标题大部分为作者所加。

俺去沙地种芝麻

沙地里，沙地沙，　　　ṣa²⁴ ti⁰ li⁰ ṣa²⁴ ti⁰ ṣa²⁴

俺去沙地种芝麻。　　　an⁵⁵ tɕʻy²¹³ ṣa²⁴ ti⁰ tṣuaŋ²¹³ tṣʅ²⁴ ma⁰

忽然一阵大风刮，　　　xu²⁴ zaɳ⁵⁵ i²⁴|⁴² tṣən²¹³ ta²¹³ fəŋ²⁴ kua²⁴

把俺刮到丈人家。　　　pa²¹³ an⁵⁵ kua²⁴ tau⁰ tṣaŋ²¹³ zən⁰ tɕia⁰

大舅慌忙往里让，　　　ta²¹³ tɕiou²¹³ xuaŋ²⁴ maŋ⁴² uaŋ⁵⁵|⁴² li⁵⁵ zaŋ²¹³

二舅瞧见往里拉。　　　ər²¹³ tɕiou²¹³ tɕʻiau⁴² tɕian⁰ uaŋ⁵⁵|⁴² li⁵⁵ la²⁴

丈母娘一见不怠慢，　　tṣaŋ²¹³ mu⁰ niaŋ⁴² i²⁴|⁴² tɕian²¹³ pu²⁴|⁴² tai²¹³ man²¹³

搬ᴰ来个椅ᶻ俺坐下。　　pæ²⁴ lai⁰ kə⁰ iːau⁵⁵ an⁵⁵ tsuə²¹³ ɕia⁰

老丈爹一见俺来到，　　lau⁵⁵ tṣaŋ²¹³ tie²⁴ i²⁴|⁴² tɕian²¹³ an⁵⁵ lai⁴² tau²¹³

又递烟来又倒茶。　　　iou²¹³ ti²¹³ ian²⁴ lai⁰ iou²¹³ tau²¹³ tṣʻa⁴²

俺往里边ᶻ① 门口儿看，　an⁵⁵ uaŋ⁵⁵|⁴² li⁵⁵ pæ⁰ mən⁴² kʻər⁵⁵ kʻan²¹³

隔着纱帘ᶻ看见她：　　kɛ²⁴ tṣʯ⁰ ṣa²⁴ liæ⁴² kʻan²¹³ tɕian⁰ tʻa⁰

头发黑，不用墨染，　　tʻou⁴² fa⁰ xɛ²⁴ pu²⁴|⁴² yŋ²¹³ mei²⁴ zaɳ⁵⁵

脸皮儿白，不用粉搽，　lian⁵⁵ pʻiər⁴² pɛ⁴² pu²⁴|⁴² yŋ²¹³ fən⁵⁵ tṣʻa⁴²

嘴片ᶻ红，不用胭脂儿点，　tsuei⁵⁵ pʻiæ²¹³ xuaŋ⁴² pu²⁴|⁴² yŋ²¹³ ian²⁴ tṣər⁰ tian⁵⁵

两眉弯弯似月牙，　　　liaŋ⁵⁵ mei⁴² uan²⁴ uan²⁴ sʅ²¹³ ye²⁴ ia⁴²

一对儿大眼似秋水，　　i²⁴|⁴² tuər²¹³ ta²¹³ ian⁵⁵ sʅ²¹³ tɕʻiou²⁴ ṣuei⁵⁵

又像杏核仁儿两颗，　　iou²¹³ ɕiaŋ²¹³ ɕin²¹³ xu⁴² zər⁴² liaŋ⁵⁵ kʻə²⁴

不高不低中等个儿，　　pu²⁴ kau²⁴ pu²⁴ ti²⁴ tṣuaŋ²⁴ təŋ⁵⁵ kɤr²¹³

人才长嘞真不差。　　　zən⁴² tsʻai⁰ tṣaŋ⁵⁵ lɛ⁰ tṣən²⁴ pu²⁴ tṣʻa²⁴

都说西施长嘞好，　　　tou²⁴ ṣʯə²⁴ ɕi²⁴ ṣʅ²⁴ tṣaŋ⁵⁵ lɛ⁰ xau⁵⁵

俺嘞妻比她也不差。　　an⁵⁵ nɛ⁰ tɕʻi²⁴ pi⁵⁵|⁴² tʻa⁵⁵ iɛ⁵⁵ pu²⁴ tṣʻa²⁴

瞧见她来俺不由己，　　tɕʻiau⁴² tɕian⁰ tʻa⁵⁵ lai⁰ an⁵⁵ pu²⁴ iou⁴² tɕi⁵⁵

只觉浑身上下麻；　　　tṣʅ²⁴ tɕyə²⁴ xuən⁴² ṣən²⁴ ṣaŋ²¹³ ɕia²¹³ ma⁴²

要不是坐在椅子上，　　iau²¹³ pu²⁴|⁴² sʅ²¹³ tsuə²¹³ tsai²⁴ i⁵⁵ tsʅ⁰ ṣaŋ⁰

俺肯定摔个仰八叉。　　an⁵⁵ kʻən⁵⁵ tiŋ²¹³ ṣuai²⁴ kə⁰ iaŋ⁴² pɛ⁰ tṣʻa²⁴

---

① 　这里的"边"作ᶻ变韵，其来源及理据待考。

有心进去说句话，　　iou⁵⁵ ɕin²⁴ tɕin²¹³ tɕʻy⁰ ʂʮə²⁴ tɕy⁰ xua²¹³

可惜不是在俺家。　　kʻə⁵⁵ ɕi²⁴ pu²⁴∣⁴² ʂʮ²¹³ kai²¹³ an⁵⁵ tɕia²⁴

丈母娘问俺你瞧啥，　tʂaŋ²¹³ mu⁰ niaŋ⁴² uən²¹³ an⁰ ni⁵⁵ tɕʻiau⁴² ʂa⁵⁵

问嘞我一时没话答。　uən²¹³ nɛ⁰ uə⁵⁵ i²⁴ ʂʮ⁴² mu⁴² xua²¹³ ta²⁴

结结巴巴转话茬，　　tɕie²⁴ tɕiɛ⁰ pa⁵⁵ pa⁰ tʂuan⁵⁵ xua²¹³ tʂʻa⁴²

俺在沙地种芝麻。　　an⁵⁵ kai²¹³ ʂa²⁴ ti⁰ tʂuəŋ²¹³ tʂʮ²⁴ ma⁰

大舅：大舅子，即妻兄。　里边 ᶻ：里间。　嘴片 ᶻ：嘴唇。　搬 ᴰ：动词变韵仅作为单趋式中的一个强制性形式成分，不表实际意义。

熬寡难

熬寡难，有苦衷，　　au⁴² kua⁵⁵ nan⁴² iou⁵⁵∣⁴² kʻu⁵⁵ tʂuəŋ²⁴

熬寡最怕过寒冬。　　au⁴² kua⁵⁵ tsuei²¹³ pʻa²¹³ kuə²¹³ xan⁴² tuəŋ²⁴

抻 ᴰ 腿儿睡，　　tʂʻɛ²⁴ tʻuər⁵⁵ ʂei²¹³

那头儿冷；　　na²¹³ tʻər⁴² ləŋ⁵⁵

蜷 ᴰ 腿儿睡，　　tɕʻyæ⁴² tʻuər⁵⁵ ʂei²¹³

腿弯儿疼。　　tʻuei⁵⁵ uor²⁴ tʻəŋ⁴²

睡不着，点着灯，　　ʂei²¹³ pu²⁴ tʂuə⁴² tian⁵⁵ tʂuə⁴² təŋ²⁴

灯瞧我，我瞧灯，　　təŋ²⁴ tɕʻiau⁴² uə⁵⁵ uə⁵⁵ tɕʻiau⁴² təŋ²⁴

坐到半夜没人儿吭。　tsuə²¹³ tau⁰ pan²¹³ iɛ²¹³ mu⁴² zər⁰ kʻəŋ²⁴

抻 ᴰ、蜷 ᴰ：动词变韵均表持续义，可分别替换为"抻着""蜷着"。

B

"八"字胡 往上翘 * ①

"八"字胡,往上翘, pa²⁴ tsʅ⁰ xu⁴² uaŋ⁵⁵ ʂaŋ²¹³ tɕʻiau²¹³

叫起ᴴ就像娃娃叫。 tɕiau²¹³ tɕʻiai⁰ tɕiou²¹³ ɕiaŋ²¹³ ua⁴² ua⁰ tɕiau²¹³

光梳头,不洗脸, kuaŋ²⁴ ʂu²⁴ tʻou⁴² pu²⁴ ɕi⁵⁵｜⁴² lian⁵⁵

黑<u>价</u>巡逻加放哨。 xɛ²⁴ tɕia⁰ ɕyn⁴² luə⁴² tɕia²⁴ faŋ²¹³ ʂau²¹³

此为谜语的谜面;谜底:猫。 叫:叫唤。 起ᴴ:"起来"的合音。

叭狗儿等等

热馍冷冷, ʐʅə²⁴ muə⁴² ləŋ⁵⁵｜⁴² ləŋ⁰

吃块油饼; tʂʻʅ²⁴ kʻuai⁰ iou⁴² piŋ⁰

热饭冷冷, ʐʅə²⁴ fan²¹³ ləŋ⁵⁵｜⁴² ləŋ⁰

叭狗儿等等。 pa²⁴ kər⁵⁵ təŋ⁵⁵｜⁴² təŋ⁰

冷冷,冷冷, ləŋ⁵⁵｜⁴² ləŋ⁰ ləŋ⁵⁵｜⁴² ləŋ⁰

叭狗儿等等。 pa²⁴ kər⁵⁵ təŋ⁵⁵｜⁴² təŋ⁰

此为哄幼儿吃饭谣。 冷冷:凉一凉。

拜椿王

拜,拜,拜椿王, pai²¹³ pai²¹³ pai²¹³ tʂʻuən²⁴ uaŋ⁴²

你发粗来俺发长。 ni⁵⁵ fa²⁴ tsʻu²⁴ lai⁰ an⁵⁵ fa²⁴ tʂʻaŋ⁴²

---

① 条目后加"*"者均为谜语谣。谜语谣(或称"谜谣")指以民谣形式呈现的谜语,浚县方言中数量较多。

17

你发粗了好做梁，　　　ni⁵⁵ fa²⁴ tsʻu²⁴ lə⁰ xau⁵⁵ tsu²¹³ liaŋ⁴²

俺发长了穿衣裳。　　　an⁵⁵ fa²⁴ tʂʻaŋ⁴² lə⁰ tʂʻuan²⁴ i²⁴ ʂaŋ⁰

拜节

张三仨，李四五，　　　tʂaŋ²⁴ san²⁴ sa²⁴ li⁵⁵ sʅ²¹³ u⁵⁵

重阳节，来拜节。　　　tʂʻuəŋ⁴² iaŋ⁰ tɕiɛ²⁴ lai⁴² pai²¹³ tɕiɛ²⁴

此谣来源于一个民间传说。据传，某家儿媳妇儿能言善辩，大家都想考验她。其公爹的名字里有个"九"字，生日又恰是农历九月初九。公爹诞辰之日，张家李家各去了九个人拜寿，故意让其儿媳报来客数量，看其如何讳"九"。儿媳巧妙地以"三仨""四五"代替"九"，以避尊讳。

板边和边板

一块板边，　　　　　i²⁴ ⁴² kʻuai²¹³ pan⁵⁵ pian²⁴

两块边板；　　　　　liaŋ⁵⁵ kʻuai²¹³ pian²⁴ pan⁵⁵

不知ᴴ是板边压板边，　pu²⁴ tʂo²⁴ ʂʅ²¹³ pan⁵⁵ pian²⁴ ia²⁴ pan⁵⁵ pian²⁴

还是边板压边板。　　xai⁴² ʂʅ⁰ pian²⁴ pan⁵⁵ ia²⁴ pian²⁴ pan⁵⁵

此为绕口令。　　知ᴴ："知道"的合音。

板凳儿板凳儿摞摞 ①

板凳儿板凳儿摞摞，　pan⁵⁵ tər⁰ pan⁵⁵ tər⁰ luə²¹³ luə⁰

里头坐ᴰ⁻⁰个大哥。　li⁵⁵ tʻou⁰ tsuə²¹³ kə⁰ ta²¹³ kə⁰

① 此民谣的说法不同，有十余种，但大同小异。再举如下两例：（1）板凳板凳摞摞，里头坐ᴰ⁻⁰个大哥；大哥出来买菜，里头坐ᴰ⁻⁰个奶奶；奶奶出来烧香，里头坐ᴰ⁻⁰个姑娘；姑娘出来叩头，里头坐ᴰ⁻⁰个孙猴儿；孙猴儿出来作揖，里头有个小鸡儿；小鸡儿出来打鸣儿，里头有个小虫儿（麻雀）；小虫儿出来喳喳，里头有个蚂蚱；蚂蚱出来蹦蹦，里头有个臭虫；臭虫出来爬爬，里头出来个蛤蟆；蛤蟆出来跳坑，扑腾扑腾。（2）板凳板凳摞摞，里头坐ᴰ⁻⁰个大哥；大哥出来扫地，里头有个蚂蚁；蚂蚁出来爬爬，里头坐ᴰ⁻⁰个娃娃；娃娃出来推车，一下ᶻ推出ᴴ他爹；他爹出来扬场，一下ᶻ扬出ᴴ他娘；他娘出来纳底（做鞋底），一下ᶻ纳出ᴴ双喜；双喜出来拨打，一下ᶻ打出ᴴ个蜜蜂；嗡——嗡——嗡，嗡——嗡——嗡，怪好听。

大哥出来烧香，　　ta²¹³ kə⁰ tʂʻʯ²⁴ lai⁰ ʂau²⁴ ɕiaŋ²⁴

里头坐 ^{D-0} 个姑娘。　li⁵⁵ tʻou⁰ tsuə²¹³ kə⁰ ku²⁴ niaŋ⁰

姑娘出来磕头，　　ku²⁴ niaŋ⁰ tʂʻʯ²⁴ lai⁰ kʻə²⁴ tʻou⁴²

里头有个叫蚰儿。　li⁵⁵ tʻou⁰ iou⁵⁵ kə⁰ tɕiau²¹³ iou⁰

叫蚰儿出来蹦蹦，　tɕiau²¹³ iou⁰ tʂʻʯ²⁴ lai⁰ pəŋ²¹³ pəŋ⁰

里头有个臭虫。　　li⁵⁵ tʻou⁰ iou⁵⁵ kə⁰ tʂʻou²¹³ tʂʻuaŋ⁰

臭虫出来爬爬，　　tʂʻou²¹³ tʂʻuaŋ⁰ tʂʻʯ²⁴ lai⁰ pʻa⁴² pʻa⁰

里头出来个蛤蟆。　li⁵⁵ tʻou⁰ tʂʻʯ²⁴ lai⁰ kə⁰ xɛ⁴² ma⁰

蛤蟆出来叫唤，　　xɛ⁴² ma⁰ tʂʻʯ²⁴ lai⁰ tɕiau²¹³ xuan⁰

咯儿呱，咯儿呱。　kər⁵⁵ kua⁰ kər⁵⁵ kua⁰

坐 ^{D-0}：坐着，动词变韵表持续义。　叫蚰：蝈蝈。　臭虫：又称壁虱、木虱、床虱、扁蝽等，是半翅目昆虫中的一个群类；体扁，腹部宽，卵圆形，红褐色；白天藏于缝隙中，夜出，吸食动物的血液。　咯儿呱：拟蛤蟆之叫声。

办白事儿　要阔气

办白事儿，要阔气，　　pan²¹³ pɛ⁴² ʂər²¹³ iau²¹³ kʻuə²¹³ tɕʻi⁰

甭叫大家笑话你。　　piŋ⁴² tɕiau²¹³ ta²¹³ tɕia⁰ ɕiau²¹³ xua⁰ ni⁰

不买好烟和好酒，　　pu²⁴ mai⁵⁵ xau⁵⁵ ian²⁴ xə⁴² xau⁵⁵∣⁴² tɕiou⁵⁵

亲戚邻居看不起。　　tɕʻin²⁴ tɕʻi⁰ lin⁴² tɕy⁰ kʻan²¹³ pu²⁴ tɕʻi⁵⁵

此谣反映的是群众办丧事的浪费、攀比之风。　白事儿：丧事。

锛儿喽头（一）

锛儿喽头，洼屋眼，　　pər²⁴ lou⁰ tʻou⁴² ua²¹³ u⁰ ian⁵⁵

听见吃饭抢大碗。　　tʻiŋ²⁴ tɕian⁰ tʂʻʯ²⁴ fan²¹³ tɕʻian⁵⁵ ta²¹³ uan⁵⁵

锛喽头，洼屋眼，　　pər²⁴ lou⁰ tʻou⁴² ua²¹³ u⁰ ian⁵⁵

刮风下雨不打伞。　　kua²⁴ fəŋ²⁴ ɕia²¹³ y⁵⁵ pu²⁴ ta⁵⁵∣⁴² san⁵⁵

锛儿喽头：指人的额头凸起。　洼屋眼：指人的眼窝儿较深。

锛儿喽头（二）

锛儿喽头，多一厦，　　pər²⁴ lou⁰ t'ou⁴² tuə²⁴ i²⁴ˈ⁴² ʂa²¹³

刮风下雨俺不怕；　　kua²⁴ fəŋ²⁴ ɕia²¹³ y⁵⁵ an⁵⁵ pu²⁴ˈ⁴² p'a²¹³

恁有楼，俺有楼，　　nən⁵⁵ iou⁵⁵ lou⁴² an⁵⁵ mu⁰ lou⁴²

全指ᴰ俺这个锛儿喽头。　　tɕ'yan⁴² tʂʅə⁵⁵ an⁵⁵ tʂʅə⁰ kə⁰ pər²⁴ lou⁰ t'ou⁴²

指ᴰ：指望；动词变韵表持续义，可替换为"指着"。

编花篮

编，编，编花篮，　　pian²⁴ pian²⁴ pian²⁴ xua²⁴ lan⁴²

编个花篮上南山；　　pian²⁴ kə⁰ xua²⁴ lan⁴² ʂaŋ²¹³ nan⁴² ʂan²⁴

南山开满红牡丹，　　nan⁴² ʂan²⁴ k'ai²⁴ man⁵⁵ xuəŋ⁴² mu⁵⁵ tan⁰

朵朵花儿开得艳。　　tuə⁵⁵ˈ⁴² tuə⁵⁵ xua²⁴ ər⁰ k'ai²⁴ tɛ⁰ ian²¹³

鞭杆儿　锥鸟儿

鞭杆儿，锥鸟儿，　　pian²⁴ kor⁵⁵ tʂuei²⁴ nior⁵⁵

锥不透，　　tʂuei²⁴ pu²⁴ˈ⁴² t'ou²¹³

吱扭，吱扭。　　tʂʅ²⁴ˈ⁴² niou²⁴ˈ²¹³ tʂʅ²⁴ˈ⁴² niou²⁴ˈ²¹³

此为哄逗幼儿谣：一只手手心向上将幼儿的手托起，边说上述歌谣，边用另一只手的食指在幼儿的掌心轻轻锥扎；孩子因感到痒痒而嬉笑，怡然成趣。　锥鸟儿：推测当为"锥眼儿"。"吱扭"无规则变调。

菠菜叶儿

菠菜叶儿，就地黄，　　puə²⁴ ts'ai⁰ iɤr²⁴ tɕiou²¹³ ti²¹³ xuaŋ⁴²

仨生儿四岁没了娘，　　sa²⁴ ʂər²⁴ sʅ²¹³ suei²¹³ mu⁴² lə⁰ niaŋ⁴²

听说俺爹娶后娘。　　t'iŋ²⁴ ʂuə²⁴ an⁵⁵ tiɛ²⁴ tɕ'y⁵⁵ xou²¹³ niaŋ⁴²

娶了后娘三年整，　　tɕ'y⁵⁵ lə⁰ xou²¹³ niaŋ⁴² san²⁴ nian⁴² tʂəŋ⁵⁵

添ᴰ个弟弟比ᴰ俺强。　　t'iæ²⁴ kə⁰ ti²¹³ ti⁰ piɛ⁵⁵ˈ⁴² an⁵⁵ tɕ'iaŋ⁴²

他穿新来俺穿破，　　t'a⁵⁵ tʂ'uan²⁴ ɕin²⁴ lai⁰ an⁵⁵ tʂ'uan²⁴ p'uə²¹³

他吃稠来俺喝汤；　　t'a⁵⁵ tʂʻʅ²⁴ tʂʻou⁴² lai⁰ an⁵⁵ xə²⁴ t'aŋ²⁴

他上学来俺打柴，　　t'a⁵⁵ ʂaŋ²¹³ ɕyə⁴² lai⁰ an⁵⁵ ta⁵⁵ tʂʻai⁴²

俺跟 ᴰ 弟弟一起儿来；　an⁵⁵ kɛ²⁴ ti²¹³ ti⁰ i²⁴ tɕʻiər⁴² lai⁴²

他去玩来俺烧锅，　　t'a⁵⁵ tɕʻy²¹³ uan⁴² lai⁰ an⁵⁵ ʂau²⁴ kuə²⁴

泪水汪汪湿衣裳。　　luei²¹³ ʂuei⁵⁵ uaŋ²⁴ uaŋ⁰ ʂʅ²⁴ i²⁴ ʂaŋ⁰

烧中锅，做中饭，　　ʂau²⁴ tʂuəŋ²⁴ kuə²⁴ tsu²¹³ tʂuəŋ²⁴ fan²¹³

端起 ᴴ 碗，泪汪汪，　tuan²⁴ tɕʻiai⁰ uan⁵⁵ luei²¹³ uaŋ⁰ uaŋ⁰

拿起 ᴴ 筷 ᶻ，想亲娘。　na⁴² tɕʻiai⁰ k'ueau²¹³ ɕian⁵⁵ tɕʻin²⁴ niaŋ⁴²

俺爹问俺哭啥嘞，　　an⁵⁵ tiɛ²⁴ uən²¹³ an⁰ k'u²⁴ ʂa⁵⁵ lɛ⁰

俺嫌碗底儿烧嘞荒①。　an⁵⁵ ɕian⁴² uan⁵⁵｜⁴² tiər⁵⁵ ʂau²⁴ lɛ⁰ xuaŋ⁰

添ᴰ：生育；动词变韵表完成义，可替换为"添了"。　烧锅：烧火（做饭）。　中：完、好（表完成）。　嫌：厌恶，不满意。

不倒翁 *

模样儿长嘞像小孩，　muə⁴² iər²¹³ tʂaŋ⁵⁵ lɛ⁰ ɕiaŋ²¹³ ɕiau⁵⁵ xai⁴²

推一推，歪一歪。　　t'uei²⁴ i⁰ t'uei²⁴ uai²⁴ i⁰ uai²⁴

你叫它躺 ᴰ 那儿，　ni⁵⁵ tɕiau²¹³ t'a⁰ t'æŋ⁵⁵ nər⁰

它非要立起 ᴴ。　　t'a⁵⁵ fei²⁴ iau²¹³ li²⁴ tɕʻiai⁰

此为谜语的谜面；谜底：不倒翁。　躺ᴰ：动词变韵表终点义，可替换为"躺到"。　起ᴴ："起来"的合音。

不给 ᴰ 财主干活儿

饿死饿活，　　ə²¹³ ʂʅ⁵⁵ ə²¹³ xuə⁴²

不给 ᴰ 财主干活儿。　pu²⁴｜⁴² kɛ⁵⁵｜²¹³ ts'ai⁴² tʂʅ⁰ kan²¹³ xuɤr⁴²

七天嘞剩汤，　　tɕʻi²⁴ t'ian²⁴ nɛ⁰ ʂəŋ²¹³ t'aŋ²⁴

---

① 荒：形容词后缀，有程度加深的意思；"烧荒"即比较烫手。其他又如"使荒"指感觉较累，"挤荒"指比较拥挤，"气荒"指比较生气，"咬荒"指比较痒痒，"急荒"指比较着急，"累荒"指比较累。

八天嘞剩馍， pa²⁴ t'ian²⁴ nɛ⁰ ʂəŋ²¹³ muə⁴²

九天擀顿面条 ᶻ， tɕiou⁵⁵ t'ian²⁴ kan⁵⁵ tuən⁰ mian²¹³ t'iæu⁴²

十天也捞不着。 ʂʅ⁴² t'ian²⁴ iɛ⁵⁵ lau²⁴ pu²⁴ tʂuə⁴²

秦椒倒有半碗儿， tɕ'in⁴² tɕiɑu⁰ tau²¹³ iou⁵⁵ pan²¹³ uor⁵⁵

就是不敢多戳； tɕiou²¹³ ʂʅ⁰ pu²⁴ kan⁵⁵ tuə²⁴ tʂ'uə⁴²

多戳一点点儿， tuə²⁴ tʂ'uə⁴² i²⁴ tian⁵⁵ ⁴² tior⁵⁵

财主就瞪眼儿。 ts'ai⁴² tʂʅ⁰ tou⁰ təŋ²¹³ ior⁵⁵

觅汉儿下地提热水， mi²⁴ xor⁰ ɕia²¹³ ti²¹³ t'i⁴² ʐʅə²⁴ ʂuei⁵⁵

他说地头儿有条河； t'a⁵⁵ ʂʅə²⁴ ti²¹³ t'ər⁴² iou⁵⁵ t'iau⁴² xə⁴²

拿个碗吧， na⁴² kə⁰ uan⁵⁵ pa⁰

吓嘞他赶紧说： ɕia⁵⁵ lɛ⁰ t'a⁵⁵ kan⁵⁵ ⁴² tɕin⁰ ʂʅə²⁴

"不递用手捧着喝。" pu²⁴ ⁴² ti²¹³ yŋ²¹³ ʂou⁵⁵ p'əŋ⁵⁵ tʂʅ⁰ xə²⁴

秦椒：辣椒。 觅汉儿：受雇用的人。 不递：不如。

不饥不渴喜洋洋

晌 ᴰ午肚饥心发慌， ʂæŋ⁴² u⁰ tu²¹³ tɕi²⁴ ɕin²⁴ fa²⁴ xuaŋ²⁴

四两灯草也难扛。 sʅ²¹³ liaŋ⁵⁵ təŋ²⁴ ts'au⁵⁵ iɛ⁵⁵ nan⁴² k'aŋ⁵⁵

听见姐姐唱小曲儿， t'iŋ²⁴ tɕian⁰ tɕiɛ⁵⁵ tɕiɛ⁰ tʂ'aŋ²¹³ ɕiau⁵⁵ tɕ'yər²⁴

扛扇 ᶻ磨盘走近窗。 k'aŋ⁵⁵ ʂæ²¹³ muə²¹³ p'an⁴² tsou⁵⁵ tɕin²¹³ tʂ'uaŋ²⁴

一听听到二半夜， i²⁴ t'iŋ²⁴ t'iŋ²⁴ tau⁰ ər²¹³ pan⁰ iɛ²¹³

不饥不渴喜洋洋。 pu²⁴ tɕi²⁴ pu²⁴ k'ə²⁴ ɕi⁵⁵ iaŋ⁴² iaŋ⁴²

晌 ᴰ午：前半晌；中午。 灯草：又称灯芯草、野席草，多年生草本植物；其茎细长，茎的中心部分可以作菜油灯的灯芯，以轻著称。 磨盘：石碾的圆形底盘，极重。 小曲儿：顺口溜。 二半夜：半夜。

不胜当兵在外头

我为千顷地住高楼， uə⁵⁵ uei²¹³ tɕ'ian²⁴ tɕ'iŋ⁵⁵ ti²¹³ tʂʅ²¹³ kau²⁴ lou⁴²

不胜当兵在外头。 pu²⁴ ⁴² ʂəŋ²¹³ taŋ²⁴ piŋ²⁴ kai²¹³ uai²¹³ t'ou⁰

不耩麦子吃洋面 [①]，　　pu²⁴ tɕiaŋ⁵⁵ mɛ²⁴ tsʅ⁰ tʂ‘ʅ²⁴ iaŋ⁴² mian²¹³

不种芝麻吃香油。　　pu²⁴ ⌐ ⁴² tʂuən²¹³ tʂʅ²⁴ ma⁰ tʂ‘ʅ²⁴ ɕiaŋ²⁴ iou⁴²

不种稻子吃大米，　　pu²⁴ ⌐ ⁴² tʂuən²¹³ tau²¹³ tsʅ⁰ tʂ‘ʅ²⁴ ta²¹³ mi⁵⁵

不喂蚕子穿丝绸。　　pu²⁴ ⌐ ⁴² uei²¹³ ts‘an⁴² tsʅ⁰ tʂ‘uan²⁴ sʅ²⁴ tʂ‘ou⁴²

不胜：不如。　　洋面：机器磨的白面。

不胜叫孩ᶻ学手艺

家财万贯，　　　tɕia²⁴ ts‘ai⁴² uan²¹³ kuan²¹³

不如薄艺在身。　　pu²⁴ zʅʅ⁴² puə⁴² i²¹³ tsai²¹³ ʂən²⁴

买庄儿买地，　　mai⁵⁵ tʂuɐr²⁴ mai⁵⁵ ti²¹³

不胜叫孩ᶻ学手艺。　　pu²⁴ ⌐ ⁴² ʂən²¹³ tɕiau²¹³ xɛau⁴² ɕyə⁴² ʂou⁵⁵ i⁰

黄金万两，　　xuaŋ⁴² tɕin²⁴ uan²¹³ liaŋ⁵⁵

不递叫儿上学堂。　　pu²⁴ ti²¹³ tɕiau²¹³ ər⁴² ʂaŋ²¹³ ɕyə⁴² t‘aŋ⁴²

艺：技术、技能。

不听不看

不听不听，　　pu²⁴ t‘iŋ²⁴ pu²⁴ t‘iŋ²⁴

王八念经，　　uaŋ⁴² pa⁰ nian²¹³ tɕiŋ²⁴

不看不看，　　pu²⁴ ⌐ ⁴² k‘an²¹³ pu²⁴ ⌐ ⁴² k‘an²¹³

王八下蛋；　　uaŋ⁴² pa⁰ ɕia²¹³ tan²¹³

不理不理，　　pu²⁴ li⁵⁵ pu²⁴ li⁵⁵

卷你□嘞。　　tɕyan⁵⁵ ⌐ ⁴² ni⁰ tsʅə²¹³ lɛ⁰

流行于 20 世纪六七十年代的儿童顺口溜，表达的是对他人的不友好甚至辱骂自己的言行不予理睬、不屑一顾。　理：理会、理睬。　卷：骂。　□：自己。

不往朱^D村去找男

沙嘞沙，咸嘞咸，　　　ʂa²⁴le⁰ʂa²⁴ ɕian⁴²nɛ⁰ɕian⁴²

生瓜梨枣不值钱。　　　ʂəŋ²⁴kua²⁴li⁴²tsau⁵⁵pu²⁴tʂʅ⁴²tɕʻian⁴²

堤^Z上十年九年旱，　tɛau²⁴ʂaŋ⁰ʂʅ⁴²nian⁴²tɕiou⁵⁵nian⁴²xan²¹³

坡里^H十年九年淹。　pʻuə²⁴liou⁰ʂʅ⁴²nian⁴²tɕiou⁵⁵nian⁴²ian²⁴

辛辛苦苦种一年，　　　ɕin²⁴ɕin²⁴kʻu⁵⁵⌐⁴²kʻu⁵⁵tʂuəŋ²¹³i²⁴nian⁴²

蛤蟆一叫就完蛋。　　　xɛ⁴²ma⁰i²⁴⌐⁴²tɕiau²¹³tɕiou²¹³uan⁴²tan²¹³

闺女宁愿不出嫁，　　　kuei²⁴ny⁰niŋ²¹³yan²¹³pu²⁴tʂʻʯ²⁴tɕia⁰

不往朱^D村去找男。　pu²⁴uaŋ⁵⁵tʂʯə²⁴tsʻuən²⁴tɕʻy²¹³tʂau⁵⁵nan⁴²

朱^D村：善堂镇的一个行政村；"朱"做地名变韵。　堤^Z：指金堤①。
里^H："里头"的合音。

不往朱^D村寻婆^Z家

朱^D村街，三里长，　tʂʯə²⁴tsʻuən²⁴tɕiɛ²⁴san²⁴li⁵⁵tʂʻaŋ⁴²

没冇几座像样儿房。　　mu⁴²mau⁰tɕi⁵⁵tsuə²¹³ɕiaŋ²¹³iɐr²¹³faŋ⁴²

饿死饿活，　　　　　　ə²¹³sʅ⁵⁵ə²¹³xuə⁴²

不往朱^D村寻婆^Z家。　pu²⁴uaŋ⁵⁵tʂʯə²⁴tsʻuən²⁴ɕin⁴²pʻau⁴²tɕia⁰

白日儿下碱地，　　　　pɛ⁴²iɐr⁰ɕia²¹³tɕian⁵⁵ti⁰

黑价上沙窝②。　　　　xɛ²⁴tɕia⁰ʂaŋ²¹³ʂa²⁴uə⁰

□₁^D□₂^D高粱饭，　　tɕʻiæŋ²⁴xo²¹³kau²⁴liaŋ⁰fan²¹³

一天三顿儿不见馍。　i²⁴tʻian²⁴san²⁴⌐⁴²tuər²¹³pu²⁴⌐⁴²tɕian²¹³muə⁴²

---

① 金堤：也称北金堤，从新乡县蜿蜒向东经原阳折向北，过延津、封丘，走滑县东行。沿
途走向清晰，部分保存较好，是一处重要的遗址。朱村约一半地处金堤上，约5平方千
米，村落就建在金堤上。

② 浚县境内黄河故道沙窝，自滑县林场边界起，经伾山街道的东张庄、东宋庄入善堂镇马
村北至善堂镇东北东海头，出县境入内黄县。朱村沙窝是浚县境内黄河故道沙窝的一
部分，自杨村东头关帝庙东边八队（村民小组）沙堆往北，至村西北与迎阳铺沙窝搭
界，西至园林场、石佛铺，整个覆盖在黄河故堤上，南北约2.5千米，东西约1千米。
朱村沙窝沙丘纵横，沙丘高10余米。2000年以后，沙丘基本被夷为平地，但地面沙层
1~2米。

没冇：没有。　寻：找、嫁。　白日儿：白天。　黑价：晚上；夜里。　沙窝：指朱村村西约3里、北约3里的黄河故道沙窝。　$\square_1^{D}$：清早；这里代指"早饭"。　$\square_2^{D}$：晚上；这里代指"晚饭"。

不用问

关系不用问，　　kuan²⁴ ɕi⁰ pu²⁴ ｜ ⁴² yŋ²¹³ uən²¹³

一拃没冇四指近；　i²⁴ tʂa⁵⁵ mu⁴² mau⁰ sʅ²¹³ tʂʅ⁵⁵ tɕin²¹³

走路不用问，　　tsou⁵⁵ lu²¹³ pu²⁴ ｜ ⁴² yŋ²¹³ uən²¹³

大路没冇小路儿近；　ta²¹³ lu²¹³ mu⁴² mau⁰ ɕiau⁵⁵ luər²¹³ tɕin²¹³

种地不用问，　　tʂuəŋ²¹³ ti²¹³ pu²⁴ ｜ ⁴² yŋ²¹³ uən²¹³

没粪等于瞎胡混。　mu⁴² fən²¹³ təŋ⁵⁵ y⁰ ɕia²⁴ xu⁴² xuən²¹³

一拃：拇指和中指张开的长度。　四指：除拇指外的其他四指并拢在一起的宽度。

不值不值真不值

不值不值真不值，　pu²⁴ tʂʅ⁴² pu²⁴ tʂʅ⁴² tʂən²⁴ pu²⁴ tʂʅ⁴²

寻 ᴰ 个女婿大二十。　ɕie⁴² kə⁰ ny⁵⁵ ɕy⁰ ta²¹³ ər²¹³ sʅ⁴²

也没坐过花花轿，　iɛ⁵⁵ mu⁴² tsuə²¹³ kuə⁰ xua²⁴ xua⁰ tɕiau²¹³

也没听过嗒嗒儿哝。　iɛ⁵⁵ mu⁴² t'iŋ²⁴ kuə⁰ ta²⁴ tɐr⁰ tʂʻʅ⁰

寻 ᴰ：本义为"找"，引申为"嫁"；动词变韵表完成义，可替换为"寻了"。　嗒嗒儿哝：指代迎亲、婚礼上的鸣奏乐器。

鼻涕 *

一个篪 ①，咕嘀嘀，　i²⁴ ｜ ⁴² kə⁰ mi²¹³ ku²⁴ t'i⁴² t'i⁴² ｜ ²¹³

露出 ᴴ 头儿，　lou²¹³ tʂʻuai⁰ t'ər⁴²

① 篪：一种民间儿童玩具，用树叶、葱叶等多种材质制成，常见的是柳笛儿。折一段柳枝，用手搓动，使外皮脱离木质部分，把木质部分抽出来，柳笛儿就做成了。用嘴吹，能发出悦耳的声音。

摔死 ^D 你。　　　ʂuai²⁴ sʅə⁰ ni⁰

此为谜语的谜面；谜底：鼻涕。　　篍：柳笛儿。　　出 ^H："出来"的合音。　　死 ^D：动词变韵表完成义，可替换为"死了"。

比上不足　比下有余

比上不足，　　　pi⁵⁵ ʂaŋ²¹³ pu²⁴ tɕy²⁴
比下有余。　　　pi⁵⁵ ɕia²¹³ iou⁵⁵ y⁴²
□骑马，我骑驴，　iæ⁴² tɕʻi⁴² ma⁵⁵ uə⁵⁵ tɕʻi⁴² ly⁴²
后头还有挑挑儿哩。　xou²¹³ tʻou⁰ xai⁴² iou⁵⁵ tʻiau²⁴ tʻior²⁴ li⁰
虽说没冇骑马好，　suei²⁴ ʂʅə²⁴ mu⁴² mau⁰ tɕʻi⁴² ma⁵⁵ ⌐ ⁴² xau⁵⁵
也比 ^D 步行高三级。　iɛ⁵⁵ ⌐ ⁴² piɛ⁵⁵ pu²¹³ ɕiŋ⁴² kau²⁴ san²⁴ tɕi²⁴

□：人家。　　挑儿：担子。

比眼

山前有个眼圆眼，　　ʂan²⁴ tɕʻian⁴² iou⁵⁵ kə⁰ ian⁵⁵ yan⁴² ian⁵⁵
山后有个圆眼圆。　　ʂan²⁴ xou²¹³ iou⁵⁵ kə⁰ yan⁴² ian⁵⁵ yan⁴²
俩人山前来比眼，　　lia⁵⁵ zən⁴² ʂan²⁴ tɕʻian⁴² lai⁴² pi⁵⁵ ⌐ ⁴² ian⁵⁵
不知 ^H 是眼圆眼嘚眼圆，　pu²⁴ tʂo²⁴ ʂʅ²¹³ ian⁵⁵ yan⁴² ian⁵⁵ nɛ⁰ ian⁵⁵ yan⁴²
还是圆眼圆嘚眼圆。　xai⁴² ʂʅ²¹³ yan⁴² ian⁵⁵ yan⁴² nɛ⁰ ian⁵⁵ yan⁴²

此为绕口令。　知 ^H："知道"的合音。

比一比

队长见 ^D 队长，　　tuei²¹³ tʂaŋ⁵⁵ tɕiæ²¹³ tuei²¹³ tʂaŋ⁵⁵
票子哗哗响。　　p'iau²¹³ tsʅ⁰ xua²⁴ xua²⁴ ɕiaŋ⁵⁵
会计见 ^D 会计，　k'uai²¹³ tɕi²¹³ tɕiæ²¹³ k'uai²¹³ tɕi²¹³
比比人民币。　　pi⁵⁵ ⌐ ⁴² pi⁵⁵ zən⁴² min⁴² pi²¹³
社员见 ^D 社员，　ʂə²¹³ yan⁴² tɕiæ²¹³ ʂə²¹³ yan⁴²

谁比^D谁作难。　şei⁴² piɛ⁵⁵ şei⁴² tsuə²⁴ nan⁴²

此为流行于人民公社时期的歌谣，意在讽刺个别队长、会计等当时生产队中的掌权之人。　票子：指纸币。　见^D：见到，动词变韵表终点义。

冰挂 *

冬种冬成，　tuəŋ²⁴ tʂuəŋ²¹³ tuəŋ²⁴ tʂʻəŋ⁴²

夏种不成；　ɕia²¹³ tʂuəŋ²¹³ pu²⁴ tʂʻəŋ⁴²

根儿朝上长，　kər²⁴ tʂʻau⁴² şaŋ²¹³ tʂaŋ⁵⁵

没叶儿光莛。　mu⁴² iɣr²⁴ kuaŋ²⁴ tʻiŋ⁴²

此为谜语的谜面；谜底：房檐上的冰挂，浚县方言俗称"琉璃喇叭"。　莛：草本植物的茎。

C

菜园儿菜子儿都作精

公子骑马下正东，　　　　kuəŋ²⁴ tsʅ⁵⁵ tɕʻi⁴² ma⁵⁵ ɕia²¹³ tʂəŋ²¹³ tuəŋ²⁴

正东有个小菜园儿，　　　tʂəŋ²¹³ tuəŋ²⁴ iou⁵⁵ kə⁰ ɕiau⁵⁵ tsʻai²¹³ yor⁴²

菜园儿菜子儿都作精。　　 tsʻai²¹³ yor⁴² tsʻai²¹³ tsər⁰ tou²⁴ tsuə²⁴ tɕiŋ²⁴

露头青萝卜做皇帝，　　　lou²¹³ tʻou⁴² tɕʻiŋ²⁴ luə⁴² pu⁰ tsuə²¹³ xuaŋ⁴² ti²¹³

红瓢儿萝卜做正宫。　　　xuəŋ⁴² zɐr⁴² luə⁴² pu⁰ tsuə²¹³ tʂəŋ²¹³ kuəŋ²⁴

腊腊菜领兵大元帅，　　　la²⁴ la⁰ tsʻai²¹³ liŋ⁵⁵ piŋ⁵⁵ ta²¹³ yan⁴² ʂuai²¹³

红萝卜上前当先行。　　　xuəŋ⁴² luə⁴² pu⁰ ʂaŋ²¹³ tɕʻian⁴² taŋ²⁴ ɕian²⁴ ɕiŋ⁴²

杀嘞瓜秧ᶻ就地拖，　　　ʂa²⁴ lɛ⁰ kua²⁴ iæŋ²⁴ tɕiou²¹³ ti²¹³ tʻuə²⁴

杀嘞芫荽一扑楞，　　　　ʂa²⁴ lɛ⁰ ian⁴² suei⁰ i²⁴ pʻu²⁴ ləŋ⁰

杀嘞茄子儿朝下长，　　　ʂa²⁴ lɛ⁰ tɕʻiɛ⁴² tsər⁴² tʂʻau⁴² ɕia²¹³ tʂaŋ⁵⁵

杀嘞辣椒满身红。　　　　ʂa²⁴ lɛ⁰ la²⁴ tɕiau²⁴ man⁵⁵ ʂən²⁴ xuəŋ⁴²

这本是菜子儿作精一个段儿，　tʂʅə⁵⁵ pən⁵⁵ ʂʅ²¹³ tsʻai²¹³ tsər⁰ tsuə²⁴ tɕiŋ²⁴ i²⁴ | ⁴²
kə²¹³ tuor²¹³

略稍歇歇咱开正封。　　luə²⁴ ʂau⁰ ɕiɛ²⁴ ɕiɛ⁰ tsan⁴² kʻai²⁴ tʂəŋ²¹³ fəŋ²⁴

此为说书 ① 艺人正式开场前加的小段子。　腊腊菜：芥菜的变种，别名雪里蕻；一年生草本植物，叶子深裂，边缘皱缩，花鲜黄色；茎和叶子是常见蔬菜，通常腌着吃。　先行：先行官。　芫荽：香菜。　略稍：稍微，短暂。　开正封：正式开始。

––––––––––––––

① 说书：一种非常古老的口头讲说表演艺术，有说有唱，是人民大众喜闻乐见的一种传统民间艺术。说书表演简便易行，可以画地为台，且没有严格的时间限制；一般由二人演唱，伴奏用坠胡。近几十年，随着电子媒体的普及，一些方言的说书文化日渐式微，濒临消失。

差不厘

寻个工人标准儿低，　　çin⁴² kə⁰ kuəŋ²⁴ zən⁰ piau²⁴ tʂuər⁵⁵ ti²⁴

寻个农民肚里 ᴴ 饥，　　çin⁴² kə⁰ nuəŋ⁴² min⁴² tu²¹³ liou⁰ tçi²⁴

寻个教员吃不饱，　　çin⁴² kə⁰ tçiau²¹³ yan⁴² tʂʅ²⁴ pu²⁴ pau⁵⁵

寻个干部差不厘。　　çin⁴² kə⁰ kan²¹³ pu²¹³ tʂʻa²⁴ pu⁰ li⁴²

教员：教师。　　差不厘：差不多，不差毫厘。

蝉（一）*

白日儿趴在树梢，　　pɛ⁴² iər⁰ pʻa²⁴ tsai⁰ ʂʅ²¹³ ʂau²⁴

越热越爱大叫，　　yɛ²⁴ zɻə²⁴ yɛ²⁴ ai²¹³ ta²¹³ tçʻiau²¹³

明明啥也不懂，　　miŋ⁴² miŋ⁴² ʂa⁵⁵ ǀ ⁴² iɛ⁰ pu²⁴ tuəŋ⁵⁵

偏说"知了、知了"。　　pʻian²⁴ ʂɻə²⁴ tʂʅ²⁴ liau⁰ tʂʅ²⁴ liau⁰

此为谜语的谜面；谜底：蝉，又名"知了"。

蝉（二）*

天热上树梢，　　tʻian²⁴ zɻə²⁴ ʂaŋ²¹³ ʂʅ²¹³ ʂau²⁴

越热越喊叫；　　yɛ²⁴ zɻə²⁴ yɛ²⁴ xan⁵⁵ tçiau²¹³

你说它不懂，　　ni⁵⁵ ʂɻə²⁴ tʻa⁵⁵ pu²⁴ tuəŋ⁵⁵

它偏说"知了"。　　tʻa⁵⁵ pʻian²⁴ ʂɻə²⁴ tʂʅ²⁴ liau⁰

此为谜语的谜面；谜底：蝉。　　天热：名词，浚县方言对"夏天"的俗称。

蝉（三）*

日落西山出洞门，　　zʅ²¹³ luə²⁴ çi²⁴ ʂan²⁴ tʂʻʅ²⁴ tuəŋ²¹³ mən⁴²

鼓打三更上松林。　　ku⁵⁵ ǀ ⁴² ta⁵⁵ san²⁴ kəŋ²⁴ ʂaŋ²¹³ çyŋ²⁴ lin⁴²

半夜子时 ① 脱仙体， pan²¹³ iɛ²¹³ tsɿ⁵⁵ ʂɿ⁴² t'uə²⁴ ɕian²⁴ t'i⁵⁵

天明一亮驾向云。 t'ian²⁴ miŋ⁴² i²⁴ | ⁴² liaŋ²¹³ tɕia²¹³ ɕiaŋ²¹³ yn⁴²

此为谜语的谜面；谜底：蝉。 脱仙体：喻指蝉蜕壳，从幼虫变为成虫。 驾：飞。

长竹竿儿

长竹竿儿，打刘海儿， tʂ'aŋ⁴² tʂu²⁴ kan⁰ ta⁵⁵ liou⁴² xor⁵⁵

刘海儿穿 ᴰ 个花布衫儿。 liou⁴² xor⁵⁵ tʂ'uæ²⁴ kə⁰ xua²⁴ pu²¹³ ʂor⁰

谁做嘞？娘做嘞。 ʂei⁴² tsu²¹³ lɛ⁰ niaŋ⁴² tsu²¹³ lɛ⁰

待谁亲？待娘亲， tai²¹³ ʂei⁴² tɕ'in²⁴ tai²¹³ niaŋ⁴² tɕ'in²⁴

买 ᴰ 个烧饼跟 ᴰ 娘分。 mɛ⁵⁵ kə⁰ ʂau²⁴ piŋ⁰ kɛ²⁴ niaŋ⁴² fən²⁴

娘吃多，我吃少， niaŋ⁴² tʂ'ɿ²⁴ tuə²⁴ uə⁵⁵ tʂ'ɿ²⁴ ʂau⁵⁵

立楞着脚儿跟 ᴰ 娘吵， li²⁴ ləŋ⁰ tʂʉ⁰ tɕyɤr²⁴ kɛ²⁴ niaŋ⁴² tʂ'au⁵⁵

娘打我，我就跑。 niaŋ⁴² ta⁵⁵ | ⁴² uə⁰ uə⁵⁵ tɕiou²¹³ p'au⁵⁵

穿 ᴰ：穿着，动词变韵表持续义。 待：介词，对。 买 ᴰ：买了，动词变韵表完成义。 立楞着脚儿：踮起脚跟。

扯紧紧（一）

扯，扯，扯紧紧 ②， tʂ'ʅə²¹³ tʂ'ʅə²¹³ tʂ'ʅə²¹³ tɕin⁵⁵ tɕin⁰

石榴开花儿结手巾。 ʂɿ⁴² liou⁰ k'ai²⁴ xuɤr²⁴ tɕiɛ²⁴ ʂou⁵⁵ tɕin⁰

手巾掉了，不要了， ʂou⁵⁵ tɕin⁰ tiau²¹³ lə⁰ pu²⁴ | ⁴² iau²¹³ lə⁰

谁拾₁ᴰ嘞？俺拾₂ᴰ嘞。 ʂei⁴² ʂʅə⁴² lɛ⁰ an⁵⁵ ʂʅə⁴² lɛ⁰

拾₃ᴰ走弄啥嘞？ ʂʅə⁴² tsou⁰ nəŋ²¹³ ʂa⁵⁵ | ⁴² lɛ⁰

拾₄ᴰ走裹脚嘞。 ʂʅə⁴² tsou⁰ kuə⁵⁵ tɕyə²⁴ lɛ⁰

① 子时：历法词语；古人把一天划分为十二个时辰，依次为"子、丑、寅、卯、辰、巳、午、未、申、酉、戌、亥"；"子时"相当于现在的 23 时至 1 时。

② 一种幼儿游戏：若干人手拉手围成圆圈，身体微向后仰，边转圈边念此歌谣；不能松手，一个人松手，就会造成多人摔倒。念到最后一句时，大家一起向中间拥，标志一轮游戏结束。

脚，脚，怪臭嘞， tɕyə²⁴ tɕyə²⁴ kuai²¹³ tʂʻou²¹³ lɛ⁰

门儿上有个卖肉嘞。 mər⁴² ʂaŋ⁰ iou⁵⁵ kə⁰ mai²¹³ zɔu²¹³ lɛ⁰

肉，肉，怪香嘞， zɔu²¹³ zɔu²¹³ kuai²¹³ ɕiaŋ²⁴ lɛ⁰

门儿上有个卖姜嘞。 mər⁴² ʂaŋ⁰ iou⁵⁵ kə⁰ mai²¹³ tɕiaŋ²⁴ lɛ⁰

姜，姜，怪辣嘞， tɕiaŋ²⁴ tɕiaŋ²⁴ kuai²¹³ la²⁴ lɛ⁰

门儿上有个卖瓜嘞。 mər⁴² ʂaŋ⁰ iou⁵⁵ kə⁰ mai²¹³ kua²⁴ lɛ⁰

瓜，瓜，怪甜嘞， kua²⁴ kua²⁴ kuai²¹³ tʻian⁴² nɛ⁰

门儿上有个卖盐嘞。 mər⁴² ʂaŋ⁰ iou⁵⁵ kə⁰ mai²¹³ ian⁴² nɛ⁰

盐，盐，怪咸嘞， ian⁴² ian⁴² kuai²¹³ ɕian⁴² nɛ⁰

去到河里撑船嘞。 tɕʻy²¹³ tau²¹³ xə⁰ liou⁰ tʂʻəŋ²⁴ tʂʻuan⁴² nɛ⁰

噢——噢——呵，噢——呵——呵。 o²⁴ o⁰ xo²⁴ o²⁴ xo⁰ xo²⁴

扯：扯、拉。 拾₁ᴰ、拾₂ᴰ：拾着，动词变韵表持续义。 拾₃ᴰ、拾₄ᴰ：动词变韵仅作为单趋式中的一个强制性形式成分，不表示实际意义。 怪：副词，很、非常。

扯紧紧（二）

扯，扯，扯紧紧， tʂʻɿə²¹³ tʂʻɿə²¹³ tʂʻɿə²¹³ tɕin⁵⁵ tɕin⁰

腰里 ᴴ 掖 ᴰ⁻⁰ 那花手巾， liau²⁴ liou⁰ ie²⁴ na⁰ xua²⁴ ʂou⁵⁵ tɕin⁰

你一条，俺一条， ni⁵⁵ i⁰ tʻiau⁴² an⁵⁵ i⁰ tʻiau⁴²

剩 ᴰ 这一条给恁婆 ᶻ。 ʂo²¹³ tʂɿə⁰ i⁰ tʻiau⁴² kɛ⁵⁵ | ⁴² nən⁰ pʻau⁴²

掖 ᴰ：塞、挂；动词变韵表持续义，可替换为"掖着"。 剩 ᴰ：动词变韵表完成义，可替换为"剩了"。

撑交不成景儿

撑交 ① 不成景儿， tʂʻəŋ²⁴ tɕiau²⁴ pu²⁴ tʂʻəŋ⁴² tɕiər⁵⁵

饿死 ᴰ 小白狗儿； ə²¹³ sɿə⁰ ɕiau⁵⁵ pɛ⁴² kər⁵⁵

① 撑交：一种儿童游戏。将一条一米左右的绳子结成环状，一个人用两手撑成线圈，另一个人按一定规则用手指去挑，可翻转成不同的形状，将绳子再结到自己手上，双方循环数次。

撑<u>交</u>不成花儿，　　tʂʻəŋ²⁴ tɕiau²⁴ pu²⁴ tʂʻən⁴² xuɐr²⁴

饿死^D恁一家儿。　　ə²¹³ sɿə⁰ nən⁵⁵ i⁰ tɕiɐr²⁴

意为玩撑交游戏是一种不好的预兆；用作戏谑语。　不成<u>景儿</u>：饿死人的年景。　死^D：动词变韵表加强肯定语气。

城里^H人

城里^H人，半颗脸^Z，　　tʂʻən⁴² liou⁵⁵ zən⁰ pan²¹³ kʻə⁰ liæ⁵⁵

瞧见熟人儿扭扭脸。　　tɕʻiau⁴² tɕian²¹³ ʂu⁴² zər⁴² niou⁵⁵｜⁴² niou⁰ lian⁵⁵

用着人时儿说好话，　　yŋ²¹³ tʂuə⁰ zən⁴² ʂər⁴² ʂɿə²⁴ xau⁵⁵ xua²¹³

不用人时儿翻白眼。　　pu²⁴｜⁴² yŋ²¹³ zən⁴² ʂər⁴² fan²⁴ pɛ⁴² ian⁵⁵

见^D乡里^H人不抬头，　　tɕiæ²¹³ ɕiaŋ²⁴ liou⁰ zən⁰ pu²⁴ tʻai⁴² tʻou⁴²

瞧见只当没瞧见。　　tɕʻiau⁴² tɕian²¹³ tʂɿ²⁴｜⁴² taŋ²⁴｜²¹³ mu⁴² tɕʻiau⁴² tɕian²¹³

此谣流行于20世纪六七十年代，讲的是农村人普遍认为县城人有优越感，没有农村人厚道，对人尤其是对农村人不热情。　城里^H：指县城里。　半颗脸^Z：半拉脸、半边脸；意为对人很冷淡，扭过脸去，对人视而不见或装作没看见。　见^D：见到，动词变韵表终点义。"只""当"无规则变调。

程大姐

一个大姐本姓程，　　i²⁴｜⁴² kə⁰ ta²¹³ tɕiɛ⁵⁵ pən⁵⁵ ɕiŋ⁴² tʂʻəŋ⁴²

一心要寻秃老明。　　i²⁴ ɕin²⁴ iau²¹³ ɕin⁴² tʻu⁴² lau⁵⁵｜²⁴ miŋ⁴²

不图庄儿，不图地，　　pu²⁴ tʻu⁴² tʂuɐr²⁴ pu²⁴ tʻu⁴² ti²¹³

光图纺花不点灯。　　kuaŋ²⁴ tʻu⁴² faŋ⁵⁵ xua²⁴ pu²⁴ tian⁵⁵ təŋ²⁴

黑价拉到梁头上，　　xɛ²⁴ tɕia⁰ la²⁴ tau⁰ liaŋ⁴² tʻou⁴² ʂaŋ⁰

照嘞满屋都是明。　　tʂau²¹³ lɛ⁰ man⁵⁵ u²⁴ tou²⁴｜⁴² ʂɿ²¹³ miŋ⁴²

不怕跶折胳膊腿，　　pu²⁴｜⁴² pʻa²¹³ pan⁵⁵ ʂɿ⁴² kɛ⁴² puə⁰ tʻuei⁵⁵

就怕打^{D-0}他嘞琉璃灯。　　tɕiou²¹³ pʻa²¹³ ta⁵⁵ tʻa⁰ lɛ⁰ liou⁴² li⁰ təŋ²⁴

秃：指人秃顶少发。　庄儿：宅院。　跶：跌、摔。　打^D：器皿、蛋类等因撞击而破碎；动词变韵表完成义，可替换为"打了"。　琉璃灯：喻指秃子头顶。

吃罢元宵饭

吃罢元宵饭，　　　tʂʻʅ²⁴ pa²¹³ yan⁴² ɕiau²¹³ fan²¹³
都去找活儿干。　　tou²⁴ ˩ ⁴² tɕʻy²¹³ tʂau⁵⁵ xuɣr⁴² kan²¹³
该上工嘞上工，　　kai²⁴ ʂaŋ²¹³ kuəŋ²⁴ le⁰ ʂaŋ²¹³ kuəŋ²⁴
该进店嘞进店。　　kai²⁴ tɕin²¹³ tian²¹³ nɛ⁰ tɕin²¹³ tian²¹³

吃饭

男嘞吃饭，　　　　nan⁴² nɛ⁰ tʂʻʅ²⁴ fan²¹³
狼吞虎咽；　　　　laŋ⁴² tʻən²⁴ xu⁵⁵ ian²¹³
女嘞吃饭，　　　　ny⁵⁵ lɛ⁰ tʂʻʅ²⁴ fan²¹³
细嚼慢咽。　　　　ɕi²¹³ tsuə⁴² man²¹³ ian²¹³

吃嘞多　屙嘞多

吃嘞多，喝嘞多，　　tʂʻʅ²⁴ lɛ⁰ tuə²⁴ xə²⁴ lɛ⁰ tuə²⁴
多吃多喝烂嘴角。　　tuə²⁴ tʂʻʅ²⁴ tuə²⁴ xə²⁴ lan²¹³ tsuei⁵⁵ tɕyə²⁴
吃嘞多，屙嘞多，　　tʂʻʅ²⁴ lɛ⁰ tuə⁰ ə²⁴ lɛ⁰ tuə⁰
屁股眼 ᶻ 里 ᴴ 招啰唆。　　pʻi²¹³ ku⁰ iæ⁵⁵ liou⁰ tʂau²⁴ luə²⁴ suə⁰
吃嘞多，屙嘞多，　　tʂʻʅ²⁴ lɛ⁰ tuə⁰ ə²⁴ lɛ⁰ tuə⁰
拾粪老头儿待 ᴰ 见我。　　ʂʅ⁴² fən²¹³ lau⁵⁵ ˩ ²⁴ tʻər⁴² tæ²¹³ tɕian⁰ uə⁰

指多吃多喝不利于健康，尤其是出门远行的时候，多吃多喝会给自己找麻烦；但是，任何不利的事情（如多吃多喝）似乎又都有其有利的一面。　待 ᴰ 见：喜欢；"待 ᴰ"当为构词变韵，因为如果不变韵，"待见"不能成词；其变韵来源及理据待考。

吃嘞啥饭

今 ^D 个吃嘞啥饭？　　tɕiɛ²⁴ kə⁰ tʂʽʅ²⁴ lɛ⁰ ʂa⁵⁵ fan²¹³

吃嘞干饭。　　tʂʽʅ²⁴ lɛ⁰ kan²⁴ fan⁰

啥干？饼干。　　ʂa⁵⁵ kan²⁴ piŋ⁵⁵ kan²⁴

啥饼？烧饼。　　ʂa⁵⁵⁝⁴² piŋ⁵⁵ ʂau²⁴ piŋ⁰

啥烧？火烧 ①　。　　ʂa⁵⁵ ʂau²⁴ xuə⁵⁵ ʂau⁰

啥火？红火。　　ʂa⁵⁵⁝⁴² xuə⁵⁵ xuəŋ⁴² xuə⁵⁵

啥红？枣红。　　ʂa⁵⁵ xuəŋ⁴² tsau⁵⁵ xuəŋ⁴²

啥枣？酸枣 ②　。　　ʂa⁵⁵⁝⁴² tsau⁵⁵ suan²⁴ tsau⁰

啥酸？糕酸。　　ʂa⁵⁵ suan²⁴ kau²⁴ suan²⁴

啥糕？年糕。　　ʂa⁵⁵ kau²⁴ nian⁴² kau²⁴

啥年？兔年。　　ʂa⁵⁵ nian⁴² tʽu²¹³ nian⁴²

今 ^D 个：今天。　兔：指生肖；可以依据年份的不同替换为"虎、龙、猪、羊、狗"等。

出嫁妹妹俺赔钱

磨杆橡，两头儿圆，　　muə²¹³ kan²⁴ tʂʽuan⁴² liaŋ⁵⁵ tʽər⁰ yan⁴²

出嫁妹妹俺赔钱。　　tʂʽʅ²⁴ tɕia⁰ mei²¹³ mei⁰ an⁵⁵ pʽei⁴² tɕʽian⁴²

二斤猪肉三斤酒，　　ər²¹³ tɕin²⁴ tʂʅ²⁴ ʐou⁰ san²⁴ tɕin²⁴ tɕiou⁵⁵

打发妹妹上轿走。　　ta⁵⁵ pa⁰ mei²¹³ mei⁰ ʂaŋ²¹³ tɕiau²¹³ tsou⁵⁵

爹跺脚，娘拍手，　　tiɛ²⁴ tuə²¹³ tɕyə⁴² niaŋ⁴² pʽɛ²⁴ ʂou⁵⁵

不递从小儿喂个狗。　　pu²⁴⁝⁴² ti²¹³ tsʽuəŋ⁴² ɕior⁵⁵ uei²¹³ kə⁰ kou⁵⁵

磨杆橡：装在石磨上用以推动而使石磨转动的木杆子。

出嫁妹妹要衣裳

数嘞星星十二行，　　ʂu⁵⁵ lɛ⁰ ɕiŋ²⁴ ɕiŋ⁰ ʂʅ⁴² ər²¹³ xaŋ⁴²

---

① 火烧：见民谣"浚县地方特产（二）"。

② 酸枣：见民谣"四大扎"。

出嫁妹妹要衣裳。　　　　tʂʻʯ²⁴ tɕia⁰ mei²¹³ mei⁰ iau²¹³ i²⁴ ʂaŋ⁰

大哥陪嘞金银柜，　　　　ta²¹³ kə⁵⁵ pʻei⁴² lɛ⁰ tɕin²⁴ in⁴² kuei²¹³

二哥陪嘞象牙床。　　　　ər²¹³ kə⁵⁵ pʻei⁴² lɛ⁰ ɕiaŋ²¹³ ia⁴² tʂʻuaŋ⁴²

三哥陪嘞三间楼，　　　　san²⁴ kə⁵⁵ pʻei⁴² lɛ⁰ san²⁴ tɕian²⁴ lou⁴²

四哥陪嘞四条手巾一般长。　　sʅ²¹³ kə⁵⁵ pʻei⁴² lɛ⁰ sʅ²¹³ tʻiau⁴² ʂou⁵⁵ tɕin⁰ i²⁴ pan²⁴ | ⁵⁵ tʂʻaŋ⁴²

五哥陪嘞纺花车，　　　　u⁵⁵ | ⁴² kə⁵⁵ pʻei⁴² lɛ⁰ faŋ⁵⁵ xua²⁴ tʂʻʯə²⁴

外带织布机一张。　　　　uai²¹³ tai²¹³ tʂʯ²⁴ pu²¹³ tɕi²⁴ i²⁴ tʂaŋ²⁴

掉 ᴰ 个六哥没啥儿陪，　　tio²¹³ kə⁰ liou²¹³ kə⁵⁵ mu⁴² ʂɐr⁰ pʻei⁴²

牵 ᴰ 来骡 ᶻ 马送妹妹。　　tɕʻiæ²⁴ lai⁰ luau⁴² ma⁵⁵ suəŋ²¹³ mei²¹³ mei⁰

一送送到五里坡，　　　　i²⁴ | ⁴² suəŋ²¹³ suəŋ²¹³ tau⁰ u⁵⁵ | ⁴² li⁵⁵ pʻuə²⁴

再送五里也不多。　　　　tsai²¹³ suəŋ²¹³ u⁵⁵ | ⁴² li⁵⁵ iɛ⁵⁵ pu²⁴ tuə²⁴

一般：一样；"般"无规则变调。　　掉 ᴰ：（其他人除外），剩余；动词变韵表完成义，可替换为"掉了"。　　牵 ᴰ：动词变韵仅作为单趋式中的一个强制性形式成分，不表示实际意义。

出来门儿　下正西

出来门儿，下正西，　　　　tʂʻʯ²⁴ lai⁰ mər⁴² ɕia²¹³ tʂəŋ²¹³ ɕi²⁴

遇见个公鸡撵母鸡。　　　　y²¹³ tɕian⁰ kə⁰ kuəŋ²⁴ tɕi⁰ nian⁵⁵ | ⁴² mu⁵⁵ tɕi⁰

一撵撵到磨道里，　　　　i²⁴ nian⁵⁵ nian⁵⁵ tau⁰ muə²¹³ tau²¹³ li⁰

叼住头，压住尾，　　　　tau²⁴ tʂʯ⁰ tʻou⁴² ia²⁴ tʂʯ⁰ i⁵⁵

噔，噔，放 ᴰ 俩屁。　　　　təŋ²⁴ təŋ²⁴ fæŋ²¹³ lia⁵⁵ pʻi²¹³

磨道：磨坊里人推磨或牲口拉磨时的走道。　　放 ᴰ：动词变韵表完成义，可替换为"放了"。

穿鞋 *

一间屋子窄又窄，　　　　i²⁴ tɕian²⁴ u²⁴ tsʅ⁰ tʂɛ²⁴ iou²¹³ tʂɛ²⁴

里 ᴴ 头能坐五个客；　　　liou⁵⁵ tʻou⁰ nəŋ⁴² tsuə²¹³ u⁵⁵ kə⁰ kʻɛ²⁴

五个客人一齐儿进，　　u⁵⁵ kə⁰ kʻɛ²⁴ zən⁴² i²⁴ tɕʻiər⁴² tɕʻin²¹³

推住屁股往里 ᴴ 塞。　　tʻuei²⁴ tʂʅ⁰ pʻi²¹³ ku⁰ uaŋ⁵⁵ liou⁰ sɛ²⁴

此为谜语的谜面；谜底：穿鞋的过程。　　一齐儿：一起，一块儿。

串门儿（一）

东家串，西家串，　　tuəŋ²⁴ tɕia⁰ tʂʻuan²¹³ ɕi²⁴ tɕia⁰ tʂʻuan²¹³

瞧瞧□家吃嘞啥饭。　　tɕʻiau⁴² tɕʻiau⁰ iæ⁴² tɕia²⁴ tʂʻʅ²⁴ lɛ⁰ ʂa⁵⁵ fan²¹³

有心吃□点儿，　　iou⁵⁵ ɕin²⁴ tʂʻʅ²⁴ iæ⁰ tior⁰

就是不给咱。　　tɕiou²¹³ ʂʅ⁰ pu²⁴ kei⁵⁵ ǀ⁴² tsan⁰

□：人家。　　"给"无规则变调。

串门儿（二）

串 ᴰ 东家，串 ᴰ 西家，　　tʂʻuæ²¹³ tuəŋ²⁴ tɕia⁰ tʂʻuæ²¹³ ɕi²⁴ tɕia⁰

一下 ᶻ 串到奶奶家。　　i²⁴ ǀ⁴² ɕiæu²¹³ tʂʻuan²¹³ tau⁰ nai⁵⁵ nai⁰ tɕia⁰

奶奶家有一堆大西瓜，　　nai⁵⁵ nai⁰ tɕia⁰ iou⁵⁵ i⁰ tsuei²⁴ ta²¹³ ɕi²⁴ kua⁰

坐 ᴰ⁻⁰ 那儿一下 ᶻ 吃 ᴰ 俩仨。　　tsuə²¹³ nɐr⁰ i²⁴ ǀ⁴² ɕiæu²¹³ tʂʻʅə²⁴ lia⁵⁵ ǀ⁴² sa²⁴

串 ᴰ、坐 ᴰ⁻⁰：动词变韵均表终点义，可分别替换为"串到""坐到"。
吃 ᴰ：吃了，动词变韵表完成义。　　"俩"无规则变调。

串亲戚

亲戚串到初五六，　　tɕʻin²⁴ tɕʻi⁰ tʂʻuan²¹³ tau⁰ tʂʻu²⁴ u⁵⁵ liou²¹³

又没豆腐又没肉；　　iou²¹³ mu⁴² tou²¹³ fu⁰ iou²¹³ mu⁴² zou²¹³

亲戚串到初七八，　　tɕʻin²⁴ tɕʻi⁰ tʂʻuan²¹³ tau⁰ tʂʻu²⁴ tɕʻi²⁴ pa²⁴

又没细粉又没渣 ①。　　iou²¹³ mu⁴² ɕi²¹³ fən⁰ iou²¹³ mu⁴² tʂa⁵⁵。

---

① 　渣：又称"细粉渣"，浚县特色食品。以粉条、粉芡为主要原料，加上大葱、大蒜、生
　　姜末、盐、五香粉等调味料蒸制而成；成品其色微碧，呈半透明状，柔软而有弹性，口
　　感爽滑、筋道。

初五六：指正月初五、初六。　　细粉：粉条。

春打六九头

春打六九头，	tʂ'uən²⁴ ta⁵⁵ liou²¹³ tɕiou⁵⁵ t'ou⁴²
吃穿不用愁；	tʂ'ʅ²⁴ tʂ'uan²⁴ pu²⁴ˈ⁴² yŋ²¹³ tʂ'ou⁴²
春打五九尾，	tʂ'uən²⁴ ta⁵⁵ u⁵⁵ˈ⁴² tɕiou⁵⁵ˈ⁴² uei⁵⁵
要饭跑断腿。	iau²¹³ fan²¹³ p'au⁵⁵ tuan²¹³ t'uei⁵⁵

指如果立春节气在六九的第一天，预示风调雨顺，庄稼会有好收成；如果立春节气在五九的最后一天，预示庄稼收成不好。　　春：立春。

层层叠叠　哩哩啦啦 *

层层叠叠，	ts'əŋ⁴² ts'əŋ⁴² tiɛ⁴² tiɛ⁴²
哩哩啦啦；	li²⁴ li⁰ la²⁴ la²⁴
两头儿尖尖，	liaŋ⁵⁵ t'ər⁴² tɕian²⁴ tɕian²⁴
上青下白 ① 。	ʂaŋ²¹³ tɕ'iŋ²⁴ ɕia²¹³ pɛ⁴²

此为谜语的谜面；谜底：牛屎、羊屎、老鼠屎、鸡屎；谜底另一说：经书、教书先生、枣核钉、大葱。

此物是个宝 *

此物是个宝，	ts'ʅ⁵⁵ u²¹³ ʂʅ²¹³ kə⁰ pau⁵⁵
谁也离不了。	ʂei⁴² iɛ⁰ li²¹³ pu²⁴ liau⁵⁵
不洗倒干净，	pu²⁴ ɕi⁵⁵ tau²¹³ kan²⁴ tɕiŋ⁰

---

① 关于此谜语，民间还有故事传说：从前有位教书先生，穷困潦倒，却有祖传的一块好地。一个地主一心想霸占这块地，先生不依，二人便打官司到了县官那里。那位县官虽然是个糊涂官，却也附庸风雅，对秀才和地主说："我出四个谜语，你们谁猜对了，官司即胜。"于是便说出了上述谜语。地主不学无术，摇头晃脑地说道："层层叠叠是牛屎，哩哩啦啦是羊屎，两头儿尖尖老鼠屎，上青下白是鸡屎。"教书先生稍作思考，说道："层层叠叠是本经，哩哩啦啦是先生（教师）；两头儿尖尖枣核钉，上青下白一棵葱。"县官对先生的回答十分满意，便对地主说："你满肚子都是屎，你输啦。"

一洗就脏了。　　i²⁴ ɕi⁵⁵ tɕiou²¹³ tsaŋ²⁴ liau⁰

此为谜语的谜面；谜底：水。

刺猬 *

小货郎，不挑担，　　ɕiau⁵⁵ xuə²¹³ laŋ⁴² pu²⁴ t'iau²⁴ tan²¹³

沟里走，沟里串，　　kou²⁴ li⁰ tsou⁵⁵ kou²⁴ li⁰ tʂ'uan²¹³

背着针，忘了线。　　pei²⁴ tʂuə⁰ tʂən²⁴ uaŋ²¹³ lə⁰ ɕian²¹³

此为谜语的谜面；谜底：刺猬。

聪明白姑娘 *

聪明白姑娘，　　ts'uəŋ²⁴ miŋ⁰ pɛ⁴² ku²⁴ niaŋ⁰

她□盖闺房，　　t'a⁵⁵ tsɿə²¹³ kai²¹³ kuei²⁴ faŋ⁴²

闺房盖嘞巧，　　kuei²⁴ faŋ⁴² kai²¹³ lɛ⁰ tɕ'iau⁵⁵

就是没门窗。　　tɕiou²¹³ ʂɿ⁰ mu⁴² mən⁴² tʂ'uaŋ²⁴

此为谜语的谜面；谜底：蚕。　　□：自己。

聪明人　糊涂人

聪明人，糊涂人，　　ts'uəŋ²⁴ miŋ⁰ zən⁴² xu⁴² tu⁰ zən⁴²

走到最后都是坟。　　tsou⁵⁵ tau⁰ tsuei²¹³ xou²¹³ tou²⁴ | ⁴² ʂɿ²¹³ fən⁴²

十分聪明甭用尽，　　ʂɿ⁴² fən²⁴ ts'uəŋ²⁴ miŋ⁰ piŋ⁴² yŋ²¹³ tɕin²¹³

留下二分给儿孙。　　liou⁴² ɕia²¹³ ər²¹³ fən²⁴ kei⁵⁵ ər⁴² suən²⁴

从南京到 ᴰ 北京

从南京到 ᴰ 北京，　　ts'uəŋ⁴² nan⁴² tɕiŋ⁰ to²¹³ pei²⁴ tɕiŋ⁰

买嘞没冇卖嘞精。　　mai⁵⁵ lɛ⁰ mu⁴² mau⁰ mai²¹³ lɛ⁰ tɕiŋ²⁴

从北京到 ᴰ 南京，　　ts'uəŋ⁴² pei²⁴ tɕiŋ⁰ to²¹³ nan⁴² tɕiŋ⁰

小孩 ᶻ 没冇大人精。　　ɕiau⁵⁵ xɛau⁴² mu⁴² mau⁰ ta²¹³ zən⁰ tɕiŋ²⁴

指买方永远哄骗不了卖方，小孩子欺骗不了成年人。　到 [D]：到了，动词变韵表完成义。

搓麦穗儿 *

手心儿打场，　　ṣou⁵⁵ ɕiər²⁴ ta⁵⁵ tʂ'aŋ⁴²

嘴当风箱，　　　tsuei⁵⁵ taŋ²⁴ fəŋ²⁴ ɕiaŋ⁰

牙齿当磨，　　　ia⁴² tʂ'ʅ⁵⁵ taŋ²⁴ muə²¹³

布兜里藏粮。　　pu²¹³ tou²⁴ li⁰ ts'aŋ⁴² liaŋ⁴²

此为谜语的谜面；谜底：在手心里搓即将成熟的麦穗儿吃。　打场：把谷子、小麦等农作物拉到场（晾晒谷物的平整土地）里，经过晾晒、碾轧、扬场（用木锨、木杈等扬起谷物，借助风力将籽粒与秸秆儿、籽壳、土分离）等几个环节，使麦籽儿从麦秸上脱落。　磨：粉碎粮食的工具。　布兜：喻指肚子。

D

打岔

搁那儿碗，才吃罢，　　　kə²⁴ nɐr⁰ uan⁵⁵ tsʻai⁴² tʂʻʅ²⁴ pa²¹³

跟 ᴰ聋 ᶻ⁻⁰说话好打岔。　　kɛ²⁴ luəŋ⁴² ʂʮə²⁴ xua²¹³ xau²¹³ ta⁵⁵ tʂʻa²¹³

这个岔，将打罢，　　　　tʂʅə⁵⁵ kə⁰ tʂʻa²¹³ tɕiaŋ²⁴ ta⁵⁵ pa²¹³

问问老兄你还会啥？　　　uən²¹³ uən⁰ lau⁵⁵ ɕyŋ²⁴ ni⁵⁵ xai⁴² xuei²¹³ ʂa⁵⁵

说会啥，也不会啥，　　　ʂʮə²⁴ xuei²¹³ ʂa⁵⁵ iɛ⁵⁵ pu²⁴ ⁼⁴² xuei²¹³ ʂa⁵⁵

两片 ᶻ嘴，胡呱嗒。　　　liaŋ⁵⁵ pʻiæ²¹³ tsuei⁵⁵ xu⁴² kua²⁴ ta⁰

对嗒对，嗒对嗒，　　　　tuei²¹³ ta²⁴ tuei²¹³ ta²⁴ tuei²¹³ ta²⁴

锅里 ᴴ煮 ᴰ个羊尾巴。　　kua²⁴ liou⁰ tʂʮə⁵⁵ kə⁰ iaŋ⁴² i⁵⁵ pa⁰

将：刚刚。　　胡呱嗒：指信口开河、胡言乱语。　　煮 ᴰ：煮着，动词变韵表持续义。

打箩磨面

打箩磨面，　　　　　　ta⁵⁵ luə⁴² muə²¹³ mian²¹³

小孩儿不吃家嘞饭，　　ɕiau⁵⁵ xor⁴² pu²⁴ tʂʻʅ²⁴ tɕia²⁴ lɛ⁰ fan²¹³

要吃河南嘞咸鸭蛋。　　iau²¹³ tʂʻʅ²⁴ xə⁴² nan⁴² nɛ⁰ ɕian⁴² ia²⁴ tan⁰

鸭蛋没冇黄儿，　　　　ia²⁴ tan⁰ mu⁴² mau⁴² xuɐr⁴²

气嘞小孩儿尿 ₁ᴰ一床儿。　tɕʻi²¹³ lɛ⁰ ɕiau⁵⁵ xor⁴² nio²¹³ i²⁴ tʂʻuɐr⁴²

尿 ₂ᴰ这头儿，尿 ₃ᴰ那头儿，　nio²¹³ tʂʅə⁵⁵ tʻər⁴² nio²¹³ na²¹³ tʻər⁴²

冲着媳妇儿嘞花枕头儿。　tʂʻuəŋ²⁴ tʂʮʅ⁰ ɕi⁴² fər⁰ lɛ⁰ xua²⁴ tʂən²¹³ tʻər⁰

媳妇儿掂 ᴰ棍打，　　　ɕi⁴² fər⁰ tiæ²⁴ kuən²¹³ ta⁵⁵

吓嘞小孩儿钻 ^{D} 床底 ^{H}。　　çia^{55}lɛ^{0}çiau^{55}xor^{42}tsuæ^{24}tʂʻuaŋ^{42}tia^{55}

尿$_1$^{D}：尿了，动词变韵表完成义。　　尿$_2$^{D}、尿$_3$^{D}、钻 ^{D}：动词变韵表终点义，可分另替换为"尿到""钻到"。　　掂 ^{D}：掂着，动词变韵表持续义。　　底 ^{H}："底下"的合音。

打是亲　骂是恩

打是亲，骂是恩，　　ta^{55}ʂʅ^{213}tɕʻin^{24}ma^{213}ʂʅ^{213}ən^{24}

不打不骂是仇人；　　pu^{24}ta^{55}pu^{24}│^{42}ma^{213}ʂʅ^{213}tʂʻou^{42}zən^{42}

打是亲，骂是爱，　　ta^{55}ʂʅ^{213}tɕʻin^{24}ma^{213}ʂʅ^{213}ai^{213}

不打不骂是祸害，　　pu^{24}ta^{55}pu^{24}│^{42}ma^{213}ʂʅ^{213}xuə^{213}xai^0

爱嘞越狠用脚踹。　　ai^{213}lɛ^{0}yɛ^{24}xən^{55}yŋ^{213}tɕyə^{24}tʂʻuai^{213}

打我嘞手

打我嘞手，　　ta^{55}│^{42}uə^{0}lɛ^{0}ʂou^{55}

开花儿柳，　　kʻai^{24}xuɐr^{24}liou^{55}

吃我嘞屁，　　tʂʻʅ^{24}uə^{55}lɛ^{0}pʻi^{213}

跟 ^{D} 我走。　　kɛ^{24}uə^{55}│^{42}tsou^{55}

走，走，走，　　tsou^{55}tsou^{55}│^{42}tsou^{55}

拉着一条小死狗。　　la^{24}tʂʯ^{0}i^{24}tʻiau^{42}çiau^{55}ʂʅ^{55}│^{42}kou^{55}

此为成人哄逗幼儿玩耍谣：幼儿拍成人的手，拍一下，成人说一句；说至最后一句时，成人一把攥住幼儿的手。　　跟 ^{D}：跟着，动词变韵表持续义。

大葱 *

半截儿白，　　pan^{213}tɕiɤr^{42}pɛ^{42}

半截儿青；　　pan^{213}tɕiɤr^{42}tɕʻiŋ^{24}

半截儿结实，　　an^{213}tɕiɤr^{42}tɕie^{24}ʂʅ^0

半截儿空；　　pan^{213}tɕiɤr^{42}kʻuəŋ^{24}

半截儿在土里 ^H，　　pan²¹³ tɕiɣr⁴² kai²¹³ t'u⁵⁵ liou⁰

半截儿在地上。　　pan²¹³ tɕiɣr⁴² kai²¹³ ti²¹³ ʂaŋ⁰

此为谜语的谜面；谜底：大葱。　后两句又作：白嘞在土里 ^H，青嘞在地上。

大哥弹弹　二哥捏捏 *

大哥弹弹 ^①，　　　ta²¹³ kə⁵⁵ t'an⁴² t'an⁰

二哥捏捏 ^②，　　　ər²¹³ kə⁵⁵ niɛ²⁴ niɛ⁰

三哥头顶葡萄叶，　san²⁴ kə⁵⁵ t'ou⁴² tiŋ⁵⁵ p'u⁴² t'au⁰ iɛ²⁴

四哥穿紫袍 ^③，　　sɿ²¹³ kə⁵⁵ tʂ'uan²⁴ tsɿ⁵⁵ p'au⁴²

五哥一身毛，　　u⁵⁵ ｜ ⁴² kə⁵⁵ i²⁴ ʂən²⁴ mau⁴²

六哥一身箭，　　liou²¹³ kə⁵⁵ i²⁴ ʂən²⁴ tɕian²¹³

七哥黄裱脸，　　tɕ'i²⁴ kə⁵⁵ xuaŋ⁴² piau⁰ lian⁵⁵

八哥睁开眼，　　pa²⁴ kə⁵⁵ tʂən²⁴ k'ai²⁴ ian⁵⁵

九哥骨朵嘴，　　tɕiou⁵⁵ ｜ ⁴² kə⁵⁵ ku²⁴ tuə⁰ tsuei⁵⁵

十哥一连串。　　ʂɿ⁴² kə⁵⁵ i²⁴ lian⁴² tʂ'uan²¹³

此为谜语的谜面；谜底为十种瓜果蔬菜，依次为：西瓜、甜瓜、丝瓜、红心萝卜、桃子、黄瓜、杏子、梅豆 ^④、花生、葡萄。　黄裱脸：指脸色发黄。　骨朵嘴：指嘴唇上翘、聚拢。

大脚板 ^Z 是时兴嘞

雪花儿膏，桂花儿油，　　ɕyɛ²⁴ xuɐr²⁴ kau²⁴ kuei²¹³ xuɐr²⁴ iou⁴²

---

① 指有经验的人可以用手指弹弹，以判断西瓜是否成熟。

② 指判断甜瓜是否成熟，一般用手捏。

③ 红心萝卜：十字花科植物，又名胭脂红，俗称"冰糖萝卜"；外皮为浅绿色，其叶深绿色，形似枇杷叶，叶柄肋深红色，内里为紫红色，口感脆、口味甜，肉质细嫩。

④ 李荣《汉语方言大词典》记作"梅豆"；梅豆：又名刀豆、扁豆，一年生缠绕性草本植物，茎蔓生，花白色或紫色；荚果长椭圆形，有红色和绿色两种，扁平且微弯，可以当作蔬菜食用。

大脚妮 ^z，剪发头。　ta²¹³ tɕyə²⁴ ni:au²⁴ tɕian⁵⁵ fa²⁴ tʻou⁴²

大脚板 ^z 是时兴嘞，　ta²¹³ tɕyə²⁴ pæ⁵⁵ ʂ˞²¹³ ʂ˞⁴² ɕin²⁴ lɛ⁰

扑棱裤腿儿是年轻嘞。　pʻu²⁴ ləŋ⁰ kʻu²¹³ tʻuər⁵⁵ ʂ˞²¹³ nian⁴² tɕʻin²⁴ lɛ⁰

剪发头：齐肩短发。　时兴：时髦。　扑棱裤腿儿：裤脚张开并抖动；旧时妇女的裤脚是用绑腿带子束起来的，故有此说。

大姐二姐三姐四姐（一）*

大姐粉红脸儿，　ta²¹³ tɕiɛ⁵⁵ fən⁵⁵ xuəŋ⁴² lior⁵⁵

二姐一肚水儿，　ər²¹³ tɕiɛ⁵⁵ i²⁴ | ⁴² tu²¹³ ʂuər⁵⁵

三姐龇着牙儿，　san²⁴ tɕiɛ⁵⁵ tsʻɿ²⁴ tʂ˞ʊ⁰ iɐr⁴²

四姐歪着嘴儿。　sɿ²¹³ tɕiɛ⁵⁵ uai²⁴ tʂ˞ʊ⁰ tsuər⁵⁵

此为谜语的谜面；谜底为四种水果，依次是：苹果、葡萄、石榴、桃子。　龇着牙：咧开嘴，露出牙齿。

大姐二姐三姐四姐（二）*

大姐天天儿花园转，　ta²¹³ tɕiɛ⁵⁵ tʻian²⁴ tʻior⁰ xua²⁴ yan⁴² tʂuan²¹³

二姐唱歌儿夜黑天，　ər²¹³ tɕiɛ⁵⁵ tʂʻaŋ²¹³ kɤr²⁴ iɛ²¹³ xɛ²⁴ tʻian²⁴

三姐织布到天明，　san²⁴ tɕiɛ⁵⁵ tʂ˞²⁴ pu²¹³ tau²¹³ tʻian²⁴ miŋ⁴²

四姐做饭香又甜。　sɿ²¹³ tɕiɛ⁵⁵ tsu²¹³ fan²¹³ ɕiaŋ²⁴ iou²¹³ tʻian⁴²

此为谜语的谜面；谜底为四种动物，依次是：蝴蝶、蝈蝈、蜘蛛、蜜蜂。

大姐二姐三姐四姐（三）*

大姐用针不用线，　ta²¹³ tɕiɛ⁵⁵ yŋ²¹³ tʂən²⁴ pu²⁴ | ⁴² yŋ²¹³ ɕian²¹³

二姐用线不用针，　ər²¹³ tɕiɛ⁵⁵ yŋ²¹³ ɕian²¹³ pu²⁴ | ⁴² yŋ²¹³ tʂən²⁴

三姐点灯不做活儿，　san²⁴ tɕiɛ⁵⁵ tian⁵⁵ təŋ²⁴ pu²⁴ | ⁴² tsu²¹³ xuɤr⁴²

四姐做活儿不点灯。　sɿ²¹³ tɕiɛ⁵⁵ tsu²¹³ xuɤr⁴² pu²⁴ tian⁵⁵ təŋ²⁴

此为谜语的谜面；谜底为四种动物，依次是：蜜蜂、蜘蛛、萤火虫、草蜢①。

大姐看葱

□^D□^D起来冷嗖嗖，　　tɕʻiæŋ²⁴ tɕʻie⁵⁵ tɕʻi⁵⁵ lai⁰ ləŋ⁵⁵ səŋ⁰ səŋ²⁴

遇见个大姐去看葱。　　y²¹³ tɕian⁰ kə⁰ ta²¹³ tɕie⁰ tɕʻy²¹³ kʻan²⁴ tsʻuaŋ²⁴

起^D那边儿来^D个小学生，　　tɕʻie⁵⁵ na²¹³ pior²⁴ lɛ⁴² kə⁰ ɕiau⁵⁵ ɕyə⁴² ʂəŋ⁰

学生弯腰施一礼，　　ɕyə⁴² ʂəŋ⁰ uan²⁴ iau²⁴ ʂʅ⁵⁵ i²⁴ li⁵⁵

大姐还礼面耳红：　　ta²¹³ tɕie⁰ xan⁴² li⁵⁵ mian²¹³ ər⁵⁵ xuəŋ⁴²

哪儿嘞客，不认嘞，　　nɐr⁵⁵ lɛ⁰ kʻɛ²⁴ pu²⁴ | ⁴² zən²¹³ nɛ⁰

花里胡哨认不清。　　xua²⁴ li⁰ xu⁰ ʂau⁰ zən²¹³ pu²⁴ tɕʻiŋ²⁴

想^D吃葱恁拔棵走，　　ɕiæŋ⁵⁵ tʂʻʅ²⁴ tsʻuəŋ²⁴ nən⁵⁵ pa⁴² kʻuə²⁴ tsou⁵⁵

要说别啥儿是不中。　　iau²¹³ ʂʮə²⁴ piɛ⁴² ʂɐr⁰ ʂʅ²¹³ pu²⁴ tʂuəŋ²⁴

头门以上使^D银锁₁锁₂，　　tʻou⁴² məŋ⁴² i⁰ ʂaŋ²¹³ ʂʮə⁵⁵ in⁴² suə⁵⁵ suə⁵⁵

二门以上封条^Z封，　　ər²¹³ məŋ⁴² i⁰ ʂaŋ²¹³ fəŋ²⁴ tʻiæu⁴² fəŋ²⁴

大床底下印板印，　　ta²¹³ tʂʻuaŋ⁴² ti⁵⁵ ɕia⁰ in²¹³ pan⁵⁵ in²¹³

盖的头儿上缀银铃；　　kai²¹³ ti⁰ tʻər⁴² ʂaŋ⁰ tʂuei²¹³ in⁴² liŋ⁴²

我要翻身儿娘动声，　　uə⁵⁵ iau²¹³ fan²⁴ ʂɐr²⁴ niaŋ⁴² tuəŋ²¹³ ʂəŋ²⁴

想想这事儿中不中。　　ɕiaŋ⁵⁵ | ⁴² ɕiaŋ⁰ tʂʮə⁵⁵ ʂɐr²¹³ tʂuəŋ²⁴ puʻ⁰ tʂuəŋ²⁴

此谣讲的是"大姐"婉拒小伙子求爱。　□^D□^D：清早。　大姐：指姑娘；"姐"为旧时对未婚女子的通称。　起^D：介词，从。　来^D：来了，动词变韵表完成义。　学生：指小伙子。　想^D：动词变韵表加强肯定语气。　使^D：介词，用。　盖的：被子。　锁₂：动词。

大拇指

大拇指，二拇指，　　ta²¹³ mən⁰ tʂʅ⁵⁵ ər²¹³ mən⁰ tʂʅ⁵⁵

---

① 草蜢：属于节肢动物类的昆虫，又叫纺织娘；喜食南瓜、丝瓜的花瓣，也吃桑叶、柿树叶、核桃树叶、杨树叶及昆虫等；白天伏在瓜藤的茎、叶之间，晚间摄食、鸣叫。

中拇指，太阳指，　　tʂuəŋ²⁴ mən⁰ tʂʅ⁵⁵ tʻai²¹³ iaŋ⁰ tʂʅ⁵⁵

小拇指。　　ɕiau⁵⁵ mən⁰ tʂʅ⁵⁵

抹牌场儿，十字路儿，　　ma²⁴ pʻai⁴² tʂʻɚr⁵⁵ ʂʅ⁴² tsʅ⁰ luər²¹³

胳肢拐儿，蛤蟆肚儿。　　kɛ⁴² tʂʅ⁰ kuor⁵⁵ xɛ⁴² ma⁰ tuər²¹³

膀子，嗓子 ①，　　paŋ⁵⁵ tsʅ⁰ saŋ⁵⁵ tsʅ⁰

吃饭牌儿，闻香味儿，　　tʂʻʅ²⁴ fan²¹³ pʻor⁴² uən⁴² ɕiaŋ²⁴ uər²¹³

黑眼睛珠儿，　　xɛ²⁴ ian⁵⁵ tiŋ⁰ tʂuər²⁴

肉饺子儿。　　ʐou²¹³ tɕiau⁵⁵ tsər⁰

　　此为游戏谣：成人拉着小孩儿的手，边指边说；小孩儿有痒痒感，不停地嬉笑，怡然成趣。　　太阳指：无名指。　　抹牌：玩牌；"抹牌场儿"指手掌中心。　　十字路儿：指手腕处。　　胳肢拐儿：指肘关节处。　　蛤蟆肚儿：指臂上方靠近肩膀的地方。　　吃饭牌儿：指嘴。　　闻香味儿：指鼻子。　　肉饺子儿：指耳朵。

大女婿

小女今年才十七，　　ɕiau⁵⁵ ⁴² ny⁵⁵ tɕin²⁴ nian⁰ tsʻai⁴² ʂʅ⁴² tɕʻi²⁴

寻 ᴰ 个女婿四十一。　　ɕiɛ⁴² kə⁰ ny⁵⁵ ɕy⁰ sʅ²¹³ ʂʅ⁰ i²⁴

娶俺没坐大花轿，　　tɕʻy⁵⁵ ⁴² an⁰ mu⁴² tsuə²¹³ ta²¹³ xua²⁴ tɕiau²¹³

也没听过嗒嗒嘀。　　iɛ⁵⁵ mu⁴² tʻiŋ²⁴ kuə⁴² ta²⁴ taʼ⁰ ti⁰

都说俺是他闺女，　　tou²⁴ ʂuə²⁴ an⁵⁵ ʂʅ²¹³ tʻa⁵⁵ kuei²⁴ ny⁰

不知 ᴴ 俺是他嘞妻。　　pu²⁴ tʂo²⁴ an⁵⁵ ʂʅ²¹³ tʻa⁵⁵ lɛ⁰ tɕʻi²⁴

一老一少过时光，　　i²⁴ lau⁵⁵ i²⁴ ⁴² ʂau²¹³ kuə²¹³ ʂʅ⁴² ²¹³ kuaŋ⁰

这种时光咋甜蜜？！　　tʂʅə⁵⁵ tʂuəŋ⁰ ʂʅ⁴² ²¹³ kuaŋ⁰ tsa⁵⁵ tʻian⁴² mi²⁴

　　寻 ᴰ：动词变韵表完成义，可替换为"寻了"。　　嗒嗒嘀：拟吹奏乐器之声。　　知 ᴴ："知道"的合音。　　"时"无规则变调。

---

① 浚县方言没有子尾词，子尾词均作 Z 变韵。"膀子""嗓子"在浚县话中分别变读为"膀 ᶻ pæŋ⁵⁵""嗓 ᶻ sæŋ⁵⁵"。这里的"膀子""嗓子"没有变韵，应该是为了音节的整齐。

大牌牌（一）

大牌牌，二牌牌， ta²¹³ p'ai⁴² p'ai⁰ ər²¹³ p'ai⁴² p'ai⁰

到俺家，洗脸来。 tau²¹³ an⁵⁵ tɕia²⁴ ɕi⁵⁵ | ⁴² lian⁵⁵ lai⁰

大脚立 ᴰ 那儿洗， a²¹³ tɕɣə²⁴ liɛ²⁴ nɐr⁰ ɕi⁵⁵

小脚坐 ᴰ⁻⁰ 那儿洗， ɕiau⁵⁵ tɕɣə²⁴ tsuə²¹³ nɐr⁰ ɕi⁵⁵

拿个手巾扔给 ᴰ 你。 na⁴² kə⁰ ʂou⁵⁵ tɕin⁰ zəŋ²⁴ kɛ⁰ ni⁰

扔嘞高，小虫儿叨， zəŋ²⁴ lɛ⁰ kau²⁴ ɕiau⁵⁵ tʂ'uɐr⁰ tau²⁴

扔嘞低，小虫儿吃， zəŋ²⁴ lɛ⁰ ti²⁴ ɕiau⁵⁵ tʂ'uɐr⁰ tʂʅ²⁴

龟孙龟孙气死 ᴰ 你。 kuei²⁴ suən²⁴ kuei²⁴ suən²⁴ tɕ'i²¹³ sʅə⁰ ni⁰

立 ᴰ、坐 ᴰ⁻⁰：动词变韵均表终点义，可分别替换为"立到""坐到"。 手巾：毛巾。 小虫儿：麻雀。 死 ᴰ：动词变韵表加强肯定语气。

大牌牌（二）

大牌牌，二牌牌， ta²¹³ p'ai⁴² p'ai⁰ ər²¹³ p'ai⁴² p'ai⁰

都到俺家洗脸来。 tou²⁴ | ⁴² tau²¹³ an⁵⁵ tɕia²⁴ ɕi⁵⁵ | ⁴² lian⁵⁵ lai⁰

大脚立 ᴰ 那儿洗， a²¹³ tɕɣə²⁴ liɛ²⁴ nɐr⁰ ɕi⁵⁵

小脚坐 ᴰ⁻⁰ 那儿洗， ɕiau⁵⁵ tɕɣə²⁴ tsuə²¹³ nɐr⁰ ɕi⁵⁵

红绸手巾撂给 ᴰ 你。 xuəŋ⁴² tʂ'ou⁴² ʂou⁵⁵ tɕin⁰ liau²¹³ kɛ⁰ ni⁰

撂嘞高，老鸹叼， liau²¹³ lɛ⁰ kau²⁴ lau⁵⁵ | ⁴² kua⁰ tiau²⁴

撂嘞低，小虫儿吃。 liau²¹³ lɛ⁰ ti²⁴ ɕiau⁵⁵ tʂ'uɐr⁰ tʂʅ²⁴

金不落，银不落， tɕin²⁴ pu⁰ luə²⁴ in⁴² pu⁰ luə²⁴

一对儿小妮儿都下落； i²⁴ | ⁴² tuər²¹³ ɕiau⁵⁵ niər²⁴ tou²⁴ | ⁴² ɕia²¹³ luə²⁴

金落地，银落地， tɕin²⁴ luə²⁴ ti²¹³ in⁴² luə²⁴ ti²¹³

一对儿小妮儿想 ᴰ 上去。 i²⁴ | ⁴² tuər²¹³ ɕiau⁵⁵ niər²⁴ ɕiæŋ⁵⁵ ʂaŋ²¹³ tɕ'y⁰

立 ᴰ、坐 ᴰ⁻⁰：动词变韵均表终点义，可分别替换为"立到""坐到"。 老鸹：乌鸦。 想 ᴰ：动词变韵表加强肯定语气义。

大伾山　高又高

黄河水，水连天，　　　xuaŋ⁴² xə⁴² ʂuei⁵⁵ ʂuei⁵⁵ lian⁴² t'ian²⁴

流经黎阳大伾山 ① 。　　liou⁴² tɕiŋ²⁴ li⁴² iaŋ⁰ ta²¹³ p'ei⁵⁵ ʂan²⁴

大伾山，高又高，　　　ta²¹³ p'ei⁵⁵ ʂan²⁴ kau²⁴ iou²¹³ kau²⁴

山上有个玉皇庙。　　　ʂan²⁴ ʂaŋ⁰ iou⁵⁵ kə⁰ y²¹³ xuaŋ⁴² miau²¹³

玉皇庙，连云天，　　　y²¹³ xuaŋ⁴² miau²¹³ lian⁴² yn⁴² t'ian²⁴

刘秀 ② 在此筑青坛。　　liou⁴² ɕiou²¹³ kai²¹³ tsʻʅ⁵⁵ tʂʅ²¹³ tɕ'iŋ²⁴ t'an⁴²

筑青坛，庆胜利，　　　tʂʅ²¹³ tɕ'iŋ²⁴ t'an⁴² tɕ'iŋ²¹³ ʂəŋ²¹³ li²¹³

南杀北战要统一。　　　nan⁴² ʂa²⁴ pei²⁴ tʂan²¹³ iau²¹³ t'uəŋ²⁴ i²⁴

平王朗 ③ ，杀王莽 ④ ，　p'iŋ⁴² uaŋ⁴² laŋ²¹³ ʂa²⁴ uaŋ⁴² maŋ⁵⁵

声势浩大兴汉邦。　　　ʂəŋ²⁴ ʂʅ²¹³ xau⁴² ta²¹³ ɕiŋ²⁴ xan²¹³ paŋ²⁴

　　大伾山：位于浚县城东，又称东山；现存道观佛寺建筑群 7 处，名亭 8 座，石窟 6 处，各式古建筑 138 间，摩崖碑刻 460 余处；因有中国最早、北方最大的石佛而闻名于世。

大伾山上扎大营

瓦岗寨上众弟兄，　　　ua⁵⁵ kaŋ⁵⁵ tʂai²¹³ ʂaŋ⁰ tʂuəŋ²¹³ ti²¹³ ɕyŋ⁰

南嘞北嘞杀隋兵。　　　nan⁴² nɛ⁰ pei²⁴ lɛ⁰ ʂa²⁴ suei⁴² piŋ²⁴

打开黎阳仓，　　　　　ta⁵⁵ kʻai²⁴ li⁴² iaŋ⁰ ts'aŋ²⁴

---

① 元代以前，黄河流经浚县，大伾山东约二里处即古代著名的白马津，亦称黎阳津。故有此说。

② 刘秀（前 5~57）：字文叔，南阳蔡阳（今湖北省枣阳西南）人；东汉王朝开国皇帝，汉高祖刘邦九世孙；中国古代著名的政治家、军事家。据载，刘秀曾在大伾山筑坛祭天，因此大伾山也称青坛山。

③ 王郎：本名王昌，河北邯郸人，诈称自己是汉成帝遗落在民间的儿子刘子舆，联合刘邦的后人刘林、邯郸豪强李育等人，于公元 23 年 12 月在邯郸称帝。因为刘秀的身份直接影响到了王郎的皇位，王郎称帝后就想着赶紧除掉刘秀这个心腹大患。王郎以十万户的封地为悬赏，不仅下令各地抓捕刘秀，更是从邯郸派出骑兵直接去追杀刘秀，于是"王郎赶刘秀"的大幕就拉开了。后来刘秀在信都聚将招兵，消灭了王郎。

④ 王莽（前 45~23）：字巨君，魏郡元城县（今河北省大名县）人，西汉权臣、政治家、改革家，新朝开国皇帝。王莽称帝后，采取了一系列惠民措施，史称"王莽改制"。

赈济老百姓。　　　tʂən²¹³ tɕi²¹³ lau⁵⁵ | ²⁴ pɛ²⁴ | ⁴² ɕiŋ⁰

军师徐懋公 ①，　　　tɕyn²⁴ ʂʅ²⁴ ɕy⁴² mau²¹³ kuəŋ²⁴

坐镇中军亭。　　　tsuə²¹³ tʂən²¹³ tʂuəŋ²⁴ tɕyn²⁴ t'iŋ⁴²

派兵镇守黎阳津，　　p'ai²¹³ piŋ²⁴ tʂən²¹³ ʂou⁵⁵ li⁴² iaŋ⁰ tɕin²⁴

收罗天下众英雄。　　ʂou²⁴ luə⁴² t'ian²⁴ ɕia²¹³ tʂuəŋ²¹³ iŋ²⁴ ɕyŋ⁰

眼观六路听八方，　　ian⁵⁵ kuan²⁴ liou²¹³ lu²¹³ t'iŋ²⁴ pa²⁴ faŋ²⁴

大伾山上扎大营 ②。　ta²¹³ p'ei⁵⁵ ʂan²⁴ ʂaŋ⁰ tʂa²⁴ ta²¹³ iŋ⁴²

黎阳津：建于战国时期，称白马口；随朝代更替先后改称天桥津、白马关、黎阳关、黎阳口和黎阳津；遗址在今河南浚县黎阳镇角场营村黄河故堤边。

大傻瓜　二半吊 ᶻ

大傻瓜，二半吊 ᶻ，　ta²¹³ ʂa⁵⁵ kua²⁴ ər²¹³ pan²¹³ tiæu²¹³

稀巴肚，戴 ᴰ 草帽 ᶻ。　ɕi²⁴ pa⁰ tu²⁴ tɛ²¹³ ts'au⁵⁵ mæu²¹³

此为戏谑谣，用于打趣一时犯糊涂的人。　二半吊 ᶻ：喻指人不通情理、半痴半傻、做事莽撞。　稀巴肚：赤身裸体。　戴 ᴰ：戴着，动词变韵表持续义。

大实话

吃饱 ᴰ 饭当时不饥，　tʂ'ʅ²⁴ po⁵⁵ fan²¹³ taŋ²⁴ ʂʅ⁴² pu²⁴ tɕi²⁴

---

① 徐懋公（594~669）：曹州离狐（今山东省菏泽市东明县）人。原名徐世勣，字懋功；后赐姓李，高宗朝为避太宗讳改"世勣"为"勣"，遂以李勣之名闻名于世。瓦岗寨军师，唐朝初年名将，凌烟阁二十四功臣之一。

② 据载，瓦岗起义军首义于滑县，发展壮大于浚县，瓦岗寨就在浚县境内大伾山一带。虽因年代久远，大伾山历经沧桑巨变，但有关瓦岗寨的遗迹尚存不少。大伾山山顶的禹王庙前，瓦岗寨用以练兵点将的中军亭和山北坡观音岩旁的懋公宅，是现今规模较大的瓦岗寨遗址之一。大伾山东麓紫金、凤凰二山，乃是当年黄河中的两座小岛，据说程咬金当皇帝的金銮殿就在岛上。1969 年卫河清淤时，在大伾山西南罗庄发现了李密墓志铭。参见霍军《隋末农民起义根据地瓦岗寨在浚县大伾山初探》，《河南大学学报》（社会科学版）2001 年第 4 期。

往东走腿肚朝西。　　uaŋ⁵⁵ tuəŋ²⁴ tsou⁵⁵ tʻuei⁵⁵ tu²¹³ tʂʻau⁴² ɕi²⁴

正宫娘娘添 ᴰ 个小 ᶻ，　　tʂəŋ²¹³ kuaŋ²⁴ niaŋ⁴² niaŋ⁰ tʻiæ²⁴ kə⁰ ɕiæu⁵⁵

不用算卦是个朝廷。　　pu²⁴ ⎮ ⁴² yŋ²¹³ suan²¹³ kua²¹³ ʂʅ²¹³ kə⁰ tʂʻau⁴² tʻiŋ⁰

饱 ᴰ：饱了，动词变韵表完成义。　　添 ᴰ：生育、分娩；动词变韵表完成义，可替换为"添了"。　　小 ᶻ：男孩子。　　朝廷：代指皇帝。

大食堂万岁

大食堂万岁，　　ta²¹³ ʂʅ⁴² tʻaŋ⁴² uan²¹³ suei²¹³

吃饭排队。　　tʂʻʅ²⁴ fan²¹³ pʻai⁴² tuei²¹³

站嘞刻前，　　tʂan²¹³ nɛ⁰ kʻɛ²⁴ tɕʻian⁴²

炊事员光烦；　　tsʻuei²⁴ ʂʅ⁰ yan⁴² kuaŋ²⁴ fan⁴²

站嘞刻后，　　tʂan²¹³ nɛ⁰ kʻɛ²⁴ xou²¹³

肚里 ᴴ 饿嘞不好受。　　tu²¹³ liou⁰ ə²¹³ lɛ⁰ pu²⁴ xau⁵⁵ ʂou²¹³

一站站到半晌，　　i²⁴ ⎮ ⁴² tʂan²¹³ tʂan²¹³ tau⁰ pan²¹³ ʂaŋ⁵⁵

领 ᴰ 个窝窝二两。　　lio⁵⁵ kə⁰ uə²⁴ uə⁰ ər²¹³ liaŋ⁵⁵

俺娘打俺一巴掌：　　an⁵⁵ niaŋ⁴² ta⁵⁵ ⎮ ⁴² an⁵⁵ i²⁴ pa²⁴ tʂaŋ⁰

"小 ᶻ 哎小 ᶻ 哎快点儿长，　　ɕiæu⁵⁵ uai⁵⁵ ɕiæu⁵⁵ uai⁰ kʻuai²¹³ tior⁰ tʂaŋ⁵⁵

长大当个事务长，　　tʂaŋ⁵⁵ ta²¹³ taŋ²⁴ kə⁰ ʂʅ²¹³ u⁰ tʂaŋ⁵⁵

偷点儿米，偷点儿面，　　tʻou²⁴ tior⁰ mi⁵⁵ tʻou²⁴ tior⁰ mian²¹³

回家给 ᴰ 你做饱饭。"　　xuei⁴² tɕia²⁴ kɛ⁵⁵ ⎮ ²¹³ ni⁰ tsu²¹³ pau⁵⁵ fan²¹³

此为流行于 1958 年人民公社化运动大食堂时期的歌谣，描述的是当时人们吃不饱饭、忍饥挨饿的情景。　　刻：靠近、接近。　　领 ᴰ：领了，动词变韵表完成义。　　事务长：司务长，专门负责伙食的人。

大蒜（一）*

弟兄七八个，　　ti²¹³ ɕyŋ⁰ tɕʻi²⁴ pa²⁴ ⎮ ⁴² kə²¹³

围着柱子坐，　　uei⁴² tʂʂʅ⁰ tʂʅ²¹³ tsʅ⁰ tsuə²¹³

大家一分手，　　ta²¹³ tɕia⁰ i²⁴ fən²⁴ ʂou⁵⁵

衣裳都撕破。　　　i²⁴ ʂaŋ⁰ tou²⁴ sʅ²⁴ pʻuə²¹³

此为谜语的谜面；谜底：大蒜。

大蒜（二）*

姊妹七八个，　　　tsʅ⁴² mei²¹³ tɕʻi²⁴ pa²⁴ ˈ ⁴² kə²¹³
守着光棍儿过；　　ʂou⁵⁵ tʂʅ⁰ kuaŋ²⁴ kuər⁰ kuə²¹³
脱下白布衫儿，　　tʻuə²⁴ ɕia²¹³ pɛ⁴² pu²¹³ ʂor⁰
个个儿都挨□。　　kɤ²¹³ kɤr⁰ tou²⁴ ai⁴² tɕʻyə²⁴

此为谜语的谜面；谜底：大蒜。　　□：捣（碎）、用白锤砸；浚县方言把"捣蒜"叫"□ tɕʻyə²⁴ 蒜"。

大蒜（三）*

姊妹七八个，　　　tsʅ⁴² mei²¹³ tɕʻi²⁴ pa²⁴ ˈ ⁴² kə²¹³
守着光棍儿过；　　ʂou⁵⁵ tʂʅ⁰ kuaŋ²⁴ kuər⁰ kuə²¹³
脱来白布衫儿，　　tʻuə²⁴ lai⁰ pɛ⁴² pu²¹³ ʂor⁰
露出 ᴴ 它嘞货。　　lou²¹³ tʂʻuai⁰ tʻa⁵⁵ lɛ⁰ xuə²¹³

此为谜语的谜面；谜底：大蒜。　　脱来：脱下来，脱掉。

大西瓜

大西瓜，圆溜溜，　　ta²¹³ ɕi²⁴ kua⁰ yan⁴² liou⁰ liou²⁴ ˈ ⁴²
红瓤儿黑籽儿在里头。　xuəŋ⁴² zɐr⁴² xɛ²⁴ tsər⁵⁵ kai²¹³ li⁵⁵ tʻou⁰
巴掌打，指甲抠，　　pa²⁴ tʂaŋ⁰ ta⁵⁵ tsʅ⁴² tɕia⁰ kʻou²⁴
抠出 ᴴ 籽儿，拜朋友。　kʻou²⁴ tʂʻuai⁰ tsər⁵⁵ pai²¹³ pʻəŋ⁴² iou⁰
朋友有个花哥哥，　　pʻəŋ⁴² iou⁰ iou⁵⁵ kə⁰ xua²⁴ kə⁵⁵ kə⁰
敲一声，唱一声，　　tɕʻiau²⁴ i⁰ ʂəŋ²⁴ tsʻaŋ²¹³ i⁰ ʂəŋ²⁴
这个声音真好听。　　tʂʻə⁵⁵ kə⁰ ʂəŋ²⁴ in⁰ tʂən²⁴ xau⁵⁵ tʻiŋ²⁴

戴眼镜 *

掀开红绫被，	ɕian²⁴ k'ai²⁴ xuəŋ⁴² liŋ⁴² pei²¹³
抻 ᴰ 手往里摸，	tʂ'ɛ²⁴ ʂou⁵⁵ uaŋ⁵⁵ li⁰ muə²⁴
掰开两条腿儿，	pɛ²⁴ k'ai²⁴ lian⁵⁵ t'iau⁴² t'uər⁵⁵
照住眼儿上搁。	tʂau²¹³ tʂʯ⁰ ior⁵⁵ ʂaŋ⁰ kə²⁴

此为谜语的谜面；谜底：戴眼镜的过程。　红绫被：喻指眼镜盒。

抻 ᴰ：动词变韵表持续义，可替换为"抻着"。

到底杀谁没主意

小门搭儿，呼啦啦，	ɕiau⁵⁵ mən⁴² tɐr²⁴ xu²⁴ la⁰ lɐr²⁴
谁来了？客来了。	ʂei⁴² lai⁴² lə⁰ k'ɛ²⁴ lai⁴² lə⁰
客来了，做啥吃？	k'ɛ²⁴ lai⁴² lə⁰ tsu²¹³ ʂa⁵⁵ tʂ'ʅ²⁴
掂着刀，要杀鸡 ᶻ。	tian²⁴ tʂʯ⁰ tau²⁴ iau²¹³ ʂa²⁴ tɕiau²⁴
鸡 ᶻ 说我嘞蛋皮儿薄，	tɕiau²⁴ ʂʯə²⁴ uə⁵⁵ lɛ⁰ tan²¹³ p'iər⁴² puə⁴²
杀我不递杀个鹅。	ʂa²⁴ uə⁵⁵ pu²⁴ ǀ⁴² ti²¹³ ʂa²⁴ kə⁰ ə⁴²
鹅说我嘞脖儿长，	ə⁴² ʂʯə²⁴ uə⁵⁵ lɛ⁰ puə⁴² ər⁰ tʂ'aŋ⁴²
杀我不胜杀个羊。	ʂa²⁴ uə⁵⁵ pu²⁴ ǀ⁴² ʂəŋ²¹³ ʂa²⁴ kə⁰ iaŋ⁴²
羊说我嘞腿会走，	iaŋ⁴² ʂʯə²⁴ uə⁵⁵ lɛ⁰ t'uei⁵⁵ xuei²¹³ tsou⁵⁵
杀我不如杀个狗。	ʂa²⁴ uə⁵⁵ pu²⁴ zʯ⁴² ʂa²⁴ kə⁰ kou⁵⁵
狗说我最会看家，	kou⁵⁵ ʂʯə²⁴ uə⁵⁵ tsuei²¹³ xuei²¹³ k'an²⁴ tɕia²⁴
杀我不递杀个马。	ʂa²⁴ uə⁵⁵ pu²⁴ ǀ⁴² ti²¹³ ʂa²⁴ kə⁰ ma⁵⁵
马说南方北方我都走，	ma⁵⁵ ʂʯə²⁴ nan⁴² faŋ²⁴ pei²⁴ faŋ²⁴ uə⁵⁵ tou²⁴ tsou⁵⁵
杀我不如杀个牛。	ʂa²⁴ uə⁵⁵ pu²⁴ zʯ⁴² ʂa²⁴ kə⁰ ou⁴²
牛说东地西地我都犁，	ou⁴² ʂʯə²⁴ tuəŋ²⁴ ti²¹³ ɕi²⁴ ti²¹³ uə⁵⁵ tou²⁴ li⁴²
杀我不胜杀个驴。	ʂa²⁴ uə⁵⁵ pu²⁴ ǀ⁴² ʂəŋ²¹³ ʂa²⁴ kə⁰ ly⁴²
驴说我拉磨都₁不离屋，	ly⁴² ʂʯə²⁴ uə⁵⁵ la²⁴ muə²¹³ tou⁰ pu²⁴ ǀ⁴² li²¹³ u²⁴
杀我不胜杀了猪。	ʂa²⁴ uə⁵⁵ pu²⁴ ǀ⁴² ʂəŋ²¹³ ʂa²⁴ kə⁰ tʂʯ²⁴
猪说我在恁家二年半，	tʂʯ²⁴ ʂʯə²⁴ uə⁵⁵ kai²¹³ nən⁵⁵ tɕia²⁴ ər²¹³ nian⁴² pan²¹³
没吃 ᴰ 恁嘞啥好饭。	mu⁴² tʂ'ʯ²⁴ nən⁵⁵ nɛ⁰ ʂa⁵⁵ xau⁵⁵ fan²¹³

个个儿说嘞都有理，　　kə²¹³ kɤr⁰ ʂ‿uə²⁴ lɛ⁰ tou²⁴ iou⁵⁵ | ⁴² li⁵⁵

到底杀谁没主意。　　tau²¹³ ti⁰ ʂa²⁴ ʂei⁴² mu⁴² tʂʅ⁵⁵ i⁰

门搭儿：用铁锁锁门用的老式锁扣，也叫门鼻儿。　都₁：就。　吃^D：
吃了，动词变韵表完成义。

灯笼 *

身上红彤彤，　　ʂən²⁴ ʂaŋ⁰ xuən⁴² t‘uən⁰ t‘uən⁰

心里 ^H亮晶晶。　　ɕin²⁴ liou⁰ lian²¹³ tɕiŋ⁰ tɕiŋ⁰

过节上门楼，　　kuə²⁴ tɕiɛ²⁴ ʂaŋ²¹³ mən⁴² lou⁰

脸上笑盈盈。　　lian⁵⁵ ʂaŋ⁰ ɕiau²¹³ iŋ⁰ iŋ⁰

此为谜语的谜面；谜底：灯笼。　节：节日。　门楼：庭院的大门。

灯头火 *

一个枣，不算小，　　i²⁴ | ⁴² kə⁰ tsau⁵⁵ pu²⁴ | ⁴² suan²¹³ ɕiau⁵⁵

三间屋，□不了。　　san²⁴ tɕian²⁴ u²⁴ tʂuə²⁴ pu²⁴ liau⁵⁵

此为谜语的谜面；谜底：煤油灯灯头火及其亮光。　□：容纳，放置；
又音 tʂ‿uə²⁴。

滴水 *

插半截儿，　　tʂ‘a²⁴ pan²¹³ tɕiɤr⁴²

露半截儿，　　lou²¹³ pan²¹³ tɕiɤr⁴²

耷拉半截儿。　　ta⁵⁵ la⁰ pan²¹³ tɕiɤr⁴²

此为谜语的谜面；谜底：滴水^①。　耷拉：下垂。

___

① 滴水：一种中式瓦，一端带着下垂的边儿，盖房顶时放在檐口，用以防止檐口下的木构
架及夯土墙受到雨淋。滴水在烧制之前，往往会绘上植物或花卉等图案，以使房屋更加
美观。

地名谣

七香菜，八马湖，　　tɕʻi²⁴ ɕiaŋ²⁴ tsʻai⁰ pa²⁴ ma⁵⁵ xu⁰

一溜寺南 ① 九流渡 ②，　i²⁴ ⌐⁴² liou²¹³ sʐ²¹³ nan⁰ tɕiou⁵⁵ liou⁴² tu²¹³

当间儿加个破邢固，　　taŋ²⁴ tɕior²¹³ tɕia²⁴ kə⁰ pʻuə²¹³ ɕiŋ⁴² ku⁰

小司 ᴰ 庄，提夜壶。　　ɕiau⁵⁵ sʐə²¹³ tʂuaŋ²¹³ tʻi⁴² iɛ²¹³ xu⁰

指浚县卫贤、新镇、小河三个乡镇，共有七个香菜村、八个马湖村、七个寺南村、一个邢固村、一个司庄村，还有九个村子组成的"流渡"。当间儿：中间。　"司"作地名变韵。　夜壶：尿盆。　本谣又作：七寺南，八马湖，十二香菜九流渡；当中夹个大邢固；小司 ᴰ 庄，提夜壶。

地图 *

高山不见一寸土，　　kau²⁴ ʂan²⁴ pu²⁴ ⌐⁴² tɕian²¹³ i²⁴ ⌐⁴² tsʻuən²¹³ tʻu⁵⁵

平地不见半分田；　　pʻiŋ⁴² ti²¹³ pu²⁴ ⌐⁴² tɕian²¹³ pan²¹³ fən²⁴ tʻian⁴²

江河湖海都没水，　　tɕiaŋ²⁴ xə⁴² xu⁴² xai⁵⁵ tou²⁴ mu⁴² ʂuei⁵⁵

世界都在眼跟前。　　sʐ²¹³ tɕiɛ²¹³ tou²⁴ ⌐⁴² kai²¹³ ian⁵⁵ kən²⁴ tɕʻian⁰

此为谜语的谜面；谜底：地图。

地主东躲西藏

大地主远走高飞，　　ta²¹³ ti²¹³ tʂʐ⁵⁵ yan⁵⁵ ⌐⁴² tsou⁵⁵ kau²⁴ fei²⁴

二地主河南河北，　　ər²¹³ ti²¹³ tʂʐ⁵⁵ xə⁴² nan⁴² xə⁴² pei²⁴

---

① 香菜、马湖、寺南均为行政村名。"七香菜"为刘香菜、曹香菜、侯香菜、袁香菜、李香菜、杨香菜、陈香菜；"八马湖"指杨马湖、李马湖、王马湖、崔马湖、陈马湖、牛四马湖（含牛、商、彭、刘四姓），实共九姓。"一溜寺南"今存名者七：任寺南、张寺南、余寺南、焦寺南、王寺南、陈寺南、高寺南。

② 浚县城西南22千米古渡口附近的土丘上有一座古庙叫"玄帝庙"，古庙周围分布着彭村、赵村、官庄、高村、雷村、牛村、郝村、侯村、蒋村九个自然村。因九村东临卫河，"元代即设渡口"，渡船船主姓刘，始名刘家渡。后移民渐多，遂成九村，"刘""流"谐音，刘家渡也就成为"九流渡"。

三地主新乡卫辉，　　san²⁴｜⁴² ti²¹³ tʂʮ⁵⁵ ɕin²⁴ ɕiaŋ²⁴ uei²¹³ xuei²⁴

四地主没头儿投，　　sʮ²¹³ ti²¹³ tʂʮ⁵⁵ mu⁴² t‘ər⁰ t‘ou⁴²

新镇淇门双鹅头。　　ɕin²⁴ tʂən⁰ tɕ‘i⁴² mən⁰ ʂuaŋ²⁴ ə⁰ t‘ou⁴²

五地主没事儿干，　　u⁵⁵ ti²¹³ tʂʮ⁵⁵ mu⁴² ʂər²¹³ kan²¹³

守着王辈儿吃顿饭。　　ʂou⁵⁵ tʂʮ⁰ uaŋ⁴² pər²¹³ tʂ‘ʮ²⁴ tuən⁰ fan²¹³

此谣讲的是浚县解放之前，八路军同国民党和土匪拉锯战时，地主四处躲藏的情景。　头儿：地儿，地方。　新镇：浚县一乡镇名。　淇门、双鹅头：均为新镇乡行政村名。　守着：跟随着。　王辈儿：当时一个比较出名的伪军。

点点豆豆（一）

点点豆豆，　　tian⁵⁵｜⁴² tian⁵⁵ tou²¹³ tou⁰

关爷咳嗽。　　kuan²⁴ iɛ⁴² k‘ɛ⁴² sou⁰

龙王骑马，　　luəŋ⁴² uaŋ⁰ tɕ‘i⁴² ma⁵⁵

一搦一把。　　i²⁴ nuə²⁴ i²⁴ pa⁵⁵

一种儿童游戏。一个人将手张开，掌心向上；另一个人用食指指尖在对方的掌心处边点边念此谣；念到最后一个字时，伸出掌心者要力争抓住对方抵在掌心的手指，而点指者则要快速抽出手指，以防被对方抓住。关爷：关羽，字云长。

点点豆豆（二）

点点豆豆，　　tian⁵⁵｜⁴² tian⁵⁵ tou²¹³ tou⁰

开花儿石榴。　　k‘ai²⁴ xuɐr²⁴ ʂʮ⁴² liou⁰

一抓一把，　　i²⁴ tʂua²⁴ i²⁴ pa⁵⁵

抓住老傻。　　tʂua²⁴ tʂʮ⁰ lau⁵⁵｜²⁴ ʂa⁵⁵

游戏谣，同上条。

叨老道

叨，叨，叨老道，　　tiau²⁴ tiau²⁴ tiau²⁴ lau⁵⁵ tau²¹³

老道戴 ᴰ 那破草帽 ᶻ。　　lau⁵⁵ tau²¹³ tɛ²¹³ na⁰ p'uə²¹³ ts'au⁵⁵ mæu²¹³

推小车儿，卖小碗儿，　　t'uei²⁴ ɕiau⁵⁵ tʂ'ɣ̩r²⁴ mai²¹³ ɕiau⁵⁵ ⌐⁴² uor⁵⁵

扫帚棒儿，捅屁眼儿，　　sau²¹³ tʂ'ʮ⁰ pɐr²¹³ t'uəŋ⁵⁵ p'i²¹³ ior⁵⁵

不多不少十二点儿。　　pu²⁴ tuə²⁴ pu²⁴ ʂau⁵⁵ ʂʅ⁴² ər²¹³ tior⁵⁵

老道：道士。　　戴 ᴰ：戴着，动词变韵表持续义。　　屁眼儿：肛门。

钓鱼穷三年

钓鱼穷三年，　　tiau²⁴ y⁴² tɕ'yŋ⁴² san²⁴ nian⁴²

玩儿鸟儿毁一生。　　uor⁴² nior⁵⁵ xuei⁵⁵ i²⁴ ʂəŋ²⁴

一旦恋上鹰，　　i²⁴ ⌐⁴² tan²¹³ lian⁴² ʂaŋ⁰ iŋ²⁴

两眼望天空。　　liaŋ⁵⁵ ⌐⁴² ian⁵⁵ uaŋ²¹³ t'ian²⁴ kuaŋ²⁴

玩儿上狗□兔，　　uor⁴² ʂaŋ⁰ kou⁵⁵ k'ɛ⁴² t'u²¹³

走上不归路。　　tsou⁵⁵ ʂaŋ⁰ pu²⁴ kuei²⁴ lu²¹³

钓鱼、玩鸟、玩鹰、狗逮兔都是娱乐活动；意思是说玩物丧志，如果不务正业，把精力完全放在玩儿乐之上，就会浪费大好年华，最终一无所获。　　□：捉，逮。

爹糊涂　娘糊涂

爹糊涂，娘糊涂，　　tiɛ²⁴ xu⁴² tu⁰ niaŋ⁴² xu⁴² tu⁰

要给 ᴰ 小孩儿寻媳妇。　　iau²¹³ kɛ⁵⁵ ⌐²¹³ ɕiau⁵⁵ xor⁴² ɕin⁴² ɕi⁴² fu⁰

寻 ᴰ 个媳妇大七岁，　　ɕiɛ⁴² kə⁰ ɕi⁴² fu⁰ ta²¹³ tɕ'i²⁴ ⌐⁴² suei²¹³

媳妇儿跟 ᴰ 俺两头儿睡。　　ɕi⁴² fər⁰ kɛ²⁴ an⁵⁵ liaŋ⁵⁵ t'ər⁴² ʂei²¹³

俺抻腿儿，她蜷腿儿，　　an⁵⁵ tʂ'ən²⁴ t'uər⁰ t'a⁵⁵ tɕ'yan⁴² t'uər⁵⁵

媳妇儿天天儿噘着嘴。　　ɕi⁴² fər⁰ t'ian²⁴ t'ior⁰ tɕyɛ²⁴ tʂʮ⁰ tsuei⁵⁵

糊涂爹，糊涂娘，　　xu⁴² tu⁰ tiɛ²⁴ xu⁴² tu⁰ niaŋ⁴²

这个日子过不长。　　tʂʅə⁵⁵ kə⁰ ʐʅ²¹³ tsʅ⁰ kuə²¹³ pu²⁴ tʂ'aŋ⁴²

此谣反映的是旧时"女大男小"式婚姻的弊端。 寻^D：娶；动词变韵表完成义，可替换为"寻了"。

爹娘嘞恩情

爹嘞恩情比^D天大， tiɛ²⁴ lɛ⁰ ən²⁴ tɕ'iŋ⁰ piɛ⁵⁵ t'ian²⁴ ta²¹³

娘嘞恩情如泰山。 niaŋ⁴² lɛ⁰ ən²⁴ tɕ'iŋ⁰ zʅ⁴² t'ai²¹³ ʂan²⁴

爹嘞恩情还好报， tiɛ²⁴ lɛ⁰ ən²⁴ tɕ'iŋ⁰ xai⁴² xau⁵⁵ pau²¹³

娘嘞恩情报不完。 niaŋ⁴² lɛ⁰ ən²⁴ tɕ'iŋ⁰ pau²¹³ pu²⁴ uan⁴²

指母亲在孕育、抚养子女方面的付出，远远超过父亲。

爹织布　娘纺花

月亮地儿，黄巴巴， yɛ²⁴ liaŋ⁰ tiər²¹³ xuaŋ⁴² pa⁰ pa⁰

爹织布，娘纺花。 tiɛ²⁴ tʂʅ²⁴ pu²¹³ niaŋ⁴² faŋ⁵⁵ xua²⁴

小妮儿打筬袂， ɕiau⁵⁵ niər²⁴ ta⁵⁵ luəŋ⁴² fu⁰

小小儿要吃妈， ɕiau⁵⁵⁻⁴² ɕior⁵⁵ iau²¹³ tʂʅ²⁴ ma²⁴

买^D个烧饼哄哄他。 mɛ⁵⁵ kə⁰ ʂau²⁴ piŋ⁰ xuəŋ⁵⁵⁻⁴² xuəŋ⁰ t'a⁰

爹一口，娘一口， tiɛ²⁴ i²⁴ k'ou⁵⁵ niaŋ⁴² i²⁴ k'ou⁵⁵

咬住小小儿嘞手指头。 iau⁵⁵ tʂʅ⁰ ɕiau⁵⁵⁻⁴² ɕior⁵⁵ lɛ⁰ ʂou⁵⁵ tʂʅ⁵⁵⁻⁴² t'ou⁰

爹也吹，娘也吹， tiɛ²⁴ iɛ⁰ tʂ'uei²⁴ niaŋ⁴² iɛ⁰ tʂ'uei²⁴

吹嘞小小儿一脸灰。 tʂ'uei²⁴ lɛ⁰ ɕiau⁵⁵⁻⁴² ɕior⁵⁵ i²⁴ lian⁵⁵ xuei²⁴

爹也擦，娘也擦， tiɛ²⁴ iɛ⁰ ts'a²⁴ niaŋ⁴² iɛ⁰ ts'a²⁴

擦了一脸黑圪巴。 ts'a²⁴ lə⁰ i²⁴ lian⁵⁵ xɛ²⁴ kɛ²⁴ pa⁰

小小儿：男孩儿。 妈：这里指母乳。 筬袂：芦苇杆制成的织布用的工具；手工织布时，用以缠绕纬线，装在梭子中间的横轴上，随着梭子的移动，将纬线编织在经线上。 买^D：买了，动词变韵表完成义。 圪巴：皮肤上突起或肌肉上结成的片状脏物。

顶针 *

小不点儿，小不点儿，　　ɕiau⁵⁵ pu⁰ tior⁵⁵ ɕiau⁵⁵ pu⁰ tior⁵⁵

浑身上下都是眼儿。　　xuən⁴² ʂən²⁴ ʂaŋ²¹³ ɕia²¹³ tou⁴² ʂʐ²¹³ ior⁵⁵

此为谜语的谜面；谜底：顶针 ①，传统针线活儿工具。

东关南关西关北关

东关嘞味儿，闻不得；　　tuəŋ²⁴ kuan²⁴ nɛ⁰ uər²¹³ uən⁴² pu⁰ tɛ²⁴

南关嘞会，赶不得；　　nan⁴² kuan²⁴ nɛ⁰ xuei²¹³ kan⁵⁵ pu⁰ tɛ²⁴

西关嘞路，走不得；　　ɕi²⁴ kuan²⁴ nɛ⁰ lu²¹³ tsou⁵⁵ pu⁰ tɛ²⁴

北关嘞眼，睁不得。　　pei²⁴ kuan²⁴ nɛ⁰ ian⁵⁵ tʂəŋ²⁴ pu⁰ tɛ²⁴

指 20 世纪六七十年代的浚县城 "四关" 的特点：东城门外有一个名叫张百林的人（外号 "老□ k‘ɛ⁴²"）经常在此晒粪，臭气熏天；南关正月庙会人山人海，拥挤不堪；西关地处繁华地段，影剧院都居于此，贼多，防不胜防；北关沙质土壤，随风而起，沙尘飞扬。

东街南街西街北街

穷南街，富北街，　　tɕ‘yŋ⁴² nan⁴² tɕiɛ²⁴ fu²¹³ pei²⁴ tɕiɛ²⁴

一溜饭铺在西街，　　i²⁴|⁴² liou²¹³ fan²¹³ p‘u²¹³ tsai²¹³ ɕi²⁴ tɕiɛ²⁴

能人出在地东街。　　nəŋ⁴² zən⁴² tʂ‘ʐ²⁴ tsai⁰ ti²¹³ tuəŋ²⁴ tɕiɛ²⁴

此谣讲的是旧时浚县城 "四街" 的特点：北街较长，临街商铺商业发展较好；西街以餐饮业为主，当时较为有名的 "浚县饭店" 就居于此；相比较而言，南街比较冷清；而东大街南北两侧都是大粮行，人们普遍认为东街的人最精明，会做大生意。　一溜：一排，一行。　饭铺：小饭馆。

---

① 顶针：中国民间常用的缝纫用品；由金属制成的环形指套，表面布满密密的凹痕，一般套在中指上，在缝针顶过衣料时用来顶针尾，使手指更易发力，在穿透衣物的同时也避免伤到手指。

东廊房

东廊房，卧 ^{D-0} 个鸡，　　tuəŋ²⁴ laŋ⁴² faŋ⁰ uə²¹³ kə⁰ tɕi²⁴

五谷杂粮泪兮兮。　　u⁵⁵ ku²⁴ tsa⁴² liaŋ⁴² luei²¹³ ɕi⁰ ɕi⁰

小鸡儿小鸡儿你哭啥哩，　ɕiau⁵⁵ tɕiər²⁴ ɕiau⁵⁵ tɕiər²⁴ ni⁵⁵ kʻu²⁴ ʂa⁵⁵ li⁰

叫恁亲娘教给 ^D 你。　tɕiau²¹³ nən⁵⁵ tɕʻin²⁴ niaŋ⁴² tɕiau²⁴ kɛ⁰ ni⁰

卧 ^{D-0}：动词变韵表持续义，可替换为"卧着"。

东西路南北拐儿

东西路，南北拐儿，　　tuəŋ²⁴ ɕi²⁴ lu²¹³ nan⁴² pei²⁴ kuor⁵⁵

是人都有偏心眼儿。　　ʂɿ²¹³ zən⁴² tou²⁴ iou⁵⁵ pʻian²⁴ ɕin²⁴ ior⁵⁵

偏向东，偏向西，　　pʻian²⁴ ɕiaŋ²¹³ tuəŋ²⁴ pʻian²⁴ ɕiaŋ²¹³ ɕi²⁴

归根到底向自己。　　kuei²⁴ kən²⁴ tau²¹³ ti⁵⁵ ɕiaŋ²¹³ tsɿ²¹³ tɕi⁰

东北角嘞刮大风

东北角嘞刮大风，　　tuəŋ²⁴ pei²⁴ tɕyə²⁴ lɛ⁰ kua²⁴ ta²¹³ fəŋ²⁴

西北角嘞扎尾脚。　　ɕi²⁴ pei²⁴ tɕyə²⁴ lɛ⁰ tʂa²⁴ i⁵⁵ tɕyə⁰

呼雷喝闪下大雨，　　xu²⁴ luei⁰ xə²⁴ ʂan⁰ ɕia²¹³ ta²¹³ y⁵⁵

二末头雨往下落。　　ər²¹³ muə⁰ tʻou⁴² y⁵⁵ uaŋ⁵⁵ ɕia²¹³ luə²⁴

指夏天刮东北风，必然会带来降雨。　尾脚：乌云密布。　呼雷喝闪：
形容打雷加闪电的状态。　二末头雨：大雨、暴雨。

动手动脚没家教

听人劝，吃饱饭；　　tʻiŋ²⁴ zən⁴² tɕʻyan²¹³ tʂʻɿ²⁴ pau⁵⁵ fan²¹³

识人教，武艺高。　　ʂɿ⁴² zən⁴² tɕiau²⁴ u⁵⁵ i⁰ kau²⁴

说归说，笑归笑，　　ʂ ɥə²⁴ kuei²⁴ ʂ ɥə²⁴ ɕiau²¹³ kuei²⁴ ɕiau²¹³

动手动脚没家教。　　tuəŋ²¹³ ʂou⁵⁵ tuəŋ²¹³ tɕyə²⁴ mu⁴² tɕia²⁴ tɕiau²¹³

识：接受，听从。

都来瞧

都来瞧，都来看，　　　tou²⁴ lai⁴² tɕ'iau⁴² tou²⁴ lai⁴² k'an²¹³

仨钱儿到 ᴰ 四川。　　　sa²⁴ tɕ'ior⁴² to²¹³ sๅ²¹³ tʂ'uan²⁴

都来看，都来瞧，　　　tou²⁴ lai⁴² k'an²¹³ tou²⁴ lai⁴² tɕ'iau⁴²

老鼠咬 ᴰ 个大狸猫。　　　lau⁵⁵ˈ⁴² ʂๅ⁰ io⁵⁵ kə⁰ ta²¹³ li⁴² mau⁴²

到 ᴰ：到了，动词变韵表完成义。　咬 ᴰ：咬着，动词变韵表持续义。

都怨地里 ᴴ 不打粮

□ ᴰ 起 ᴰ 嘞汤，水汪汪，　　tɕ'iæŋ²⁴ tɕ'iɛ⁵⁵ lɛ⁰ t'aŋ²⁴ ʂuei⁵⁵ uaŋ⁰ uaŋ⁰

晌 ᴰ 午嘞饭，没下面，　　ʂæŋ²¹³ u⁰ lɛ⁰ fan²¹³ mu⁴² ɕia²¹³ mian²¹³

□ ᴰ 黑嘞汤，耀月亮。　　xo²¹³ xɛ²⁴ lɛ⁰ t'aŋ²⁴ zɑu²¹³ yɛ²⁴ liaŋ⁰

小孩儿喝了两三碗，　　ɕiau⁵⁵ xor⁴² xə²⁴ lə⁰ liaŋ⁵⁵ˈ⁴² san⁰ uan⁵⁵

黑价尿了一大床。　　xɛ²⁴ tɕia⁰ niau²¹³ lə⁰ i²⁴ˈ⁴² ta²¹³ tʂ'uaŋ⁴²

他娘打他几巴掌，　　t'a⁵⁵ niaŋ⁴² ta⁵⁵ˈ⁴² t'a⁰ tɕi⁵⁵ pa²⁴ tʂaŋ⁰

小孩儿哭嘞唪儿唪儿叫。　　ɕiau⁵⁵ xor⁴² k'u²⁴ lɛ⁰ mər²⁴ mər²⁴ˈ⁴² tɕiau²¹³

不怨爹，不怨娘，　　pu²⁴ˈ⁴² yan²¹³ tiɛ²⁴ pu²⁴ˈ⁴² yan²¹³ niaŋ⁴²

都怨地里 ᴴ 不打粮。　　tou²⁴ˈ⁴² yan²¹³ ti²¹³ liou⁰ pu²⁴ ta⁵⁵ liaŋ⁴²

□ ᴰ 起 ᴰ：早起。　晌 ᴰ 午：中午。　□ ᴰ 黑：晚上。　耀：映，照。　黑价：夜里。

都怨上级不发粮

□ ᴰ 起 ᴰ 一睁眼儿，　　tɕ'iæŋ²⁴ tɕ'iɛ⁵⁵ i²⁴ tʂəŋ²⁴ ior⁵⁵

想起 ᴴ 免购点儿 ①。　　ɕiaŋ⁵⁵ tɕ'iai⁰ mian⁵⁵ˈ⁴² kou²¹³ tior⁵⁵

① 计划经济时代，国家对非农业人口的粮食供给是定量的，而对农业人口则实行差额供给。农民自产的粮食人均达到一定数量时，就不能再到国家粮库中购买粮食了。这个"一定数量"称为"免购点"。"免购点"会随着粮食的年产量不同而有所变化，一般最低标准是人均280~300斤。

掀开锅盖 ^Z 看，　　ɕian²⁴ kai²⁴ kuə²⁴ kɛau²¹³ kʻan²¹³

稀汤一蛋 ^Z 菜。　　ɕi²⁴ tʻaŋ²⁴ i²⁴ ⌐ ⁴² tæ²¹³ tsʻai²¹³

□ ^D 起 ^D 嘞馍，一口嚼，　　ɕʻiæŋ²⁴ tɕʻiɛ⁵⁵ lɛ⁰ muə⁴² i²⁴ kʻou⁵⁵ tsuə⁴²

晌 ^D 午嘞面条 ^Z 捞不着。　　ʂæŋ²¹³ u⁰ lɛ⁰ mian²¹³ tʻiæu⁴² lau⁴² pu²⁴ tʂuə⁴²

□ ^D 黑嘞汤，耀月亮，　　xo²¹³ xɛ²⁴ lɛ⁰ tʻaŋ²⁴ ʐau²¹³ yɛ²⁴ liaŋ⁰

小孩儿喝了光尿床，　　ɕiau⁵⁵ xor⁴² xə²⁴ lə⁰ kuaŋ²⁴ ⌐ ⁴² niau²¹³ tʂʻuaŋ⁴²

他爹打他一巴掌。　　tʻa⁵⁵ tiɛ²⁴ ta⁵⁵ ⌐ ⁴² tʻa⁰ i²⁴ pa²⁴ tʂaŋ⁰

娘说甭打甭打甭打了，　　niaŋ⁴² ʂɹə²⁴ piŋ⁴² ta⁵⁵ piŋ⁴² ta⁵⁵ piŋ⁴² ta⁵⁵ lə⁰

不怨孩儿，不怨娘，　　pu²⁴ ⌐ ⁴² yan²¹³ xor⁴² pu²⁴ ⌐ ⁴² yan²¹³ niaŋ⁴²

都怨上级不发粮。　　tou²⁴ ⌐ ⁴² yan²¹³ ʂaŋ²¹³ tɕi²⁴ pu²⁴ fa²⁴ liaŋ⁴²

□ ^D 起 ^D：早起。　　免购点：计划经济时代居民购买粮食的标准量，这里泛指口粮；"免"无规则变调。

豆腐 *

又白又方，　　iou²¹³ pɛ⁴² iou²¹³ faŋ²⁴

又嫩又香；　　iou²¹³ luən²¹³ iou²¹³ ɕiaŋ²⁴

又能当菜，　　iou²¹³ nəŋ⁴² taŋ²⁴ tsʻai²¹³

又能做汤；　　iou²¹³ nəŋ⁴² tsu²¹³ tʻaŋ²⁴

黄豆是它爹和娘，　　xuaŋ⁴² tou²¹³ ʂɻ²¹³ tʻa⁰ tiɛ²⁴ xə⁴² niaŋ⁴²

它跟 ^D 爹娘不一样。　　tʻa⁵⁵ kɛ²⁴ tiɛ²⁴ niaŋ⁴² pu²⁴ i²⁴ ⌐ ⁴² iaŋ²¹³

此为谜语的谜面；谜底：豆腐。

独眼 *

一片儿阴，一片儿晴；　　i²⁴ ⌐ ⁴² pʻior²¹³ in²⁴ i²⁴ ⌐ ⁴² pʻior²¹³ tɕʻiŋ⁴²

一片儿昏，一片儿红；　　i²⁴ ⌐ ⁴² pʻior²¹³ xuən²⁴ i²⁴ ⌐ ⁴² pʻior²¹³ xuəŋ⁴²

白日儿还睡一半儿觉，　　pɛ⁴² iər⁰ xai⁴² ʂei²¹³ i²⁴ ⌐ ⁴² por²¹³ tɕiau²¹³

二年只观一年灯。　　ər²¹³ nian⁴² tʂɻ²⁴ kuan²⁴ i²⁴ nian⁴² təŋ²⁴

此为谜语的谜面；谜底：只有一只眼睛的人。　　白日儿：白天。

端着饺子敬老天

一个饺子两头儿尖，	i²⁴ ｜ ⁴² kə⁰ tɕiau⁵⁵ tsʅ⁰ liaŋ⁵⁵ tʻər⁴² tɕian²⁴
当间儿捏着五月仙。	taŋ²⁴ tɕior²¹³ niɛ²⁴ tʂuə⁰ u⁵⁵ yɛ⁰ ɕian²⁴
金勺 ᶻ舀，银碗端，	tɕin²⁴ ʂuau⁴² iau⁵⁵ in⁴² uan⁵⁵ tuan²⁴
端着饺子敬老天。	tuan²⁴ tʂʅ⁰ tɕiau⁵⁵ tsʅ⁰ tɕiŋ²¹³ lau⁵⁵ tʻian²⁴
敬嘞老天心喜欢，	tɕiŋ²¹³ lɛ⁰ lau⁵⁵ tʻian²⁴ ɕin²⁴ ɕi⁵⁵ xuan⁰
一年四季保平安。	i²⁴ nian⁴² sʅ²¹³ tɕi²¹³ pau⁵⁵ pʻiŋ⁴² an²⁴

队长会计

队长队长 ①，	tuei²¹³ tʂaŋ⁵⁵ tuei²¹³ tʂaŋ⁵⁵
天天儿不上晌；	tʻian²⁴ tʻior⁰ pu²⁴ ｜ ⁴² ʂaŋ²¹³ ʂaŋ⁵⁵
会计会计，	kʻuai²¹³ tɕi²¹³ kʻuai²¹³ tɕi²¹³
天天儿不下地。	tʻian²⁴ tʻior⁰ pu²⁴ ｜ ⁴² ɕia²¹³ ti²¹³

上晌：指参加劳动。

对不起

对不起，敬个礼，	tuei²¹³ pu²⁴ tɕʻi⁵⁵ tɕiŋ²¹³ kə⁰ li⁵⁵
放个屁，送给 ᴰ你；	faŋ²¹³ kə⁰ pʻi²¹³ suəŋ²¹³ kɛ⁰ ni⁰
对不起，没关系，	tuei²¹³ pu²⁴ tɕʻi⁵⁵ mu⁴² kuan²⁴ ɕi⁰
放个屁，臭死 ᴰ你。	faŋ²¹³ kə⁰ pʻi²¹³ tʂʻou²¹³ sʅ⁰ ni⁰

此为儿童戏谑谣。 死 ᴰ：动词变韵表加强肯定语气。

---

① 队长：指农村农业生产队队长。生产队是人民公社的产物，是人民公社的三级单位（公社、生产大队、生产队）之一，其存在时间为 1958 年至 1984 年。作为中国社会主义农业经济中的一种组织形式，生产队是劳动群众集体所有制的合作经济，实行独立核算、自负盈亏。随着双包责任制的推广和完善，"政社合一"的人民公社体制包括生产队随之废除。

炖冻豆腐

你会炖冻豆腐， ni⁵⁵ xuei²¹³ tuən²¹³ tuəŋ²¹³ tou²¹³ fu⁰

来给 ᴰ 我炖冻豆腐。 lai⁴² kɛ⁵⁵ | ²¹³ uə⁰ tuən²¹³ tuəŋ²¹³ tou²¹³ fu⁰

你不会炖冻豆腐， ni⁵⁵ pu²⁴ | ⁴² xuei²¹³ tuən²¹³ tuəŋ²¹³ tou²¹³ fu⁰

甭胡充会炖冻豆腐。 piŋ⁴² xu⁴² tʂ'uəŋ²⁴ xuei²¹³ tuən²¹³ tuəŋ²¹³ tou²¹³ fu⁰

此为绕口令。 充：冒充，假装。

鹅（一）*

身穿白袍，　　ʂən²⁴ tʂ'uan²⁴ pɛ⁴² p'au⁴²

头戴红帽 ᶻ，　　t'ou⁴² tai²¹³ xuəŋ⁴² mæu²¹³

走路摇摆，　　tsou⁵⁵ lu²¹³ iau⁴² pai⁵⁵

说话嗓 ᶻ 高。　ʂʮə²⁴ xua²¹³ sæŋ⁵⁵ kau²⁴

此为谜语的谜面；谜底：鹅。　嗓 ᶻ：指嗓音。

鹅（二）*

头戴大红帽 ᶻ，　　t'ou⁴² tai²¹³ ta²¹³ xuəŋ⁴² mæu²¹³

身穿白棉袄，　　ʂən²⁴ tʂ'uan²⁴ pɛ⁴² mian⁴² au⁰

走路似摇船，　　tsou⁵⁵ lu²¹³ sʅ²¹³ iau⁴² tʂ'uan⁴²

说话像驴叫。　　ʂʮə²⁴ xua²¹³ ɕiaŋ²¹³ ly⁴² tɕiau²¹³

此为谜语的谜面；谜底：鹅。

饿嘞老鼠光啃砖

人吃人来狗吃狗，　　zən⁴² tʂ'ʅ²⁴ zən⁴² lai⁰ kou⁵⁵ tʂ'ʅ²⁴ kou⁵⁵

饿嘞老鼠光啃砖。　　ə²¹³ lɛ⁰ lau⁵⁵ ∣ ⁴² ʂʮ⁰ kuaŋ²⁴ k'ən⁵⁵ tʂuan²⁴

十七八嘞小大姐，　　ʂʅ⁴² tɕ'i²⁴ pa²⁴ lɛ⁰ ɕiau⁵⁵ ta²¹³ tɕiɛ⁰

还得倒找光棍儿仨鸡蛋。　xai⁴² tɛ⁰ tau²¹³ tʂau⁵⁵ kuaŋ²⁴ kuər⁰ sa²⁴ tɕi²⁴ tan⁰

要说光棍心肠狠，　　iau²¹³ ʂʮə²⁴ kuaŋ²⁴ kuər⁰ ɕin²⁴ tʂ'aŋ⁴² xən⁵⁵

吃了鸡蛋窜了圈。　　tʂ'ʅ²⁴ liau⁰ tɕi²⁴ tan⁰ ts'uan²⁴ liau⁰ tɕ'yan²⁴

此谣描述的是旧时饥荒之年的凄惨景象。　小大姐：小姑娘。　倒找：本应对方付给自己财物，不但难以实现，反而要拿出财物给予对方。　窜了圈：意即跑没影儿了。

儿女压不住爹娘

水大漫不过船，　　　ʂuei⁵⁵ ta²¹³ man²¹³ pu²⁴ ˥ ⁴² kuə²¹³ tʂʻuan⁴²

手大遮不住天。　　　ʂou⁵⁵ ta²¹³ tʂʅə²⁴ puº tʂʅ̩º tʻian²⁴

山高遮不住太阳，　　ʂan²⁴ kau²⁴ tʂʅə²⁴ puº tʂʅ̩º tʻai²¹³ iaŋº

儿女压不住爹娘。　　ər⁴² ny⁵⁵ ia²⁴ puº tʂʅ̩º tie²⁴ niaŋ⁴²

儿子当了朝廷爷，　　ər⁴² tsʅº taŋ²⁴ liauº tʂʻau⁴² tʻiŋº iɛ⁴²

爹娘还是太上皇。　　tie²⁴ niaŋ⁴² xai⁴² ʂʅ²¹³ tʻai²¹³ ʂaŋ²¹³ xuaŋ⁴²

漫：淹没。　朝廷爷：皇帝。

儿童团歌

你嘞家我嘞妈，　　　ni⁵⁵ lɛº tɕia²⁴ uə⁵⁵ lɛº ma²⁴

打倒日本救中华。　　ta⁵⁵ ˥ ⁴² tau⁵⁵ zʅ²¹³ pənº tɕiou²¹³ tʂuəŋ²⁴ xua²⁴

小孩ᶻ们起来吧，　　ɕiau⁵⁵ xɛau⁴² mənº tɕi⁵⁵ laiº paº

起来救国保卫家。　　tɕi⁵⁵ laiº tɕiou²¹³ kuɛ²⁴ pau⁵⁵ ueiº tɕia²⁴

此为抗战时期的儿童团歌。

二月半　大伙散

二月半，大伙 ① 散，　　ər²¹³ yɛº pan²¹³ ta²¹³ xuə⁵⁵ san²¹³

大伙不散锅底儿烂。　　ta²¹³ xuə⁵⁵ pu²⁴ ˥ ⁴² san²¹³ kuə²⁴ tiər⁵⁵ lan²¹³

---

① 1958 年夏天，"大跃进"运动进入高潮。人民公社大食堂正是"人民公社化运动""大跃进"的产物。全国许多地方宣布人民公社为全民所有制，并试点"向共产主义过渡"。有资料显示，至 1958 年底，全国共办农村公共食堂 340 多万个，在食堂吃饭的人口占全国农村总人口的 90%，"吃饭不花钱"的宗旨得到空前发展。然而，一下子有这么多人"放开肚皮吃饭"，一时间到哪里去找那么多的下锅米和烧饭柴呢？这种状况在 1961 年春天结束了。

锅底儿不烂人埋怨， kuə²⁴ tiər⁵⁵ pu²⁴ ⁴² lan²¹³ zən⁴² man⁴² yan²¹³

埋怨不能吃饱饭。 man⁴² yan²¹³ pu²⁴ nəŋ⁴² tʂʻʅ²⁴ pau⁵⁵ fan²¹³

此为当时人们祈盼人民公社大食堂解散的民谣。 大伙：指人民公社大食堂。

二月二　煎年糕

二月二，煎年糕， ər²¹³ yɛ²⁴ ər²¹³ tɕian²⁴ nian⁴² kau²⁴

煎嘞年糕塞 ᴰ⁻⁰ 裤腰。 tɕian²⁴ nɛ⁰ nian⁴² kau²⁴ sɛ²⁴ kʻu²¹³ iau²⁴

只听<u>滋拉</u>滋拉响， tʂʅ²⁴ tʻiŋ²⁴ tsʅ²⁴ la²⁴ tsʅ²⁴ la²⁴ ɕiaŋ⁵⁵

腰里 ᴴ 烧 ᴰ 个大燎泡。 iau²⁴ liou⁰ ʂo²⁴ kə⁰ ta²¹³ liau⁴² pʻau⁰

失急慌忙往上推， ʂʅ²⁴ tɕi⁴² xuaŋ²⁴ maŋ⁴² uaŋ⁵⁵ ʂaŋ²¹³ tʻuei²⁴

<u>麦麦</u>疙瘩儿粘掉了。 mɛ²⁴ mɛ⁰ kɛ²⁴ tɐr⁰ tʂan²⁴ tiau²¹³ liau⁰

掏出 ᴴ 年糕往外□， tʻau²⁴ tʂʻuai⁰ nian⁴² kau²⁴ uaŋ⁵⁵ uai²¹³ tsuan⁵⁵

老公公挑水来到了。 lau⁵⁵ kuaŋ²⁴ kuaŋ⁰ tʻiau²⁴ ʂuei⁵⁵ lai⁴² tau²¹³ liau⁰

□嘞巧，□嘞妙， tsuan⁵⁵ nɛ⁰ tɕʻiau⁵⁵ tsuan⁵⁵ nɛ⁰ miau²¹³

满嘴胡儿粘掉了。 man⁵⁵ ⁴² tsuei⁵⁵ xu⁴² ər⁰ tʂan²⁴ tiau²¹³ liau⁰

公公说，二月二， kuaŋ²⁴ kuaŋ⁰ ʂʅʐə²⁴ ər²¹³ yɛ²⁴ ər²¹³

经过下雪下琉璃， tɕiŋ²⁴ kuə⁰ ɕia²¹³ ɕyɛ²⁴ ɕia²¹³ liou⁴² li⁰

就没经过下年糕。 tɕiou²¹³ mu⁴² tɕiŋ²⁴ kuə⁰ ɕia²¹³ nian⁴² kau²⁴

此民谣讲的是旧时儿媳妇儿在婆婆家地位很低，常常忍饥挨饿，因此一有机会便偷嘴吃；二月二想偷一块年糕吃，结果出了洋相。 塞 ᴰ⁻⁰：塞到，动词变韵表终点义。 <u>滋拉</u>：拟煎制食品之声。 烧 ᴰ：烧了，动词变韵表完成义。 燎泡：由于火伤或烫伤，在皮肤表面形成的水泡。失急慌忙：情急之下，慌慌张张。 <u>麦麦</u>：浚县方言对乳房的俗称；"麦麦疙瘩儿"指乳头。 □：用力向远处掷。 经过：经历过。 琉璃：冰雹。

二月二　龙抬头

二月二，龙抬头， ər²¹³ yɛ²⁴ ər²¹³ luaŋ⁴² tʻai⁴² tʻou⁴²

家家^Z鏊^Z上稀屎流。　　tɕia²⁴ tɕiæ⁰ æu²¹³ ʂaŋ⁰ ɕi²⁴ ʂʅ⁵⁵ liou⁴²

煎饼年糕供龙王，　　　tɕian²⁴ piŋ⁰ nian⁴² kau²⁴ kuəŋ²¹³ luəŋ⁴² uaŋ⁰

盼着庄稼得丰收。　　　p'an²¹³ tʂʅ⁰ tʂuaŋ²⁴ tɕia⁰ tɛ²⁴ fəŋ²⁴ ʂou²⁴

鏊^Z：铁制的烙饼器具，平面圆形，中心稍凸。　稀屎：喻指摊煎饼的生面糊。

翻饼　烙饼

翻饼，烙饼，　　　fan²⁴ piŋ⁵⁵ luə²⁴ piŋ⁵⁵

芝麻油儿擀油饼。　　tʂɿ²⁴ ma⁰ iər⁴² kan⁵⁵ iou⁴² piŋ⁰

你一块，我一块，　　ni⁵⁵ i⁰ kʻuai²¹³ uə⁵⁵ i⁰ kʻuai²¹³

咱俩做个好买卖。　　tsan⁴² lia⁵⁵ tsu²¹³ kə⁰ xau⁵⁵⌐⁴² mai⁵⁵ mai⁰

纺花车 *

从南来 ᴰ 只雁，　　　tsʻuəŋ⁴² nan⁴² lɛ⁴² tʂɿ²⁴ ian²¹³

身上插 ᴰ⁻⁰ 二十根箭，　şən²⁴ şaŋ⁰ tʂʻa²⁴ ər²¹³ şɿ⁰ kən²⁴ tɕian²¹³

听着嗡嗡响，　　　tʻiŋ²⁴ tʂʅ⁰ uəŋ²⁴ uəŋ²⁴ ɕiaŋ⁵⁵

下个大白蛋。　　　ɕia²¹³ kə⁰ ta²¹³ pɛ⁴² tan²¹³

此为谜语的谜面；谜底：纺花车。　　来 ᴰ：动词变韵表完成义，可替换为"来了"。　　插 ᴰ⁻⁰：插着，动词变韵表持续义。　　下：（鸟类或爬行动物）产卵。

纺花车是圆嘞

纺花车是圆嘞，　　faŋ⁵⁵ xua²⁴ tʂʻʅ⁰ə²⁴ şɿ²¹³ yan⁴² nɛ⁰

两口打架是玩嘞。　liaŋ⁵⁵⌐⁴² kʻou⁵⁵ ta⁵⁵ tɕia²¹³ şɿ²¹³ uan⁴² nɛ⁰

纺花车是新嘞，　　faŋ⁵⁵ xua²⁴ tʂʻʅ⁰ə²⁴ şɿ²¹³ ɕin²⁴ nɛ⁰

两口打架是亲嘞。　liaŋ⁵⁵⌐⁴² kʻou⁵⁵ ta⁵⁵ tɕia²¹³ şɿ²¹³ tɕʻin²⁴ nɛ⁰

她推你一把，　　　tʻa⁵⁵ tʻuei²⁴ ni⁵⁵ i²⁴ pa⁵⁵

你打她一拳， ni⁵⁵ ta⁵⁵ | ⁴² t'a⁵⁵ i²⁴ tɕ'yan⁴²

摸摸挠挠多舒坦。 muə²⁴ muə⁰ nau⁴² nau⁰ tuə⁵⁵ ʂu²⁴ t'an⁰

打是亲，骂是爱， ta⁵⁵ ʂʅ²¹³ tɕ'in²⁴ ma²¹³ ʂʅ²¹³ ai²¹³

三天不亲往家拽。 san²⁴ t'ian²⁴ pu²⁴ tɕ'in²⁴ uaŋ⁵⁵ tɕia²⁴ tʂuai²¹³

天上下雨地下流， t'ian²⁴ ʂaŋ⁰ ɕia²¹³ y⁵⁵ ti²¹³ ɕia⁰ liou⁴²

两口打架不记仇。 liaŋ⁵⁵ | ⁴² k'ou⁵⁵ ta⁵⁵ tɕia²¹³ pu²⁴ | ⁴² tɕi²¹³ tʂ'ou⁴²

白日儿瞪嘞鸳鸯眼， pɛ⁴² iər⁰ təŋ²¹³ lɛ⁰ yan²⁴ iaŋ⁰ ian⁵⁵

黑价还是头挨 ᴰ⁻⁰ 头。 xɛ²⁴ tɕia⁰ xai⁴² ʂʅ²¹³ t'ou⁴² ɛ²⁴ t'ou⁴²

两口：夫妻。 挨 ᴰ⁻⁰：动词变韵表持续义，可替换为"挨着"。

纺花织布歌

棉花籽儿，灰里 ᴴ 拌， mian⁴² xua⁰ tsər⁵⁵ xuei²⁴ liou⁰ pan²¹³

种到地里 ᴴ 锄几遍。 tʂuəŋ²¹³ tau⁰ ti²¹³ liou⁰ tʂ'u⁴² tɕi⁵⁵ pian²¹³

打花杈，掐花尖， ta⁵⁵ xua²⁴ tʂ'a²¹³ tɕ'ia²⁴ xua²⁴ tɕian²⁴

花桃 ᶻ 咧 ᴰ⁻⁰ 嘴儿笑嘞甜。 xua²⁴ t'æu⁴² lie⁵⁵ | ⁴² tsuər⁵⁵ ɕiau²¹³ lɛ⁰ t'ian⁴²

小闺女儿，手儿巧， ɕiau⁵⁵ kuei²⁴ nyər⁰ ʂou⁵⁵ ər⁰ tɕ'iau⁵⁵

一摘摘了两卧单。 i²⁴ tsɛ²⁴ tsɛ²⁴ liau⁰ liaŋ⁵⁵ uə²¹³ tan⁰

哪里晒？帘 ᶻ 上晒， na⁵⁵ li⁰ ʂai²¹³ liæ⁴² ʂaŋ⁰ ʂai²¹³

晒嘞棉花圪崩干。 ʂai²¹³ lɛ⁰ mian⁴² xua⁰ kɛ²⁴ pəŋ⁰ kan²⁴

轧车轧，木弓弹， ia²¹³ tʂ'ʮə²⁴ ia²¹³ mu²⁴ kuəŋ²⁴ t'an⁴²

花瓜 ᶻ 弹嘞烂又烂。 xua²⁴ kuæu²⁴ t'an⁴² nɛ⁰ lan²¹³ iou⁰ lan²¹³

圪当 ᶻ 箭 ᶻ，垫涩砖， kɛ⁴² tæŋ²¹³ tɕiæ²¹³ tian²¹³ ʂɛ²⁴ tʂuan²⁴

搓嘞花橛 ᶻ 光碾碾。 ts'uə²⁴ lɛ⁰ xua²⁴ tɕyau⁴² kuaŋ²⁴ nian⁰ nian⁰

小纺车儿，嗡嗡转， ɕiau⁵⁵ faŋ⁵⁵ tʂ'ʮɤr²⁴ uəŋ²⁴ uəŋ²⁴ tʂuan²¹³

纺嘞线穗 ᶻ 圆又圆。 faŋ⁵⁵ lɛ⁰ ɕian²¹³ suæu²¹³ yan⁴² iou²¹³ yan⁴²

打车打，面汤灌， ta⁵⁵ tʂ'ʮə²⁴ ta⁵⁵ mian²¹³ t'aŋ²⁴ kuan²¹³

浆杆橡 ᶻ 上打秋千。 tɕiaŋ²¹³ kan²⁴ tʂ'uæ⁴² ʂaŋ⁰ ta⁵⁵ tɕ'iou²⁴ tɕ'ian²⁴

络子络，旋车旋， luə²⁴ tsʅ⁰ luə²⁴ ɕyan²¹³ tʂ'ʮə²⁴ ɕyan²¹³

经线娘娘跑似马， tɕiŋ²⁴ ɕian²¹³ niaŋ⁴² niaŋ⁰ p'au⁵⁵ sʅ²¹³ ma⁵⁵

刷布娘娘站两边。　şua²⁴ pu²¹³ niaŋ⁴² niaŋ⁰ tşan²¹³ liaŋ⁵⁵ pian²⁴

刷嘞刷，卷嘞卷，　şua²⁴ lɛ⁰ şua²⁴ tɕyan⁵⁵ nɛ⁰ tɕyan⁵⁵

织布机上银梭穿。　tşʅ²⁴ pu²¹³ tɕi²⁴ şaŋ⁰ in⁴² suə²⁴ tşʅ'uan²⁴

穿这边，穿那边，　tşʅ'uan²⁴ tşʅə⁵⁵ pian⁰ tşʅ'uan²⁴ na²¹³ pian⁰

织出布匹门扇 ᶻ 宽。　tşʅ²⁴ tşʅ'ʅʔ⁰ pu²¹³ pi⁴² mən⁴² şæ²¹³ kʻuan²⁴

尺子量，剪子剪，　tşʻʅ²⁴ tsʅ⁰ liaŋ⁴² tɕian⁵⁵ tsʅ⁰ tɕian⁵⁵

细穿针，忙引线，　ɕi²¹³ tşʻuan²⁴ tşən²⁴ maŋ⁴² in⁵⁵ ɕian²¹³

做个布衫 ᶻ 才能穿；　tsu²¹³ kə⁰ pu²¹³ şæ⁴² tsʻai⁴² nəŋ⁴² tşʻuan²⁴

看看这布衫 ᶻ 来嘞难不难！　kʻan²¹³ kʻan⁰ tşʅə⁰ pu²¹³ şæ⁰ lai⁴² lɛ⁰ nan⁴² pu⁰ nan⁴²

咧 ᴰ⁻⁰：咧着，动词变韵表持续义。　卧单：床单。　圪崩干：非常干。　木弓："弹弓弹花"的主要工具之一。　花瓜 ᶻ：成团的棉絮。　圪当 ᶻ 箭 ᶻ：高粱秆儿。　花橛 ᶻ：纺花时将棉花搓成的长条形，以利于抽线。　线穗 ᶻ：棉花纺成的线穗子。　打车：手工织布用具之一，其作用是将纺好的棉线缠绕成线圈。　面汤灌：指浆线。　打秋千：指挂起来晾晒。　络子：手工织布工具之一；木制、柱状体，用来缠绕经线。　经线：动词，指织布前的一道工序，即将绕在络子上的棉线按照拟织布的幅宽、色别计算根数依次排列在一起，并穿入经杆中，作为织布的经线。　门扇 ᶻ 宽：跟门板的宽度一样。

放屁 *

门儿后挂个锣，　mər⁴² xou²¹³ kua²¹³ kə⁰ luə⁴²

掉 ᴰ 地 ᴴ 摸不着。　tio²¹³ tiɛ²¹³ muə²⁴ pu⁰ tşuə⁴²

此为谜语的谜面；谜底：放屁。　掉 ᴰ：动词变韵表终点义，可替换为"掉到"。

风箱 *

三间屋，两根儿梁，　san²⁴ tɕian²⁴ u²⁴ liaŋ⁵⁵ kər²⁴ liaŋ⁴²

小毛妮儿，在里 ᴴ 藏。　　ɕiau⁵⁵ mau⁴² niər²⁴ kai²¹³ liou⁰ ts'aŋ⁴²

此为谜语的谜面；谜底：风箱，一种能产生风力的设备，由箱体、堵风板、推拉杆、风舌与出风嘴等部件套装组合而成。 小毛妮儿：喻指风箱的堵风板；因其四周缀鸡毛以起密封作用，故有此称。

风 *

树见 ᴰ 它摆手儿，　　ʂʅ²¹³ tɕiæ²¹³ t'a⁰ pai⁵⁵ | ⁴² ʂər⁵⁵

花儿见 ᴰ 它点头儿，　　xuɐr²⁴ tɕiæ²¹³ t'a⁰ tian⁵⁵ t'ər⁴²

苗 ᶻ 见 ᴰ 它弯腰儿，　　miæu⁴² tɕiæ²¹³ t'a⁰ uan²⁴ ior²⁴

云见 ᴰ 它让路儿。　　yn⁴² tɕiæ²¹³ t'a⁰ zaŋ²¹³ luər²¹³

此为谜语的谜面；谜底：风。 见 ᴰ：见到，动词变韵表终点义。

缝衣针 *

光光棍儿，棍儿光光，　　kuaŋ²⁴ kuaŋ⁰ kuər²¹³ kuər²¹³ kuaŋ²⁴ kuaŋ⁰

光光棍儿好穿花衣裳。　　kuaŋ²⁴ kuaŋ⁰ kuər²¹³ xau²¹³ tʂ'uan²⁴ xua²⁴ i²⁴ ʂaŋ⁰

绸 ᶻ⁻⁰ 缎 ᶻ 都穿过，　　tʂ'ou⁴² tuæ²¹³ tou²⁴ tʂ'uan²⁴ kuə⁰

眼长 ᴰ 屁股上。　　ian⁵⁵ tʂæŋ⁵⁵ p'i²¹³ ku⁰ ʂaŋ⁰

此为谜语的谜面；谜底：缝衣针。 长 ᴰ：动词变韵表终点义，可替换为"长到"。

夫妻对诗

夫：我要云诗你敢对？　　uə⁵⁵ iau²¹³ yn⁴² ʂʅ²⁴ ni⁵⁵ | ⁴² kan⁵⁵ tuei²¹³

妻：你云个地来我对个天。　　ni⁵⁵ yn⁴² kə⁰ ti²¹³ lai⁰ uə⁵⁵ tuei²¹³ kə⁰ t'ian²⁴

夫：你知道天上嘞天河几道弯？　　ni⁵⁵ tʂʅ²⁴ | ⁴² tau²¹³ t'ian²⁴ ʂaŋ⁰ lɛ⁰ t'ian²⁴ xə⁴² tɕi⁵⁵ tau²¹³ uan²⁴

几道窄来几道宽？　　tɕi⁵⁵ tau²¹³ tʂɛ²⁴ lai⁰ tɕi⁵⁵ tau²¹³ k'uan²⁴

几道弯里 ᴴ 能走车？　　tɕi⁵⁵ tau²¹³ uan²⁴ liou⁰ nəŋ⁴² tsou⁵⁵ tʂ'ʅə²⁴

几道弯里 ^H 能撑船？　　tɕi⁵⁵ tau²¹³ uan²⁴ liou⁰ nəŋ⁴² tʂʻəŋ²⁴ tʂʻuan⁴²

几道弯里 ^H 有人儿住？　　tɕi⁵⁵ tau²¹³ uan²⁴ liou⁰ iou⁵⁵ zər⁴² tʂʅ²¹³

几道弯里 ^H 出神仙？　　tɕi⁵⁵ tau²¹³ uan²⁴ liou⁰ tʂʻʅ²⁴ ʂən⁴² ɕian⁰

几道弯里 ^H 天河配？　　tɕi⁵⁵ tau²¹³ uan²⁴ liou⁰ tʻian²⁴ xə⁴² pʻei²¹³

几道弯里 ^H 出八仙？　　tɕi⁵⁵ tau²¹³ uan²⁴ liou⁰ tʂʻʅ²⁴ pa²⁴ ɕian²⁴

几道弯栽了几棵仙桃树？　　tɕi⁵⁵ tau²¹³ uan²⁴ tsai²⁴ liau⁰ tɕi⁵⁵ kʻuə²⁴ ɕian²⁴ tʻau⁴² ʂʅ²¹³

几树甜来几树酸？　　tɕi⁵⁵ ʂʅ²¹³ tʻian⁴² lai⁰ tɕi⁵⁵ ʂʅ²¹³ suan²⁴

甜嘞本是什么人用？　　tʻian⁴² nɛ⁰ pən⁵⁵ ʂʅ²¹³ ʂən⁵⁵ mə⁰ zən⁴² yŋ²¹³

酸嘞本是什么人餐？　　suan²⁴ nɛ⁰ pən⁵⁵ ʂʅ²¹³ ʂən⁵⁵ mə⁰ zən⁴² tsʻan²⁴

什么人担到大街卖，　　ʂən⁵⁵ mə⁰ zən⁴² tan²⁴ tau⁰ ta²¹³ tɕiɛ²⁴ mai²¹³

什么人吃了成 ^D 神仙？　　ʂən⁵⁵ mə⁰ zən⁴² tʂʻʅ²⁴ liau⁰ tʂʻo⁴² ʂən⁴² ɕian⁰

什么人嗍 ^{D-0} 个桃核子，　　ʂən⁵⁵ mə⁰ zən⁴² suə²⁴ kə⁰ tʻau⁴² xu⁴² tsʅ⁰

一溜跟头上了天？　　i²⁴⌐⁴² liou²¹³ kən²⁴ tʻou⁰ ʂaŋ²¹³ liau⁰ tʻian²⁴

妻：小家人儿说俺知道，　　ɕiau⁵⁵ tɕia²⁴ zər⁰ ʂyə⁰ an⁵⁵ tsʅ²⁴⌐⁴² tau²¹³

天上嘞天河九道弯。　　tʻian²⁴ ʂaŋ⁰ lɛ⁰ tʻian²⁴ xə⁴² tɕiou⁵⁵ tau²¹³ uan²⁴

头一道窄来二一道宽，　　tʻou⁴² i⁰ tau²¹³ tʂɛ²⁴ lai⁰ ər²¹³ i⁰ tau²¹³ kʻuan²⁴

三一道弯里 ^H 能走车，　　san²⁴ i⁰ tau²¹³ uan²⁴ liou⁰ nəŋ⁴² tsou⁵⁵ tʂʻɻə²⁴

四一道弯里 ^H 能撑船，　　sʅ²¹³ i⁰ tau²¹³ uan²⁴ liou⁰ nəŋ⁴² tʂʻəŋ²⁴ tʂʻuan⁴²

五一道弯里 ^H 有人儿住，　　u⁵⁵ i⁰ tau²¹³ uan²⁴ liou⁰ iou⁵⁵ zər⁴² tʂʅ²¹³

六一道弯里 ^H 出神仙，　　liou²¹³ i⁰ tau²¹³ uan²⁴ liou⁰ tʂʻʅ²⁴ ʂən⁴² ɕian⁰

七一道弯里 ^H 天河配，　　tɕʻi²⁴ i⁰ tau²¹³ uan²⁴ liou⁰ tʻian²⁴ xə⁴² pʻei²¹³

八一道弯里 ^H 出八仙。　　pa²⁴ i⁰ tau²¹³ uan²⁴ liou⁰ tʂʻʅ²⁴ pa²⁴ ɕian²⁴

九一道弯栽了九棵仙桃树，　　tɕiou⁵⁵ i⁰ tau²¹³ uan²⁴ tsai²⁴ liau⁰ tɕiou⁵⁵ kʻuə²⁴ ɕian²⁴ tʻau⁴² ʂʅ²¹³

四树甜来五树酸。　　sʅ²¹³ ʂʅ²¹³ tʻian⁴² lai⁰ u⁵⁵ ʂʅ²¹³ suan²⁴

甜嘞本是王母娘用，　　tʻian⁴² nɛ⁰ pən⁵⁵ ʂʅ²¹³ uaŋ⁴² mu⁰ niaŋ⁴² yŋ²¹³

酸嘞本是九天仙女儿餐。　　suan²⁴ nɛ⁰ pən⁵⁵ ʂʅ²¹³ tɕiou⁵⁵ tʻian²⁴ ɕian²⁴ nyər⁰ tsʻan²⁴

孙伯灵 ① 担到大街卖，　suən²⁴ pɛ²⁴ liŋ⁴² tan²⁴ tau⁰ ta²¹³ tɕiɛ²⁴ mai²¹³

杨二郎 ② 吃了成 ᴰ 神仙。　iaŋ⁴² ər²¹³ liaŋ⁴² tʂʻʅ²⁴ liau⁰ tʂʻo⁴² ʂən⁴² ɕian⁰

小毛猴嘟 ᴰ⁻⁰ 个桃核子，　ɕiau⁵⁵ mau⁴² xou⁴² suə²⁴ kə⁰ tʻau⁴² xu⁴² tsʅ⁰

一溜跟头上了天。　i²⁴ ⁴² liou²¹³ kən²⁴ tʻou⁰ ʂaŋ²¹³ liau⁰ tʻian²⁴

云：说、吟。　里 ᴴ："里头"的合音。　嘟：用唇舌裹食；吮吸。　成 ᴰ、嘟 ᴰ：动词变韵均表完成义，可分别替换为"成了""嘟了"。　小家人儿：指妻子。

夫妻之比

你比天俺比地天把地盖，　ni⁵⁵ ⁴² pi⁵⁵ tʻian²⁴ an⁵⁵ ⁴² pi⁵⁵ ti²¹³ tʻian²⁴ pa²¹³ ti²¹³ kai²¹³

你比地俺比苗地养苗根。　ni⁵⁵ ⁴² pi⁵⁵ ti²¹³ an⁵⁵ ⁴² pi⁵⁵ miau⁴² ti²¹³ iaŋ⁵⁵ miau⁴² kən²⁴

你比山俺比树山上长树，　ni⁵⁵ ⁴² pi⁵⁵ ʂan²⁴ an⁵⁵ ⁴² pi⁵⁵ ʂʅ²¹³ ʂan²⁴ ʂaŋ⁰ tʂaŋ⁵⁵ ʂʅ²¹³

你比树俺比鸟百鸟投林。　ni⁵⁵ ⁴² pi⁵⁵ ʂʅ²¹³ an⁵⁵ pi⁵⁵ ⁴² niau⁵⁵ pɛ²⁴ niau⁵⁵ tʻou⁴² lin⁴²

你比河俺比水河里 ᴴ 盛水，　ni⁵⁵ ⁴² pi⁵⁵ xə⁴² an⁵⁵ pi⁵⁵ ⁴² ʂuei⁵⁵ xə⁴² liou⁰ tʂʻəŋ⁴² ʂuei⁵⁵

你比水俺比鱼水养鱼身。　ni⁵⁵ ⁴² pi⁵⁵ ⁴² ʂuei⁵⁵ an⁵⁵ ⁴² pi⁵⁵ y⁴² ʂuei⁵⁵ ⁴² iaŋ⁵⁵ y⁴² ʂən²⁴

比：好比，好像。

---

① 孙伯灵：指中国战国初期军事家孙膑；生卒年不详，原名不详（山东孙氏族谱称其为孙伯灵），因受过膑刑而名孙膑；为鬼谷子王诩的徒弟，同庞涓是一师之徒；著有《孙膑兵法》。

② 杨二郎：二郎神。

"福"字谜 *

初次领兵不用刀 ①，　　tʂʻu²⁴ tsʻɿ²¹³ liŋ⁵⁵ piŋ²⁴ pu²⁴ ⁤⁴² yŋ²¹³ tau²⁴

大清江山无人保，　　ta²¹³ tɕʻiŋ²⁴ tɕiaŋ²⁴ ʂan²⁴ u⁴² zɘn⁴² pau⁵⁵

一日不见一场仗，　　i²⁴ ⁤⁴² ʐɿ²¹³ pu²⁴ ⁤⁴² tɕian²¹³ i²⁴ tʂʻaŋ⁵⁵ tʂaŋ²¹³

口中有食全胜了。　　kʻou⁵⁵ tʂuaŋ²⁴ iou⁵⁵ ʂɿ⁴² tɕʻyan⁴² ʂɘn²¹³ liau⁰

此为谜语的谜面；谜底："福"字。　食：谐音"十"。

"府"字谜 *

一点儿一横长，　　i²⁴ tior⁵⁵ i²⁴ ⁤⁴² xɘŋ²¹³ tʂʻaŋ⁴²

一撇儿到 ᴰ 南乡；　　i²⁴ pʻiɣr²⁴ to²¹³ nan⁴² ɕiaŋ²⁴

南乡有个人，　　nan⁴² ɕiaŋ²⁴ iou⁵⁵ kə⁰ zɘn⁴²

身高一寸长。　　ʂɘn²⁴ kau²⁴ i²⁴ ⁤⁴² tsʻuɘn²¹³ tʂʻaŋ⁴²

此为谜语的谜面；谜底："府"字。　到 ᴰ：动词变韵表完成义，可替换为"到了"。

妇女翻身歌

中国妇女们，　　tʂuaŋ²⁴ kuɛ²⁴ fu²⁴ ny⁰ mɘn⁰

真是太可怜；　　tʂɘn²⁴ ʂɿ²¹³ tʻai²¹³ kʻə⁵⁵ lian⁰

天天儿在家里，　　tʻian²⁴ tʻior⁰ kai²¹³ tɕia²⁴ li⁰

不叫出大门。　　pu²⁴ ⁤⁴² tɕiau²¹³ tʂʻʮ²⁴ ta²¹³ mɘn⁴²

男人打又骂，　　nan⁴² zɘn⁰ ta⁵⁵ iou²¹³ ma²¹³

婆 ᶻ 娘更狠心；　　pʻau⁴² niaŋ⁴² kɘŋ²¹³ xɘn⁵⁵ ɕin²¹³

拿着儿媳妇儿，　　na⁴² tʂʮ⁰ ɘr⁴² ɕi⁴² fɘr⁰

当成外来人。　　taŋ²⁴ tʂʻɘŋ⁰ uai²¹³ lai⁴² zɘn⁴²

叫声婆母娘，　　tɕiau²¹³ ʂɘŋ²⁴ puə⁴² mu⁵⁵ niaŋ⁴²

听俺说一言：　　tʻiŋ²⁴ an⁵⁵ ʂʮə²⁴ i²⁴ ian⁴²

恁家嘞闺女，　　nɘn⁵⁵ tɕia⁰ lɛ⁰ kuei²⁴ ny⁰

---

① "初"为"衤"字旁，"福"为"礻"字旁，此谜语谜面尚待推敲。

跟 ^D 俺是一样。　　kɛ²⁴ an⁵⁵ ʂ̩²¹³ i²⁴ ⏐ ⁴² iaŋ²¹³

今 ^D 个大姑儿吵，　　tɕiɛ²⁴ kə⁰ ta²¹³ kuər⁰ tʂʻau⁵⁵

明 ^D 个小姑儿闹；　　mɛ⁴² kə⁰ ɕiau⁵⁵ kuər⁰ nau²¹³

天天儿在家里，　　tʻian²⁴ tʻior⁰ kai²¹³ tɕia²⁴ li⁰

事事不随心。　　ʂ̩²¹³ ʂ̩²¹³ pu²⁴ suei⁴² ɕin²⁴

"七七事变"后，　　tɕʻi²⁴ tɕʻi²⁴ ʂ̩²¹³ pian²¹³ xou²¹³

来了八路军；　　lai⁴² liau⁰ pa²⁴ ⏐ ⁴² lu²¹³ tɕyn²⁴

领导妇女们，　　liŋ⁵⁵ ⏐ ⁴² tau⁵⁵ fu²⁴ ny⁰ mən⁰

一起闹翻身。　　i²⁴ tɕʻi⁵⁵ nau²¹³ fan²⁴ ʂən²⁴

提高妇女权，　　tʻi⁴² kau²⁴ fu²⁴ ny⁰ tɕʻyan⁵⁵

学习有精神；　　ɕyə⁴² ɕi⁰ iou⁵⁵ tɕiŋ²⁴ ʂən⁰

一不受压迫，　　i²⁴ pu²⁴ ⏐ ⁴² ʂou²¹³ ia²⁴ pʻɛ²⁴

二不欺负人。　　ər²¹³ pu²⁴ tɕʻi²⁴ fu⁰ zən⁴²

男人：丈夫。　　婆 ^Z 娘：婆母娘。　　拿着：捏着，控制着。　　今 ^D 个：
今天。　　大姑儿：大姑子。　　明 ^D 个：明天。　　小姑儿：小姑子。

该冷不冷

该冷不冷，	kai²⁴ lən⁵⁵ pu²⁴ lən⁵⁵
人马不整；	zən⁴² ma⁰ pu²⁴ tʂən⁵⁵
该热不热，	kai²⁴ zʅə²⁴ pu²⁴ zʅə²⁴
不成年月。	pu²⁴ tʂʻən⁴² nian⁴² yɛ²⁴

指如果气候冷暖变化不正常，人和牲畜就会生病甚至死亡，也会影响农作物的生长及收成。

杆秤 *

一点儿铁，	i²⁴ tior⁵⁵ tʻiɛ²⁴
一点儿铜，	i²⁴ tior⁵⁵ tʻuəŋ⁴²
一点儿木事，	i²⁴ tior⁵⁵ mu²⁴ ʂʅ⁰
一点儿绳。	i²⁴ tior⁵⁵ ʂən⁴²

此为谜语的谜面；谜底：杆秤 ① 。　木事：木料。

擀面条 *

抻抻床，叠叠被，	tʂʻən²⁴ tʂʻən⁰ tʂʻuaŋ⁴² tiɛ⁴² tiɛ⁰ pei²¹³
小木孩儿，在里 ᴴ 睡；	ɕiau⁵⁵ mu²⁴ xor⁴² tai²¹³ liou⁰ ʂei²¹³
小铁孩儿，去咬它；	ɕiau⁵⁵ tʻiɛ²⁴ xor⁴² tɕʻy²¹³ iau⁵⁵ ∣ ⁴² tʻa⁰

---

① 杆秤：利用杠杆原理称重量的简易衡器，由木制的带有秤星的秤杆、金属秤锤、提纽等组成。

小肉孩儿，往后退。　　ɕiau⁵⁵ zou²¹³ xor⁴² uaŋ⁵⁵ xou²¹³ tʻuei²¹³

此为谜语的谜面；谜底为手擀面条的过程：第一句喻指和面；第二句喻擀杖卷在面片中；第三句喻用刀切面条；第四句喻指切面条时，一手拿刀，另一只手要随着刀的进度向后退。　　小肉孩儿：喻指手。

感谢党嘞恩

中国妇女们，　　tʂuəŋ²⁴ kuɛ²⁴ fu²⁴ ny⁰ mən⁰

封建嘞太狠；　　fəŋ²⁴ tɕian⁰ nɛ⁰ tʻai²¹³ xən⁵⁵

天天儿在家里，　　tʻian²⁴ tʻior⁰ kai²¹³ tɕia²⁴ li⁰

不叫出大门；　　pu²⁴|⁴² tɕiau²¹³ tʂʻʅ²⁴ ta²¹³ mən⁴²

男人打又骂，　　nan⁴² zən⁰ ta⁵⁵ iou²¹³ ma²¹³

婆ᶻ娘更狠心；　　pʻau⁴² niaŋ⁴² kəŋ²¹³ xən⁵⁵ ɕin²⁴

□嘞儿媳妇儿，　　tsʅə²¹³ lɛ⁰ ər⁴² ɕi⁴² fər⁰

当成外来人。　　taŋ²⁴ tʂʻəŋ⁰ uai²¹³ lai⁴² zən⁴²

来了解放军，　　lai⁴² liau⁰ tɕiɛ⁵⁵|⁴² faŋ⁰ tɕyn²⁴

妇女才翻身；　　fu²⁴ ny⁰ tsʻai⁴² fan²⁴ ʂən²⁴

男女都平等，　　nan⁴² ny⁵⁵ tou²⁴ pʻiŋ⁴² təŋ⁵⁵

人不欺负人；　　zən⁴² pu²⁴ tɕʻi²⁴ fu⁰ zən⁴²

双方都自愿，　　ʂuaŋ²⁴ faŋ²⁴ tou²⁴|⁴² tsʅ²¹³ yan²¹³

自由来结婚；　　tsʅ²¹³ iou⁴² lai⁴² tɕiɛ²⁴ xuən²⁴

生活多如意，　　ʂəŋ²⁴ xuə⁰ tuə⁵⁵ zʅ⁴² i²¹³

感谢党嘞恩。　　kan⁵⁵ ɕiɛ⁰ taŋ⁵⁵ lɛ⁰ ən²⁴

□：自己。

高粱 *

小时儿嫩又绿，　　ɕiau⁵⁵ ʂər⁴² luən²¹³ iou²¹³ ly²⁴

长大有出息。　　tʂaŋ⁵⁵ ta²¹³ iou⁵⁵ tʂʻʅ²⁴ ɕi⁰

身体节节高，　　ʂən²⁴ tʻi⁰ tɕiɛ²⁴ tɕiɛ²⁴ kau²⁴

头上顶 ^{D-0} 火炬。　　t'ou⁴² ʂaŋ⁰ tiŋ⁵⁵ ｜⁴² xuə⁵⁵ tɕy⁴²

此为谜语的谜面；谜底：高粱。　　小时儿：小的时候。　　顶 ^D：动词变韵表持续义，可替换为"顶着"。

高人和低人

"高人吃红枣，　　kau²⁴ zən⁴² tʂʻʅ²⁴ xuəŋ⁴² tsau⁵⁵

低人由 ^D 地跑。"　　ti²⁴ zən⁴² io⁴² ti²¹³ p'au⁵⁵

"少穿二尺布，　　ʂau⁵⁵ tʂʻuan²⁴ ər²¹³ tʂʻʅ²⁴ pu²¹³

卖 ^D 钱买红枣。"　　mɛ²¹³ tɕ'ian⁴² mai⁵⁵ xuəŋ⁴² tsau⁵⁵

此为高人矮人一人一句，相互斗嘴、打趣。　　由 ^D：介词；围着，绕着。　　卖 ^D：卖了，动词变韵表完成义。

高山有个白蛇洞

高山有个白蛇洞，　　kau²⁴ ʂan²⁴ iou⁵⁵ kə⁰ pɛ⁴² ʂʅə⁴² tuəŋ²¹³

青白二蛇闹许仙。　　tɕ'iŋ²⁴ pɛ⁴² ər²¹³ ʂʅə⁴² nau²¹³ ɕy⁴² ɕian²⁴

玉皇他有九个女，　　y²¹³ xuaŋ⁰ t'a⁵⁵ ｜⁴² iou⁵⁵ tɕiou⁵⁵ kə⁰ ny⁵⁵

四对儿单一都下凡。　　sʅ²¹³ tuər²¹³ tan²⁴ i²⁴ tou²⁴ ｜⁴² ɕia²¹³ fan⁴²

玉皇：玉皇大帝。　　四对单一：四对儿加一个，共九个。

"高"字谜 *

一点儿一横长，　　i²⁴ tior⁵⁵ i²⁴ ｜⁴² xəŋ²¹³ tʂ'aŋ⁴²

"口"字挨着梁；　　k'ou⁵⁵ tsʅ⁰ ɛ²⁴ tʂʅ⁰ liaŋ⁴²

大口张着嘴，　　ta²¹³ k'ou⁵⁵ tʂaŋ²⁴ tʂʅ⁰ tsuei⁵⁵

小口往里藏。　　ɕiau⁵⁵ ｜⁴² k'ou⁵⁵ uaŋ⁵⁵ li⁰ ts'aŋ⁴²

此为谜语谜面；谜底："高"字。

跟着毛主席享幸福

杨玘屯嘞捏咕咕 ①，　　iaŋ⁴² tɕi⁰ tʻuən⁴² nɛ⁰ niɛ²⁴ ku⁵⁵ ku²⁴

跟着毛主席享幸福；　　kən²⁴ tʂʅ⁰ mau⁴² tʂʅ⁰ ɕi⁰ ɕiaŋ⁴² ɕiŋ²¹³ fu²⁴

东张 ᴰ 庄嘞编箩头 ②，　　tuəŋ²⁴ tʂæŋ²⁴ tʂuaŋ⁰ lɛ⁰ pian²⁴ luə⁴² tʻou⁰

跟着毛主席能吃肉。　　kən²⁴ tʂʅ⁰ mau⁴² tʂʅ⁰ ɕi⁰ nəŋ⁴² tʂʻʅ²⁴ zou²¹³

咕咕：泥塑制品的统称。　　"张"作地名变韵。　　箩头：箩筐。

公鸡（一）*

芙蓉头上戴，　　fu⁴² zuəŋ⁴² tʻou⁴² ʂaŋ⁰ tai²¹³

彩衣不用裁。　　tsʻai⁵⁵ i²⁴ pu²⁴ | ⁴² yŋ²¹³ tsʻai⁴²

□ ᴰ 起 ᴰ 唱一曲，　　tɕʻiæn²⁴ tɕʻiɛ⁵⁵ tʂʻaŋ²¹³ i²⁴ tɕʻy²⁴

千门万户开。　　tɕʻian²⁴ mən⁴² uan²¹³ xu²¹³ kʻai²⁴

此为谜语的谜面；谜底：公鸡。　　□ ᴰ 起 ᴰ：早晨。

公鸡（二）*

头戴大红花，　　tʻou⁴² tai²¹³ ta²¹³ xuəŋ⁴² xua²⁴

身穿五彩衣。　　ʂən²⁴ tʂʻuan²⁴ u⁵⁵ | ⁴² tsʻai⁵⁵ i²⁴

好像当家人，　　xau⁵⁵ ɕiaŋ²¹³ taŋ²⁴ tɕia²⁴ zən⁴²

催人早早起。　　tsʻuei²⁴ zən⁴² tsau⁵⁵ tsau⁵⁵ | ⁴² tɕʻi⁵⁵

此为谜语的谜面；谜底：公鸡。

---

① 浚县黎阳镇杨玘屯村的泥塑久负盛名，是典型的地域文化。其创作题材广泛，形象生动，夸张简洁，人物、动物千姿百态，深受好评，被民俗专家称为历史研究的活化石。

② 浚县黎阳镇东张庄的柳编产业从明朝洪武年间延传至今已经600多年，详见"浚县民间工艺"条。

公堂周氏谣 ①

西北大王东南猴，　　　ɕi²⁴ pei²⁴ ta²¹³ uaŋ⁰ tuəŋ²⁴ nan⁴² xou⁴²

大司马住在街西头，　　ta²¹³ sʐ²⁴ ma⁵⁵ tʂʅ²¹³ tsai²¹³ tɕiɛ²⁴ ɕi²⁴ t'ou⁴²

诸葛亮住嘞小炮楼。　　tʂʅ²⁴ kə⁰ liaŋ²¹³ tʂʅ²¹³ lɛ⁰ ɕiau⁵⁵ p'au²¹³ lou⁴²

炮楼南边儿是鼊片 ᶻ嘴，　p'au²¹³ lou⁴² nan⁴² pior⁰ sʅ²¹³ niau⁵⁵ p'iæ²¹³ tsuei⁵⁵

北边儿是拧劲夹尾头。　pei²⁴ pior⁰ sʅ²¹³ niŋ⁴² tɕin²¹³ tɕia²⁴ i⁰ t'ou⁴²

夹尾头他哥是财主，　tɕia²⁴ i⁰ t'ou⁴² t'a⁰ kə⁵⁵ sʅ²¹³ ts'ai⁴² tʂʅ⁰

财主东边儿有个朴甩头。　ts'ai⁴² tʂʅ⁰ tuəŋ²⁴ pior⁰ iou⁵⁵ kə⁰ p'u²⁴ ʂuai⁰ t'ou⁴²

东南角儿住ᴰ个小铲ᶻ带兑杵，　　tuəŋ²⁴ nan⁴² tɕyyr²⁴ tʂʅə²¹³ kə⁰ ɕiau⁵⁵ ⁴²

tʂ'æ⁵⁵ tai²¹³ tuei²¹³ tʂ'ʅ⁰

西南角儿住ᴰ个老倔头。　　ɕi²⁴ nan⁴² tɕyyr²⁴ tʂʅə²¹³ kə⁰ lau⁵⁵ tɕyɛ²¹³ t'ou⁴²

鼊片ᶻ嘴：喻指胡搅蛮缠、强词夺理的人。　拧劲夹尾头：喻指倔强又小气的人；"夹尾头"是浚县方言对小气吝啬之人的俗称。　朴甩头：喻指人说话时摇头晃脑。　小铲ᶻ带兑杵：喻指胡作非为、称霸一方的人；"兑杵"当为"对杵"，即石臼。　老倔头：喻指脾气倔强的人。　住ᴰ：住着，动词变韵表持续义。

勾小勾大

勾小勾大，　　kou²⁴ ɕiau⁵⁵ kou²⁴ ta²¹³

一辈ᶻ不说话；　i²⁴ ⁴² pɛau²¹³ pu²⁴ ʂʅə²⁴ xua²¹³

勾大勾小，　　kou²⁴ ta²¹³ kou²⁴ ɕiau⁵⁵

一辈ᶻ不恼。　i²⁴ ⁴² pɛau²¹³ pu²⁴ nau⁵⁵

游戏谣，用于儿童之间的"约定"。　小：小拇指。　大：大拇指。

<hr>

① 此谣由安阳师范学院周国瑞教授提供，原载于2012年12月卫贤镇前公堂村周氏家族内部印行的《续周氏志谱》。其中的"西北大王""东南猴""大司马""诸葛亮""鼊片ᶻ嘴""拧劲夹尾头""财主""朴甩头""小铲ᶻ带兑杵""老倔头"均是对人的谑称。

姑娘与菜豇

"东尚庄，西尚庄，　　　tuəŋ²⁴ ʂæŋ²¹³ ⁴² tʂuaŋ⁰ ɕi²⁴ ʂæŋ²¹³ ⁴² tʂuaŋ⁰

尚庄有几ᴴ好姑娘。　　　ʂæŋ²¹³ ⁴² tʂuaŋ⁰ iou⁵⁵ ⁴² tɕiɛ⁵⁵ xau⁵⁵ ku²⁴ niaŋ⁰

长嘞俊，比ᴰ人强，　　　tʂaŋ⁵⁵ lɛ⁰ tɕyn²¹³ piɛ⁵⁵ zən⁴² tɕ'iaŋ⁴²

百花之中能称王。　　　pɛ²⁴ xua²⁴ tʂʅ²⁴ tʂuaŋ²⁴ nəŋ⁴² tʂ'əŋ²⁴ uaŋ⁴²

我倒有心背个走，　　　uə⁵⁵ tau²¹³ iou⁵⁵ ɕin²⁴ pei²⁴ kə⁰ tsou⁵⁵

就怕再叫□撵上。"　　　tɕiou²¹³ p'a²¹³ tsai²¹³ tɕiau²¹³ iæ⁴² nian⁵⁵ ʂaŋ⁰

"小孩儿小孩儿你说啥？　ɕiau⁵⁵ xor⁴² ɕiau⁵⁵ xor⁴² ni⁵⁵ ʂʮ²⁴ ʂa⁵⁵

有胆儿给ᴰ我说清亮。"　iou⁵⁵ ⁴² tor⁵⁵ kɛ⁵⁵ ²¹³ uə⁰ ʂʮ²⁴ tɕ'iŋ²⁴ liaŋ⁰

吓嘞小孩儿忙改嘴，　　ɕia²¹³ lɛ⁰ ɕiau⁵⁵ xor⁴² maŋ⁴² kai⁵⁵ ⁴² tsuei⁵⁵

俺说嘞啥听清亮：　　　an⁵⁵ ʂʮ²⁴ lɛ⁰ ʂa⁵⁵ t'iŋ²⁴ tɕ'iŋ²⁴ liaŋ⁰

"东尚庄，西尚庄，　　　tuəŋ²⁴ ʂæŋ²¹³ ⁴² tʂuaŋ⁰ ɕi²⁴ ʂæŋ²¹³ ⁴² tʂuaŋ⁰

尚庄有几棵好菜豇 ①。　ʂæŋ²¹³ ⁴² tʂuaŋ⁰ iou⁵⁵ tɕi⁵⁵ k'uə²⁴ xau⁵⁵ ts'ai²¹³ tɕiaŋ⁰

长嘞嫩，豆荚儿长，　　tʂaŋ⁵⁵ lɛ⁰ luən²¹³ tou²¹³ tɕiɐr²⁴ tʂ'aŋ⁴²

鼎鼎大名四海扬。　　　tiŋ⁵⁵ ⁴² tiŋ⁵⁵ ta²¹³ miŋ⁴² sʅ²¹³ xai⁵⁵ iaŋ⁴²

我倒有心摘把走，　　　uə⁵⁵ tau²¹³ iou⁵⁵ ɕin²⁴ tʂɛ²⁴ pa⁵⁵ ⁴² tsou⁰

就怕再叫□撵上。"　　　tɕiou²¹³ p'a²¹³ tsai²¹³ tɕiau²¹³ iæ⁴² nian⁵⁵ ʂaŋ⁰

"要不是你改嘴改嘞快，　iau²¹³ pu²⁴ ⁴² sʅ²¹³ ni⁵⁵ kai⁵⁵ ⁴² tsuei⁵⁵ kai⁵⁵ lɛ⁰

k'uai²¹³

我抻手给你两巴掌。"　　uə⁵⁵ tʂ'ən²⁴ sou⁵⁵ kei⁵⁵ ⁴² ni⁰ liaŋ⁵⁵ pa²⁴ tʂaŋ⁰

尚庄：白寺镇行政村；"尚"作地名变韵，并无规则变调。　几ᴴ："几个"的合音。　□：人家。　清亮：清楚。　改嘴：改口。　把：量词，前边省略数词"一"。

鼓靠鼓　锣靠锣

鼓靠鼓，锣靠锣，　　　ku⁵⁵ k'au²¹³ ku⁵⁵ luə⁴² k'au²¹³ luə⁴²

新娶嘞媳妇儿靠公婆。　ɕin²⁴ tɕ'y⁵⁵ lɛ⁰ ɕi⁴² fər⁰ k'au²¹³ kuəŋ²⁴ p'uə⁴²

---

① 菜豇：一年生草本植物，果实为圆筒形长荚果，是常见的蔬菜。

月亮靠嘞桂花儿树 [①]，　　　yɛ²⁴ liaŋ⁰ kʻau²¹³ lɛ⁰ kuei²¹³ xuɐr²⁴ ʂ1²¹³

牛郎织女靠天河。　　　niou⁴² laŋ⁰ tʂ1²⁴ |⁴² ny⁰ kʻau²¹³ tʻian²⁴ xə⁴²

"织"无规则变调。

呱嗒板儿

呱嗒板儿，打二孩儿，　　　kua²⁴ ta⁰ por⁵⁵ ta⁵⁵ ər²¹³ xor⁴²

二孩儿穿 [D] 那花布衫儿。　　　ər²¹³ xor⁴² tʂʻuæ²⁴ na⁰ xua²⁴ pu²¹³ ʂor⁰

谁做嘞，娘做嘞，　　　ʂei⁴² tsu²¹³ lɛ⁰ niaŋ⁴² tsu²¹³ lɛ⁰

玛 [②] 家嘞闺女属兔嘞。　　　ma⁵⁵ tɕia⁰ lɛ⁰ kuei²⁴ ny⁰ ʂu⁵⁵ tʻu²¹³ lɛ⁰

呱嗒板儿：竹板儿，曲艺说唱时使用的竹制用具，用于节拍伴奏。穿 [D]：动词变韵表持续义，可替换为"穿着"。　　玛：姑姑。

刮头篦 [Z]

刮头篦 [Z]，竹篦 [Z] 长，　　　kua²⁴ tʻou⁴² piːau²¹³ tʂu²¹³ piːau²¹³ tʂʻaŋ⁴²

闺女扦 [D] 篮 [Z] 去瞧娘。　　　kuei²⁴ ny⁰ kʻuɛ⁵⁵ læ⁴² tɕʻy²¹³ tɕʻiau⁴² niaŋ⁴²

哥哥见了拢住马，　　　kə⁵⁵ kə⁰ tɕian²¹³ liau⁰ luəŋ⁵⁵ tʂ1⁰ ma⁵⁵

嫂嫂见了把门儿插。　　　sau⁵⁵ sau⁰ tɕian²¹³ liau⁰ pa²¹³ mər⁴² tʂʻa²⁴

嫂哎嫂哎开开门儿，　　　sau⁵⁵ uai⁰ sau⁵⁵ uai⁰ kʻai²⁴ kʻai²⁴ mər⁴²

俺是娘嘞亲闺女。　　　an⁵⁵ ʂ1²¹³ niaŋ⁴² lɛ⁰ tɕʻin²⁴ kuei²⁴ ny⁰

不吃恁嘞啥，　　　pu²⁴ tʂʻ1²⁴ nən⁵⁵ nɛ⁰ ʂa⁵⁵

不喝恁嘞啥，　　　pu²⁴ xə²⁴ nən⁵⁵ nɛ⁰ ʂa⁵⁵

瞧瞧爹娘都走啦。　　　tɕʻiau⁴² tɕʻiau⁰ tie²⁴ niaŋ⁴² tou²⁴ tsou⁵⁵ la⁰

俺爹送 [D] 俺大门外，　　　an⁵⁵ tie²⁴ suo²¹³ an⁵⁵ ta²¹³ mən⁴² uai²¹³

俺哭哭啼啼拜一拜；　　　an⁵⁵ kʻu²⁴ kʻu⁰ tʻi⁴² tʻi⁰ pai²¹³ i⁰ pai²¹³

---

① 本句也作"月亮靠嘞桫椤树"。桫椤：古代神话传说中的"月亮神树"。

② 浚县方言把姑称作 ma⁵⁵，用字不详。据调查，河南夏邑、内黄、延津、滑县、永城、商丘等方言都有类似情况（参见郑献芹《河南方言与普通话亲属称谓之比较》，《安阳师范学院学报》2015 年第 4 期）。为了区别于"妈 ma²⁴"，这里采用"玛"字形。

俺娘送 ^D 俺大路西，　　　an⁵⁵ niaŋ⁴² suo²¹³ an⁵⁵ ta²¹³ lu²¹³ çi²⁴

俺哭哭啼啼作 ^{D-0} 个揖。　　an⁵⁵ kʻu²⁴ kʻu⁰ tʻi⁴² tʻi⁰ tsuə²⁴ kə⁰ i²⁴

俺哥送 ^D 俺柳烟台，　　　an⁵⁵│⁴² kə⁵⁵ suo²¹³ an⁵⁵ liou⁵⁵ ian²⁴ tʻai⁴²

问问妹妹啥时儿来？　　　uən²¹³ uən⁰ mei²¹³ mei⁰ ʂa⁵⁵│⁴² ʂər⁴²│²¹³ lai⁴²

"要有爹娘都来到，　　　iau²¹³ iou⁵⁵ tiɛ²⁴ niaŋ⁴² tou²⁴ lai⁴² tau²¹³

没了爹娘永不来。"　　　mu⁴² lə⁰ tiɛ²⁴ niaŋ⁴² yŋ⁴²│⁵⁵ pu²⁴ lai⁴²

刮头篦 ^Z：用竹子制成的梳头用具，中间有梁儿，两侧有密齿，比普通梳子更细密。　扣 ^D：扣着，动词变韵表持续义。　拢住：勒住。　都：就。　送 ^D：送到，动词变韵表终点义。　作 ^{D-0}：作了，动词变韵表完成义。　柳烟台：具体所指待考。　啥时儿：什么时候。　"永"无规则变调。

拐棍儿谣

拐棍儿一，拐棍儿一，　　　kuai⁵⁵ kuər⁰ i²⁴ kuai⁵⁵ kuər⁰ i²⁴

拄着那拐棍儿真得力；　　tʂʅ⁵⁵ tʂʅ⁰ na⁰ kuai⁵⁵ kuər⁰ tʂən²⁴ tɛ²⁴ li²⁴

拐棍儿两，拐棍儿两，　　　kuai⁵⁵ kuər⁰ liaŋ⁵⁵ kuai⁵⁵ kuər⁰ liaŋ⁵⁵

拄着那拐棍儿比 ^D 儿强；　tʂʅ⁵⁵ tʂʅ⁰ na⁰ kuai⁵⁵ kuər⁰ piɛ⁵⁵ ər⁴² tɕʻiaŋ⁴²

拐棍儿三，拐棍儿三，　　　kuai⁵⁵ kuər⁰ san²⁴ kuai⁵⁵ kuər⁰ san²⁴

拄着那拐棍儿真心酸；　　tʂʅ⁵⁵ tʂʅ⁰ na⁰ kuai⁵⁵ kuər⁰ tʂən²⁴ çin²⁴ suan²⁴

拐棍儿四，拐棍儿四，　　　kuai⁵⁵ kuər⁰ sʅ²¹³ kuai⁵⁵ kuər⁰ sʅ²¹³

我是儿眼里 ^H 一根刺；　uə⁵⁵ ʂʅ²¹³ ər⁴² ian⁵⁵ liou⁰ i²⁴ kən²⁴ tsʻʅ²¹³

拐棍儿五，拐棍儿五，　　　kuai⁵⁵ kuər⁰ u⁵⁵ kuai⁵⁵ kuər⁰ u⁵⁵

拄着那拐棍儿真辛苦；　　tʂʅ⁵⁵ tʂʅ⁰ na⁰ kuai⁵⁵ kuər⁰ tʂən²⁴ çin²⁴ kʻu⁵⁵

拐棍儿六，拐棍儿六，　　　kuai⁵⁵ kuər⁰ liou²¹³ kuai⁵⁵ kuər⁰ liou²¹³

拄着那拐棍儿真难受；　　tʂʅ⁵⁵ tʂʅ⁰ na⁰ kuai⁵⁵ kuər⁰ tʂən²⁴ nan⁴² ʂou²¹³

拐棍儿七，拐棍儿七，　　　kuai⁵⁵ kuər⁰ tɕʻi²⁴ kuai⁵⁵ kuər⁰ tɕʻi²⁴

拄着那拐棍儿泪湿衣；　　tʂʅ⁵⁵ tʂʅ⁰ na⁰ kuai⁵⁵ kuər⁰ luei²¹³ ʂʅ²⁴ i²⁴

拐棍儿八，拐棍儿八，　　　kuai⁵⁵ kuər⁰ pa²⁴ kuai⁵⁵ kuər⁰ pa²⁴

万贯家产我失了家；　　uan²¹³ kuan²¹³ tɕia²⁴ tʂʻan⁵⁵ uə⁵⁵ ʂʅ²⁴ liau⁰ tɕia²⁴

拐棍儿九，拐棍儿九，　　kuai⁵⁵ kuər⁰ tɕiou⁵⁵ kuai⁵⁵ kuər⁰ tɕiou⁵⁵
挂着那拐棍儿我折了手；　　tʂʅ⁵⁵ tʂʅ⁰ na⁰ kuai⁵⁵ kuər⁰ uə⁵⁵ ʂʅ⁴² liau⁰ ʂou⁵⁵
拐棍儿十，拐棍儿十，　　kuai⁵⁵ kuər⁰ ʂʅ⁴² kuai⁵⁵ kuər⁰ ʂʅ⁴²
挂着那拐棍儿我真不值。　　tʂʅ⁵⁵ tʂʅ⁰ na⁰ kuai⁵⁵ kuər⁰ uə⁵⁵ tʂən²⁴ pu²⁴ tʂʅ⁴²

此谣反映的是子女不孝，老人抒发内心的痛苦和无奈。

关门儿经

□ᴰ黑关门儿"吱"一声，　　xo²¹³ xɛ²⁴ kuan²⁴ mər⁴² tʂʅ²⁴ i⁰ ʂəŋ²⁴
各路神仙侧耳听。　　kə²⁴ lu²¹³ ʂən⁴² ɕian⁰ tʂʼɛ²⁴ ər⁵⁵ tʼiŋ²⁴
弓上弦，刀出鞘，　　kuəŋ²⁴ ʂaŋ²¹³ ɕian⁴² tau²⁴ tʂʼʅ²⁴ tɕʼiau²¹³
神灵爷看家俺睡觉。　　ʂən⁴² liŋ⁰ iɛ⁴² kʼan²⁴ tɕia²⁴ an⁵⁵ ʂei²¹³ tɕiau²¹³

□ᴰ黑：晚上。

关系

关系关系，　　kuan²⁴ ɕi⁰ kuan²⁴ ɕi⁰
离不了东西。　　li²¹³ pu⁰ liau⁰ tuəŋ²⁴ ɕi⁰
离了东西，　　li²¹³ liau⁰ tuəŋ²⁴ ɕi²⁰
搞不成关系。　　kau⁵⁵ pu⁰ tʂʼəŋ⁰ kuan²⁴ ɕi⁰

棺材 *

一头儿大，一头儿小，　　i²⁴ tʼər⁴² ta²¹³ i²⁴ tʼər⁴² ɕiau⁵⁵
装ᴰ里ᴴ个人跑不了。　　tʂuæŋ²⁴ liou⁰ kə⁰ zən⁴² pʼau⁵⁵ pu²⁴ liau⁵⁵

此为谜语的米面；谜底：棺材。　　装ᴰ：装到，动词变韵表终点义。

光棍儿汉

光棍儿汉，坐床沿儿，　　kuaŋ²⁴ kuər⁰ xan²¹³ tsuə²¹³ tʂʼuaŋ⁴² ior⁴²
打着火，点着灯，　　ta⁵⁵ tʂuə⁴² xuə⁵⁵ tian⁵⁵ tʂuə⁴² təŋ²⁴

想^D 说话，没人儿听。　　φiæŋ⁵⁵ ʂɻə²⁴ xua²¹³ mu⁴² zər⁰ t'iŋ²⁴

吹灭灯，黑咕咚，　　tʂ'uei²⁴ miɛ²⁴ təŋ²⁴ xɛ²⁴ ku⁰ tuəŋ²⁴

抻开腿儿，冷冰冰，　　tʂ'ən²⁴ k'ai²⁴ t'uər⁵⁵ ləŋ⁵⁵ piŋ⁰ piŋ⁰

不寻老婆^Z 真不中。　　pu²⁴ φin⁴² lau^{55 | 24} p'au⁴² tʂən²⁴ pu⁰ tʂuəŋ²⁴

床沿儿：床边儿。　　想^D：想着，动词变韵表持续义。

光葫芦蛋

光葫芦蛋，上朝鲜，　　kuaŋ²⁴ xu⁴² lu⁰ tan²¹³ ʂaŋ²¹³ tʂ'au⁴² φian⁰

朝鲜有个电影院。　　tʂ'au⁴² φian⁰ iou⁵⁵ kə⁰ tian²¹³ iŋ⁵⁵ yan²¹³

大人小孩^Z 都叫看，　　ta²¹³ zən⁰ φiau⁵⁵ xɛau⁴² tou^{24 | 42} tφiau²¹³ k'an²¹³

就是不叫光葫芦蛋看。　　tφiou²¹³ ʂɻ⁰ pu^{24 | 42} tφiau²¹³ kuaŋ²⁴ xu⁴² lu⁰ tan²¹³

k'an²¹³

童谣，用于打趣剃光头者。

咣咣儿贝住（一）

咕₁咕₂咕₃咕₄，　　ku⁵⁵ ku⁰ ku^{55 | 24} ku⁰

咣咣儿贝住，　　kuaŋ²⁴ kuɐr⁰ pei²¹³ tʂu²¹³

吃嘞啥饭？　　tʂ'ɻ²⁴ lɛ⁰ ʂa⁵⁵ fan⁰

豇豆米饭，　　tφiaŋ²⁴ tou⁰ mi⁵⁵ fan⁰

叫俺吃点儿，　　tφiau²¹³ an⁵⁵ tʂ'ɻ²⁴ tior⁰

吃完^D 再做。　　tʂ'ɻ²⁴ uæ⁴² tsai²¹³ tsu²¹³

"咕₃" 无规则变调。　　咣咣儿贝住：拟布谷鸟之叫声。　　完^D：动词变韵表完成义，可替换为"完了"。

咣咣儿贝住（二）

咣咣儿贝住，　　kuaŋ²⁴ kuɐr⁰ pei²¹³ tʂu²¹³

大麦先熟。　　ta²¹³ mɛ²⁴ φian²⁴ ʂu⁴²

大麦不熟，　　ta²¹³ mɛ²⁴ pu²⁴ ʂu⁴²

肚里 ᴴ 咕噜。　　tu²¹³ liou⁰ ku²⁴ lu⁰

<u>咣咣儿贝住</u>，　　kuaŋ²⁴ kuɐr⁰ pei²¹³ tʂu²¹³

大麦先熟。　　ta²¹³ mɛ²⁴ ɕian²⁴ ʂu⁴²

吃嘞啥饭，　　tʂʻʅ²⁴ lɛ⁰ ʂa⁵⁵ fan⁰

面条 ᶻ浇 ᴰ醋。　　mian²¹³ tʻiæu⁴² tɕio²⁴ tsʻu²¹³

<u>咣咣儿贝住</u>，　　kuaŋ²⁴ kuɐr⁰ pei²¹³ tʂu²¹³

先种蜀黍。　　ɕian²⁴ tʂuəŋ²¹³ ʂʅ⁴² ʂʅ⁰

收麦点豆，　　ʂou²⁴ mɛ²⁴ tian⁵⁵ tou²¹³

不要错后。　　pu²⁴ ⁼ ⁴² iau²¹³ tsʻuə²¹³ xou²¹³

浇 ᴰ：浇着，动词变韵表状态义。　　蜀黍：玉米。

闺女回娘家之礼品谣

麻糖篮儿，　　ma⁴² tʻaŋ⁰ lor⁴²

柿饼串儿，　　ʂʅ²¹³ piŋ⁰ tʂʻuor²¹³

还有五斤嘞大肉块儿。　　xai⁴² iou⁵⁵ u⁵⁵ tɕin²⁴ nɛ⁰ ta²¹³ ẓou²¹³ kʻuor²¹³

此谣讲的是旧时闺女回娘家，不同时间所带的礼品不同："麻糖篮儿"是麦收后的礼品，"柿饼串儿"是过年时的礼品，"大肉块儿"是新婚第一年新女婿拜年时的礼品。　　麻糖：油条。　　柿饼：用柿子制作而成的饼状食品。

贵人之相

天庭饱满，　　tʻian²⁴ tʻiŋ²⁴ pau⁵⁵ ⁼ ⁴² man⁵⁵

地颌方圆 ①；　　ti²¹³ kə²⁴ faŋ²⁴ yan⁴²

---

① 传统相学中，面相的核心是阴阳；上为阳、下为阴；若以全身划分，头为阳、足为阴；若以头面划分，上额为阳，下颌为阴。男人为阳气所化，女人为阴液所聚，所以看相也有男女之别。男重额头，即看男人之相重点在其头、额；而女重下颌，即看女人之相关键在其下颌。

双手过膝，　　　　ʂuaŋ²⁴ ʂou⁵⁵ kuə²¹³ ɕi²⁴

两耳垂肩 ①。　　　liaŋ⁵⁵ ⁼⁴² ər⁵⁵ tʂʻuei⁴² tɕian²⁴

此为传统公认的贵人之相。　　天庭：指额头。　　地颌：指下颌。

郭大姐

一个大姐本姓郭，　　　i²⁴ ⁼⁴² kə⁰ ta²¹³ tɕiɛ⁰ pən⁵⁵ ɕiŋ⁴² kuə²⁴

论高只有四指多。　　　luən²¹³ kau²⁴ tʂʅ²⁴ iou⁵⁵ sʅ²¹³ tʂʅ⁵⁵ tuə²⁴

裁 ᴰ 个大袄二寸半，　　tsʻɛ⁴² kə⁰ ta²¹³ au⁵⁵ ər²¹³ tsʻuən²¹³ pan²¹³

也得就地拉拉着。　　　iɛ⁵⁵ tɛ⁰ tɕiou²¹³ ti²¹³ la²⁴ la⁰ tʂuə⁰

她婆 ᶻ 叫她去烧锅，　　tʻa⁵⁵ pʻau⁴² tɕiau²¹³ tʻa⁵⁵ tɕʻy²¹³ ʂau²⁴ kuə²⁴

一下 ᶻ 掉到蚂蚁窝。　　i²⁴ ⁼⁴² ɕiæu²¹³ tiau²¹³ tau⁰ ma⁴² i⁰ uə²⁴

她嫂又使 ᴰ 笤帚扫，　　tʻa⁵⁵ ⁼⁴² sau⁵⁵ iou²¹³ ʂʅə⁵⁵ tʻiau⁴² tʂʻʅ⁰ sau⁵⁵

她婆 ᶻ 又使 ᴰ 簸箕簸。　　tʻa⁵⁵ pʻau⁴² iou²¹³ ʂʅə⁵⁵ puə²¹³ tɕʻi⁰ puə⁵⁵

一下 ᶻ 簸出 ᴴ 郭大姐，　　i²⁴ ⁼⁴² ɕiæu²¹³ puə⁵⁵ tʂʻuai⁰ kuə²⁴ ta²¹³ tɕiɛ⁰

"你去哪儿了？"　　　ni⁵⁵ tɕʻy²¹³ nɐr⁵⁵ lə⁰

"我来 ᴰ ② 蚂蚁窝。"　　uə⁵⁵ lɛ⁴² ma⁴² i⁰ uə²⁴

大姐：年轻女性的代称。　　四指：除拇指以外的其他四指并拢在一起的高度。　　裁 ᴰ：裁了，动词变韵表完成义。　　就地：挨近地面。　　拉拉：拖拉。　　使 ᴰ：介词，用。　　簸：动词，将簸箕上下颠动，扬去粮食中的糠秕、尘土等杂物。　　来 ᴰ：到某处去；动词变韵表完成义，可替换为"来了（一趟）"。

---

① "双手过膝，两耳垂肩"当来自《三国演义》对刘备长相的描述，指异于常人的帝王之相。

② 浚县方言中，"来"变韵后与"去"同义。其用法如下。a. 用于完成时，例如："我夜个来 ᴰ 安阳。"意为"我昨天去了安阳"。b. 用于将来时，例如："你明 ᴰ 个干啥嘞？""我明 ᴰ 个来 ᴰ 安阳。"意为"我明天要去安阳"。c. 可以与"去"连用，用于将来时，例如："我明 ᴰ 个去来 ᴰ 安阳。"意为"我明天去安阳"。

郭巨埋儿 ①

他小 ^Z 吃嘞白又胖，　　t'a⁵⁵ˈ⁴² ɕiæu⁵⁵ tʂˈʅ²⁴ lɛ⁰ pɛ⁴² iou²¹³ p'aŋ²¹³

他奶 ② 吃嘞皮包骨头露 ^D 青筋。　　t'a⁵⁵ˈ⁴² nɛ⁵⁵ tʂˈʅ²⁴ lɛ⁰ p'i⁴² pau²⁴ ku⁴² t'ou⁰ lo²¹³ tɕ'iŋ²⁴ tɕin²⁴

两口无奈把儿埋，　　liaŋ⁵⁵ˈ⁴² k'ou⁵⁵ u⁴² nai²¹³ pa²¹³ ər⁴² mai⁴²

为孝生身老母亲。　　uei²¹³ ɕiau²¹³ ʂən²⁴ ʂən²⁴ lau⁵⁵ˈ²⁴ mu⁵⁵ tɕ'in⁰

一刨刨出 ^H 小老鼠儿，　　i²⁴ p'au⁴² p'au⁴² tʂ'uai⁰ ɕiau⁵⁵ lau⁵⁵ˈ⁴² ʂuər⁰

出律律跑出 ^H 十来群。　　tʂˈʅ²⁴ ly⁰ ly⁰ p'au⁵⁵ tʂ'uai⁰ ʂʅ⁴² lai⁰ tɕ'yn⁴²

不吃粮食光喝水儿，　　pu²⁴ tʂ'ʅ²⁴ liaŋ⁴² ʂʅ⁰ kuaŋ²⁴ xə²⁴ ʂuər⁵⁵

不屙金来都尿银。　　pu²⁴ ə²⁴ tɕin²⁴ lai⁰ tou⁰ niau²¹³ in⁴²

一尿尿了三斤半，　　i²⁴ˈ⁴² niau²¹³ niau²¹³ liau⁰ san²⁴ tɕin²⁴ pan²¹³

一屙屙了四五斤。　　i²⁴ ə²⁴ ə²⁴ liau⁰ sʅ²¹³ u⁰ tɕin²⁴

此谣来自中国传统民间故事"郭巨埋儿"。　　他小 ^Z：指郭巨的儿子郭成。　　露 ^D：露着，动词变韵表持续义。　　两口：指郭巨夫妻俩。　　出律律：形容动作麻利、速度较快。　　都：就。

蝈蝈 *

腿长胳膊短，　　t'uei⁵⁵ tʂ'aŋ⁴² kɛ⁴² puə⁰ tuan⁵⁵

眉毛盖住眼。　　mei⁴² mau⁰ kai²¹³ tʂʅ⁰ ian⁵⁵

有人不吭声儿，　　iou⁵⁵ zən⁴² pu²⁴ k'əŋ²⁴ ʂər²⁴

没人乱叫唤。　　mu⁴² zən⁴² luan²¹³ tɕiau²¹³ xuan⁰

---

① "郭巨埋儿"在东晋干宝的《搜神记》、宋代的《太平广记》、元代郭居敬的《二十四孝》、明代嘉靖时期的《彰德府志》等书中均有记载。故事梗概：郭巨，晋代隆虑（今河南林州）人，原本家道殷实。父亲死后，家境逐渐贫困，他把家产分作两份，给了两个弟弟，自己独取母亲供养，对母极孝。妻子生一男孩郭成，郭巨的母亲非常疼爱孙子，自己总舍不得吃饭，却把仅有的食物留给孙子吃。郭巨因此深感不安，觉得养这个孩子必然影响供养母亲，遂和妻子商议："儿子可以再有，母亲死了不能复活，不如埋掉儿子，节省些粮食供养母亲。"他们挖坑时，在地下三尺处忽见一坛黄金，上面写道："天赐郭巨，官不得取，民不得夺。"夫妻得到黄金，回家孝敬母亲，并得以兼养孩子。从此，郭巨不仅过上了好日子，而且孝顺的美名传遍天下。

② "他奶"是借子女的称谓称呼对方，即所谓"从儿称呼"，在浚县方言中非常普遍。

此为谜语的谜面；谜底：蝈蝈。

过年关

作心嘞米饭撑心嘞糖，　　tsuə²⁴ ɕin²⁴ nɛ⁰ mi⁵⁵ fan⁰ tʂʻəŋ²⁴ ɕin²⁴ nɛ⁰ tʻaŋ⁴²

难过嘞年三十儿晚上。　　nan⁴² kuə²¹³ lɛ⁰ nian⁴² san²⁴ ʂɚ⁴² uan⁵⁵ ʂaŋ⁰

漫天地里去躲债，　　man²¹³ tʻian²⁴ ti²¹³ li⁰ tɕʻy²¹³ tuə⁵⁵ tʂai²¹³

救命嘞饺子在哪厢？　　tɕiou²¹³ miŋ²¹³ lɛ⁰ tɕiau⁵⁵ tsʅ⁰ tsai²¹³ na⁵⁵ ɕiaŋ²⁴

指的是旧时贫苦人为过年而揪心发愁。　作心、撑心：揪心，心里不舒服。　米饭：指腊八粥。　糖：指祭灶糖。　过：度过。　年三十儿：除夕。　漫天地：野地。

过年习俗谣

小孩儿小孩儿你甭馋，　　ɕiau⁵⁵ xor⁴² ɕiau⁵⁵ xor⁴² ni⁵ piŋ⁴² tʂʻan⁴²

过了腊八儿就是年。　　kuə²¹³ lə⁰ la²⁴ pɐr²⁴ tɕiou²¹³ sʅ⁰ nian⁴²

腊八儿粥，过几天，　　la²⁴ pɐr²⁴ tʂou²⁴ kuə²¹³ tɕi⁵⁵ tʻian²⁴

哩哩啦啦二十三。　　li²⁴ li⁰ la²⁴ la⁰ ɚ²¹³ sʅ⁰ san²⁴

二十三，祭灶官；　　ɚ²¹³ sʅ⁰ san²⁴ tɕi²¹³ tsau²¹³ kuan²⁴

二十四，扫房子；　　ɚ²¹³ sʅ⁰ sʅ²¹³ sau⁵⁵ faŋ⁴² tsʅ⁰

二十五，磨豆腐；　　ɚ²¹³ sʅ⁰ u⁵⁵ muə²¹³ tou²¹³ fu⁰

二十六，蒸馒头；　　ɚ²¹³ sʅ⁰ liou²¹³ tʂəŋ²⁴ man⁴² tʻou⁰

二十七，杀公鸡；　　ɚ²¹³ sʅ⁰ tɕʻi²⁴ ʂa²⁴ kuəŋ²⁴ tɕi⁰

二十八，贴花花；　　ɚ²¹³ sʅ⁰ pa²⁴ tʻiɛ²⁴ xua²⁴ xua⁰

二十九，煮猪头；　　ɚ²¹³ sʅ⁰ tɕiou⁵⁵ tʂʅ⁵⁵ tʂʅ²⁴ tʻou⁴²

年三十儿，捏饺子儿；　　nian⁴² san²⁴ ʂɚ⁴² niɛ²⁴ tɕiau⁵⁵ tsɚ⁰

大年初一，　　tsau²¹³ nian⁰ tʂʻu²⁴ i²⁴

撅着屁股去作揖。　　tɕʻyɛ²⁴ tʂʅ⁰ pʻi²¹³ ku⁰ tɕʻy²¹³ tsuə²¹³ i²⁴

花花：指春联、年画等。

哈巴狗

大大娘家有仨耷拉耳朵儿^① 哈巴狗， ta²¹³ ta²¹³ niaŋ⁰ tɕia⁰ iou⁵⁵ sa²⁴ ta⁵⁵ la⁰ ər⁵⁵ tor⁰ xa²⁴ pa⁰ kou⁵⁵

二大娘家有八耷拉耳朵儿哈巴狗。 ər²¹³ ta²¹³ niaŋ⁰ tɕia⁰ iou⁵⁵ pa²⁴ ta⁵⁵ la⁰ ər⁵⁵ tor⁰ xa²⁴ pa⁰ kou⁵⁵

不知^H是大大娘家嘞仨耷拉耳朵儿哈巴狗咬二大娘家嘞八耷拉耳朵儿哈巴狗， pu²⁴ tʂo²⁴ ʂʅ²¹³ ta²¹³ ta²¹³ niaŋ⁰ tɕia⁰ lɛ⁰ sa²⁴ ta⁵⁵ la⁰ ər⁵⁵ tor⁰ xa²⁴ pa⁰ kou⁵⁵ iau⁵⁵ ər²¹³ ta²¹³ niaŋ⁰ tɕia⁰ lɛ⁰ pa²⁴ ta⁵⁵ la⁰ ər⁵⁵ tor⁰ xa²⁴ pa⁰ kou⁵⁵

还是二大娘家嘞八耷拉耳朵儿哈巴狗咬大大娘家嘞仨耷拉耳朵儿哈巴狗。 xai⁴² ʂʅ²¹³ ər²¹³ ta²¹³ niaŋ⁰ tɕia⁰ lɛ⁰ pa²⁴ ta⁵⁵ la⁰ ər⁵⁵ tor⁰ xa²⁴ pa⁰ kou⁵⁵ iau⁵⁵ ta²¹³ ta²¹³ niaŋ⁰ tɕia⁰ lɛ⁰ sa²⁴ ta⁵⁵ la⁰ ər⁵⁵ tor⁰ xa²⁴ pa⁰ kou⁵⁵

此为绕口令。 知^H："知道"的合音。

蛤蟆*

有狗坐，没狗高， iou⁵⁵|⁴² kou⁵⁵ tsuə²¹³ mu⁴² kou⁵⁵ kau²⁴
瞪^D那俩眼赛胡椒^②。 to²¹³ na⁰ lia⁵⁵|⁴² ian⁵⁵ sai²¹³ xu⁴² tɕiau⁰

此为谜语的谜面；谜底：蛤蟆。 有狗坐：有着像狗一样的坐相。 瞪^D：动词变韵表持续义，可替换为"瞪着"。

---

① 浚县方言"耳朵"音为"ər⁵⁵tau⁰"，儿化音变为"ər⁵⁵tor⁰"。
② 胡椒：一种藤本植物，攀生在树木或桩架上；它的种子含有挥发油、胡椒碱、粗脂肪、粗蛋白等，是常见的调味品。

孩儿他娘

孩儿他娘，麦麦长，　　xor⁴² t'a⁰ niaŋ⁴²　mɛ²⁴ mɛ⁰ tʂ'aŋ⁴²

一个麦麦斤四两。　　i²⁴ |⁴² kə⁰ mɛ²⁴ mɛ⁰ tɕin²⁴ sɿ²¹³ liaŋ⁵⁵

孩儿他娘，耳朵儿长，　　xor⁴² t'a⁰ niaŋ⁴²　ər⁵⁵ tor⁰ tʂ'aŋ⁴²

不管隔着几道墙 ①。　　pu²⁴ kuan⁵⁵ kɛ²⁴ tʂʅ⁰ tɕi⁵⁵ tau²¹³ tɕ'iaŋ⁴²

斤四两：一斤四两。

孩子与家庭

有个娃娃，　　iou⁵⁵ kə⁰ ua⁴² ua⁰

像家 ᶻ 人家；　　ɕiaŋ²¹³ tɕiæ⁰ zən⁴² tɕia⁰

没个娃娃，　　mu⁴² kə⁰ ua⁴² ua⁰

半家 ᶻ 人家。　　pan²¹³ tɕiæ²⁴ zən⁴² tɕia⁰

娃娃：指孩子。　　半家 ᶻ 人家：喻指家庭不圆满。

好吃不贵

好吃不贵，　　xau⁵⁵ tʂ'ʅ²⁴ pu²⁴ |⁴² kuei²¹³

经济实惠　　tɕiŋ²⁴ tɕi⁰ ʂʅ⁴² xuei²¹³

油而不腻，　　iou⁴² ər⁰ pu²⁴ |⁴² ni²¹³

香甜酥脆。　　ɕiaŋ²⁴ t'ian⁴² su²⁴ ts'uei²¹³

吃罢这回，　　tʂ'ʅ²⁴ pa²¹³ tʂʅə⁵⁵ xuei⁴²

还想 ᴰ 下回。　　xai⁴² ɕiæŋ⁵⁵ ɕia²¹³ xuei⁴²

此为小商贩的"广告"。　　想 ᴰ：想着，动词变韵表持续义。

---

① 　本句指母亲对子女尤其是幼子的声音非常敏感，无论相距多远，都能听到孩子的细微动
　　静；用以说明母亲时刻牵挂自己幼小的孩子。

好儿不在多

好儿不在多，　　xau⁵⁵ ər⁴² pu²⁴ ǀ ⁴² tsai²¹³ tuə²⁴

只要一两个。　　tʂʅ⁴² iau²¹³ i²⁴ liaŋ⁵⁵ kə²¹³

儿多娘受苦，　　ər⁴² tuə²⁴ niaŋ⁴² ʂou²¹³ kʻu⁵⁵

爹也难免祸。　　tiɛ²⁴ iɛ⁵⁵ nan⁴² mian⁵⁵ xuə²¹³

喝杨玘屯一口水

喝杨玘屯一口水，　　xə²⁴ iaŋ⁴² tɕi⁰ tʻuən⁴² i²⁴ kʻou⁵⁵ ǀ ⁴² ʂuei⁵⁵

会捏咕咕嘴；　　xuei²¹³ niɛ²⁴ ku⁵⁵ ku²⁴ tsuei⁵⁵

吃杨玘屯一口饭，　　tʂʻʅ²⁴ iaŋ⁴² tɕi⁰ tʻuən⁴² i²⁴ kʻou⁵⁵ fan²¹³

会捏咕咕蛋。　　xuei²¹³ niɛ²⁴ ku⁵⁵ ku²⁴ tan²¹³

此谣反映的是当地村民几乎人人都会制作泥咕咕。　杨玘屯：浚县黎阳镇行政村，是泥咕咕的主要产地。　咕咕：泥塑制品的统称，详见"浚县民间工艺"条。

荷包鸡蛋下挂面儿

小大孩儿，　　ɕiau⁵⁵ ta²¹³ xor⁴²

都来玩儿，　　tou²⁴ lai⁴² uor⁴²

荷包鸡蛋下挂面儿，　　xə⁴² pə⁰ tɕi²⁴ tan⁰ ɕia²¹³ kua²¹³ mior⁰

呼噜呼噜喝两碗儿。　　xu²⁴ lu²⁴ xu²⁴ lu²⁴ xə²⁴ liaŋ⁵⁵ ǀ ⁴² uor⁵⁵

荷包鸡蛋：用作动词短语，煮荷包蛋。　呼噜：拟吃饭喝汤之声。

荷花 *

一个小姑娘，　　i²⁴ ǀ ⁴² kə⁰ ɕiau⁵⁵ ku²⁴ niaŋ⁰

长在水中央；　　tʂaŋ⁵⁵ tsai⁰ ʂuei⁵⁵ tʂuəŋ²⁴ iaŋ²⁴

穿 ᴰ 那粉布衫儿，　　tʂʻuæ²⁴ na⁰ fən⁵⁵ pu²¹³ ʂor⁰

坐在绿船上。　　tsuə²¹³ tsai⁰ ly²⁴ tʂʻuan⁴² ʂaŋ⁰

此为谜语的谜面；谜底：荷花。　穿 ^D：穿着，动词变韵表持续义。

核桃 *

枯绌箱 ^Z，枯绌柜 ^{Z-0}，　　k'u²⁴ tʂ'u⁰ ɕiæŋ²⁴ k'u²⁴ tʂ'u⁰ kuei²¹³

枯绌老头儿在里 ^H 睡。　k'u²⁴ tʂ'u⁰ lau⁵⁵ ⌐ ²⁴ t'ər⁴² tai²¹³ liou⁰ ʂei²¹³

四个老头儿隔 ^{D-0} 墙睡，　　sɻ²¹³ kə⁰ lau⁵⁵ ⌐ ²⁴ t'ər⁴² kɛ²⁴ tɕ'iaŋ⁴² ʂei²¹³

个个儿都是背靠背。　　kə²¹³ kɤr⁰ tou²⁴ ⌐ ⁴² ʂɻ²¹³ pei²¹³ k'au²¹³ pei²¹³

此为谜语的谜面；谜底：核桃。　<u>枯绌</u>：枯皱，不平整。　隔 ^{D-0}：隔着，动词变韵表持续状态义。

黑豆和黑斗

黑豆放到黑斗里，　　xɛ²⁴ ⌐ ⁴² tou²¹³ faŋ²¹³ tau⁰ xɛ²⁴ tou⁵⁵ li⁰

黑斗里头放黑豆。　　xɛ²⁴ tou⁵⁵ li⁰ tou⁰ faŋ²¹³ xɛ²⁴ ⌐ ⁴² tou²¹³

黑豆放 ^D 黑斗，　　xɛ²⁴ ⌐ ⁴² tou²¹³ fæŋ²¹³ xɛ²⁴ tou⁵⁵

黑斗放黑豆，　　xɛ²⁴ tou⁵⁵ faŋ²¹³ xɛ²⁴ ⌐ ⁴² tou²¹³

不知 ^H 是黑豆放 ^D 黑斗，　　pu²⁴ tʂo²⁴ ʂɻ⁰ xɛ²⁴ ⌐ ⁴² tou²¹³ fæŋ²¹³ xɛ²⁴ tou⁵⁵

还是黑斗放黑豆。　　xai⁴² ʂɻ⁰ xɛ²⁴ tou⁵⁵ faŋ²¹³ xɛ²⁴ ⌐ ⁴² tou²¹³

此为绕口令。　黑豆：又称櫐豆，是籽实表皮呈黑色的大豆；"黑"无规则变调。　斗：又称"方斗"，古代计量粮食的工具；其形状一般是上下为正方形，侧面为梯形。　放 ^D：放到，动词变韵表终点义。

黑老鸹（一）

啊啊啊，黑老鸹，　　a²⁴ a²⁴ a²⁴ xɛ²⁴ lau⁵⁵ ⌐ ⁴² kua⁰

梅豆叶儿，包指甲。　　mei⁴² tou⁰ iɤr²⁴ pau²⁴ tʂɻ⁴² tɕia⁰

恁嘞老鸹没俺嘞大，　　nən⁵⁵ nɛ⁰ lau⁵⁵ ⌐ ⁴² kua⁰ mu⁴² an⁵⁵ nɛ⁰ ta²¹³

俺嘞跟 ^D 恁嘞打一架。　　an⁵⁵ nɛ⁰ kɛ²⁴ nən⁵⁵ nɛ⁰ ta⁵⁵ i²⁴ ⌐ ⁴² tɕia²¹³

恁嘞老鸹张张嘴儿，　　nən⁵⁵ nɛ⁰ lau⁵⁵ ⌐ ⁴² kua⁰ tʂaŋ²⁴ tʂaŋ⁰ tsuɔr⁵⁵

俺嘞老鸹喝口水儿。　　an⁵⁵ nɛ⁰ lau⁵⁵ ⌐ ⁴² kua⁰ xə²⁴ k'ou⁰ ʂuɔr⁵⁵

恁嘞老鸹飞嘞高，　　　nən⁵⁵ nɛ⁰ lau⁵⁵ ǀ ⁴² kua⁰ fei²⁴ lɛ⁰ kau²⁴

俺嘞老鸹把恁超。　　　an⁵⁵ nɛ⁰ lau⁵⁵ ǀ ⁴² kua⁰ pa²¹³ nən⁵⁵ tʂ'au²⁴

老鸹：乌鸦。

黑老鸹（二）

黑老鸹，黑丁丁，　　　xɛ²⁴ lau⁵⁵ ǀ ⁴² kua⁰ xɛ²⁴ tiŋ⁰ tiŋ²⁴

俺上姥姥家住一冬。　　　an⁵⁵ ʂaŋ²¹³ lau⁵⁵ lau⁰ tɕia⁰ tʂʅ²¹³ i⁰ tuəŋ²⁴

舅舅瞧见怪喜欢，　　　tɕiou²¹³ tɕiou⁰ tɕ'iau⁴² tɕian⁰ kuai²¹³ ɕi⁵⁵ xuan⁰

妗妗瞧见瞅两眼。　　　tɕin²¹³ tɕin⁰ tɕ'iau⁴² tɕian⁰ tʂ'ou⁵⁵ liaŋ⁵⁵ ǀ ⁴² ian⁵⁵

妗妗妗妗你甭瞅，　　　tɕin²¹³ tɕin⁰ tɕin²¹³ tɕin⁰ ni⁵⁵ piŋ⁴² tʂ'ou⁵⁵

石榴开 ᴰ 花儿俺都走。　　ʂʅ⁴² liou⁰ k'ɛ²⁴ xuɐr²⁴ an⁵⁵ tou⁰ tsou⁵⁵

开 ᴰ：开了，动词变韵表完成义。

黑老鸹（三）

黑老鸹，叫不由，　　　xɛ²⁴ lau⁵⁵ ǀ ⁴² kua⁰ tɕiau²¹³ pu²⁴ iou⁴²

支 ᴰ 那儿锅，炸你嘞头。　　tʂʅə²⁴ nɐr⁰ kuə²⁴ tʂa⁴² ni⁰ lɛ⁰ t'ou⁴²

好事儿你丢 ᴰ 这儿，　　xau⁵⁵ ʂər²¹³ ni⁵⁵ tio²⁴ tʂɤr⁰

赖事儿你带 ᴰ 走，　　　lai²¹³ ʂər²¹³ ni⁵⁵ tɛ²¹³ tsou⁰

吐你个扒灰头。　　　t'u⁵⁵ ǀ ⁴² ni⁰ kə⁰ pa²⁴ xuei⁰ t'ou⁴²

此谣用于诅咒乌鸦，因为习俗认为乌鸦大叫会给人带来晦气。　由：应验。　支 ᴰ、丢 ᴰ：动词变韵均表终点义，可分别替换为"支到""丢到"。　炸：一种烹饪方法；把原料放入多油的热锅中，用旺火或温火使熟。　带 ᴰ：动词变韵仅作为单趋式中的一个强制性形式成分，不表示实际意义。

红圪当 ᶻ（一）

红圪当 ᶻ，插辘轳，　　　xuəŋ⁴² kɛ⁴² tæŋ²¹³ tʂ'a²⁴ lu²⁴ lu⁰

谁来了？恁姑父。　　ʂei⁴² lai⁴² lə⁰ nən⁵⁵ ku²⁴ fu⁰

穿嘞啥？破单裤。　　tʂʻuan²⁴ nɛ⁰ ʂa⁵⁵ pʻuə²¹³ taŋ²⁴ kʻu²¹³

戴嘞啥？眵目糊。　　tai²¹³ lɛ⁰ ʂa⁵⁵ tʂʻʅ²⁴ mau⁰ xu²⁴

提嘞啥？假豆腐。　　tʻi²⁴ lɛ⁰ ʂa⁵⁵ tɕia⁵⁵ tou²¹³ fu⁰

前门儿上，后门儿关，　　tɕʻian⁴² mər⁴² ʂaŋ²¹³ xou²¹³ mər⁴² kuan²⁴

这样嘞亲戚不体面。　　tʂʅə⁵⁵ iaŋ⁰ lɛ⁰ tɕʻin²⁴ tɕʻi⁰ pu²⁴ tʻi⁵⁵ mian⁰

眵目糊：眼睑分泌出的液体凝结成的淡黄色的东西，俗称"眼屎"。

红圪当 Z（二）

红圪当 Z，水上漂，　　xuəŋ⁴² kɛ⁴² tæŋ²¹³ ʂuei⁵⁵ ʂaŋ⁰ pʻiau²⁴

俺跟 D 姐姐一般高。　　an⁵⁵ kɛ²⁴ tɕiɛ⁵⁵ tɕiɛ⁰ i²⁴ pan²⁴ | ⁵⁵ kau²⁴

姐姐骑嘞大红马，　　tɕiɛ⁵⁵ tɕiɛ⁰ tɕʻi⁴² lɛ⁰ ta²⁴ xuəŋ⁴² ma⁵⁵

俺就骑 D 个树□杈 Z。　　an⁵⁵ tɕiou²¹³ tɕʻiɛ⁴² kə⁰ ʂʅ²¹³ kʻɛ⁵⁵ tʂʻæu⁰

姐姐盖嘞花盖的，　　tɕiɛ⁵⁵ tɕiɛ⁰ kai²¹³ lɛ⁰ xua²⁴ kai²¹³ ti⁰

俺就盖 D 个破狗皮；　　an⁵⁵ tɕiou²¹³ kɛ²¹³ kə⁰ pʻuə²¹³ kou⁵⁵ pʻi⁴²

姐姐铺嘞花铺的，　　tɕiɛ⁵⁵ tɕiɛ⁰ pʻu²⁴ lɛ⁰ xua²⁴ pʻu²⁴ ti⁰

俺就铺 D 个破蓑衣；　　an⁵⁵ tɕiou²¹³ pʻuə²⁴ kə⁰ pʻuə²¹³ suə²⁴ i²⁴

姐姐枕嘞花枕头，　　tɕiɛ⁵⁵ tɕiɛ⁰ tʂən²¹³ nɛ⁰ xua²⁴ tʂən²¹³ tʻou⁰

俺就枕 D 个小母狗。　　an⁵⁵ tɕiou²¹³ tʂɛ²¹³ kə⁰ ɕiau⁵⁵ mu⁵⁵ | ⁴² kou⁰

母狗不跟 D 俺走，　　mu⁵⁵ | ⁴² kou⁰ pu²⁴ kɛ²⁴ an⁵⁵ | ⁴² tsou⁵⁵

汪汪汪汪咬两口。　　uaŋ²⁴ uaŋ²⁴ uaŋ²⁴ uaŋ²⁴ iau⁵⁵ liaŋ⁵⁵ | ⁴² kʻou⁰

"般"无规则变调。　骑 D、盖 D、铺 D、枕 D：动词变韵均表持续义，可分别替换为"骑着""盖着""铺着""枕着"。　树□杈 Z：树杈。　盖的：被子。　铺的：褥子。

红萝卜 *

红公鸡，绿尾巴，　　xuəŋ⁴² kuəŋ²⁴ tɕi⁰ ly²⁴ i⁵⁵ pa⁰

一头扎到地底下。　　i²⁴ tʻou⁴² tʂʻa²⁴ tau⁰ ti²¹³ ti⁵⁵ ɕia⁰

此为谜语的谜面；谜底：红萝卜。

红柿子

红柿子，圆又圆，　　　xuəŋ⁴² ʂʅ²¹³ tsʅ⁰ yan⁴² iou²¹³ yan⁴²

外头红来里 ^H 头甜。　　uai²¹³ tʻouᵒ xuəŋ⁴² laiᵒ liou⁵⁵ tʻouᵒ tʻian⁴²

有爹有娘甜似蜜，　　　iou⁵⁵ tie²⁴ iou⁵⁵ niaŋ⁴² tʻian⁴² sʅ²¹³ mi²⁴

没爹没娘苦黄连。　　　mu⁴² tie²⁴ mu⁴² niaŋ⁴² kʻu⁵⁵ xuaŋ⁴² lian⁴²

里 ^H 头：里头。

红薯

红薯汤，红薯馍，　　　xuəŋ⁴² ʂʮᵒ tʻaŋ²⁴ xuəŋ⁴² ʂʮᵒ muə⁴²

离 ^D 红薯，不能活。　　liɛ²¹³ xuəŋ⁴² ʂʮᵒ pu²⁴ nəŋ⁴² xuə⁴²

红薯干儿，红薯片儿，　　xuəŋ⁴² ʂʮᵒ kor²⁴ xuəŋ⁴² ʂʮᵒ pʻior²¹³

大小孩儿，都来玩儿。　　ta²¹³ ɕiau⁵⁵ xor⁴² tou²⁴ lai⁴² uor⁴²

这边儿挂 ^{D-0} 那干饭篮儿，　　tʂʅə⁵⁵ piorᵒ kua²¹³ naᵒ kan²⁴ fanᵒ lor⁴²

吃罢干饭咱再玩儿，　　tʂʻʅ²⁴ pa²¹³ kan²⁴ fanᵒ tsan⁴² tsai²¹³ uor⁴²

老鼠钻圈儿躲狸猫儿。　　lau⁵⁵ ˩ ⁴² ʂʮᵒ tsuan²⁴ tɕʻyor²⁴ tuə⁵⁵ li⁴² mor⁴²

离 ^D：离了，动词变韵表完成义。　　挂 ^{D-0}：动词变韵表持续义，可替换为"挂着"。　　干饭：大米饭。

红嘴儿绿鹦哥 *

红嘴儿绿鹦哥，　　　xuəŋ⁴² tsuər⁵⁵ ly²⁴ iŋ²⁴ kəᵒ

嘴埋 ^D 地底下。　　tsuei⁵⁵ mɛ⁴² ti²¹³ ti⁵⁵ ɕiaᵒ

好吃营养多，　　　xau⁵⁵ tʂʻʅ²⁴ iŋ⁴² iaŋ⁵⁵ tuə²⁴

人都爱吃它。　　　zən⁴² tou²⁴ ˩ ⁴² ai²¹³ tʂʻʅ²⁴ tʻaᵒ

此为谜语的谜面；谜底：菠菜。　　鹦哥：鹦鹉。　　埋 ^D：动词变韵表终点义，可替换为"埋到"。

猴子 *

上边儿两只手，　　　ʂaŋ²¹³ pior²⁴ liaŋ⁵⁵ tʂʅ²⁴ ʂou⁵⁵

下边儿两只手，　　　ɕia²¹³ pior²⁴ liaŋ⁵⁵ tʂʅ²⁴ ʂou⁵⁵

又会爬，又会走。　　iou²¹³ xuei²¹³ pʻa⁴² iou²¹³ xuei²¹³ tsou⁵⁵

走嘞时儿像人，　　　tsou⁵⁵ lɛ⁰ ʂər⁴² ɕiaŋ²¹³ ʐən⁴²

爬嘞时儿像狗。　　　pʻa⁴² lɛ⁰ ʂər⁴² ɕiaŋ²¹³ kou⁵⁵

此为谜语的谜面；谜底：猴子。

胡□六弄

胡□六弄，　　　　　xu⁴² tɕʻyə²⁴ liou²¹³ nəŋ²¹³

葱花儿油饼。　　　　tsʻuəŋ²⁴ xuɐr²⁴ iou⁴² piŋ⁰

干板儿直正，　　　　kan²⁴ por⁰ tʂʅ⁴² tʂʂəŋ²¹³

饿嘞头疼。　　　　　ə²¹³ lɛ⁰ tʻou⁴² təŋ⁰

好人没好报，　　　　xau⁵⁵ ʐən⁴² mu⁴² xau⁵⁵ pau²¹³

憨人有憨福。　　　　xan²⁴ ʐən⁴² iou⁵⁵ xan²⁴ fu²⁴

此谣揭示小人享福、君子受穷的不合理现象。　胡□六弄：投机钻营、坑蒙拐骗；"□"在浚县方言中指"坑蒙拐骗"义。　干板儿直正：老实本分，循规蹈矩。

糊糊涂涂　过嘞舒服

不瞎不聋，　　　　　pu²⁴ ɕia²⁴ pu²⁴ luəŋ⁴²

难当公公；　　　　　nan⁴² taŋ²⁴ kuəŋ²⁴ kuəŋ⁰

不聋不瞎，　　　　　pu²⁴ luəŋ⁴² pu²⁴ ɕia²⁴

难当老妈。　　　　　nan⁴² taŋ²⁴ lau⁵⁵ ma²⁴

清清亮亮，　　　　　tɕʻiŋ²⁴ tɕʻiŋ⁰ liaŋ⁰ liaŋ⁰

难使媳妇儿；　　　　nan⁴² ʂʅ⁵⁵ ɕi⁴² fər⁰

糊糊涂涂，　　　　　xu⁴² xu⁰ tu⁰ tu⁰

过嘞舒服。　kuə²¹³ lɛ⁰ ʂu²⁴ fu⁰

公公：公爹。　　老妈：指婆母。　　清清亮亮：明明白白，斤斤计较。
媳妇儿：指儿媳妇儿。　　使：使唤；与……相处。　　糊涂：指与人相处，
不斤斤计较，必要的时候装糊涂。

虎皮铺的

有虎皮铺的，　　iou⁵⁵ xu⁵⁵ p'i⁴² p'u²⁴ ti⁰
铺虎皮铺的；　　p'u²⁴ xu⁵⁵ p'i⁴² p'u²⁴ ti⁰
有虎皮铺的，　　mau²⁴ xu⁵⁵ p'i⁴² p'u²⁴ ti⁰
不铺虎皮铺的。　　pu²⁴ p'u²⁴ xu⁵⁵ p'i⁴² p'u²⁴ ti⁰

此为绕口令。

花几桃儿

花几桃儿，花几桃儿，　　xua²⁴ tɕi⁰ t'or⁴² xua²⁴ tɕi⁰ t'or⁴²
又能吃，又能玩儿，　　iou²¹³ nəŋ⁴² tʂʽʅ²⁴ iou²¹³ nəŋ⁴² uor⁴²
来 ᴰ 家还能哄小孩儿。　　lɛ⁴² tɕia²⁴ xai⁴² nəŋ⁴² xuəŋ⁵⁵ ɕiau⁵⁵ xor⁴²

花几桃儿：一种儿童食品；将大米、小米膨化以后，用糖汁粘在一
起，揉成圆团。　　来 ᴰ：来到，动词变韵表终点义。

花椒 *

从南来 ᴰ 个红老汉儿，　　tsʽuəŋ⁴² nan⁴² lɛ⁴² kə⁰ xuəŋ⁴² lau⁵⁵ xor²¹³
嘴里 ᴴ 噙 ᴰ 个铁蛋儿。　　tsuei⁵⁵ liou⁰ tɕʽiɛ⁴² kə⁰ t'iɛ²⁴ tor²¹³
老汉儿笑了，　　lau⁵⁵ xor²¹³ ɕiau²¹³ lə⁰
铁蛋儿掉了。　　t'iɛ²⁴ tor²¹³ tiau²¹³ lə⁰

此为谜语的谜面；谜底：花椒。　　来 ᴰ：来了，动词变韵表完成
义。　　噙 ᴰ：动词变韵表持续义，可替换为"噙着"。

97

花椒树

花椒树，圪针多，　　　xua²⁴ tɕiau⁰ ʂʅ²¹³ kɛ⁴² tʂən⁰ tuə²⁴

俺娘打俺不裹脚。　　　an⁵⁵ niaŋ⁴² ta⁵⁵ ⁺⁴² an⁰ pu²⁴ kuə⁵⁵ tɕyə²⁴

俺姥姥，不拉俺，　　　an⁵⁵ ⁺⁴² lau⁵⁵ lau⁰ pu²⁴ la²⁴ an⁰

咯噔儿咯噔儿气死 ᴰ 俺。　kɛ²⁴ tər⁰ kɛ²⁴ tər⁰ tɕʻi²¹³ sʅə⁰ an⁰

圪针：植物枝梗上的刺儿。　　死 ᴰ：动词变韵表加强肯定语气。

花生（一）*

麻屋子，红帐子，　　　ma⁴² u²⁴ tsʅ⁰ xuəŋ⁴² tʂaŋ²¹³ tsʅ⁰

里头住 ᴰ 个白胖子。　　li⁵⁵ tʻou⁰ tʂʯə²¹³ kə⁰ pɛ⁴² pʻaŋ²¹³ tsʅ⁰

此为谜语的谜面；谜底：花生。　住 ᴰ：动词变韵均表持续义，可替换为"住着"。

花生（二）*

一个人，二指高，　　　i²⁴ ⁺⁴² kə⁰ zʯən⁴² ər²¹³ tʂʅ⁵⁵ kau²⁴

浑身麻子蝼蛄腰。　　　xuən⁴² ʂən²⁴ ma⁴² tsʅ⁰ lɛ²⁴ kuⁿ⁰ iau²⁴

此为谜语的谜面；谜底：花生。　二指：食指和中指并拢在一起的宽度。　麻子：生了天花以后，身上脸上留下的坑状疤痕。　蝼蛄：一种昆虫，生活在泥土中，昼伏夜出，能咬断植物的根、嫩茎、幼苗。

花喜鹊

花喜鹊，叫喳喳，　　　xua²⁴ ɕi⁵⁵ tɕʻyə⁰ tɕiau²¹³ tʂa²⁴ tʂa²⁴

谁来了？俺玛玛。　　　ʂei⁴² lai⁴² lə⁰ an⁵⁵ ⁺⁴² ma⁵⁵ ma⁰

问俺玛玛拿嘞啥？　　　uən²¹³ an⁰ ma⁵⁵ ma⁰ na⁴² lɛ⁰ ʂa⁵⁵

鸡蛋烧饼糖麻花。　　　tɕi²⁴ tan⁰ ʂau²⁴ piŋ⁰ tʻaŋ⁴² ma⁴² xua⁰

忙把玛玛接到家，　　　maŋ⁴² pa²¹³ ma⁵⁵ ma⁰ tɕie²⁴ tau⁰ tɕia²⁴

全家欢喜笑哈哈。　　　tɕʻyan⁴² tɕia²⁴ xuan⁴² ɕi⁵⁵ ɕiau²¹³ xa²⁴ xa²⁴

玛玛：姑姑。　麻花：将两三股条状面拧在一起、用油炸制而成的一种特色面食小吃。

画儿 *

是花儿不能采，　　ʂʅ²¹³ xuɐr²⁴ pu²⁴ nəŋ⁴² ts'ai⁵⁵

是鸟儿不会叫，　　ʂʅ²¹³ nior⁵⁵ pu²⁴⌐⁴² xuei²¹³ tɕiau²¹³

是树不能爬，　　　ʂʅ²¹³ ʂʅ²¹³ pu²⁴ nəŋ⁴² p'a⁴²

是果儿不能摘。　　ʂʅ²¹³ kuɣr⁵⁵ pu²⁴ nəŋ⁴² tʂ'ɛ²⁴

此为谜语的谜面；谜底：画儿。

话多不如话少

胶多了不粘，　　　tɕiau²⁴ tuə²⁴ liau⁰ pu²⁴ tʂan²⁴

话多了不甜。　　　xua²¹³ tuə²⁴ liau⁰ pu²⁴ t'ian⁴²

话多不如话少，　　xua²¹³ tuə²⁴ pu²⁴ zʅ⁴² xua²¹³ ʂau⁵⁵

话少不如话好。　　xua²¹³ ʂau⁵⁵ pu²⁴ zʅ⁴² xua²¹³ xau⁵⁵

还钱

争恁钱还恁钱，　　　tʂəŋ²⁴ nən⁰ tɕ'ian⁴² xuan⁴² nən⁰ tɕ'ian⁴²

南地种ᴰ二亩茅草园，　nan⁴² ti²¹³ tʂuo²¹³ ər²¹³ mu⁵⁵ mau⁴² ts'au⁰ yan⁴²

长成树，截成板，　　　tʂaŋ⁵⁵ tʂ'əŋ⁰ ʂʅ²¹³ tɕiɛ⁴² tʂ'əŋ⁰ pan⁵⁵

截成板，钉成船，　　　tɕiɛ⁴² tʂ'əŋ⁰ pan⁵⁵ tiŋ²¹³ tʂ'əŋ⁰ tʂ'uan⁴²

沤成钉，钉成镰，　　　ou²¹³ tʂ'əŋ⁰ tiŋ²⁴ tiŋ²¹³ tʂ'əŋ⁰ lian⁴²

割圪针儿，磴路边，　　kə²⁴ kɛ⁴² tʂər⁰ tʂ'a⁴² lu²¹³ pian²⁴

挂羊毛，打成毡，　　　kua²¹³ iaŋ⁴² mau⁴² ta⁵⁵ tʂ'əŋ⁰ tʂan²⁴

卖ᴰ毡，买老犍，　　　mɛ²¹³ tʂan²⁴ mai⁵⁵ lau⁵⁵ tɕian²⁴

老犍降ᴰ卒给恁钱。　　lau⁵⁵ tɕian²⁴ tɕiæŋ²⁴ tsu⁴² kei⁵⁵⌐⁴² nən⁰ tɕ'ian⁴²

争：欠。　种ᴰ、卖ᴰ、降ᴰ：动词变韵均表完成义，可分别替换为"种了""卖了""降了"。　降：动物产崽；出生。　磴：围，垒。　挂：借助于绳子、钩子、钉子等使物体附着于某处，以使其积少成多。 老犍：公牛。 辛：牛犊。

换印版

拾柴火，换印版， ʂʅ⁴² tʂʻai⁴² xuə⁰ xuan²¹³ in²¹³ pan⁰

印版印版好印版。 in²¹³ pan⁰ in²¹³ pan⁰ xau⁵⁵ in²¹³ pan⁰

一个印版一挑 ᶻ柴， i²⁴ ¦ ⁴² kə⁰ in²¹³ pan⁰ i²⁴ tʻiæu²⁴ tʂʻai⁴²

用着好了恁再来。 yŋ²¹³ tʂʅ⁰ xau⁵⁵ lə⁰ nən⁵⁵ tsai²¹³ lai⁴²

印版：做月饼、花式馒头等用的模子。生活困苦的年代，一般的家庭都买不起月饼，只能自制月饼；有人专门制售印版，沿村吆喝，村民可以以柴火兑换。

黄道鞋

黄道鞋儿，绿线儿锁， xuaŋ⁴² tau²¹³ ɕiɣr⁴² ly²⁴ ɕior²¹³ suə⁵⁵

从小儿俺娘娇养我。 tsʻuəŋ⁴² ɕior⁵⁵ an⁵⁵ niaŋ⁴² tɕiau²⁴ iaŋ⁰ uə⁰

怀里 ᴴ揣，盖的盖， xuai⁴² liou⁰ tʂʻuai²⁴ kai²¹³ ti⁰ kai²¹³

拿个整砖压住我。 na⁴² kə⁰ tʂəŋ⁵⁵ tʂuan⁰ ia²⁴ tʂʅ⁰ uə⁰

从小儿吃嘞娘家饭， tsʻuəŋ⁴² ɕior⁵⁵ tʂʻʅ²⁴ lɛ⁰ niaŋ⁴² tɕia⁰ fan²¹³

长大做嘞婆 ᶻ家活。 tʂaŋ⁵⁵ ta²¹³ tsu²¹³ lɛ⁰ pʻau⁴² tɕia⁰ xuə⁴²

黄道鞋：旧时结婚要选黄道吉日，新娘在结婚上轿时穿的用黄布做成的鞋，叫"黄道鞋"。 锁：动词，一种缝纫方法。 娇养：疼惜，娇生惯养。

黄鼠狼 ᶻ拜年

黄鼠狼 ᶻ，黄鼠狼 ᶻ， xuai⁴² ʂʅ⁰ læŋ²⁴ xuaŋ⁴² ʂʅ⁰ læŋ²⁴

十冬腊月拜年忙。 ʂʅ⁴² tuəŋ²⁴ la²⁴ yɛ⁰ pai²¹³ nian⁴² maŋ⁴²

拜谁嘞？ pai²¹³ sei⁴² lɛ⁰

拜公鸡，喔喔喔； pai²¹³ kuəŋ²⁴ tɕi⁰ uə²⁴ uə²⁴ uə²⁴

拜母鸡，咯咯咯；　　pai²¹³ mu⁵⁵ tɕi⁰ kə²⁴ kə²⁴ kə²⁴

一走走到了鸡窝边，　　i²⁴ tsou⁵⁵ tsou⁵⁵ tau⁰ tɕi²⁴ uə²⁴ pian²⁴

点点头，哈哈腰，　　tian⁵⁵ ⁺ ⁴² tian⁰ t'ou²⁴ xa²⁴ xa⁰ iau²⁴

满嘴话儿甜又甜。　　man⁵⁵ ⁺ ⁴² tsuei⁵⁵ xua²¹³ ər⁰ t'ian⁴² iou²¹³ t'ian⁴²

带嘞啥？　　tai²¹³ lɛ⁰ ʂa⁵⁵

不带花糕不带枣，　　pu²⁴ ⁺ ⁴² tai²¹³ xua²⁴ kau⁰ pu²⁴ ⁺ ⁴² tai²¹³ tsau⁵⁵

带嘞牙齿和脚爪 ᶻ①。　　tai²¹³ lɛ⁰ ia⁴² tʂ'ʅ⁵⁵ xə⁴² tɕyə²⁴ tʂuæu⁵⁵

十冬腊月：指农历十月、十一月（冬月）、十二月（腊月）。　　花糕：
花式馒头，一般在过年过节时蒸制。

"慧"字谜 *

远树两排山倒影，　　yan⁵⁵ ʂʅ²¹³ lian⁵⁵ p'ai⁴² ʂan²⁴ tau²¹³ iŋ⁵⁵

小船一条水横流 ②。　　ɕiau⁵⁵ tʂ'uau⁴² i²⁴ t'iau⁴² ʂuei⁵⁵ xəŋ²¹³ liou⁴²

此为谜语的谜面；谜底："慧"字。

浑身都是珍珠宝 *

一个小孩儿生嘞俏，　　i²⁴ ⁺ ⁴² kə⁰ ɕiau⁵⁵ xor⁴² ʂəŋ²⁴ lɛ⁰ tɕ'iau²¹³

头上戴 ᴰ 那红缨帽。　　t'ou⁴² ʂaŋ⁰ tɛ²¹³ na⁰ xuəŋ⁴² iŋ²⁴ mau²¹³

布衫 ᶻ 穿了七八个，　　pu²¹³ ʂæ⁰ tʂ'uan²⁴ lə⁰ tɕ'i²⁴ pa²⁴ ⁺ ⁴² kə²¹³

浑身都是珍珠宝。　　xuən⁴² ʂən²⁴ tou⁴² ʂʅ²¹³ tʂən⁵⁵ tʂu²⁴ pau⁵⁵

此为谜语的谜面；谜底：玉米。　　戴 ᴰ：戴着，动词变韵表持续义。

火柴 *

四四方方一座城，　　sʅ²¹³ sʅ⁰ faŋ²⁴ faŋ²⁴ i²⁴ ⁺ ⁴² tsuə²¹³ tʂ'ən⁴²

---

① 浚县方言"爪"的基本韵为 ua，ᶻ 变韵为 uæu。

② 据说此为一幅山水画中堂两边的对联。"远树两排"喻指"慧"字上边的两个"丰"，
"山倒影"指"ヨ"，"小船"喻指"心"字的第二笔，"水横流"喻指"心"字中的三个
"点"横向排列。

里头住着几十 [H] 兵；　　li⁵⁵ tʻou⁰ tʂʅ²¹³ tʂuə⁰ tɕi⁵⁵ ʂo²⁴ piŋ²⁴

个个儿戴 [D] 那红礼帽儿，　　kə²¹³ kɤr⁰ tɛ²¹³ na⁰ xuəŋ⁴² li⁵⁵ mor²¹³

一说开火就出城。　　i²⁴ ʂʮə²⁴ kʻai²⁴ xuə⁵⁵ tɕiou²¹³ tʂʻʮ²⁴ tʂʻəŋ⁴²

此为谜语的谜面；谜底：火柴。　　几十 [H]："几十个"的合音。　　戴 [D]：
动词变韵表持续义，可替换为"戴着"。

J

饥不择食

饥不择食，　　tɕi²⁴ pu²⁴ tʂɛ⁴² ʂʐ⁴²

寒不择衣，　　xan⁴² pu²⁴ tʂɛ⁴² i²⁴

慌不择路，　　xuaŋ²⁴ pu²⁴ tʂɛ⁴² lu²¹³

贫不择妻。　　pʻin⁴² pu²⁴ tʂɛ⁴² tɕʻi²⁴

喻指处于窘境或情况紧急时，就没有了选择的余地。

机井 *

南地有个磨，　　nan⁴² ti²¹³ iou⁵⁵ kə⁰ muə²¹³

人都不敢坐。　　zən⁴² tou²⁴ pu²⁴ kan⁵⁵ tsuə²¹³

有镜 ᶻ⁻⁰ 照人面，　　iou⁵⁵ tɕiŋ²¹³ tʂau²¹³ zən⁴² mian²¹³

摸也摸不着。　　muə²⁴ iɛ⁰ muə²⁴ pu²⁴ tʂuə⁴²

此为谜语的谜面；谜底：机井。　　磨：磨盘，喻指井口。

鸡鸡翎　开麻刀 ①

"鸡鸡翎，开麻刀，"　　tɕi²⁴ tɕi⁰ lin⁴² kʻai²⁴ ma⁴² tau²⁴

"恁嘞弟儿仨尽 ᴰ 俺挑。"　　nən⁵⁵ nɛ⁰ tiər²¹³ sa²⁴ tɕiɛ⁵⁵ an⁰ tʻiau²⁴

---

① 此谣说法不一，有多种。又如：鸡鸡翎，挑马群，马群高，恁嘞弟 ᴴ 们儿仨尽 ᴰ 俺挑。挑
谁？挑王奎。王奎没在家。挑恁弟儿仨。弟儿仨不说话。挑你自家。自家不说理。打你
嘞歪歪嘴儿！

"挑谁？" t'iau²⁴ ʂei⁴²

"挑王奎。" t'iau²⁴ uaŋ⁴² k'uei⁴²

"王奎没在家。" uaŋ⁴² k'uei⁴² mu⁴² kai²¹³ tɕia²⁴

"挑恁弟儿仨。" t'iau²⁴ nən⁵⁵ tiər²¹³ sa²⁴

"弟儿仨不说话。" tiər²¹³ sa²⁴ pu²⁴ ʂʯə²⁴ xua²¹³

"挑恁哑巴。" t'iau²⁴ nən⁵⁵ ia⁵⁵ pa⁰

"哑巴不会吭。" ia⁵⁵ pa⁰ pu²⁴ ⁚ ⁴² xuei²¹³ k'əŋ²⁴

"挑恁一大翁。" t'iau²⁴ nən⁵⁵ i²⁴ ⁚ ⁴² ta²¹³ uəŋ²⁴

"挑谁？" t'iau²⁴ ʂei⁴²

"挑×××。" t'iau²⁴ ×××

此为儿童游戏谣。若干人分成两组，紧紧拉着手，面对面，相距五米左右；双方轮番喊出上边的歌谣；最后被挑到者，要向着对方"人墙"用力冲；冲开为胜，可以带走一人；冲不开为败，留到对方组。 鸡鸡翎：鸡尾巴上比较大的羽毛。 开麻刀：疑为"扛大蠹（军中大旗）"的讹变；待详考。 弟儿仨：弟兄三个。 尽ᴰ：任由，任凭；动词变韵表加强肯定语气。 不说话：彼此互不搭理。 一大翁：指所有人。

积肥歌

人粪尿，草木灰， zən⁴² fən²¹³ niau²¹³ ts'au⁵⁵ mu²⁴ xuei²⁴

都是庄稼好粪肥。 tou²⁴ ⁚ ⁴² ʂʅ²¹³ tʂuan²⁴ tɕia⁰ xau⁵⁵ fən²¹³ fei⁴²

灰掺ᴰ粪，粪掺ᴰ灰， xuei²⁴ tʂ'æ²⁴ fən²¹³ fən²¹³ tʂ'æ²⁴ xuei²⁴

灰粪相混损粪肥。 xuei²⁴ fən²¹³ ɕiaŋ²⁴ xuən⁴² ɕyn⁵⁵ fən²¹³ fei⁴²

想ᴰ叫庄稼长嘞好， ɕiæŋ⁵⁵ tɕiau²¹³ tʂuan²⁴ tɕia⁰ tʂaŋ⁵⁵ lɛ⁰ xau⁵⁵

灰甭混粪，粪甭混灰。 xuei²⁴ piŋ⁴² tʂ'an²⁴ fən²¹³ fən²¹³ piŋ⁴² tʂ'an²⁴ xuei²⁴

掺ᴰ：掺着，动词变韵表持续义。 想ᴰ：动词变韵表加强肯定语气。

挤尿床

挤，挤，挤尿床 ①，　　tɕi⁵⁵ tɕi⁵⁵ tɕi⁵⁵ niau²¹³ tʂʻuaŋ⁰

挤掉 ^D 谁，谁尿床；　　tɕi⁵⁵ tio²¹³ ʂei⁴² ʂei⁴² niau²¹³ tʂʻuaŋ⁴²

挤，挤，挤尿床，　　tɕi⁵⁵ tɕi⁵⁵ tɕi⁵⁵ niau²¹³ tʂʻuaŋ⁰

挤出 ^H 个小孩儿熬白汤。　　tɕi⁵⁵ tʂʻuai⁰ kə⁰ ɕiau⁵⁵ xor⁴² au⁴² pɛ⁴² tʻaŋ⁰

此为游戏谣。　掉 ^D：动词变韵表完成义，可替换为"掉了"。　熬：
煮。　白汤：小米粥。

荠荠儿菜（一）

荠荠儿菜，菜荠荠儿，　　tɕi²⁴ tɕiər⁰ tsʻai²¹³ tsʻai²¹³ tɕi²⁴ tɕiər⁰

俺跟 ^D 恁家是亲戚儿。　　an⁵⁵ kɛ²⁴ nən⁵⁵ tɕia²⁴ ʂʐ²¹³ tɕʻin²⁴ tɕʻiər⁰

恁是俺嘞老丈人，　　nən⁵⁵ ʂʐ²¹³ an⁵⁵ nɛ⁰ lau⁵⁵ tʂaŋ²¹³ zən⁰

俺是恁嘞新女婿儿。　　an⁵⁵ ʂʐ²¹³ nən⁵⁵ nɛ⁰ ɕin²⁴ ny⁵⁵ ɕyər⁰

荠荠儿菜：荠菜。

荠荠儿菜（二）

荠荠儿菜，根儿苦，　　tɕi²⁴ tɕiər⁰ tsʻai²¹³ kən²⁴ ər⁰ kʻu⁵⁵

俺娘卖 ^D 俺彰德府。　　an⁵⁵ niaŋ⁴² mɛ²¹³ an⁰ tʂaŋ²⁴ tɛ²⁴ fu⁵⁵

白日儿拾柴火，　　pɛ⁴² iər⁰ ʂʐ⁴² tʂʻai⁴² xuə⁰

□ ^D 黑磨豆腐。　　xo²¹³ xɛ²⁴ muə²¹³ tou²¹³ fu⁰

熬嘞俩眼鸡屁股，　　au⁴² lɛ⁰ lia⁵⁵ ｜ ⁴² ian⁵⁵ tɕi²⁴ pʻi²¹³ ku⁰

从没尝过热豆腐。　　tsʻuaŋ⁴² mu⁴² tʂʻaŋ⁴² kuə⁰ zʐə²⁴ tou²¹³ fu⁰

磨到鸡儿叫两三遍，　　muə²¹³ tau⁰ tɕiər²⁴ tɕiau²¹³ liaŋ⁵⁵ san²⁴ ｜ ⁴² pian²¹³

熬嘞俩眼稀糊烂。　　au⁴² lɛ⁰ lia⁵⁵ ｜ ⁴² ian⁵⁵ ɕi²⁴ xu⁰ lan²¹³

卖 ^D（俺）：（把俺）卖到；动词变韵表终点义。　彰德府：今河南安

---

① 挤尿床：流行于 20 世纪六七十年代的一种儿童游戏；若干人背靠墙站成一排，彼此用
力往中间挤，被挤出者为败；此游戏多是冬天为了相互取暖。

105

阳。　　□^D黑：傍晚，夜里。

系纽扣 *

一个软，一个硬，　　i²⁴ ｜ ⁴²kə⁰ʐuan⁵⁵ i²⁴ ｜ ⁴²kə⁰ iŋ²¹³

一个掰开往里弄。　　i²⁴ ｜ ⁴²kə⁰ pɛ²⁴ k'ai²⁴ uaŋ⁵⁵ ｜ ⁴²li⁰ nəŋ²¹³

此为谜语的谜面；谜底：系纽扣。

家产万贯

家产万贯，　　tɕia²⁴ tʂ'an⁵⁵ uan²¹³ kuan²¹³

搁不住一时儿不便；　　kə⁴²pu⁰ tʂʅ⁰ i²⁴ʂər⁴² pu²⁴ ｜ ⁴²pian²¹³

家有斗金，　　tɕia²⁴ iou⁵⁵ tou⁵⁵ tɕin²⁴

搁不住不进分文。　　kə⁴²pu⁰ tʂʅ⁰ pu²⁴ ｜ ⁴²tɕin²¹³ fən²⁴ uən⁴²

搁不住：经受不住。

家家儿搞柳编

家家儿搞柳编，　　tɕ'ia²⁴ tɕiɚ⁰ kau⁵⁵ liou⁵⁵ pian²⁴

农闲有活儿干。　　nuəŋ⁴² ɕian⁴² iou⁵⁵ xuɣ⁴² kan²¹³

不用出家门儿，　　pu²⁴ ｜ ⁴²yŋ²¹³ tʂ'ʅ²⁴ tɕ'ia²⁴ mər⁴²

能挣老外钱。　　nəŋ⁴² tʂəŋ²¹³ lau⁵⁵ uai²¹³ tɕ'ian⁴²

此为流传于浚县王庄乡的顺口溜。　　柳编：浚县柳编集中产地是王庄乡小寨村；详见"浚县民间工艺"条。　　老外：外国人。

假干净

假干净，尿刷锅，　　tɕia⁵⁵ kan²⁴ tɕiŋ⁰ niau²¹³ ʂua²⁴ kuə²⁴

洗脚水，当汤喝，　　ɕi⁵⁵ tɕyə²⁴ ʂuei⁵⁵ taŋ²⁴ t'aŋ²⁴ xə²⁴

添锅盆里^H洗裹脚。　　t'ian²⁴ kuə²⁴ p'ən⁴² liou⁰ ɕi⁵⁵ ｜ ⁴²kuə⁵⁵ tɕyə⁰

此谣用于讥讽、打趣总嫌别人不讲卫生其实自己更不讲卫生的假干净人。　添锅盆：炊具水盆。　裹脚：旧时女性用于缠足的布带。

剪发头

剪发头，时兴嘞，　　tɕian⁵⁵ fa²⁴ t'ou⁴² ʂʅ⁴² ɕiŋ²⁴ lɛ⁰

后头跟 ᴰ 那当兵嘞。　xou²¹³ t'ou²⁴ kɛ²⁴ na⁰ taŋ²⁴ piŋ²⁴ lɛ⁰

走一走，扭一扭，　　tsou⁵⁵ i²⁴ tsou⁵⁵ niou⁵⁵ i²⁴ niou⁵⁵

扤着胳膊跟 ᴰ 人走。　k'uai⁵⁵ tʂʅ⁰ kɛ⁴² puə⁰ kɛ²⁴ zən⁴² tsou⁵⁵

跟 ᴰ：动词变韵表持续义，可替换为"跟着"。　扤：挽。

见咋都咋

见咋都咋，　　tɕian²¹³ tsa⁵⁵ tou²⁴ tsa⁵⁵

放屁腌臜；　　faŋ²¹³ p'i²¹³ a²⁴ tsa⁰

见咋都咋，　　tɕian²¹³ tsa⁵⁵ tou²⁴ tsa⁵⁵

屙屎掉牙。　　ə²⁴ ʂʅ⁵⁵ tiau²¹³ ia⁴²

戏谑谣，用于打趣看见别人做什么自己也赶紧做什么的跟风之人。

咋：怎么样。

见 ᴰ 啥人学啥人

见 ᴰ 啥人，学啥人，　　tɕiæ²¹³ ʂa⁵⁵ zən⁴² ɕyə⁴² ʂa⁵⁵ zən⁴²

见 ᴰ 师婆，吓假神。　　tɕiæ²¹³ ʂʅ²⁴ p'uə⁰ tɕ'ia²¹³ ɕia⁵⁵ ʂən⁴²

官向官，民向民，　　kuan²⁴ ɕiaŋ²¹³ kuan²⁴ min⁴² ɕiaŋ²¹³ min⁴²

穷人向嘞是穷人。　　tɕ'yŋ⁴² zən⁴² ɕiaŋ²¹³ lɛ⁰ ʂʅ²¹³ tɕ'yŋ⁴² zən⁴²

龙生龙，凤生凤，　　luəŋ⁴² ʂəŋ²⁴ luəŋ⁴² fəŋ²¹³ ʂəŋ²⁴ fəŋ²¹³

老鼠生来会打洞。　　lau⁵⁵ ｜ ⁴² ʂʅ⁰ ʂəŋ²⁴ lai⁴² xuei²¹³ ta⁵⁵ tuəŋ²¹³

村看村，户看户，　　ts'uən²⁴ k'an²¹³ ts'uən²⁴ xu²¹³ k'an²¹³ xu²¹³

群众看嘞是干部。　　tɕ'yŋ⁴² tʂuən²¹³ k'an²¹³ nɛ⁰ ʂʅ²¹³ kan²¹³ pu²¹³

见 ᴰ：见到，动词变韵表终点义。　师婆：巫婆。

姜子牙坐车辇文王拉纤

姜子牙 [①] 坐车辇文王拉纤，　　tɕiaŋ²⁴ tsʅ⁵⁵ ia²⁴ tsuə²¹³ tɕy²⁴ nian⁵⁵ uən⁴² uaŋ⁰ la²⁴ tɕʻian²¹³

拉八百单八步停住车辇，　　la²⁴ pa²⁴ pɛ²⁴ tan²⁴ pa²⁴|⁴² pu²¹³ tʻiŋ⁴² tʂʅ⁰ tɕy²⁴ nian⁵⁵

到后来坐江山八百八年。　　tau²¹³ xou²¹³ lai⁴² tsuə²¹³ tɕiaŋ²⁴ ʂan²⁴ pa²⁴ pɛ²⁴ pa²⁴ nian⁴²

此谣当源于周文王渭水访贤之故事：姜子牙垂钓于渭水，文王诚心诚意来请，姜便答应为他效力。但是，姜子牙提出一个条件，说："我要乘坐你的车辇，贤王还要亲自为我拉纤。"于是，姜子牙坐在车里，文王拉着纤绳，拖着车走，总共走了八百零八步。姜子牙说："你拉了我八百零八步，我保你周朝江山八百零八年。"文王一听，说："那我再多拉几步吧？！"姜子牙说："天机已泄露，不可强求。"后来，周朝的江山果然坐了八百零八年。需要说明的是，此谣系戏曲中的唱词，"八百八年"大概是为了合韵上口。实际上，据《中国历史年代简表》（文物出版社，1973），周朝于公元前1046年立国，到前228年覆国，存在了818年。　车辇：皇帝所乘之车。　八百单八步：八百零八步。　八百八年：八百零八年。

讲故事

从前有座山，　　tɕʻuən⁴² tɕʻian⁴² iou⁵⁵ tsuə²¹³ ʂan²⁴

山上有个庙，　　ʂan²⁴ ʂaŋ⁰ iou⁵⁵ kə⁰ miau²¹³

庙里 [H] 有个大老道，　　miau²¹³ liou⁰ iou⁵⁵ kə⁰ ta²¹³ lau⁵⁵ tau²¹³

在给 [D] 小老道讲故事儿嘞。　　tsai²¹³ kɛ⁵⁵|²¹³ ɕiau⁵⁵ lau⁵⁵ tau²¹³ tɕiaŋ⁵⁵ ku²¹³|²⁴ ʂər²¹³ lɛ⁰

"讲嘞啥呀？"　　tɕiaŋ⁵⁵ lɛ⁰ ʂa⁵⁵ ia⁰

---

① 姜子牙（约前？~约前1015）：姜姓，吕氏，名尚，字子牙，号飞熊。商末周初政治家、军事家、韬略家，周朝开国元勋，辅佐武王消灭商纣，建立周朝。

从前有座山，　　tɕ'uəŋ⁴² tɕ'ian⁴² iou⁵⁵ tsuə²¹³ ʂan²⁴

山上有个庙，　　ʂan²⁴ ʂaŋ⁰ iou⁵⁵ kə⁰ miau²¹³

庙 ^H 有个大老道，　miau²¹³ liou⁰ iou⁵⁵ kə⁰ ta²¹³ lau⁵⁵ tau²¹³

在给 ^D 小老道讲故事嘞。　tsai²¹³ kɛ⁵⁵│²¹³ ɕiau⁵⁵ lau⁵⁵ tau²¹³ tɕiaŋ⁵⁵ ku²¹³│²⁴ ʂər²¹³ lɛ⁰

"讲嘞啥呀？"　　tɕiaŋ⁵⁵ lɛ⁰ ʂa⁵⁵ ia⁰

······ ······

此谣为流传在民间的环形故事；如此循环往复，永远也讲不完；故事内容看似毫无意义，实则很有意趣，蕴含了劳动人民的情趣和智慧。　道：道士。

教你个曲儿

教你个曲儿，　　tɕiau²⁴ ni⁵⁵ kə⁰ tɕ'yər²⁴

教你个谜儿，　　tɕiau²⁴ ni⁵⁵ kə⁰ miər²¹³

教你南地杀蜀黍儿。　tɕiau²⁴ ni⁵⁵ nan⁴² ti²¹³ ʂa²⁴ ʂʮ⁴² ʂuər⁰

一棵蜀黍儿没杀倒，　i²⁴ k'uə²⁴ ʂʮ⁴² ʂuər⁰ mu⁴² ʂa²⁴ tau⁵⁵

衔住屎橛 ^Z 往家跑。　ɕian⁴² tʂʮ⁰ ʂʮ⁵⁵ tɕyau⁴² uaŋ⁵⁵ tɕia²⁴ p'au⁵⁵

绊住门槛 ^Z 绊倒了，　pan²¹³ tʂʮ⁰ mən⁴² tɕ'iæ⁰ pan²¹³ tau⁵⁵ liau⁰

一窝儿小狗抢跑了。　i²⁴ uor²⁴ ɕiau⁵⁵│⁴² kou⁵⁵ tɕ'iaŋ⁵⁵│⁴² p'au⁵⁵ liau⁰

杀：收割。　屎橛 ^Z：大便。

焦大姐

一个大姐本姓焦，　i²⁴│⁴² kə⁰ ta²¹³ tɕiɛ⁵⁵ pən⁵⁵ ɕiŋ⁴² tɕiau²⁴

寻 ^D 个女婿二指高。　ɕie⁴² kə⁰ ny⁵⁵ ɕy⁰ ər²¹³ tʂʮ⁵⁵ kau²⁴

黑价出来怕老鼠，　xɛ²⁴ tɕia⁰ tʂ'ʮ²⁴ lai⁰ p'a²¹³ lau⁵⁵│⁴² ʂʮ⁰

白日儿出来怕老鸹叼。　pɛ⁴² iər⁰ tʂ'ʮ²⁴ lai⁰ p'a²¹³ lau⁵⁵│⁴² kua⁰ tiau²⁴

她上坑里 ^H 去洗澡，　t'a⁵⁵ ʂaŋ²¹³ k'əŋ²⁴ liou⁰ tɕ'y²¹³ ɕi⁵⁵│⁴² tsau⁵⁵

一下 ^Z 叫蛤蟆搂住腰。　i²⁴│⁴² ɕiæu²¹³ tɕiau²¹³ xɛ⁴² ma⁰ lou⁵⁵ tʂʮ⁰ iau²⁴

饺子 *

皇帝倒了运， xuaŋ⁴² ti²¹³ tau⁵⁵ liau⁰ yn²¹³

死到迷魂阵； sʅ⁵⁵ tau⁰ mi⁴² xuən⁰ tʂən²¹³

进了锅国城， tɕin²¹³ lə⁰ kuə²⁴ kuɛ²⁴ tʂʻəŋ⁴²

出了碗国县； tʂʻʮ²⁴ lə⁰ uan⁵⁵ kuɛ²⁴ ɕian²¹³

救出 ᴴ 真天子， tɕiou²¹³ tʂʻuai⁰ tʂən²⁴ tʻian²⁴ tsʅ⁵⁵

才算有福人 ① 。 tsʻai⁴² suan²¹³ iou⁵⁵ fu²⁴ zən⁴²

此为谜语的谜面；谜底：饺子。 真天子：喻指包了硬币的饺子。

脚大有治法

脚大有治法， tɕyə²⁴ ta²¹³ iou⁵⁵ tʂʅ²¹³ fa²⁴

罗裙就地擦。 luə⁴² tɕʻyn⁴² tɕiou²¹³ ti²¹³ tsʻa²⁴

脸上多搽粉， lian⁵⁵ ʂaŋ⁰ tuə²⁴ tʂʻa⁴² fən⁵⁵

头上多戴花。 tʻou⁴² ʂaŋ⁰ tuə²⁴ tai²¹³ xua²⁴

光顾嘞瞧顶儿上， kuaŋ²⁴∣⁴² ku²¹³ lɛ⁰ tɕʻiau⁴² tiər⁵⁵ ʂaŋ⁰

谁还瞧底下。 ʂei⁴² xai⁴² tɕʻiau⁴² ti⁵⁵ ɕia⁰

旧时女性以裹小脚为美，此谣当为打趣脚比较大的女性。 罗裙：丝
罗制的裙子；泛指旧时妇女衣裙。 就地：拖着地。 光：只。 顾嘞：
顾得上。 顶儿上：上头，上边。

叫金童和玉女

叫金童和玉女， tɕiau²¹³ tɕin²⁴ tʻuəŋ⁴² xə⁴² y²¹³ ny⁵⁵

你问问善人哭啥哩。 ni⁵⁵ uən²¹³ uən⁰ ʂan²¹³ zən⁰ kʻu²⁴ ʂa⁵⁵ li⁰

"善人善人你哭啥嘞？" ʂan²¹³ zən⁰ ʂan²¹³ zən⁰ ni⁵⁵ kʻu²⁴ ʂa⁵⁵ lɛ⁰

"十八嘞大姐没出嫁， ʂʅ⁴² pa²⁴ lɛ⁰ ta²¹³ tɕiɛ⁰ mu⁴² tʂʻʮ²⁴ tɕia²¹³

---

① 过年习俗之一：往饺子里包一枚硬币，初一五更谁吃到该饺子，即被视为运气最佳，是
有福气的人。

顽童小儿没娶妻。" uan⁴² t'uəŋ⁴² ɕiau⁵⁵ ər⁰ mu⁴² tɕ'y⁵⁵ tɕ'i²⁴

叫金童和玉女， tɕiau²¹³ tɕin²⁴ t'uəŋ⁴² xə⁴² y²¹³ ny⁵⁵

你把善人送回去。 ni⁵⁵ pa²¹³ ʂan²¹³ zən⁰ suən²¹³ xuei⁰ tɕ'y⁰

十八大姐都出嫁， ʂʅ⁴² pa²⁴ ta²¹³ tɕiɛ⁰ tou²⁴ tʂ'ʅ²⁴ tɕia²¹³

顽童小儿也娶妻； uan⁴² t'uəŋ⁴² ɕiau⁵⁵ ər⁰ iɛ⁵⁵ tɕ'y⁵⁵ tɕ'i²⁴

你再上花船也不迟。 ni⁵⁵ tsai²¹³ ʂaŋ²¹³ xua²⁴ tʂ'uan⁴² iɛ⁰ pu²⁴ tʂ'ʅ⁴²

那谟弥陀！ na⁵⁵ muə⁰ mi⁵⁵ t'uə⁴²

大姐：姑娘。　　小儿：男孩子。　　那谟弥陀：南无阿弥陀佛。

叫你三声你不吭（一）

×××，×××，　　×××，×××，

叫你三声你不吭， tɕiau²¹³ ni⁰ san²⁴ ʂəŋ²⁴ ni⁵⁵ pu²⁴ k'əŋ²⁴

俺去山上搬老兵。 an⁵⁵ tɕ'y²¹³ ʂan²⁴ ʂaŋ⁰ pan²⁴ lau⁵⁵ piŋ²⁴

老兵买ᴰ条驴缰绳， lau⁵⁵ piŋ²⁴ mɛ⁵⁵ t'iau⁴² ly⁴² tɕiaŋ²⁴ ʂəŋ⁰

拴住你嘞鼻ᶻ叫你吭。 ʂuan²⁴ tʂʅ⁰ ni⁵⁵ lə⁰ pi:au⁴² tɕiau²¹³ ni⁰ k'əŋ²⁴

此谣用于打趣对别人的呼唤故意不理不睬的人。　　×××：指代人名。　　买ᴰ：买动词变韵表完成义，可替换为"买了"。　　条：一条。

叫你三声你不吭（二）

×××，×××，　　×××，×××，

叫你三声你不吭， tɕiau²¹³ ni⁰ san²⁴ ʂəŋ²⁴ ni⁵⁵ pu²⁴ k'əŋ²⁴

买个驴缰绳， mai⁵⁵ kə⁰ ly⁴² tɕiaŋ²⁴ ʂəŋ⁰

拴住你嘞脖ᶻ， ʂuan²⁴ tʂʅ⁰ ni⁵⁵ lə⁰ pau⁴²

嘚儿喔，上北京。 tər²⁴ uə²⁴ ʂaŋ²¹³ pei²⁴ tɕiŋ²⁴

×××：指代人名。　　嘚儿喔：拟赶驴之声。

叫他往东　他非往西

叫他往东，　　tɕiau²¹³ t'a⁰ uaŋ⁵⁵ tuəŋ²⁴

他非往西；　　t'a⁵⁵ fei²⁴ uaŋ⁵⁵ ɕi²⁴

叫他打狗，　　tɕiau²¹³ t'a⁰ ta⁵⁵⌐⁴² kou⁵⁵

他偏撵鸡。　　t'a⁵⁵ p'ian²⁴ nian⁵⁵ tɕi²⁴

"界"字谜 *

四四方方一座城，　　sʅ²¹³ sʅ⁰ faŋ²⁴ faŋ²⁴ i²⁴⌐⁴² tsuə²¹³ tʂ'əŋ⁴²

里头住着十万兵，　　li⁵⁵ t'ou⁰ tʂʅ²¹³ tʂuə⁰ sʅ⁴² uan²¹³ piŋ²⁴

出来八万去打仗，　　tʂ'ʅ²⁴ lai⁰ pa²⁴⌐⁴² uan²¹³ tɕ'y²¹³ ta⁵⁵ tʂaŋ²¹³

还有二万守着城。　　xai⁴² iou⁵⁵ ər²¹³ uan²¹³ ʂou⁵⁵ tʂuə⁰ tʂ'əŋ⁴²

此为谜语的谜面；谜底："界"字。

疥是一条龙

疥 ① 是一条龙，　　tɕiɛ²¹³ sʅ⁰ i²⁴ t'iau⁴² lyŋ⁴²

先打腿上行；　　ɕian²⁴ ta⁵⁵ t'uei⁵⁵ ʂaŋ⁰ ɕiŋ⁴²

腰里 ᴴ转三圈儿，　　iau²⁴ liou⁰ tʂuan²¹³ san²⁴ tɕ'yor²⁴

裆里 ᴴ扎大营。　　taŋ²⁴ liou⁰ tʂa²⁴ ta²¹³ iŋ⁴²

此谣描述了疥疮的一般特征：疥疮（又称"癞疮"）的症状是泛发的，并有发展性；一般来说，感染往往先由腿上开始，腰部是主要的发病部位，最后在阴部出现疥疮结节。　裆：裤裆，代指人的阴部。

借与还

好借好还，　　xau⁵⁵ tɕiɛ²¹³ xau⁵⁵ xuan⁴²

再借不难；　　tsai²¹³ tɕiɛ²¹³ pu²⁴ nan⁴²

---

① 疥：疥疮，传染性皮肤病，病原体是疥螨，多发生在手腕、手指、腋窝、腹股沟等部位。症状是局部起丘疹而不变颜色，刺痒。

光借不还，　　kuaŋ²⁴|⁴² tɕiɛ²¹³ pu²⁴ xuan⁴²

再借万难。　　tsai²¹³ tɕiɛ²¹³ uan²¹³ nan⁴²

今 ᴰ 个明 ᴰ 个

今 ᴰ 个□ ᴰ 洗洗脚，　　tɕiɛ²⁴ kə⁰ xæŋ²¹³ ɕi⁵⁵|⁴² ɕi⁰ tɕyə²⁴

明 ᴰ 个□ ᴰ 有人摸。　　mɛ⁴² kə⁰ xæŋ²¹³ iou⁵⁵ ʐən⁴² muə²⁴

胳膊有人枕，　　kɛ⁴² puə⁰ iou⁵⁵ ʐən⁴² tʂən²¹³

麦麦有人摸。　　mɛ²⁴ mɛ⁰ iou⁵⁵ ʐən⁴² muə²⁴

据说，此为女子出嫁的前一天晚上内心默念的小曲儿。　　□ ᴰ：晚上；
又音 xo²¹³。

金汤壶　银汤壶

铺嘞厚，盖嘞厚，　　p'u²⁴ lɛ⁰ xou²¹³ kai²¹³ lɛ⁰ xou²¹³

不递俩人肉挨 ᴰ⁻⁰ 肉。　　pu²⁴|⁴² ti²¹³ lia⁵⁵ ʐən⁴² ʐou²¹³ ɛ²⁴ ʐou²¹³

金汤壶，银汤壶，　　tɕin²⁴ t'aŋ²⁴ xu⁰ in⁴² t'aŋ²⁴ xu⁰

不递孩儿他娘那热屁股。　　pu²⁴|⁴² ti²¹³ xor⁴² t'a⁰ niaŋ⁴² na⁰ ʐɿə²⁴ p'i²¹³ ku⁰

挨 ᴰ⁻⁰：挨着；动词变韵表持续义。　　汤壶：盛热水后放在被窝中取暖
的用具，多用锡或塑料制成。

金鱼 *

凸眼睛，宽嘴巴，　　t'u²⁴ ian⁵⁵ tɕiŋ⁰ k'uan²⁴ tsuei⁵⁵ pa⁰

有个尾巴比 ᴰ 身大，　　iou⁵⁵ kə⁰ i⁵⁵ pa⁰ pie⁵⁵ ʂən²⁴ ta²¹³

展开好似一朵花。　　tʂan⁵⁵ k'ai²⁴ xau⁵⁵ sɿ²¹³ i²⁴ tuə⁵⁵ xua²⁴

此为谜语的谜面；谜底：金鱼。

"金" 字谜 *

一个人，他姓王，　　i²⁴|⁴² kə⁰ ʐən⁴² t'a⁵⁵ ɕiŋ⁴² uaŋ⁴²

兜兜里 ^H 装 ^D 两块糖。　tou²⁴ tou⁰ liou⁰ tʂuæŋ²⁴ liaŋ⁵⁵ kʻuai²¹³ tʻaŋ⁴²

此为谜语的谜面；谜底："金"字。　兜兜：口袋。　装 ^D：动词变韵表持续义，可替换为"装着"。

镜子 *

你哭它也哭，　ni⁵⁵ kʻu²⁴ tʻa⁵⁵ iɛ⁰ kʻu²⁴

你笑它也笑，　ni⁵⁵ ɕiau²¹³ tʻa⁵⁵ iɛ⁰ ɕiau²¹³

你走它也走，　ni⁵⁵ ⎸ ⁴² tsou⁵⁵ tʻa⁵⁵ iɛ⁰ tsou⁵⁵

你跳它也跳。　ni⁵⁵ tʻiau²¹³ tʻa⁵⁵ iɛ⁰ tʻiau²¹³

此为谜语的谜面；谜底：镜子。

九九八十一

九九八十一，　tɕiou⁵⁵ ⎸ ⁴² tɕiou⁵⁵ pa²⁴ ʂʅ⁴² i²⁴

老头儿靠 ^D 墙立。　lau⁵⁵ ⎸ ²⁴ tʻər⁴² kʻo²¹³ tɕʻiaŋ⁴² li²⁴

虽说不冷了，　suei²⁴ ʂʮə²⁴ pu²⁴ ləŋ⁵⁵ lə⁰

就是肚里 ^H 饥。　tɕiou²¹³ ʂʅ⁰ tu²¹³ liou⁰ tɕi²⁴

意即"九九"时节，冬去春来，天气变暖，但也正是旧时青黄不接、逃荒要饭的时段。　九九：从冬至开始"数九"，第一个九天为"一九"，第二个九天为"二九"，以此类推，一直到"九九"。　靠 ^D：靠着，动词变韵表持续义。

酒杯一端

酒杯一端，　tɕiou⁵⁵ pei²⁴ i²⁴ tuan²⁴

政策放宽；　tʂən²¹³ tʂʻɛ⁰ faŋ²¹³ kʻuan²⁴

筷子一拿，　kʻuai²¹³ tsʅ⁰ i²⁴ na⁴²

说咋都咋。　ʂʮə²⁴ tsa⁵⁵ tou²⁴ tsa⁵⁵

酒壶 *

一个小孩儿白胖，　　i²⁴ ˥ ⁴²kə⁰ ɕiau⁵⁵ xor⁴² pɛ⁴² pʻaŋ²¹³

小丫儿撅到囟门上。　　ɕiau⁵⁵ iɐr²⁴ tɕye²⁴ tau⁰ ɕin²⁴ mən⁴² ʂaŋ⁰

此为谜语的谜面；谜底：酒壶。　小丫儿：又叫"小鸡儿"，浚县方言对男童生殖器的俗称。　囟门：额头。

酒是敌敌畏

酒是敌敌畏，　　tɕiou⁵⁵ ʂʅ²¹³ ti²⁴ ti⁰ uei²⁴

你我喝不醉。　　ni⁵⁵ ˥ ⁴²uə⁵⁵ xə²⁴ pu²⁴ ˥ ⁴²tsuei²¹³

你不醉，我不醉，　　ni⁵⁵ pu²⁴ ˥ ⁴²tsuei²¹³ uə⁵⁵ pu²⁴ ˥ ⁴²tsuei²¹³

马路牙ᶻ谁来睡？　　ma⁵⁵ lu⁰ iæu⁴² ʂei⁴² lai⁴² ʂei²¹³

你不喝，我不喝，　　ni⁵⁵ pu²⁴ xə²⁴ uə⁵⁵ pu²⁴ xə²⁴

酒厂工人咋工作？　　tɕiou⁵⁵ ˥ ⁴²tʂʻaŋ⁵⁵ kuəŋ²⁴ zən⁰ tsa⁵⁵ kuəŋ²⁴ tsuə⁰

马路牙ᶻ：路边石，即马路与人行道连接处长方形的护路砖，高于地平面，起到分割公路和人行辅路的作用。　咋：怎么，如何。

酒是粮食精（一）

酒是粮食精，　　tɕiou⁵⁵ ʂʅ²¹³ liaŋ⁴² ʂʅ⁰ tɕiŋ²⁴

越喝越年轻；　　yɛ²⁴ xə²⁴ yɛ²⁴ nian⁴² tɕʻiŋ²⁴

酒是长江水，　　tɕiou⁵⁵ ʂʅ²¹³ tʂʻaŋ⁴² tɕiaŋ²⁴ ʂuei⁵⁵

越喝越貌美；　　yɛ²⁴ xə²⁴ yɛ²⁴ mau²¹³ mei⁵⁵

此为喜欢饮酒之人的戏谑语。

酒是粮食精（二）

酒是粮食精，　　tɕiou⁵⁵ ʂʅ²¹³ liaŋ⁴² ʂʅ⁰ tɕiŋ²⁴

越喝越年轻。　　yɛ²⁴ xə²⁴ yɛ²⁴ nian⁴² tɕʻiŋ²⁴

能喝一斤喝八两，　　nəŋ⁴² xə²⁴ i²⁴ tɕin²⁴ xə²⁴ pa²⁴ liaŋ⁵⁵

对不起人民对不起党；　　tuei²¹³ pu⁰ tɕ'i⁵⁵ zən⁴² min⁴² tuei²¹³ pu⁰ tɕ'i⁵⁵ taŋ⁵⁵

能喝八两喝一斤，　　nəŋ⁴² xə²⁴ pa²⁴ liaŋ⁵⁵ xə²⁴ i²⁴ tɕin²⁴

党和人民都放心。　　taŋ⁵⁵ xə⁴² zən⁴² min⁴² tou²⁴ ｜ ⁴² faŋ²¹³ ɕin²⁴

旧社会　新社会

旧社会，　　tɕiou²¹³ ʂɿə²¹³ xuei²¹³

□ᴰ起ᴰ汤，晌ᴰ午糠，　　tɕ'iæŋ²⁴ tɕ'iɛ⁵⁵ t'aŋ²⁴ ʂæŋ²¹³ u⁴² k'aŋ²⁴

□ᴰ黑嘞饭耀月亮。　　xo²¹³ xɛ²⁴ lɛ⁰ fan²¹³ zau²¹³ yɛ²⁴ liaŋ⁰

新社会，　　ɕin²⁴ ʂɿə²¹³ xuei²¹³

吃嘞大米和白面，　　tʂ'ɿ²⁴ lɛ⁰ ta²¹³ mi⁵⁵ xə⁴² pɛ⁴² mian²¹³

打嘞粮食吃不完。　　ta⁵⁵ lɛ⁰ liaŋ⁴² ʂɿ⁰ tʂ'ɿ²⁴ pu²⁴ uan⁴²

□ᴰ起ᴰ：早起。　　晌ᴰ午：中午。　　□ᴰ黑：晚上。

噘着驴嘴去纺花

巴罢二月二没啥儿巴 ①，　　pa²⁴ pa²¹³ ər²¹³ yɛ²⁴ ər²¹³ mu⁴² ʂɐr²¹³ pa²⁴

噘着驴嘴去纺花。　　tɕyɛ²⁴ tʂʮ⁰ ly⁴² tsuei⁰ tɕ'y²¹³ faŋ⁵⁵ xua²⁴

拿着麻绳儿去上吊，　　na⁴² tʂʮ⁰ ma⁴² ʂɐr⁴² tɕ'y²¹³ ʂaŋ²¹³ tiau²¹³

忽声想起ᴴ四月八 ②，　　xu²⁴ ʂəŋ⁰ ɕiaŋ⁵⁵ tɕ'iai⁰ sɿ²¹³ yɛ²⁴ pa²⁴

又能打一天不纺花。　　iou²¹³ nəŋ⁴² ta⁵⁵ i²⁴ t'ian²⁴ pu²⁴ faŋ⁵⁵ xua²⁴

她婆ᶻ问她"你说啥？"　　t'a⁵⁵ p'au⁴² uən²¹³ t'a⁰ ni⁵⁵ ʂʮə²⁴ ʂa⁵⁵ ｜ ²¹³

吓嘞媳妇儿赶紧答：　　ɕia²¹³ lɛ⁰ ɕi⁴² fər⁰ kan⁵⁵ ｜ ⁴² tɕin⁰ ta²⁴

"老天爷，下雨吧！　　lau⁵⁵ t'ian²⁴ iɛ⁴² ɕia²¹³ y⁵⁵ pa⁰

纺花车ᶻ，好使吧！　　faŋ⁵⁵ xua²⁴ tʂ'ɿau²⁴ xau⁵⁵ ｜ ⁴² ʂɿ⁵⁵ pa⁰

纺完ᴰ沉花纺新花。"　　faŋ⁵⁵ uæ⁴² tʂ'ən⁴² xua²⁴ faŋ⁵⁵ ɕin²⁴ xua²⁴

---

① 本句意为过了二月二，年节已过完，短时间内没有过节的指望了。

② 四月八：指农历四月初八；此日为浴佛节，又称佛诞日、佛诞节等，是佛祖释迦牟尼诞辰。浴佛时间在史籍中有不同记载：蒙古族、藏族地区以农历四月十五日为佛诞日，即佛成道日、佛涅槃日；汉族地区佛教在北朝时多在农历四月初八举行，俗称"四月八"。

此谣讲的是旧时媳妇儿不愿纺花，为偷懒而祈盼过年过节，恰被婆婆发现，吓得赶忙改口。 巴：巴望，祈盼。 噘着驴嘴：喻指人非常不高兴。 忽声：突然；推测当为“忽的一声”的省略形式。 使：用。 完^{D}：完了，动词变韵表完成义。 沉：往年的。

K

开开马门儿洗衣裳

月明地儿，明晃晃，　　　yɛ²⁴ miŋ⁰ tiər²¹³ miŋ⁴² xuaŋ⁰ xuaŋ⁰

开开马门儿洗衣裳；　　　k'ai²⁴ k'ai²⁴ ma⁵⁵ mər⁰ ɕi⁵⁵ i²⁴ ʂaŋ⁰

洗嘞白，浆嘞白，　　　　ɕi⁵⁵ lɛ⁰ pɛ⁴² tɕian²¹³ lɛ⁰ pɛ⁴²

寻ᴰ个女婿不成色；　　　ɕiɛ⁴² kə⁰ ny⁵⁵ ɕy⁰ pu²⁴ tʂ'əŋ⁴² ʂɛ⁰

又吃嘴，又抹牌，　　　iou²¹³ tʂ'ʅ²⁴ tsuei⁵⁵ iou²¹³ ma²⁴ p'ai⁴²

妈那个屄，过不上来 ①。　ma²⁴ na⁰ kə⁰ pi²⁴ kuə²¹³ pu⁰ ʂaŋ⁰ lai⁴²

马门儿：房屋沿下比较高的小窗户。　月明地儿：月光下。　寻ᴰ：嫁；动词变韵表完成义，可替换为"寻了"。　不成色：不成器。　吃嘴：好吃懒做。　过不上来：指难以维持生计。

开门儿经

□ᴰ起ᴰ起来雾沉沉，　　tɕ'iæŋ²⁴ tɕ'iɛ⁵⁵ tɕ'i⁵⁵ lai⁰ u²¹³ tʂ'ən⁴² tʂ'ən⁴²

欢天喜地开善门。　　　xuan²⁴ t'ian²⁴ ɕi⁵⁵ ti²¹³ k'ai²⁴ ʂan²¹³ mən⁴²

金童玉女来领路，　　　tɕin²⁴ t'uəŋ⁴² y²¹³ ny⁵⁵ lai⁴² liŋ⁵⁵ lu²¹³

四大金刚护我身。　　　sʅ²¹³ ta²¹³ tɕin²⁴ kaŋ²⁴ xu²¹³ uə⁵⁵ ʂən²⁴

前头佛，后头神，　　　tɕ'ian⁴² t'ou⁰ fu⁴² xou²¹³ t'ou⁰ ʂən⁴²

十八罗汉随后跟。　　　ʂʅ⁴² pa²⁴ luə⁴² xan²¹³ suei⁴² xou²¹³ kən²⁴

神灵念动护身咒，　　　ʂən⁴² liŋ⁰ nian²¹³ tuəŋ²¹³ xu²¹³ ʂən²⁴ tʂou²¹³

一切灾难化灰尘。　　　i²⁴ tɕ'iɛ²⁴ tsai²⁴ nan²¹³ xua²¹³ xuei²⁴ tʂ'ən⁴²

――――――――――

① 本句又作"跟ᴰ你个龟孙过不上来"。

118

此为祈盼神灵护佑的祈福谣。 □^D起^D：清早，早晨。

看似一条^Z带 *

看似一条^Z带， k'an²¹³ sʅ²¹³ i²⁴ t'iæu⁴² tai²¹³

上桌^Z一盘^Z菜。 ʂaŋ²¹³ tʂuau²⁴ i²⁴ p'æ⁴² ts'ai²¹³

甭瞧^D没有腿， piŋ⁴² tɕ'io⁴² mu⁴² mau⁰ t'uei⁵⁵

下水跑嘞快。 ɕia²¹³ ʂuei⁵⁵ p'au⁵⁵ lɛ⁰ k'uai²¹³

此为谜语的谜面；谜底：带鱼。 瞧^D：瞧着，动词变韵表持续义。

瞌睡神

瞌睡神，瞌睡神， k'ə⁴² ʂei²¹³ ʂən⁴² k'ə⁴² ʂei²¹³ ʂən⁴²

瞌睡上来不由人。 k'ə⁴² ʂei²¹³ ʂaŋ⁰ lai⁰ pu²⁴ iou⁴² zən⁴²

熬死^D公公熬死^D婆^Z， au⁴² sʅə⁰ kuaŋ²⁴ kuaŋ⁰ au⁴² sʅə⁰ p'au⁴²

熬嘞女婿去上学。 au⁴² lɛ⁰ ny⁵⁵ ɕy⁰ tɕy²¹³ ʂaŋ²¹³ ɕyə²

熬嘞小姑儿出嫁了， au⁴² lɛ⁰ ɕiau⁵⁵ kuər⁰ tʂ'ʅ²⁴ tɕia⁰ liau⁰

熬嘞半夜睡不着。 au⁴² lɛ⁰ pan²¹³ iɛ²¹³ ʂei²¹³ pu⁰ tʂuə⁴²

脚蹬锅，手把勺^Z， tɕyə²⁴ təŋ²⁴ kuə²⁴ ʂou⁵⁵ pa⁵⁵ ʂuau⁴²

喝口凉水也得过。 xə²⁴ k'ou⁰ liaŋ⁴² ʂuei⁵⁵ iɛ⁵⁵ tɛ²⁴ kuə²¹³

她婆^Z一听心好恼： t'a⁵⁵ p'au⁴² i²⁴ t'iŋ²⁴ ɕin²⁴ xau⁵⁵ ⁴² nau⁵⁵

"恁嫂 ① 恁嫂你说啥？ nən⁵⁵ ⁴² sau⁵⁵ nən⁵⁵ ⁴² sau⁵⁵ ni⁵⁵ ʂʅə²⁴ ʂa⁵⁵

再说一遍我没听着。" tsai²¹³ ʂʅə²⁴ i⁰ pian²¹³ uə⁵⁵ mu⁴² t'iŋ²⁴ tʂuə⁰

媳妇儿慌忙改了口： ɕi⁴² fər⁰ xuaŋ²⁴ maŋ⁴² kai⁵⁵ liau⁰ k'ou⁵⁵

"瞌睡神，瞌睡神， k'ə⁴² ʂei²¹³ ʂən⁴² k'ə⁴² ʂei²¹³ ʂən⁴²

瞌睡上来不由人。 k'ə⁴² ʂei²¹³ ʂaŋ⁰ lai⁰ pu²⁴ iou⁴² zən⁴²

打发公婆睡了觉， ta⁵⁵ pa⁰ kuaŋ²⁴ p'uə⁴² ʂei²¹³ liau⁰ tɕiau²¹³

织布纺花到天明。" tʂʅ²⁴ pu²¹³ faŋ⁵⁵ xua²⁴ tau²¹³ t'ian²⁴ miŋ⁴²

---

① 恁嫂：指儿媳妇；婆婆称儿媳"恁嫂"是借子女的称谓称呼对方（从儿称呼），在浚县
方言中非常普遍。

婆婆闻听消了气,　　　p'uə⁴² p'uə⁰ uən⁴² t'iŋ²⁴ ɕiau²⁴ liau⁰ tɕ'i²¹³

恁嫂恁嫂你听着:　　　nən⁵⁵｜⁴² sau⁵⁵ nən⁵⁵｜⁴² sau⁵⁵ ni⁵⁵ t'iŋ²⁴ tʂuə⁰

"要不是你改嘴改嘞快,　　iau²¹³ pu²⁴｜⁴² ʂʅ²¹³ ni⁵⁵ kai⁵⁵｜⁴² tsuei⁵⁵ kai⁵⁵ lɛ⁰ k'uai²¹³

我抻手打你一锅排。"　　uə⁵⁵ tʂ'ən²⁴ ʂou⁵⁵ ta⁵⁵｜⁴² ni⁰ i²⁴ kuə²⁴ p'ai⁰

死 ᴰ:死了,动词变韵表完成义。　　得过:日子遂心如意。　　锅排:浚县方言对"锅盖"的俗称。

肯定一齐儿造你嘞谣

□捞你不捞,　　iæ⁴² lau²⁴ ni⁵⁵ pu²⁴ lau²⁴

老婆 ᶻ 说你是草包;　　lau⁵⁵｜²⁴ p'au⁴² ʂɥə²⁴ ni⁰ ʂʅ²¹³ ts'au⁵⁵ pau²⁴

□赌你不赌,　　iæ⁴² tu⁵⁵ ni⁵⁵ pu²⁴ tu⁵⁵

背后说你二百五;　　pei²¹³ xou²¹³ ʂɥə²⁴ ni⁰ ər²¹³ pɛ²⁴ u⁵⁵

□嫖你不嫖,　　iæ⁴² p'iau⁵⁵ ni⁵⁵ pu²⁴ p'iau⁵⁵

肯定一齐儿造你嘞谣。　　k'ən⁵⁵ tiŋ²¹³ i²⁴ tɕ'iər⁴² tsau²¹³ ni⁰ lɛ⁰ iau⁴²

□:别人,人家。　　一齐儿:一起。

恐怕过那恶狗庄

唐王庄,唐王庄,　　t'aŋ⁴² uaŋ⁰ tʂuaŋ²⁴ t'aŋ⁴² uaŋ⁰ tʂuaŋ²⁴

儿女哭嘞泪汪汪,　　ər⁴² ny⁵⁵ k'u²⁴ lɛ⁰ luei²¹³ uaŋ⁰ uaŋ⁰

恐怕过那恶狗庄。　　k'uəŋ⁵⁵ p'a⁰ kuə²¹³ na⁰ ə²⁴ kou⁵⁵ tʂuaŋ²⁴

三只黑狗拦住路,　　san²⁴ tʂʅ²⁴ xɛ²⁴ kou⁵⁵ lan⁴² tʂʮ⁰ lu²¹³

四只黄狗咬衣裳。　　sʅ²¹³ tʂʅ²⁴ xuaŋ⁴² kou⁵⁵ iau⁵⁵ i²⁴ ʂaŋ⁰

袖里 ᴴ 掏出 ᴴ 喂狗饼,　　ɕiou²¹³ liou⁰ t'au²⁴ tʂ'uai⁰ uei²¹³ kou⁵⁵｜⁴² piŋ⁵⁵

慌忙撒到路两傍。　　xuaŋ²⁴ maŋ⁴² sa⁵⁵ tau⁰ lu²¹³ liaŋ⁵⁵ paŋ²⁴

七只大狗去吃饼,　　tɕ'i²⁴ tʂʅ²⁴ ta²¹³ kou⁵⁵ tɕ'y²¹³ tʂ'ʮ²⁴ piŋ⁵⁵

慌忙过去恶狗庄。　　xuaŋ²⁴ maŋ⁴² kuə²¹³ tɕ'y⁰ ə²⁴ kou⁵⁵ tʂuaŋ²⁴

往前瞧,白洞洞;　　uaŋ⁵⁵ tɕ'ian⁴² tɕ'iau⁴² pɛ⁴² tuəŋ²¹³ tuəŋ⁰

往后瞧，埋人坑。　　uaŋ⁵⁵ xou²¹³ tɕʻiau⁴² mai⁴² zən⁴² kʻəŋ²⁴

哭死 ᴰ 我那儿和女，　　kʻu²⁴ sɿə⁰ uə⁵⁵ na⁰ ər⁴² xə⁰ ny⁵⁵

不能回我那阳间城。　　pu²⁴ nəŋ⁴² xuei⁴² uə⁵⁵ na⁰ iaŋ⁴² tɕian²⁴ tʂʻəŋ⁴²

唐王庄：意义待考。　　恐怕：担心，害怕。　　过：路过。　　恶狗庄：指道教传说中的恶狗岭，是黄泉路上最凶险的去处。　　喂狗饼：指在故去的人袖子里塞的烧饼；这是浚县的丧葬习俗之一，据说是让死者在去往阴间的路上防狗咬。　　死 ᴰ：动词变韵表加强肯定语气。

哭丧

妮 ᶻ 哭嘞实心实意，　　niːau²⁴ kʻu²⁴ lɛ⁰ ʂɿ⁴² ɕin²⁴ ʂɿ⁴² i²¹³

小 ᶻ 哭嘞惊天动地；　　ɕiæu⁵⁵ kʻu²⁴ lɛ⁰ tɕiŋ²⁴ tʻian²⁴ tuəŋ²¹³ ti²¹³

媳妇儿哭嘞洋声儿广气，　　ɕi⁴² fər⁰ kʻu²⁴ lɛ⁰ iaŋ⁴² ʂər²⁴ kuaŋ⁵⁵ tɕʻi²¹³

女婿哭嘞老叫驴放屁。　　ny⁵⁵ ɕy⁰ kʻu²⁴ lɛ⁰ lau⁵⁵ tɕiau²¹³ ly⁰ faŋ²¹³ pʻi²¹³

此谣讲的是父母去世，其女儿、儿子、儿媳妇儿、闺女婿的伤心程度是不一样的。　　妮 ᶻ：女儿。　　小 ᶻ：儿子。　　洋声儿广气：拖着腔、装模作样地哭。　　老叫驴放屁：像公驴一样干号、假哭。

哭着喊着要媳妇儿（一）

小小子儿，坐门墩儿，　　ɕiau⁵⁵ ｜ ⁴² ɕiau⁵⁵ tsər⁰ tsuə²¹³ mən⁴² tuər²⁴

哭着喊着要媳妇儿。　　kʻu²⁴ tʂʅ⁰ xan⁵⁵ tʂʅ⁰ iau²¹³ ɕi⁴² fər⁰

你要媳妇儿干啥嘞?　　ni⁵⁵ iau²¹³ ɕi⁴² fər⁰ kan²¹³ ʂa⁵⁵ lɛ⁰

点着灯，说说话儿，　　tian⁵⁵ tʂuə⁴² təŋ²⁴ ʂʻə²⁴ ʂʻə⁰ xuər²¹³

吹灭灯，做个伴儿，　　tʂʻuei²⁴ mie²⁴ təŋ²⁴ tsu²¹³ kə⁰ por²¹³

□ ᴰ 起 ᴰ 起来梳小辫儿。　　tɕʻiæn²⁴ tɕʻie⁵⁵ tɕʻi⁵⁵lai⁰ ʂu²⁴ ɕiau⁵⁵ pior²¹³

小子儿：男孩子。　　□ ᴰ 起 ᴰ：早晨。

哭着喊着要媳妇儿（二）

小小子儿，坐门墩儿，　　ɕiau⁵⁵ ｜ ⁴² ɕiau⁵⁵ tsər⁰ tsuə²¹³ mən⁴² tuər²⁴

哭着喊着要媳妇儿。　　k'u²⁴ tʂʅ⁰ xan⁵⁵ tʂʅ⁰ iau²¹³ ɕi⁴² fər⁰

嘀嘀嗒，嗒嘀嗒，　　ti²⁴ ti⁰ ta²⁴ ta²⁴ ti⁰ ta²⁴

娶 ᴰ 个媳妇儿没尾巴。　　tɕ'yɛ⁵⁵ kə⁰ ɕi⁴² fər⁰ mu⁴² i⁵⁵ pa⁰

娶ᴰ：娶了，动词变韵表完成义。

"哭" 字谜 *

一个狗，两张口，　　i²⁴ ｜ ⁴² kə⁰ kou⁵⁵ liaŋ⁵⁵ tʂaŋ²⁴ k'ou⁵⁵

谁遇见它谁发愁，　　ʂei⁴² y²¹³ tɕian⁰ t'a⁵⁵ ʂei⁴² fa²⁴ tʂ'ou⁴²

人人都想 ᴰ 躲着走。　　zən⁴² zən⁰ tou²⁴ ɕiæŋ⁵⁵ tuə⁵⁵ tʂʅ⁰ tsou⁵⁵

此为谜语的谜面；谜底："哭"字。　　想ᴰ：动词变韵表加强肯定语气。

快乐花

快乐花，快乐花，　　k'uai²¹³ luə²⁴ xua²⁴ k'uai²¹³ luə²⁴ xua²⁴

红嘞花，白嘞花，　　xuəŋ⁴² lɛ⁰ xua²⁴ pɛ⁴² lɛ⁰ xua²⁴

恁都在这太阳下，　　nən⁵⁵ tou²⁴ ｜ ⁴² kai²¹³ tʂʅ⁵⁵ t'ai²¹³ iaŋ⁰ ɕia²¹³

没冇风来吹，　　mu⁴² mau⁰ fəŋ²⁴ lai⁴² tʂ'uei²⁴

没冇雨来打，　　mu⁴² mau⁰ y⁵⁵ lai⁴² ta⁵⁵

大家跳舞吧，　　ta²¹³ tɕia⁰ t'iau²¹³ u⁵⁵ pa⁰

哆来米，米索发。　　to²⁴ zuai²⁴ mi⁵⁵ mi⁵⁵ so²⁴ fa²⁴

筷子（一）*

弟儿俩一般大，　　tiər²¹³ lia⁵⁵ i²⁴ pan²⁴ ｜ ⁵⁵ ta²¹³

轻易不说话；　　tɕ'iŋ²⁴ i⁰ pu²⁴ ʂʅə²⁴ xua²¹³

说话都叮嘴，　　ʂʅə²⁴ xua²¹³ tou⁰ tiŋ²⁴ tsuei⁵⁵

叮嘴都打架。　　tiŋ²⁴ tsuei⁵⁵ tou⁰ ta⁵⁵ tɕia²¹³

此为谜语的谜面；谜底：筷子。　弟儿俩：弟兄俩。　一般：一样；
"般"无规则变调。　轻易：平常，轻率。　叮嘴：吵架，争执。

筷子（二）*

俩光棍儿一般高儿，　　lia⁵⁵ kuaŋ²⁴ kuər⁰ i²⁴ pan²⁴ | ⁵⁵ kor²⁴

五 ᴴ 光棍儿去掐腰儿；　　ŋuə⁵⁵ kuaŋ²⁴ kuər⁰ tɕʻy²¹³ tɕʻia²⁴ ior²⁴

掐腰儿都张嘴儿，　　tɕʻia²⁴ ior²⁴ tou²⁴ tʂaŋ²⁴ tsuər⁵⁵

张嘴儿都掐腰儿。　　tʂaŋ²⁴ tsuər⁵⁵ tou²⁴ tɕʻia²⁴ ior²⁴

此为谜语的谜面；谜底：用筷子夹取食物。　五 ᴴ："五个"的合音；
"五 ᴴ 光棍儿"指五个手指。

筷子（三）*

身体瘦长，　　ʂən²⁴ tʻi⁰ ʂou²¹³ tʂʻaŋ⁴²

兄弟成双；　　ɕyŋ²⁴ ti²¹³ tʂʻəŋ⁴² ʂuaŋ²⁴

光好吃菜，　　kuaŋ²⁴ | ⁴² xau²¹³ tʂʻɻ²⁴ tsʻai²¹³

不好喝汤。　　pu²⁴ | ⁴² xau²¹³ xə²⁴ tʻaŋ²⁴

此为谜语的谜面；谜底：筷子。　好：喜欢。

筷子（四）*

双桥好过，　　ʂuaŋ²⁴ tɕʻiau⁴² xau⁵⁵ kuə²¹³

独木桥难沿。　　tu⁴² mu²⁴ tɕʻiau⁴² nan⁴² ian⁴²

此为谜语的谜面；谜底：筷子。

□₁小虫儿

□ ᴰ 起 ᴰ 起来上山坡，　　tɕʻiæŋ²⁴ tɕʻiɛ⁵⁵ tɕʻi⁵⁵ lai⁰ ʂaŋ²¹³ ʂan²⁴ pʻuə²⁴

到处去找小虫儿窝。　　tau²¹³ tʂʻɻ²¹³ tɕʻy²¹³ tʂau⁵⁵ ɕiau⁵⁵ tʂʻuər⁰ uə²⁴

小虫儿见 ᴰ 我胡乱飞，　　ɕiau⁵⁵ tʂʻuər⁰ tɕiæ²¹³ uə⁵⁵ xu⁴² luan²¹³ fei²⁴

我拿弹弓赶紧追。　　uə⁵⁵ na⁴² tuan²¹³ kuəŋ²⁴ kan⁵⁵ ⌐ ⁴² tɕin⁰ tʂuei²⁴

瞄嘞准，站嘞稳，　　miau⁴² lɛ⁰ tʂuən⁵⁵ tʂan²¹³ nɛ⁰ uən⁵⁵

只见小虫儿地上滚。　　tʂʅ²⁴ ⌐ ⁴² tɕian²¹³ ɕiau⁵⁵ tʂʻuər⁰ ti²¹³ ʂaŋ⁰ kuən⁵⁵

拾起来，回家转，　　ʂʅ⁴² tɕʻi⁰ lai⁰ xuei⁴² tɕia²⁴ tʂuan⁵⁵

小虫儿提了一大串 ᶻ。　　ɕiau⁵⁵ tʂʻuər⁰ tʻi⁴² lə⁰ i²⁴ ⌐ ⁴² ta²¹³ tʂʻuæ²¹³

爸爸夸我好本事，　　pa²¹³ pa⁰ kʻua²⁴ uə⁰ xau⁵⁵ ⌐ ⁴² pən⁵⁵ ʂʅ⁰

妈妈见 ᴰ 我笑哈哈。　　ma²⁴ ma⁰ tɕiæ²¹³ uə⁰ ɕiau²¹³ xa²⁴ xa²⁴

队长说我小英雄，　　tuei²¹³ tʂaŋ⁵⁵ ʂ一ə²⁴ uə⁰ ɕiau⁵⁵ iŋ²⁴ ɕyŋ⁰

小朋友说我真有功。　　ɕiau⁵⁵ ⌐ ⁴² pʻəŋ⁴² iou⁰ ʂ一ə²⁴ uə⁰ tʂən²⁴ iou⁵⁵ kuəŋ²⁴

此为流传于 20 世纪 50 年代 "灭四害" 时期的歌谣，当时把麻雀列为 "四害" 之一。　□₁：捉，逮。　□ᴰ起ᴰ：早晨。　起来：起床。　见ᴰ：见到，动词变韵表终点义。

拉大锯

拉大锯，扯大锯，　　la⁴² ta²¹³ tɕy²¹³　tʂʻɿə⁵⁵ ta²¹³ tɕy²¹³

姥姥门儿上唱大戏。　lau⁵⁵ lau⁰ mər⁴² ʂaŋ⁰ tʂʻaŋ²¹³ ta²¹³ ɕi²¹³

叫闺女，请女婿，　　tɕiau²¹³ kuei²⁴ ny⁰ tɕʻiŋ⁵⁵ | ⁴² ny⁵⁵ ɕy⁰

小外甥儿，要跟 ᴰ 去。　ɕiau⁵⁵ uai²¹³ ʂər⁰ iau²¹³ kɛ²⁴ tɕy⁰

挂大棚，扯大彩，　　kua²¹³ ta²¹³ pʻəŋ⁴² tʂʻɿə⁵⁵ ta²¹³ tsʻai⁵⁵

羊肉包子往上摆。　　iaŋ⁴² zou²¹³ pau²⁴ tsɿ⁰ uaŋ⁵⁵ ʂaŋ⁰ pai⁵⁵

都吃吧，快吃吧，　　tou²⁴ tʂʻɿ²⁴ pa⁰ kʻuai²¹³ tʂʻɿ²⁴ pa⁰

不吃不吃吃 ᴰ 二百。　pu²⁴ tʂʻɿ²⁴ pu²⁴ tʂʻɿ²⁴ tʂʻɿə²⁴ ər²¹³ pɛ²⁴

"不吃不吃吃 ᴰ 二百"句：意思是嘴上说着不吃，实际上却吃了二百。　吃 ᴰ：动词变韵表完成义，可替换为"吃了"。

蜡烛 *

一物生来六寸长，　　i²⁴ | ⁴² u²¹³ ʂən²⁴ lai⁴² liou²¹³ tsʻuən²¹³ tʂʻaŋ⁴²

姑娘请它入洞房。　　ku²⁴ niaŋ⁰ tɕʻiŋ⁵⁵ | ⁴² tʻa⁵⁵ zʅ²⁴ tuəŋ²¹³ faŋ⁴²

情到深处流眼泪，　　tɕʻiŋ⁴² tau²¹³ ʂən²⁴ tʂʻʅ²¹³ liou⁴² ian⁵⁵ luei²¹³

光见短来不见长。　　kuaŋ²⁴ | ⁴² tɕian²¹³ tuan⁵⁵ lai⁰ pu²⁴ | ⁴² tɕian²¹³ tʂʻaŋ⁴²

此为谜语的谜面；谜底：蜡烛。

辣椒 *

红口袋，绿口袋，　　xuəŋ⁴² kʻou⁵⁵ tai⁰ ly²⁴ kʻou⁵⁵ tai⁰

有人怕来有人爱。　　iou⁵⁵ zən⁴² pʻa²¹³ lai⁰ iou⁵⁵ zən⁴² ai²¹³

爱它好吃当小菜，　　ai²¹³ t'ao⁰ xau⁵⁵ tʂ'ʅ²⁴ taŋ²⁴ ɕiau⁵⁵ ts'ai²¹³

怕它进嘴眼泪来。　　p'a²¹³ t'ao⁰ tɕin²¹³ tsuei⁵⁵ ian⁵⁵ luei²¹³ lai⁴²

此为谜语的谜面；谜底：辣椒。

来嘞晚了

来嘞晚了，　　lai⁴² lɛ⁰ uan⁵⁵ nə⁰

打罢点了，　　ta⁵⁵ pa²¹³ tian⁵⁵ nə⁰

吃罢饭了，　　tʂ'ʅ²⁴ pa²¹³ fan²¹³ nə⁰

刷罢碗了。　　ʂua²⁴ pa²¹³ uan⁵⁵ nə⁰

戏谑谣，用于打趣错过了时间或机会的人。

蓝瑞莲打水① （节选）

天恋地，地恋天，　　t'ian²⁴ lian⁴² ti²¹³ ti²¹³ lian⁴² t'ian²⁴

龙恋东海湖恋山。　　luəŋ⁴² lian⁴² tuəŋ²⁴ xai⁵⁵ xu⁴² lian⁴² ʂan²⁴

高君宝② 恋嘞刘金定③，　　kau²⁴ tɕyn²⁴ pau⁵⁵ lian⁴² nɛ⁰ liou⁴² tɕin²⁴ tiŋ²¹³

---

① 蓝瑞莲打水故事梗概：蓝瑞莲自幼父母双亡，其舅舅将其抚养长大。因舅舅嗜赌如命，把蓝瑞莲输给本村一员外家做童养媳。蓝瑞莲一边照顾公婆，一边还要照顾多病且弱智的丈夫，且每天要到井台上挑水。有一天，蓝瑞莲又去挑水，想到自己的委屈，就在井台上哭泣。此时，进京赶考的周郎路过此地。由于天气炎热，周郎想讨口水喝，热情善良的蓝瑞莲劝说周郎不要喝刚打出来的水，容易生病，让周郎等水不是那么凉的时候再喝。通过交谈，周郎了解了蓝瑞莲的身世，深表同情，承诺他日金榜题名，一定娶蓝瑞莲为妻，并约好一起私奔。然而，蓝瑞莲的公婆听说她在井边与别人说话聊天，第二天便不再让蓝瑞莲去打水。周郎在河边等了好久，也未见蓝瑞莲过来，于是就将自己的一件衣服挂在井台边柳树上，匆匆进京赶考去了。蓝瑞莲再次来到井边，没有见到周郎，只看见一件衣服，以为周郎掉到河里淹死了，哭得死去活来。几年后，周郎高中榜眼，想方设法迎娶了蓝瑞莲。

② 高君宝：又名高琼，北宋初年大将高怀德之子。据传，当年赵匡胤挥师东进，在沂山脚下穆陵关，被韩通打败；高君宝回京城搬救兵时，经过双锁山，看到驻守此地的刘金定比武招亲；高君宝少年多事，砸了招亲的牌子；刘金定与他大战数十回合，才将他制服。后来，二人率山上兵马助赵匡胤打败韩通后，喜结良缘。

③ 刘金定：《刘金定大战南唐》中的人物，北宋时期高琼（高君宝）的夫人，是历史上仅次于花木兰的巾帼英雄。

樊梨花 ① 恋嘞薛丁山 ② 。　　fan²¹³ li⁴² xua²⁴ lian⁴² nɛ⁰ ɕyɛ²⁴ tiŋ⁵⁵ ʂan²⁴

年老人只把老年恋，　　nian⁴² lau⁵⁵ zən⁴² tʂʅ²⁴ | ⁴² pa²¹³ lau⁵⁵ nian⁴² lian⁴²

年少人只把少年恋。　　nian⁴² ʂau²¹³ zən⁴² tʂʅ²⁴ | ⁴² pa²¹³ ʂau²¹³ nian⁴² lian⁴²

蓝卧单

蓝卧单，晒白米，　　lan⁴² uə²¹³ tan⁰ ʂai²¹³ pɛ⁴² mi⁵⁵

鸡 ᶻ 不吃，狗不理。　　tɕi:au²⁴ pu²⁴ tʂʻʅ²⁴ kou⁵⁵ pu²⁴ li⁵⁵

红公鸡，沿墙头，　　xuəŋ⁴² kuəŋ²⁴ tɕi⁰ ian⁴² tɕʻiaŋ⁴² tʻou⁴²

找个窝儿，媷一头。　　tʂau⁵⁵ kə⁰ uor²⁴ fan²¹³ i⁰ tʻou⁴²

卧单：床单。　　沿：顺着……行走。　　媷：鸟类下蛋。

懒汉歌

懒汉懒汉，　　lan⁵⁵ xan²¹³ lan⁵⁵ xan²¹³

端碗儿手麻，　　tuan²⁴ uor⁵⁵ ʂou⁵⁵ ma⁴²

吃饭出汗。　　tʂʻʅ²⁴ fan²¹³ tʂʅ²⁴ xan²¹³

懒汉懒汉，　　lan⁵⁵ xan²¹³ lan⁵⁵ xan²¹³

一叫做活儿，　　i²⁴ | ⁴² tɕiau²¹³ tsu²¹³ xuɤ⁴²

浑身打颤。　　xuən⁴² ʂən²⁴ ta⁵⁵ tʂan²¹³

懒婆娘

婆娘懒，懒婆娘，　　pʻuə⁴² niaŋ⁰ lan⁵⁵ lan⁵⁵ pʻuə⁴² niaŋ⁰

东家串，西家逛。　　tuəŋ²⁴ tɕia⁰ tʂʻuan²¹³ ɕi²⁴ tɕia⁰ kuaŋ²¹³

白日儿游街串四方，　　pɛ⁴² iər⁰ iou⁴² tɕiɛ²⁴ tʂʻuan²¹³ sʅ²¹³ faŋ²⁴

黑价点 ᴰ 灯熬油补裤裆。　　xɛ²⁴ tɕia⁰ tiæ⁵⁵ təŋ²⁴ au⁴² iou⁴² pu⁵⁵ kʻu²¹³ taŋ²⁴

---

①　樊梨花：隋唐英雄人物之一；唐初西凉人，其父樊洪为西突厥寒江关守将，后投唐；樊梨花是古代十分著名的女将，与花木兰、穆桂英、梁红玉被称为四大巾帼英雄。薛丁山征西时樊梨花投唐，嫁与薛丁山为妻，薛仁贵去世后出任元帅。

②　薛丁山：唐朝名将薛仁贵元帅之子，先后娶窦仙童、陈金定、樊梨花为妻；曾参与征讨西凉，后被武则天杀害。

点^{D}：点着，动词变韵表持续义。

老鳖告状

下雨下雪，　ɕia^{213} y^{55} ɕia^{213} ɕyɛ^{24}
冻死^{D}老鳖；　tuəŋ^{213} sʅə^{0} lau^{55} piɛ^{24}
老鳖告状，　lau^{55} piɛ^{24} kau^{213} tʂuaŋ^{213}
告给^{D}和尚；　kau^{213} kɛ^{0} xuə^{42} tʂʻæŋ^{0}
和尚念经，　xuə^{42} tʂʻæŋ^{0} nian^{213} tɕiŋ^{24}
念给^{D}先生；　nian^{213} kɛ^{0} ɕian^{24} ʂəŋ^{0}
先生打卦，　ɕian^{24} ʂəŋ^{0} ta^{55} kua^{213}
打给^{D}蛤蟆；　ta^{55} kɛ^{0} xɛ^{42} ma^{0}
蛤蟆凫水，　xɛ^{42} ma^{0} fu^{213} ʂuei^{55}
凫给^{D}老鬼；　fu^{213} kɛ^{0} lau$^{55|42}$ kuei^{55}
老鬼推车，　lau$^{55|42}$ kuei^{55} tʻuei^{24} tʂʻʅə^{24}
推给^{D}他爹；　tʻuei^{24} kɛ^{0} tʻa^{55} tiɛ^{24}
他爹扬场，　tʻa^{55} tiɛ^{24} ʐaŋ^{42} tʂʻaŋ^{42}
扬给^{D}他娘；　ʐaŋ^{42} kɛ^{0} tʻa^{55} niaŋ^{42}
他娘扫地，　tʻa^{55} niaŋ^{42} sau^{55} ti^{213}
扫给^{D}他姨；　sau^{55} kɛ^{0} tʻa^{55} i^{42}
他姨纳底儿，　tʻa^{55} i^{42} na^{24} tiər^{55}
纳给^{D}小妮儿；　na^{24} kɛ^{0} ɕiau^{55} niər^{24}
小妮儿点灯，　ɕiau^{55} niər^{24} tian^{55} təŋ^{24}
俩眼照嘞红通通。　lia$^{55|42}$ ian^{55} tʂau^{213} lɛ^{0} xuəŋ^{42} tʻuəŋ^{0} tʻuəŋ^{24}

死^{D}：动词变韵表加强肯定语气。　先生：以算命为生的人。　凫水：游泳。　扬场：用木锨、木杈等农具扬起谷物、豆类等，借助风力以去掉壳、叶和尘土；“场”指晾晒谷物的平整土地。　纳底儿：纳鞋底，是传统制作布鞋鞋底的方法，即把若干层碎布用糨糊粘在一起，然后再用针线密密地缝一遍，使其结实耐用。

老大老二老三老四 *

老大头上一撮儿毛，　　lau⁵⁵ ta²¹³ tʻou⁴² ʂaŋ⁰ i²⁴ tsuɣr⁵⁵ mau⁴²

老二红脸儿似火烧，　　lau⁵⁵ ər²¹³ xuɐŋ⁴² lior⁵⁵ sʅ²¹³ xuə⁵⁵ ʂau²⁴

老三越长越弯腰，　　lau⁵⁵ san²⁴ yɛ²⁴ tʂaŋ⁵⁵ yɛ²⁴ uan²⁴ iau²⁴

老四开花儿节节高。　　lau⁵⁵ sʅ²¹³ kʻai²⁴ xuɐr²⁴ tɕiɛ⁵⁵ tɕiɛ²⁴ kau²⁴

此为谜语的谜面；谜底依次是：玉米、高粱、谷子、芝麻。

老高　老高

老高，老高，　　lau⁵⁵ kau²⁴ lau⁵⁵ kau²⁴

剃头不用剪 ᶻ 和刀，　　tʻi²¹³ tʻou⁴² pu²⁴ | ⁴² yŋ²¹³ tɕiɐ⁵⁵ xə⁴² tau²⁴

一根儿一根儿往下薅；　　i²⁴ kər²⁴ i²⁴ kər²⁴ uaŋ⁵⁵ ɕia²¹³ xau²⁴

薅嘞老高长大包，　　xau²⁴ lɛ⁰ lau⁵⁵ kau²⁴ tʂaŋ⁵⁵ ta²¹³ pau²⁴

红包绿包大紫包，　　xuɐŋ⁴² pau²⁴ ly²⁴ pau²⁴ ta²¹³ tsʅ⁵⁵ pau²⁴

回家去抹臭牙膏。　　xuei⁴² tɕia²⁴ tɕy²¹³ muə⁵⁵ tʂʻou²¹³ ia⁴² kau²⁴

薅：拽，拔。　　包：身上鼓起来的疙瘩。

老和尚　背罗床

老和尚，背罗床，　　lau⁵⁵ | ²⁴ xuə⁴² tʂʻæŋ⁰ pei²⁴ luə⁴² tʂʻuaŋ⁴²

一背背到炕头儿上。　　i²⁴ pei²⁴ pei²⁴ tau⁰ kʻaŋ²¹³ tʻər⁴² ʂaŋ⁰

他爹哭，他娘唱，　　tʻa⁵⁵ tiɛ⁰ kʻu²⁴ tʻa⁵⁵ niaŋ⁴² tʂʻaŋ²¹³

弄嘞小孩儿迷央央。　　nəŋ²¹³ lɛ⁰ ɕiau⁵⁵ xor⁴² mi⁴² iaŋ⁰ iaŋ⁰

罗床：锦缎铺的床。

老柳树　空空空

老柳树，空空空，　　lau⁵⁵ | ⁴² liou⁵⁵ ʂuʅ⁰ kʻuəŋ²⁴ kʻuəŋ²⁴ kʻuəŋ²⁴

骑白马，戴红缨；　　tɕʻi⁴² pɛ⁴² ma⁵⁵ tai²¹³ xuɐŋ⁴² iŋ²⁴

红缨长，买个羊，　　xuɐŋ⁴² iŋ²⁴ tʂʻaŋ⁴² mai⁵⁵ kə⁰ iaŋ⁴²

羊不走，买个狗； iaŋ⁴² pu²⁴ tsou⁵⁵ mai⁵⁵ kə⁰ kou⁵⁵

狗不乖， kou⁵⁵ pu²⁴ kuai²⁴

买个小驴儿驮布袋； mai⁵⁵ kə⁰ ɕiau⁵⁵ lyər⁴² t'uə⁴² pu²¹³ tai⁰

一驮驮到老家来， i²⁴ t'uə⁴² t'uə⁴² tau⁰ lau⁵⁵ tɕia²⁴ lai⁴²

老家有个纺花嘞， lau⁵⁵ tɕia²⁴ iou⁵⁵ kə⁰ faŋ⁵⁵ xua²⁴ lɛ⁰

脚一蹬，手一拧， tɕyə²⁴ i²⁴ təŋ²⁴ ʂou⁵⁵ i²⁴ niŋ⁴²

指甲盖ᶻ上烙油饼； tʂʅ⁴² tɕia⁰ kɛau²¹³ ʂaŋ⁰ luə²⁴ iou⁴² piŋ⁰

烙嘞大，吃不下， luə²⁴ lɛ⁰ ta²¹³ tʂ'ʅ²⁴ pu²⁴ | ⁴² ɕia²¹³

烙嘞小，吃不饱； luə²⁴ lɛ⁰ ɕiau⁵⁵ tʂ'ʅ²⁴ pu²⁴ pau⁵⁵

烙嘞不大又不小， luə²⁴ lɛ⁰ pu²⁴ | ⁴² ta²¹³ iou²¹³ pu²⁴ ɕiau⁵⁵

一张油饼吃个饱。 i²⁴ tʂaŋ²⁴ iou⁴² piŋ⁰ tʂ'ʅ²⁴ kə⁰ pau⁵⁵

老妈妈劝闺女

有一个老妈妈六十七， iou⁵⁵ i⁰ kə⁰ lau⁵⁵ ma²⁴ ma⁰ liou²¹³ ʂʅ⁰ tɕ'i²⁴

端坐在堂楼底ᴴ劝她闺女。 tuan²⁴ tsuə²¹³ tsai⁰ t'aŋ⁴² lou⁴² tiɛ⁵⁵ tɕ'yan²¹³ t'a⁰ kuei²⁴ ny⁰

叫一声闺女我嘞儿， tɕiau²¹³ i⁰ ʂəŋ²⁴ kuei²⁴ ny⁰ uə⁵⁵ lɛ⁰ ər⁴²

你今年整整十八岁， ni⁵⁵ tɕin²⁴ nian⁰ tʂəŋ⁵⁵ | ⁴² tʂəŋ⁵⁵ ʂʅ⁴² pa²⁴ | ⁴² suei²¹³

恁婆儿家看好儿来娶你。 nən⁵⁵ p'or⁴² tɕia⁰ kan²¹³ xor⁵⁵ lai⁴² tɕ'y⁵⁵ | ⁴² ni⁰

你要是来到他家下， ni⁵⁵ iau²¹³ ʂʅ⁰ lai⁴² tau⁰ t'a⁵⁵ tɕia²⁴ ɕia²¹³

做熟饭了你先吃。 tsu²¹³ ʂu⁴² fan²¹³ lə⁰ ni⁵⁵ ɕian²⁴ tʂ'ʅ²⁴

甭管好赖饭儿， piŋ⁴² kuan⁵⁵ xau⁵⁵ lai²¹³ for²¹³

你先吃个饱， ni⁵⁵ ɕian²⁴ tʂ'ʅ²⁴ kə⁰ pau⁵⁵

管他个龟孙吃不吃。 kuan⁵⁵ | ⁴² t'a⁵⁵ kə⁰ kuei²⁴ suən²⁴ tʂ'ʅ²⁴ pu²⁴ tʂ'ʅ²⁴

堂楼：坐北朝南的楼房。 底ᴴ："底下"的合音。 看好儿：择定吉日。 要是：如果。 家下：家里。

老婆儿难

老婆儿难，老婆儿难， lau⁵⁵ | ²⁴ p'or⁴² nan⁴² lau⁵⁵ | ²⁴ p'or⁴² nan⁴²

老婆儿手里没有钱。　　lau⁵⁵｜²⁴ p'or⁴² ʂou⁵⁵ li⁰ mu⁴² mau⁰ tɕ'ian⁴²

给 ᴰ 儿要，儿不给，　　kɛ⁵⁵｜²¹³ ər⁴² iau²¹³ ər⁴² pu²⁴ kei⁵⁵

给 ᴰ 媳妇儿要，不待 ᴰ 见；　　kɛ⁵⁵｜²¹³ ɕi⁴² fər⁰ iau²¹³ pu²⁴｜⁴² tæ²¹³ tɕian⁰

拄着拐棍儿上浚县，　　tʂʅ⁵⁵ tʂʅ⁰ kuai⁵⁵ kuər⁰ ʂaŋ²¹³ ɕyn²¹³ ɕian⁰

见了老奶诉诉冤。　　tɕian²¹³ liau⁰ lau⁵⁵｜²⁴ nɛ⁵⁵ su²¹³ su⁰ yan²⁴

又是哭，又是喊，　　iou²¹³ ʂʅ⁰ k'u²⁴ iou²¹³ ʂʅ⁰ xan⁵⁵

肝肠 ᶻ 哭断 ᴰ 是枉然。　　kan²⁴ tʂ'æŋ⁴² k'u²⁴ tuæ²¹³ ʂʅ²¹³ uaŋ²¹³ ʐan⁵⁵

待 ᴰ 见：喜欢；"待 ᴰ"为构词变韵。　老奶：指浮丘山 ① 碧霞宫的碧霞元君。　断 ᴰ：断了，动词变韵表完成义。

老鼠爬房檐

老鼠爬房檐，　　lau⁵⁵｜⁴² ʂʅ⁰ p'a⁴² faŋ⁴² ian⁴²

辈儿辈儿往下传。　　pər²¹³ pər⁰ uaŋ⁵⁵ ɕia²¹³ tʂ'uan⁴²

老猫炕上睡，　　lau⁵⁵ mau⁴² k'aŋ²¹³ ʂaŋ⁰ ʂei²¹³

一辈传一辈。　　i²⁴｜⁴² pei²¹³ tʂ'uan⁴² i²⁴｜⁴² pei²¹³

此谣喻指家风、品格等会代代相传；多指长辈品行不佳，晚辈定会效仿。

老鼠尾巴你咬了

"啥？啥？你说嘞啥？"　　ʂa⁵⁵ ʂa⁵⁵ ni⁵⁵ ʂʅə²⁴ lɛ⁰ ʂa⁵⁵

"啥往南跑了。"　　ʂa⁵⁵ uaŋ⁵⁵ nan⁴² p'au⁵⁵ lə⁰

"老鼠尾巴你咬了。"　　lau⁵⁵｜⁴² ʂʅ⁰ i⁵⁵ pa⁰ ni⁵⁵｜⁴² iau⁵⁵ lə⁰

戏谑谣，用于打趣没有听清别人说话而又非要追问到底的人；第一句问，第二句答，第三句双方都抢着说。

――――――――――

① 浮丘山：位于浚县城西南，当地人又称南山。南北长约 1.5 千米，东西宽约 0.65 千米，面积约 0.98 平方千米，海拔 103 米，相对高度 45 米；因有明代修建的碧霞宫而名扬四方。

老天刮起东风 *

老天刮起东风 ①，　　lau⁵⁵ t'ian²⁴ kua²⁴ tɕ'i⁰ tuəŋ²⁴ fəŋ²⁴

湿柴扔到火中 ②，　　ʂʅ²⁴ tʂ'ai⁴² zəŋ²⁴ tau⁰ xuə⁵⁵ tʂuəŋ²⁴

爷打孙子爹爹劝 ③，　iɛ⁴² ta⁵⁵ suən²⁴ tsʅ⁰ tiɛ²⁴ tiɛ⁰ tɕ'yan²¹³

这场官司问不清 ④。　tʂʅ⁵⁵｜⁴² tʂ'aŋ⁵⁵ kuan²⁴ sʅ⁰ uən²¹³ pu²⁴ tɕ'iŋ²⁴

此为谜语的谜面；谜底为四种蔬菜，依次为：冬瓜、藕、瓠瓜、丝瓜。

老天爷　下大雨

老天爷，下大雨，　　lau⁵⁵ t'ian²⁴ iɛ⁴² ɕia²¹³ ta²¹³ y⁵⁵

过年给你二斗米；　　kuə²¹³ nian⁰ kei⁵⁵｜⁴² ni⁰ ər²¹³ tou⁵⁵｜⁴² mi⁵⁵

老天爷，甭下了，　　lau⁵⁵ t'ian²⁴ iɛ⁴² piŋ⁴² ɕia²¹³ lə⁰

蘑菇头，长大了。　　mau²¹³ ku⁰ t'ou⁴² tʂaŋ⁵⁵ ta²¹³ lə⁰

过年：明年。　　斗：旧制容量单位，十合为一升，十升为一斗。　　蘑菇头：野蘑菇。

老乡见 ᴰ 老乡

老乡见 ᴰ 老乡，　　lau⁵⁵ ɕiaŋ²⁴ tɕiæ²¹³ lau⁵⁵ ɕiaŋ²⁴

两眼泪汪汪。　　　liaŋ⁵⁵｜⁴² ian⁵⁵ luei²¹³ uaŋ⁰ uaŋ⁰

你是抓嘞兵，　　　ni⁵⁵ ʂʅ²¹³ tʂua²⁴ lɛ⁰ piŋ²⁴

我是叫人绑。　　　uə⁵⁵ ʂʅ²¹³ tɕiau²¹³ zən⁴² paŋ⁵⁵

老蒋打内战，　　　lau⁵⁵｜⁴² tɕiaŋ⁵⁵ ta⁵⁵ nei²¹³ tʂan²¹³

你我遭了殃。　　　ni⁵⁵｜⁴² uə⁵⁵ tsau²⁴ lə⁰ iaŋ²⁴

此谣流行于国共内战时期。　　见 ᴰ：动词变韵表完成义，可替换为"见了"。　　抓嘞兵：被抓的兵。

----

① 风往东刮，谐音"冬瓜"。

② 湿柴火扔到火里不燃烧，只会冒烟，俗称"伛 ou⁵⁵ 烟"，谐指"藕"。

③ 瓠瓜又叫"瓠子"，谐指父亲护儿子。

④ 丝瓜瓤千丝万缕，喻指官司难以理清。

老灶爷上天

二十三日去，　　　ər²¹³ ʂɿ⁰ san²⁴ | ⁴² zɿ²¹³ tɕʻy²¹³

初一五更来。　　　tʂʻu²⁴ i²⁴ u⁵⁵ kəŋ⁰ lai⁴²

上天言好事，　　　ʂaŋ²¹³ tʻian²⁴ ian⁴² xau⁵⁵ ʂɿ²¹³

下界降吉祥。　　　ɕia²¹³ tɕiɛ²¹³ tɕiaŋ²¹³ tɕi²⁴ ɕiaŋ⁴²

　　过年习俗之一；小年（腊月二十三）送灶王爷上天汇报，正月初一五
更再把来年的好兆头带回来。"下界"也作"回宫"。

姥娘门干有台戏

筛哒箩，箩哒地，　　　ʂai²⁴ ta⁰ luə⁴² luə⁴² ta⁰ ti²¹³

姥娘门干有台戏。　　　lau⁵⁵ niaŋ⁰ mən⁴² kan⁰ iou⁵⁵ tʻai⁴² ɕi²¹³

新闺女，带女婿，　　　ɕin²⁴ kuei²⁴ ny⁰ tai²¹³ ny⁵⁵ ɕy⁰

小外甥儿，要跟 ᴰ 去。　　ɕiau⁵⁵ uai²¹³ ʂər⁰ iau²¹³ kɛ²⁴ tɕʻy⁰

一巴掌儿，打回去，　　i²⁴ pa²⁴ tʂɐr⁰ ta⁵⁵ xuei⁰ tɕʻy⁰

嘟嘟嘟，煞了戏，　　　tu²⁴ tu⁰ tu²⁴ ʂa²⁴ liau⁰ ɕi²¹³

嘟嘟嘟，煞了戏。　　　tu²⁴ tu⁰ tu²⁴ ʂa²⁴ liau⁰ ɕi²¹³

　　此为成人哄幼儿玩耍的游戏谣：成人双手对握幼儿的手，随着儿歌
的节奏，做拉锯式的动作；这种游戏可以锻炼幼儿手臂和胸部肌肉的力
量。　门干：门前，门边；推测"干"当为"跟前"的合音、弱化，"门
干"即"门跟前"；待考。

冷热饥渴

冷，冷，似跳井；　　ləŋ⁵⁵ ləŋ⁵⁵ sɿ²¹³ tʻiau²¹³ tɕiŋ⁵⁵

热，热，似打铁。　　z̩ə²⁴ z̩ə²⁴ sɿ²¹³ ta⁵⁵ tʻiɛ²⁴

你要冷，去跳井；　　ni⁵⁵ iau²¹³ ləŋ⁵⁵ tɕʻy²¹³ tʻiau²¹³ tɕiŋ⁵⁵

你要热，去打铁；　　ni⁵⁵ iau²¹³ z̩ə²⁴ tɕʻy²¹³ ta⁵⁵ tʻiɛ²⁴

你要渴，去吃盐；　　ni⁵⁵ iau²¹³ kʻə²⁴ tɕʻy²¹³ tʂʻɿ²⁴ ian⁴²

你要饥，去喝风。　　ni⁵⁵ iau²¹³ tɕi²⁴ tɕʻy²¹³ xə²⁴ fəŋ²⁴

打铁：将锻炼烧红的钢铁，做成镰刀、斧头、铁锨等各种器物，是盛行于 20 世纪 80 年代前的一种原始锻造工艺。　要：要是，如果。

睖 [D] 你眼里一块病

睖，睖，睖，　　　　ləŋ²¹³ ləŋ²¹³ ləŋ²¹³

睖 [D] 你眼里一块病。　lo²¹³ ni⁰ ian⁵⁵ li⁰ i²⁴ | ⁴² kʻuai²¹³ piŋ²¹³

吃不了我嘞药，　　　tʂʻʐ²⁴ puˀ⁰ liau⁰ uə⁵⁵ lɛ⁰ yə²⁴

好不了你嘞病。　　　xau⁵⁵ puˀ⁰ liau⁰ ni⁵⁵ lɛ⁰ piŋ²¹³

此谣用于诅咒斜视自己的人。睖 [D]：睁大眼睛注视或斜视，以示轻蔑或不满；动词变韵表终点义，可替换为"睖到"。

"李"字谜 *

十字头，八字腰，　　şʐ⁴² tsʐ⁰ tʻou⁴² pa²⁴ tsʐ⁰ iau²⁴

"了"字肚上攮 [D] 一刀。　liau⁵⁵ tsʐ⁰ tu²¹³ şaŋ⁰ næn⁵⁵ i⁰ tau²⁴

此为谜语的谜面；谜底："李"字。　攮 [D]：捅，扎；动词变韵表完成义，可替换为"攮了"。

立 [D] 那儿活似一个 "8" *

弟兄俩，感情厚，　　　ti²¹³ ɕyŋ⁰ lia⁵⁵ kan⁵⁵ tɕʻiŋ⁰ xou²¹³

来 [D] 哪儿都是手拉手。　lɛ⁴² nɐr⁵⁵ tou²⁴ | ⁴² şʐ²¹³ şou⁵⁵ la²⁴ şou⁵⁵

躺 [D] 那儿能分出 [H] 小和大，　tʻæn⁵⁵ nɐr⁰ nəŋ⁴² fən²⁴ tʂʻuai⁰ ɕiau⁵⁵ xə⁴² ta²¹³

立 [D] 那儿活似一个 "8"。　liɛ²⁴ nɐr⁰ xuə⁴² sʐ²¹³ i²⁴ | ⁴² kə²¹³ pa²⁴

此为谜语的谜面；谜底：亚腰葫芦。　来 [D]、躺 [D]、立 [D]：动词变韵均表终点义，可分别替换为"来到""躺到""立到"。　活似：极像。

俩　俩　三门峡

俩，俩，三门峡，　　lia⁵⁵ | ⁴² lia⁵⁵ | ⁴² san²⁴ mən⁰ ɕia⁴²

你吃鸡巴我给 ^D 你拿，　　ni⁵⁵ tʂ'ʅ²⁴ tɕi²⁴ pa⁰ uə⁵⁵ kɛ^{55 | 213} ni⁰ na⁴²

你喝尿，我给 ^D 你倒，　　ni⁵⁵ xə²⁴ niau²¹³ uə⁵⁵ kɛ^{55 | 213} ni⁰ tau²¹³

你吃屎，我给 ^D 你拉。　　ni⁵⁵ tʂ'ʅ²⁴ ʂʅ⁵⁵ uə⁵⁵ kɛ^{55 | 213} ni⁰ la²⁴

"俩"无规则变调。

俩女婿对诗

大女婿吟：

石榴树儿长到当院，　　ʂʅ⁴² liou⁰ ʂuər²¹³ tʂaŋ⁵⁵ tau⁰ taŋ²⁴ yan²¹³

长着叶儿开着花儿多么好看。　　tʂaŋ⁵⁵ tʂuə⁰ iɤr²⁴ k'ai²⁴ tʂuə⁰ xuɐr²⁴ tuə^{24 | 55} muə⁰ xau⁵⁵ kan²¹³

招惹嘞小蜜蜂成群大串，　　tʂau²⁴ ʐə⁰ lɛ⁰ ɕiau⁵⁵ mi²⁴ fəŋ⁰ tʂ'əŋ⁴² tɕ'yn⁴² ta²¹³ tʂ'uan²¹³

白霜雨儿一来把它冲散。　　pɛ⁴² ʂuaŋ²⁴ yər⁵⁵ i²⁴ lai⁴² pa²¹³ t'a⁵⁵ tʂ'uəŋ²⁴ san²¹³

二女婿对：

丈母娘坐到当院，　　tʂaŋ²¹³ mu⁰ niaŋ⁴² tsuə²¹³ tau⁰ taŋ²⁴ yan²¹³

搽着粉儿戴着花儿多么好看。　　tʂ'a⁴² tʂuə⁰ fər⁵⁵ tai²¹³ tʂuə⁰ xuɐr²⁴ tuə^{24 | 55} muə⁰ xau⁵⁵ kan²¹³

招惹嘞姑老成群大串，　　tʂau²⁴ ʐə⁰ lɛ⁰ ku²⁴ lau⁰ tʂ'əŋ⁴² tɕ'yn⁴² ta²¹³ tʂ'uan²¹³

老丈人一回来把他们冲散。　　lau⁵⁵ tʂaŋ²¹³ zən⁰ i²⁴ xuei⁴² lai⁰ pa²¹³ t'a⁵⁵ mən⁰ tʂ'uəŋ²⁴ san²¹³

　　此谣源于一个民间传说：古时一员外的两个女儿嫁了两个夫婿，大女婿聪明机智，二女婿呆傻愚笨。一次，两个女婿一起到岳父家做客，老大想取笑二女婿，让他在老岳父面前出洋相，于是提出当场对诗。结果半痴半傻的二女婿果然中招，老岳父勃然大怒。此为俩女婿的"诗作"。　当院：院子里。　白霜雨儿：瓢泼大雨。　姑老：奸夫。

俩小孩儿

东坑嘞，西坑嘞，　　tuəŋ²⁴ k'əŋ²⁴ lɛ⁰ ɕi²⁴ k'əŋ²⁴ lɛ⁰

俩小孩儿在那儿剥葱嘞；　　lia⁵⁵ ɕiau⁵⁵ xor⁴² kai²¹³ nɐr⁰ puə²⁴ tsʻuəŋ²⁴ lɛ⁰

东庙嘞，西庙嘞，　　tuəŋ²⁴ miau²¹³ lɛ⁰ ɕi²⁴ miau²¹³ lɛ⁰

俩小孩儿在那儿放炮嘞；　　lia⁵⁵ ɕiau⁵⁵ xor⁴² kai²¹³ nɐr⁰ faŋ²¹³ pʻau²¹³ lɛ⁰

东地嘞，西地嘞，　　tuəŋ²⁴ ti²¹³ lɛ⁰ ɕi²⁴ ti²¹³ lɛ⁰

俩小孩儿在那儿放屁嘞。　　lia⁵⁵ ɕiau⁵⁵ xor⁴² kai²¹³ nɐr⁰ faŋ²¹³ pʻi²¹³ lɛ⁰

两头儿着地当间儿空 *

扭扭捏，扭捏扭，　　niou⁵⁵ niou⁰ niɛ²⁴ niou⁵⁵ niɛ⁰ niou⁵⁵

两头儿着地当间儿空。　　liaŋ⁵⁵ tʻər⁴² tʂuə⁴² ti²¹³ taŋ²⁴ tɕior²¹³ kʻuəŋ²⁴

要想 ᴰ 知 ᴴ 是啥，　　iau²¹³ ɕiæŋ⁵⁵ tʂo²⁴ ʂʅ²¹³ ʂa⁵⁵

回家问恁奶。　　xuei⁴² tɕia²⁴ uən²¹³ nən⁰ nɛ⁵⁵

此为谜语的谜面；谜底：旧时妇女裹过的小脚。　着地：挨地。　当间儿：中间。　想ᴰ：动词变韵表加强肯定语气。

两只小猫

两只小猫，　　liaŋ⁵⁵ tʂʅ²⁴ ɕiau⁵⁵ mau⁴²

上山偷桃；　　ʂaŋ²¹³ ʂan²⁴ tʻou²⁴ tʻau⁴²

一只上树，　　i²⁴ tʂʅ²⁴ ʂaŋ²¹³ ʂʅ²¹³

一只放哨。　　i²⁴ tʂʅ²⁴ faŋ²¹³ ʂau²¹³

听见狗叫 ₁，　　tʻiŋ²⁴ tɕian⁰ kou⁵⁵ tɕiau²¹³

下来都跑；　　ɕia²¹³ lai⁰ tou⁰ pʻau⁵⁵

叫 ₂ 狗撵上，　　tɕiau²¹³ kou⁵⁵ nian⁵⁵ ʂaŋ⁰

一顿好咬。　　i²⁴ ⁺ ⁴² tuən²¹³ xau⁵⁵ ⁺ ⁴² iau⁵⁵

咬住皮，咬住毛，　　iau⁵⁵ tʂʅ⁰ pʻi⁴² iau⁵⁵ tʂʅ⁰ mau⁴²

咬掉 ᴰ 两个尾巴梢，　　iau⁵⁵ tio²¹³ liaŋ⁵⁵ kə⁰ i⁵⁵ pa⁰ ʂau²⁴

疼嘞小猫"喵——喵——喵"。　　tʻəŋ⁴² lɛ⁰ ɕiau⁵⁵ mau⁴² miau²⁴ miau²⁴ miau²⁴

叫 ₂：介词，被。　掉ᴰ：掉了，动词变韵表完成义。

刘晨、阮肇上南山

刘晨、阮肇上南山，　　liou⁴² tṣʻən⁴² yan⁴² tṣau²¹³ ṣaŋ²¹³ nan⁴² ṣan²⁴

二位神仙采药丸。　　ər²¹³ uei²¹³ ṣən⁴² ɕian⁰ tsʻai⁵⁵ yə²⁴ uan⁴²

头一副采嘞老来少，　　tʻou⁴² i⁰ fu⁰ tsʻai⁵⁵ lɛ⁰ lau⁵⁵ lai⁴² ṣau²¹³

二一副采嘞父心宽，　　ər²¹³ i⁰ fu⁰ tsʻai⁵⁵ lɛ⁰ fu²¹³ ɕin²⁴ kʻuan²⁴

三一副采嘞家和睦，　　san²⁴ i⁰ fu⁰ tsʻai⁵⁵ lɛ⁰ tɕia²⁴ xuə⁴² mu²¹³

四一副采嘞顺心丸，　　sʅ²¹³ i⁰ fu⁰ tsʻai⁵⁵ lɛ⁰ ṣuən²¹³ ɕin²⁴ uan²⁴

五一副采嘞甜似蜜，　　u⁵⁵ i⁰ fu⁰ tsʻai⁵⁵ lɛ⁰ tʻian⁴² sʅ²¹³ mi²⁴

六一副采嘞苦黄连，　　liou²¹³ i⁰ fu⁰ tsʻai⁵⁵ lɛ⁰ kʻu⁵⁵ xuaŋ⁴² lian⁴²

七一副采嘞硬似铁，　　tɕʻi²⁴ i⁰ fu⁰ tsʻai⁵⁵ lɛ⁰ iŋ²¹³ sʅ²¹³ tʻiɛ²⁴

八一副采嘞软似绵。　　pa²⁴ i⁰ fu⁰ tsʻai⁵⁵ lɛ⁰ ʐuan⁵⁵ sʅ²¹³ mian⁴²

当官儿好比老来少，　　taŋ²⁴ kuor²⁴ xau⁵⁵ | ⁴² pi⁵⁵ lau⁵⁵ lai⁴² ṣau²¹³

子孝才得父心宽，　　tsʅ⁵⁵ ɕiau²¹³ tsʻai⁴² tɛ²⁴ fu²¹³ ɕin²⁴ kʻuan²⁴

妯娌和气家和睦，　　tṣu⁴² li⁰ xə⁴² tɕʻi²¹³ tɕia²⁴ xuə⁴² mu²¹³

兄弟和是爹娘嘞顺心丸，　　ɕyŋ²⁴ ti²¹³ xə⁴² sʅ²¹³ tie²⁴ nian⁴² lɛ⁰ ṣuən²¹³ ɕin²⁴ uan⁴²

年轻得子甜似蜜，　　nian⁴² tɕʻiŋ²⁴ tɛ²⁴ tsʅ⁵⁵ tʻian⁴² sʅ²¹³ mi²⁴

老来丧子苦黄连，　　lau⁵⁵ lai⁰ saŋ²⁴ tsʅ⁵⁵ kʻu⁵⁵ xuaŋ⁴² lian⁴²

半路儿夫妻硬似铁，　　pan²¹³ luər²¹³ fu²⁴ tɕʻi²⁴ iŋ²¹³ sʅ²¹³ tʻiɛ²⁴

从小儿嘞夫妻软似绵。　　tsʻuəŋ⁴² ɕior⁵⁵ lɛ⁰ fu²⁴ tɕʻi⁰ ʐuan⁵⁵ sʅ²¹³ mian⁴²

刘晨、阮肇：刘义庆《幽明录》中记载的人物；"刘阮遇仙"是古老的神话传说。据传，汉明帝永平五年（62），会稽郡剡县刘晨、阮肇二人共入天台山采药时遇到两个仙女，结为夫妇。半年后回家，不知已过百年。再返天台山寻访仙女，行迹渺然。

柳叶儿眉（一）

柳叶儿眉，弯整整，　　liou⁵⁵ iɤr²⁴ mei⁴² uan²⁴ tṣəŋ⁰ tṣəŋ⁰ | ²⁴

一对儿大眼儿呼灵灵；　　i²⁴ | ⁴² tuər²¹³ ta²¹³ ior⁵⁵ xu²⁴ liŋ⁰ liŋ⁰

长腿细腰轻盈盈，　　tṣʻaŋ⁴² tʻuei⁵⁵ ɕi²¹³ iau²⁴ tɕʻiŋ²⁴ iŋ⁰ iŋ²⁴

一走一扭还带风。　　i²⁴ tsou⁵⁵ i²⁴ niou⁵⁵ xai⁴² tai²¹³ fəŋ²⁴

弯整整：形容弯而不乱，弯而美。

柳叶儿眉（二）

小白脸儿，白生生，　　 ɕiau⁵⁵ pɛ⁴² lior⁵⁵ pɛ⁴² ʂəŋ⁰ ʂəŋ²⁴

柳叶儿眉，弯整整，　　 liou⁵⁵ iɣr²⁴ mei⁴² uan²⁴ tʂəŋ⁰ tʂəŋ⁰ ¦ ²⁴

一对儿大眼儿呼灵灵；　 i²⁴ ¦ ⁴² tuər²¹³ ta²¹³ ior⁵⁵ xu²⁴ liŋ⁰ liŋ⁰

樱桃小口儿牙如意，　　 iŋ²⁴ t‘au⁰ ɕiau⁵⁵ ¦ ⁴² k‘ər⁵⁵ ia⁴² zʅ⁴² i²¹³

唇红齿白动人情。　　 tʂ‘uən⁴² xuəŋ⁴² tʂʅ⁵⁵ pɛ⁴² tuəŋ²¹³ zən⁴² tɕ‘iŋ⁴²

六大恶

抢明火，放暗箭，　　 tɕ‘iaŋ⁵⁵ miŋ⁴² xuə⁵⁵ faŋ²¹³ an²¹³ tɕian²¹³

抽大烟，开黑店，　　 tʂ‘ou²⁴ ta²¹³ ian²⁴ kai²⁴ xɛ²⁴ tian²¹³

还有赌鬼和贼汉。　　 xai⁴² iou⁵⁵ tu⁵⁵ ¦ ⁴² kuei⁵⁵ xə⁴² tsei⁴² xan²¹³

抢明火：光天化日之下抢劫。

"六"字谜（一）*

八个蚂蚁，　　 pa²⁴ ¦ ⁴² kə⁰ ma⁴² i⁰

抬 ᴰ 一根棍；　　 t‘ɛ⁴² i²⁴ kən²⁴ kuən²¹³

一个蚂蚁，　　 i²⁴ ¦ ⁴² kə⁰ ma⁴² i⁰

在棍上蹲。　　 kai²¹³ kuən²¹³ ʂaŋ⁰ tuən²⁴

此为谜语的谜面；谜底："六"字。　 抬 ᴰ：动词变韵表持续义，可替换为"抬着"。

"六"字谜（二）*

一点儿，一横，　　 i²⁴ tior⁵⁵ i²⁴ ¦ ⁴² xəŋ²¹³

俩眼儿，一瞪。　　 lia⁵⁵ ¦ ⁴² ior⁵⁵ i²⁴ ¦ ⁴² təŋ²¹³

此为谜语的谜面；谜底："六"字。

楼上楼下

楼上楼下，	lou⁴² ʂaŋ²¹³ lou⁴² ɕia²¹³
电灯电话。	tian²¹³ təŋ²⁴ tian²¹³ xua²¹³
三转一响，	san²⁴ | ⁴² tʂuan²¹³ i²⁴ ɕiaŋ⁵⁵
皮鞋西装。	p'i⁴² ɕie⁴² ɕi²⁴ tʂuaŋ²⁴

此谣流行于20世纪六七十年代，描述的是人们所向往的美好生活。　三转一响：又叫"四大件"，是当时每个家庭都奢望拥有的四件家庭物品，即：自行车、缝纫机、手表及收音机。

芦苇 *

小嘞时儿青，	ɕiau⁵⁵ lɛ⁰ ʂər⁴² tɕ'iŋ²⁴
老嘞时儿黄。	lau⁵⁵ lɛ⁰ ʂər⁴² xuaŋ⁴²
光会长穗儿，	kuaŋ²⁴ | ⁴² xuei²¹³ tʂaŋ⁵⁵ suər²¹³
就不打粮。	tɕiou²¹³ pu²⁴ ta⁵⁵ liaŋ⁴²

此为谜语的谜面；谜底：芦苇。

路是人走出 ᴴ 嘞

路是人走出 ᴴ 嘞。	lu²¹³ ʂʅ²¹³ zən⁴² tsou⁵⁵ tʂ'uai⁰ lɛ⁰
有嘞人越走越宽，	iou⁵⁵ lɛ⁰ zən⁴² yɛ²⁴ tsou⁵⁵ yɛ²⁴ k'uan²⁴
有嘞人越走越窄，	iou⁵⁵ lɛ⁰ zən⁴² yɛ²⁴ tsou⁵⁵ yɛ²⁴ tʂɛ²⁴
有嘞人越走越明，	iou⁵⁵ lɛ⁰ zən⁴² yɛ²⁴ tsou⁵⁵ yɛ²⁴ miŋ⁴²
有嘞人越走越黑。	iou⁵⁵ lɛ⁰ zən⁴² yɛ²⁴ tsou⁵⁵ yɛ²⁴ xɛ²⁴
十字路口儿不问路，	ʂʅ⁴² tsʅ⁰ lu²¹³ k'ər⁵⁵ pu²⁴ | ⁴² uən²¹³ lu²¹³
糊里糊涂过半百。	xu⁴² li⁰ xu⁰ tu⁰ kuə²¹³ pan²¹³ pɛ²⁴

出 ᴴ："出来"的合音。

驴粪蛋儿 *

东客道儿，西客道儿，　　tuəŋ²⁴k'ɛ²⁴tor⁰ ɕi²⁴k'ɛ²⁴tor⁰

里头放 ᴰ 俩柿呼卵儿。　　li⁵⁵t'ou⁰fæŋ²¹³lia⁵⁵ʂ̩²¹³xu²⁴luor⁰

谁猜着，谁吃点儿。　　ʂei⁴²ts'ai²⁴tʂuə⁰ʂei⁴²tʂ'ʅ²⁴tior⁰

此为谜语的谜面；谜底：驴粪蛋儿。　客道儿：墙壁上凹陷的扁方、竖长形洞穴，可供放置物品。　放 ᴰ：放着，动词变韵表持续状态义。　柿呼卵儿：保持圆形的干柿子，有别于压成扁平状的柿饼。

吕洞宾戏白牡丹 ① （节选）

扒住云头往下看，　　pa²⁴tʂʅ⁰yn⁴²t'ou⁴²uaŋ⁵⁵ɕia²¹³k'an²¹³

树木林立净是山。　　ʂʅ²¹³mu²⁴lin⁴²li²⁴tɕiŋ²¹³ʂʅ²¹³ʂan²⁴

怪不得老百姓身受苦，　　kuai²¹³pu⁰tɛ⁰lau⁵⁵|²⁴pe²⁴|⁴²ɕiŋ⁰ʂən²⁴ʂou²¹³k'u⁵⁵

世界上三山六水一分田。　　ʂʅ²¹³tɕiɛ⁰ʂaŋ⁰san²⁴ʂan²⁴liou²¹³ʂuei⁵⁵i²⁴fən²⁴t'ian⁴²

三山六水一分田：山占十分之三，水占十分之六，田占十分之一。

绿鞋红裙儿

绿鞋红裙儿，　　ly²⁴ɕiɛ⁴²xuəŋ⁴²tɕ'yər⁴²

到 ᴰ 婆 ᶻ 家是当家儿人儿；　　to²¹³p'au⁴²tɕia⁰ʂʅ²¹³taŋ²⁴tɕiɐr²⁴zər⁴²

绿鞋红花儿，　　ly²⁴ɕiɛ⁴²xuəŋ⁴²xuɐr²⁴

到 ᴰ 婆 ᶻ 家□当家儿。　　to²¹³p'au⁴²tɕia⁰tsʅə²¹³taŋ²⁴tɕiɐr²⁴

此谣讲的是旧时新娘上轿时的衣着穿戴：红裙配绿鞋，绿鞋上缀红花儿，非常吉利。　到 ᴰ：到了，动词变韵表完成义。　□：自己。

---

① 吕洞宾戏白牡丹故事梗概：吕洞宾下凡，遇民女白牡丹，二人一见钟情。白牡丹险被妖道火龙真人强暴，幸得吕洞宾及时相救，从此二人如胶似漆。火龙不忿，到白家捣乱，吕洞宾将他收服，却暴露了仙家身份。吕洞宾、白牡丹凡缘至此亦尽。此为中国古代神话传说"吕洞宾三戏牡丹"其中之一。

论吃还是家常饭

论吃还是家常饭，	luən²¹³ tʂʻʅ²⁴ xai⁴² ʂʅ²¹³ tɕia²⁴ tʂʻaŋ⁴² fan²¹³
论穿还是粗布衣，	luən²¹³ tʂʻuan²⁴ xai⁴² ʂʅ²¹³ tsʻu²⁴ pu²¹³ i²⁴
知冷知热结发妻。	tʂʅ²⁴ ləŋ⁵⁵ tʂʅ²⁴ zʅə²⁴ tɕiɛ²⁴ fa²⁴ tɕʻi²⁴
论吃还是热麻糖，	luən²¹³ tʂʻʅ²⁴ xai⁴² ʂʅ²¹³ zʅə²⁴ ma⁴² tʻaŋ⁰
论亲还是闺女娘。	luən²¹³ tɕʻin²⁴ xai⁴² ʂʅ²¹³ kuei²⁴ ny⁰ niaŋ⁴²
粗茶淡饭能养人，	tsʻu²⁴ tʂʻa⁴² tan²¹³ fan²¹³ nəŋ⁴² iaŋ⁵⁵ zən⁴²
破衣破裤能遮寒。	pʻuə²¹³ i²⁴ pʻuə²¹³ kʻu²¹³ nəŋ⁴² tʂʅə²⁴ xan⁴²

论亲疏远近

老表亲，辈儿辈儿亲，	lau⁵⁵∣⁴² piau⁵⁵ tɕʻin²⁴ pər²¹³ pər⁰ tɕʻin²⁴
打断ᴰ骨头连着筋；	ta⁵⁵ tuæ²¹³ ku⁴² tʻou⁰ lian⁴² tʂʂuə⁰ tɕin²⁴
姨娘亲，蔓菁根①，	i⁴² niaŋ⁴² tɕʻin²⁴ man⁴² tɕiŋ⁰ kən²⁴
没了姨娘再不亲。	mu⁴² lə⁰ i⁴² niaŋ⁴² tsai²¹³ pu²⁴ tɕʻin²⁴
街坊辈儿，胡闹事儿，	tɕiɛ²⁴ faŋ⁰ pər²¹³ xu⁴² nau²¹³ ʂər²¹³
都是年下那一会儿。	tou²⁴∣⁴² ʂʅ⁰ nian⁴² ɕia⁰ na⁰ i²⁴∣⁴² xuər²¹³

老表亲：指姑表亲。　姨娘亲：指姨表亲。　断ᴰ：断了，动词变韵表完成义。　蔓菁：芜菁。　年下：春节。

骡子*

一物长嘞楞，	i²⁴∣⁴² u²¹³ tʂaŋ⁵⁵ lɛ⁰ ləŋ²¹³
生下来都会蹦。	ʂəŋ²⁴ ɕia⁰ lai⁰ tou⁰ xuei²¹³ pəŋ²¹³
不似娘嘞样儿，	pu²⁴∣⁴² sʅ²¹³ niaŋ⁴² lɛ⁰ iɐr²¹³
也不姓爹嘞姓。	iɛ⁵⁵ pu²⁴ ɕin⁴² tiɛ²⁴ lɛ⁰ ɕiŋ²¹³

此为谜语的谜面；谜底：骡子②。　似：仿似。

---

① 蔓菁：学名芜菁，与萝卜同属十字花科；跟萝卜一样，拔出来根就断了。故有此说。
② 骡子是驴和马杂交后所生的小驹，故有此谜。

落到水里 ^H 看不见 *

千条线，万条线，　　 tɕʻian²⁴ tʻiau⁴² ɕian²¹³ uan²¹³ tʻiau⁴² ɕian²¹³

落到土里 ^H 千点儿坑，　 luə²⁴ tau⁰ tʻu⁵⁵ liou⁰ tɕʻian²⁴ tior⁵⁵ kʻən²⁴

落到水里 ^H 看不见。　 luə²⁴ tau⁰ ʂuei⁵⁵ liou⁰ kʻan⁵⁵ pu²⁴ ǀ ⁴² tɕian²¹³

此为谜语的谜面；谜底：雨点。

落黑儿都睡　荣华儿富贵

落黑儿都睡，　　 luə²⁴ xor⁰ tou⁰ ʂei²¹³

荣华儿富贵。　　 yŋ⁴² xuɐr²⁴ fu²¹³ kuei²¹³

有明儿都醒，　　 iou⁵⁵ miər⁴² tou⁰ ɕiŋ⁵⁵

生就嘞穷种。　　 ʂən²⁴ tɕiou²¹³ lɛ⁰ tɕʻyŋ⁴² tʂuən⁵⁵

扒更起早，　 paa²⁴ kəŋ²⁴ tɕʻi⁵⁵ ǀ ⁴² tsau⁵⁵

穷劲到老。　 tɕʻyŋ⁴² tɕin²¹³ tau²¹³ lau⁵⁵

巳时开门，　 sɿ²¹³ ʂɿ⁴² kʻai²⁴ mən⁴²

骡 ^Z 马成群。　 luau⁴² ma⁵⁵ tʂʻən⁴² tɕʻyn⁴²

此谣指睡觉时间长、睡眠质量高的人有福气。　落黑儿：天刚黑。　有明儿：天刚放亮。　生就嘞：天生的。　巳时：指上午 9 时至 11 时，是十二时辰中的第六个时辰。　开门：指起床。

M

麻妮^Z出嫁

曲儿曲儿，变驴驹儿；　　tɕ'yər²⁴ tɕ'yər²⁴ pian²¹³ ly⁴² tɕyr²⁴

驴驹儿长大了，　　　ly⁴² tɕyr²⁴ tʂaŋ⁵⁵ ta²¹³ lə⁰

麻妮^Z出嫁了。　　ma⁴² niːau²⁴ tʂ'ʅ²⁴ tɕia⁰ lə⁰

出嫁哪儿了？　　tʂ'ʅ²⁴ tɕia⁰ nɐr⁵⁵ lə⁰

出嫁疙瘩了。　　tʂ'ʅ²⁴ tɕia⁰ kɛ²⁴ ta⁰ lə⁰

谁抬轿？张老茂；　　ʂei⁴² t'ai⁴² tɕiau²¹³ tʂaŋ²⁴ lau⁵⁵ mau²¹³

谁推车？麻妮^Z爹；　　ʂei⁴² t'uei²⁴ tʂ'ʅə²⁴ ma⁴² niːau²⁴ tiɛ²⁴

谁抻床？麻妮^Z娘；　　ʂei⁴² tʂ'ən²⁴ tʂ'uan⁴² ma⁴² niːau²⁴ niaŋ⁴²

谁扫地？麻妮^Z姨；　　ʂei⁴² sau⁵⁵ ti²¹³ ma⁴² niːau²⁴ i⁴²

景嘞麻妮^Z放^D仨屁。　　tɕiŋ⁵⁵ lə⁰ ma⁴² niːau²⁴ fæŋ²¹³ sa²⁴ p'i²¹³

麻：因患天花或水痘而在面部留下的斑痕。　景：高兴，激动。　　放^D：
放了，动词变韵表完成义。

麻妮^Z娘　会抻床

麻妮^Z娘，会抻床，　　ma⁴² niːau²⁴ niaŋ⁴² xuei²¹³ tʂ'ən²⁴ tʂ'uan⁴²

抻嘞床铺平又光。　　tʂ'ən²⁴ nɛ⁰ tʂ'uan⁴² p'u²¹³ p'iŋ⁴² iou²¹³ kuaŋ²⁴

麻妮^Z爹，会赶车，　　ma⁴² niːau²⁴ tiɛ²⁴ xuei²¹³ kan⁵⁵ tʂ'ʅə²⁴

麻妮^Z娘，你坐上，　　ma⁴² niːau²⁴ niaŋ⁴² ni⁵⁵ tsuə²¹³ ʂaŋ⁰

带着咱嘞麻姑娘，　　tai²¹³ tʂʅ⁰ tsan⁴² nɛ⁰ ma⁴² ku²⁴ niaŋ⁰

鼓略鼓略到^D尚庄。　　ku⁵⁵ lyɛ⁰ ku⁵⁵ lyɛ⁰ to²¹³ ʂæŋ²¹³ ǀ ⁴² tʂuaŋ⁰

尚庄有个美容院，　　ʂæŋ²¹³ ǀ ⁴² tʂuaŋ⁰ iou⁵⁵ kə⁰ mei⁵⁵ yŋ⁴² yan²¹³

把咱妮 ^Z 嘞麻脸变一变；　　pa²¹³ tsan⁴² ni:au²⁴ lɛ⁰ ma⁴² lian⁵⁵ pian²¹³ i⁰ pian⁰

变嘞像爹又像娘，　　pian²¹³ nɛ⁰ ɕian²¹³ tiɛ²⁴ iou²¹³ ɕiaŋ²¹³ niaŋ⁴²

变成上海大姑娘。　　pian²¹³ tʂ'əŋ⁰ ʂan²¹³ xai⁵⁵ ta²¹³ ku²⁴ niaŋ⁰

不认爹，不认娘，　　pu²⁴ ǀ ⁴² zən²¹³ tiɛ²⁴ pu²⁴ ǀ ⁴² zən²¹³ niaŋ⁴²

气嘞爹娘哭断肠。　　tɕ'i²¹³ lɛ⁰ tiɛ²⁴ niaŋ⁴² k'u²⁴ tuan²¹³ tʂ'aŋ⁴²

鼓略：滚动。　　到 ^D：到了，动词变韵表完成义。　　尚庄：白寺镇行政村名；"尚"作地名变韵，并无规则变调。

麻尾雀 ^Z

麻尾雀 ^Z，叫喳喳，　　ma⁴² i⁰ tɕ'iæu²¹³ tɕiau²¹³ tʂa⁰ tʂa⁰

谁来了？俺玛玛。　　ʂei⁴² lai⁴² lə⁰ an⁵⁵ ǀ ⁴² ma⁵⁵ ma⁰

"扪嘞啥？"　　k'uai⁵⁵ lɛ⁰ ʂa⁵⁵

"扪嘞枣。"　　k'uai⁵⁵ lɛ⁰ tsau⁵⁵

"叫俺吃个吧？"　　tɕiau²¹³ an⁵⁵ tʂ'ʅ²⁴ kə⁰ pa⁰

"没多少！"　　mu⁴² tuə²⁴ ǀ ⁴² ʂau⁵⁵

没多少：意即数量不多；"多"无规则变调。

麻子麻

麻子麻，使 ^D 锯拉；　　ma⁴² tsʅ⁰ ma⁴² ʂʅə⁵⁵ tɕy²¹³ la⁴²

拉成面，揉成蛋 ^Z。　　la⁴² tʂ'əŋ⁰ mian²¹³ zou⁴² tʂ'əŋ⁰ tæ²¹³

大锅煮，小锅馏，　　ta²¹³ kuə²⁴ tʂʅ⁵⁵ ɕiau⁵⁵ kuə²⁴ liou²¹³

都来尝尝麻子嘞肉。　　tou²⁴ lai⁴² tʂ'aŋ⁴² tʂ'aŋ⁰ ma⁴² tsʅ⁰ lɛ⁰ zou²¹³

使：介词，用。拉：用刀或锯把东西切开或切断。　　蛋：圆团。　　馏：把凉了的熟食重新蒸热。

马齿菜

马齿菜，墙头儿晒，　　ma⁵⁵ ʂʅ⁰ ts'ai²¹³ tɕ'ian⁴² t'ər⁴² ʂai²¹³

俺爷娶 ^D 个后奶奶。　　an⁵⁵ iɛ⁴² tɕ'yɛ⁵⁵ kə⁰ xou²¹³ nai⁵⁵ nai⁰

脚又大，嘴又歪，　tçyə^{24} iou^{213} ta^{213} tsuei^{55} iou^{213} uai^{24}
气嘞俺爷躺^{D}那床上起不来。　tç'i^{213} lɛ^{0} an^{55} iɛ^{42} t'æŋ^{55} na^{0} tʂ'uaŋ^{42} ʂaŋ^{0} tç'i^{55} pu^{24} lai^{42}
"奶，奶，你走吧，　nɛ^{55} nɛ^{55} ni$^{55|42}$ tsou^{55} pa^{0}
等^{D}俺爷好^{D}你再来。"　to^{55} an^{55} iɛ^{42} xo^{55} ni^{55} tsai^{213} lai^{42}
"问你咋能说这话？　uən^{213} ni^{55} tsa^{55} nəŋ^{42} ʂɥə^{24} tʂʅə^{55} xua^{213}
恁爷死了俺重嫁。"　nən^{55} iɛ^{42} sɿ^{55} lə^{0} an^{55} tʂ'uəŋ^{42} tçia^{213}

马齿菜：又名马齿苋，一年生草本、药食两用植物；枝干呈淡绿或暗红色，叶肥厚多汁；高10~30cm，多生于田野路边等向阳处。娶^{D}、好^{D}：动词变韵均表完成义，可分别替换为"娶了""好了"。躺^{D}、等^{D}：动词变韵均表终点义，可分别替换为"躺到""等到"。

马蜂 *

一个小姑娘，　i$^{24|42}$ kə^{0} çiau^{55} ku^{24} niaŋ^{0}
穿^{D}那花衣裳。　tʂ'uæ^{24} na^{0} xua^{24} i^{24} ʂaŋ^{0}
谁要招惹它，　ʂei^{42} iau^{213} tʂau^{24} ʐʅə^{0} t'a^{0}
它就扎一枪。　t'a^{55} tçiou^{213} tʂa^{24} i^{0} tç'iaŋ^{24}

此为谜语的谜面；谜底：马蜂①。穿^{D}：穿着，动词变韵表持续义。

马虎灯　戴眼镜

马虎灯，戴眼镜，　ma^{24} xu^{0} təŋ^{24} tai^{213} ian^{55} tçiŋ^{0}
吃面条儿，屙井绳；　tʂ'ʅ^{24} mian^{213} t'ior^{42} ə^{24} tçiŋ^{55} ʂəŋ^{0}
井绳□□，屙个鸡蛋。　tçiŋ^{55} ʂəŋ^{0} tçy^{24} lyan^{0} ə^{24} kə^{0} tçi^{24} tan^{0}

马虎灯：对男婴幼儿的谑称。□□：弯曲。

① 马蜂：见民谣"四不摸"条。

马兰花开二十一

一二三四五六七，　　i²⁴ |⁴² ər²¹³ san²⁴ sʅ²¹³ u⁵⁵ liou²¹³ tɕ'i²⁴

马兰花开二十一。　　ma⁵⁵ lan⁴² xua²⁴ k'ai²⁴ ər²¹³ sʅ⁰ i²⁴

二五六，二五七，　　ər²¹³ u⁵⁵ liou²¹³ ər²¹³ u⁵⁵ tɕ'i²⁴

二八二九三十一。　　ər²¹³ pa²⁴ ər²¹³ tɕiou⁵⁵ san²⁴ sʅ⁰ i²⁴

三五六，三五七，　　san²⁴ u⁵⁵ liou²¹³ san²⁴ u⁵⁵ tɕ'i²⁴

三八三九四十一。　　san²⁴ pa²⁴ san²⁴ tɕiou⁵⁵ sʅ²¹³ sʅ⁰ i²⁴

四五六，四五七，　　sʅ²¹³ u⁵⁵ liou²¹³ sʅ²¹³ u⁵⁵ tɕ'i²⁴

四八四九五十一。　　sʅ²¹³ pa²⁴ sʅ²¹³ tɕiou⁵⁵ u⁵⁵ sʅ⁰ i²⁴

五五六，五五七，　　u⁵⁵ |⁴² u⁵⁵ liou²¹³ u⁵⁵ |⁴² u⁵⁵ tɕ'i²⁴

五八五九六十一。　　u⁵⁵ pa²⁴ u⁵⁵ |⁴² tɕiou⁵⁵ liou²¹³ sʅ⁰ i²⁴

六五六，六五七，　　liou²¹³ u⁵⁵ liou²¹³ liou²¹³ u⁵⁵ tɕ'i²⁴

六八六九七十一。　　liou²¹³ pa²⁴ liou²¹³ tɕiou⁵⁵ tɕ'i²⁴ sʅ⁰ i²⁴

七五六，七五七，　　tɕ'i²⁴ u⁵⁵ liou²¹³ tɕ'i²⁴ u⁵⁵ tɕ'i²⁴

七八七九八十一。　　tɕ'i²⁴ pa²⁴ tɕ'i²⁴ tɕiou⁵⁵ pa²⁴ sʅ⁰ i²⁴

八五六，八五七，　　pa²⁴ u⁵⁵ liou²¹³ pa²⁴ u⁵⁵ tɕ'i²⁴

八八八九九十一。　　pa²⁴ pa²⁴ pa²⁴ tɕiou⁵⁵ tɕiou⁵⁵ sʅ⁰ i²⁴

九五六，九五七，　　tɕiou⁵⁵ |⁴² u⁵⁵ liou²¹³ tɕiou⁵⁵ |⁴² u⁵⁵ tɕ'i²⁴

九八九九一百一。　　tɕiou⁵⁵ pa²⁴ tɕiou⁵⁵ |⁴² tɕiou⁵⁵ i²⁴ pɛ²⁴ i²⁴

此为女孩子跳皮筋 ① 谣。　　首句又作"小汽车儿，嘀嘀嘀"。

马路牙ᶻ谁来睡

为人不喝酒，　　uei²¹³ zən⁴² pu²⁴ xə²⁴ tɕiou⁵⁵

人生路白走。　　zən⁴² ʂəŋ²⁴ lu²¹³ pɛ⁴² tsou⁵⁵

你不醉，我不醉，　　ni⁵⁵ pu⁰ tsuei²¹³ uə⁵⁵ pu⁰ tsuei²¹³

马路牙ᶻ谁来睡。　　ma⁵⁵ lu⁰ iæu⁴² ʂei⁴² lai⁴² ʂei²¹³

---

① 跳皮筋：女孩子玩的一种游戏。三人用腿将皮筋拉成三角形，先用右脚勾起一侧皮筋，
　左脚随之落入三角形内，随后右脚越过皮筋向后向前各勾一下，算是一小节；再踩着节
　拍越到另一侧重复，一直跳到"九八九九一百一"才算过关。跳皮筋的人边说歌谣边跳。

马扎儿 *

立 ^D 那儿合住，　　liɛ²⁴ nɐr⁰ xə⁴² tʂʅ⁰

坐 ^{D-0} 那儿张开。　　tsuə²¹³ nɐr⁰ tʂaŋ²⁴ kʻai²⁴

离屁股不远，　　li²¹³ pʻi²¹³ ku⁰ pu²⁴ yan⁵⁵

不许乱猜。　　pu²⁴ ɕy⁵⁵ luan²¹³ tsʻai²⁴

此为谜语的谜面；谜底：马扎儿 ① 。　立 ^D、坐 ^{D-0}：动词变韵均表终点义，可分别替换为"立到""坐到"。

蚂蚁（一）*

一个小黑孩儿，　　i²⁴ ˈ⁴² kə⁰ ɕiau⁵⁵ xɛ²⁴ xor⁴²

扛 ^D 个小铁锨儿，　　kʻæn⁵⁵ kə⁰ ɕiau⁵⁵ tʻiɛ²⁴ ɕior⁰

挖 ^{D-0} 个小土井儿，　　ua²⁴ kə⁰ ɕiau⁵⁵ tʻu⁵⁵ ˈ⁴² tɕiər⁰

掉 ^D 里 ^H 不见影儿。　　tio²¹³ liou⁰ pu²⁴ ˈ⁴² tɕian²¹³ iər⁵⁵

此为谜语的谜面；谜底：蚂蚁。　扛 ^D：扛着，动词变韵表持续义。　挖 ^{D-0}：挖了，动词变韵表完成义。　土井：土坑，旱井；"土"无规则变调。　掉 ^D：掉到，动词变韵表终点义。

蚂蚁（二）*

远看芝麻撒地，　　yan⁵⁵ kʻan²¹³ tʂʅ²⁴ ma⁰ sa⁵⁵ ti²¹³

近看黑驴运米。　　tɕin²¹³ kʻan²¹³ xɛ²⁴ ly⁴² yn²¹³ mi⁵⁵

不怕山高路陡，　　pu²⁴ ˈ⁴² pʻa²¹³ ʂan²⁴ kau²⁴ lu²¹³ tou⁵⁵

就怕掉 ^D 热锅里 ^H。　　tɕiou²¹³ pʻa²¹³ tio²¹³ ʐɤ²⁴ kuə²⁴ liou⁰

此为谜语的谜面；谜底：蚂蚁。　掉 ^D：掉到，动词变韵表终点义。

蚂蚱 *

腿长胳膊短，　　tʻuei⁵⁵ tʂʻaŋ⁴² kɛ⁴² puə⁰ tuan⁵⁵

---

① 马扎儿：一种能折叠的便携式坐具；腿作为支架，可张可合，上面绷皮条、绳子等。

眉毛盖住眼。　　mei⁴² mau⁰ kai²¹³ tʂʅ ʮ⁰ ian⁵⁵

没人不吭声儿，　　mu⁴² zən⁴² pu²⁴ kʻəŋ²⁴ şər²⁴

有人它乱蹿。　　iou⁵⁵ zən⁴² tʻa⁵⁵ luan²¹³ tsʻuau²⁴

此为谜语的谜面；谜底：蚂蚱。

蚂蚱算卦

小蚂蚱，土里 ᴴ 生，　　ɕiau⁵⁵ ma²⁴ tʂa⁰ tʻu⁵⁵ liou⁰ şən²⁴

前蹄儿抓，后蹄儿蹬，　　tɕian⁴² tʻiər⁴² tʂua²⁴ xou²¹³ tʻiər⁴² təŋ²⁴

拍拍翅膀 ᶻ扑棱棱。　　pʻɛ²⁴ pʻɛ⁰ tʂ ʮ²¹³ pæŋ⁰ pʻu²⁴ ləŋ⁰ ləŋ²⁴

一飞飞到柳树上，　　i²⁴ fei²⁴ fei²⁴ tau⁰ liou⁵⁵ şʅ ʮ⁰ şaŋ⁰

遇见个知了 ᶻ当先生。　　y²¹³ tɕian⁰ kə⁰ tɕi²⁴ liæu⁰ taŋ²⁴ ɕian²⁴ şəŋ⁰

"先生先生算一卦，　　ɕian²⁴ şəŋ⁰ ɕian²⁴ şəŋ⁰ suan²¹³ i⁰ kua²¹³

俺啥时儿死来啥时儿生？"　　an⁵⁵ şa⁵⁵ ｜⁴² şər⁴² ｜²¹³ sʅ⁵⁵ lai⁰ şa⁵⁵ ｜⁴² şər⁴² ｜²¹³

şəŋ²⁴

"一月二月没有你，　　i²⁴ yɛ⁰ ər²¹³ yɛ⁰ mu⁴² mau⁰ ni⁵⁵

三月四月你才生，　　san²⁴ yɛ⁰ sʅ²¹³ yɛ⁰ ni⁵⁵ tsʻai⁴² şəŋ²⁴

五月六月兴家月，　　u⁵⁵ yɛ⁰ liou²¹³ yɛ⁰ ɕiŋ²⁴ tɕia²⁴ yɛ²⁴

七月八月你还行，　　tɕʻi²⁴ yɛ⁰ pa²⁴ yɛ⁰ ni⁵⁵ xai⁴² ɕiŋ⁴²

九月十月你归阴城。"　　tɕiou⁵⁵ yɛ⁰ sʅ⁴² yɛ⁰ ni⁰ kuei²⁴ in²⁴ tʂʻəŋ⁴²

扑棱棱：形容鸟拍翅的声音。　知了：蝉。　先生：会算卦的人。　啥时儿：什么时候；"时"无规则变调。　兴家月：算卦术语；意为吉祥月、最吉祥的时段。

买六 ᴴ 烧饼一个人俩 *

爷儿俩、娘儿俩、姊妹俩，　　iɤr⁴² lia⁵⁵ niər⁴² lia⁵⁵ tsʅ⁴² mei²¹³ lia⁵⁵

买六 ᴴ 烧饼一个人俩。　　mai⁵⁵ lio²¹³ şau²⁴ piŋ⁰ i²⁴ ｜⁴² kə⁰ zən⁰ lia⁵⁵

此为谜语的谜面；谜底是说出三个关系人：此三人是女儿与其娘和舅。　六 ᴴ："六个"的合音。

买锁了

买锁了，鹦哥儿了； mai⁵⁵ | ⁴² suə⁵⁵ lə⁰ iŋ²⁴ kɤr⁵⁵ lə⁰

鹦哥儿鹦，配紫红； iŋ²⁴ kɤr⁵⁵ iŋ²⁴ p'ei²¹³ tsɿ⁵⁵ xuəŋ⁴²

紫红紫，配麻子； tsɿ⁵⁵ xuəŋ⁴² tsɿ⁵⁵ p'ei²¹³ ma⁴² tsɿ⁰

麻子麻，配豆茬； ma⁴² tsɿ⁰ ma⁴² p'ei²¹³ tou²¹³ tʂ'a⁴²

豆茬弯，配扁担； tou²¹³ tʂ'a⁴² uan²⁴ p'ei²¹³ pian⁵⁵ tan⁰

扁担扁，配黑碗； pian⁵⁵ tan⁰ pian⁵⁵ p'ei²¹³ xɛ²⁴ uan⁵⁵

黑碗黑，配敬德 ① 。 xɛ²⁴ uan⁵⁵ xɛ²⁴ p'ei²¹³ tɕiŋ²¹³ tɛ²⁴

敬德嘞闺女多大了？ tɕiŋ²¹³ tɛ²⁴ lə⁰ kuei²⁴ ny⁰ tuə²⁴ | ⁵⁵ ta²¹³ lə⁰

十七八了。 ʂɿ⁴² tɕ'i²⁴ pa²⁴ lə⁰

啥时儿娶？ ʂa⁵⁵ | ⁴² ʂər⁴² | ²¹³ tɕ'y⁵⁵

样 ᶻ窝儿娶。 iæŋ²¹³ uor⁰ tɕ'y⁵⁵

谁抬轿？张老茂。 ʂei⁴² t'ai⁴² tɕiau²¹³ tʂaŋ²⁴ lau⁵⁵ mau²¹³

谁推车？她干爹。 ʂei⁴² t'uei²⁴ tʂ'ɤ²⁴ t'a⁵⁵ kan²⁴ tiɛ²⁴

谁抻床？她干娘。 ʂei⁴² tʂ'ən²⁴ tʂ'uaŋ⁴² t'a⁵⁵ kan²⁴ niaŋ⁴²

谁扫地？她二姨。 ʂei⁴² sau⁵⁵ ti²¹³ t'a⁵⁵ ər²¹³ i⁴²

谁点灯？小长虫。 ʂei⁴² tian⁵⁵ təŋ²⁴ ɕiau⁵⁵ tʂ'aŋ⁴² tʂ'uəŋ⁰

谁吹灯？小蜜蜂。 ʂei⁴² tʂ'uei²⁴ təŋ²⁴ ɕiau⁵⁵ mi²⁴ fəŋ⁰

嗡——嗡——嗡，嗡——嗡——嗡。 uəŋ²⁴ uəŋ²⁴ uəŋ²⁴ uəŋ²⁴ uəŋ²⁴ uəŋ²⁴

鹦哥：对鹦鹉的俗称。 样 ᶻ窝儿：现在。 长虫：蛇。

麦黄杏

麦黄杏 ② ，黄溜溜， mɛ²⁴ xuaŋ⁰ ɕiŋ²¹³ xuaŋ⁴² liou⁰ liou²⁴

① 敬德：尉迟恭（585~658），字敬德，鲜卑族，朔州鄯阳（今山西朔州朔城区）人。唐朝大将，凌烟阁二十四功臣之一；传说尉迟敬德面如黑炭，为中国两位传统门神之一（另一个是秦琼）。

② 麦黄杏：杏子的一个品种；果实发育期 55 天左右，一般在 5 月下旬成熟；核大，苦仁；较耐贮运，属极早熟杏。

馋嘞俺嘴水直滴流。　　tṣʻan⁴² nɛ⁰ an⁰ tsuei⁵⁵ | ⁴² ṣuei⁰ tṣʅ⁴² ti²⁴ liou⁰

光想 ᴰ 够个吃，　　kuaŋ²⁴ ɕiæŋ⁵⁵ kou²¹³ kə⁰ tṣʻʅ⁰

就是没砖头，　　tɕiou²¹³ ṣʅ⁰ mu⁴² tṣuan²⁴ tʻou⁴²

脱下来绣鞋往上□。　　tʻuə²⁴ ɕia⁰ lai⁰ ɕiou²¹³ ɕiɛ⁴² uaŋ⁵⁵ ṣaŋ²¹³ zou²⁴

绣鞋挂住斑鸠嘞头，　　ɕiou²¹³ ɕiɛ⁴² kua²¹³ tṣʅ⁰ pan²⁴ tɕiou⁰ lɛ⁰ tʻou⁴²

扑扑棱棱它飞 ᴰ 走。　　pʻu²⁴ pʻu⁰ ləŋ⁰ ləŋ²⁴ tʻa⁵⁵ fɛ²⁴ tsou⁰

没鞋咋着往家走？　　mu⁴² ɕiɛ⁴² tsa⁵⁵ tṣuə⁰ uaŋ⁵⁵ tɕia²⁴ tsou⁵⁵

抱住金莲儿泪直流。　　pu²¹³ tṣʅ⁰ tɕin²⁴ lior⁴² luei²¹³ tṣʅ⁴² liou⁴²

嘴水：口水。　想 ᴰ：想着，动词变韵表持续义。　够：用手伸向不易达到的地方去摘取。　□：扔。　飞 ᴰ：动词变韵仅作为单趋式中的一个强制性形式成分，不表实际意义。　咋着：怎么，如何。　金莲儿：指妇女裹的小脚。

麦麦 *

墙上挂 ᴰ⁻⁰ 俩小罐儿，　　tɕʻiaŋ⁴² ṣaŋ⁰ kua²¹³ lia⁵⁵ ɕiau⁵⁵ kuor²¹³

不用灶火冒烟儿，　　pu²⁴ | ⁴² yŋ²¹³ tsau²¹³ xuə⁰ mau²¹³ ior²⁴

就能做熟饭儿。　　tɕiou²¹³ nəŋ⁴² tsu²¹³ ṣu⁴² for²¹³

此为谜语的谜面；谜底：麦麦（浚县方言对"乳房"的俗称）。　挂 ᴰ⁻⁰：挂着，动词变韵表持续义。　灶火：指厨房。

卖鼠药曲（一）

老鼠精，老鼠能，　　lau⁵⁵ | ⁴² ṣʅ⁰ tɕiŋ²⁴ lau⁵⁵ | ⁴² ṣʅ⁰ nəŋ⁴²

沿罢大梁沿小梁，　　ian⁴² pa²¹³ ta²¹³ liaŋ⁴² ian⁴² ɕiau⁵⁵ liaŋ⁴²

钻 ᴰ 立柜里 ᴴ 咬衣裳，　　tsuæ²⁴ li²⁴ kuei⁰ liou⁰ iau⁵⁵ i²⁴ ṣaŋ⁰

光咬大闺女嘞的确良 ①；　　kuaŋ²⁴ iau⁵⁵ ta²¹³ kuei²⁴ ny⁰ lɛ⁰ ti⁴² tɕʻyə²⁴ liaŋ⁴²

① 的确良：流行于 20 世纪六七十年代的一种化纤织物。有资料显示，1976 年之前，人们的衣服棉被等都是全棉制品；但为了解决棉花短缺难以满足人们日常需要的问题，1976~1979 年，全国进口化纤设备，大量生产"的确良"布。当时，化纤（**转下页注**）

老鼠精，老鼠能，　　　lau⁵⁵|⁴² ʂʅ⁰ tɕiŋ²⁴ lau⁵⁵|⁴² ʂʅ⁰ nəŋ⁴²

吃 ᴰ 这个药活不成。　　tʂʻʅə²⁴ tʂʅə⁵⁵ kə⁰ yə²⁴ xuə⁴² pu²⁴ tʂʻəŋ⁴²

大老鼠，小老鼠，　　　ta²¹³ lau⁵⁵|⁴² ʂʅ⁰ ɕiau⁵⁵ lau⁵⁵|⁴² ʂʅ⁰

大小老鼠都□住。　　　ta²¹³ ɕiau⁵⁵ lau⁵⁵|⁴² ʂʅ⁰ tou²⁴ kʻɛ⁴² tʂʅ⁰

大嘞吃了蹦三蹦，　　　ta²¹³ lɛ⁰ tʂʻʅ²⁴ liau⁰ pəŋ²¹³ san²⁴|⁴² pəŋ²¹³

小嘞吃了不会动。　　　ɕiau⁵⁵ lɛ⁰ tʂʻʅ²⁴ liau⁰ pu²⁴|⁴² xuei²¹³ tuəŋ²¹³

咬咬牙，跺跺脚，　　　iau⁵⁵|⁴² iau⁰ ia⁴² tuə²¹³ tuə⁰ tɕyə²⁴

都来买包老鼠药，　　　tou²⁴ lai⁴² mai⁵⁵ pau²⁴ lau⁵⁵|⁴² ʂʅ⁰ yə²⁴

消灭老鼠人人乐。　　　ɕiau²⁴ miɛ²⁴ lau⁵⁵|⁴² ʂʅ⁰ zən⁴² zən⁴² luə²⁴

此为旧时卖鼠药者沿街叫卖时边走边喊的"广告曲"。　　沿：攀爬。　　钻ᴰ：钻到，动词变韵表终点义。　　立柜：立式衣柜。　　吃ᴰ：吃了，动词变韵表完成义。　　□：捉，逮。

卖鼠药曲（二）

老鼠药，药老鼠，　　　lau⁵⁵|⁴² ʂʅ⁰ yə²⁴ yə²⁴ lau⁵⁵|⁴² ʂʅ⁰

大嘞小儿嘞都□住。　　ta²¹³ lɛ⁰ ɕior⁵⁵ lɛ⁰ tou²⁴ kʻɛ⁴² tʂʅ²¹³

养个猪，养个羊，　　　iaŋ⁵⁵ kə⁰ tʂʅ²⁴ iaŋ⁵⁵ kə⁰ iaŋ⁴²

都比ᴰ养个老鼠强。　　tou²⁴ piɛ⁵⁵ iaŋ⁵⁵ kə⁰ lau⁵⁵|⁴² ʂʅ⁰ tɕʻiaŋ⁴²

卖香油

光葫芦头，卖香油；　　kuaŋ²⁴ xu⁴² lu⁰ tʻou⁴² mai²¹³ ɕiaŋ²⁴ iou⁴²

香油香，卖衣裳。　　　ɕiaŋ²⁴ iou⁴² ɕiaŋ²⁴ mai²¹³ i²⁴ ʂaŋ⁰

瞎装儿哭，买豆腐，　　ɕia²⁴ tʂuɐr²⁴ kʻu⁰ mai²¹³ tou²¹³ fu⁰

爹娘回来打屁股。　　　tiɛ²⁴ niaŋ⁴² xuei⁴² lai⁰ ta⁵⁵ pʻi²¹³ ku⁰

瞎装儿：假装。

卖针歌（一）

买个花别针儿，　　　　mai⁵⁵ kə⁰ xua²⁴ piɛ⁴² tʂər²⁴

寻老婆ᶻ寻个双眼皮儿。　çin⁴² lau⁵⁵˙²⁴ pʻau⁴² çin⁴² kə⁰ ʂuaŋ²⁴ ian⁵⁵ pʻiər⁴²

买一个，送一个，　　　mai⁵⁵ i⁰ kə⁰ suəŋ²¹³ i⁰ kə⁰

给ᴰ恁嘞邻家捎一个。　　kɛ⁵⁵˙²¹³ nən⁰ nɛ⁰ lin⁴² tçia⁰ ʂau²⁴ i⁰ kə⁰

邻家：邻居。

卖针歌（二）

小小钢针明晃晃，　　　çiau⁵⁵˙⁴² çiau⁵⁵ kaŋ²⁴ tʂən²⁴ miŋ⁴² xuaŋ⁰ xuaŋ²¹³˙²⁴

赛似罗成一杆枪；　　　sai²¹³ sʅ²¹³ luə⁴² tʂʻəŋ⁴² i˙²⁴ kan⁵⁵ tçʻiaŋ²⁴

能描鸭ᶻ⁻⁰来能绣鹅，　nəŋ⁴² miau⁴² ia²⁴ lai⁰ nəŋ⁴² çiou²¹³ ə⁴²

能扎鲤鱼跳沙河。　　　nəŋ⁴² tʂʻa²⁴ li⁵⁵ y⁰ tʻiau²¹³ ʂa²⁴ xə⁴²

买一包，送一包，　　　mai⁵⁵ i⁰ pau²⁴ suəŋ²¹³ i⁰ pau²⁴

包包里头有钢条。　　　pau²⁴ pau²⁴ li⁵⁵ tʻou⁰ iou⁵⁵ kaŋ²⁴ tʻiau⁴²

恁要嫌少我再添，　　　nən⁵⁵ iau²¹³ çian⁴²˙⁵⁵ ʂau⁵⁵ uə⁵⁵ tsai²¹³ tʻian²⁴

青蛇白蛇闹许仙；　　　tçʻiŋ²⁴ ʂʅə⁴² pɛ⁴² ʂʅə⁴² nau²¹³ çy⁴² çian²⁴

青蛇爱他长嘞好，　　　tçʻiŋ²⁴ ʂʅə⁴² ai²¹³ tʻa⁰ tʂaŋ⁵⁵ lɛ⁰ xau⁵⁵

白蛇爱他好容颜。　　　pɛ⁴² ʂʅə⁴² ai²¹³ tʻa⁰ xau⁵⁵ yŋ⁴² ian⁴²

买一个，送一个，　　　mai⁵⁵ i⁰ kə⁰ suəŋ²¹³ i⁰ kə⁰

给ᴰ恁村长捎两个。　　kɛ⁵⁵˙²¹³ nən⁰ tsʻuən²⁴ tʂaŋ⁵⁵ ʂau²⁴ liaŋ⁵⁵ kə⁰

扎：绣。　罗成：隋唐系列小说中人物；隋唐第七条好汉，北平王罗艺之子，与秦琼是表兄弟。

猫和虎

日ᴴ地儿①　出来往西朝，　zou²⁴ tiər²¹³ tʂʻʅ²⁴ lai⁰ uaŋ⁵⁵ çi²⁴ tʂʻau⁴²

朝到山西白马桥；　　　tʂʻau⁴² tau⁰ ʂan²⁴ çi²⁴ pɛ⁴² ma⁵⁵ tçʻiau⁴²

———————————

①　浚县方言中的"日ᴴ地儿"有两个意义：一指太阳光；二指太阳晒到的地方。

白马桥上一棵树，　　pɛ⁴² ma⁵⁵ tɕ'iau⁴² ʂaŋ⁰ i²⁴ k'uə²⁴ ʂʅ²¹³

树底 ᴴ 住着一只猫。　　ʂʅ²¹³ tia⁵⁵ tʂʅ²¹³ tʂuə⁰ i²⁴ tʂʅ²⁴ mau⁴²

山上猛虎把艺讨，　　ʂan²⁴ ʂaŋ⁰ məŋ⁵⁵ ˥ ⁴² xu⁵⁵ pa²¹³ i²¹³ t'au⁴²

胆大狸猫把虎教。　　tan⁵⁵ ta²¹³ li⁴² mau⁴² pa²¹³ xu⁵⁵ tɕiau²⁴

窜山跳涧都学会，　　ts'uan²⁴ ʂan²⁴ t'iau²¹³ tɕian²¹³ tou²⁴ ɕyə⁴² xuei²¹³

猛虎生心吃狸猫。　　məŋ⁵⁵ ˥ ⁴² xu⁵⁵ ʂəŋ²⁴ ɕin²⁴ tʂʅ̩²⁴ li⁴² mau⁴²

狸猫一见事儿不好，　　li⁴² mau⁴² i²⁴ ˥ ⁴² tɕian²¹³ ʂər²¹³ pu²⁴ xau⁵⁵

松柏树上把命逃。　　ɕyŋ²⁴ pɛ²⁴ ʂʅ²¹³ ʂaŋ⁰ pa²¹³ miŋ²¹³ t'au⁴²

猛虎树下忙扎跪，　　məŋ⁵⁵ ˥ ⁴² xu⁵⁵ ʂʅ²¹³ ɕia²¹³ maŋ⁴² tʂa²⁴ kuei²¹³

叫声师傅你听分晓：　　tɕiau²¹³ ʂəŋ²⁴ ʂʅ̩²⁴ fu⁰ ni⁵⁵ t'iŋ²⁴ fən²⁴ ɕiau²⁴

窜山跳涧你都教会，　　ts'uan²⁴ ʂan²⁴ t'iau²¹³ tɕian²¹³ ni⁵⁵ tou²⁴ tɕiau²⁴ xuei²¹³

上树这本事你咋不教？　　ʂaŋ²¹³ ʂʅ²¹³ tʂʅə⁵⁵ pən⁵⁵ ʂʅ̩⁰ ni⁵⁵ tsa⁵⁵ pu²⁴ tɕiau²⁴

狸猫掉下伤心泪，　　li⁴² mau⁴² tiau²¹³ ɕia²¹³ ʂan²⁴ ɕin²⁴ luei²¹³

无义虫儿你听分晓：　　u⁴² i²¹³ tʂ'uən⁴² ər⁰ ni⁰ t'iŋ²⁴ fən²⁴ ɕiau²⁴

窜山跳涧都教会，　　ts'uan²⁴ ʂan²⁴ t'iau²¹³ tɕian²¹³ tou²⁴ tɕiau²⁴ xuei²¹³

上树嘞本事我不教；　　ʂaŋ²¹³ ʂʅ²¹³ lɛ⁰ pən⁵⁵ ʂʅ̩⁰ uə⁵⁵ pu²⁴ tɕiau²⁴

上树要是教给 ᴰ 你，　　ʂaŋ²¹³ ʂʅ²¹³ iau²¹³ ʂʅ̩⁰ tɕiau²⁴ kɛ⁰ ni⁰

天下狸猫你吃净了。　　t'ian²⁴ ɕia⁰ li⁴² mau⁴² ni⁵⁵ tʂ'ʅ̩²⁴ tɕiŋ²¹³ liau⁰

说嘞猛虎归山走，　　ʂuə²⁴ lɛ⁰ məŋ⁵⁵ ˥ ⁴² xu⁵⁵ kuei²⁴ ʂan²⁴ tsou⁵⁵

小狸猫下树把命逃。　　ɕiau⁵⁵ li⁴² mau⁴² ɕia²¹³ ʂʅ²¹³ pa²¹³ miŋ²¹³ t'au⁴²

日 ᴴ 地儿：指太阳光；"日 ᴴ"为"日头"的合音。　朝：移动。　底 ᴴ："底下"的合音。　扎跪：跪下。　本事：本领。

猫头鹰（一）*

像猫不是猫，　　ɕiaŋ²¹³ mau⁴² pu²⁴ ˥ ⁴² ʂʅ²¹³ mau⁴²

身穿花皮袄。　　ʂən²⁴ tʂ'uan²⁴ xua²⁴ p'i⁴² au⁰

白日儿睡觉黑价叫，　　pɛ⁴² iər⁰ ʂei²¹³ tɕiau²¹³ xɛ²⁴ tɕia⁰ tɕiau²¹³

瞧见田鼠就吃掉。　　tɕ'iau⁴² tɕian⁰ t'ian⁴² ʂʅ⁵⁵ tɕiou²¹³ tʂ'ʅ̩²⁴ tiau²¹³

此为谜语的谜面；谜底：猫头鹰。　皮袄：用羊皮、狗皮等缝制的短上衣，御寒性强。

猫头鹰（二）*

远看像只鸟，　　yan⁵⁵ kʻan²¹³ ɕiaŋ²¹³ tʂʅ²⁴ niau⁵⁵

近看像个猫；　　tɕin²¹³ kʻan²¹³ ɕiaŋ²¹³ kə⁰ mau⁴²

黑<u>价</u>□田鼠，　　xɛ²⁴ tɕia⁰ kʻɛ⁴² tʻian⁴² ʂʅ⁵⁵

白日儿睡大觉。　　pɛ⁴² iər⁰ ʂei²¹³ tʻa²¹³ tɕiau²¹³

此为谜语的谜面；谜底：猫头鹰。

毛主席号召婚姻法

竹板打，哗啦啦，　　tʂʅ²⁴ pan⁵⁵ ta⁵⁵ xua²⁴ la⁰ la²⁴

毛主席号召婚姻法。　　mau⁴² tʂʅ⁰ ɕi⁰ xau²¹³ tʂau²⁴ xuən²⁴ in²⁴ fa²⁴

要问结婚嘞年龄，　　iau²¹³ uən²¹³ tɕiɛ²⁴ xuən²⁴ nɛ⁰ nian⁴² liŋ⁰

男二十来女十八。　　nan⁴² ər²¹³ ʂʅ⁴² lai⁰ ny⁵⁵ ʂʅ⁴² pa²⁴

到那区里 ᴴ 去登记，　　tau²¹³ na⁰ tɕʻy²⁴ liou⁵⁵ tɕʻy²¹³ təŋ²⁴ tɕi²¹³

大家送他光荣花。　　ta²¹³ tɕia⁰ suəŋ²¹³ tʻa⁰ kuaŋ²⁴ yŋ⁰ xua²⁴

此为流行于解放初期的民谣；1950 年 5 月 1 日公布施行的《中华人民共和国婚姻法》第四条规定的结婚年龄是男二十岁，女十八岁。　登记：指领结婚证。

媒婆儿牵牵线

媒婆儿牵牵线，　　mei⁴² pʻor⁴² tɕʻian²⁴ tɕʻian⁰ ɕian²¹³

管上几顿饭。　　kuan⁵⁵ ʂaŋ⁰ tɕi⁵⁵ tuən²¹³ fan²¹³

选个黄道日，　　ɕyan⁵⁵ kə⁰ xuaŋ⁴² tau²¹³ ʐʅ²¹³

寻 ᴰ 个憨傻男。　　ɕiɛ⁴² kə⁰ xan²⁴ ʂa⁵⁵ nan⁴²

寻 ᴰ：嫁；动词变韵表完成义，可替换为"寻了"。

美娇女

不高不低，　　　pu²⁴ kau²⁴ pu²⁴ ti²⁴
一米六一；　　　i²⁴ mi⁵⁵ liou²¹³ i²⁴
不胖不瘦，　　　pu²⁴ ⌐ ⁴² pʻaŋ²¹³ pu²⁴ ⌐ ⁴² ʂou²¹³
一百零六。　　　i²⁴ pɛ²⁴ liŋ⁴² liou²¹³

指年轻女性（多指未婚）的身高、体重，此为最佳标准。

门 *

大高个儿，扁批身，　　ta²¹³ kau²⁴ kɤr²¹³ pian⁵⁵ pʻiⁱ⁰ ʂən²⁴
走路光使 ᴰ 脚后跟。　　tsou⁵⁵ lu²¹³ kuaŋ²⁴ ʂɿə⁵⁵ tɕyə²⁴ xou²¹³ kən²⁴

此为谜语的谜面；谜底：门。　　使 ᴰ：介词，用。　　扁批：物体呈扁平状；我们推测"批"当为"平"的讹变。

门槛 *

门口儿有个驴，　　mən⁴² kʻər⁵⁵ iou⁵⁵ kə⁰ ly⁴²
进门儿出门儿都得骑。　　tɕin²¹³ mər⁴² tʂʻʅ²⁴ mər⁴² tou²⁴ tɛ⁰ tɕʻi⁴²

此为谜语的谜面；谜底：门槛。

觅汉儿难

觅汉儿难，觅汉儿难，　　mi²⁴ xor⁰ nan⁴² mi²⁴ xor⁰ nan⁴²
锄罢地，去浇园。　　tʂʻu⁴² pa²¹³ ti²¹³ tɕʻy²¹³ tɕiau²⁴ yan⁴²
浇嘞快，胳膊酸，　　tɕiau²⁴ lɛ⁰ kʻuai²¹³ kɛ⁴² puə⁰ suan²⁴
浇嘞慢，垄沟干。　　tɕiau²⁴ lɛ⁰ man²¹³ lyn⁴² kou⁰ kan²⁴
来 ᴰ 家嘱咐我嘞妻，　　lɛ⁴² tɕia²⁴ tʂu⁴² fu⁰ uə⁵⁵ lɛ⁰ tɕʻi²⁴
多添水，少下米，　　tuə²⁴ tʻian²⁴ ʂuei⁵⁵ ʂau⁵⁵ ɕia²¹³ mi⁵⁵
下锅里，□□哩。　　ɕia²¹³ kuə²⁴ li⁰ lyan²¹³ lyor²⁴ li⁰

觅汉儿：受雇用的人。　　垄沟：庄稼田里为适宜浇水而封起来的土

155

沟。　来^D：来到，动词变韵表终点义。　□□：指稍有黏稠度。

蜜蜂（一）*

四四方方一座城，　　sๅ²¹³ sๅ⁰ faŋ²⁴ faŋ²⁴ i²⁴ | ⁴² tsuə²¹³ tʂʻəŋ⁴²

城里城外都是兵；　　tʂʻəŋ⁴² li⁵⁵ tʂʻəŋ⁴² uai²¹³ tou²⁴ | ⁴² ʂๅ²¹³ piŋ²⁴

个个儿穿^D那黄马褂儿，　kə²¹³ kɤr²⁴ tʂʻuæ²⁴na⁰ xuaŋ⁴² ma⁵⁵ kuɐr²¹³

认认哪个是朝廷。　　zəŋ²¹³ zəŋ⁰ na⁵⁵ kə⁰ ʂๅ²¹³ tʂʻau⁴² tʻiŋ⁰

此为谜语的谜面；谜底：蜜蜂。　穿^D：穿着，动词变韵表持续义。　朝廷：喻指蜂王。

蜜蜂（二）*

兄弟七八千，　　çyŋ²⁴ ti⁰ tɕʻi²⁴ pa²⁴ tɕʻian²⁴

住在田野间。　　tʂʅ²¹³ tsai⁰ tʻian⁴² iɛ⁵⁵ tɕian²⁴

天天做浆卖，　　tʻian²⁴ tʻian⁰ tsu²¹³ tɕiaŋ²⁴ mai²¹³

浆汁儿很值钱。　tɕiaŋ²⁴ tʂər²⁴ xən⁵⁵ tʂๅ⁴² tɕʻian⁴²

此为谜语的谜面；谜底：蜜蜂。

棉花*

开花又结桃，　　kʻai²⁴ xua²⁴ iou²¹³ tɕiɛ²⁴ tʻau⁴²

结桃又开花。　　tɕiɛ²⁴ tʻau⁴² iou²¹³ kʻai²⁴ xua²⁴

是桃不能吃，　　ʂๅ²¹³ tʻau⁴² pu²⁴ nəŋ⁴² tʂʻๅ²⁴

穿衣才用它。　　tʂʻuan²⁴ i²⁴ tsʻai⁴² yŋ²¹³ tʻa⁰

此为谜语的谜面；谜底：棉花。

棉桃（一）*

青枝绿叶儿一棵桃，　tɕʻiŋ²⁴ tʂๅ²⁴ ly²⁴ iɤr²⁴ i²⁴ kʻuə²⁴ tʻau⁴²

外长骨头里长毛。　uai²¹³ tʂaŋ⁵⁵ ku⁴² tʻou⁰ li⁵⁵ | ⁴² tʂaŋ⁵⁵ mau⁴²

桃子熟了咧开嘴，　　t'au⁴² tsʅ⁰ ʂu⁴² liau⁰ liɛ⁵⁵ k'ai²⁴ tsuei⁵⁵

里长骨头外长毛。　　li⁵⁵ ⌐ ⁴² tʂaŋ⁵⁵ ku⁴² t'ou⁰ uai²¹³ tʂaŋ⁵⁵ mau⁴²

此为谜语的谜面；谜底：棉桃。

棉桃（二）*

青枝绿叶儿一棵桃，　　tɕ'iŋ²⁴ tʂʅ²⁴ ly²⁴ iɤr²⁴ i²⁴ k'uə²⁴ t'au⁴²

外长骨头里长毛。　　uai²¹³ tʂaŋ⁵⁵ ku⁴² t'ou⁰ li⁵⁵ ⌐ ⁴² tʂaŋ⁵⁵ mau⁴²

要是毛发了，　　iau²¹³ ʂʅ⁰ mau⁴² fa²⁴ lə⁰

都把骨头撑扠了。　　tou²⁴ pa²¹³ ku⁴² t'ou⁰ tʂ'əŋ²⁴ ⌐ ²¹³ tʂ'a²⁴ lə⁰

此为谜语的谜面；谜底：棉桃。　　发：散开，扩大。　　撑：充满到容
不下的程度；无规则变调。　　扠：张开，裂开。

"面"字谜*

一根木棍，　　i²⁴ kən²⁴ mu²⁴ kuən²¹³

吊 ᴰ 个方箱 ᶻ，　　tio²¹³ kə⁰ faŋ²⁴ ɕiæŋ²⁴

一个长梯 ᶻ，　　i²⁴ ⌐ ⁴² kə⁰ tʂ'aŋ⁴² t'iːau²⁴

搭在中央。　　ta²⁴ tsai⁰ tʂuəŋ²⁴ iaŋ²⁴

此为谜语的谜面；谜底："面"字。　　吊 ᴰ：吊着，动词变韵表持续
义。　　中央：中间。

庙和猫

屋后有座庙。　　u²⁴ xou²¹³ iou⁵⁵ tsuə⁰ miau²¹³

猫在庙里 ᴴ 尿；　　mau⁴² kai²¹³ miau²¹³ liou⁰ niau²¹³

不知 ᴴ 是庙尿猫，　　pu²⁴ tʂo²⁴ ʂʅ²¹³ miau²¹³ niau²¹³ mau⁴²

也不知 ᴴ 是猫尿庙。　　iɛ⁵⁵ pu²⁴ tʂo²⁴ ʂʅ²¹³ mau⁴² niau²¹³ miau²¹³

此为绕口令。

摸摸老龙洞

摸摸老龙洞 ①，　　　muə²⁴ muə⁰ lau⁵⁵ luəŋ⁴² tuəŋ²¹³

常年不生病；　　tʂ'aŋ⁴² nian⁴² pu²⁴ ʂəŋ²⁴ piŋ²¹³

摸摸老龙鳞，　　muə²⁴ muə⁰ lau⁵⁵ luəŋ⁴² lin⁴²

事事都顺心；　　ʂʅ²¹³ ʂʅ²¹³ tou²⁴ ｜ ⁴² ʂuən²¹³ ɕin²⁴

摸摸老龙头，　　muə²⁴ muə⁰ lau⁵⁵ luəŋ⁴² t'ou⁴²

日子不发愁。　　ʐʅ²¹³ tsʅ⁰ pu²⁴ fa²⁴ tʂ'ou⁴²

从头摸到尾，　　ts'uəŋ⁴² t'ou⁴² muə²⁴ tau⁰ uei⁵⁵

夫妻不吵嘴。　　fu²⁴ tɕ'i²⁴ pu²⁴ tʂ'au⁵⁵ ｜ ⁴² tsuei⁵⁵

此为祈福谣；迷信认为，抚摸龙洞与龙身，能给自己带来好运。

磨豆腐 *

史大奈 ② 在高山传下一令，　　ʂʅ⁵⁵ ta²¹³ nai²¹³ tsai²¹³ kau²⁴ ʂan²⁴ tʂ'uan⁴² ɕia²¹³ i²⁴ ｜ ⁴² liŋ²¹³

窦将军 ③ 来到了四路通兵，　　tou²¹³ tɕiaŋ²⁴ tɕyn⁰ lai⁴² tau²¹³ liau⁰ sʅ²¹³ lu²¹³ t'uəŋ²⁴ piŋ²⁴

小罗成打一仗并不取胜，　　ɕiau⁵⁵ luə⁴² tʂ'əŋ⁴² ta⁵⁵ i⁰ tʂaŋ²¹³ piŋ²¹³ pu²⁴ tɕ'y⁵⁵ ʂəŋ²¹³

卢国公 ④ 来到了一战成功。　　lu⁴² kuɛ²⁴ kuəŋ⁰ lai⁴² tau²¹³ liau⁰ i²⁴ ｜ ⁴² tsan²¹³ tʂ'əŋ⁴² kuəŋ²⁴

此为谜语的谜面；谜底：小石磨磨制豆腐的过程。"史"谐音"石"，指石磨。　"窦将军"句喻指豆汁顺着石磨四处流；"窦"谐音"豆"。　"小

---

① 龙洞：位于大伾山顶东北侧丰泽庙中。洞由山间罅隙构成，洞口直径约 1 米。据嘉庆《浚县志·金石录》中乾德五年（923）《西阳明洞记》载，在乾德五年前称为"龙窟"，乾德五年后曾称"西阳明洞"。在特殊天气条件下，会出现白云出岫的自然景观，当地人俗称龙洞。"龙洞祥云"为浚县八景之一。

② 史大奈（？~638）：凉州武威（今甘肃省武威市）人，突厥族。隋唐时期大臣，光禄大夫史统之子。

③ 窦将军：指窦轨（？~630），字士则，唐朝大将。

④ 卢国公：指唐朝开国名将程咬金（589~665），详见"十二月（二）"条。

罗成"句指豆汁用箩过滤之后豆腐仍不成型;"罗"谐音"箩"。 "卢国公"句指用卤水一点,豆汁就凝固成豆腐;"卢"谐音"卤"。

磨面 *

石头层层不是山, ʂ̩⁴² t'ou⁰ ts'əŋ⁴² ts'əŋ⁴² pu²⁴ ⁴² ʂ̩²¹³ ʂan²⁴

短短路程走不完。 tuan⁵⁵ ⁴² tuan⁵⁵ lu²¹³ tʂ'əŋ⁴² tsou⁵⁵ pu²⁴ uan⁴²

光打呼雷不下雨, kuaŋ²⁴ ta⁵⁵ xu²⁴ luei⁰ pu²⁴ ⁴² ɕia²¹³ y⁵⁵

大雪纷纷不觉寒。 ta²¹³ ɕyɛ²⁴ fən²⁴ fən²⁴ pu²⁴ tɕyə²⁴ xan⁴²

此为谜语的谜面;谜底:推石磨磨面。

"默""井"二字谜 *

一只大黑狗, i²⁴ tʂ̩²⁴ ta²¹³ xɛ²⁴ kou⁵⁵

不叫也不吼。 pu²⁴ ⁴² tɕiau²¹³ iɛ⁰ pu²⁴ xou⁵⁵

一字儿生嘞鬼, i²⁴ ⁴² tsər²¹³ ʂəŋ²⁴ lɛ⁰ kuei⁵⁵

四面儿八条腿。 ʂ̩²¹³ miər⁰ pa²⁴ t'iau⁴² t'uei⁵⁵

此为谜语的谜面;谜底为两个字,分别为:默、井。

墨斗 *

两间屋,一道梁, liaŋ⁵⁵ tɕian²⁴ u²⁴ i²⁴ ⁴² tau²¹³ liaŋ⁴²

一头儿绞辘轳, i²⁴ t'ər⁴² tɕiau⁵⁵ lu²⁴ lu⁰

一头儿开染坊。 i²⁴ t'ər⁴² k'ai²⁴ ʐan⁵⁵ faŋ⁰

此为谜语的谜面;谜底:墨斗 ① 。 绞:把绳索一端系在轮上,转动轮轴,使系在另一端的物体移动。

---

① 墨斗:传统木工用具,用于在木头上打直线,由墨仓、线轮、墨线(包括线锥)、墨签四部分构成。

木锨板

木锨板，光碾碾，　　　　mu²⁴ ɕian⁰ pan⁵⁵ kuaŋ²⁴ nian⁰ nian²⁴

俺娘不给ᴰ俺打银簪；　　　an⁵⁵ niaŋ⁴² pu²⁴|⁴² kɛ⁵⁵|²¹³ an⁰ ta⁵⁵ in⁴² tsan²⁴

打嘞银簪边儿薄，　　　　ta⁵⁵ lɛ⁰ in⁴² tsan²⁴ pian²⁴ ər⁰ puə⁴²

俺娘不给ᴰ俺扯裹脚；　　　an⁵⁵ niaŋ⁴² pu²⁴|⁴² kɛ⁵⁵|²¹³ an⁰ tʂʻɿə⁵⁵|⁴² kuə⁵⁵ tɕyə⁰

扯嘞裹脚两丈长，　　　　tʂʻɿə⁵⁵ lɛ⁰ kuə⁵⁵ tɕyə⁰ liaŋ⁵⁵ tsaŋ²¹³ tʂʻaŋ⁴²

俺娘不给ᴰ俺盖楼房；　　　an⁵⁵ niaŋ⁴² pu²⁴|⁴² kɛ⁵⁵|²¹³ an⁰ kai²¹³ lou⁴² faŋ⁰

盖嘞楼房黑咕咚，　　　　kai²¹³ lɛ⁰ lou⁴² faŋ⁰ xɛ²⁴ ku⁰ tuəŋ²⁴

开开马门儿到ᴰ北京。　　　kʻai²⁴ kʻai²⁴ ma⁵⁵ mər⁰ to²¹³ pei²⁴ tɕiŋ²⁴

北京有一块好大麦，　　　pei²⁴ tɕiŋ²⁴ iou²⁴ i⁰ kʻuai²¹³ xau⁵⁵ ta²¹³ mɛ²⁴

掐一穗儿，打一升，　　　tɕʻia²⁴ i²⁴|⁴² suər²¹³ ta⁵⁵ i²⁴ ʂəŋ²⁴

掐两穗儿，打一石。　　　tɕʻia²⁴ liaŋ⁵⁵ suər²¹³ ta⁵⁵ i²⁴|⁴² tan²¹³

牵着黑驴磨三遍，　　　　tɕʻian²⁴ tʂʐ⁰ xɛ²⁴ ly⁴² muə²¹³ san²⁴|⁴² pian²¹³

粗箩筛，细箩弹。　　　　tsʻu²⁴ luə⁴² ʂai²⁴ ɕi²¹³ luə⁴² tan²¹³

拿起ᴴ银盆洗洗手，　　　na⁴² tɕʻiai⁰ in⁴² pʻən⁴² ɕi⁵⁵|⁴² ɕi⁰ ʂou⁵⁵

拿起ᴴ金盆和和面，　　　na⁴² tɕʻiai⁰ tɕin²⁴ pʻən⁴² xuə⁵⁵ xuə⁰ mian²¹³

拿起ᴴ擀杖ᶻ一大片，　　　na⁴² tɕʻiai⁰ kan⁵⁵ tʂæŋ⁰ i²⁴|⁴² ta²¹³ pʻian²¹³

拿起ᴴ刀，一条线。　　　na⁴² tɕʻiai⁰ tau²⁴ i²⁴ tʻiau⁴² ɕian²¹³

丢ᴰ锅里，嘟噜转。　　　tio²⁴ kuə²⁴ li⁰ tu²⁴ lu⁰ tʂuan²¹³

公公一碗婆ᶻ一碗，　　　kuaŋ²⁴ kuaŋ⁰ i²⁴ uan⁵⁵ pʻau⁴² i²⁴ uan⁵⁵

掉ᴰ这一碗俺不管①。　　tio²¹³ tʂʐə⁵⁵ i²⁴ uan⁵⁵ an⁵⁵ pu²⁴ kuan⁵⁵

木锨：一种木制农具，形状跟铁锨相似；多用于谷物、小麦扬场。　光碾碾：光溜溜。　马门儿：房屋上比较高的窗户。　到ᴰ：到了，动词变韵表完成义。　丢ᴰ：丢到，动词变韵表终点义。　升、石：旧制容量单位，十合为一升，十升为一斗，十斗为一石。　弹：用较细的箩筛叫"弹"。　掉ᴰ：余剩；动词变韵表完成义，可替换为"掉了"。

―――――――――――

① "掉ᴰ这一碗俺不管"意思是不顾及或顾不上别人了，要留给自己吃。

木锨板儿

木锨板儿，挖胶泥儿，　　　mu²⁴ ɕian⁰ por⁵⁵ ua²⁴ tɕiau²⁴ niɚr⁰

一挖挖出 ᴴ个大闺女儿。　　i²⁴ ua²⁴ ua²⁴ tʂʻuai⁰ kə⁰ ta²¹³ kuei²⁴ nyɚr⁰

啥时儿娶？腊八儿娶。　　ʂa⁵⁵ | ⁴² ʂɚr⁴² | ²¹³ tɕʻy⁵⁵ la²⁴ pɐr²⁴ tɕʻy⁵⁵

谁抬轿？二圪料。　　ʂei⁴² tʻai⁴² tɕiau²¹³ ɚr²¹³ kɛ⁴² liau²¹³

谁驶车？她干爹。　　ʂei⁴² ʂʅ⁵⁵ tʂʻʅə²⁴ tʻa⁵⁵ kan²⁴ tiɛ²⁴

谁吹打？小蜜蜂，　　ʂei⁴² tʂʻuei²⁴ ta⁵⁵ ɕiau⁵⁵ mi²⁴ fəŋ⁰

嗡——嗡——嗡，嗡——嗡——嗡！　　uəŋ²⁴ uəŋ²⁴ uəŋ²⁴ uəŋ²⁴ uəŋ²⁴ uəŋ²⁴

啥时儿：什么时候；"时"无规则变调。　圪料：脾气、性情古怪。　吹打：指吹奏乐器。　嗡——嗡——嗡：拟蜜蜂之叫声。

N

奶奶把把

好娃娃，乖娃娃，　　xau⁵⁵ ua⁴² ua⁰ kuai²⁴ ua⁴² ua⁰

奶奶把把。　　nai⁵⁵ nai⁰ pa⁴² pa⁰

爹织布，娘纺花，　　tiɛ²⁴ tʂʅ²⁴ pu²¹³ niaŋ⁴² faŋ⁵⁵ xua²⁴

买个烧饼哄娃娃。　　mai⁵⁵ kə⁰ ʂau²⁴ piŋ⁰ xuəŋ⁵⁵ ua⁴² ua⁰

爹一口，娘一口，　　tiɛ²⁴ i²⁴ kʻou⁵⁵ niaŋ⁴² i²⁴ kʻou⁵⁵

咬住娃娃嘞手指头。　　iau⁵⁵ tʂʅ⁰ ua⁴² ua⁰ lɛ⁰ ʂou⁵⁵ tʂʅ⁵⁵⌐⁴² tʻou⁰

哇——哇——哇，孩ᶻ哭了。　　ua²⁴ ua²⁴ ua²⁴ xɛau⁴² kʻu²⁴ lə⁰

此为哄婴幼儿拉屎撒尿时的歌谣。　　把：把尿，把屎，即将婴幼儿抱在双手之间，教导或者诱导其排尿排便的动作。

奶亲孙儿

奶亲孙儿，　　nɛ⁵⁵ tɕʻin²⁴ suər²⁴

是正根儿。　　ʂʅ²¹³ tʂəŋ²¹³ kər²⁴

姥娘亲外甥儿，　　lau⁵⁵ niaŋ⁰ tɕʻin²⁴ uai²¹³ ʂər⁰

坷垃地撵旋风儿。　　kʻɛ⁵⁵ la⁰ ti²¹³ nian⁵⁵ ɕyan²¹³ fər⁰

姥娘亲外甥女儿，　　lau⁵⁵ niaŋ⁰ tɕʻin²⁴ uai²¹³ ʂəŋ⁰ nyər⁵⁵

坷垃地撵小鬼儿。　　kʻɛ⁵⁵ la⁰ ti²¹³ nian⁵⁵ ɕiau⁵⁵⌐⁴² kuər⁵⁵

外甥儿：外孙。　　坷垃地：野地，漫天地。　　外甥女儿：外孙女。

男和女（一）

男追女，一堵墙；　　nan⁴² tʂuei²⁴ ny⁵⁵ i²⁴ tu⁵⁵ tɕ'iaŋ⁴²

女追男，一层纸。　　ny⁵⁵ tʂuei²⁴ nan⁴² i²⁴ ts'əŋ⁴² tʂʅ⁵⁵

男<u>聘</u>女，是正理；　　nan⁴² p'in²¹³ ny⁵⁵ ʂʅ²¹³ tʂən²¹³ li⁵⁵

女<u>聘</u>男，不值钱。　　ny⁵⁵ p'in²¹³ nan⁴² pu²⁴ tʂʅ⁴² tɕ'ian⁴²

此谣讲的有两层意思：前一句是说在恋爱关系中，如果是男性追求女性，婚姻成功的可能性较小，而女性追求男性，则婚姻成功的可能性较大；后一句是说在夫妻关系中，丈夫应宽容大度，对妻子多忍让、多呵护。　聘：主动示好；讨好，哄劝。

男和女（二）

男人男人，　　　　nan⁴² zən⁰ nan⁴² zən⁰

就是作难嘞；　　tɕiou²¹³ ʂʅ⁰ tsuə²⁴ nan⁴² nɛ⁰

妇女妇女，　　　　fu²⁴ ny⁰ fu²⁴ ny⁰

就是享福嘞。　　tɕiou²¹³ ʂʅ⁰ ɕiaŋ⁵⁵˥⁴² fu²⁴ lɛ⁰

南街有个蒋玉喜

南街有个蒋玉喜，　　nan⁴² tɕiɛ²⁴ iou⁵⁵ kə⁰ tɕiaŋ⁵⁵ y²¹³ ɕi⁵⁵

洋车儿手表缝纫机。　　iaŋ⁴² tʂ'ɣr²⁴ ʂou⁵⁵˥⁴² piau⁵⁵ fən⁴² in⁰ tɕi²⁴

银行还存 ᴰ 两千一，　　in⁴² xaŋ⁴² xai⁴² ts'uɛ⁴² liaŋ⁵⁵ tɕ'ian²⁴ i²⁴

光等 ᴰ 娶个花鬏髻。　　kuaŋ²⁴ to⁵⁵ tɕ'y⁵⁵ kə⁰ xua²⁴ ti⁴² ti²¹³

此谣讲的是有个叫蒋玉喜的人，为结婚做好了一切准备，却迟迟找不到媳妇儿。　洋车：自行车。　存 ᴰ、等 ᴰ：动词变韵均表持续义，可分别替换为"存着""等着"。　花鬏髻：指代容貌姣好的女子；"鬏髻"是古代妇女用作装饰的假发髻。

脑袋（一）*

一个葫芦七个眼，　　i²⁴˥⁴² kə⁰ xu⁴² lu⁰ tɕ'i²⁴˥⁴² kə⁰ ian⁵⁵

能听能瞧又能喊。　　nəŋ⁴² t'iŋ²⁴ nəŋ⁴² tɕ'iau⁴² iou²¹³ nəŋ⁴² xan⁵⁵

此为谜语的谜面；谜底：脑袋。

脑袋（二）*

一块板儿，　　　i²⁴˥⁴² k'uai²¹³ por⁵⁵

<u>底儿上</u>锥ᴰ七ᴴ窟窿眼儿。　　tiər⁵⁵ ʂaŋ⁰ tʂuɛ²⁴ tɕ'iɛ²⁴ ku²⁴ luəŋ⁰ ior⁵⁵

此为谜语的谜面；谜底：脑袋。　<u>底儿上</u>：上边；又作"项儿上"。　锥ᴰ："锥了"，动词变韵表完成义。　七ᴴ："七个"的合音。

恁唱秧歌我打个岔

"山坡羊，<u>扯么</u>出下，　　ʂan²⁴ p'uə²⁴ iaŋ⁴² tʂ'ʅə⁵⁵ muə⁰ tʂ'ʅ²⁴ ɕia²¹³

恁唱秧歌① 我打个岔② 。"　　nən⁵⁵ tʂ'aŋ²¹³ iaŋ²⁴ kə⁰ uə⁰ ta⁵⁵ kə⁰ tʂ'a²¹³

"这个岔，你打了罢，　　tʂʅə⁵⁵ kə⁰ tʂ'a²¹³ ni⁵⁵ ta⁵⁵ liau⁰ pa²¹³

正唱秧歌你瞎混啥？"　　tʂʅəŋ²¹³ tʂ'aŋ²¹³ iaŋ²⁴ kə⁰ ni⁰ ɕia²⁴ xuən²¹³ ʂa²¹³

"可不是啥，可不是啥，　　k'ɛ²⁴ pu⁰ ʂʅ⁰ ʂa²¹³ k'ɛ²⁴ pu⁰ ʂʅ⁰ ʂa²¹³

我说嘞都是大实话。　　uə⁵⁵ ʂʅə²⁴ lə⁰ tou²⁴˥⁴² ʂʅ⁰ ta²¹³ ʂʅ⁴² xua²¹³

我有一肚两客翅ᶻ，　　uə⁵⁵˥⁴² iou⁵⁵ i²⁴˥⁴² tu²¹³ liaŋ⁵⁵ k'ɛ²⁴ tʂ'æu⁰

当间儿还有一皮包。　　taŋ²⁴ tɕior²¹³ xai⁴² iou⁵⁵ i²⁴ p'i⁴² pau²⁴

---

① 秧歌是中国北方地区广泛流行的一种极具群众性和代表性的汉族民间舞蹈；浚县秧歌是传统的社火项目，一般是在春节的社火玩会上表演。浚县各种民间社火组织达几十家之多，各街各镇的社火组织春节期间都在相对固定的地点搭起"神棚"，安排专人负责烧香敬神，同时负责给正月初八、十五下午游经此处的其他社火组织发请帖，邀请其在正月初九、十六下午至晚上来本街本村表演。只要接了请帖，无论多晚，都必须兑现承诺。因此，每个社火队均有数十场表演，扭秧歌、踩高跷、舞狮子等竞相献艺，观者如云，热闹非凡，从下午一直持续到深夜，场面热烈，蔚为壮观。但是，近几十年，随着电视、手机等普及，人们的娱乐项目越来越多，社火"巡回表演"已经完全省略；另外，随着一些老艺人相继过世，一些传统的社火项目正面临后继乏人的危险。

② 打岔：是秧歌表演的重要组成部分，由相对固定的角色完成说唱，秧歌表演队都有专人负责"打岔"。"打岔"可以逗趣，可以作为由一个节目向另一个节目的过渡，也可以用于提醒、催促表演队向另一个表演地点转移。

我说这话恁不信， uə⁵⁵ ʂʯə²⁴ tʂʯə⁵⁵ xua²¹³ nən⁵⁵ pu²⁴ ｜⁴² ɕin²¹³

问恁姥娘跟 ᴰ 恁妗。" uən²¹³ nən⁰ lau⁵⁵ niaŋ⁰ kɛ²⁴ ｜²¹³ nən⁰ tɕin²¹³

"呼——，呼——，咱撒把盐， " xu²⁴ xu²⁴ tsan⁴² sa⁵⁵ ｜⁴² pa⁵⁵ ian⁴²

"走到那边儿咱还玩。" tsou⁵⁵ tau⁰ na²¹³ pior²⁴ tsan⁴² xai⁴² uan⁴²

此为春节社火玩会秧歌表演时的"打岔"谣。 扯么出：一个接一个。 打了罢：不要打（岔）了。 客翅 ᶻ：肋骨；推测当为"客榔 ᶻ 翅 ᶻ"的省说形式。 皮包：喻指肚皮、胸腔。 玩：表演。

能骗就骗

一手拿 ᴰ⁻⁰ 香， i²⁴ ʂou⁵⁵ na⁴² ɕiaŋ²⁴

一手拿 ᴰ⁻⁰ 枪， i²⁴ ʂou⁵⁵ na⁴² tɕʻiaŋ²⁴

腰里 ᴴ 掖 ᴰ⁻⁰ 镰， iau²⁴ liou⁰ iɛ²⁴ lian⁴²

膀 ᶻ 上背 ᴰ 筐。 pæŋ⁵⁵ ʂaŋ⁰ pɛ²⁴ kʻuaŋ²⁴

见 ᴰ 上级都烧香， tɕiæ²¹³ ʂaŋ²¹³ tɕi²⁴ tou⁰ ʂau²⁴ ɕiaŋ²⁴

见 ᴰ 下级就开枪。 tɕiæ²¹³ ɕia²¹³ tɕi²⁴ tɕiou²¹³ kai²⁴ tɕʻiaŋ²⁴

得骗都骗， tɛ²⁴ pʻian²¹³ tou⁰ pʻian²¹³

能诓都诓。 nəŋ⁴² kʻuaŋ²⁴ tou⁰ kʻuaŋ²⁴

拿 ᴰ⁻⁰、掖 ᴰ⁻⁰、背 ᴰ：动词变韵均表持续义，可分别替换为"拿着""掖着""背着"，掖：塞，插。 见 ᴰ：见到，动词变韵表终点义。 得……都/就：能……就……。

泥瓦匠　住草房

泥瓦匠，住草房； ni⁴² ua⁵⁵ tɕiaŋ²¹³ tʂʯ²¹³ tsʻau⁵⁵ faŋ⁴²

织布嘞，没衣裳； tʂʯ²⁴ pu²¹³ lɛ⁰ mu⁴² i²⁴ ʂaŋ⁰

卖盐嘞，喝甜汤； mai²¹³ ian⁴² nɛ⁰ xə²⁴ tʻian⁴² tʻaŋ²⁴

种地嘞，吃米糠； ʂuən²¹³ ti²¹³ lɛ⁰ tʂʯ²⁴ mi⁵⁵ kʻaŋ²⁴

炒菜嘞，光 ₁ 闻香； tʂʻau⁵⁵ tsʻai²¹³ lɛ⁰ kuaŋ²⁴ uən⁴² ɕiaŋ²⁴

编席嘞，睡光炕； pian²⁴ ɕi⁴² lɛ⁰ sei²¹³ kuaŋ²⁴ kʻaŋ²¹³

卖木头嘞死^D路上。　　mai²¹³ mu²⁴ t'ou⁰ lɛ⁰ sʐə⁵⁵ lu²¹³ ʂaŋ⁰

甜：无盐；味儿淡。　　光₁：只，仅。　　木头：浚县方言俗称棺材为"木头"。　　死^D：死到，动词变韵表终点义。

你敬我一尺

你敬我一尺，　　ni⁵⁵ tɕiŋ²¹³ uə⁵⁵ i²⁴ tʂ‘ʅ²⁴

我敬你一丈；　　uə⁵⁵ tɕiŋ²¹³ ni⁵⁵ i²⁴ | ⁴² tʂaŋ²¹³

你敬我一丈，　　ni⁵⁵ tɕiŋ²¹³ uə⁵⁵ i²⁴ | ⁴² tʂaŋ²¹³

我敬^D你天上。　　uə⁵⁵ tɕio²¹³ ni⁵⁵ t‘ian²⁴ ʂaŋ⁰

恁成^D神，我站班，　　nən⁵⁵ tʂ‘o⁴² ʂən⁴² uə⁵⁵ tʂan²¹³ pan²⁴

庙一塌，我先蹿，　　miau²¹³ i⁰ t‘a²⁴ uə⁵⁵ ɕian²⁴ ts‘uan²⁴

还是砸烂^D恁嘞砖。　　xai⁴² ʂʅ⁰ tsa⁴² læ²¹³ nən⁵⁵ nɛ⁰ tʂuan²⁴

敬^D：敬到，动词变韵表终点义。　　成^D、烂^D：动词、形容词变韵均表完成义，可分别替换为"成了""烂了"。

你随大溜儿也挨斗

先反左，后反右，　　ɕian²⁴ fan⁵⁵ | ⁴² tsuə⁵⁵ xou²¹³ fan⁵⁵ iou²¹³

咱站^D当间儿随大溜。　　tsan⁴² tʂæ²¹³ taŋ²⁴ tɕior²¹³ suei⁴² ta²¹³ liou²¹³

也不左，也不右，　　iɛ⁵⁵ pu²⁴ tsuə⁵⁵ iɛ⁵⁵ pu²⁴ | ⁴² iou²¹³

你随大溜儿也挨斗。　　ni⁵⁵ suei⁴² ta²¹³ liər²¹³ iɛ⁵⁵ ai⁴² tou²¹³

此谣反映的是"以阶级斗争为纲"的年代里，人们感到无所适从，因为人人都有可能莫名其妙地挨批斗。　　站^D：站到，动词变韵表终点义。　　你：表虚指。

年代·人（一）

五十年代工农兵，　　u⁵⁵ ʂʅ⁰ nian⁴² tai⁰ kuəŋ²⁴ nuəŋ⁴² piŋ²⁴

六十年代红卫兵，　　liou²¹³ ʂʅ⁰ nian⁴² tai⁰ xuəŋ⁴² uei²¹³ piŋ²⁴

七十年代老中青 [①] ,　　tɕʻi²⁴ ʂʅ⁰ nian⁴² tai⁰ lau⁵⁵ tʂuəŋ²⁴ tɕʻiŋ²⁴

八十年代大学生。　　pa²⁴ ʂʅ⁰ nian⁴² tai⁰ ta²¹³ ɕyə⁴² ʂəŋ²⁴

此为不同年代最吃香的人。　老中青：指 20 世纪 70 年代，干部任命的 "老中青三结合" 原则。

年代·人（二）

五十年代人帮人，　　u⁵⁵ ʂʅ⁰ nian⁴² tai⁰ zən⁴² paŋ²⁴ zən⁴²

六十年代人整人，　　liou²¹³ ʂʅ⁰ nian⁴² tai⁰ zən⁴² tʂəŋ⁵⁵ zən⁴²

七十年代人治人，　　tɕʻi²⁴ ʂʅ⁰ nian⁴² tai⁰ zən⁴² tʂʅ²¹³ zən⁴²

八十年代顾各人。　　pa²⁴ ʂʅ⁰ nian⁴² tai⁰ ku²¹³ kə²⁴ zən⁴²

顾各人：自己顾自己。

年轻白笑白头翁

年轻白笑白头翁，　　nian⁴² tɕʻiŋ²⁴ pɛ⁴² ɕiau²¹³ pɛ⁴² tʻou⁴² uəŋ²⁴

好花儿能开几日红？　xau⁵⁵ xuɐ²⁴ nəŋ⁴² kʻai²⁴ tɕi⁵⁵ zʅ²¹³ xuəŋ⁴²

我嘞今 [D] 个，　　uə⁵⁵ lɛ⁰ tɕie²⁴ kə⁰

你嘞明 [D] 个，　　ni⁵⁵ lɛ⁰ me⁴² kə⁰

世人谁也跑不脱。　　ʂʅ²¹³ zən⁴² ʂei⁴² iɛ⁰ pʻau⁵⁵ pu⁰ tʻuə²⁴

白：不要。

年俗谣

腊八儿，祭灶，　　la²⁴ pɐr²⁴ tɕi²¹³ tsau²¹³

年下，来到。　　nian⁴² ɕia⁰ lai⁴² tau²¹³

[①] "老中青三结合" 原则来源于 1971 年 8 月 27 日《人民日报》社论《我们党在朝气蓬勃地前进》："各级党的领导班子，实行老、中、青三结合的原则，既有老一辈的无产阶级革命者，又有中年和青年一代的优秀党员，还有来自工农和基层干部中的新生力量。" 1973 年 1 月 1 日，老、中、青三结合的原则正式被确定为各级领导班子组成的基本原则。

小妮儿要花儿， ɕiau⁵⁵ niər²⁴ iau²¹³ xuɐr²⁴

小小儿要炮； ɕiau⁵⁵ ⁼ ⁴² ɕior⁵⁵ iau²¹³ pʻau²¹³

老婆儿要衣裳， lau⁵⁵ ⁼ ²⁴ pʻor⁴² iau²¹³ i²⁴ ʂaŋ⁰

老头儿跟 ᴰ 老婆儿打讥谎。 lau⁵⁵ ⁼ ²⁴ tʻər⁴² kɛ²⁴ lau⁵⁵ ⁼ ²⁴ pʻor⁴² ta⁵⁵ tɕi²⁴ xuaŋ⁰

年下：春节。　打讥谎：胡搅蛮缠、故意捣乱，有开玩笑的意思。

娘劝闺女多吃点儿

妮 ᶻ 哎妮 ᶻ 哎你多吃点儿， ni:au²⁴ uai⁰ ni:au²⁴ uai⁰ ni⁵⁵ tuə²⁴ tʂʻʅ²⁴ tior⁰

到 ᴰ 恁婆 ᶻ 家得吃黑窝窝。 to²¹³ nən⁰ pʻau⁴² tɕia⁰ tɛ²⁴ tʂʻʅ²⁴ xɛ²⁴ uə²⁴ uə⁰

吃了八个蒸馍子， tʂʻʅ²⁴ lə⁰ pa²⁴ ⁼ ⁴² kə⁰ tʂən²⁴ muə⁰ tsʅ⁰

吃了了六个肉包子。 tʂʻʅ²⁴ lə⁰ liou²¹³ kə⁰ zou²¹³ pau²⁴ tsʅ⁰

坐轿里 ᴴ 放 ᴰ 个出律屁， tsuə²¹³ tɕiau²¹³ liou⁰ fæŋ²¹³ kə⁰ tʂʻʅ²⁴ lyʻ⁰ pʻi²¹³

四 ᴴ 抬轿嘞崩死 ᴰ 仨， sʅə²¹³ tʻai⁴² tɕiau²¹³ lɛ⁰ pən²⁴ sʅə⁰ sa²⁴

娶客崩 ᴰ 来一只眼， tɕʻy⁵⁵ kʻɛ⁰ po²⁴ lai⁰ i²⁴ tʂʅ²⁴ ian⁵⁵

送客崩 ᴰ 来一对儿牙， suəŋ²¹³ kʻɛ⁰ po²⁴ lai⁰ i²⁴ ⁼ ⁴² tuər²¹³ ia⁴²

新女婿崩 ᴰ 个仰八叉， ɕin²⁴ ny⁵⁵ ɕy⁰ po²⁴ kə⁰ iaŋ⁴² pɛ⁰ tʂʻa²⁴

离她婆 ᶻ 家三里地， li²¹³ tʻa⁰ pʻau⁴² tɕia⁰ san²⁴ li⁵⁵ ti²¹³

楼房瓦舍都崩塌。 lou⁴² faŋ⁴² ua⁵⁵ sʅə⁵⁵ ⁼ ²¹³ tou²⁴ pəŋ²⁴ tʻa²⁴

此谣讲的是女儿出嫁，上轿前母亲叮嘱其要多吃饭，结果出了大洋相。　到 ᴰ、放 ᴰ：动词变韵均表完成义，可分别替换为"到了""放了"。　得：必须，需要。　蒸馍：馒头。　出律屁：又臭又长的屁。　四 ᴴ："四个"的合音。　娶客、送客：迎娶、陪送新娘子的人。　崩 ᴰ 来：崩下来，崩掉；动词变韵仅作为单趋式中的一个强制性形式成分，不表示实际意义。　楼房瓦舍：代指房屋；"舍"无规则变调。

牛 *

头戴双尖儿帽， tʻou⁴² tai²¹³ ʂuaŋ²⁴ tɕior²⁴ mau²¹³

身穿大皮袄。 ʂən²⁴ tʂʻuan²⁴ ta²¹³ pʻi⁴² au⁰

说话带鼻音，　　ʂʅə²⁴ xua²¹³ tai²¹³ pi⁴² in²⁴

总是哞儿——哞儿叫。　　tsuəŋ⁵⁵ ʂʅ⁰ mər²⁴ mər²⁴ tɕiau²¹³

此为谜语的谜面；谜底：牛。

牛尾巴 *

墙上有个橛 ᶻ，　　tɕʻiaŋ⁴² ʂaŋ⁰ iou⁵⁵ kə⁰ tɕyau⁴²

上下左右摇。　　ʂaŋ²¹³ ɕia²¹³ tsuə⁵⁵ iou²¹³ iau⁴²

瞧着很活络，　　tɕʻiau⁴² tʂʅ⁰ xən⁵⁵ xu⁴² luə⁰

就是拔不掉。　　tɕiou²¹³ ʂʅ⁰ pa⁴² pu²⁴ ﹐ ⁴² tiau²¹³

此为谜语的谜面；谜底：牛尾巴。　　活络：摇动，不稳定。

纽扣（一）*

你嘞我嘞，　　ni⁵⁵ lɛ⁰ uə⁵⁵ lɛ⁰

咱俩和嘞。　　tsan⁴² lia⁵⁵ xuə⁵⁵ lɛ⁰

掰开 ᴰ 你嘞，　　pɛ²⁴ kʻɛ²⁴ ni⁵⁵ lɛ⁰

进去我嘞。　　tɕin²¹³ tɕʻy⁰ uə⁵⁵ lɛ⁰

此为谜语的谜面；谜底：系纽扣。　　开 ᴰ：动词变韵表完成义，可替换为"开了"。

纽扣（二）*

起 ᴰ 这 ᴴ 来 ᴰ 个老头儿，　　tɕʻiɛ⁵⁵ tʂæŋ⁵⁵ lɛ⁴² kə⁰ lau⁵⁵ ﹐ ²⁴ tʻər⁴²

起 ᴰ 那 ᴴ 来 ᴰ 个老头儿，　　tɕʻiɛ⁵⁵ næŋ²¹³ lɛ⁴² kə⁰ lau⁵⁵ ﹐ ²⁴ tʻər⁴²

它俩和绾 ᴰ 个唐唐纽儿①。　　tʻa⁵⁵ ﹐ ⁴² lia⁵⁵ xuə⁵⁵ uæ⁴² kə⁰ tʻaŋ⁴² tʻaŋ⁰ niər⁴²

此为谜语的谜面；谜底：传统中式服装上使用的纽扣，也叫"盘扣"。　　起 ᴰ：介词，从。　　这 ᴴ、那 ᴴ：推测当为"这厢""那厢"的合音，

---

① 唐唐纽儿：将长发绾于后脑勺下方，盘结成扁平圆形发髻，再用簪子固定；此为 20 世纪五六十年代中老年妇女的常见发型，俗称"唐纽儿""唐唐纽儿"。

待详考。 来^D、绾^D：动词变韵均表完成义，可分别替换为"来了""绾了"。 和：一起，共同。 唐唐纽儿：喻指中式纽扣。

纽扣（三）*

兄弟四五^H人， ɕyŋ²⁴ ti⁰ sๅ²¹³ ŋuə⁵⁵ zən⁴²

各进各嘞门。 kə²⁴ tɕin²¹³ kə²⁴ lɛ⁰ mən⁴²

谁要进错了， ʂei⁴² iau²¹³ tɕin²¹³ ts'uə²¹³ liau⁰

真能笑死人。 tʂən²⁴ nəŋ⁴² ɕiau²¹³ sๅ⁰ zən⁴²

此为谜语的谜面；谜底：纽扣。 兄弟：弟兄。 五^H："五个"的合音。

女大三 抱金砖

女大一，不是妻； ny⁵⁵ ta²¹³ i²⁴ pu²⁴ ⎮ ⁴² sๅ²¹³ tɕ'i²⁴

女大二，不是伴儿； ny⁵⁵ ta²¹³ ər²¹³ pu²⁴ ⎮ ⁴² sๅ²¹³ por²¹³

女大三，抱金砖； ny⁵⁵ ta²¹³ san²⁴ pau²¹³ tɕin²⁴ tʂuan²⁴

女大四，一根刺。 ny⁵⁵ ta²¹³ sๅ²¹³ i²⁴ kən²⁴ ts'ๅ²¹³

旧俗认为女子比男子年龄大一岁或大四岁，不宜结为夫妻；而妻子比丈夫大三岁，婚姻生活会幸福美满。

女大十八变

女大十八变， ny⁵⁵ ta²¹³ sๅ⁴² pa²⁴ ⎮ ⁴² pian²¹³

越变越好看。 yɛ²⁴ pian²¹³ yɛ²⁴ xau⁵⁵ k'an²¹³

你没变好看， ni⁵⁵ mu⁴² pian²¹³ xau⁵⁵ k'an²¹³

是命也甭怨。 sๅ²¹³ miŋ²¹³ iɛ⁵⁵ piŋ⁴² yan²¹³

暖水壶*

此物真稀奇， ts'ๅ⁵⁵ u²¹³ tʂən²⁴ ɕi²⁴ tɕ'i⁴²

短嘴大肚皮。 tuan⁵⁵ ⎮ ⁴² tsuei⁵⁵ ta²¹³ tu²¹³ p'i⁴²

头戴平顶帽 ^Z，　　t'ou⁴² tai²¹³ p'iŋ⁴² tiŋ⁵⁵ mæu²¹³

摘帽 ^Z 冒热气。　　tʂɛ²⁴ mæu²¹³ mau²¹³ z̩ə²⁴ tɕ'i²¹³

此为谜语的谜面；谜底：暖水壶。

P

拍豆角

拍，拍，拍豆角^z，　　p'ɛ²⁴ p'ɛ²⁴ p'ɛ²⁴ tou²¹³ tɕ'yau²⁴

拍嘞豆角^z上南坡。　　p'ɛ²⁴ lɛ⁰ tou²¹³ tɕ'yau²⁴ ʂaŋ²¹³ nan⁴² p'uə²⁴

南嘞南，北嘞北，　　nan⁴² nɛ⁰ nan⁴² pei²⁴ lɛ⁰ pei²⁴

北嘞有个沙鼓堆。　　pei²⁴ lɛ⁰ iou⁵⁵ kə⁰ ʂa²⁴ ku⁰ tsuei²⁴

沙鼓堆上长小豆，　　ʂa²⁴ ku⁰ tsuei²⁴ ʂaŋ⁰ tʂaŋ⁵⁵│⁴² ɕiau⁵⁵ tou⁰

开嘞黄花儿紫微微，　　k'ai²⁴ lɛ⁰ xuaŋ⁴² xuɐr²⁴ tsʅ⁵⁵ uei⁰ uei²⁴

结嘞豆角^z直拗拗。　　tɕiɛ²⁴ lɛ⁰ tou²¹³ tɕ'yau²⁴ tʂʅ⁴² niou⁰ niou⁴²

沙鼓堆：沙堆。　　小豆：又名红小豆、赤豆、赤小豆。　　紫微微：形容紫得发亮；"微微"为叠音后缀。　　直拗拗：形容比较直；"拗拗"为叠音后缀。

拍手谣

你拍一，我拍一，　　ni⁵⁵ p'ɛ²⁴ i²⁴ uə⁵⁵ p'ɛ²⁴ i²⁴

一个小孩儿坐飞机；　　i²⁴│⁴² kə⁰ ɕiau⁵⁵ xor⁴² tsuə²¹³ fei²⁴ tɕi²⁴

你拍二，我拍二，　　ni⁵⁵ p'ɛ²⁴ ər²¹³ uə⁵⁵ p'ɛ²⁴ ər²¹³

两个小孩儿梳小辫儿；　　liaŋ⁵⁵ kə⁰ ɕiau⁵⁵ xor⁴² ʂu²⁴ ɕiau⁵⁵ pior²¹³

你拍三，我拍三，　　ni⁵⁵ p'ɛ²⁴ san²⁴ uə⁵⁵ p'ɛ²⁴ san²⁴

三个小孩儿吃饼干；　　san²⁴│⁴² kə⁰ ɕiau⁵⁵ xor⁴² tʂ'ʅ²⁴ piŋ⁵⁵ kan²⁴

你拍四，我拍四，　　ni⁵⁵ p'ɛ²⁴ sʅ²¹³ uə⁵⁵ p'ɛ²⁴ sʅ²¹³

四个小孩儿写大字；　　sʅ²¹³ kə⁰ ɕiau⁵⁵ xor⁴² ɕiɛ⁵⁵ ta²¹³ tsʅ²¹³

你拍五，我拍五，　　ni⁵⁵ p'ɛ²⁴ u⁵⁵ uə⁵⁵ p'ɛ²⁴ u⁵⁵

五个小孩儿敲洋鼓；　u^{55} kə^{0} ɕiau^{55} xor^{42} tɕʻiau^{24} iaŋ^{42} ku^{55}

你拍六，我拍六，　ni^{55} pʻɛ^{24} liou^{213} uə^{55} pʻɛ^{24} liou^{213}

六个小孩儿吃石榴；　liou^{213} kə^{0} ɕiau^{55} xor^{42} tʂʻʅ^{24} ʂʅ^{42} liou^{0}

你拍七，我拍七，　ni^{55} pʻɛ^{24} tɕʻi^{24} uə^{55} pʻɛ^{24} tɕʻi^{24}

七个小孩儿做游戏；　tɕʻi$^{24 \mid 42}$ kə^{0} ɕiau^{55} xor^{42} tsuə^{213} iou^{42} ɕi^{213}

你拍八，我拍八，　ni^{55} pʻɛ^{24} pa^{24} uə^{55} pʻɛ^{24} pa^{24}

八个小孩儿吹喇叭；　pa$^{24 \mid 42}$ kə^{0} ɕiau^{55} xor^{42} tʂʻuei^{24} la^{55} pa^{0}

你拍九，我拍九，　ni^{55} pʻɛ^{24} tɕiou^{55} uə^{55} pʻɛ^{24} tɕiou^{55}

九个小孩儿扭一扭；　tɕiou^{55} kə^{0} ɕiau^{55} xor^{42} niou^{55} i^{24} niou^{55}

你拍十，我拍十，　ni^{55} pʻɛ^{24} ʂʅ^{42} uə^{55} pʻɛ^{24} ʂʅ^{42}

十个小孩儿站嘞直。　ʂʅ^{42} kə^{0} ɕiau^{55} xor^{42} tʂan^{213} nɛ^{0} tʂʅ^{42}

排排座

排排座儿，吃果果，　pai^{42} pai^{0} tsuɤr^{213} tʂʻʅ^{24} kuə^{55} kuə^{0}

你一个，我一个，　ni^{55} i^{0} kə^{0} uə^{55} i^{0} kə^{0}

东东没在家，　tuəŋ^{24} tuəŋ^{0} mu^{42} kai^{213} tɕia^{24}

给^{D}他留一个。　kɛ$^{55 \mid 213}$ tʻa^{0} liou^{42} i^{0} kə^{0}

盘脚录脚

盘脚，录脚，　pʻan^{42} tɕyə^{24} lu^{24} tɕyə^{24}

亚花儿，骨朵，　ia^{213} xuɐr^{24} ku^{24} tuə^{0}

姓张，姓李，　ɕiŋ^{42} tʂaŋ^{24} ɕiŋ^{42} li^{55}

拐个弯儿，　kuai^{55} kə^{0} uor^{24}

出嫁你①。　tʂʻʮ^{24} tɕia^{0} ni^{55}

此为儿童游戏谣：若干人围坐在一起，伸出双脚，一边念着上述歌谣，一边用手依次拍每个人的脚；“你”字落在哪只脚上，哪只脚退出，直到退完，游戏结束，换另一个人重新再来。 录、亚：意义待考。

---

① “拐个弯儿，出嫁你”句又作“小狗儿咬你”或“拿刀儿杀你”。

螃蟹 *

一个胖大娘，　　i²⁴ ⏐ ⁴²kə⁰ p'aŋ²¹³ ta²¹³ niaŋ⁰

身上背 ᴰ个筐 ᶻ，　　ʂən²⁴ ʂaŋ⁰ pɛ²⁴ kə⁰ k'uæŋ²⁴

头上剪 ᶻ两把，　　t'ou⁴² ʂaŋ⁰ tɕiæ⁵⁵ liaŋ⁵⁵ ⏐ ⁴²pa⁵⁵

肚上筷 ᶻ四双。　　tu²¹³ ʂaŋ⁰ k'uɛau²¹³ sʅ²¹³ ʂuaŋ²⁴

此为谜语的谜面；谜底：螃蟹。　　背 ᴰ：背着，动词变韵表持续义。

跑马杆

跑，跑，跑马杆，　　p'au⁵⁵ p'au⁵⁵ p'au⁵⁵ ⏐ ⁴²ma⁵⁵ kan²⁴

鸡巴头上馇米饭。　　tɕi²⁴ pa⁰ t'ou⁴² ʂaŋ⁰ tʂ'a²⁴ mi⁵⁵ fan⁰

馇嘞多，吃嘞多，　　tʂ'a²⁴ lɛ⁰ tuə²⁴ tʂ'ʅ²⁴ lɛ⁰ tuə²⁴

屁股眼 ᶻ里 ᴴ招啰唆；　　p'i²¹³ ku⁰ iæ⁵⁵ liou⁰ tʂau²⁴ luə²⁴ suə⁰

馇嘞少，吃嘞少，　　tʂ'a²⁴ lɛ⁰ ʂau⁵⁵ tʂ'ʅ²⁴ lɛ⁰ ʂau⁵⁵

不够吃，吃我嘞屌。　　pu²⁴ ⏐ ⁴²kou²¹³ tʂ'ʅ²⁴ tʂ'ʅ²⁴ uə⁵⁵ lɛ⁰ tiau⁵⁵

馇：熬，煮。

屁　本是一股气

屁，本是一股气，　　p'i²¹³ pən⁵⁵ ʂʅ²¹³ i²⁴ ku⁵⁵ tɕ'i²¹³

在肚里拱来拱去；　　kai²¹³ tu²¹³ li⁰ kuəŋ⁵⁵ lai⁴² kuəŋ⁵⁵ tɕ'y²¹³

一不小心，　　i²⁴ pu⁰ ɕiau⁵⁵ ɕin²⁴

它就溜了出去。　　t'a⁵⁵ tɕ'iou⁰ liou²⁴ liau⁵⁵ tʂ'ʅ⁰ tɕ'y⁰

放屁嘞人扬扬得意，　　faŋ²¹³ p'i²¹³ lɛ⁰ zən⁴² iaŋ⁴² iaŋ⁴² tɛ²⁴ i²¹³

闻屁嘞人大发脾气。　　uən⁴² p'i²¹³ lɛ⁰ zən⁴² ta²¹³ fa²⁴ p'i⁴² tɕ'i⁰

有人提出抗议：　　iou⁵⁵ zən⁴² t'i⁴² tʂ'ʅ⁰ k'aŋ²¹³ i²¹³

谁要是再放屁，　　ʂei⁴² iau²¹³ ʂʅ²¹³ tsai²¹³ faŋ²¹³ p'i²¹³

都是臭爷屁。　　tou⁰ ʂʅ⁰ tʂ'ou²¹³ iɛ⁴² p'i²¹³

要是：如果。

贫和富

贫嘞只对贫嘞好，　　p'in⁴² nɛ⁰ tʂʅ⁴² tuei²¹³ p'in⁴² nɛ⁰ xau⁵⁵

富嘞只见 ᴰ 富嘞亲。　　fu²¹³ lɛ⁰ tʂʅ⁴² tɕiæ²¹³ fu²¹³ lɛ⁰ tɕ'in²⁴

贫嘞富嘞难说话，　　p'in⁴² nɛ⁰ fu²¹³ lɛ⁰ nan⁴² ʂʮ²⁴ xua²¹³

贫富说话相反心。　　p'in⁴² fu²¹³ ʂʮ²⁴ xua²¹³ ɕiaŋ²¹³ fan⁵⁵ ɕin²⁴

见 ᴰ：介词，对。

"平常"二字谜 *

道士腰里 ᴴ 两只眼，　　tau²¹³ ʂʅ⁰ iau²⁴ liou⁰ liaŋ⁵⁵ tʂʅ²⁴ ian⁵⁵

和尚脚下一条巾。　　xuə⁴² tʂ'æŋ⁰ tɕyə²⁴ ɕia²¹³ i²⁴ t'iau⁴² tɕin²⁴

本是平常两个字，　　pən⁵⁵ ʂʅ²¹³ p'iŋ⁴² tʂ'aŋ⁴² liaŋ⁵⁵ kə⁰ tsʅ²¹³

闷死 ᴰ 多少读书人。　　mən²¹³ sʮ⁰ tuə²⁴ ⁱ ⁴² ʂau⁰ tu⁴² ʂʮ²⁴ zən⁴²

此为谜语的谜面；谜底："平常"二字。　道士：谐音"倒士"，即倒着写的"士"。　死 ᴰ：动词变韵表完成义，可替换为"死了"。　"多"无规则变调。

评傅青主 ①

字不如诗，　　tsʅ²¹³ pu²⁴ zʮ⁴² ʂʅ²⁴

诗不如画儿，　　ʂʅ²⁴ pu²⁴ zʮ⁴² xuɐr²¹³

画儿不如医，　　xuɐr²¹³ pu²⁴ zʮ⁴² i²⁴

---

① 傅青主（1607~1684）：又名傅山，初名鼎臣，字青竹，改字青主；又有浊翁、观化等别名；山西阳曲人；康熙初年，来到浚县象山云锦寺隐居。明清之际思想家、书法家、医学家，与顾炎武、黄宗羲、王夫之、李颙、颜元被梁启超称为"清初六大师"；有《傅青主女科》《傅青主男科》等传世之作，在当时有"医圣"之名。傅山隐居浚县期间，一边在民间行医，一边设帐讲学，马大士、赵素庐、张子白等名垂青史的著名人物都是傅山的高徒。傅山的书法造诣颇深，人称"清初第一写家"，他的"四宁四毋"——"宁拙毋巧，宁丑毋媚，宁支离毋轻滑，宁直率毋安排"的书法美学观被书法界奉为圭臬。然而，浚县人最钦佩的是傅山的为人，对他有如此之评价，可见其人格魅力。

医不如人。　　i^{24} pu^{24} ʐʅ^{42} zən^{42}

人：人品，人格。

瓶碰盆

河里 ^{H} 漂 ^{D} 个盆，　　xə^{42} liou^0 p'io^{24} kə^0 p'ən^{42}

盆里 ^{H} 有个瓶，　　p'ən^{42} liou^0 iou^{55} kə^0 p'iŋ^{42}

不知 ^{H} 是瓶碰盆，　　pu^{24} tʂo^{24} ʂʅ^{213} p'iŋ^{42} p'əŋ^{213} p'ən^{42}

还是盆碰瓶。　　xai^{42} ʂʅ^{213} p'ən^{42} p'əŋ^{213} p'iŋ^{42}

此为绕口令。　　漂 ^{D}：动词变韵表持续义，可替换为"漂着"。

葡萄树 *

冬似盘龙卧，　　tuəŋ^{24} sʅ^{213} p'an^{42} luəŋ^{42} uə^{213}

夏天枝叶开。　　çia^{213} t'ian^{24} tʂʅ^{24} iɛ^{24} k'ai^{24}

龙须朝上长，　　luəŋ^{42} çy^{24} tʂ'au^{42} ʂaŋ^{213} tʂaŋ^{55}

珍珠垂下来。　　tʂən^{55} tʂʅ^{24} tʂ'uei^{42} çia^0 lai^0

此为谜语的谜面；谜底：葡萄树。

七七乞巧

年年儿有个七月七，　　nian^42 nior^0 iou^55 kə^0 tɕ'i^24 yɛ^0 tɕ'i^24

天上牛郎会织女。　　t'ian^24 ʂaŋ^0 niou^42 laŋ^0 xuei^213 tʂ1^24 | ^42 ny^0

牛郎哥，织女嫂，　　niou^42 laŋ^0 kə^55 tʂ1^24 | ^42 ny^0 sau^55

吃 ^D 俺嘞供品教俺巧。　　tʂ'1ə^24 an^55 nɛ^0 kuaŋ^213 p'in^55 tɕiau^24 an^55 tɕ'iau^55

教一柜，又一柜，　　tɕiau^24 i^0 kuei^213 iou^213 i^0 kuei^213

扎花儿描云都学会。　　tʂ'a^24 xuɐr^24 miau^42 yn^42 tou^24 ɕyə^42 xuei^213

织布纺花学到老，　　tʂ1^24 pu^213 faŋ^55 xua^24 ɕyə^42 tau^0 lau^55

姜黄树叶儿往下落。　　tɕiaŋ^24 xuaŋ^0 ʂ1^213 iɣr^24 uaŋ^55 ɕia^213 luə^24

七个姑娘把头磕，　　tɕ'i^24 | ^42 kə^0 ku^24 niaŋ^0 pa^213 t'ou^24 k'ə^24

感谢织女牛郎哥。　　kan^55 ɕiɛ^0 tʂ1^24 | ^42 ny^0 niou^42 laŋ^0 kə^55

"织"无规则变调。　　吃 ^D：动词变韵表完成义，可替换为"吃了"。　　一柜：按上下文意义推测当为"一遍"；待详考。　　扎：绣；"扎花儿描云"代指绣花儿。　　姜黄：或作"江黄"，一种颜色。

七星瓢虫 *

大姐长嘞真漂亮，　　ta^213 tɕiɛ^55 tʂaŋ^55 lɛ^0 tʂən^24 p'iau^213 liaŋ^0

穿着橘红花衣裳。　　tʂ'uan^24 tʂʅ^0 tɕy^24 xuəŋ^42 xua^24 i^24 ʂaŋ^0

七颗黑星上面缀，　　tɕ'i^24 k'ə^24 xɛ^24 ɕiŋ^24 ʂaŋ^213 mian^0 tʂuei^213

爱吃蚜虫饱肚肠。　　ai^213 tʂ'1^24 ia^42 tʂ'uəŋ^42 pau^55 tu^213 tʂ'aŋ^42

此为谜语的谜面；谜底：七星瓢虫。

祈盼

去年盼着今年好， tɕʻy^{213} nian^{0} pʻan^{213} tʂʯ^{0} tɕin^{24} nian^{0} xau^{55}
今年盼着过年好； tɕin^{24} nian^{0} pʻan^{213} tʂʯ^{0} kuə^{213} nian^{0} xau^{55}
年年儿披$^{D-0}$件破棉袄， nian^{42} nior^{0} pʻei^{24} tɕian^{213} pʻuə^{213} mian^{42} au^{0}
一年一年苦到老。 i^{24} nian^{42} i^{24} nian^{42} kʻu^{55} tau^{0} lau^{55}

此谣反映的是旧时人们年年盼着有好年景，而年年都不遂人愿。 过年：明年。 披$^{D-0}$：披着，动词变韵表持续义。

蹊跷蹊跷真蹊跷 *

蹊跷蹊跷真蹊跷， tɕʻi^{24} tɕʻiau^{0} tɕʻi^{24} tɕʻiau^{0} tʂən^{24} tɕʻi^{24} tɕʻiau^{0}
立^{D}那儿还没坐$^{D-0}$那儿高。 liɛ^{24} nɐr^{0} xai^{42} mu^{42} tsuə^{213} nɐr^{0} kau^{24}
一年四季穿皮袄， i^{24} nian^{42} sɿ^{213} tɕi^{213} tʂʻuan^{24} pʻi^{42} au^{0}
见了主人尾巴摇。 tɕian^{213} liau^{0} tʂʯ^{55} zən^{0} i^{55} pa^{0} iau^{42}

此为谜语的谜面；谜底：狗。 立^{D}、坐$^{D-0}$：动词变韵均表终点义，可分别替换为“立到”“坐到”。

骑洋车儿 戴手表

骑洋车儿，戴手表， tɕʻi^{42} iaŋ^{42} tʂʻʅɤr^{24} tai^{213} ʂou$^{55 | 42}$ piau^{55}
不打粮食恁吃屌； pu^{24} ta^{55} liaŋ^{42} ʂʅ^{0} nən^{55} tʂʻʅ^{24} tiau^{55}
骑洋车儿，跑嘞快， tɕʻi^{42} iaŋ^{42} tʂʻʅɤr^{24} pʻau^{55} lɛ^{0} kʻuai^{213}
崩罢里带崩外带； pəŋ^{24} pa^{213} li^{55} tai^{213} pəŋ^{24} uai^{213} tai^{213}
骑洋车儿，慢撒气， tɕʻi^{42} iaŋ^{42} tʂʻʅɤr^{24} man^{213} sa$^{55 | 24}$ tɕʻi^{213}
不打粮食恁吃屁。 pu^{24} ta^{55} liaŋ^{42} ʂʅ^{0} nən^{55} tʂʻʅ^{24} pʻi^{213}

20 世纪五六十年代，生活困苦、物资匮乏，拥有一辆自行车便会引人羡慕，故编此谣以戏谑或嘲弄。 洋车儿：自行车。 带：车胎。 撒气：漏气；“撒”无规则变调。

起 ^D 南边儿来 ^D 个哼哼

起 ^D 南边儿来 ^D 个哼哼， tɕ'iɛ⁵⁵ nan⁴² pior⁰ lɛ⁴² kə⁰ xəŋ²⁴ xəŋ⁰

手里 ^H 拿 ^{D-0} 个煎饼。 ʂou⁵⁵ liou⁰ na⁴² kə⁰ tɕian²⁴ piŋ⁰

问她要去哪儿嘞， uən²¹³ t'a⁰ iau²¹³ tɕ'y²¹³ nɐr⁵⁵ lɛ⁰

她说去瞧她公公。 t'a⁵⁵ ʂʅə⁰ tɕ'y²¹³ tɕiau⁴² t'a⁵⁵ kuəŋ²⁴ kuəŋ⁰

晌 ^D 午吃嘞啥饭， ʂæn⁴² u⁰ tʂ'ʅ²⁴ lɛ⁰ ʂa⁵⁵ fan²¹³

吃嘞凉水配 ^D 冰冰。 tʂ'ʅ²⁴ lɛ⁰ lian⁴² ʂuei⁵⁵ p'ɛ²¹³ piŋ²⁴ piŋ⁰

起 ^D：介词，从。 来 ^D：动词变韵表完成义，可替换为"来了"。 拿 ^{D-0}、配 ^D：动词变韵表持续义，可分别替换为"拿着""配着"。 冰冰：冰凌。

气死 ^D 你个小鳖孩儿

不跟 ^D 俺玩儿， pu²⁴ kɛ²⁴ an⁵⁵ uor⁴²

甭跟 ^D 俺玩儿， piŋ⁴² kɛ²⁴ an⁵⁵ uor⁴²

俺上街买个山楂丸儿。 an⁵⁵ ʂaŋ²¹³ tɕiɛ²⁴ mai⁵⁵ kə⁰ ʂan²⁴ tʂa²⁴ uor⁴²

又好吃，又好玩儿， iou²¹³ xau⁵⁵ tʂ'ʅ²⁴ iou²¹³ xau⁵⁵ uor⁴²

气死 ^D 你个小鳖孩儿。 tɕ'i²¹³ sʅə⁰ ni⁵⁵ kə⁰ ɕiau⁵⁵ piɛ²⁴ xor⁴²

死 ^D：动词变韵表加强肯定语气。

千年笨搁不住万年学

千年笨搁不住万年学， tɕ'ian²⁴ nian⁴² pən²¹³ kə⁴² pu⁰ tʂʅ²¹³ uan²¹³ nian⁴² ɕyə⁴²

小媳妇儿也能熬成婆。 ɕiau⁵⁵ ɕi⁴² fər⁰ iɛ⁵⁵ nəŋ⁴² au⁴² tʂ'əŋ⁰ p'uə⁴²

老师都从学生来， lau⁵⁵ ʂʅ²⁴ tou²⁴ ts'uən⁴² ɕyə⁴² ʂəŋ⁰ lai⁴²

孔子也念过小学。 kuəŋ⁵⁵ tsʅ⁰ iɛ⁵⁵ nian²¹³ kuə⁰ ɕiau⁵⁵ ɕyə⁴²

前咀头

前咀头，街东头儿， tɕ'ian⁴² tsuər⁵⁵ ⏐⁴² t'ou⁰ tɕiɛ²⁴ tuəŋ²⁴ t'ər⁴²

路南有个堂晒棚儿； lu²¹³ nan⁴² iou⁵⁵ kə⁰ t'aŋ⁴² ʂai²¹³ p'ər⁰

堂晒棚儿，绿油门儿，　　t'aŋ⁴² ṣai²¹³ p'ər⁰ ly²⁴ iou⁴² mər⁰

里头住 ᴰ 一对儿双八成儿。　li⁵⁵ t'ou⁰ tṣʯə²¹³ i²⁴ | ⁴² tuər²¹³ ṣuaŋ²⁴ pa²⁴ tṣ'ər⁴²

前咀头：城关乡（今黎阳镇）一行政村。　堂（屋）：坐北朝南的房屋。　晒棚儿：平顶房屋。　住 ᴰ：住着，动词变韵表持续义。　八成儿：指智障者。

前门儿和后门儿

生人儿没冇熟人儿有，　　ṣən²⁴ zər⁴² mu⁴² mau²⁴ ṣu⁴² zər⁴² iou⁵⁵

前门儿没冇后门儿有，　　tɕ'ian⁴² mər⁴² mu⁴² mau²⁴ xou²¹³ mər⁴² iou⁵⁵

群众没冇干部有，　　　　tɕ'yn⁴² tṣuəŋ²¹³ mu⁴² mau²⁴ kan²¹³ pu²¹³ iou⁵⁵

平价没冇高价有。　　　　p'iŋ⁴² tɕia²¹³ mu⁴² mau²⁴ kau²⁴ tɕia²¹³ iou⁵⁵

此谣反映的是计划经济时代物资匮乏，购买生活物品时，需靠人际关系、走后门、掏高价的情景。

钱是王八孙

钱是王八孙，　　tɕ'ian⁴² ṣʅ²¹³ uaŋ⁴² pa⁰ suən²⁴

花完 ᴰ 咱再拼；　xua²⁴ uæ⁴² tsan⁴² tsai²¹³ p'in²⁴

钱是王八蛋，　　tɕ'ian⁴² ṣʅ²¹³ uaŋ⁴² pa⁰ tan²¹³

花完 ᴰ 咱再赚。　xua²⁴ uæ⁴² tsan⁴² tsai²¹³ tṣuan²¹³

有钱不会花，　　iou⁵⁵ tɕ'ian⁴² pu²⁴ | ⁴² xuei²¹³ xua²⁴

才是大傻瓜。　　ts'ai⁴² ṣʅ²¹³ ta²¹³ ṣa⁵⁵ kua²⁴

完 ᴰ：完了，动词变韵表完成义。

墙上画马不能骑

墙上画马不能骑，　　tɕ'iaŋ⁴² ṣaŋ⁰ xua²¹³ ma⁵⁵ pu²⁴ nəŋ⁴² tɕ'i⁴²

骆驼拉磨不胜驴。　　luə²⁴ t'uə⁰ la²⁴ muə²¹³ pu²⁴ | ⁴² ṣəŋ²¹³ ly⁴²

儿媳妇儿不胜亲闺女，　ər⁴² ɕi⁴² fər⁰ pu²⁴ | ⁴² ṣəŋ²¹³ tɕ'in²⁴ kuei²⁴ ny⁰

小豁嘴儿不会吹横笛。　　ɕiau⁵⁵ xuə²⁴ tsuər⁵⁵ pu²⁴ | ⁴² xuei²¹³ tʂʻuei²⁴ xuəŋ²¹³ ti⁴²

此为旧时盲人唱坠子的开场白。　　豁嘴儿：代指唇腭裂的人。

荞麦 *

仨角儿，对门儿，　　sa²⁴ tɕyɤr²⁴ tuei²¹³ mər⁴²

里头住嘞白秀仁儿。　　li⁵⁵ tʻou⁰ tʂʅ²¹³ lɛ⁰ pɛ⁴² ɕiou²¹³ zʅr⁴²

此为谜语的谜面；谜底：荞麦 ① 。

瞧瞧瞧　使劲儿瞧

走路儿嘞，瞧啥嘞？　　tsou⁵⁵ luər²¹³ lɛ⁰ tɕʻiau⁴² ʂa⁵⁵ lɛ⁰

瞧恁姑奶弄啥嘞？　　tɕʻiau⁴² nən⁰ ku²⁴ nɛ⁵⁵ nəŋ²¹³ ʂa⁵⁵ lɛ⁰

瞧瞧瞧，　　tɕʻiau⁴² tɕʻiau⁴² tɕʻiau⁴²

使劲儿瞧，　　ʂʅ⁵⁵ tɕiər²¹³ tɕʻiau⁴²

瞧一眼，瞧两眼，　　tɕʻiau⁴² i²⁴ ian⁵⁵ tɕʻiau⁴² liaŋ⁵⁵ | ⁴² ian⁵⁵

瞧罢三眼剜兔眼。　　tɕʻiau⁴² pa²¹³ san²⁴ ian⁵⁵ uan²⁴ tʻu²¹³ ian⁵⁵

此谣是对别人打量、注视自己表示不满和讥骂。

茄子 *

紫树开紫花，　　tsʅ⁵⁵ ʂʅ²¹³ kʻai²⁴ tsʅ⁵⁵ xua²⁴

紫花结紫瓜，　　tsʅ⁵⁵ xua²⁴ tɕiɛ²⁴ tsʅ⁵⁵ kua²⁴

紫瓜里头装芝麻。　　tsʅ⁵⁵ kua²⁴ li⁰ tʻou⁰ tʂuaŋ²⁴ tʂʅ²⁴ ma⁰

此为谜语的谜面；谜底：茄子。

---

① 荞麦粒呈三棱形，故有此谜。

亲戚不供财

亲是亲，财□分，　　tɕʻin²⁴ ʂʅ⁰ tɕʻin²⁴ tsʻai⁴² pɛ⁰ fən²⁴

财□不分闹纠纷。　　tsʻai⁴² pɛ⁰ pu²⁴ fən²⁴ nau²¹³ tɕiou²⁴ fən²⁴

亲戚不供财，　　tɕʻin²⁴ tɕʻi⁰ pu²⁴ˈ⁴² kuəŋ²¹³ tsʻai⁴²

供财再不来。　　kuəŋ²¹³ tsʻai⁴² tsai²¹³ pu²⁴ lai⁴²

财□：推测当为"财帛"或"财贝"。

秦英征西 ①

秦英 ② 真乃是英雄，　　tɕʻin⁴² iŋ²⁴ tʂən²⁴ nai⁵⁵ ʂʅ²¹³ iŋ²⁴ ɕyŋ⁰

舍死忘生救主公。　　ʂʅə⁵⁵ ʂʅ⁵⁵ uaŋ²¹³ ʂəŋ²⁴ tɕiou²¹³ tʂʅ⁵⁵ kuəŋ⁰

千里挂印去征西，　　tɕʻian²⁴ li⁵⁵ kua²¹³ in²¹³ tɕʻy²¹³ tʂən²⁴ ɕi²⁴

不论昼夜闯大营。　　pu²⁴ˈ⁴² luən²¹³ tʂou²¹³ iɛ²¹³ tʂʻuaŋ⁴² ta²¹³ iŋ⁴²

闯过营盘三十六，　　tʂʻuaŋ⁴² kuə²¹³ iŋ⁴² pʻan⁴² san²⁴ ʂʅ⁴² liou²¹³

天明报到锁阳城 ③ 。　　tʻian²⁴ miŋ⁴² pau²⁴ tau⁰ suə⁵⁵ iaŋ⁰ tʂʻəŋ⁴²

锁阳城里 ᴴ 去报到，　　suə⁵⁵ iaŋ⁰ tʂʻəŋ⁴² liou⁵⁵ tɕʻy²¹³ pau²¹³ tau²¹³

救出小王 ᶻ 少主公。　　tɕiou²¹³ tʂʻʅ²⁴ ɕiau⁵⁵ uæŋ⁴² sau²¹³ tʂʅ⁵⁵ kuəŋ⁰

少主公：指唐太宗李世民之子李治，即唐高宗。

勤与懒

男也懒，女也懒，　　nan⁴² iɛ⁰ lan⁵⁵ ny⁵⁵ iɛ⁰ lan⁵⁵

双双饿嘞翻白眼；　　ʂuaŋ²⁴ ʂuaŋ²⁴ ə²¹³ lɛ⁰ fan²⁴ pɛ⁴² ian⁵⁵

---

① 秦英征西是传统评书、戏剧中的隋唐故事之一。唐朝大唐开国名将秦琼之子秦怀玉随殿
　下征西，被番将苏海率兵围困。秦怀玉之子秦英不慎打死国丈詹太师，性命不保。幸得
　程咬金等人劝谏，才得以挂帅征西，戴罪出征救父亲。在薛丁山、樊梨花等人的帮助
　下，大败西凉军，擒获苏海。

② 秦英：唐朝银屏公主与驸马秦怀玉之子，唐朝开国大将秦琼（凌烟阁二十四功臣之一）
　之孙。

③ 锁阳城：原名苦峪城，在甘肃省瓜州县城东南约70千米的戈壁滩上，始建于汉，兴于
　唐，是丝绸之路咽喉上的一大古城。唐朝大军征西在锁阳城受阻，李治被困锁阳。锁阳
　城大战，秦怀玉和尉迟恭兄弟阵亡，大唐损失三员大将。

男也勤，女也勤，　　nan⁴² iɛ⁰ tɕʻin⁴² ny⁵⁵ iɛ⁰ tɕʻin⁴²

穿衣吃饭不求人。　　tʂʻuan²⁴ i²⁴ tʂʻʅ²⁴ fan²¹³ pu²⁴ tɕʻiou⁴² zən⁴²

青石板儿上挂银灯 *

青石板儿，石板儿青，　　tɕʻiŋ²⁴ ʂʅ⁴² por⁵⁵ ʂʅ⁴² por⁵⁵ tɕʻiŋ²⁴

青石板儿上挂 ᴰ⁻⁰ 银灯。　　tɕʻiŋ²⁴ ʂʅ⁴² por⁵⁵ ʂaŋ⁰ kua²¹³ in⁴² təŋ²⁴

挂嘞银灯有多少？　　kua²¹³ lɛ⁰ in⁴² təŋ²⁴ iou⁵⁵ tuə²⁴ ⌐⁴² ʂau⁵⁵

数来数去数不清。　　ʂu⁵⁵ lai⁴² ʂu⁵⁵ tɕʻy²¹³ ʂu⁵⁵ pu²⁴ tɕʻiŋ²⁴

我来数，一二三；　　uə⁵⁵ lai⁴² ʂu⁵⁵ i²⁴ ⌐⁴² ər²¹³ san²⁴

你来数，花眼睛。　　ni⁵⁵ lai⁴² ʂu⁵⁵ xua²⁴ ian⁵⁵ tɕiŋ⁰

你数我数大家数，　　ni⁵⁵ ⌐⁴² ʂu⁵⁵ uə⁵⁵ ⌐⁴² ʂu⁵⁵ ta²¹³ tɕia⁰ ʂu⁵⁵

数到天明不见灯。　　ʂu⁵⁵ tau⁰ tʻian²⁴ miŋ⁴² pu²⁴ ⌐⁴² tɕian²¹³ təŋ²⁴

此为谜语的谜面；谜底：星星。　青石板：喻指夜晚的晴空。　银灯：喻指星星。　挂 ᴰ⁻⁰：动词变韵表持续状态义，可替换为"挂着"。　花：（眼睛）模糊。

青蛙 *

坐 ᴰ⁻⁰ 也是立，　　tsuə²¹³ iɛ⁵⁵ ʂʅ²¹³ li²⁴

卧 ᴰ⁻⁰ 也是立，　　uə²¹³ iɛ⁵⁵ ʂʅ²¹³ li²⁴

立 ᴰ 也是立，　　liɛ²⁴ iɛ⁵⁵ ʂʅ²¹³ li²⁴

走 ᴰ⁻⁰ 也是立。　　tsou⁵⁵ iɛ⁵⁵ ʂʅ²¹³ li²⁴

此为谜语的谜面；谜底：青蛙。　坐 ᴰ⁻⁰、卧 ᴰ⁻⁰、立 ᴰ、走 ᴰ⁻⁰：动词变韵均表状态义，可分别替换为"坐着""卧着""立着""走着"。

青竹竿　顶凉棚 *

青竹竿，顶凉棚，　　tɕʻiŋ²⁴ tʂʅ²⁴ kan⁰ tiŋ⁵⁵ liaŋ⁴² pʻəŋ⁴²

噗喳噗喳掉毛虫。　　pʻu²⁴ tʂʻa²⁴ pʻu²⁴ tʂʻa²⁴ tiau²¹³ mau⁴² tʂʻuəŋ⁴²

青竹竿，十二节，　　tɕʻiŋ²⁴ tʂʅ²⁴ kan⁰ ʂʅ⁴² ər²¹³ tɕiɛ²⁴

上头坐 ^{D-0} 个关老爷。　　ʂaŋ²¹³ tʻou⁰ tsuə²¹³ kə⁰ kuan²⁴ lau⁵⁵ iɛ⁰

此为谜语的谜面；谜底：前两句是杨树，后两句是高粱。　噗喳：拟物掉落地上之声。　毛虫：喻指杨树上麦穗状的雄性花，即杨树的花序。　坐 ^{D-0}：动词变韵表持续义，可替换为"坐着"。　关老爷：指关羽；据传关羽脸为红色，此以关老爷代指高粱。

蜻蜓 *

眼像铜铃，　　ian⁵⁵ ɕiaŋ²¹³ tʻuəŋ⁴² liŋ⁴²

身像铁钉。　　ʂən²⁴ ɕiaŋ²¹³ tʻiɛ²⁴ tiŋ²⁴

有翅有脚没有毛，　　iou⁵⁵ tʂʻʅ²¹³ iou⁵⁵ tɕyə²⁴ mu⁴² mau⁰ mau⁴²

光会飞，不会行。　　kuaŋ²⁴|⁴² xuei²¹³ fei²⁴ pu²⁴|⁴² xuei²¹³ ɕiŋ⁴²

此为谜语的谜面；谜底：蜻蜓。

亲家是两家 ^Z 亲

亲家是两家 ^Z 亲。　　tɕʻin²⁴ tɕia⁰ ʂʅ²¹³ liaŋ⁵⁵ tɕiæu²⁴ tɕʻin²⁴

恁妮 ^Z 要是跟 ^D 俺离 ^D 婚，　　nən⁵⁵ niːau²⁴ iau²¹³ ʂʅ⁰ kɛ²⁴ an⁵⁵ liɛ²¹³ xuən²⁴

再跟 ^D 恁亲是龟孙。　　tsai²¹³ kɛ²⁴ nən⁵⁵ tɕʻin²⁴ ʂʅ²¹³ kuei²⁴ suən²⁴

据调查，此为旧时沿街卖针者边卖针边念叨的歌谣。　要是：如果。　离 ^D：离了，动词变韵表完成义。

穷汉歌

三根圪当 ^Z 搭个窝，　　san²⁴ kən²⁴ kɛ⁴² tæŋ²¹³ ta²⁴ kə⁰ uə²⁴

两把麸皮 ^Z 丢进锅，　　liaŋ⁵⁵|⁴² pa⁵⁵ fu²⁴ piːau⁴² tiou²⁴ tɕin²¹³ kuə²⁴

一天三顿不见馍。　　i²⁴ tʻian²⁴ san²⁴|⁴² tuən²¹³ pu²⁴|⁴² tɕian²¹³ muə⁴²

财主高楼一顿酒，　　tsʻai⁴² tʂʅ⁰ kau²⁴ lou⁴² i²⁴|⁴² tuən²¹³ tɕiou⁵⁵

穷汉能吃半年多。　　tɕʻyŋ⁴² xan²¹³ nəŋ⁴² tʂʻʅ²⁴ pan²¹³ nian⁴² tuə²⁴

"秋"字谜 *

一边儿绿，　　i²⁴ pior²⁴ ly²⁴

一边儿红；　　i²⁴ pior²⁴ xuəŋ⁴²

一边儿怕水，　i²⁴ pior²⁴ p'a²¹³ ʂuei⁵⁵

一边儿怕风。　i²⁴ pior²⁴ p'a²¹³ fəŋ²⁴

此为谜语的谜面；谜底："秋"字。

娶了媳妇儿忘了娘（一）

麻尾雀 ᶻ，尾巴儿长，　　ma⁴² i⁰ tɕ'iæu²¹³ i⁵⁵ pɐr⁰ tʂ'aŋ⁴²

娶了媳妇儿忘了娘。　tɕ'y⁵⁵ lə⁰ ɕi⁴² fər⁰ uaŋ²¹³ lə⁰ niaŋ⁴²

待他娘背 ᴰ 那南地杀蜀黍，　tai²¹³ t'a⁵⁵ niaŋ⁴² pɛ²⁴ na⁰ nan⁴² ti²¹³ ʂa²⁴ ʂʅ⁴² ʂʅ⁰

待老婆 ᶻ 背 ᴰ 那炕头儿上。　tai²¹³ lau⁵⁵ ｜²⁴ p'au⁴² pɛ²⁴ na⁰ k'aŋ²¹³ t'ər²⁴ ʂaŋ⁰

他娘变 ᴰ 个屎壳郎 ᶻ，　t'a⁵⁵ niaŋ⁴² piæ²¹³ kə⁰ ʂʅ⁵⁵ k'ə⁰ læŋ²⁴

一下 ᶻ 飞 ᴰ 他锅沿儿上。　i²⁴ ｜⁴² ɕiæu²¹³ fɛ²⁴ t'a⁵⁵ kuə²⁴ ior⁴² ʂaŋ⁰

麻尾雀：灰喜鹊。　待：把。　背 ᴰ、飞 ᴰ：动词变韵表终点义，可分别替换为"背到""飞到"。　杀：收割。　变 ᴰ：变了，动词变韵表完成义。　屎壳郎 ᶻ：蜣螂。

娶了媳妇儿忘了娘（二）

麻尾雀 ᶻ，尾巴儿长，　　ma⁴² i⁰ tɕ'iæu²¹³ i⁵⁵ pɐr⁰ tʂ'aŋ⁴²

娶了媳妇儿忘了娘。　tɕ'y⁵⁵ lə⁰ ɕi⁴² fər⁰ uaŋ²¹³ lə⁰ niaŋ⁴²

把娘推到漫天地，　pa²¹³ niaŋ⁴² t'uei²⁴ tau⁰ man²¹³ t'ian²⁴ ti²¹³

把媳妇儿背到炕头儿上。　pa²¹³ ɕi⁴² fər⁰ pei²⁴ tau⁰ k'aŋ²¹³ t'ər⁴² ʂaŋ⁰

老娘吃嘞是剩干饭，　lau⁵⁵ niaŋ⁴² tʂ'ʅ²⁴ lɛ⁰ ʂʅ⁰ ʂəŋ²¹³ kan²⁴ fan²¹³

给 ᴰ 媳妇儿烙饼买麻糖。　kɛ⁵⁵ ｜²¹³ ɕi⁴² fər⁰ luə²⁴ piŋ⁵⁵ mai⁵⁵ ma⁴² t'aŋ⁰

仨烧饼，俩麻糖，　sa²⁴ ʂau²⁴ piŋ⁵⁵ lia⁵⁵ ma⁴² t'aŋ⁰

媳妇儿媳妇儿你尝尝。　ɕi⁴² fər⁰ ɕi⁴² fər⁰ ni⁵⁵ tʂ'aŋ⁴² tʂ'aŋ⁰

媳妇儿说话像唱戏，　ɕi⁴² fər⁰ ʂuə²⁴ xua²¹³ ɕiaŋ²¹³ tʂ'aŋ²¹³ ɕi²¹³

老娘说话臭狗屁。　　lau⁵⁵ niaŋ⁴² ʂʅ₂⁴ xua²¹³ tʂʻou²¹³ kou⁵⁵ pʻi²¹³

娶媳妇儿　过难关

娶媳妇儿，过难关，　　tɕʻy⁵⁵ ɕi⁴² fər⁰ kuə²¹³ nan⁴² kuan²⁴

铺张浪费太花钱。　　pʻu²⁴ tʂaŋ²⁴ laŋ²¹³ fei²¹³ tʻai²¹³ xua²⁴ tɕʻian⁴²

东借西借办喜事儿，　　tuəŋ²⁴ tɕiɛ²¹³ ɕi²⁴ tɕiɛ²¹³ pan²¹³ ɕi⁵⁵ ʂər²¹³

过后作难把账还。　　kuə²¹³ xou²¹³ tsuə²⁴ nan⁴² pa²¹³ tʂaŋ²¹³ xuan⁴²

此谣反映的是办理婚事的奢靡、浪费、攀比之风。

娶新娘

棠梨 ᶻ 树 ①，棠梨 ᶻ 棠，　　tʻaŋ⁴² liau⁴² ʂʅ²¹³ tʻaŋ⁴² liau⁴² tʻaŋ⁴²

棠梨 ᶻ 树底 ᴴ 娶新娘。　　tʻaŋ⁴² liau⁴² ʂʅ²¹³ tiɛ⁵⁵ tɕʻy⁵⁵ ɕin²⁴ niaŋ⁴²

前头抬 ᴰ 那花花轿，　　tɕʻian⁴² tʻou⁰ tʻɛ⁴² na⁰ xua²⁴ xua⁰ tɕiau²¹³

后头抬 ᴰ 那高头床；　　xou²¹³ tʻou⁰ tʻɛ⁴² na⁰ kau²⁴ tʻou⁰ tʂʻuaŋ⁴²

高头床上一桶油，　　kau²⁴ tʻou⁰ tʂʻuaŋ⁴² ʂaŋ⁰ i²⁴ tʻuəŋ⁵⁵ iou⁴²

大姐二姐都梳头；　　ta²¹³ tɕiɛ⁵⁵ ər²¹³ tɕiɛ⁵⁵ tou²⁴ ʂu²⁴ tʻou⁴²

大姐梳 ᴰ 个龙凤戏，　　ta²¹³ tɕiɛ⁵⁵ ʂuə²⁴ kə⁰ luəŋ⁴² fəŋ²¹³ ɕi²¹³

二姐梳 ᴰ 个插花楼。　　ər²¹³ tɕiɛ⁵⁵ ʂuə²⁴ kə⁰ tʂʻa²⁴ xua²⁴ lou⁴²

掉 ᴰ 个三姐不会梳，　　tio²¹³ kə⁰ san²⁴ tɕiɛ⁵⁵ pu²⁴ ⁴² xuei²¹³ ʂu²⁴

一滚滚到河里头，　　i²⁴ kuən⁵⁵ kuən⁵⁵ tau⁰ xə⁴² li⁰ tʻou⁰

挡住河水不能流。　　taŋ⁵⁵ tʂʅ⁰ xə⁴² ʂuei⁵⁵ pu²⁴ nəŋ⁴² liou⁴²

抬 ᴰ：抬着，动词变韵表持续义。　高头床：推测当为材质、做工较好的床。　梳 ᴰ：梳了，动词变韵表完成义。　插花楼：推测当为旧时姑娘梳的一种便于戴头饰的发型；待考。　掉 ᴰ：（其他人除外），剩余；动词变韵表完成义，可替换为"掉了"。

---

① 棠梨：别名木梨、酸梨、野梨；落叶乔木；叶片卵形至长卵形，边缘有钝锯齿；伞形总状花序，花瓣白色；果实近球形，褐色，具斑点。

去问鲁班是何物 *

掐掐捏捏做一物，　　tɕ'ia²⁴ tɕ'ia⁰ niɛ²⁴ niɛ⁰ tsu²¹³ i²⁴ ︱ ⁴² u²¹³

不用能工匠人做。　　pu²⁴ ︱ ⁴² yŋ²¹³ nəŋ⁴² kuəŋ²⁴ tɕiaŋ²¹³ zən⁰ tsu²¹³

能工匠人不知 ᴴ 是啥，　　nəŋ⁴² kuəŋ²⁴ tɕiaŋ²¹³ zən⁰ pu²⁴ tʂo²⁴ ʂʅ²¹³ ʂa⁵⁵

去问鲁班 ① 是何物，　　tɕ'y²¹³ uən²¹³ lu⁵⁵ pan⁰ ʂʅ²¹³ xə⁴² u²¹³

鲁班说他也不许顾。　　lu⁵⁵ pan⁰ ʂʅə²⁴ t'a⁵⁵ iɛ⁰ pu²⁴ ɕy⁴² ku⁰

此为谜语的谜面；谜底：用于挑拨油灯灯芯的柴火棍儿。　不许顾：没有印象，记不起来。

权、钱、胆

有权嘞巧生，　　iou⁵⁵ ︱ ⁴² tɕ'yan⁵⁵ nɛ⁰ tɕ'iau⁵⁵ ʂəŋ²⁴

有钱嘞明生，　　iou⁵⁵ tɕ'ian⁴² nɛ⁰ miŋ⁴² ʂəŋ²⁴

有胆嘞逃生，　　iou⁵⁵ ︱ ⁴² tan⁵⁵ nɛ⁰ t'au⁴² ʂəŋ²⁴

没胆嘞不生。　　mu⁴² tan⁵⁵ nɛ⁰ pu²⁴ ʂəŋ²⁴

此为流行于20世纪七八十年代的民谣，指对付计划生育，各有对策。　生：生育。　明：明目张胆。　逃：躲避。

劝小姑儿

月明地儿，家家儿亮，　　yɛ²⁴ miŋ⁰ tiər²¹³ tɕ'ia²⁴ tɕiər⁰ liaŋ²¹³

小姑儿婆 ᶻ 前说短长。　　ɕiau⁵⁵ kuər⁰ p'au⁴² tɕ'ian⁴² ʂʅə²⁴ tuan⁵⁵ tʂ'aŋ⁴²

我劝小姑儿甭这样，　　uə⁵⁵ tɕ'yan²¹³ ɕiau⁵⁵ kuər⁰ piŋ⁴² tʂʅə⁵⁵ iaŋ⁰

小姑儿出嫁也得离娘。　　ɕiau⁵⁵ kuər⁰ tʂ'ʅ²⁴ tɕia⁰ iɛ⁵⁵ tɛ⁰ li²¹³ niaŋ⁴²

瘸 ᶻ、橛 ᶻ 和茄 ᶻ

北边儿来 ᴰ 个瘸 ᶻ 背 ᴰ 一捆橛 ᶻ，　　pei²⁴ pior⁰ lɛ⁴² kə⁰ tɕ'yau⁴² pɛ²⁴ i²⁴ k'uən⁵⁵

---

① 鲁班（前507~前444），春秋时期鲁国人，姬姓，公输氏，字依智，名班；土木建筑鼻祖、木匠鼻祖。

tçyau^{42}

南边儿来^{D}个瘸^{Z}背^{D}一筐^{Z}茄^Z。　nan^{42} pior^0 lɛ^{42} kə^0 tç'yau^{42} pɛ^{24} i^{24} k'uæŋ^{24} tç'i:au^{42}

背橛^{Z}嘞瘸^{Z}打$^{D-0}$背茄^{Z}嘞瘸^{Z}一橛^Z，　pei^{24} tçyau^{42} lɛ^0 tç'yau^{42} ta^{55} pei^{24} tç'i:au^{42} lɛ^0 tç'yau^{42} i^{24} tçyau^{42}

背茄^{Z}嘞瘸^{Z}打$^{D-0}$背橛^{Z}嘞瘸^{Z}一茄^Z。　pei^{24} tç'i:au^{42} lɛ^0 tç'yau^{42} ta^{55} pei^{24} tçyau^{42} lɛ^0 tç'yau^{42} i^{24} tç'i:au^{42}

此为绕口令。　来^D：来了，动词变韵表完成义。　背^D：背着，动词变韵表持续义。　橛^Z：小木桩。　打$^{D-0}$：打了，动词变韵表完成义。

R

燃煤炉 *

一个小孩儿怪能嘞，　　i²⁴ ｜ ⁴² kə⁰ ɕiau⁵⁵ xor⁴² kuai²¹³ nəŋ⁴² lɛ⁰

吃黑嘞，屙红嘞。　　tʂʻʅ²⁴ xɛ²⁴ lɛ⁰ ə²⁴ xuəŋ⁴² lɛ⁰

此为谜语的谜面；谜底：燃煤炉。

人 *

小嘞时儿四只脚，　　ɕiau⁵⁵ lɛ⁰ ʂər⁴² sʅ²¹³ tʂʅ²⁴ tɕyə²⁴

大嘞时儿两只脚，　　ta²¹³ lɛ⁰ ʂər⁴² liaŋ⁵⁵ tʂʅ²⁴ tɕyə²⁴

老嘞时儿三只脚。　　lau⁵⁵ lɛ⁰ ʂər⁴² san²⁴ tʂʅ²⁴ tɕyə²⁴

此为谜语的谜面；谜底：人。　　三只脚：指人拄着拐杖。

人过要留名

人过要留名，　　zɿ̨ən⁴² kuə²¹³ iau²¹³ liou⁴² miŋ⁴²

雁过要留声。　　ian²¹³ kuə²¹³ iau²¹³ liou⁴² ʂəŋ²⁴

人过不留名，　　zɿ̨ən⁴² kuə²¹³ pu²⁴ liou⁴² miŋ⁴²

不知 ᴴ 张王李赵；　　pu²⁴ tʂo²⁴ tʂaŋ²⁴ uaŋ⁴² li⁵⁵ tʂau²¹³

雁过不留声，　　ian²¹³ kuə²¹³ pu²⁴ liou⁴² ʂəŋ²⁴

不知 ᴴ 春夏秋冬。　　pu²⁴ tʂo²⁴ tʂʻuən²⁴ ɕia²¹³ tɕʻiou²⁴ tuəŋ²⁴

名：指好名声。

人家有冬我没冬

吕蒙正 ① ，运不通， ly⁵⁵ məŋ⁴² tʂəŋ²¹³ yn²¹³ pu²⁴ tʻuəŋ²⁴

人家有冬我没冬。 zʅən⁴² tɕia⁰ iou⁵⁵ tuəŋ²⁴ uə⁵⁵ mu⁴² tuəŋ²⁴

这时儿轮到我转过来运， tʂʅə⁵⁵ ʂər⁴² lyn⁴² tau⁰ uə⁰ tʂuan⁵⁵ kuə⁰ lai⁰ yn²¹³

咱一天三遍儿温温冬。 tsan⁴² i²⁴ tʻian²⁴ san²⁴ ∣ ⁴² pior²¹³ uən²⁴ uən⁰ tuəŋ²⁴

此谣来自一个民间传说：吕蒙正小时候去姑姑家，遇上姑姑正好煮熟饺子；因怕他看到，姑姑捂到锅里不敢掀锅盖儿，结果饺子都泡烂了。多年后，吕蒙正中了状元，官至宰相，将姑姑接到自己家，每天吃饺子，顿顿吃饺子。姑姑不解，问之，便将当年之事说与姑姑听。姑姑羞愧难当，当场气死了。 温冬：浚县民间冬至习俗之一；冬至的前一天晚上要吃饺子，称作"温冬"。成年人为了哄骗小孩儿多吃饺子，常常会说如果不吃饺子，耳朵就会被冻掉，因此也称冬至吃饺子为"安耳朵"。

人浪笑 驴浪叫

人浪笑， zʅən⁴² laŋ²¹³ ɕiau²¹³

驴浪叫， ly⁴² laŋ²¹³ tɕiau²¹³

马浪哺咂嘴儿， ma⁵⁵ laŋ²¹³ pu²⁴ tsa⁰ tsuər⁵⁵

狗浪跑折腿儿。 kou⁵⁵ laŋ²¹³ pʻau⁵⁵ ʂʅə⁴² tʻuər⁵⁵

指人放纵时大笑，驴发情时乱叫，马发情时咂嘴，狗求偶时则会追着对方跑。 哺咂：咂嘴。 浪：放纵，发情。

人识教调武艺高

井淘三遍吃甜水， tɕiŋ⁵⁵ tʻau⁴² san²⁴ ∣ ⁴² pian²¹³ tʂʻʅ²⁴ tʻian⁴² ʂuei⁵⁵

人识教调武艺高。 zʅən⁴² ʅ⁴² tɕiau²¹³ tʻiau⁴² u⁵⁵ i⁰ kau²⁴

他爹念书儿识字儿， tʻa⁵⁵ tiɛ²⁴ nian²¹³ ʂʅ²¹³ ər⁴² ʅ⁴² tsər²¹³

① 吕蒙正（944 或 946~1011），字圣功，河南洛阳人；太平兴国进士，太宗、真宗时三度为相。

他娘纳花儿女会描。　　t'a⁵⁵ niaŋ⁴² na²⁴ xuɐr²⁴ ny⁵⁵ xuei²¹³ miau⁴²

识：虚心接受。　　教调：调教。　　纳、描：绣。

人要脸　树要皮

人要脸，　　　zən⁴² iau²¹³ lian⁵⁵

树要皮；　　　ʂʅ²¹³ iau²¹³ p'i⁴²

电线杆 ᶻ，　　tian²¹³ ɕian²¹³ kæ²⁴

靠水泥；　　　k'au²¹³ ʂuei⁵⁵ ni⁴²

电灯泡 ᶻ，　　tian²¹³ təŋ²⁴ p'æu²⁴

要玻璃。　　　iau²¹³ puə²⁴ li⁰

人不要脸，　　zən⁴² pu²⁴ | ⁴² iau²¹³ lian⁵⁵

天下无敌；　　t'ian²⁴ ɕia²¹³ u⁴² ti⁴²

树不要皮，　　ʂʅ²¹³ pu²⁴ | ⁴² iau²¹³ p'i⁴²

必死无疑。　　pi⁵⁵ | ⁴² sʅ⁵⁵ u⁴² i⁴²

人缘品行谣 ①

老忠度大老星和，　　lau⁵⁵ tʂuəŋ²⁴ tu²¹³ ta²¹³ lau⁵⁵ ɕiŋ²⁴ xə⁴²

良靖厚诚懋斋薄；　　liaŋ⁴² tɕiŋ²¹³ xou²¹³ tʂ'əŋ⁰ mau²¹³ tʂai²⁴ puə⁴²

春华瞧过骗人谱，　　tʂ'uən²⁴ xua⁴² tɕ'iau⁴² kuə⁰ p'ian²¹³ zən⁴² p'u⁵⁵

保志瞎话人难学；　　pau⁵⁵ tʂʅ²¹³ ɕia²⁴ xua⁰ zən⁴² nan⁴² ɕyə⁴²

保德、洲亭心眼儿坏，　　pau⁵⁵ tɛ²⁴ tʂou²⁴ t'iŋ⁴² ɕin²⁴ ior⁵⁵ xuai²¹³

就那他也能好过；　　tɕiou²¹³ na²¹³ t'a⁵⁵ iɛ⁰ nəŋ⁴² xau⁵⁵ kuə⁰

保财会说办事儿腻，　　pau⁵⁵ ts'ai⁴² xuei²¹³ ʂuə²⁴ pan²¹³ ʂər²¹³ ni²¹³

徐云元硬孬你不咋他。　　ɕy⁴² yn⁴² yan⁴² iŋ²¹³ nau²⁴ ni⁵⁵ pu²⁴ tsa⁵⁵ t'a⁰

裴 ᴰ营街有个大好人，　　p'iɛ⁵⁵ iŋ⁴² tɕiɛ²⁴ iou⁵⁵ kə⁰ ta²¹³ xau⁵⁵ zən⁴²

---

① 此为旧时流传在卫贤镇裴营村有关徐姓人氏人缘品格特点的一首歌谣。其中的"老忠、老星、良靖、懋斋、春华、保志、保德、洲亭、保财、徐云元"，均为人名或字号。本谣由安阳师范学院周国瑞教授提供。

老天爷大睁^D俩眼儿看不着。　　lau⁵⁵ tʻian²⁴ iɛ⁴² ta²¹³ tʂo²⁴ lia⁵⁵∣⁴² ior⁵⁵ kʻan²¹³ pu²⁴ tʂuə⁴²

度大：大度。　和：和气。　厚诚：厚道。　薄：不厚道。　瞎话：假话。　就那……也……：即便……，也……。　好过：生活富裕。　会说：能说会道。　腻：腻歪，磨叽。　不咋他：难以对付他，没法治服他。　裴^D营：卫贤镇行政村；"裴^D"作地名变韵。　睁^D：睁着，动词变韵表持续义。

日^H地儿日^H地儿毒毒

日^H地儿日^H地儿毒毒，　　zou²⁴ tiər²¹³ zou²⁴ tiər²¹³ tu⁴² tu⁰

给^D你买个花葫芦；　　kɛ⁵⁵∣²¹³ ni⁰ mai⁵⁵ kə⁰ xua²⁴ xu⁴² lu⁰

日^H地儿日^H地儿晒晒，　　zou²⁴ tiər²¹³ zou²⁴ tiər²¹³ ʂai²¹³ ʂai⁰

给^D你买个花战带；　　kɛ⁵⁵∣²¹³ ni⁰ mai⁵⁵ kə⁰ xua²⁴ tʂan²¹³ tai⁰

日^H地儿日^H地儿暖暖，　　zou²⁴ tiər²¹³ zou²⁴ tiər²¹³ nuan⁵⁵∣⁴² nuan⁰

给^D你送个盘缠；　　kɛ⁵⁵∣²¹³ ni⁰ suəŋ²¹³ kə⁰ pʻan⁴² tʂʻan⁰

日^H地儿日^H地儿晃晃，　　zou²⁴ tiər²¹³ zou²⁴ tiər²¹³ xuaŋ²¹³ xuaŋ⁰

给^D你做个花衣裳；　　kɛ⁵⁵∣²¹³ ni⁰ tsu²¹³ kə⁰ xua²⁴ i²⁴ ʂaŋ⁰

日^H地儿日^H地儿热热，　　zou²⁴ tiər²¹³ zou²⁴ tiər²¹³ zʅə²⁴ zʅə⁰

快来^D俺这儿^①歇歇。　　kʻuai²¹³ lɛ⁴² an⁵⁵∣⁴² tʂor⁰ ɕiɛ²⁴ ɕiɛ⁰

毒：日光强。　战带：指旧时冬春季节老年人为防风吹进胸腰而围系在腰间（上衣之外）的长方形布带，多为黑、蓝、灰色。　盘缠：路途上的费用。　来^D：来到，动词变韵表终点义。

软嘞怕硬嘞

软嘞怕硬嘞，　　zuan⁵⁵ nɛ⁰ pʻa²¹³ iŋ²¹³ lɛ⁰

硬嘞怕横嘞，　　iŋ²¹³ lɛ⁰ pʻa²¹³ xəŋ²¹³ lɛ⁰

横嘞怕愣嘞，　　xəŋ²¹³ lɛ⁰ pʻa²¹³ ləŋ²¹³ lɛ⁰

---

① 浚县方言"这"基本音为"tʂʅə⁵⁵"，儿化音变当为 tʂʅɣr⁵⁵；此处读音不合规则，待考。

愣嘞怕不要命嘞。　　ləŋ²¹³ lɛ⁰ pʻa²¹³ pu²⁴ | ⁴² iau²¹³ miŋ²¹³ lɛ⁰

指人往往都欺软怕硬，尤其最怕豁出去不要命的人。　横：蛮横。　愣：
鲁莽，不计后果。

S

仨女婿对诗

大女婿吟：

一支笔杆儿尖又尖，　　　i²⁴ tʂʅ²⁴ pei²⁴ kor⁵⁵ tɕian²⁴ iou²¹³ tɕian²⁴

写个字儿圆又圆。　　　　ɕiɛ⁵⁵ kə⁰ tsʅ²¹³ ər⁰ yan⁴² iou²¹³ yan⁴²

明年皇上开科选，　　　　miŋ⁴² nian⁴² xuaŋ⁴² ʂaŋ⁰ kʻai²⁴ kʻə²⁴ ɕyan⁵⁵

我一定能得文状元。　　　uə⁵⁵ i²⁴ | ⁴² tiŋ²¹³ nəŋ⁴² tɛ²⁴ uən⁴² tʂuaŋ²¹³ yan⁰

二女婿对：

我嘞箭头儿尖又尖，　　　uə⁵⁵ lɛ⁰ tɕian²¹³ tʻər⁴² tɕian²⁴ iou²¹³ tɕian²⁴

拉起弓来圆又圆。　　　　la²⁴ tɕʻi⁰ kuəŋ²⁴ lai⁰ yan⁴² iou²¹³ yan⁴²

明年皇上开科选，　　　　miŋ⁴² nian⁴² xuaŋ⁴² ʂaŋ⁰ kʻai²⁴ kʻə²⁴ ɕyan⁵⁵

我一定能得武状元。　　　uə⁵⁵ i²⁴ | ⁴² tiŋ²¹³ nəŋ⁴² tɛ²⁴ u⁵⁵ tʂuaŋ²¹³ yan⁰

三女儿对：

我嘞指甲尖又尖，　　　　uə⁵⁵ lɛ⁰ tʂʅ⁴² tɕia⁰ tɕian²⁴ iou²¹³ tɕian²⁴

绣个花朵儿圆又圆。　　　ɕiou²¹³ kə⁰ xua²⁴ tuɣr⁵⁵ yan⁴² iou²¹³ yan⁴²

明年皇上开科选，　　　　miŋ⁴² nian⁴² xuaŋ⁴² ʂaŋ⁰ kʻai²⁴ kʻə²⁴ ɕyan⁵⁵

我生下文武双状元。　　　uə⁵⁵ ʂəŋ²⁴ ɕia²¹³ uən⁴² u⁵⁵ ʂuaŋ²⁴ tʂuaŋ²¹³ yan⁰

此谣来自一个民间传说。据传，一家姐妹三个，嫁了三个女婿，三女婿智障。一天，三姐妹一起回到娘家，大姐二姐都想戏弄三妹夫，提出要搞吟诗会，命题为：第一句必须用上"尖"，第二句必须用上"圆"。大女婿、二女婿先吟，三女婿不能对吟。三女儿替夫吟诗，暗骂两个姐夫。

仨月种田

仨月种田， sa²⁴ yɛ²⁴ tʂuəŋ²¹³ tʻian⁴²

仨月过年， sa²⁴ yɛ²⁴ kuə²¹³ nian⁴²

六 ᴴ 月清闲。 lio²¹³ yɛ²⁴ tɕʻiŋ²⁴ ɕian⁴²

指一年之中，（麦秋两季）农民种田收割的时间共有三个月左右，其他时间都比较清闲；此为 20 世纪末 21 世纪初流行于农村的民谣，反映的是农村生活的清闲自在。

撒床歌

进洞房，喜洋洋， tɕin²¹³ tuəŋ²¹³ faŋ⁴² ɕi⁵⁵ iaŋ⁰ iaŋ⁰

满心欢喜来撒床 ①。 man⁵⁵ ɕin²⁴ xuan²⁴ ɕi⁵⁵ lai⁴² sa⁵⁵ tʂʻuaŋ⁴²

头把撒嘞连连得子， tʻou⁴² pa⁵⁵ sa⁵⁵ lɛ⁰ lian⁴² lian⁴² tɛ²⁴ tsɿ⁵⁵

二把撒嘞子孙满堂， ər²¹³ pa⁵⁵ sa⁵⁵ lɛ⁰ tsɿ⁵⁵ suən²⁴ man⁵⁵ tʻaŋ⁴²

三把撒嘞荣华儿富贵， san²⁴ pa⁵⁵ sa⁵⁵ lɛ⁰ yŋ⁴² xuɐr²⁴ fu²¹³ kuei²¹³

四把撒嘞金砖垫床， sɿ²¹³ pa⁵⁵ sa⁵⁵ lɛ⁰ tɕin²⁴ tʂuan²⁴ tian²¹³ tʂʻuaŋ⁴²

五把撒嘞五子登科， u⁵⁵∣⁴² pa⁵⁵ sa⁵⁵ lɛ⁰ u⁵⁵∣⁴² tsɿ⁵⁵ təŋ²⁴ kʻə²⁴

六把撒嘞是福寿长， liou²¹³ pa⁵⁵ sa⁵⁵ lɛ⁰ ʂɿ⁰ fu²⁴ ʂou²¹³ tʂʻaŋ⁴²

七把撒嘞麒麟送子， tɕʻi²⁴ pa⁵⁵ sa⁵⁵ lɛ⁰ tɕʻi⁴² lin⁴² suəŋ²¹³ tsɿ⁵⁵

八把撒嘞是状元郎， pa²⁴ pa⁵⁵ sa⁵⁵ lɛ⁰ ʂɿ⁰ tʂuan²¹³ yan⁰ laŋ⁴²

九把撒嘞长久富贵， tɕiou⁵⁵∣⁴² pa⁵⁵ sa⁵⁵ lɛ⁰ tʂʻaŋ⁴² tɕiou⁵⁵ fu²¹³ kuei²¹³

十把撒嘞百岁命长。 ʂɿ⁴² pa⁵⁵ sa⁵⁵ lɛ⁰ pɛ²⁴ suei²¹³ miŋ²¹³ tʂʻaŋ⁴²

三年淹　三年旱

三年淹，三年旱， san²⁴ nian⁴² ian²⁴ san²⁴ nian⁴² xan²¹³

一打六年没收成。 i²⁴ ta⁵⁵ liou²¹³ nian⁴² mu⁴² ʂou²⁴ tʂʻəŋ⁰

针穿黑豆大街卖， tʂən²⁴ tʂʻuan²⁴ xɛ²⁴∣⁴² tou²¹³ ta²¹³ tɕiɛ²⁴ mai²¹³

---

① 撒床：传统的民间婚姻习俗；即新婚之夜，在为新人"铺床"之后，再把红枣、花生、桂圆、莲子等撒在新人床上，且边撒边唱此歌谣，取"早生贵子"之意。

河里 ^H 嘞炸草上秤称。　　xə⁴² liou⁰ lɛ⁰ tʂa²¹³ ts'au⁵⁵ ʂaŋ²¹³ tʂ'əŋ²¹³ tʂ'əŋ²⁴

指旧时大灾之年，食物奇缺。　一打六年：一连六年。　穿：用绳线等通过物体把物品连贯起来。　黑豆：黑色的大豆。　炸草：水草。

三十不浪四十浪

三十不浪四十浪，　　san²⁴ ʂʅ⁴² pu²⁴ ǀ ⁴² laŋ²¹³ ʂʅ²¹³ ʂʅ⁴² laŋ²¹³
五十正在浪头儿上，　u⁵⁵ ʂʅ⁴² tʂəŋ²¹³ kai²¹³ laŋ²¹³ t'ər⁴² ʂaŋ⁰
六十后浪推前浪，　　liou²¹³ ʂʅ⁴² xou²¹³ laŋ²¹³ t'uei²⁴ tɕian⁴² laŋ²¹³
七十还能浪打浪。　　tɕ'i²⁴ ʂʅ⁴² xai⁴² nən⁴² laŋ²¹³ ta⁵⁵ laŋ²¹³

指男子到六七十岁，性能力还很强。　浪：放荡；这里指性欲强。

三十二个老头儿 *

三十二个老头儿，　　san²⁴ ʂʅ⁴² ər²¹³ kə⁰ lau⁵⁵ ǀ ²⁴ t'ər⁴²
把守一个城门儿。　　pa⁵⁵ ǀ ⁴² ʂou²¹³ i²⁴ ǀ ⁴² kə²¹³ tʂ'əŋ⁴² mər⁴²
哪个想 ^D 要进去，　na⁵⁵ kə⁰ ɕiæŋ⁵⁵ iau²¹³ tɕin²¹³ tɕ'y⁰
必须打个粉碎。　　　pi⁵⁵ ɕy⁰ ta⁵⁵ kə⁰ fən²⁴ suei²¹³

此为谜语的谜面；谜底：嘴和牙齿。　想 ^D：动词变韵表持续义，可替换为"想着"。

"三五"干部

打麻将，　　ta⁵⁵ ma⁴² tɕiaŋ²¹³
三天五天不累；　　san²⁴ t'ian²⁴ u⁵⁵ t'ian²⁴ pu²⁴ ǀ ⁴² luei²¹³
下舞场，　　ɕia²¹³ u⁵⁵ ǀ ⁴² tʂ'aŋ⁵⁵
三夜五夜不睡；　　san²⁴ ǀ ⁴² iɛ²¹³ u⁵⁵ iɛ²¹³ pu²⁴ ǀ ⁴² ʂei²¹³
喝起 ^H 酒，　　xə²⁴ tɕ'iai⁰ tɕiou⁵⁵
三瓶五瓶不醉；　　san²⁴ p'iŋ⁴² u⁵⁵ p'iŋ⁴² pu²⁴ ǀ ⁴² tsuei²¹³
干正事儿，　　kan²¹³ tʂəŋ²¹³ ʂər²¹³

三年五年不会。　　san²⁴ nian⁴² u⁵⁵ nian⁴² pu²⁴ | ⁴² xuei²¹³

此谣讽刺不务正业的个别领导干部。

三月十五枣发芽儿

三月十五枣发芽儿，　　san²⁴ yɛ⁰ ʂʅ⁴² u⁵⁵ tsau⁵⁵ fa²⁴ iɐ⁴²

四月十五枣开花儿，　　ʂʅ²¹³ yɛ⁰ ʂʅ⁴² u⁵⁵ tsau⁵⁵ kʻai²⁴ xuɐ²⁴

五月十五捻捻转儿 ①，　　u⁵⁵ yɛ⁰ ʂʅ⁴² u⁵⁵ nian²⁴ nian⁰ tʂuor²¹³

六月十五青蛋蛋儿，　　liou²¹³ yɛ⁰ ʂʅ⁴² u⁵⁵ tɕʻiŋ²⁴ tan²¹³ tor⁰

七月十五枣红圈儿，　　tɕʻi²⁴ yɛ⁰ ʂʅ⁴² u⁵⁵ tsau⁵⁵ xuəŋ⁴² tɕʻyor²⁴

八月十五枣上竿儿，　　pa²⁴ yɛ⁰ ʂʅ⁴² u⁰ tsau⁵⁵ ʂaŋ²¹³ kor²⁴

九月十五上了箔，　　tɕiou⁵⁵ yɛ⁰ ʂʅ⁴² u⁵⁵ ʂaŋ²¹³ liau⁰ puə⁴²

十月十五摸不着。　　ʂʅ⁴² yɛ⁰ ʂʅ⁴² u⁵⁵ muə²⁴ pu²⁴ tʂuə⁴²

捻捻转儿：比喻枣的大小就像用手指转动的较小的陀螺一样。　蛋蛋儿：小圆团。　箔：用高粱秆编成的，用于晾晒红枣、红薯干、萝卜片等的帘子状用具。　摸不着：指枣已晾干储存。

"三"字歌

三"辣"：

葱辣眼，蒜辣心，　　tsʻuəŋ²⁴ la²⁴ ian⁵⁵ suan²¹³ la²⁴ ɕin²⁴

芥末专辣鼻梁根。　　tɕiɛ²¹³ muə⁰ tʂuan²⁴ la²⁴ pi⁴² liaŋ⁴² kən²⁴

三"怕"：

软怕硬，硬怕愣，　　ʐuan⁵⁵ pʻa²¹³ iŋ²¹³ iŋ²¹³ pʻa²¹³ ləŋ²¹³

愣怕不要命。　　ləŋ²¹³ pʻa²¹³ pu²⁴ | ⁴² iau²¹³ miŋ²¹³

三"常"：

受屈人常在，　　ʂou²¹³ tɕʻy²⁴ ʐən⁴² tʂʻaŋ⁴² tsai²¹³

识足嘞常乐，　　ʂʅ⁴² tɕy²⁴ lɛ⁰ tʂʻaŋ⁴² luə²⁴

---

① 捻捻转儿：儿童玩具，用木头或塑料等制成，扁圆形，中间有轴，一头儿尖，玩儿时用手捻轴使旋转。

心宽嘞长寿。　　　çin²⁴ kʻuan²⁴ nɛ⁰ tʂʻaŋ⁴² ʂou²¹³

受屈：吃亏。　识足：知足。

三炷香 *

仨小孩儿，一般高儿，　sa²⁴ çiau⁵⁵ xor⁴² i²⁴ pan²⁴⁻⁵⁵ kor²⁴
个个儿戴ᴰ那红凉帽儿。　kə²¹³ kɣr⁰ tɛ²¹³ na⁰ xuəŋ⁴² lian²¹³ mor⁰

此为谜语的谜面；谜底：点燃的三炷香①。　一般：一样；"般"无规则变调。　戴ᴰ：戴着，动词变韵表持续义。　凉帽儿：浚县方言中专指用竹篾编的尖顶帽子；"凉"读音特殊。

扫帚 *

千只脚，万只脚，　tçʻian²⁴ tʂʅ²⁴ tçyə²⁴ uan²¹³ tʂʅ²⁴ tçyə²⁴
站不住，立ᴰ墙脚。　tʂan²¹³ pu²⁴⁻⁴² tʂʅ²¹³ liɛ²⁴ tçʻiaŋ⁴² tçyə²⁴
爱干净嘞人都用我。　ai²¹³ kan²⁴ tçiŋ⁰ lɛ⁰ zən⁴² tou²⁴⁻⁴² yŋ²¹³ uə⁵⁵

此为谜语的谜面；谜底：扫帚。　立ᴰ：立到，动词变韵表终点义。

筛哒箩哒

筛哒，箩哒，　ʂai²⁴ ta⁰ luə⁴² ta⁰
给ᴰ俺妮ᶻ寻个婆ᶻ家。　kɛ⁵⁵⁻²¹³ an⁵⁵ niːau²⁴ çin⁴² kə⁰ pʻau⁴² tçia⁰
哪儿嘞？　　　　　　ner⁵⁵ lɛ⁰
城里ᴴ嘞，大官儿家。　tʂʻəŋ⁴² liou⁵⁵ lɛ⁰ ta²¹³ kuor²⁴ tçia⁰
又有马，又有骡ᶻ，　iou²¹³ iou⁵⁵⁻⁴² ma⁵⁵ iou²¹³ iou⁵⁵ luau⁴²
又有马车走娘家，　iou²¹³ iou⁵⁵ ma⁵⁵ tʂʻʅə²⁴ tsou⁵⁵ niaŋ⁴² tçia⁰
嘀嘀嘀，到ᴰ老家。　ti²⁴ ti²⁴ ti²⁴ to²¹³ lau⁵⁵ tçia²⁴

此为哄幼儿谣；抓住婴幼儿双臂，边念此顺口溜边前后摇动。　筛、

① 浚县祭祀习俗有"神三鬼四"之说，主要指：烧香敬神时每次要燃三炷香，而上坟和拜祖先时则要燃四炷香；拜神磕三个头，上坟和拜祖先则要磕四个头。

筚：抓住婴幼儿的双臂，前后摇动。　到 [D]：动词变韵表完成义，可替换为"到了"。

筛麦糠

筛，筛，筛麦糠，　　şai²⁴ şai²⁴ şai²⁴ mɛ²⁴ k'aŋ⁰

琉璃蛋蛋儿打冰糖。　liou⁴² li⁰ tan²¹³ tor⁰ ta⁵⁵ piŋ²⁴ t'aŋ⁰

你搽胭脂儿我搽粉儿，　ni⁵⁵ tʂ'a⁴² ian²⁴ tʂər⁰ uə⁵⁵ tʂ'a⁴² fər⁵⁵

咱俩打个琉璃滚儿。　tsan⁴² lia⁵⁵ ta⁵⁵ kə⁰ liou⁴² li⁰ kuər⁵⁵

此为婴幼儿游戏谣：两人面对面，手拉手，两手左右摇摆，说完一遍两人身体同时翻转，成背对背；接着说一遍，然后再翻转成面对面。如此循环往复，做若干遍。　麦糠：麦子脱粒后从麦穗上脱落的外壳、碎屑等杂物。　蛋蛋儿：较小的圆形颗粒。

筛筛箩箩

筛筛，箩箩，　　şai²⁴ şai⁰ luə⁴² luə⁰

××吃个馍馍；　××tʂ'ɿ²⁴ kə⁰ muə⁴² muə⁰

箩箩筛筛，　　luə⁴² luə⁰ şai²⁴ şai⁰

××是个乖乖。　××ʂɿ²¹³ kə⁰ kuai²⁴ kuai²⁰

婴幼儿游戏，同"筛哒箩哒"。　××：指代小孩儿乳名。

山南头　寺下头

山南头 [①]、寺下头 [②]，　şan²⁴ nan⁴² t'ou⁰ sɿ²¹³ çia²¹³ t'ou⁰

嗑不起瓜子儿吃黑豆，　k'ə²¹³ pu⁰ tç'i⁵⁵ kua²⁴ tsər⁵⁵ tʂ'ɿ²⁴ xɛ²⁴|⁴² tou²¹³

盖不起瓦屋住窑头，　kai²¹³ pu⁰ tç'i⁵⁵ ua⁵⁵ u²⁴ tʂʅ²¹³ iau⁴² t'ou⁰

枕不起枕头枕砖头，　tʂən²¹³ pu⁰ tç'i⁵⁵ tʂən²¹³ t'ou⁰ tʂən²¹³ tʂuan²⁴ t'ou⁴²

挂不起灯篓挂箩头，　kua²¹³ pu⁰ tç'i⁵⁵ təŋ²⁴ lou⁰ kua²¹³ luə⁴² t'ou⁰

---

① 山南头：行政村名，因在大伾山南头而得名。

② 寺下头：行政村名，因在大伾山太平兴国寺下边而得名。

骑不起马骑墙头，　　tɕ'i⁴² pu⁰ tɕ'i⁵⁵ ma⁵⁵ tɕ'i⁴² tɕ'iaŋ⁴² | ²⁴ t'ou⁰

抱不起娃娃抱石头，　　pu²¹³ pu⁰ tɕ'i⁵⁵ ua⁴² ua⁰ pu²¹³ ʂʅ⁴² t'ou⁰

戴不起银簪 ᶻ 戴竹签 ᶻ，　　tai²¹³ pu⁰ tɕ'i⁵⁵ in⁴² tsæ²⁴ tai²¹³ tʂu²⁴ tɕ'iæ²⁴

唱不起大戏唱皮搂。　　tʂ'aŋ²¹³ pu⁰ tɕ'i⁵⁵ ta²¹³ ɕi²¹³ tʂ'aŋ²¹³ p'i⁴² lou²⁴

旧指山南头、寺下头两个村子比较贫穷；戏谑语。　　起：用在动词后表可能。　瓦屋：砖瓦房。　灯篓：灯笼。　"黑""墙"无规则变调。　皮搂：皮影戏，一种以兽皮或纸板做成的人物剪影来表演故事的民间戏剧。

山高够不着

山高够不着，　　ʂan²⁴ kau²⁴ kou²¹³ pu²⁴ tʂuə⁴²

斗大□嘞多，　　tou⁵⁵ ta²¹³ tʂuə²⁴ lɛ⁰ tuə²⁴

磨大推不动，　　muə²¹³ ta²¹³ t'uei²⁴ pu²¹ | ⁴² tuəŋ²¹³

肚大吃嘞多。　　tu²¹³ ta²¹³ tʂ'ʅ²⁴ lɛ⁰ tuə²⁴

斗：旧时量粮食的器具。　□：盛，装，容纳；又音 tʂʅ²⁴。　磨：石磨，两个圆石盘叠放在一起，相互摩擦、把粮食弄碎的工具。

山上多栽树

山上多栽树，　　ʂan²⁴ ʂaŋ⁰ tuə²⁴ tsai²⁴ ʂʅ²¹³

等于修水库。　　təŋ⁵⁵ y⁰ ɕiou²⁴ ʂuei⁵⁵ k'u²¹³

雨多它能喝，　　y⁵⁵ tuə²⁴ t'a⁵⁵ nəŋ⁴² xə²⁴

雨少它能吐。　　y⁵⁵ | ⁴² ʂau⁵⁵ t'a⁵⁵ nəŋ⁴² t'u⁵⁵

山羊 *

年纪不大，　　nian⁴² tɕi⁰ pu²⁴ | ⁴² ta²¹³

胡子一把。　　xu⁴² tsʅ⁰ i²⁴ pa⁵⁵

一天到晚，　　i²⁴ t'ian²⁴ tau²¹³ uan⁵⁵

爱叫妈妈。　　ai²¹³ tɕiau²¹³ ma²⁴ ma²⁴

此为谜语的谜面；谜底：山羊。

上大梁 ①

大梁一丈多，	ta²¹³ liaŋ⁴² i²⁴ | ⁴² tʂaŋ²¹³ tuə²⁴
主家是不错。	tʂʅ⁵⁵ tɕia⁰ ʂʅ²¹³ pu²⁴ tsʻuə²⁴
花糕弄 ᴰ 一轮儿，	xua²⁴ kau⁰ no²¹³ i²⁴ lyər⁴²
紧接谷面馍。	tɕin⁵⁵ tɕiɛ²⁴ ku²⁴ mian⁰ muə⁴²

"错"无规则变调。　　弄ᴰ：弄了，动词变韵表完成义。　　一轮儿：一个循环，此指每个人都吃到一块儿。

烧香（一）

东海莲花儿西海栽，	tuəŋ²⁴ xai⁵⁵ lian⁴² xuɐr⁰ ɕi²⁴ xai⁵⁵ tsai²⁴
不是烧香俺不来。	pu²⁴ | ⁴² ʂʅ²¹³ sau²⁴ ɕiaŋ²⁴ an⁵⁵ pu²⁴ lai⁴²
进庙门，柏花香，	tɕin²¹³ miau²¹³ mən⁴² pɛ²⁴ xua²⁴ ɕiaŋ²⁴
善人嘞钵盂响叮当。	ʂan²¹³ zʅn⁰ nɛ⁰ puə²⁴ y⁵⁵ ɕiaŋ⁵⁵ tiŋ²⁴ taŋ²⁴
老奶看见心喜欢，	lau⁵⁵ | ²⁴ nɛ⁵⁵ kʻan²¹³ tɕian⁰ ɕin²⁴ ɕi⁵⁵ xuan⁰
菩萨看见笑开颜。	pʻu⁴² sa⁰ kʻan²¹³ tɕian⁰ ɕiau²¹³ kʻai²⁴ ian⁴²
烧香磕头把家还，	sau²⁴ ɕiaŋ²⁴ kʻə²⁴ tʻou⁴² pa²¹³ tɕia²⁴ xuan⁴²
一年四季保平安。	i²⁴ nian⁴² sʅ²¹³ tɕi²¹³ pau⁵⁵ pʻiŋ⁴² an²⁴

老奶：指浮丘山碧霞宫的碧霞元君。

烧香（二）

有座小庙比山高，	iou⁵⁵ tsuə²¹³ ɕiau⁵⁵ miau²¹³ pi⁵⁵ ʂan²⁴ kau²⁴
不分男女把香烧。	pu²⁴ fən²⁴ nan⁴² ny⁵⁵ pa²¹³ ɕiaŋ²⁴ sau²⁴
瞎子烧香为了眼，	ɕia²⁴ tsʅ⁰ sau²⁴ ɕiaŋ²⁴ uei²¹³ liau⁰ ian⁵⁵
罗锅烧香为了腰，	luə⁴² kuə⁰ sau²⁴ ɕiaŋ²⁴ uei²¹³ liau⁰ iau²⁴

---

① 旧时建造砖木结构的房子，"上大梁"是非常重要的环节，一定要放鞭炮，为建房者改善伙食等，以示庆祝；此为浚县习俗。

瘸子烧香为了腿，　　　tɕʻyɛ⁴² tsʅ⁰ ʂau²⁴ ɕiaŋ²⁴ uei²¹³ liau⁰ tʻuei⁵⁵

小秃 ᶻ⁻⁰ 也来把香烧。　ɕiau⁵⁵ tʻu²⁴ iɛ⁵⁵ lai⁴² pa²¹³ ɕiaŋ²⁴ ʂau²⁴

问小秃 ᶻ⁻⁰ 烧香弄啥嘞，　uən²¹³ ɕiau⁵⁵ tʻu²⁴ ʂau²⁴ ɕiaŋ²⁴ nəŋ²¹³ ʂa⁵⁵ lɛ⁰

只为头上没有毛。　　tʂʅ²⁴│⁴² uei²¹³ tʻou⁴² ʂaŋ⁰ mu⁴² mau⁰ mau⁴²

扑通跪到关爷庙，　　pu²⁴ təŋ²⁴ kuei²¹³ tau⁰ kuan²⁴ iɛ⁰ miau²¹³

叫声关爷听中朝：　　tɕiau²¹³ ʂəŋ⁰ kuan²⁴ iɛ⁰ tʻiŋ²⁴ tʂuəŋ²⁴ tʂʻau⁴²

三天叫我嘞毛儿长齐，　san²⁴ tʻian²⁴ tɕiau²¹³ uə⁵⁵ lɛ⁰ mor⁴² tʂaŋ⁵⁵ tɕʻi⁴²

先盖小庙后挂袍；　ɕian²⁴ kai²¹³ ɕiau⁵⁵ miau²¹³ xou²¹³ kua²¹³ pʻau⁴²

三天不叫毛儿长齐，　san²⁴ tʻian²⁴ pu²⁴│⁴² tɕiau²¹³ mor⁴² tʂaŋ⁵⁵ tɕʻi⁴²

扳倒 ᴰ 泥胎使 ᴰ 尿浇。　pan²⁴ to⁵⁵ ni⁴² tʻai⁴² ʂʅə⁵⁵ niau²¹³ tɕiau²⁴

老关爷闻听心头恼，　lau⁵⁵ kuan²⁴ iɛ⁰ uən⁴² tʻiŋ²⁴ ɕin²⁴ tʻou⁴² nau⁵⁵

叫声周仓 ① 扛大刀。　tɕiau²¹³ ʂəŋ⁰ tʂou²⁴ tsʻaŋ²⁴ kʻaŋ⁵⁵ ta²¹³ tau²⁴

周仓闻听不怠慢，　tʂou²⁴ tsʻaŋ²⁴ uən⁴² tʻiŋ²⁴ pu²⁴│⁴² tai²¹³ man²¹³

扛 ᴰ 来青龙偃月刀。　kʻæŋ⁵⁵ lai⁰ tɕʻiŋ²⁴ luəŋ⁴² ian²¹³ yɛ²⁴ tau²⁴

往上一举往下落，　uaŋ⁵⁵ ʂaŋ²¹³ i²⁴ tɕy⁵⁵ uaŋ⁵⁵ ɕia²¹³ lau²¹³

只听咔嚓一声响，　tʂʅ²⁴ tʻiŋ²⁴ kʻa⁵⁵ tʂʻa²⁴ i²⁴ ʂəŋ²⁴ ɕiaŋ⁵⁵

一个葫芦嗑俩瓢。　i²⁴│⁴² kə²¹³ xu⁴² lu⁰ kʻə²¹³ lia⁵⁵ pʻiau⁴²

也该小秃 ᶻ⁻⁰ 倒了运，　iɛ⁵⁵ kai²⁴ ɕiau⁵⁵ tʻu²⁴ tau⁵⁵ liau⁰ yn²¹³

打那边儿来 ᴰ 俩恶老雕。　ta⁵⁵ na²¹³ pior²⁴ lɛ⁴² lia⁵⁵ ə²¹³ lau⁵⁵ tiau²⁴

这半颗叼到北京掫大粪，　tʂʅə⁵⁵ pan²¹³ kʻə⁰ tiau²⁴ tau⁰ pei²⁴ tɕiŋ²⁴ ua⁵⁵ ta²¹³ fən⁰

那半颗叼到南京当尿鳖。　na²¹³ pan²¹³ kʻə⁰ tiau²⁴ tau⁰ nan⁴² tɕiŋ²⁴ taŋ²⁴ niau²¹³ piau²⁴

人人说小秃 ᶻ⁻⁰ 死嘞苦，　zən⁴² zən⁰ ʂʅə²⁴ ɕiau⁵⁵ tʻu²⁴ sʅ⁵⁵ lɛ⁰ kʻu⁵⁵

一半颗儿臭来一半颗儿骚。　i²⁴│⁴² pan²¹³ kʻər⁰ tʂʻou²¹³ lai⁰ i²⁴│⁴² pan²¹³ kʻər⁰ sau²⁴

　　没冇：没有。　听中朝：语义当为"听仔细"，其来源及理据待考。　挂袍：给神像做衣服穿。　倒 ᴰ、来 ᴰ：动词变韵均表完成义，可分

---

① 周仓：字元福，《三国演义》中蜀汉关羽部将。

别替换为"倒了""来了"。　　使^D：介词，用。　　扛^D：动词变韵仅作为单趋式中的一个强制性形式成分，不表示实际意义。　　嗑：用刀劈开。　　恶老雕：长相似鹰、却远远比鹰大的一种猛禽；"恶"无规则变调。　　揢：舀。　　大粪：人粪尿。　　尿鳖：尿壶。

烧砖窑 *

南地有个欢，　　　　nan⁴² ti²¹³ iou⁵⁵ kə⁰ xuan²⁴

撅尾巴杠天。　　　　tɕyɛ²⁴ i⁵⁵ pa⁰ kaŋ²¹³ tʻian²⁴

捞着麦秸吃一垛，　　lau²⁴ tʂʅ⁰ mɛ²⁴ tɕiɛ⁰ tʂʻʅ²⁴ i²⁴｜⁴² tuə²¹³

捞着井水喝个干 ①。　lau²⁴ tʂʅ⁰ tɕiŋ⁵⁵｜⁴² ʂuei⁰ xə²⁴ kə⁰ kan²⁴

此为谜语的谜面；谜底：烧砖窑。　　欢：或为"獾"；但推测应为一种体形比较大的动物，待详考。　　杠天：比喻尾巴翘得很高。

梢瓜 *

小擀杖儿，　　　　　ɕiau⁵⁵｜⁴² kan⁵⁵ tʂɐr⁰

两头儿尖，　　　　　liaŋ⁵⁵ tʻər⁴² tɕian²⁴

肚里 ^H 儿女有万千。　tu²¹³ liou⁰ ər⁴² ny⁵⁵ iou⁵⁵ uan²¹³ tɕʻian²⁴

打发儿女上天去，　　ta⁵⁵ pa⁰ ər⁴² ny⁵⁵ ʂaŋ²¹³ tʻian²⁴ tɕʻy²¹³

气嘞老婆儿一拘挛。　tɕʻi²¹³ lɛ⁰ lau⁵⁵｜²⁴ pʻor⁴² i²⁴ tɕy²⁴ lyan⁰

此为谜语的谜面；谜底：梢瓜 ②。　　拘挛：蜷缩。

少吃多甜

少吃多甜，　　　　　ʂau⁵⁵ tʂʻʅ²⁴ tuə²⁴ tʻian⁴²

---

① 20世纪六七十年代，土窑烧制砖瓦，全用麦秸、柴草作燃料。砖坯烧透后，还要密封洇水，才能使砖瓦由红色变成青灰色；如果洇水少或操作不当，就会烧成红砖。故有此谜。

② 梢瓜：又叫"苂兰"，多年生蔓生草本植物，叶子心脏形，花白色带淡紫色斑纹，果实纺锤形，种子扁卵形。成熟干裂后，里面满是带着白色绢毛的种子。生长于林边荒地、山脚、河边、路旁灌木丛中。

再吃不烦。　　tsai²¹³ tʂʻʅ²⁴ pu²⁴ fan⁴²

少吃多滋味，　　ʂau⁵⁵ tʂʻʅ²⁴ tuə²⁴ tsʅ²⁴ uei⁰

多吃坏肠胃。　　tuə²⁴ tʂʻʅ²⁴ xuai²¹³ tʂʻaŋ⁴² uei²¹³

由着肚子，　　iou⁴² tʂʻʮ⁰ tu²¹³ tsʅ⁰

穿不上裤子。　　tʂʻuan²⁴ pu⁰ ʂaŋ⁰ kʻu²¹³ tsʅ⁰

由：顺从。

蛇 *

坐 ᴰ⁻⁰ 也是卧，　　tsuə²¹³ iɛ⁵⁵ ʂʅ²¹³ uə²¹³

立 ᴰ 也是卧，　　liɛ²⁴ iɛ⁵⁵ ʂʅ²¹³ uə²¹³

走 ᴰ⁻⁰ 也是卧，　　tsou⁵⁵ iɛ⁵⁵ ʂʅ²¹³ uə²¹³

卧 ᴰ⁻⁰ 也是卧。　　uə²¹³ iɛ⁵⁵ ʂʅ²¹³ uə²¹³

此为谜语的谜面；谜底：蛇。　坐 ᴰ⁻⁰、立 ᴰ、走 ᴰ⁻⁰、卧 ᴰ⁻⁰：动词变韵均表状态义，可分别替换为"坐着""立着""走着""卧着"。

谁打老婆 ᶻ 谁倒霉

天上下雨雷对雷，　　tʻian²⁴ ʂaŋ⁰ ɕia²¹³ y⁵⁵ luei⁴² tuei²¹³ luei⁴²

小两口儿打架捶对捶。　　ɕiau⁵⁵ liaŋ⁵⁵ˈ⁴² kʻər⁵⁵ ta⁵⁵ tɕia²¹³ tʂʻuei²¹³ tuei²¹³ tʂʻuei²¹³

毛主席领导嘞新社会，　　mau⁴² tʂʮ⁰ ɕi⁰ liŋ⁵⁵ˈ⁴² tau⁵⁵ lɛ⁰ ɕin²⁴ ʂʅə²¹³ xuei²¹³

谁打老婆 ᶻ 谁倒霉。　　ʂei⁴² ta⁵⁵ lau⁵⁵ˈ²⁴ pʻau⁴² ʂei⁴² tau⁵⁵ mei⁴²

谁嘞大头都朝下 *

大头儿大，大头儿大，　　ta²¹³ tʻər⁴² ta²¹³ ta²¹³ tʻər⁴² ta²¹³

谁嘞大头儿都朝下。　　ʂei⁴² lɛ⁰ ta²¹³ tʻər⁴² tou²⁴ tʂʻau⁴² ɕia²¹³

你不信你去问恁爸，　　ni⁵⁵ pu²⁴ˈ⁴² ɕin²¹³ ni⁵⁵ tɕʻy²¹³ uən²¹³ nən⁵⁵ pa²¹³

恁爸嘞大头儿也朝下。　　nən⁵⁵ pa²¹³ lɛ⁰ ta²¹³ tʻər⁴² iɛ⁵⁵ tʂʻau⁴² ɕia²¹³

此为谜语的谜面；谜底：鼻子。　首句也作"上头儿小，下头儿大"。

什么白白在天上 *

什么白白在天上，　　şən⁵⁵ mə⁰ pɛ⁴² pɛ⁴² tsai²¹³ tʻian²⁴ ʂaŋ⁰

什么白白在闺房，　　şən⁵⁵ mə⁰ pɛ⁴² pɛ⁴² tsai²¹³ kuei²⁴ faŋ⁴²

什么白白纺成线，　　şən⁵⁵ mə⁰ pɛ⁴² pɛ⁴² faŋ⁵⁵ tʂʻəŋ⁰ ɕian²¹³

什么白白放光芒。　　şən⁵⁵ mə⁰ pɛ⁴² pɛ⁴² faŋ²¹³ kuaŋ²⁴ maŋ⁴²

此为谜语的谜面；谜底依次是：雪花、搽脸粉、棉花、银子①。

什么开花儿不结果儿 *

什么开花儿不结果儿，　　şən⁵⁵ mə⁰ kʻai²⁴ xuɐr²⁴ pu²⁴ tɕie²⁴ kuɣr⁵⁵

什么结果儿不开花儿，　　şən⁵⁵ mə⁰ tɕie²⁴ kuɣr⁵⁵ pu²⁴ kʻai²⁴ xuɐr²⁴

什么开花儿必结果儿，　　şən⁵⁵ mə⁰ kʻai²⁴ xuɐr²⁴ pi⁵⁵ tɕie²⁴ kuɣr⁵⁵

什么开花儿雪花儿落。　　şən⁵⁵ mə⁰ kʻai²⁴ xuɐr²⁴ ɕyɛ²⁴ xuɐr²⁴ luə²⁴

此为谜语的谜面；谜底为四种植物，依次为：茅草、大蒜、茄子、梅花。

什么有头没冇眼 *

什么有头没冇眼，　　şən⁵⁵ mə⁰ iou⁵⁵ tʻou⁴² mu⁴² mau⁰ ian⁵⁵

什么有眼没冇头。　　şən⁵⁵ mə⁰ iou⁵⁵ ｜⁴² ian⁵⁵ mu⁴² mau⁰ tʻou⁴²

什么有头头朝下，　　şən⁵⁵ mə⁰ iou⁵⁵ tʻou⁴² tʻou⁴² tʂʻau⁴² ɕia²¹³

什么上头头攃头。　　şən⁵⁵ mə⁰ şaŋ²¹³ tʻou⁰ tʻou⁴² luə²¹³ tʻou⁴²

此为谜语的谜面；谜底依次是：箭头、石滚、白锤、枕头。

什么有头没冇嘴 *

什么有头没冇嘴，　　şən⁵⁵ mə⁰ iou⁵⁵ tʻou⁴² mu⁴² mau⁰ tsuei⁵⁵

什么有嘴没冇头，　　şən⁵⁵ mə⁰ iou⁵⁵ ｜⁴² tsuei⁵⁵ mu⁴² mau⁰ tʻou⁴²

---

①　指旧时的货币。

什么有嘴不会说话，　　ʂən⁵⁵ mə⁰ iou⁵⁵ | ⁴² tsuei⁵⁵ pu²⁴ | ⁴² xuei²¹³ ʂʮə²⁴ xua²¹³

什么没嘴会吱扭 ①。　　ʂən⁵⁵ mə⁰ mu⁴² tsuei⁵⁵ xuei²¹³ tʂʅ²⁴ niou⁰

此为谜语的谜面，谜底依次是：砖头、风箱、茶壶、弦子。　吱扭：拟声词，拟物体的摩擦声。

什么有腿不会走（一）*

什么有腿不会走，　　ʂən⁵⁵ mə⁰ iou⁵⁵ | ⁴² tʻuei⁵⁵ pu²⁴ | ⁴² xuei²¹³ tsou⁵⁵

什么没腿串九州，　　ʂən⁵⁵ mə⁰ mu⁴² tʻuei⁵⁵ tʂʻuan²¹³ tɕiou⁵⁵ tʂou²⁴

什么腿上腿擦腿，　　ʂən⁵⁵ mə⁰ tʻuei⁵⁵ ʂaŋ⁰ tʻuei⁵⁵ luə²¹³ tʻuei⁵⁵

什么腿上是漏斗。　　ʂən⁵⁵ mə⁰ tʻuei⁵⁵ ʂaŋ⁰ ʂʅ²¹³ lou²¹³ tou⁰

此为谜语的谜面；谜底依次是：桌椅板凳、船、踩高跷、楼。

什么有腿不会走（二）*

什么有腿不会走，　　ʂən⁵⁵ mə⁰ iou⁵⁵ | ⁴² tʻuei⁵⁵ pu²⁴ | ⁴² xuei²¹³ tsou⁵⁵

什么没腿串九州，　　ʂən⁵⁵ mə⁰ mu⁴² tʻuei⁵⁵ tʂʻuan²¹³ tɕiou⁵⁵ tʂou²⁴

什么有嘴不会说话，　　ʂən⁵⁵ mə⁰ iou⁵⁵ | ⁴² tsuei⁵⁵ pu²⁴ | ⁴² xuei²¹³ ʂʮə²⁴ xua²¹³

什么没嘴会吱扭。　　ʂən⁵⁵ mə⁰ mu⁴² tsuei⁵⁵ xuei²¹³ tʂʅ²⁴ niou⁰

此为谜语的谜面；谜底依次是：桌椅板凳、船、壶、弦子。

什么圆圆在天上 *

什么圆圆在天上，　　ʂən⁵⁵ mə⁰ yan⁴² yan⁴² tsai²¹³ tʻian²⁴ ʂaŋ⁰

什么圆圆在路旁，　　ʂən⁵⁵ mə⁰ yan⁴² yan⁴² tsai²¹³ lu²¹³ pʻaŋ⁴²

什么圆圆大街卖，　　ʂən⁵⁵ mə⁰ yan⁴² yan⁴² ta²¹³ tɕiɛ²⁴ mai²¹³

什么圆圆放 ᴰ 桌 ᶻ 上。　　ʂən⁵⁵ mə⁰ yan⁴² yan⁴² fæŋ²¹³ tʂuau²⁴ ʂaŋ⁰

此为谜语的谜面；谜底为四种圆形物品，依次是：月亮、车轮、烧

---

① 浚县方言中的"吱扭"有两个义项：一是拟物体发出的摩擦声，例如：这个门儿光吱扭吱扭响。　二是"告知"义，例如：有啥事儿需要帮忙，你吱扭一声啊！

饼、墨盒。　　放^D：动词变韵表终点义，可替换为"放到"。

生肖与婚姻（一）

白马犯青牛，	pɛ⁴² ma⁵⁵ fan²¹³ tɕʻiŋ²⁴ niou⁴²
羊子一<u>断</u>休。	iaŋ⁴² tsʅ⁵⁵ i²⁴ ∣ ⁴² tuan²¹³ ɕiou²⁴
鸡儿配猴儿，	tɕi²⁴ ər⁰ pʻei²¹³ xou⁴² ər⁰
过不到头儿。	kuə²¹³ pu²⁴ ∣ ⁴² tau²¹³ tʻou⁴² ər⁰
龙虎必相斗，	luəŋ⁴² xu⁵⁵ pi⁵⁵ ɕiaŋ²¹³ tou²¹³
鸡狗泪交流。	tɕi²⁴ kou⁵⁵ luei²¹³ tɕiau²⁴ liou⁴²
蛇虎如刀错，	ʂʅə⁴² xu⁵⁵ zʅ⁴² tau²⁴ tsʻuə²¹³
男女多不合。	nan⁴² ny⁵⁵ tuə²⁴ pu²⁴ xə⁴²

指旧俗婚配男女双方生肖之忌讳：属马的与属牛的、属羊的与属鼠的、属鸡的与属猴的、属龙的与属虎的、属鸡的与属狗的、属蛇的与属虎的，均不宜结婚。　　犯：相克。　　子：老鼠。

生肖与婚姻（二）

牛不南央鸡不东，	niou⁴² pu²⁴ nan⁴² iaŋ²⁴ tɕi²⁴ pu²⁴ tuəŋ²⁴
龙虎西方主大凶；	luəŋ⁴² xu⁵⁵ ɕi²⁴ faŋ²⁴ tʂʅ⁵⁵ ta²¹³ ɕyŋ²⁴
兔儿不上西北去，	tʻu²¹³ ər⁰ pu²⁴ ∣ ⁴² ʂaŋ²¹³ ɕi²⁴ pei²⁴ tɕʻy²¹³
蛇猴不往东南行；	ʂʅə⁴² xou⁴² pu²⁴ uaŋ⁵⁵ tuəŋ²⁴ nan⁴² ɕiŋ⁴²
狗猪西南跳火坑，	kou⁵⁵ tʂʅ²⁴ ɕi²⁴ nan⁴² tʻiau²¹³ xuə⁵⁵ kʻəŋ²⁴
五子东北招官司。	u⁵⁵ ∣ ⁴² tsʅ⁵⁵ tuəŋ²⁴ pei²⁴ tʂau²⁴ kuan²⁴ sʅ⁰

此谣讲的是不同生肖的人，挑选婚姻对象时，对对方家庭住址的方向应有所忌讳。　　南央：疑为"南乡"或"南向"的讹变；待详考。　　五子：指生肖老鼠。

十对花

俺说一来谁对一，	an⁵⁵ ʂʅə²⁴ i²⁴ lai⁰ ʂei⁴² tuei²¹³ i²⁴

什么开花儿在水里？ şən^{55} mə^{0} k'ai^{24} xuɐr^{24} tsai^{213} şuei^{55} li^{0}

你说一来俺对一， ni^{55} şʮə^{24} i^{24} lai^{0} an^{55} tuei^{213} i^{24}

莲蓬开花儿在水里。 lian^{42} p'əŋ^{0} k'ai^{24} xuɐr^{24} tsai^{213} şuei^{55} li^{0}

俺说两来谁对两， an^{55} şʮə^{24} liaŋ^{55} lai^{0} şei^{42} tuei^{213} liaŋ^{55}

什么开花儿闹嚷嚷？ şən^{55} mə^{0} k'ai^{24} xuɐr^{24} nau^{213} zaŋ^{0} zaŋ^{0}

你说两来俺对两， ni^{55} şʮə^{24} liaŋ^{55} lai^{0} an^{55} tuei^{213} liaŋ^{55}

楝树开花儿闹嚷嚷。 lian^{213} şʮ^{0} k'ai^{24} xuɐr^{24} nau^{213} zaŋ^{0} zaŋ^{0}

俺说三来谁对三， an^{55} şʮə^{24} san^{24} lai^{0} şei^{42} tuei^{213} san^{24}

什么开花儿一头儿尖？ şən^{55} mə^{0} k'ai^{24} xuɐr^{24} i^{24} t'ər^{42} tɕian^{24}

你说三来俺对三， ni^{55} şʮə^{24} san^{24} lai^{0} an^{55} tuei^{213} san^{24}

辣椒开花儿一头儿尖。 la^{24} tɕiau^{24} k'ai^{24} xuɐr^{24} i^{24} t'ər^{42} tɕian^{24}

俺说四来谁对四， an^{55} şʮə^{24} sʅ^{213} lai^{0} şei^{42} tuei^{213} sʅ^{213}

什么开花儿一身刺？ şən^{55} mə^{0} k'ai^{24} xuɐr^{24} i^{24} şən^{24} ts'ʅ^{213}

你说四来俺对四， ni^{55} şʮə^{24} sʅ^{213} lai^{0} an^{55} tuei^{213} sʅ^{213}

黄瓜开花儿一身刺。 xuaŋ^{42} kua^{0} k'ai^{24} xuɐr^{24} i^{24} şən^{24} ts'ʅ^{213}

俺说五来谁对五， an^{55} şʮə^{24} u^{55} lai^{0} şei^{42} tuei^{213} u^{55}

什么开花儿一嘟噜？ şən^{55} mə^{0} k'ai^{24} xuɐr^{24} i^{24} tu^{24} lu^{0}

你说五来俺对五， ni^{55} şʮə^{24} u^{55} lai^{0} an^{55} tuei^{213} u^{55}

葡萄开花儿一嘟噜。 p'u^{42} t'au^{0} k'ai^{24} xuɐr^{24} i^{24} tu^{24} lu^{0}

俺说六来谁对六， an^{55} şʮə^{24} liou^{213} lai^{0} şei^{42} tuei^{213} liou^{213}

什么开花儿结籽儿稠？ şən^{55} mə^{0} k'ai^{24} xuɐr^{24} tɕiɛ^{24} tsər^{55} tş'ou^{42}

你说六来俺对六， ni^{55} şʮə^{24} liou^{213} lai^{0} an^{55} tuei^{213} liou^{213}

石榴开花儿结籽儿稠。 sʅ^{42} liou^{0} k'ai^{24} xuɐr^{24} tɕiɛ^{24} tsər^{55} tş'ou^{42}

俺说七来谁对七， an^{55} şʮə^{24} tɕ'i^{24} lai^{0} şei^{42} tuei^{213} tɕ'i^{24}

什么开花儿把头低？ şən^{55} mə^{0} k'ai^{24} xuɐr^{24} pa^{213} t'ou^{42} ti^{24}

你说七来俺对七， ni^{55} şʮə^{24} tɕ'i^{24} lai^{0} an^{55} tuei^{213} tɕ'i^{24}

茄子开花儿把头低。 tɕ'iɛ^{42} tsʅ^{0} k'ai^{24} xuɐr^{24} pa^{213} t'ou^{42} ti^{24}

俺说八来谁对八， an^{55} şʮə^{24} pa^{24} lai^{0} şei^{42} tuei^{213} pa^{24}

什么开花儿抱娃娃？ şən^{55} mə^{0} k'ai^{24} xuɐr^{24} pu^{213} ua^{42} ua^{0}

你说八来俺对八， ni^{55} şʮə^{24} pa^{24} lai^{0} an^{55} tuei^{213} pa^{24}

蜀黍开花儿抱娃娃。　ʂʅ⁴² ʂʅ⁰ kʻai²⁴ xuɐr²⁴ pu²¹³ ua⁴² ua⁰

俺说九来谁对九，　　an⁵⁵ ʂʅə²⁴ tɕiou⁵⁵ lai⁰ ʂei⁴² tuei²¹³ tɕiou⁵⁵

什么开花儿酿好酒？　ʂən⁵⁵ mə⁰ kʻai²⁴ xuɐr²⁴ niaŋ²¹³ xau⁵⁵ | ⁴² tɕiou⁵⁵

你说九来俺对九，　　ni⁵⁵ ʂʅə²⁴ tɕiou⁵⁵ lai⁰ an⁵⁵ tuei²¹³ tɕiou⁵⁵

高粱开花儿酿好酒。　kau²⁴ liaŋ⁰ kʻai²⁴ xuɐr²⁴ niaŋ²¹³ xau⁵⁵ | ⁴² tɕiou⁵⁵

俺说十来谁对十，　　an⁵⁵ ʂʅə²⁴ ʂʅ⁴² lai⁰ ʂei⁴² tuei²¹³ ʂʅ⁴²

什么开花儿挑白旗？　ʂən⁵⁵ mə⁰ kʻai²⁴ xuɐr²⁴ tʻiau⁵⁵ pɛ⁴² tɕʻi⁴²

你说十来俺对十，　　ni⁵⁵ ʂʅə²⁴ ʂʅ⁴² lai⁰ an⁵⁵ tuei²¹³ ʂʅ⁴²

荞麦开花儿挑白旗。　tɕʻiau⁴² mɛ⁰ kʻai²⁴ xuɐr²⁴ tʻiau⁵⁵ pɛ⁴² tɕʻi⁴²

楝树：落叶乔木，花呈淡紫色，果实椭圆形、褐色；农历三四月开花；"楝花开花儿闹嚷嚷"是形容苦楝开花不是一朵两朵地开，而是成千上万朵地开。

十二生肖顺序歌（一）

老鼠领着头，　　lau⁵⁵ | ⁴² ʂʅ⁰ liŋ⁵⁵ tʂʅ⁰ tʻou⁴²

黄牛跟着走；　　xuaŋ⁴² niou⁴² kən²⁴ tʂʅ⁰ tsou⁵⁵

老虎一声吼，　　lau⁵⁵ | ⁴² xu⁰ i²⁴ ʂən²⁴ xou⁵⁵

兔子抖三抖；　　tʻu²¹³ tsʅ⁰ tou⁵⁵ san²⁴ tou⁵⁵

龙在天上飞，　　luəŋ⁴² kai²¹³ tʻian²⁴ ʂaŋ⁰ fei²⁴

蛇在地下扭；　　ʂʅə⁴² kai²¹³ ti²¹³ ɕia⁰ niou⁵⁵

老马路边溜，　　lau⁵⁵ | ⁴² ma⁵⁵ lu²¹³ pian²⁴ liou²⁴

小羊过山沟；　　ɕiau⁵⁵ iaŋ⁴² kuə²¹³ ʂan²⁴ kou²⁴

猴子翻跟头，　　xou⁴² tsʅ⁰ fan²⁴ kən²⁴ tʻou⁰

金鸡喊加油；　　tɕin²⁴ tɕi²⁴ xan⁵⁵ tɕia²⁴ iou⁴²

花狗汪汪叫，　　xua²⁴ kou⁵⁵ uaŋ²⁴ uaŋ²⁴ tɕiau²¹³

懒猪排ᴰ最后！　lan⁵⁵ tʂʅ²⁴ pʻɛ⁴² tsuei²¹³ xou²¹³

排ᴰ：排到，动词变韵表终点义。

十二生肖顺序歌（二）

一鼠二牛三虎头，　　i²⁴ ʂʅ⁵⁵ ər²¹³ niou⁴² san²⁴ xu⁵⁵ tʻou⁴²

四兔五龙六蛇口，　　sʅ²¹³ tʻu²¹³ u⁵⁵ luaŋ⁴² liou²¹³ ʂɻə⁴² kʻou⁵⁵

七马八羊九金猴，　　tɕʻi²⁴ ma⁵⁵ pa²⁴ iaŋ⁴² tɕiou⁵⁵ tɕin²⁴ xou⁴²

鸡狗猪站 ᴰ 最后头。　　tɕi²⁴ kou⁵⁵ tʂʅ²⁴ tʂæ²¹³ tsuei²¹³ xou²¹³ tʻou⁰

站 ᴰ：动词变韵表终点义，可替换为"站到"。

十二月（一）

正月来，正月正，　　tʂəŋ²⁴ yɛ⁰ lai⁰ tʂəŋ²⁴ yɛ⁰ tʂəŋ²⁴

正月十六儿挂红灯；　　tʂəŋ²⁴ yɛ⁰ ʂʅ⁴² liər²¹³ kua²¹³ xuaŋ⁴² təŋ²⁴

二月来，龙抬头，　　ər²¹³ yɛ⁰ lai⁰ lyŋ⁴² tʻai⁴² tʻou⁴²

家家ᶻ鏊ᶻ上稀屎流①；　　tɕia²⁴ tɕiæu⁰ æu²¹³ ʂaŋ⁰ ɕi²⁴ ʂʅ⁵⁵ liou⁴²

三月来，三月三，　　san²⁴ yɛ⁰ lai⁰ san²⁴ yɛ⁰ san²⁴

下有地，上有天；　　ɕia²¹³ iou⁵⁵ ti²¹³ ʂaŋ²¹³ iou⁵⁵ tʻian²⁴

四月来，四月八，　　sʅ²¹³ yɛ⁰ lai⁰ sʅ²¹³ yɛ⁰ pa²⁴

瞧不见路双眼儿瞎，　　tɕʻiau⁴² puʻ⁰ tɕian²¹³ lu²¹³ ʂuaŋ²⁴ ior⁵⁵ ɕia²⁴

不会说话是哑巴；　　pu²⁴ ˈ⁴² xuei²¹³ ʂɻə²⁴ xua²¹³ ʂʅ²¹³ ia⁵⁵ pa⁰

五月来，五月五，　　u⁵⁵ yɛ⁰ lai⁰ u⁵⁵ yɛ⁰ u⁵⁵

十冬腊月穿皮袄，　　ʂʅ⁴² tuəŋ⁰ la²⁴ yɛ⁰ tʂʻuan²⁴ pʻi⁴² au⁰

五黄六月穿夏布；　　u⁵⁵ xuaŋ⁰ liou²¹³ yɛ⁰ tʂʻuan²⁴ ɕia²¹³ pu⁰

六月来，六月六，　　liou²¹³ yɛ⁰ lai⁰ liou²¹³ yɛ⁰ liou²¹³

脸儿朝前，辫ᶻ朝后；　　lior⁵⁵ tʂʻau⁴² tɕʻian⁴² piæ²¹³ tʂʻau⁴² xou²¹³

七月来，七月七，　　tɕʻi²⁴ yɛ⁰ lai⁰ tɕʻi²⁴ yɛ⁰ tɕʻi²⁴

不吃饭，肚里ᴴ饥；　　pu²⁴ tʂʻʅ²⁴ fan²¹³ tu²¹³ liou⁰ tɕi²⁴

八月来，八月节，　　pa²⁴ yɛ⁰ lai⁰ pa²⁴ yɛ⁰ tɕiɛ²⁴

八月没有六月热；　　pa²⁴ yɛ⁰ mu⁴² mau²⁴ liou²¹³ yɛ⁰ zɻə²⁴

九月来，九月九，　　tɕiou⁵⁵ yɛ⁰ lai⁰ tɕiou⁵⁵ yɛ⁰ tɕiou⁵⁵

---

① 指农历二月二，民间有吃煎饼的习俗。

鼻子长到眼下头，　　　pi⁴² tsʅ⁰ tʂaŋ⁵⁵ tau⁰ ian⁵⁵ ɕia²¹³ t'ou⁰

胡子长在嘴外头；　　　xu⁴² tsʅ⁰ tʂaŋ⁵⁵ tsai⁰ tsuei⁵⁵ uai²¹³ t'ou⁰

十月来，冬风凉，　　　ʂʅ⁴² yɛ⁰ lai⁰ tuəŋ²⁴ fəŋ²⁴ liaŋ⁴²

老老少少穿衣裳；　　　lau⁵⁵ ｜⁴² lau⁵⁵ ʂau²¹³ ʂau²¹³ tʂ'uan²⁴ i²⁴ ʂaŋ⁰

十一月，冬寒节，　　　ʂʅ⁴² i²⁴ yɛ⁰ tuəŋ²⁴ xan⁴² tɕiɛ²⁴

外头没冇屋里 ᴴ 热；　　uai²¹³ t'ou⁰ mu⁴² mau²⁴ u²⁴ liou⁰ ʐʅ⁰ə²⁴

十二月来整一年，　　　ʂʅ⁴² ər²¹³ yɛ⁰ lai⁰ tʂəŋ⁵⁵ i²⁴ nian⁴²

欢天喜地过大年。　　　xuan²⁴ t'ian²⁴ ɕi⁵⁵ ti²¹³ kuə²¹³ ta²¹³ nian⁴²

夏布：用苎麻纤维织成的布，宜于制夏衣，故名。 八月节：指中秋节。

十二月（二）

正月里，正月正，　　　tʂəŋ²⁴ yɛ⁰ li⁰ tʂəŋ²⁴ yɛ⁰ tʂəŋ²⁴

黑脸儿本是小秦英 ①。　xɛ²⁴ lior⁵⁵ pən⁵⁵ ʂʅ²¹³ ɕiau⁵⁵ tɕ'in⁴² iŋ²⁴

一十二岁挂帅印，　　　i²⁴ ʂʅ⁴² ər²¹³ suei²¹³ kua²¹³ ʂuai²¹³ in²¹³

一指战鞭往西征。　　　i²⁴ tʂʅ⁵⁵ tʂan²¹³ pian²⁴ uaŋ⁵⁵ ɕi²⁴ tʂəŋ²⁴

二月里，龙抬头，　　　ər²¹³ yɛ²⁴ li⁰ luəŋ⁴² t'ai⁴² t'ou⁴²

嘉庆 ② 私访到通州 ③；　tɕia⁵⁵ tɕ'in²¹³ sʅ²⁴ faŋ⁵⁵ tau²¹³ t'uəŋ²⁴ tʂou⁰

嘉庆私访通州地，　　　tɕia⁵⁵ tɕ'iŋ²¹³ sʅ²⁴ faŋ⁵⁵ t'uəŋ²⁴ tʂou⁰ ti²¹³

刘墉 ④ 发兵平通州。　　liou⁴² yŋ⁵⁵ fa²⁴ piŋ²⁴ p'iŋ⁴² t'uəŋ²⁴ tʂou⁰

三月里，三月三，　　　san²⁴ yɛ⁰ li⁰ san²⁴ yɛ⁰ san²⁴

文王造反到江南；　　　uən⁴² uaŋ⁰ tsau²¹³ fan⁵⁵ tau²¹³ tɕiaŋ²⁴ nan⁴²

不是文王造了反，　　　pu²⁴ ｜⁴² ʂʅ²¹³ uən⁴² uaŋ⁰ tsau²¹³ liau⁰ fan⁵⁵

---

① 秦英：详见"秦英征西"条。

② 嘉庆：爱新觉罗·颙琰（1760~1820），初名永琰，乾隆帝的第十五子，清朝第七位皇帝（清仁宗）。

③ 《嘉庆私访》是河南豫剧、越调的传统名剧，讲述的是清嘉庆年间，嘉庆帝去通州私访，被和珅的爪牙困于通州。国太闻讯，速传旨意，命刘墉救主。

④ 刘墉（1719~1804）：字崇如，号石庵，名臣刘统勋长子，乾隆十六年（1751）中进士。清朝政治家，历任太原知府、江宁知府、内阁学士、体仁阁大学士等职，以奉公守法、清正廉洁闻名于世。书法造诣深厚，是当时著名的帖学大家，有"浓墨宰相"之称。

武王发兵十三年 ① 。　u⁵⁵ uaŋ⁰ fa²⁴ piŋ²⁴ ʂʅ⁴² san²⁴ nian⁴²

四月里，四月节，　　sʅ²¹³ yɛ⁰ li⁰ sʅ²¹³ yɛ⁰ tɕiɛ²⁴

黑脸儿本是小敬德 ② ；　xɛ²⁴ lior⁵⁵ pən⁵⁵ ʂʅ²¹³ ɕiau⁵⁵ tɕiŋ²¹³ tɛ²⁴

敬德拿嘞金刚鞭，　　tɕiŋ²¹³ tɛ²⁴ na⁴² lɛ⁰ tɕin²⁴ kaŋ²⁴ pian²⁴

打嘞猛虎吐鲜血。　　ta⁵⁵ lɛ⁰ məŋ⁵⁵⁺⁴² xu⁵⁵ t'u⁵⁵ ɕian²⁴ ɕiɛ²⁴

五月里，热难当，　　u⁵⁵ yɛ⁰ li⁰ ʐɭ²⁴ nan⁴² taŋ²⁴

红脸儿本是赵子龙 ③ 。　xuəŋ⁴² lior⁵⁵ pən⁵⁵ ʂʅ²¹³ tʂau²¹³ tsʅ⁵⁵ luəŋ⁴²

怀里揣嘞皇太子，　　xuai⁴² li⁰ tʂ'uai²⁴ lɛ⁰ xuaŋ⁴² t'ai²¹³ tsʅ⁵⁵

能挡曹操百万兵 ④ 。　nəŋ⁴² taŋ⁵⁵ ts'au⁴² ts'au²⁴ pɛ²⁴ uan²¹³ piŋ²⁴

六月里，六月六，　　liou²¹³ yɛ²⁴ li⁰ liou²¹³ yɛ²⁴ liou²¹³

真龙天子名刘秀。　　tʂən²⁴ luəŋ⁴² t'ian²⁴ tsʅ⁵⁵ miŋ⁴² liou⁴² ɕiou²¹³

躲走南阳十二载，　　tuə⁵⁵⁺⁴² tsou⁵⁵ nan⁴² iaŋ⁰ ʂʅ⁴² ər²¹³ tsai⁵⁵

访将 ⑤ 回来再报仇。　　faŋ⁵⁵ tɕiaŋ²¹³ xuei⁴² lai⁰ tsai²¹³ pau²¹³ tʂ'ou⁴²

七月里，七月七，　　tɕ'i²⁴ yɛ⁰ li⁰ tɕ'i²⁴ yɛ⁰ tɕ'i²⁴

英雄古怪程咬金 ⑥ ；　iŋ²⁴ ɕyŋ⁰ ku⁵⁵ kuai²¹³ tʂ'əŋ⁴² iau⁰ tɕin²⁴

程咬金拿嘞铉和斧，　　tʂ'əŋ⁴² iau⁰ tɕin²⁴ na⁴² lɛ⁰ ɕyan⁴² xə⁴² fu⁵⁵

唐朝嘞国口去不哩。　　aŋ⁴² tʂ'au⁴² lɛ⁰ kuɛ²⁴ tʂʅau²¹³ tɕ'y²¹³ puə⁰ li⁰

八月里，月光明，　　pa²⁴ yɛ⁰ li⁰ yɛ²⁴ kuaŋ²⁴ miŋ⁴²

红脸儿本是小秦琼 ⑦ ；　xuəŋ⁴² lior⁵⁵ pən⁵⁵ ʂʅ²¹³ ɕiau⁵⁵ tɕ'in⁴² tɕ'yŋ⁴²

---

① 十三年：武王伐纣之年为十三年。但据宋夏撰写的《尚书评解》说，"武王伐纣为十一年，十三年必传写之误"。待考。

② 敬德：尉迟敬德，详见"买锁了"条。

③ 赵子龙：赵云（？~229），字子龙，常山真定（今河北石家庄市东）人。三国时期蜀汉名将。

④ 此指《三国演义》中长坂坡赵子龙单骑救主的故事。

⑤ "刘秀访将"又叫"刘秀走南阳"；"将"指的是在刘秀麾下出生入死、战功赫赫、助其一统天下、重兴汉室江山、建立东汉政权过程中功劳最大、能力最强的二十八员大将，如邓禹、马武、贾复、吴汉、彭宠等。东汉明帝永平三年（60），汉明帝刘庄在洛阳南宫云台阁命人画了二十八位大将的画像——云台二十八将。

⑥ 程咬金（589~665）：字义贞，济州东阿（今山东阳谷东阿城镇）人，唐朝开国名将，凌烟阁二十四功臣之一；因屡建战功被封为卢国公。

⑦ 秦琼（？~638），字叔宝，齐州历城（今山东省济南市历城区）人；隋末唐初名将。

秦琼已到为难处，　　tɕʻin⁴² tɕʻyŋ⁴² i⁴² tau²¹³ uei²¹³ nan⁴² tʂʻʅ²¹³
已到洛阳去投诚 ① 。　　i⁴² tau²¹³ luə²⁴ iaŋ⁰ tɕʻy²¹³ tʻou⁴² tʂʻəŋ⁴²
九月里，秋风凉，　　tɕiou⁵⁵ yɛ⁰ li⁰ tɕʻiou²⁴ fəŋ²⁴ liaŋ⁴²
呼延庆 ② 又回汴梁城；　　xu²⁴ ian⁰ tɕʻiŋ²¹³ iou²¹³ xuei⁴² pian²¹³ liaŋ⁰ tʂʻəŋ⁴²
结拜孟强 ③ 和焦玉 ④ ，　　tɕiɛ²⁴ pai²¹³ məŋ²¹³ tɕʻiaŋ⁴² xə⁴² tɕiau²⁴ y²¹³
三人同如一母生。　　san²⁴ zən⁴² tʻuəŋ⁴² zʅ⁴² i²⁴ mu⁵⁵ ʂəŋ²⁴
十月里，到秋后，　　ʂʅ⁴² yɛ⁰ li⁰ tau²¹³ tɕʻiou²⁴ xou²¹³
……………………；
……………………，
……………………。⑤

十一月，好冷天，　　ʂʅ⁴² i²⁴ yɛ⁰ xau⁵⁵ | ⁴² ləŋ⁵⁵ tʻian²⁴
三请诸葛下了山；　　san²⁴ tɕʻiŋ⁵⁵ tʂʅ²⁴ kə²⁴ ɕia²¹³ liau⁰ ʂan²⁴
诸葛下山助刘备，　　tʂʅ²⁴ kə²⁴ ɕia²¹³ ʂan²⁴ tʂʅ²⁴ liou⁴² pei²¹³
弟兄结义在桃园。　　ti²¹³ ɕyŋ⁰ tɕiɛ²⁴ i²¹³ tsai²¹³ tʻau⁴² yan⁴²
十二月，整一年，　　ʂʅ⁴² ər²¹³ yɛ⁰ tʂəŋ⁵⁵ i²⁴ nian⁴²
关老爷月夜斩貂蝉；　　kuan²⁴ lau⁵⁵ iɛ⁰ yɛ²⁴ iɛ²¹³ tʂan⁵⁵ tiau²⁴ tʂʻan⁴²
一刀斩了貂蝉 ⑥ 女，　　i²⁴ tau²⁴ tʂan⁵⁵ liau⁰ tiau²⁴ tʂʻan⁴² ny⁵⁵
气嘞吕布 ⑦ 泪涟涟。　　tɕʻi²¹³ lɛ⁰ ly⁵⁵ pu²¹³ luei²¹³ lian⁴² lian⁴²

国□：大臣，重臣。　去不 ᴴ 哩：必不可少，无可替代；不 ᴴ："不了"
合音。　同如：如同。

---

① "秦琼投诚"指的是秦琼初仕隋朝，在张须陀等帐下任职。后来，投奔瓦岗起义军领袖
　李密。瓦岗败亡后，投靠郑国王世充。因王世充为人奸诈，秦琼又与程咬金等人一起投
　奔李渊、李世民父子。后跟随秦王李世民南征北战，屡立战功，官至左武卫大将军。
② 呼延庆：字夏都，并州太原（今山西省太原市）人，北宋开国名将呼延赞之后，生活于
　北宋仁宗至宋徽宗时期；宋朝著名的军事将领、外交官。
③ 孟强：宋朝人，孟良之孙，传说中呼家将人物，与杨文广、呼延庆、焦玉为结拜兄弟。
④ 焦玉：宋朝人，焦赞之孙，传说中呼家将人物，与杨文广、呼延庆、孟强为结拜兄弟。
⑤ 此处内容佚失，待考。
⑥ 貂蝉：历史小说《三国演义》中的人物，是中国古代四大美女之一。
⑦ 吕布（？～199）：字奉先，并州五原郡九原县（今内蒙古包头西）人。东汉末年群雄
　之一。

十二月（三）

正月迎春才开放，	tʂəŋ²⁴ yɛ⁰ iŋ⁴² tʂʻuən⁰ tsʻai⁴² kʻai²⁴ faŋ²¹³
二月丁香白似霜，	ər²¹³ yɛ⁰ tiŋ²⁴ ɕiaŋ⁰ pɛ⁴² ʂ̩²¹³ ʂuaŋ²⁴
三月桃花颜色嫩，	san²⁴ yɛ⁰ tʻau⁴² xua⁰ ian⁴² ʂɛ⁰ luən²¹³
四月牡丹<u>供三新</u>，	sʅ²¹³ yɛ⁰ mu⁵⁵ tan⁴² kuəŋ²¹³ san²⁴ ɕin²⁴
五月石榴红似火，	u⁵⁵ yɛ⁰ ʂʅ⁴² liou⁰ xuəŋ⁴² sʅ²¹³ xuə⁵⁵
六月莲花凫水滨，	liou²¹³ yɛ⁰ lian⁴² xua⁰ fu²¹³ ʂuei⁵⁵ pin²⁴
七月<u>甜竹</u>朝上滚，	tɕʻi²⁴ yɛ⁰ tʻian⁴² tʂu²⁴ tʂʻau⁴² ʂaŋ²¹³ kuən⁵⁵
八月桂花香喷喷，	pa²⁴ yɛ⁰ kuei²¹³ xua⁰ ɕiaŋ²⁴ pʻən⁰ pʻən⁰
九月菊花香满院，	tɕiou⁵⁵ yɛ⁰ tɕy²⁴ xua⁰ ɕiaŋ²⁴ man⁵⁵ yan²¹³
十月佛手儿黄似金，	ʂʅ⁴² yɛ⁰ fu⁴² ʂər⁵⁵ xuaŋ⁴² sʅ²¹³ tɕin²⁴
蜡梅开花儿十一月，	la²⁴ mei²⁴ kʻai²⁴ xuɐr²⁴ ʂʅ⁴² i²⁴ yɛ⁰
雪开白花儿羡煞人。	ɕyɛ²⁴ kʻai²⁴ pɛ⁴² xuɐr²⁴ ɕian²¹³ ʂa²⁴ ʐən⁴²

迎春：迎春花。 <u>供三新</u>：意义待考。 甜竹：绿竹笋。 佛手儿：
佛手花，芸香科植物；其花朵和花蕾具有疏肝理气、和胃快膈之功，用于
肝胃气痛，食欲不振。

十个闺女 *

| 万两黄金不算富， | uan²¹³ liaŋ⁵⁵ xuaŋ⁴² tɕin²⁴ pu²⁴⎜⁴² suan²¹³ fu²¹³ |
| 五个儿子是绝户。 | u⁵⁵ kə⁰ ər⁴² tsʅ⁰ ʂʅ²¹³ tɕyɛ⁴² xu⁰ |

此为谜语的谜面；谜底：一户人家育有十个闺女，没有儿子；此谜语
来自一个民间传说：据传，此为一农户家门前对联。有一天，县官路过此
地，见此对联，觉得十分奇怪，便询问主人为何会贴这样一副对联。主人
回答：女儿可称"千金"，我有十个闺女，就是"万两黄金"；我的十个
闺女又嫁了十个女婿，俗话说"一个女婿半个儿"，我有十个女婿，就是
"五个儿子"。 绝户：绝后的人，多指没有儿子。

十个秃 ^{Z-0}（一）

大秃 ^{Z-0} 得病二秃慌，　　ta²¹³ tʻu²⁴ tɛ²⁴ piŋ²¹³ ər²¹³ tʻu²⁴ xuaŋ²⁴

三秃 ^{Z-0} 去籴米，　　san²⁴ tʻu²⁴ tɕʻy²¹³ ti⁴² mi⁵⁵

四秃 ^{Z-0} 去熬汤，　　sɿ²¹³ tʻu²⁴ tɕʻy²¹³ au⁴² tʻaŋ²⁴

五秃 ^{Z-0} 去买板，　　u⁵⁵ tʻu²⁴ tɕʻy²¹³ mai⁵⁵ ⎸⁴² pan⁵⁵

六秃 ^{Z-0} 叫木匠，　　liou²¹³ tʻu²⁴ tɕiau²¹³ mu²⁴ tɕiaŋ⁰

七秃 ^{Z-0} 抬，　　tɕʻi²⁴ tʻu²⁴ tʻai⁴²

八秃 ^{Z-0} 埋，　　pa²⁴ tʻu²⁴ mai⁴²

九秃 ^{Z-0} 从那面儿哭过来，　　tɕiou⁵⁵ tʻu²⁴ tsʻuəŋ⁴² na²¹³ miər²⁴ kʻu²⁴ kuə⁰ lai⁰

十秃 ^{Z-0} 问他哭啥嘞，　　sɿ⁴² tʻu²⁴ uən²¹³ tʻa⁰ kʻu²⁴ ʂa⁵⁵ lɛ⁰

咱家死 ^D 个秃 ^{Z-0} 乖乖。　　tsan⁴² tɕia²⁴ sɿ⁵⁵ kə⁰ tʻu²⁴ kuai²⁴ kuai⁰

那面儿：那边儿。　　死 ^D：动词变韵表完成义，可替换为"死了"。

十个秃 ^{Z-0}（二）

大秃 ^{Z-0} 去砍柴，　　ta²¹³ tʻu²⁴ tɕʻy²¹³ kʻan⁵⁵ tʂʻai⁴²

二秃 ^{Z-0} 跟着来。　　ər²¹³ tʻu²⁴ kən²⁴ tʂʐ̩⁰ lai⁴²

三秃 ^{Z-0} 去烧锅，　　san²⁴ tʻu²⁴ tɕʻy²¹³ ʂau²⁴ kuə²⁴

四秃 ^{Z-0} 蒸窝窝。　　sɿ²¹³ tʻu²⁴ tʂəŋ²⁴ uə²⁴ uə⁰

五秃 ^{Z-0} 去掀，　　u⁵⁵ tʻu²⁴ tɕʻy²¹³ ɕian⁵⁵

六秃 ^{Z-0} 瞪眼。　　liou²¹³ tʻu²⁴ təŋ²¹³ ian⁵⁵

七秃 ^{Z-0} 去拿，　　tɕʻi²⁴ tʻu²⁴ tɕʻy²¹³ na⁴²

八秃 ^{Z-0} 咬牙。　　pa²⁴ tʻu²⁴ iau⁵⁵ ia⁴²

九秃 ^{Z-0} 去摸，　　tɕiou⁵⁵ tʻu²⁴ tɕʻy²¹³ muə²⁴

十秃 ^{Z-0} 砸锅。　　sɿ⁴² tʻu²⁴ tsa⁴² kuə²⁴

掀：指掀锅盖，意为馍已蒸熟，欲将馍从锅里取出来。

十七大姐八岁郎

十七大姐八岁郎，　　sɿ⁴² tɕʻi²⁴ ta²¹³ tɕiɛ⁵⁵ pa²⁴ ⎸⁴² suei²¹³ laŋ⁴²

擦屎把尿抱^D床上。　ts'a²⁴ ʂʅ⁵⁵ pa⁵⁵ niau²¹³ puə²¹³ tʂ'uaŋ⁴² ʂaŋ⁰

半夜屋叫吃麦麦，　　pan²¹³ iɛ²¹³ u²⁴ tɕiau⁰ tʂ'ʅ²⁴ mɛ²⁴ mɛ⁰

真想^D打他俩耳光。　tʂən²⁴ ɕiæŋ⁵⁵ ta^{55｜42} ta⁰ lia^{55｜42} ər⁵⁵ kuaŋ²⁴

我是你嘞妻，　uə⁵⁵ ʂʅ²¹³ ni⁵⁵ lɛ⁰ tɕ'i²⁴

不是你嘞娘。　pu^{24｜42} ʂʅ²¹³ ni⁵⁵ lɛ⁰ niaŋ⁴²

此谣反映的是旧时"女大男小"式婚姻的弊端。　抱^D：抱到，动词变韵表完成义。　屋叫：叫喊。　想^D：动词变韵表加强肯定语气。

十五、十六儿叫闺女

十五、十六儿叫闺女，　ʂʅ⁴² u⁵⁵ ʂʅ⁴² liər²¹³ tɕiau²¹³ kuei²⁴ ny⁰

闺女来了吃啥哩？　kuei²⁴ ny⁰ lai⁴² lə⁰ tʂ'ʅ²⁴ ʂa⁵⁵ li⁰

割羊肉，包包儿吧。　kə²⁴ iaŋ⁴² ʐou²¹³ pau²⁴ por²⁴ pa⁰

嫂嫂见了瞪瞪眼，　sau⁵⁵ sau⁰ tɕian²¹³ liau⁰ təŋ²¹³ təŋ⁰ ian⁵⁵

哥哥见了跺跺脚。　kə⁵⁵ kə⁰ tɕian²¹³ liau⁰ tuə²¹³ tuə⁰ tɕyə²⁴

哥哎嫂哎恁甮火，　kə⁵⁵ ai⁰ sau⁵⁵ ai⁰ nən⁵⁵ piŋ⁴² xuə⁵⁵

俺嫂也是□闺女。　an^{55｜42} sau⁵⁵ iɛ⁵⁵ ʂʅ²¹³ iæ⁴² kuei²⁴ ny⁰

十五、十六儿：指正月十五、十六，元宵节。　包儿：浚县方言对饺子的俗称。　□：别人，人家。

十^H客人 十间屋 *

十^H客人，十间屋，　ʂʅə⁴² k'ɛ²⁴ ʐən⁰ ʂʅ⁴² tɕian²⁴ u²⁴

冷了进去热了出。　ləŋ⁵⁵ lə⁰ tɕin²¹³ tɕ'y⁰ ʐʅə²⁴ lə⁰ tʂ'u²⁴

十^H和尚，撑着口，　ʂʅə⁴² xuə⁴² tʂ'æŋ⁰ tʂ'əŋ²⁴ tʂʅ⁰ k'ou⁵⁵

五^H和尚钻^D里头。　ŋuə⁵⁵ xuə⁴² tʂ'æŋ⁰ tsuæ²⁴ li⁰ t'ou⁰

此为谜语的谜面；谜底：前两句指手套，后两句指穿袜子。　十^H："十个"的合音。　五^H："五个"的合音。　钻^D：动词变韵表终点义，可替换为"钻到"。

石榴 *

千弟兄，万弟兄，　　tɕʻian²⁴ ti²¹³ ɕyŋ⁰ uan²¹³ ti²¹³ ɕyŋ⁰

住嘞屋子不透风。　　tʂʐ²¹³ lɛ⁰ u²⁴ tsʐ⁰ pu²⁴ | ⁴² tʻou²¹³ fəŋ²⁴

千姐妹，万姐妹，　　tɕʻian²⁴ tɕiɛ⁵⁵ mei⁰ uan²¹³ tɕiɛ⁵⁵ mei⁰

同屋住，各盖被。　　tʻuəŋ⁴² u²⁴ tʂʐ²¹³ kə²⁴ kai²¹³ pei²¹³

此为谜语的谜面；谜底：石榴。

石榴树

石榴树，卧斑鸠 ①，　　ʂʐ⁴² liou⁰ ʂʐ²¹³ uə²¹³ pan²¹³ tɕiou⁰

俺上后院 ᶻ 够石榴。　　an⁵⁵ ʂaŋ²¹³ xou²¹³ yæ²¹³ kou²¹³ ʂʐ⁴² liou⁰

石榴稠，打破头，　　ʂʐ⁴² liou⁰ tʂʻou⁴² ta⁵⁵ pʻuə²¹³ tʻou⁴²

叫声爹，买个牛。　　tɕiau²¹³ ʂəŋ²⁴ tiɛ²⁴ mai⁵⁵ kə⁰ ou⁴²

叫声娘，买丝绸，　　tɕiau²¹³ ʂəŋ²⁴ nian⁴² mai⁵⁵ sʐ²⁴ tʂʻou⁴²

叫声姐，买把扇 ᶻ，　　tɕiau²¹³ ʂəŋ²⁴ tɕiɛ⁵⁵ mai⁵⁵ | ⁴² pa⁵⁵ ʂæ²¹³

叫哥买个小丫头。　　tɕiau²¹³ kə⁵⁵ mai⁵⁵ kə⁰ ɕiau⁵⁵ ia²⁴ tʻou⁰

骑着牛，披着绸，　　tɕʻi⁴² tʂʐ⁰ ou⁴² pʻei²⁴ tʂʐ⁰ tʂʻou⁴²

扇着扇 ᶻ，扭一扭，　　ʂan²⁴ tʂʐ⁰ ʂæ²¹³ niou⁵⁵ iʻ⁰ niou⁵⁵

后头跟着小丫头。　　xou²¹³ tʻou⁰ kən²⁴ tʂuə⁰ ɕiau⁵⁵ ia²⁴ tʻou⁰

够：将手伸向某处去接触或拿取；这里指"摘"。

拾粪歌

□ ᴰ □ ᴰ 起来冷飕飕，　　tɕʻiæŋ²⁴ tɕʻiɛ⁵⁵ tɕʻiʻ⁵⁵ lai⁰ ləŋ⁵⁵ sou⁰ sou⁰

背着笋头到处悠。　　pei²⁴ tʂʐ⁰ luə⁴² tʻou⁰ tau²¹³ tʂʻʐ²¹³ iou²⁴

一悠悠到后茅 ᶻ 里，　　i²⁴ iou²⁴ iou²⁴ tau⁰ xou²¹³ mæu⁴² li⁰

堆堆大粪圆溜溜。　　tsuei²⁴ tsuei²⁴ ta²¹³ fən⁰ yan⁴² liou⁰ liou⁰

粪堆大，庄稼旺，　　fən²¹³ tsuei²⁴ ta²¹³ tʂuaŋ²¹³ tɕia⁰ uaŋ²¹³

---

① 斑鸠：一种灰褐色的鸟，颈后有白色或黄褐色斑点，嘴短，脚趾淡红色；栖息在山地、山麓或平原的林区；觅食高粱、麦粒、稻谷、昆虫的幼虫。

一堆粪土一堆粮，　　i²⁴ tsuei²⁴ fən²¹³ t'u⁵⁵ i²⁴ tsuei²⁴ lian⁴²

没冇大粪臭，　　　　mu⁴² mau⁰ ta²¹³ fən⁰ tʂ'ou²¹³

哪儿有五谷香？　　　nɐr⁵⁵ ⁴² iou⁵⁵ u⁵⁵ ku²⁴ ɕian²⁴

□ᴰ起ᴰ：清早。　后茅ᶻ：厕所。

食物禁忌歌

蟹柿ᶻ同食能断肠，　　ɕiɛ²¹³ ʂʅau²¹³ t'uəŋ⁴² ʂʅ⁴² nəŋ⁴² tuan²¹³ tʂ'aŋ⁴²

葱蜜相见也同上。　　　ts'uəŋ²⁴ mi²⁴ ɕian²¹³ tɕian²¹³ iɛ⁵⁵ t'uəŋ⁴² ʂaŋ²¹³

绿豆忌与榧同吃，　　　ly²⁴ tou⁰ tɕi²¹³ y²¹³ fei²⁴ t'uəŋ⁴² tʂ'ʅ²⁴

苋菜鳖肉莫同尝。　　　ɕian²¹³ ts'ai⁰ piɛ²⁴ zou²¹³ muə²⁴ t'uəŋ⁴² tʂ'aŋ⁴²

吃过罗申忌黄瓜，　　　tʂ'ʅ²⁴ kuə²¹³ luə⁴² ʂən²⁴ tɕi²¹³ xuan⁴² kua⁰

犯在腹中生虫长。　　　fan²¹³ tsai²¹³ fu²⁴ tʂuəŋ²⁴ ʂəŋ²⁴ tʂ'uəŋ⁴² tʂ'aŋ⁴²

烧酒甭就ᴰ姜芽儿食，　ʂau²⁴ tɕiou⁵⁵ piŋ⁴² tɕio²¹³ tɕian²⁴ iɐr⁴² ʂʅ⁴²

误食令人伤肺脏。　　　u²¹³ ʂʅ⁴² liŋ²¹³ zən⁴² ʂaŋ²⁴ fei²¹³ tsaŋ²¹³

李子雀肉也宜忌，　　　li⁵⁵ tsʅ⁰ tɕ'yə²⁴ zou²¹³ iɛ⁵⁵ i²¹³ tɕi²¹³

鱼肉荆芥食必亡。　　　y⁴² zou²¹³ tɕiŋ²⁴ tɕiɛ⁰ ʂʅ⁴² pi⁵⁵ uaŋ⁴²

芥菜菟丝勿同食，　　　tɕiɛ²¹³ ts'ai⁰ t'u²¹³ sʅ²⁴ u²⁴ t'uəŋ⁴² ʂʅ⁴²

黄腊鸡肉也须防。　　　xuan⁴² la²⁴ tɕi²⁴ zou⁰ iɛ⁵⁵ ɕy²⁴ faŋ⁴²

榧：香榧；红豆杉科，常绿乔木，果实叫榧子，可供食用，也可入药、榨油，被称作"顶级坚果"。　罗申：花生，推测当为"落花生"的讹变，待考。　就ᴰ：配；动词变韵表持续义，可替换为"就着"。　菟丝：别名禅真、豆寄生、豆阎王、黄丝、黄丝藤、金丝藤等，一年生草本植物；多缠绕寄生在豆科植物上，茎丝状，橙黄色，种子供药用。

柿子*

红灯篓，绿宝盖儿；　　xuəŋ⁴² təŋ²⁴ lou⁰ ly²⁴ pau⁵⁵ kor²¹³

谁猜着，是好孩儿。　　ʂei⁴² ts'ai²⁴ tʂuə⁰ ʂʅ²¹³ xau⁵⁵ xor⁴²

此为谜语的谜面；谜底：柿子。

是葱又像蒜 *

是葱比 ^D 葱短，	ʂʅ²¹³ tsʻuəŋ²⁴ piɛ⁵⁵ tsʻuəŋ²⁴ tuan⁵⁵
像蒜不分瓣。	ɕiaŋ²¹³ suan²¹³ pu²⁴ fən²⁴ pan²¹³
说是葱，又像蒜，	ʂ ɥə²⁴ ʂʅ²¹³ tsʻuəŋ²⁴ iou²¹³ ɕiaŋ²¹³ suan²¹³
一层一层裹锦缎。	i²⁴ tsʻəŋ⁴² i²⁴ tsʻəŋ⁴² kuə⁵⁵ tɕin²⁴ tuan²¹³

此为谜语的谜面；谜底：洋葱。

是花儿不能戴 *

是花儿不能戴，	ʂʅ²¹³ xuɐ²⁴ pu²⁴ nəŋ⁴² tai²¹³
花瓣儿空中开。	xua²⁴ por²¹³ kʻuəŋ²⁴ tʂuəŋ²⁴ kʻai²⁴
漫天飘落下，	man²¹³ tʻian²⁴ pʻiau²⁴ luə²⁴ ɕia²¹³
大地一片白。	ta²¹³ ti²¹³ i²⁴ ∣ ⁴² pʻian²¹³ pɛ⁴²

此为谜语的谜面；谜底：雪花。

收麦打场　闺女瞧娘 ①

收罢麦，打罢场，	ʂou²⁴ pa²¹³ mɛ²⁴ ta⁵⁵ pa²¹³ tʂʻaŋ⁴²
谁家嘞闺女都瞧娘。	ʂei⁴² tɕia⁰ lɛ⁰ kuei²⁴ ny⁰ tou²⁴ tɕʻiau⁴² niaŋ⁴²
闺女瞧娘是正理，	kuei²⁴ ny⁰ tɕʻiau⁴² niaŋ⁴² ʂʅ²¹³ tʂəŋ²¹³ li⁵⁵
娘瞧闺女是混账。	niaŋ⁴² tɕʻiau⁴² kuei²⁴ ny⁰ ʂʅ²¹³ xuəŋ²¹³ tʂaŋ⁰

打场：一种农活儿；将从地里收割来的麦子放在平坦的空地上，经过翻晒、碾轧，使麦粒儿从麦穗上脱落；再用木杈将麦子挑起，借助风力使麦子与麦秸分离。　混账：情理上说不通。

手不溜　怨袄袖

手不溜，怨袄袖；	ʂou⁵⁵ pu²⁴ ∣ ⁴² liou²¹³ yan²¹³ au⁵⁵ ɕiou²¹³

---

① 浚县传统习俗，六月初一前后，出嫁的闺女都要回娘家看望爹娘；以前拿的礼物是用新麦子面蒸的馒头，如今，随着生活水平的提高，"闺女瞧娘"时所拿的礼物已大有变化。

袄袖长，怨他娘；　　au⁵⁵ ɕiou²¹³ tʂʻaŋ⁴² yan²¹³ tʻaᵒ niaŋ⁴²

他娘瞎，怨蚂虾。　　tʻa⁵⁵ niaŋ⁴² ɕia²⁴ yan²¹³ ma⁴² ɕia²⁴

戏谑谣，打趣自己办事不力而又强词夺理的人。　　溜：敏捷，麻利。

"数九"歌（一）

一九二九出不来手，　　i²⁴ tɕiou⁵⁵ ər²¹³ tɕiou⁵⁵ tʂʻʅ²⁴ puᵒ lai⁴² ʂou⁵⁵

三九四九凌上走；　　san²⁴ tɕiou⁵⁵ sʅ²¹³ tɕiou⁵⁵ liŋ⁴² ʂaŋᵒ tsou⁵⁵

五九半，凌花儿散；　　u⁵⁵ ⁼ ⁴² tɕiou⁵⁵ pan²¹³ liŋ⁴² xuɐr²⁴ san²¹³

七九六十三，　　tɕʻi²⁴ tɕiou⁵⁵ liou²¹³ ʂʅᵒ san²⁴

路上行人把衣宽；　　lu²¹³ ʂaŋᵒ ɕiŋ⁴² zən⁴² pa²¹³ i²⁴ kʻuan²⁴

八九七十二，　　pa²⁴ tɕiou⁵⁵ tɕʻi²⁴ ʂʅᵒ ər²¹³

遍地使牛儿；　　pian²¹³ ti²¹³ ʂʅ⁵⁵ niou⁴² ərᵒ

九九哈不来，　　tɕiou⁵⁵ ⁼ ⁴² tɕiou⁵⁵ xa²⁴ puᵒ lai⁴²

十九杨花儿开。　　ʂʅ⁴² tɕiou⁵⁵ iaŋ⁴² xuɐr²⁴ kʻai²⁴

九：从冬至之日开始，每九天为一"九"，以此类推。　　使牛儿："使"即使唤，指赶着牛春耕。　　哈不来：指由于天气变暖，已看不到人们口中呼出的气；"哈"指哈气，即口中呼出的气。　　杨花儿：杨树的花絮，又名梧树芒、杨树吊等。

"数九"歌（二）

一九二九伸不出ᴴ手，　　i²⁴ tɕiou⁵⁵ər²¹³ tɕiou⁵⁵ ʂən²⁴ puᵒ tʂʻuai²⁴ ⁼ ⁵⁵ ʂou⁵⁵

三九四九凌上走；　　san²⁴ tɕiou⁵⁵ sʅ²¹³ tɕiou⁵⁵ liŋ⁴² ʂaŋᵒ tsou⁵⁵

五九半，凌花儿散；　　u⁵⁵ ⁼ ⁴² tɕiou⁵⁵ pan²¹³ liŋ⁴² xuɐr²⁴ san²¹³

七九八九，　　tɕʻi²⁴ tɕiou⁵⁵ pa²⁴ tɕiou⁵⁵

抬头看柳；　　tʻai⁴² tʻou⁴² kʻan²¹³ liou⁵⁵

九九加一九，　　tɕiou⁵⁵ ⁼ ⁴² tɕiou⁵⁵ tɕia²⁴ iᵒ tɕiou⁵⁵

耕牛遍地走。　　kən²⁴ niou⁴² pian²¹³ ti²¹³ tsou⁵⁵

"数九"歌（三）

一九二九不出手， i²⁴ tɕiou⁵⁵ ər²¹³ tɕiou⁵⁵ pu²⁴ tʂʻʯ²⁴ ʂou⁵⁵

三九四九冰上走； san²⁴ tɕiou⁵⁵ sʅ²¹³ tɕiou⁵⁵ piŋ²⁴ ʂaŋ⁰ tsou⁵⁵

五九半，凌碴儿散； u⁵⁵⁼⁴² tɕiou⁵⁵ pan²¹³ liŋ⁴² tʂʻɐr⁴² san²¹³

七九燕 ᶻ⁻⁰ 来， tɕʻi²⁴ tɕiou⁵⁵ ian²¹³ lai⁴²

八九杏花儿开； pa²⁴ tɕiou⁵⁵ ɕiŋ²¹³ xuɐr²⁴ kʻai²⁴

九九八十一， tɕiou⁵⁵⁼⁴² tɕiou⁵⁵ pa²⁴ sʅ⁰ i²⁴

老头儿墙根儿立； lau⁵⁵⁼²⁴ tʻər⁴² tɕʻiaŋ⁴² kər²⁴ li²⁴

九九加一九， tɕiou⁵⁵⁼⁴² tɕiou⁵⁵ tɕia²⁴ i⁰ tɕiou⁵⁵

犁牛遍地走。 li⁴² niou⁴² pian²¹³ ti²¹³ tsou⁵⁵

"数九"歌（四）

一九二九出不来手， i²⁴ tɕiou⁵⁵ ər²¹³ tɕiou⁵⁵ tʂʻʯ²⁴ pu⁰ lai⁰ ʂou⁵⁵

三九四九凌上走； san²⁴ tɕiou⁵⁵ sʅ²¹³ tɕiou⁵⁵ liŋ⁴² ʂaŋ⁰ tsou⁵⁵

五九六九， u⁵⁵⁼⁴² tɕiou⁵⁵ liou²¹³ tɕiou⁵⁵

沿河看柳； tian⁴² xə⁴² kʻan²¹³ liou⁵⁵

七九六十三， tɕʻi²⁴ tɕiou⁵⁵ liou²¹³ sʅ⁰ san²⁴

遍地打响鞭； pian²¹³ ti²¹³ ta⁵⁵⁼⁴² ɕiaŋ⁵⁵ pian²⁴

八九七十二， pa²⁴ tɕiou⁵⁵ tɕʻi²⁴ sʅ⁰ ər²¹³

遍地使牛儿； pian²¹³ ti²¹³ sʅ⁵⁵ niou⁴² ər⁰

九九八十一， tɕiou⁵⁵⁼⁴² tɕiou⁵⁵ pa²⁴ sʅ⁰ i²⁴

老头儿靠 ᴰ 墙立， lau⁵⁵⁼²⁴ tʻər⁴² kʻo²¹³ tɕʻiaŋ⁴² li²⁴

虽说不冷了， suei²⁴ ʂʯə²⁴ pu²⁴ ləŋ⁵⁵ lə⁰

就是肚里 ᴴ 饥。 tɕiou²¹³ sʅ⁰ tu²¹³ liou⁰ tɕi²⁴

靠 ᴰ：靠着，动词变韵表持续义。 打响鞭：指赶牛春耕。 肚 ᴴ 里饥：指旧时"九九"前后的春荒时段，青黄不接，人们只能忍饥挨饿。

耍"酷"谣

网球鞋儿，不系带儿；　　uaŋ⁵⁵ tɕ'iou⁴² ɕiɤr⁴² pu²⁴ | ⁴² tɕi²¹³ tor²¹³

尼龙袜儿，露一半儿；　　ni⁴² yŋ⁴² uər²⁴ lou²¹³ i⁰ por²¹³

短裤腿儿，大布衫儿；　　tuan⁵⁵ k'u²¹³ t'uər⁵⁵ ta²¹³ pu²¹³ ʂor⁰

骑洋车儿，倒三圈儿。　　tɕ'i⁴² iaŋ²⁴ tʂ'ɤr²⁴ tau²¹³ san²⁴ tɕ'yor²⁴

此谣描述的是20世纪70年代男女青年最"酷"的衣装和举止。　　倒：使脚踏（向后）倒转。

摔泥窝窝 ①

小白鸡儿，卧门槛儿，　　ɕiau⁵⁵ pɛ⁴² tɕiər²⁴ uə²¹³ mən⁴² tɕ'ior²¹³

乒乒乓乓十八瓣儿。　　p'iŋ²⁴ p'iŋ⁰ p'aŋ²⁴ p'aŋ²⁴ ʂʅ⁴² pa²⁴ | ⁴² por²¹³

你给蛋儿，　　ni⁵⁵ | ⁴² kei⁵⁵ tor²¹³

甭给片儿。　　piŋ⁴² kei⁵⁵ p'ior²¹³

蛋儿！蛋儿！　　tor²¹³ tor²¹³

片儿！片儿！　　p'ior²¹³ p'ior²¹³

此为游戏谣。"蛋儿！蛋儿！""片儿！片儿！"均为摔泥窝窝时的呼语，意思是祈盼摔成"蛋儿"状，不希望摔成"片儿"状。

水桶＊②

弟儿俩一般高，　　tiər²¹³ lia⁵⁵ i²⁴ pan²⁴ | ⁵⁵ kau²⁴

铜箍箍住腰。　　t'uaŋ⁴² ku²⁴ ku²⁴ tʂʮ⁰ iau²⁴

你在这儿等ᴰ我，　　ni⁵⁵ tai²¹³ tʂor⁰ to⁵⁵ uə⁰

我来ᴰ阴间殿里ᴴ瞧瞧。　　uə⁵⁵ lɛ⁴² in²⁴ tɕian⁰ tian²¹³ liou⁰ tɕ'iau⁴² tɕ'iau⁰

---

① 摔泥窝窝：一种儿童竞技游戏；在手心里把黄泥捏成凹形窝窝，然后猛一翻掌，使劲朝地上摔，其中间会被摔出窟窿。摔出的窟窿要由对方补上；摔的窟窿越大，需要的泥越多，最后泥多者为胜。

② 过去农村没有自来水，需要从水井取水来解决家庭的日常用水问题；而水井取水离不开水桶。

此为谜语的谜面；谜底：井里取水用的水桶。 弟儿俩：弟兄俩。 等^D：

此为谜语的谜面；谜底：井里取水用的水桶。 弟儿俩：弟兄俩。 等[D]：等着，动词变韵表持续义。 来[D]：去，到；详见"郭大姐"条。 阴间殿：喻指井底。

水烟袋 *

弯弯曲曲一道河，　　uan²⁴ uan⁰ tɕʻy²⁴ tɕʻy²⁴ i²⁴ | ⁴² tau²¹³ xə⁴²

河里 ^H 有水摸不着。　　xə⁴² liou⁰ iou⁵⁵ | ⁴² ʂuei⁵⁵ muə²⁴ pu²⁴ tʂuə⁴²

呼雷喝闪不下雨，　　xu²⁴ luei⁰ xə²⁴ ʂan⁰ pu²⁴ | ⁴² ɕia²¹³ y⁵⁵

满天星星乱打豁。　　man⁵⁵ tʻian²⁴ ɕiŋ²⁴ ɕiŋ⁰ luan²¹³ ta⁵⁵ xuə²⁴

此为谜语的谜面；谜底：水烟袋①。 打豁：浚县方言对"闪电"的俗称。

水在人上流 *

独木建高楼，　　tu⁴² mu²⁴ tɕian²¹³ kau²⁴ lou⁴²

没瓦没砖头，　　mu⁴² ua⁵⁵ mu⁴² tʂuan²⁴ tʻou⁴²

人在水下走，　　zən⁴² kai²¹³ ʂuei⁵⁵ ɕia²¹³ tsou⁵⁵

水在人上流。　　ʂuei⁵⁵ kai²¹³ zən⁴² ʂaŋ²¹³ liou⁴²

此为谜语的谜面；谜底：雨伞。

说"吃"（一）

一顿吃伤，　　i²⁴ | ⁴² tuən²¹³ tʂʻʅ²⁴ ʂaŋ²⁴

十顿喝汤。　　ʂʅ⁴² tuən²¹³ xə²⁴ tʻaŋ²⁴

会吃十顿香，　　xuei²¹³ tʂʻʅ²⁴ ʂʅ⁴² tuən²¹³ ɕiaŋ²⁴

不会吃一顿伤。　　pu²⁴ | ⁴² xuei²¹³ tʂʻʅ²⁴ i²⁴ | ⁴² tuən²¹³ ʂaŋ²⁴

指多吃容易伤到胃，需要很长时间来调养；饮食有节制，更有利于身体健康。

---

① 水烟袋：一种用铜、竹等制成的吸烟用具，主要由烟管、吸管、水斗、烟仓、通针、手把等构成；吸烟时，水斗中的水会随着吸气动作发出"呼噜呼噜"的响声。

说"吃"（二）

要吃飞禽，　　iau²¹³ tʂʻʅ²⁴ fei²⁴ tɕʻin⁴²

鸽子鹌鹑；　　kə²⁴ tsʅ⁰ an²⁴ tʂʻuən⁰

要吃走兽，　　iau²¹³ tʂʻʅ²⁴ tsou⁵⁵ ʂou²¹³

骡ᶻ马狗肉。　　luau⁴² ma⁵⁵ kou⁵⁵ zou⁰

宁吃飞禽四两，　　niŋ²¹³ tʂʻʅ²⁴ fei²⁴ tɕʻin⁴² sʅ²¹³ liaŋ⁵⁵

不吃走兽半斤。　　pu²⁴ tʂʻʅ²⁴ tsou⁵⁵ ʂou²¹³ pan²¹³ tɕin²⁴

　　指飞禽中鸽子和鹌鹑比较好吃，走兽中骡子肉、马肉和狗肉比较好吃；相比较而言，飞禽比走兽营养价值更高。

说黑驴儿　道黑驴儿

说黑驴儿，道黑驴儿，　　ʂɥə²⁴ xɛ²⁴ lyər⁴² tau²¹³ xɛ²⁴ lyər⁴²

黑尾巴尖儿，白肚皮儿，　　xɛ²⁴ i⁵⁵ pa⁰ tɕior²⁴ pɛ⁴² tu²¹³ pʻiər⁴²

支棱耳朵儿，粉对杵儿，　　tʂʅ²⁴ ləŋ⁰ ər⁵⁵ tor⁰ fən⁵⁵ tuei²¹³ tʂʻuɣr⁰

上头坐ᴰ⁻⁰个小巧人。　　ʂaŋ²¹³ tʻou⁰ tsuə²¹³ kə⁰ ɕiau⁵⁵｜⁴² tɕʻiau⁵⁵ zər⁴²

左手拿个红绫扇儿，　　tsuə⁵⁵｜⁴² ʂou⁵⁵ na⁴² kə⁰ xuən⁴² liŋ⁴² ʂor²¹³

右手拿个皮鞭子儿，　　iou²¹³ ʂou⁵⁵ na⁴² kə⁰ pʻi⁴² pian²⁴ tsər⁰

嘚儿——喔，赶毛驴儿。　　tər²⁴ uə²⁴ kan⁵⁵ mau⁴² lyər⁴²

　　道：说。　支棱：竖立，竖起。　对杵儿：喻指耳垂儿。　坐ᴰ⁻⁰：动词变韵表持续义，可替换为"坐着"。　嘚儿——喔：拟赶驴之声。

说媒打兔

说媒打兔，　　ʂɥə²⁴ mei⁴² ta⁵⁵ tʻu²¹³

不缺跑嘞瞎路。　　pu²⁴ tɕʻyɛ²⁴ pʻau⁵⁵ lə⁰ ɕia²⁴ lu²¹³

说成媒也不落人，　　ʂɥə²⁴ tʂʻəŋ⁰ mei⁴² iɛ⁵⁵ pu²⁴ luə²⁴ zən⁴²

打着兔就落个兔。　　ta⁵⁵ tʂuə⁰ tʻu²¹³ tɕiou²¹³ luə²⁴ kə⁰ tʻu²¹³

　　不落人：出力不讨好。

"说书"开场谣

说书不说书，　　ʂʅə²⁴ ʂʅ²⁴ pu²⁴ ʂʅə²⁴ ʂʅ²⁴

咱先拍惊堂木。　　tsan⁴² ɕian²⁴ p'ɛ²⁴ tɕiŋ²⁴ t'aŋ⁴² mu²⁴

天也不早啦，　　t'ian²⁴ iɛ⁰ pu²⁴ tsau⁵⁵ lə⁰

人也不少啦，　　zən⁴² iɛ⁰ pu²⁴ ʂau⁵⁵ lə⁰

鸡 ᶻ 也不叫啦，　　tɕi:au²⁴ iɛ⁰ pu²⁴ ｜ ⁴² tɕiau²¹³ lə⁰

狗也不咬啦，　　kou⁵⁵ iɛ⁰ pu²⁴ iau⁵⁵ lə⁰

咱闲话少说，　　tsan⁴² ɕian⁴² xua²¹³ ʂau⁵⁵ ʂʅə²⁴

书归正传。　　ʂʅ²⁴ kuei²⁴ tʂəŋ²¹³ tʂuan²¹³

说书：一种口头讲说表演艺术，详见"菜园儿菜子儿都作精"条。　惊堂木：也叫醒木，是说书艺人用来拍击案桌以示声威、引人注意的木块。

说"偷"

纸扎匠偷苇，　　tʂʅ⁵⁵ tʂa⁰ tɕiaŋ²¹³ t'ou²⁴ uei⁵⁵

打席嘞偷篾 ᶻ，　　ta⁵⁵ ɕi⁴² lə⁰ t'ou²⁴ mi:au⁵⁵

铁匠偷铁，　　t'iɛ²⁴ tɕiaŋ⁰ t'ou²⁴ t'iɛ²⁴

木匠偷鳔，　　mu²⁴ tɕiaŋ⁰ t'ou²⁴ piau²⁴

泥瓦匠偷线，　　ni⁴² ua⁵⁵ tɕiaŋ²¹³ t'ou²⁴ ɕian²¹³

石匠偷料。　　ʂʅ⁴² tɕiaŋ²¹³ t'ou²⁴ liau²¹³

油漆匠最公道，　　iou⁴² tɕ'i²⁴ tɕiaŋ²¹³ tsuei²¹³ kuəŋ²⁴ tau⁰

腰里 ᴴ 掖 ᴰ⁻⁰ 那尿鳔；　　iau²⁴ liou⁰ iɛ²⁴ na⁰ niau²¹³ piau²⁴

有漆偷漆，　　iou⁵⁵ tɕ'i²⁴ t'ou²⁴ tɕ'i²⁴

没漆桐油也要。　　mu⁴² tɕ'i²⁴ t'uəŋ⁴² iou⁴² iɛ²⁴ iau²¹³

纸扎：祭祀及丧葬活动中所扎制的用于焚烧的纸质器物的统称，如纸人纸马、金山银山、门楼宅院、摇钱树、聚宝盆等。　篾 ᶻ：劈成条的竹片，亦泛指劈成条的芦苇、高粱秆皮等。　鳔：鳔胶，用鱼鳔或猪皮等熬制的胶，黏性大，多用来粘木器。　掖 ᴰ⁻⁰：插，挂；动词变韵表持续义，可替换为"披着"。　桐油：一种优良的带干性植物油，是制造油漆的主要原料。

说瞎话（一）

颠倒话，话颠倒，　　　tian²⁴ tau⁰ xua²¹³ xua²¹³ tian²⁴ tau⁰

柳树开花儿结仙桃，　　liou⁵⁵ ʂʅ⁰ kʻai²⁴ xuɐr²⁴ tɕiɛ²⁴ ɕian²⁴ tʻau⁴²

蚂蚱弹死 ᴰ 个老叫驴，　　ma²⁴ tʂa⁰ tʻan⁴² sʅ⁰ kə⁰ lau⁵⁵ tɕiau²¹³ ly⁰

小鸡儿叼 ᴰ 个恶老雕，　　ɕiau⁵⁵ tɕiər²⁴ tio²⁴ kə⁰ ə²¹³ lau⁵⁵ tiau²⁴

老鼠吃 ᴰ 个大花猫，　　lau⁵⁵ ⁴² ʂʅ⁰ tʂʻʅ²⁴ kə⁰ ta²¹³ xua²⁴ mau⁴²

蛤蟆吸住长虫了。　　　xɛ⁴² ma⁰ ɕi²⁴ tʂʻʅ⁰ tʂʻaŋ⁴² tʂʻuəŋ⁰ liau⁰

即句句都是假话，不可能实现的。　瞎话：假话，谎言。　死 ᴰ、吃 ᴰ：动词变韵均表完成义，可分别替换为"死了""吃了"。　叫驴：公驴。　叼 ᴰ：叼着，动词变韵表持续义。

说瞎话（二）

初一五更冷僧月明，　　tʂʻu²⁴ i²⁴ u⁵⁵ kəŋ⁰ ləŋ⁵⁵ səŋ⁰ yɛ²⁴ miŋ⁴²

堂 ᶻ 屋南山 ① 剜 ᴰ 个窟窿。　tʻæŋ⁴² u²⁴ nan⁴² ʂan²⁴ uæ²⁴ kə⁰ ku²⁴ luəŋ⁰

瘸 ᶻ 撵 ᴰ 去了，　　　tɕʻyau⁴² niæ⁵⁵ tɕʻy⁰ lə⁰

哑巴喊 ᴰ 去了。　ia⁵⁵ pa⁰ xæ⁵⁵ tɕʻy⁰ lə⁰

一走走到没人集，　　i²⁴ tsou⁵⁵ tsou⁵⁵ tau⁰ mu⁴² zən⁴² tɕi⁴²

没胳膊小 ᶻ 搂住了。　mu⁴² kɛ⁴² puə⁰ ɕiæu⁵⁵ lou⁵⁵ tʂʻʅ⁰ lə⁰

我说这话恁不信，　　uə⁵⁵ ʂʻʅ²⁴ tʂʻʅə⁵⁵ xua²¹³ nən⁵⁵ pu²⁴ ⁴² ɕin²¹³

问恁姥娘跟 ᴰ 恁妗。　uən²¹³ nən⁰ lau⁵⁵ niaŋ⁰ kɛ²⁴ nən⁰ tɕin²¹³

冷僧明：天刚放亮。　堂 ᶻ 屋：坐北朝南的屋子；"堂"变韵来源及理据待考。　剜 ᴰ：剜了，动词变韵表完成义。　南山：坐东朝西或坐西朝东的房屋，朝南一侧的墙；而坐北朝南的房屋，不可能有"南山"。　撵 ᴰ、喊 ᴰ：动词变韵表持续义，可分别替换为"撵着""喊着"。　小 ᶻ：男孩子。

---

①　山：指山墙，人字形屋顶的房屋两侧的墙。

说瞎话（三）

说胡话，话胡说，　ʂʮə²⁴ xu⁴² xua²¹³　xua²¹³ xu⁴² ʂʮə²⁴

荞麦地里 ᴴ 锛一锄。　tɕʻiau⁴² mɛ⁰ ti²¹³ liou⁰ pən²⁴ i²⁴ tʂʻu⁴²

一锛锛到枣树上，　i²⁴ pən²⁴ pən²⁴ tau⁰ tsau⁵⁵ ʂʮ⁰ ʂaŋ⁰

掉下桑葚黑乎乎。　tiau²¹³ ɕia⁰ san²⁴ ʂən²¹³ xɛ²⁴ xu⁰ xu⁰

挎着小篮儿去拾葚，　kʻua²¹³ tʂʮ⁰ ɕiau⁵⁵ lor⁴² tɕʻy²¹³ ʂʮ⁴² ʂən²¹³

拾了一篮 ᶻ 红萝卜。　ʂʮ⁴² lə⁰ i²⁴ læ⁴² xuəŋ⁴² luə⁴² pu⁰

抓起 ᴴ 萝卜去熬菜，　tʂua²⁴ tɕʻiai⁰ luə⁴² pu⁰ tɕʻy²¹³ au²⁴ tsʻai²¹³

熬了一锅水菠菜。　au²⁴ lə⁰ i²⁴ kuə²⁴ ʂuei⁵⁵ puə²⁴ tsʻai⁰

张三吃了两大碗，　tʂaŋ²⁴ san²⁴ tʂʻʮ²⁴ lə⁰ liaŋ⁵⁵ ta²¹³ uan⁵⁵

撑嘞李四翻白眼。　tʂʻəŋ²⁴ lɛ⁰ li⁵⁵ sʮ²¹³ fan²⁴ pɛ⁴² ian⁵⁵

起 ᴴ："起来"的合音。　熬菜：动词，制作烩菜。

说瞎话（四）

东西路，南北走，　tuəŋ²⁴ ɕi²⁴ lu²¹³ nan⁴² pei²⁴ tsou⁵⁵

路上遇见个人咬狗。　lu²¹³ ʂaŋ⁰ y²¹³ tɕian⁰ kə⁰ zən⁴² iau⁵⁵∣⁴² kou⁵⁵

拾起 ᴴ 狗，去砍砖，　ʂʮ⁴² tɕʻiai⁰ kou⁵⁵ tɕʻy²¹³ kʻan⁵⁵ tʂuan²⁴

布袋驮驴一溜烟。　pu²¹³ tai⁰ tʻuə⁴² ly⁴² i²⁴∣⁴² liou²¹³ ian²⁴

布袋掉到泥窝 ᶻ 里 ᴴ，　pu²¹³ tai⁰ tiau²¹³ tau⁰ ni⁴² uau²⁴ liou⁰

荡嘞黄土飞上天。　taŋ²¹³ lɛ⁰ xuaŋ⁴² tʻu⁵⁵ fei²⁴ ʂaŋ⁰ tʻian²⁴

砍：投掷，把东西扔出去。　荡：飘荡。

说瞎话（五）

大瞎话，小瞎话，　ta²¹³ ɕia²⁴ xua⁰ ɕiau⁵⁵ ɕia²⁴ xua⁰

一亩地种 ᴰ 二亩瓜。　i²⁴ mu⁵⁵ ti²¹³ tʂuo²¹³ ər²¹³ mu⁵⁵ kua²⁴

眼瞧 ᴰ 还没开花，　ian⁵⁵ tɕʻio⁰ xai⁴² mu⁴² kʻai⁴² xua²⁴

稀巴肚孩 ᶻ 一裤兜兜 ᴰ 走仁。　ɕi²⁴ pa⁰ tu⁰ xɛau⁴² i²⁴∣⁴² kʻu²¹³ tou²⁴ to²⁴ tsou⁰ sa²⁴

瞎 ᶻ 瞧见了，　çiæu²⁴ tɕʻiau⁴² tɕian⁰ lə⁰

瘸 ᶻ 撺上了，　tɕʻyau⁴² nian⁵⁵ ʂaŋ⁰ lə⁰

拽住秃 ᶻ⁻⁰ 嘞头发使劲儿打。　tʂuai²¹³ tʂʅ⁰ tʻu²⁴ lɛ⁰ tʻou⁴² fa⁰ ʂʅ⁵⁵ tɕiər²¹³ ta⁵⁵

种 ᴰ：种了，动词变韵表完成义。　瞧 ᴰ：瞧着，动词变韵表持续义。　裤兜：裤子上的口袋。　兜 ᴰ：动词变韵仅作为单趋式中的一个强制性形式成分，不表示实际意义。　仨：指三个瓜。

说闲话　道闲话

说闲话，道闲话，　　ʂʅə²⁴ çian⁴² xua²¹³ tau²¹³ çian⁴² xua²¹³

一个老婆儿嫁 ᴰ⁻⁰ 八嫁。　i²⁴ ǀ ⁴² kə⁰ lau⁵⁵ ǀ ²⁴ pʻor⁴² tɕia²¹³ pa²⁴ ǀ ⁴² tɕia²¹³

头一嫁嫁老梁，　　tʻou⁴² i⁰ tɕia²¹³ tɕia²¹³ lau⁵⁵ ǀ ²⁴ liaŋ⁴²

二一嫁嫁老房，　　ər²¹³ i⁰ tɕia²¹³ tɕia²¹³ lau⁵⁵ ǀ ²⁴ faŋ⁴²

三一嫁嫁老马，　　san²⁴ i⁰ tɕia²¹³ tɕia²¹³ lau⁵⁵ ǀ ²⁴ ma⁵⁵

四一嫁嫁老杨，　　sʅ²¹³ i⁰ tɕia²¹³ tɕia²¹³ lau⁵⁵ ǀ ²⁴ iaŋ⁴²

五一嫁嫁老芈，　　u⁵⁵ i⁰ tɕia²¹³ tɕia²¹³ lau⁵⁵ ǀ ²⁴ mi⁵⁵

六一嫁嫁老康，　　liou²¹³ i⁰ tɕia²¹³ tɕia²¹³ lau⁵⁵ kʻaŋ²⁴

七一嫁嫁老岳，　　tɕʻi²⁴ i⁰ tɕia²¹³ tɕia²¹³ lau⁵⁵ yə²⁴

八一嫁嫁老姜。　　pa²⁴ i⁰ tɕia²¹³ tɕia²¹³ lau⁵⁵ tɕiaŋ²⁴

五黄六月想老梁（凉），　　u⁵⁵ xuaŋ⁰ liou²¹³ yɛ⁰ çiaŋ⁵⁵ lau⁵⁵ ǀ ²⁴ liaŋ⁴²

十冬腊月想老房，　　ʂʅ⁴² tuəŋ²⁴ la²⁴ yɛ⁰ çiaŋ⁵⁵ lau⁵⁵ ǀ ²⁴ faŋ⁴²

走起 ᴴ 路想老马，　　tsou⁵⁵ tɕʻiai⁰ lu²¹³ çiaŋ⁵⁵ lau⁵⁵ ǀ ²⁴ ma⁵⁵

等 ᴰ 吃羊肉想老杨（羊），　　to⁵⁵ tʂʻʅ²⁴ iaŋ⁴² zou²¹³ çiaŋ⁵⁵ lau⁵⁵ ǀ ²⁴ iaŋ⁴²

做起 ᴴ 饭想老芈（米），　　tsu²¹³ tɕʻiai⁰ fan²¹³ çiaŋ⁵⁵ lau⁵⁵ ǀ ²⁴ mi⁵⁵

小猪儿哼哼想老康（糠），　　çiau⁵⁵ tʂuər²⁴ xəŋ²⁴ xəŋ⁰ çiaŋ⁵⁵ lau⁵⁵ kʻaŋ²⁴

有病嘞时儿想老岳（药），　　iou⁵⁵ piŋ²¹³ lɛ⁰ ʂər⁴² çiaŋ⁵⁵ lau⁵⁵ yə²⁴

捏起 ᴴ 饺子想老姜。　niɛ²⁴ tɕʻiai⁰ tɕiau⁵⁵ tsʅ⁰ çiaŋ⁵⁵ lau⁵⁵ tɕiaŋ²⁴

嫁 ᴰ 八嫁：嫁了八次；动词变韵表完成义，可替换为"嫁了"。　"头

"一嫁"即第一次嫁,"二一嫁"即第二次嫁,以此类推。　五黄六月:代指盛夏季节。　等^D:动词变韵表持续义,可替换为"等着"。

四不摸

马蜂窝,蝎子尾,　　ma⁵⁵ fəŋ⁰ uə²⁴ ɕiɛ²⁴ tsʅ⁰ uei⁵⁵
老虎屁股毒蛇嘴。　lau⁵⁵ˈ⁴² xu⁰ p'i²¹³ ku⁰ tu⁴² ʂʅə⁴² tsuei⁵⁵

马蜂:又名蚂蜂、胡蜂、黄蜂,属膜翅目之胡蜂科;体大身长,雌蜂身上有一根有力的长螫针,毒性大,在遇到攻击或干扰时,会群起攻击,可以致人出现过敏反应和中毒反应,严重者可导致死亡。

四不能说

秘书被泡,　　mi²⁴ ʂʅ²⁴ pei²¹³ p'au²¹³
伟哥失效;　　uei⁴² kə⁵⁵ ʂʅ²⁴ ɕiau²¹³
炒股被套,　　tʂ'au⁵⁵ˈ⁴² ku⁵⁵ pei²¹³ t'au²¹³
生^D个小^Z像对门儿嘞老赵。　ʂo²⁴ kə⁰ ɕiæu⁵⁵ ɕiaŋ²¹³ tuei²¹³ mər⁴² lɛ⁰ lau⁵⁵ tʂau²¹³

此谣讲的是不能、不便或不愿公开说的四种情况。　泡:勾引。　伟哥:指壮阳药。　生^D:生了,动词变韵表完成义。

四大白

下大雪,粉白墙,　　ɕia²¹³ ta²¹³ ɕyɛ²⁴ fən⁵⁵ pɛ⁴² tɕ'iaŋ⁴²
孝子赶着一群羊。　ɕiau²¹³ tsʅ⁵⁵ kan⁵⁵ tʂuə⁰ i²⁴ tɕ'yn⁴² iaŋ⁴²

粉:动词,粉刷。　孝子:指为老人穿孝、守孝的人。

四大不幸

幼年丧母,　　iou²¹³ nian⁴² saŋ²¹³ mu⁵⁵
少年丧父,　　ʂau²¹³ nian⁴² saŋ²¹³ fu²¹³

中年丧妻，　　　tʂuəŋ²⁴ nian⁴² saŋ²¹³ tɕʻi²⁴

老年丧子。　　　lau⁵⁵ nian⁴² saŋ²¹³ tsɿ⁵⁵

四大关注

旱锄田，涝浇园，　　xan²¹³ tʂʻu⁴² tʻian⁴² lau²¹³ tɕiau²⁴ yan⁴²

青杀芝麻门上闩。　　tɕʻiŋ²⁴ ʂa²⁴ tʂʅ²⁴ma⁰ mən⁴² ʂaŋ²¹³ ʂuan²⁴

四大光

琉璃蛋儿，珍珠串儿，　liou²⁴ li⁰ tor²¹³ tʂən⁵⁵ tʂu²⁴ tʂʻuor²¹³

泥鳅掉进香油罐儿。　ni⁴² tɕʻiou⁰ tiau²¹³ tɕin²¹³ ɕiaŋ²⁴ iou⁴² kuor²¹³

四大好听

撕绫罗，打茶盅，　　sɿ²⁴ liŋ⁴² luə⁰ ta⁵⁵ tʂʻa⁴² tʂuəŋ²⁴

蜜蜂叫，新媳妇儿哼。　mi²⁴ fəŋ⁰ tɕiau²¹³ ɕin²⁴ ɕi⁴² fər⁰ xəŋ²⁴

四大黑

鳌子底，黑豆汤，　　au²¹³ tsɿ⁰ ti⁵⁵ xɛ²⁴│⁴² tou²¹³ tʻaŋ²⁴

老鸹叼 ᴰ 个屎壳郎。　lau⁵⁵│⁴² kua⁰ tio²⁴ kə⁰ ʂʅ⁵⁵ kʻə⁰ laŋ²⁴

叼 ᴰ：叼着，动词变韵表持续义。

四大欢

顺风旗，顶水鱼，　　ʂuən²¹³ fəŋ²⁴ tɕʻi⁴² tiŋ⁵⁵│⁴² ʂuei⁵⁵ y⁴²

脱了缰嘞小叫驴，　　tʻuə²⁴ lə⁰ tɕiaŋ²⁴ lɛ⁰ ɕiau⁵⁵ tɕiau²¹³ ly⁰

十八嘞大姐去赶集。　ʂʅ⁴² pa²⁴ lɛ⁰ ta²¹³ tɕiɛ⁰ tɕʻy²¹³ kan⁵⁵ tɕi⁴²

顶水：逆水而上。

四大快

顺风船，离弦箭， ṣuən²¹³ fəŋ²⁴ tṣʻuan⁴² li²¹³ ɕyan⁴² tɕian²¹³

鹰抓兔子天打闪。 iŋ²⁴ tṣua²⁴ tʻu²¹³ tsʅ⁰ tʻian²⁴ ta⁵⁵|⁴² ṣan⁵⁵

快：指速度快。

四大宽

穿大衣，盖大被， tṣʻuan²⁴ ta²¹³ i²⁴ kai²¹³ ta²¹³ pei²¹³

漫地拉屎场里睡。 man²¹³ ti²¹³ la²⁴ ṣʅ⁵⁵ tṣʻaŋ⁴² li⁰ ṣei²¹³

宽：宽松，宽敞。 场：堆放谷物的平整土地；"场里睡"指露天睡在打麦场上。

四大辣

尖辣椒，老姜片， tɕian²⁴ la²⁴ tɕiau²⁴ lau⁵⁵ tɕiaŋ²⁴ pʻian²¹³

焖好嘞芥末， mən²¹³ xau⁵⁵ lɛ⁰ tɕiɛ²¹³ muə⁰

紫皮儿蒜。 tsʅ⁵⁵ pʻiər⁴² suan²¹³

四大乱

大棚乱了季节， ta²¹³ pʻəŋ⁴² luan²¹³ liau⁰ tɕi²¹³ tɕiɛ²⁴

手机乱了方位， ṣou⁵⁵ tɕi⁴² luan²¹³ liau⁰ faŋ²⁴ uei²¹³

金钱乱了年龄， tɕin²⁴ tɕʻian⁴² luan²¹³ liau⁰ nian⁴² liŋ²¹³

小姐乱了伦理。 ɕiau⁵⁵|⁴² tɕiɛ⁰ luan²¹³ liau⁰ luən⁴² li⁵⁵

乱：使混乱；没有秩序和条理。

四大难听

阀大锯，打磨锅， fa⁴² ta²¹³ tɕy²¹³ ta⁵⁵ muə⁰ kuə²⁴

驴叫唤，猫走窝。 ly⁴² tɕiau²¹³ xuan⁰ mau⁴² tsou⁵⁵ uə²⁴

阔锯：用锉子锉，以使锯条锋利。　打磨：用钢丝、砂纸等在器物表面摩擦，以使其光滑洁净。　走窝：发情。

四大抢

决口堤，火中娘，　　tɕye²⁴ kʻou⁵⁵ ti²⁴ xuə⁵⁵ tʂuəŋ²⁴ nian⁴²

狼嘴里孩 ᶻ 雨冲场。　　laŋ⁴² tsuei⁵⁵ li⁰ xɛau⁴² y⁵⁵ tʂʻuəŋ²⁴ tʂʻaŋ⁴²

抢：抢时间。　　场：晾晒谷物的平整土地；读音特殊。

四大涩

生李子儿，青柿子儿，　　ʂəŋ²⁴ li⁵⁵ tsər⁰ tɕʻiŋ²⁴ ʂ̺²¹³ tsər⁰

核桃皮儿，小棠梨儿 ①　。　　xɛ⁴² tʻau⁰ pʻiər⁴² ɕiau⁵⁵ tʻaŋ⁴² liər⁴²

核桃皮儿：指核桃的最外层青皮。

四大傻

恋爱不成上吊嘞，　　luan⁴² ai²¹³ pu²⁴ tʂʻəŋ⁴² ʂaŋ²¹³ tiau²¹³ lɛ⁰

没灾没病吃药嘞，　　mu⁴² tsai²⁴ mu⁴² piŋ²¹³ tʂʻʅ²⁴ yə²⁴ lɛ⁰

合同签嘞无效嘞，　　xə⁴² tʻuəŋ⁰ tɕʻian²⁴ nɛ⁰ u⁴² ɕiau²¹³ lɛ⁰

瞧着手机傻笑嘞。　　tɕʻiau⁴² tʂʅ⁰ ʂou⁵⁵ tɕi²⁴ ʂa⁵⁵ ɕiau²¹³ lɛ⁰

"恋" 读音特殊。

四大松

八月十六，　　pa²⁴ yɛ⁰ ʂʅ⁴² liou²¹³

正月十七，　　tʂəŋ²⁴ yɛ⁰ ʂʅ⁴² tɕʻi²⁴

拆戏台，　　tʂʻɛ²⁴ ɕi²¹³ tʻai⁰

出嫁闺女。　　tʂʻʅ²⁴ tɕia⁰ kuei²⁴ ny⁰

————————

① 棠梨：见民谣"娶新娘"条。

松：松劲，扫兴，泄气。

四大甜

白葡萄，枣花儿蜜，　　pɛ⁴² p'u⁴² t'au⁰ tsau⁵⁵ xuɐr²⁴ mi²⁴

沙瓤儿西瓜，大鸭儿梨。　　ʂa²⁴ zɐʐ⁴² ɕi²⁴ kua⁰ ta²¹³ iɐr²⁴ li⁴²

四大铁

同过窗，扛过枪，　　t'uəŋ⁴² kuə⁰ tʂ'uaŋ²⁴ k'aŋ⁵⁵ kuə⁰ tɕ'iaŋ²⁴

下过乡 ①，分过赃。　　ɕia²¹³ kuə⁰ ɕiaŋ²⁴ fən²⁴ kuə⁰ tsaŋ²⁴

铁：喻指关系密切，彼此忠诚可靠。　同过窗：指同学。　扛过枪：
指战友。　下过乡：指下乡知青。

四大弯

牛梭子，秤钩子，　　ou⁴² suə²⁴ tsʐ⁰ tʂ'əŋ²¹³ kou²⁴ tsʐ⁰

木镰把，长虫爬。　　mu²⁴ lian⁴² pa²¹³ tʂ'aŋ⁴² tʂ'uəŋ⁰ p'a⁴²

把：手柄。

四大小心

踩高跷，提油瓶，　　ts'ai⁵⁵ kau²⁴ tɕ'iau²⁴ t'i⁴² iou⁴² p'iŋ⁴²

走夜路，遇恶朋。　　tsou⁵⁵ iɛ²¹³ lu²¹³ y²¹³ ə²⁴ p'əŋ⁴²

四大幸

封了官，中了榜，　　fəŋ²⁴ liau⁰ kuan²⁴ tʂuəŋ²¹³ liau⁰ paŋ⁵⁵

连升三级又加赏。　　lian⁴² ʂəŋ²⁴ san²⁴ tɕi²⁴ iou²¹³ tɕia²⁴ ʂaŋ⁵⁵

---

① 指 1950 年开始一直到"文化大革命"结束，知识青年自愿或被迫从城市到农村接受劳
动锻炼。

四大硬

打铁嘞砧，　　　　ta^{55} t'iɛ^{24} lɛ^0 tʂən^{213}

锻₁磨 ① 嘞锻₂，　　tuan^{213} muə^{213} lɛ^0 tuan^{213}

石头子儿，　　　　ʂʅ^{42} t'ou^0 tsər^{55}

光棍儿汉。　　　　kuaŋ^{24} kuər^0 xan^{213}

砧：捶或砸东西时垫在底下的器具，有铁制的（砸钢铁材料时用）、石制的（捶衣物时用）、木制的（砧板）。　锻₂：锻磨的工具。

四大扎

槐圪针，酸枣 ② 棵，　　xuai^{42} kɛ^{42} tʂən^0 suan^{24} tsau^0 k'uə^{24}

干麦芒^z，棘棘窝。　　kan^{24} mɛ^{24} uæŋ^{42} tɕi^{42} tɕi^0 uə^{24}

棘棘：蒺藜。

四等人

一等人，送上门；　i^{24} təŋ^{55} zən^{42} suəŋ^{213} ʂaŋ^0 mən^{42}

二等人，走后门；　ər^{213} təŋ^{55} zən^{42} tsou^{55} xou^{213} mən^{42}

三等人，人托人；　san^{24} təŋ^{55} zən^{42} zən^{42} t'uə^{24} zən^{42}

四等人，没有门。　ʂʅ^{213} təŋ^{55} zən^{42} mu^{42} mau^0 mən^{42}

"四" 和 "十"

四和十，十和四，　ʂʅ^{213} xə^{42} ʂʅ^{42} ʂʅ^{42} xə^{42} ʂʅ^{213}

十四和四十，　　ʂʅ^{42} ʂʅ^{213} xə^{42} ʂʅ^{213} ʂʅ^{42}

四十和十四。　ʂʅ^{213} ʂʅ^{42} xə^{42} ʂʅ^{42} ʂʅ^{213}

说好四和十，　ʂ461^{24} xuau^{55} ʂʅ^{213} xə^{42} ʂʅ^{42}

---

① 锻磨：石磨用久了，沟平齿钝，磨面的速度就会变慢，磨出来的面粉就会粗粝。因此，使用一段时间后，就要锻凿一下石磨的沟槽，称为"锻磨"。

② 酸枣：又名棘子、野枣、山枣等，属李科枣属植物，是枣的变种；多野生，花的形态与普通枣相似，但果实较小，果肉较薄，味酸甜；生长于山坡或沙地，性耐干旱。

得靠舌头和牙齿；　　tɛ²⁴ kʻau²¹³ ʂʐə⁴² tʻou⁰ xə⁴² ia⁴² tʂʻʐ⁵⁵

谁说四十是"细席"，　　ʂei⁴² ʂʮə²⁴ sʐ²¹³ ʂʐ⁴² ʂʐ²¹³ ɕi²¹³ ɕi⁴²

他嘞舌头没用力。　　tʻa⁵⁵ lɛ⁰ ʂʐə⁴² tʻou⁰ mu⁴² yŋ²¹³ li²⁴

谁说十四是"是十"，　　ʂei⁴² ʂʮə²⁴ ʂʐ⁴² sʐ²¹³ ʂʐ²¹³ ʂʐ²¹³

他嘞舌头没抻直。　　tʻa⁵⁵ lɛ⁰ ʂʐə⁴² tʻou⁰ mu⁴² tʂʻən²⁴ tʂʐ⁴²

此为绕口令。

四有歌

水有源，树有根，　　ʂuei⁵⁵ ｜ ⁴² iou⁵⁵ yan⁴² ʂʮ²¹³ iou⁵⁵ kən²⁴

葫芦有秧 ᶻ，话有音。　　xu⁴² lu⁰ iou⁵⁵ iæŋ²⁴ xua²¹³ iou⁵⁵ in²⁴

速度麻利快

速度麻利快，　　su²⁴ tu⁰ ma⁴² liⁿ⁰ kʻuai²¹³

吃馍不就菜。　　tʂʻʐ²⁴ muə⁴² pu²⁴ ｜ ⁴² tɕiou²¹³ tsʻai²¹³

厕屎不擦包，　　ə²⁴ ʂʐ⁵⁵ pu²⁴ tsʻa²⁴ pau²⁴

厕罢就起来。　　ə²⁴ pa²¹³ tɕiou²¹³ tɕʻi⁵⁵ lai⁰

此为戏谑谣，用于提示人们加快速度。　速度：利索；"速度"也作"爽当"。　擦包：浚县方言俗称如厕后擦屁股为"擦包"。

蒜薹 *

抽筋儿菜，　　tʂʻou²⁴ tɕiər²⁴ tsʻai²¹³

抽筋儿菜，　　tʂʻou²⁴ tɕiər²⁴ tsʻai²¹³

不用使 ᴰ 刀切，　　pu²⁴ ｜ ⁴² yŋ²¹³ ʂʐə⁵⁵ tau²⁴ tɕʻiɛ²⁴

手拽菜自来。　　ʂou⁵⁵ tʂuai²¹³ tsʻai²¹³ tsʐ²¹³ lai⁴²

此为谜语的谜面；谜底：蒜薹。　使 ᴰ：介词，用。

算卦谣

都来算，都来算，　　tou²⁴ lai⁴² suan²¹³ tou²⁴ lai⁴² suan²¹³

都来大街查磁凭。　　tou²⁴ lai⁴² ta²¹³ tɕie²⁴ tʂʻa⁴² tsʻʅ⁴² pʻiŋ⁴²

隔山能算几只虎，　　kɛ²⁴ ʂan²⁴ nəŋ⁴² suan²¹³ tɕi⁵⁵ tʂʅ²⁴ xu⁵⁵

隔海能算几条龙。　　kɛ²⁴ xai⁵⁵ nəŋ⁴² suan²¹³ tɕi⁵⁵ tʻiau⁴² lyŋ⁴²

小虫意儿打我头上过，　　ɕiau⁵⁵ tʂʻuəŋ⁴² iər⁰ ta⁵⁵ uə⁰ tʻou⁴² ʂaŋ⁰ kuə²¹³

我能算它有几ᴴ母儿来有几ᴴ公。　　uə⁵⁵ nəŋ⁴² suan²¹³ tʻa⁰ iou⁵⁵｜⁴² tɕie⁵⁵ muɣr⁵⁵ lai⁰ iou⁵⁵｜⁴² tɕie⁵⁵ kuəŋ²⁴

算卦人的自吹自擂。也用于人吹嘘自己很精明，不会轻易被别人糊弄。算：算卦。　磁凭：意义不详，推测当为"吉凶"的讹变。　打：介词，从。　小虫意儿：小鸟。　几ᴴ："几个"的合音。　母儿：雌性。　公：雄性。

算盘 *

一物形状扁方，　　i²⁴｜⁴² u²¹³ ɕiŋ⁴² tʂuan²¹³ pian⁵⁵ faŋ²⁴

当间儿有根儿横梁；　　taŋ²⁴ tɕior²¹³ iou⁵⁵ kər²⁴ xəŋ²¹³ liaŋ⁴²

弟兄五个在下，　　ti²¹³ ɕyŋ⁰ u⁵⁵ kə⁰ tsai²¹³ ɕia²¹³

姊妹两个在上；　　tsʅ⁴² mei²¹³ liaŋ⁵⁵ kə⁰ tsai²¹³ ʂaŋ²¹³

弟兄五个打架，　　ti²¹³ ɕyŋ⁰ u⁵⁵ kə⁰ ta⁵⁵ tɕia²¹³

姊妹两个帮忙。　　tsʅ⁴² mei²¹³ liaŋ⁵⁵ kə⁰ paŋ²⁴ maŋ⁴²

此为谜语的谜面；谜底：算盘。　姊妹：兄弟姐妹，这里指姐妹。

算盘ᶻ一响

算盘ᶻ一响，　　suan²¹³ pʻæ⁰ i²⁴ ɕiaŋ⁵⁵

黄金万两。　　xuaŋ⁴² tɕin²⁴ uan²¹³ liaŋ⁵⁵

东庄儿买地，　　tuəŋ²⁴ tʂuɐr²⁴ mai⁵⁵ ti²¹³

西庄儿要房。　　ɕi²⁴ tʂuɐr²⁴ iau²¹³ faŋ⁴²

又买丫鬟，　　iou²¹³ mai⁵⁵ ia²⁴ xuan⁰

又娶偏房。　　iou²¹³ tɕ‘y⁵⁵ p‘ian²⁴ faŋ⁴²

孙步月哭五更

忽听那樵楼上打了一更，　　xu²⁴ t‘iŋ²⁴ na⁰ tɕ‘iau⁴² lou⁴² ʂaŋ⁰ ta⁵⁵ liau⁰ i²⁴ kəŋ²⁴

孙步月 ①　在团部止不住泪盈盈。　　suən²⁴ pu²¹³ yɛ²⁴ tsai²¹³ t‘uan⁴² pu²¹³ tʂʅ⁵⁵ pu⁰ tʂʅ²¹³ luei²¹³ iŋ⁴² iŋ⁴²

埋怨声我自己时运不通，　　man⁴² yan⁰ ʂəŋ⁰ uə⁵⁵ tsʅ²¹³ tɕi⁰ ʂʅ⁴² yn⁰ pu²⁴ t‘uəŋ²⁴

在此地扎下营犯了凶星。　　tsai²¹³ ts‘ʅ⁵⁵ ti²¹³ tʂa²⁴ ɕia²¹³ iŋ⁴² fan²¹³ liau⁰ ɕyŋ²⁴ ɕiŋ²⁴

光说是在此地易守难攻，　　kuaŋ²⁴ ʂɥə²⁴ ʂʅ²¹³ tsai²¹³ ts‘ʅ⁵⁵ ti²¹³ i²¹³ ʂou⁵⁵ nan⁴² kuəŋ²⁴

谁料想陷入了包围之中。　　ʂei⁴² liau²¹³ ɕiaŋ⁵⁵ ɕian²¹³ zʅ²⁴ liau⁰ pau²⁴ uei⁴² tʂʅ²⁴ tʂuəŋ²⁴

忽听那樵楼上打了二更，　　xu²⁴ t‘iŋ²⁴ na⁰ tɕ‘iau⁴² lou⁴² ʂaŋ⁰ ta⁵⁵ liau⁰ ər²¹³ kəŋ²⁴

孙步月在团部止不住泪盈盈。　　suən²⁴ pu²¹³ yɛ²⁴ tsai²¹³ t‘uan⁴² pu²¹³ tʂʅ⁵⁵ pu⁰ tʂʅ²¹³ luei²¹³ iŋ⁴² iŋ⁴²

埋怨声参谋长你计划不行，　　man⁴² yan⁰ ʂəŋ⁰ ts‘an²⁴ mu⁰ tʂaŋ⁵⁵ ni⁵⁵ tɕi²¹³ xua⁰ pu²⁴ ɕiŋ⁴²

我说投八路，你非投日兵，　　uə⁵⁵ ʂɥə²⁴ t‘ou⁴² pa²⁴ ∣ ⁴² lu²¹³ ni⁵⁵ fei²⁴ t‘ou⁴² zʅ²¹³ piŋ²⁴

谁知 ᴴ 你嘞话毫不中用，　　ʂei⁴² tʂo²⁴ ni⁵⁵ lɛ⁰ xua²¹³ xau⁴² pu²⁴ tʂuəŋ²⁴ yŋ²¹³

一步棋走错了满盘皆空。　　i²⁴ ∣ ⁴² pu²¹³ tɕ‘i⁴² tsou⁵⁵ ts‘uə²¹³ liau⁰ man⁵⁵ p‘an⁴² tɕiɛ²⁴ k‘uəŋ²⁴

忽听那樵楼上打了三更，　　xu²⁴ t‘iŋ²⁴ na⁰ tɕ‘iau⁴² lou⁴² ʂaŋ⁰ ta⁵⁵ liau⁰ san²⁴ kəŋ²⁴

---

① 　孙步月：抗日战争时期的伪匪汉奸，据说与匪首孙殿英是八拜之交；盘踞在滑县黄辛庄（今属浚县黎阳镇）和浚县以东郭小寨一带。1945 年 5 月 15 日，冀鲁豫军区集中第二、第七、第八、第九分区部队对其发起进攻，毙伤伪军 1500 多人，收复滑县以东和浚县大部地区。

孙步月在团部止不住泪盈盈。　　suən²⁴ pu²¹³ yɛ²⁴ tsai²¹³ tʻuan⁴² pu²¹³ tʂʅ⁵⁵ puᵒ tʂʅ²¹³ luei²¹³ iŋ⁴² iŋ⁴²

埋怨声部下嘞将官弟兄，　　man⁴² yanᵒ ʂəŋᵒ pu²¹³ ɕia²¹³ lɛᵒ tɕiaŋ²¹³ kuan²⁴ ti²¹³ ɕyŋᵒ

恁统统都是那无用之兵。　　nən⁵⁵ tʻuəŋ²⁴ tʻuəŋ²⁴ tou²⁴⁺⁴² ʂʅᵒ naᵒ u⁴² yŋ²¹³ tʂʅ²⁴ piŋ²⁴

大丈夫本应该亡中求存，　　ta²¹³ tʂaŋ²¹³ fuᵒ pən⁵⁵ iŋ²¹³ kai²⁴ uaŋ⁴² tʂuən²⁴ tɕʻiou²⁴ tsʻuən⁴²

恁为啥不领ᴰ人马往外冲。　　nən⁵⁵ uei²¹³ ʂa⁵⁵ pu²⁴ lio⁵⁵ zən⁴² ma⁵⁵ uaŋ⁵⁵ uai²¹³ tʂʻuəŋ²⁴

忽听那樵楼上打了四更，　　xu²⁴ tʻiŋ²⁴ naᵒ tɕʻiau⁴² lou⁴² ʂaŋᵒ ta⁵⁵ liauᵒ sʅ²¹³ kəŋ²⁴

孙步月在团部止不住泪盈盈。　　suən²⁴ pu²¹³ yɛ²⁴ tsai²¹³ tʻuan⁴² pu²¹³ tʂʅ⁵⁵ puᵒ tʂʅ²¹³ luei²¹³ iŋ⁴² iŋ⁴²

埋怨声怕死嘞胆小士兵，　　man⁴² yanᵒ ʂəŋᵒ pʻa²¹³ sʅ⁵⁵ lɛᵒ tan⁵⁵⁺⁴² ɕiau⁵⁵ ʂʅ²¹³ piŋ²⁴

吃我粮却为何不替ᴰ我尽忠?　　tʂʻʅ²⁴ uə⁵⁵ liaŋ⁴² tɕʻyə²⁴ uei²¹³ xə⁴² pu²⁴⁺⁴² tʻiɛ²¹³ uə⁵⁵ tɕin²¹³ tʂuən²⁴

大敌当前兵临寨下，　　ta²¹³ ti⁴² taŋ²⁴ tɕʻian⁴² piŋ²⁴ lin⁴² tʂai²¹³ ɕia²¹³

为啥不往外冲保我出火坑?　　uei²¹³ ʂa⁵⁵ pu²⁴ uaŋ⁵⁵ uai²¹³ tʂʻuəŋ²⁴ pau⁵⁵⁺⁴² uə⁵⁵ tʂʻʅ²⁴ xuə⁵⁵ kʻəŋ²⁴

忽听那樵楼上打了五更，　　xu²⁴ tʻiŋ²⁴ naᵒ tɕʻiau⁴² lou⁴² ʂaŋᵒ ta⁵⁵ liauᵒ u⁵⁵ kəŋ²⁴

孙步月在团部止不住泪盈盈。　　suən²⁴ pu²¹³ yɛ²⁴ tsai²¹³ tʻuan⁴² pu²¹³ tʂʅ⁵⁵ puᵒ tʂʅ²¹³ luei²¹³ iŋ⁴² iŋ⁴²

埋怨声孙仁兄名叫殿英①，　　man⁴² yanᵒ ʂəŋᵒ suən²⁴ zən⁴² ɕyŋ²⁴ miŋ⁴² tɕiau²¹³ tian²¹³ iŋ²⁴

① 孙殿英（1889~1947）：名金贵，字魁元，外号孙麻子；河南永城人，自称是明孙承宗的后代；1928 年投靠国民党，任第六军团第十二军军长，因在河北马兰峪盗掘清东陵而闻名。

你不该稳坐在钓鱼台中。　　ni⁵⁵ pu²⁴ kai²⁴ uən⁵⁵ tsuə²¹³ tsai⁰ tiau²⁴ y⁴² t'ai⁴² tʂuəŋ⁰

眼瞧着东方天色快明，　　ian⁵⁵ tɕ'iau⁴² tʂʅ⁰ tuəŋ²⁴ faŋ²⁴ t'ian²⁴ ʂɛ²⁴ k'uai²¹³ miŋ⁴²

你为啥这时候儿还不发救兵？　　ni⁵⁵ uei²¹³ ʂa⁵⁵ tʂʅə⁵⁵ ʂʅ⁴² xər⁰ xai⁴² pu²⁴ fa²⁴ tɕiou²¹³ piŋ²⁴

抗日战争时期，盘踞在滑县、浚县一带的汉奸孙步月一伙儿，被我军包围歼灭后，时人为孙步月当时之窘相，编此歌谣一首。　时运：运气。　领ᴰ：动词变韵表持续义，可替换为"领着"。

239

丁

太阳谣

□^D起^D起来跪东房，　　tɕʻiæŋ²⁴ tɕʻiɛ⁵⁵ tɕʻi⁵⁵ lai⁰ kuei²¹³ tuəŋ²⁴ faŋ⁴²

手拿黄香敬太阳。　　ʂou⁵⁵ na⁴² xuaŋ⁴² ɕiaŋ²⁴ tɕiŋ²¹³ tʻai²¹³ iaŋ⁰

太阳出来满日红，　　tʻai²¹³ iaŋ⁰ tʂʻʅ²⁴ lai⁰ man⁵⁵ ʐʅ²¹³ xuəŋ⁴²

东出西落不住城。　　tuəŋ²⁴ tʂʻʅ²⁴ ɕi²⁴ luə⁰ pu²⁴ˈ⁴² tʂʅ²¹³ tʂʻəŋ⁴²

红嘞绿嘞都爱晒，　　xuəŋ⁴² lɛ⁰ ly²⁴ lɛ⁰ tou²⁴ˈ⁴² ai²¹³ ʂai²¹³

五谷杂粮俺晒成。　　u⁵⁵ ku²⁴ tsa⁴² liaŋ⁴² an⁵⁵ ʂai²¹³ tʂʻəŋ⁴²

说俺没生俺有生，　　ʂʮə²⁴ an⁵⁵ mu⁴² ʂəŋ²⁴ an⁵⁵ˈ⁴² iou⁵⁵ ʂəŋ²⁴

俺嫂嫂她是八月十五生。　　an⁵⁵ˈ⁴² sau⁵⁵ sau⁰ tʻa⁵⁵ ʂʅ²¹³ pa²⁴ yɛ⁰ ʂʅ⁴² u⁵⁵ ʂəŋ²⁴

西瓜月饼敬月明，　　ɕi²⁴ kua⁰ yɛ²⁴ piŋ⁰ tɕiŋ²¹³ yɛ²⁴ miŋ⁴²

香果仙桃尽^D她用。　　ɕiaŋ²⁴ kuə⁵⁵ ɕian²⁴ tʻau⁴² tɕiɛ⁵⁵ tʻa⁵⁵ yŋ²¹³

说俺没生俺有生，　　ʂʮə²⁴ an⁵⁵ mu⁴² ʂəŋ²⁴ an⁵⁵ˈ⁴² iou⁵⁵ ʂəŋ²⁴

俺是三月十九生^①。　　an⁵⁵ ʂʅ²¹³ san²⁴ yɛ⁰ ʂʅ⁴² tɕiou⁵⁵ ʂəŋ²⁴

天天儿打俺门儿上过，　　tʻian²⁴ tʻior⁰ ta⁵⁵ an⁰ mər⁴² ʂaŋ⁰ kuə²¹³

天天儿打俺门儿上行。　　tʻian²⁴ tʻior⁰ ta⁵⁵ an⁰ mər⁴² ʂaŋ⁰ ɕiŋ⁴²

把俺嘞大名儿恁不叫，　　pa²¹³ an⁵⁵ nɛ⁰ ta²¹³ miər⁴² nən⁵⁵ pu²⁴ˈ⁴² tɕiau²¹³

小孩儿大人叫奶名儿^②。　　ɕiau⁵⁵ xor⁴² ta²¹³ ʐən⁰ tɕiau²¹³ nai⁵⁵ miər⁴²

---

① 关于太阳的生日，民间有不同的版本。中国历史上起源最早、流传最广的太阳生日是农历六月十九，至今某些地区还有在这一天祭太阳神、为太阳过生日的习俗。此外，也有所谓三月十九或二月初二为太阳生日的说法。但在中国的老皇历上，只有农历六月十九这一天是太阳日（太阳生日），也是菩萨成道日。

② 叫奶名：指浚县方言俗称太阳为"日^H地儿ʐou²⁴ tiər²¹³"；奶名：指乳名；"日^H"为"日头"的合音。

俺再说回家走，　　an⁵⁵ tsai²¹³ ʂʮə²⁴ xuei⁴² tɕia²⁴ tsou⁵⁵

三天三夜黑咕咚；　san²⁴ tʻian²⁴ san²⁴∣⁴² iɛ²¹³ xɛ²⁴ kuº tuəŋ²⁴

俺再说回家行，　　an⁵⁵ tsai²¹³ ʂʮə²⁴ xuei⁴² tɕia²⁴ ɕin⁴²

饿嘞民人苦众生。　ə²¹³ lɛº min⁴² zən⁴² kʻu⁵⁵ tʂuəŋ²¹³ ʂəŋ²⁴

一人学会一人传，　i²⁴ zən⁴² ɕyə⁴² xuei²¹³ i²⁴ zən⁴² tʂʻuan⁴²

休头白老六十年；　ɕiou²⁴ tʻou⁴² pɛ⁴² lau⁵⁵ liou²¹³ ʂʮº nian⁴²

一人学会要不传，　i²⁴ zən⁴² ɕyə⁴² xuei²¹³ iau²¹³ pu²⁴ tʂʻuan⁴²

吐了脓血化咸痰。　tʻu⁵⁵ liauº nuəŋ⁴² ɕiɛ²⁴ xua²¹³ ɕian⁴² tʻan⁴²

此为太阳"自述"谣。　□ᴰ 起ᴰ：清早。　俺：指代太阳。　生：生日。　俺嫂嫂：指月亮。　尽ᴰ：尽力，达到最大可能；动词变韵表加强肯定语气。　再说：如果。　休头白老：推测当为"长生不老"义（旧时人六十岁即为高寿），待考。

弹簧脖 ᶻ

弹簧脖 ᶻ，轴承腰，　　tʻan⁴² xuan⁴² puau⁴² tʂu⁴² tʂʻən⁴² iau²⁴

头上插 ᴰ⁻⁰ 个风向标。　tʻou⁴² ʂaŋº tʂʻa²⁴ kəº fən²⁴ ɕiaŋ²¹³ piau²⁴

脚蹬西瓜皮，　　tɕyə²⁴ təŋ²⁴ ɕi²⁴ kuaº pʻi²⁴

双手抓稀泥。　　ʂuaŋ²⁴ ʂou⁵⁵ tʂua²⁴ ɕi²⁴ ni⁴²

得滑都滑，　　tɛ²⁴ xua⁴² tou²⁴ xua⁴²

得泥都泥。　　tɛ²⁴ ni⁴² tou²⁴ ni⁴²

轴承又圆又滑，弹簧可伸可屈、可上可下，风向标在头上随风而转；用于描绘见风使舵、投机取巧的圆滑之人。　插ᴰ⁻⁰：插着，动词变韵表持续义。　滑：谐指圆滑。

弹琉璃蛋儿游戏歌

一老崩，二老愣，　i²⁴ lau⁵⁵ pəŋ²⁴ ər²¹³ lau⁵⁵ ləŋ²⁴

三老粘，四老黏，　san²⁴ lau⁵⁵ tʂan²⁴ sʮ²¹³ lau⁵⁵∣²⁴ nian⁴²

五老尖，进大殿。　u⁵⁵ lau⁵⁵ tɕian²⁴ tɕin²¹³ ta²¹³ tian²¹³

弹琉璃蛋儿：一种儿童游戏，又叫弹弹球儿；在地上挖个小圆坑，玩者用手指弹玻璃球儿，六次之内将其弹进小坑者为胜；一般是一对一单挑。 老崩：用手指弹去。

唐僧骑马咚哩个咚

唐僧骑马咚哩个咚，　　t'aŋ⁴² səŋ²⁴ tɕ'i⁴² ma⁵⁵ tuəŋ²⁴ li⁰ kə⁰ tuəŋ²⁴

后面跟 ᴰ 个孙悟空；　　xou²¹³ mian⁰ kɛ²⁴ kə⁰ suən²⁴ u⁰ k'uəŋ²⁴ | ⁵⁵

孙悟空，跑嘞快，　　suən²⁴ u⁰ k'uəŋ²⁴ | ⁵⁵ p'au⁵⁵ lɛ⁰ k'uai²¹³

后面跟 ᴰ 个猪八戒；　　xou²¹³ mian⁰ kɛ²⁴ kə⁰ tʂʅ²⁴ pa⁰ tɕiɛ²¹³

猪八戒，鼻子长，　　tʂʅ²⁴ pa⁰ tɕiɛ²¹³ pi⁴² tsʅ⁰ tʂ'aŋ⁴²

后面跟 ᴰ 个沙和尚；　　xou²¹³ mian⁰ kɛ²⁴ kə⁰ ʂa²⁴ xuə⁴² tʂ'æŋ⁰

沙和尚，挑着箩，　　ʂa²⁴ xuə⁴² tʂ'æŋ⁰ t'iau²⁴ tʂuə⁰ luə⁴²

后面跟 ᴰ 个老妖婆；　　xou²¹³ mian⁰ kɛ²⁴ kə⁰ lau⁵⁵ iau²⁴ p'uə⁴²

老妖婆，心眼儿坏，　　lau⁵⁵ iau²⁴ p'uə⁴² ɕin²⁴ ior⁵⁵ xuai²¹³

骗了唐僧和八戒。　　p'ian²¹³ lə⁰ t'aŋ⁴² səŋ²⁴ xə⁴² pa²⁴ | ⁴² tɕiɛ²¹³

唐僧八戒真糊涂，　　t'aŋ⁴² səŋ²⁴ pa²⁴ | ⁴² tɕiɛ²¹³ tʂən²⁴ xu⁴² tu⁰

多亏孙悟空眼睛亮；　　tuə²⁴ k'uei²⁴ suən²⁴ u⁰ k'uəŋ²⁴ | ⁵⁵ ian⁵⁵ tɕiŋ⁰ lian²¹³

眼睛亮，冒金光，　　ian⁵⁵ tɕiŋ⁰ lian²¹³ mau²¹³ tɕin²⁴ kuaŋ²⁴

高高举起金箍棒；　　kau²⁴ kau²⁴ tɕy⁵⁵ | ⁴² tɕ'i⁵⁵ tɕin²⁴ ku⁰ paŋ²¹³

金箍棒，有力量，　　tɕin²⁴ ku⁰ paŋ²¹³ iou⁵⁵ li²⁴ lian⁰

救了师傅唐三藏。　　tɕiou²¹³ lə⁰ ʂʅ²⁴ fu⁰ t'aŋ⁴² san²⁴ | ⁴² tsaŋ²¹³

跟 ᴰ：跟着，动词变韵表持续义。 "空" 无规则变调。

逃荒

小绿盆儿，里外光，　　ɕiau⁵⁵ ly²⁴ p'ər⁴² li⁵⁵ uai²¹³ kuaŋ²⁴

推着小车儿去逃荒。　　t'uei²⁴ tʂʅ⁰ ɕiau⁵⁵ tʂ'ɤr²⁴ tɕ'y²¹³ t'au⁴² xuaŋ²⁴

小车儿推嘞吱吱叫，　　ɕiau⁵⁵ tʂ'ɤr²⁴ t'uei²⁴ lə⁰ tsʅ²⁴ tsʅ²⁴ tɕiau²¹³

后头跟 ᴰ 那小妮 ᶻ 娘。　　xou²¹³ t'ou⁰ kɛ²⁴ na⁰ ɕiau⁵⁵ niːau²⁴ niaŋ⁴²

小妮 ᶻ 娘，你甭哭，　　ɕiau⁵⁵ niːau²⁴ niaŋ⁴² ni⁵⁵ piŋ⁴² k'u²⁴

前头有个破车屋，　　tɕ'ian⁴² t'ou⁰ iou⁵⁵ kə⁰ puə²¹³ tʂ'ʅə²⁴ u²⁴

咱到破屋里 ᴴ 和糊涂，　　tsan⁴² tau²¹³ puə²¹³ u²⁴ liou⁰ xu²¹³ xu⁴² tu⁰

喝嘞小肚圆葫芦。　　xə²⁴ lɛ⁰ ɕiau⁵⁵ tu²¹³ yan⁴² xu⁴² lu⁰

跟 ᴰ：动词变韵表持续义，可替换为"跟着"。　　和：动词，搅和，这里指把面糊放到锅里熬制成粥。　　糊涂：玉米粥。

天上下雨雷对雷

天上下雨雷对雷，　　t'ian²⁴ ʂaŋ⁰ ɕia²¹³ y⁵⁵ luei⁴² tuei²¹³ luei⁴²

两口儿打架捶对捶。　　liaŋ⁵⁵ | ⁴² k'ər⁵⁵ ta⁵⁵ tɕia²¹³ tʂ'uei²¹³ tuei²¹³ tʂ'uei²¹³

瞎子寻 ᴰ 个没眼儿嘞，　　ɕia²⁴ tsʅ⁰ ɕiɛ⁴² kə⁰ mu⁴² ior⁵⁵ lɛ⁰

一辈 ᶻ 不认谁是谁。　　i⁴² pɛau²¹³ pu²⁴ | ⁴² zən²¹³ ʂei⁴² ʂʅ²¹³ ʂei⁴²

没眼儿嘞：没有眼睛的人，即瞎子。

天上下雨是阴天

天上下雨是阴天，　　t'ian²⁴ ʂaŋ⁰ ɕia²¹³ y⁵⁵ ʂʅ²¹³ in²⁴ t'ian²⁴

俩五百对 ᴰ 一团儿是一千。　　lia⁵⁵ u⁵⁵ pe²⁴ tuɛ²¹³ i⁰ t'uor⁴² ʂʅ²¹³ i²⁴ tɕ'ian²⁴

闺女一娶是个媳妇儿，　　kuei²⁴ ny⁰ i²⁴ tɕ'y⁵⁵ ʂʅ²¹³ kə⁰ ɕi⁴² fər⁰

牤牛一捶 ① 是个老犍。　　maŋ²⁴ ou⁰ i²⁴ tʂ'uei⁴² ʂʅ²¹³ kə⁰ lau⁵⁵ tɕian²⁴

此为盲人唱坠子的开场白。　　对 ᴰ：使两个东西接触或配合；动词变韵表终点义，可替换为"对到"；"对 ᴰ 一团儿"即"将……凑到一块儿"。　　牤牛：公牛。　　老犍：阉割过的公牛，比较驯顺，容易驾驭，易于肥育。

天上有个星星

天上有个啥？　　t'ian²⁴ ʂaŋ⁰ iou⁵⁵ kə⁰ ʂa⁵⁵

---

① "捶牤牛"是传统的骟牛方法，即把公牛的睾丸捶坏，以抑制其发情，不再大量分泌雄性激素，公牛就温驯老实地耕田拉车了。

天上有个星星， t'ian²⁴ ṣaŋ⁰ iou⁵⁵ kə⁰ ɕiŋ²⁴ ɕiŋ⁰

地上有个啥？ ti²¹³ ṣaŋ⁰ iou⁵⁵ kə⁰ ṣa⁵⁵

地上有个月亮， ti²¹³ ṣaŋ⁰ iou⁵⁵ kə⁰ yɛ²⁴ liaŋ⁰

河里ᴴ有个啥？ xə⁴² liou⁰ iou⁵⁵ kə⁰ ṣa⁵⁵

河里ᴴ有个水鸡儿； xə⁴² liou⁰ iou⁵⁵ kə⁰ ṣuei⁵⁵ tɕiər²⁴

叫唤叫唤， tɕiau²¹³ xuan⁰ tɕiau²¹³ xuan⁰

咯儿——咯儿——咯儿。 kər²¹³ kər⁵⁵ kər⁰

儿童游戏谣：两个人背对背，相互臂挽臂，一人一句，一问一答，边说边互背对方。

天上有个长不老 * （一）

天上有个长不老， t'ian²⁴ ṣaŋ⁰ iou⁵⁵ kə⁰ tṣaŋ⁵⁵ pu²⁴ lau⁵⁵

地下有个吃不饱， ti²¹³ ɕia⁰ iou⁵⁵ kə⁰ tṣʅ²⁴ pu²⁴ pau⁵⁵

河里有个洗不净， xə⁴² li⁰ iou⁵⁵ kə⁰ ɕi⁵⁵ pu²⁴ ｜ ⁴² tɕiŋ²¹³

锅里有个炒不热。 kuə²⁴ li⁰ iou⁵⁵ kə⁰ tṣ'au⁵⁵ pu²⁴ ʐə²⁴

此为谜语的谜面；谜底依次为：小小虫儿（浚县方言对"麻雀"的俗称）、鸡（谐音"饥"）、泥鳅、凉粉。

天上有个长不老 * （二）

天上有个长不老， t'ian²⁴ ṣaŋ⁰ iou⁵⁵ kə⁰ tṣaŋ⁵⁵ pu²⁴ lau⁵⁵

地下有个吃不饱， ti²¹³ ɕia⁰ iou⁵⁵ kə⁰ tṣʅ²⁴ pu²⁴ pau⁵⁵

河里有个洗不净， xə⁴² li⁰ iou⁵⁵ kə⁰ ɕi⁵⁵ pu²⁴ ｜ ⁴² tɕiŋ²¹³

锅里有个煮不动， kuə²⁴ li⁰ iou⁵⁵ kə⁰ tṣu⁵⁵ pu²⁴ ｜ ⁴² tuəŋ²¹³

地里有个长不正。 ti²¹³ li⁰ iou⁵⁵ kə⁰ tṣaŋ⁵⁵ pu²⁴ ｜ ⁴² tṣəŋ²¹³

此为谜语的谜面；谜底依次为：小小虫儿、鸡、泥鳅、勺子、扭筋草①。

___

① 扭筋草，别名老鸦酸，多年生草本植物，多生于山坡、荒野、草丛中。在春末夏初，采收全草，晒干后可入药。

天上有个长不老 *（三）

天上有个长不老，	tʻian²⁴ ʂaŋ⁰ iou⁵⁵ kə⁰ tʂaŋ⁵⁵ pu²⁴ lau⁵⁵
地下有个吃不饱；	ti²¹³ ɕia⁰ iou⁵⁵ kə⁰ tʂʻɻ²⁴ pu²⁴ pau⁵⁵
河里有个洗不净，	xə⁴² li⁰ iou⁵⁵ kə⁰ ɕi⁵⁵ pu²⁴ ⁴² tɕiŋ²¹³
身上有个穿不正。	ʂən²⁴ ʂaŋ⁰ iou⁵⁵ kə⁰ tʂʻuan²⁴ pu²⁴ ⁴² tʂəŋ²¹³

此为谜语的谜面；谜底依次为：小小虫儿、鸡、泥鳅、鞋（谐音"斜"）。

添仓会 ①

彭赵官牛雷郝侯，	pʻəŋ⁴² tʂau²¹³ kuan²⁴ niou⁴² luei⁴² xə²⁴ xou⁴²
蒋 ^D 村街是老会头；	tɕiæŋ⁵⁵ tsʻuən²⁴ tɕiɛ²⁴ ʂɻ²¹³ lau⁵⁵ xuei²¹³ tʻou⁴²
高村随会不起会，	kau²⁴ tsʻuən⁰ suei⁴² xuei²¹³ pu²⁴ tɕʻi⁵⁵ xuei²¹³
姜村 ② 年年儿跟着走。	tɕiaŋ²⁴ tsʻuən⁰ nian⁴² nior⁰ kən²⁴ tʂʂʻ⁰ tsou⁵⁵

"蒋 ^D"为地名变韵。　会头：会首。　不起会：不当会首。

"田"字谜 *

四面儿 ③ 都是山，	ʂɻ²¹³ miər²¹³ tou²⁴ ⁴² ʂɻ²¹³ ʂan²⁴

---

① 浚县城西南 22 千米处，有一古渡口称为"流渡"。渡口附近的土丘上有一座古庙叫"玄帝庙"。该庙初建于明成化年间，《玄帝庙重修碑记》载，原庙因水患毁坏，于明万历九年（1581）重建；庙顶布铁瓦和琉璃瓦，称"铁瓦琉璃庙"。自此以后，每年正月十七至十九，新镇、小河沿卫河九个村子形成大型庙会——添仓会。据《浚县志》记载："浚县添仓会兴起于明，清末至民国年间颇盛。"《万历九年十月二十二日玄帝庙建立碑记》记载："黎阳（浚县）以南四十里，渭水（卫河）之西刘家渡（现名牛村）东，旧有祖师行祠，前修百有余年矣。"祭祀立庙，会依庙兴，据此可知添仓会祭祀活动的兴起当在明永乐年间，距今已有 600 余年的历史了。添仓会每年由九个村子轮流当班，以蒋村为首，其他依次为彭村、赵村、官庄、牛村、雷村、郝村、侯村、高村、姜村（嘉庆年间郝村与官庄为一村）。浚县九流渡添仓会承载着人民大众年年添仓、辟邪除灾、迎祥纳福的良好祈盼和对幸福生活的向往，2011 年 12 月被列入第 3 批省级非物质文化遗产保护名录。以上村名音节连读时多有变韵，如赵村 tʂo²¹³ tsʻuən²⁴、牛村 nio⁴² tsʻuən²⁴、蒋村 tɕiæŋ⁵⁵ tsʻuən²⁴ 等。
② 依《浚县志》（1990），姜村为牛村（行政村）所辖的四个自然村之一。
③ 面儿：又音 mior²¹³。

山山都相连。　　ʂan²⁴ ʂan²⁴ tou²⁴ | ⁴² ɕiaŋ²¹³ lian⁴²

要问是啥字儿，　　iau²¹³ uən²¹³ ʂʅ²¹³ ʂa⁵⁵ tsər²¹³

农村转一转。　　nuəŋ⁴² tsʻuən²⁴ tʂuan²¹³ i⁰ tʂuan²¹³

此为谜语的谜面；谜底："田"字。

甜死驴屎不要钱

"甜不甜？"　　tʻian⁴² puº tʻian⁴²

"甜，蜜似眼ᴰ甜。"　　tʻian⁴² mi²⁴ sʅº iæ⁵⁵ tʻian⁴²

"甜，甜，甜，　　tʻian⁴² tʻian⁴² tʻian⁴²

甜死驴屎不要钱。"　　tʻian⁴² sʅº ly⁴² pi²⁴ pu²⁴ | ⁴² iau²¹³ tɕʻian⁴²

戏谑詈语谣。　蜜似眼ᴰ：像蜜似的；形容词变韵表程度加深，有夸张意味。

挑兵挑将

挑兵，挑将，　　tʻiau²⁴ piŋ²⁴ tʻiau²⁴ tɕiaŋ²¹³

骑马，打仗，　　tɕʻi⁴² ma⁵⁵ ta⁵⁵ tʂaŋ²¹³

挑着谁，谁倒霉。　　tʻiau²⁴ tʂuəº ʂei⁴² ʂei⁴² tau⁵⁵ mei⁴²

挑着谁？　　tʻiau²⁴ tʂuəº ʂei⁴²

挑——着——你！　　tʻiau²⁴ tʂuəº ni⁵⁵

一种儿童游戏，同"盘脚录脚"。

跳皮筋

跳皮筋儿①，皮筋儿跳，　　tʻiau²¹³ pʻi⁴² tɕiər²⁴ pʻi⁴² tɕiər²⁴ tʻiau²¹³

毛主席教导我知道。　　mau⁴² tʂʅº ɕiº tɕiau²¹³ tau⁵⁵ uə⁵⁵ tʂʅ²⁴ | ⁴² tau²¹³

――――――――――

① 跳皮筋儿：是一种适于儿童的游戏，流行于20世纪50至90年代；皮筋是用橡胶制成的有弹性的细绳，长3米左右，被牵直固定之后，即可来回踏跳；可三人至五人一起玩，亦可分组比赛。

刘胡兰，十三岁，　　liou⁴² xu⁰ lan⁴² ʂʅ⁴² san²⁴ | ⁴² suei²¹³

参加革命游击队。　　tsʻan²⁴ tɕia²⁴ kə²⁴ miŋ²¹³ iou⁴² tɕi²⁴ tuei²¹³

她为人民而牺牲，　　tʻa⁵⁵ uei²¹³ zən⁴² min⁴² ər⁵⁵ ɕi²⁴ ʂəŋ²⁴

毛主席说她做嘞对。　　mau⁴² tʂʅ⁰ ɕi⁰ ʂɥə²⁴ tʻa⁵⁵ tsuə²¹³ lɛ⁰ tuei²¹³

对对对，就是对，　　tuei²¹³ tuei²¹³ tuei²¹³ tɕiou²¹³ ʂʅ⁰ tuei²¹³

生嘞伟大，死嘞光荣，　　ʂəŋ²⁴ lɛ⁰ uei⁵⁵ ta²¹³ sʅ⁵⁵ lɛ⁰ kuaŋ²⁴ yŋ⁰

生嘞伟大，死嘞光荣。　　ʂəŋ²⁴ lɛ⁰ uei⁵⁵ ta²¹³ sʅ⁵⁵ lɛ⁰ kuaŋ²⁴ yŋ⁰

此为儿童跳皮筋谣；边念边按一定节奏跳皮筋。

跳舞谣

青年人跳舞私奔，　　tɕʻiŋ²⁴ nian⁴² zən⁴² tʻiau²¹³ u⁵⁵ sʅ²⁴ pən²⁴

中年人跳舞离婚，　　tʂuəŋ²⁴ nian⁴² zən⁴² tʻiau²¹³ u⁵⁵ li²¹³ xuən²⁴

老年人跳舞健身。　　lau⁵⁵ nian⁴² zən⁴² tʻiau²¹³ u⁵⁵ tɕian²¹³ ʂən²⁴

此为 20 世纪末交谊舞盛行时产生的谣谚。

铁锁 *

一头猪，不吃糠，　　i²⁴ tʻou⁴² tʂʅ²⁴ pu²⁴ tʂʻʅ²⁴ kʻaŋ²⁴

屁股眼 ᶻ 里 ᴴ 扎一枪。　　pʻi²¹³ ku⁰ iæ⁵⁵ liou⁰ tʂa²⁴ i⁰ tɕʻiaŋ²⁴

此为谜语的谜面；谜底：铁锁。

偷瓜

下定决心去偷瓜，　　ɕia²¹³ tiŋ²¹³ tɕye²⁴ ɕin²⁴ tɕʻy²¹³ tʻou²⁴ kua²⁴

不怕牺牲往里爬。　　pu²⁴ | ⁴² pʻa²¹³ ɕi²⁴ ʂəŋ²⁴ uaŋ⁵⁵ | ⁴² li⁵⁵ pʻa⁴²

排除万难捡大个儿，　　pʻai⁴² tʂʻʅ⁴² uan²¹³ nan⁴² tɕian⁵⁵ ta²¹³ kɤr²¹³

争取胜利扛到家。　　tʂəŋ²⁴ tɕʻy⁵⁵ ʂəŋ²¹³ li²¹³ kʻaŋ⁵⁵ tau⁰ tɕia²⁴

偷针偷线

偷□嘞针，摸□嘞线，　　t'ou²⁴ iæ⁰ lɛ⁰ tʂən²⁴ muə²⁴ iæ⁰ lɛ⁰ ɕian²¹³

眼上长个大厥眼；　　ian⁵⁵ ʂaŋ⁰ tʂaŋ⁵⁵ kə⁰ ta²¹³ tɕyɛ⁴² ian⁰

偷□嘞针，摸□嘞线，　　t'ou²⁴ iæ⁰ lɛ⁰ tʂən²⁴ muə²⁴ iæ⁰ lɛ⁰ ɕian²¹³

长个厥眼叫□看。　　tʂaŋ⁵⁵ kə⁰ tɕyɛ⁴² ian⁰ tɕiau²¹³ iæ⁴² k'an²¹³

此谣本义用作耍笑眼上长了厥眼的人；也用于诅咒小偷小摸的人生眼疮，喻指做了缺德事，终有一天会丢人现眼。　　□：人家，别人。　厥眼：因用眼过度、上火等而在睑板腺或睫毛毛囊中长出的麦粒肿。

头大腰粗

头大腰粗，　　t'ou⁴² ta²¹³ iau²⁴ ts'u²⁴

四方屁股，　　sʅ²¹³ faŋ²⁴ p'i²¹³ ku⁰

放起屁来□ᴰ□ᴰ嘞。　　faŋ²¹³ tɕi⁵⁵ p'i²¹³ lai⁰ tuæŋ²⁴ tuæŋ²⁴|⁴² lɛ⁰

指肥胖的人放屁较多、较响。　　□ᴰ□ᴰ：拟声词。

头上没毛儿咋过年

出了门儿，下正南，　　tʂ'ʅ²⁴ liau⁰ mər⁴² ɕia²¹³ tʂən²¹³ nan⁴²

遇见个小秃 ᶻ⁻⁰ 哭黄连。　　y²¹³ tɕian⁰ kə⁰ ɕiau⁵⁵ t'u²⁴ k'u²⁴ xuaŋ⁴² lian⁴²

"小秃小秃你哭啥嘞？"　　ɕiau⁵⁵ t'u²⁴ ɕiau⁵⁵ t'u²⁴ ni⁵⁵ k'u²⁴ ʂa⁵⁵ lɛ⁰

"头上没毛儿咋过年。"　　t'ou⁴² ʂaŋ⁰ mu⁴² mor⁴² tsa⁵⁵ kuə²¹³ nian⁴²

"头"字歌

树叶儿落下怕砸头，　　ʂʅ²¹³ iɤr²⁴ luə²⁴ ɕia²¹³ p'a²¹³ tsa⁴² t'ou⁴²

迈一步路三回头。　　man²¹³ i²⁴|⁴² pu²¹³ lu²¹³ san²⁴ xuei⁴² t'ou⁴²

发现矛盾不出头，　　fa²⁴ ɕian²¹³ mau⁴² tuən²¹³ pu²⁴ tʂ'ʅ²⁴ t'ou⁴²

遇见困难缩着头，　　y²¹³ tɕian⁰ k'uən²¹³ nan⁴² suə²⁴ tʂʅ⁰ t'ou⁴²

碰见小事儿光摇头，　　p'əŋ²¹³ tɕian⁰ ɕiau⁵⁵ ʂər²¹³ kuaŋ²⁴ iau⁴² t'ou⁴²

遇到大事儿推上头，　　y²¹³ tau⁰ ta²¹³ ʂər²¹³ t'uei²⁴ ʂaŋ²¹³ t'ou⁰

干起活儿来没劲头，　　kan²¹³ tɕi⁰ xuɣr⁴² lai⁰ mu⁴² tɕin²¹³ tʻou⁴²

不像头头像老头（儿）。　pu²⁴ |⁴² ɕiaŋ²¹³ tʻou⁴² tʻou⁰ ɕiaŋ²¹³ lau⁵⁵ |²⁴ tʻou⁴²

此谣用来讽刺那些在工作上瞻前顾后、得过且过、缩手缩脚的人。　头头：领导。

秃二妮 ᶻ

秃二妮 ᶻ，戴兜兜，　　　tʻu²⁴ ər²¹³ ni꞉au²⁴ tai²¹³ tou²⁴ tou⁰

刮南风儿，往北走；　　kua²⁴ nan⁴² fər²⁴ uaŋ⁵⁵ pei²⁴ tsou⁵⁵

北嘞有个卖碗嘞，　　　pei²⁴ lɛ⁰ iou⁵⁵ kə⁰ mai²¹³ uan⁵⁵ nɛ⁰

秃二妮 ᶻ在家害眼嘞。　tʻu²⁴ ər²¹³ ni꞉au²⁴ kai²¹³ tɕia²⁴ xai²¹³ ian⁵⁵ nɛ⁰

兜兜：兜肚。　害眼：患眼疾，特指患急性结膜炎，俗称"红眼病"。

驼背老公公 *

驼背老公公，　　tʻuə⁴² pei²¹³ lau⁵⁵ kuəŋ²⁴ kuəŋ⁰

胡子乱蓬蓬。　　xu⁴² tsɿ⁰ luan²¹³ pʻəŋ⁰ pʻəŋ⁰

活着没有血，　　xuə⁴² tʂʅ⁰ mu⁴² mau⁰ ɕiɛ²⁴

死了满身红。　　sɿ⁵⁵ lə⁰ man⁵⁵ ʂən²⁴ xuəŋ⁴²

此为谜语的谜面；谜底：虾。

W

袜子 *

俩小口袋，　　lia⁵⁵ ｜ ⁴² ɕiau⁵⁵ kʻou⁵⁵ tai⁰

一齐儿穿戴。　　i²⁴ tɕʻiər⁴² tʂʻuan²⁴ tai²¹³

少穿一个，　　ʂau⁵⁵ tʂʻuan²⁴ i²⁴ ｜ ⁴² kə⁰

把人笑坏。　　pa²¹³ zən⁴² ɕiau²¹³ xuai²¹³

此为谜语的谜面；谜底：袜子。

歪戴帽 ᶻ

歪戴帽 ᶻ，狗材料 ᶻ；　　uai²⁴ tai²¹³ mæu²¹³ kou⁵⁵ tsʻai⁴² liæu²¹³

坐火车，不要票；　　tsuə²¹³ xuə⁵⁵ tʂʻʅ²⁴ pu²⁴ ｜ ⁴² iau²¹³ pʻiau²¹³

□喝茶，你喝尿。　　iæ⁴² xə²⁴ tʂʻa⁴² ni⁵⁵ xə²⁴ niau²¹³

□：人家，别人。

豌豆角儿

豌豆角儿，四层皮，　　uan²⁴ tou⁰ tɕyɤr²⁴ sʅ²¹³ tsʻəŋ⁴² pʻi⁴²

俺去山上瞧俺姨。　　an⁵⁵ tɕʻy²¹³ ʂan²⁴ ʂaŋ⁰ tɕʻiau⁴² an⁰ i⁴²

俺姨见 ᴰ 俺笑眯眯，　　an⁵⁵ i⁴² tɕiæ²¹³ an⁰ ɕiau²¹³ mi²⁴ mi²⁴

没吃没穿缺粮米，　　mu⁴² tʂʻʅ²⁴ mu⁴² tʂʻuan²⁴ tɕʻyɛ²⁴ liaŋ⁴² mi⁵⁵

拿起 ᴴ 棒槌打公鸡。　　na⁴² tɕʻiai⁰ paŋ²¹³ tʂʻuei⁰ ta⁵⁵ kuəŋ²⁴ tɕi⁰

公鸡飞到南墙上，　　kuəŋ²⁴ tɕi⁰ fei²⁴ tau⁰ nan⁴² tɕʻiaŋ⁴² ʂaŋ⁰

棒槌掉到河沟里。　　paŋ²¹³ tʂʻuei⁰ tiau²¹³ tau⁰ xə⁴² kou²⁴ li⁰

该，该，不屈你，　　kai²⁴ kai²⁴ pu²⁴ tɕʻy²⁴ ni⁰

谁叫你落后不积极！　　ʂei⁴² tɕiau²¹³ ni⁰ luə²⁴ xou²¹³ pu²⁴ tɕi²⁴ tɕi⁰

见 ᴰ：见到，动词变韵表终点义。　　屈：亏。

王婆儿卖瓜

王婆儿卖瓜，　　uaŋ⁴² pʻor⁴² mai²¹³ kua²⁴

自卖自夸；　　tsɿ²¹³ mai²¹³ tsɿ²¹³ kʻua²⁴

卖到底，　　mai²¹³ tau⁰ ti⁵⁵

夸到家。　　kua²⁴ tau⁰ tɕia²⁴

忘了娘恩

儿离 ᴰ 娘身，　　ər⁴² liɛ²¹³ niaŋ⁴² ʂən²⁴

一尺二寸。　　i²⁴ tʂʻɿ²⁴ ər²¹³ tsʻuən²¹³

头疼脑热，　　tʻou⁴² tʻəŋ⁰ nau⁵⁵ ʐɻə²⁴

吓掉娘魂。　　ɕia²¹³ tiau²¹³ niaŋ⁴² xuən⁴²

东庙烧香，　　tuəŋ²⁴ miau²¹³ ʂau²⁴ ɕiaŋ²⁴

西庙求神。　　ɕi²⁴ miau²¹³ tɕʻiou⁴² ʂən⁴²

娶妻生子，　　tɕʻy⁵⁵ tɕʻi²⁴ ʂəŋ²⁴ tsɿ⁵⁵

忘了娘恩。　　uaŋ²¹³ liau⁰ niaŋ⁴² ən²⁴

离 ᴰ：动词变韵表完成义，可替换为"离了"。

为人甭笑白头翁

为人甭笑白头翁，　　uei²¹³ ʐən⁴² piŋ⁴² ɕiau²¹³ pɛ⁴² tʻou⁴² uəŋ²⁴

好花儿不开几日红。　　xau⁵⁵ xuɐr²⁴ pu²⁴ kʻai²⁴ tɕi⁵⁵ ʐɿ²¹³ xuəŋ⁴²

少年也有白头时，　　ʂau²¹³ nian⁴² ie⁵⁵ | ⁴² iou⁵⁵ pɛ⁴² tʻou⁴² ʂɿ⁴²

老翁以前是顽童。　　lau⁵⁵ uəŋ²⁴ i²⁴ tɕʻian⁴² ʂɿ²¹³ uan⁴² tʻuəŋ⁴²

为人行善甭行凶

为人做事儿心要平，　　uei²¹³ zən⁴² tsuə²⁴ şər²¹³ çin²⁴ iau²¹³ p'iŋ⁴²

为人行善甭行凶。　　uei²¹³ zən⁴² çiŋ⁴² şan²¹³ piŋ⁴² çiŋ⁴² çyŋ²⁴

行善自有千斤福，　　çiŋ⁴² şan²¹³ tsʅ²¹³ iou⁵⁵ tɕ'ian²⁴ tɕin²⁴ fu²⁴

作恶自有天不容。　　tsuə²⁴ ə²⁴ tsʅ²¹³ iou⁵⁵ t'ian²⁴ pu²⁴ yŋ⁴²

平：温和、正直、善良。

为新人铺床 ① 歌（一）

抻抻逮逮，　　tʂ'ən²⁴ tʂ'ən⁰ tai⁵⁵ | ⁴² tai⁰

仁官儿俩秀才；　sa²⁴ kuor²⁴ lia⁵⁵ çiou²¹³ ts'ai⁰

逮逮抻抻，　　tai⁵⁵ | ⁴² tai⁰ tʂ'ən²⁴ tʂ'ən⁰

仁官儿俩举人。　sa²⁴ kuor²⁴ lia⁵⁵ | ⁴² tɕy⁵⁵ zən⁰

此为浚县风俗谣。　逮：用手向两边扯。

为新人铺床歌（二）

抻床扫床，　　tʂ'ən²⁴ tʂ'uaŋ⁴² sau⁵⁵ tʂ'uaŋ⁴²

铺嘞满床；　　p'u²⁴ lɛ⁰ man⁵⁵ tʂ'uaŋ⁴²

先生公子，　　çian²⁴ şəŋ²⁴ kuəŋ²⁴ tsʅ⁵⁵

后生姑娘。　　xou²¹³ şəŋ²⁴ ku²⁴ niaŋ⁰

抻床抻到里边儿，　tʂ'ən²⁴ tʂ'uaŋ⁴² tʂ'ən²⁴ tau⁰ li⁵⁵ pior⁰

生个小小儿当武官儿；　şəŋ²⁴ kə⁰ çiau⁵⁵ | ⁴² çior⁵⁵ taŋ²⁴ u⁵⁵ kuor²⁴

抻床抻到床外边，　tʂ'ən²⁴ tʂ'uaŋ⁴² tʂ'ən²⁴ tau⁰ uai²¹³ pior⁰

生个小小儿做状元儿。　şəŋ²⁴ kə⁰ çiau⁵⁵ | ⁴² çior⁵⁵ tsuə²¹³ tʂuaŋ²¹³ yor⁰

状元爹，状元娘，　tʂuaŋ²¹³ yan⁰ tie²⁴ tʂuaŋ²¹³ yan⁰ niaŋ⁴²

状元姑姑熬白汤。　tʂuaŋ²¹³ yan⁰ ku⁵⁵ | ⁴² ku⁰ au⁴² pɛ⁴² t'aŋ⁰

---

① 浚县风俗，新婚当晚，必须挑儿女双全的妇女为新郎新娘铺床，谓之"抻床"。边抻边唱歌谣，以示祈盼新人多子多福，儿孙有出息。

为新人铺床歌（三）

抻床衣，搭嘞低，　　tʂ'ən²⁴ tʂ'uaŋ⁴² i²⁴ ta²⁴ lɛ⁰ ti²⁴

三年两头儿来报喜。　　san²⁴ nian⁴² liaŋ⁵⁵ t'ər⁴² lai⁴² pau²¹³ ɕi⁵⁵

抻到里边儿，　　tʂ'ən²⁴ tau⁰ li⁵⁵ pior⁰

生个小妮儿当娘娘；　　ʂəŋ²⁴ kə⁰ ɕiau⁵⁵ niər²⁴ taŋ²⁴ niaŋ⁴² niaŋ⁰

抻到外边儿，　　tʂ'ən²⁴ tau⁰ uai²¹³ pior⁰

生个小小儿做状元儿；　　ʂəŋ²⁴ kə⁰ ɕiau⁵⁵ ⎮ ⁴² ɕior⁵⁵ tsuə²¹³ tʂuaŋ²¹³ yor⁰

床衣：被单。

为新人铺床歌（四）

婆婆盖的扇一扇，　　p'uə⁴² p'uə⁰ kai²¹³ ti⁰ ʂan²⁴ i⁰ ʂan²⁴

儿女长大做高官；　　ər⁴² ny⁵⁵ tʂaŋ⁵⁵ ta²¹³ tsuə²¹³ kau²⁴ kuan²⁴

婆婆枕头挪一挪，　　p'uə⁴² p'uə⁰ tʂən²¹³ t'ou⁰ nuə⁴² i⁰ nuə⁴²

日子越过越红火。　　zʅ²¹³ tsʅ⁰ yɛ²⁴ kuə²¹³ yɛ²⁴ xuəŋ⁴² xuə⁰

为新人铺床歌（五）

一铺金，二铺银，　　i²⁴ p'u²⁴ tɕin²⁴ ər²¹³ p'u²⁴ in⁴²

铺嘞富贵双临门。　　p'u²⁴ lɛ⁰ fu²¹³ kuei²¹³ ʂuaŋ²⁴ lin⁴² mən⁴²

抻抻逮逮，　　tʂ'ən²⁴ tʂ'ən⁰ tai⁵⁵ ⎮ ⁴² tai⁰

出个秀才；　　tʂ'ʅ²⁴ kə⁰ ɕiou²¹³ ts'ai⁰

逮逮抻抻，　　tai⁵⁵ ⎮ ⁴² tai⁰ tʂ'ən²⁴ tʂ'ən⁰

添个举人。　　t'ian²⁴ kə⁰ tɕy⁵⁵ zən⁰

铺好枕巾，　　p'u²⁴ xau⁵⁵ tʂən²¹³ tɕin²⁴

满堂儿孙；　　man⁵⁵ t'aŋ⁴² ər⁴² suən²⁴

铺好床单儿，　　p'u²⁴ xau⁵⁵ tʂ'uaŋ⁴² tor²⁴

儿孙儿当官儿。　　ər⁴² suən²⁴ taŋ²⁴ kuor²⁴

金、银：代指金色、银色的被褥。　添：生育。　"举人"又作"翰林"。

为新人铺床歌（六）

喜公公抻床，　　çi⁵⁵ kuəŋ²⁴ kuəŋ⁰ tʂʻən²⁴ tʂʻuaŋ⁴²

儿孙满堂。　　ər⁴² suən²⁴ man⁵⁵ tʻaŋ⁴²

先生公子，　　çian²⁴ ʂəŋ²⁴ kuəŋ²⁴ tsʅ⁵⁵

后生姑娘。　　xou²¹³ ʂəŋ²⁴ ku²⁴ niaŋ⁰

为新人扫床歌（一）

扫扫床头儿，　　sau⁵⁵│⁴² sau⁰ tʂʻuaŋ⁴² tʻər⁴²

添个小侄儿；　　tʻian²⁴ kə⁰ çiau⁵⁵ tʂər⁴²

扫扫床边儿，　　sau⁵⁵│⁴² sau⁰ tʂʻuaŋ⁴² pior²⁴

添个县官儿；　　tʻian²⁴ kə⁰ çian²¹³ kuor²⁴

扫扫床心儿，　　sau⁵⁵│⁴² sau⁰ tʂʻuaŋ⁴² çiər²⁴

添一小堆儿；　　tʻian²⁴ i²⁴ çiau⁵⁵ tsuər²⁴

扫扫床里边儿，　　sau⁵⁵│⁴² sau⁰ tʂʻuaŋ⁴² li⁵⁵ pior⁰

添个小武官儿。　　tʻian²⁴ kə⁰ çiau⁵⁵│⁴² u⁵⁵ kuor²⁴

为新人扫床歌（二）

扫扫新媳妇儿嘞炕，　　sau⁵⁵│⁴² sau⁰ çin²⁴ çi⁴² fər⁰ lɛ⁰ kʻaŋ²¹³

添个小孩儿白又胖；　　tʻian²⁴ kə⁰ çiau⁵⁵ xor⁴² pɛ⁴² iou²¹³ pʻaŋ²¹³

扫扫新媳妇儿嘞屁股，　　sau⁵⁵│⁴² sau⁰ çin²⁴ çi⁴² fər⁰ lɛ⁰ pʻi²¹³ ku⁰

添个小孩儿不目糊。　　tʻian²⁴ kə⁰ çiau⁵⁵ xor⁴² pu²⁴│⁴² mu²¹³ xu⁰

目糊：不机灵，反应迟钝。

为新人扫房歌

扫扫新房，　　sau⁵⁵│⁴² sau⁰ çin²⁴ faŋ⁴²

生个小孩儿上学堂；　　ʂəŋ²⁴ kə⁰ çiau⁵⁵ xor⁴² ʂaŋ²¹³ çyə⁴² tʻaŋ⁴²

扫扫墙旮旯儿，　　sau⁵⁵│⁴² sau⁰ tɕʻiaŋ⁴² kɛ⁰ lor²⁴

生个小孩儿能当官儿；　　ʂəŋ²⁴ kə⁰ çiau⁵⁵ xor⁴² nəŋ⁴² taŋ²⁴ kuor²⁴

扫扫房顶， sau⁵⁵ ┃ ⁴² sau⁰ faŋ⁴² tiŋ⁵⁵

生个小孩儿当朝廷。 ʂəŋ²⁴ kə⁰ ɕiau⁵⁵ xor⁴² taŋ²⁴ tʂʻau⁴² tʻiŋ⁰

墙旮晃儿：墙角。

蚊子 *

小小飞贼， ɕiau⁵⁵ ┃ ⁴² ɕiau⁵⁵ fei²⁴ tsei⁴²

肚里 ᴴ 藏针； tu²¹³ liou⁰ tsʻaŋ⁴² tʂən²⁴

吸□₁ 嘞血， ɕi²⁴ iæ⁴² lɛ⁰ ɕie²⁴

养□₂ 嘞身。 iaŋ⁵⁵ tsʅə²¹³ lɛ⁰ ʂən²⁴

此为谜语的谜面；谜底：蚊子。 □₁：别人。 □₂：自己。

问问金社睡 ᴰ 哪头儿

印花儿铺的烂堵头儿， in²¹³ xuɐr²⁴ pʻu²⁴ ti⁰ lan²¹³ tu⁵⁵ tʻər⁰

问问金社睡 ᴰ 哪头儿？ uən²¹³ uən⁰ tɕin²⁴ ʂʅə²¹³ ʂɛ²¹³ na⁵⁵ tʻər⁴²

东头儿西头儿都不睡， tuən²⁴ tʻər⁴² ɕi²⁴ tʻər⁴² tou²⁴ pu²⁴ ┃ ⁴² ʂei²¹³

非得跟 ᴰ 张刘睡 ᴰ 一头儿。 fei²⁴ tɛ⁰ kɛ²⁴ tʂaŋ²⁴ liou⁴² ʂɛ²¹³ i²⁴ tʻər⁴²

堵头儿：猜测当为包被头儿的布，待考。 金社、张刘：均为人名。 睡 ᴰ：
睡到，动词变韵表终点义。

问问恁家几口人儿（一）

小公鸡儿，叨玻璃儿， ɕiau⁵⁵ kuəŋ²⁴ tɕiər⁰ tau²⁴ puə²⁴ liər⁰

问问恁家几口人儿？ uən²¹³ uən⁰ nən⁵⁵ tɕia²⁴ tɕi⁵⁵ ┃ ⁴² kʻou⁵⁵ zər⁴²

大伯 ᶻ 哥，小兄弟儿， ta²¹³ piau⁰ kə⁵⁵ ɕiau⁵⁵ ɕyŋ²⁴ tiər⁰

还有俺白生生个小女婿儿。 xai⁴² iou⁵⁵ an⁵⁵ pɛ⁴² ʂəŋ²⁴ ʂəŋ²⁴ ┃ ⁴² kə⁰ ɕiau⁵⁵ ┃ ⁴²
ny⁵⁵ ɕyər⁰

大伯 ᶻ 哥：丈夫的哥哥。

问问恁家几口人儿（二）

小闺女儿，戴兜兜儿，　　ɕiau⁵⁵ kuei²⁴ nyər⁰ tai²¹³ tou²⁴ tər⁰

问问恁家几口人儿？　　uən²¹³ uən⁰ nən⁵⁵ tɕia²⁴ tɕi⁵⁵ ⌐ ⁴² kʻou⁵⁵ zər⁴²

大姑子儿，小女婿儿，　　ta²¹³ ku⁵⁵ tsər⁰ ɕiau⁵⁵ ⌐ ⁴² ny⁵⁵ ɕyər⁰

一个小叔儿小棒槌儿。　　i²⁴ ⌐ ⁴² kə²¹³ ɕiau⁵⁵ ʂuər⁰ ɕiau⁵⁵ paŋ²¹³ tʂʻuər⁰

大姑子：丈夫的姐姐。　　小叔儿：丈夫的弟弟。

问问县官儿饶不饶

一五一十跨金马，　　i²⁴ u⁵⁵ i²⁴ ʂʅ⁴² kʻua²¹³ tɕin²⁴ ma⁵⁵

问问县官儿打不打；　　uən²¹³ uən⁰ ɕian²¹³ kuor²⁴ ta⁵⁵ pu⁰ ta⁵⁵

一五一十过金桥，　　i²⁴ u⁵⁵ i²⁴ ʂʅ⁴² kuə²¹³ tɕin²⁴ tɕʻiau⁴²

问问县官儿饶不饶；　　uən²¹³ uən⁰ ɕian²¹³ kuor²⁴ ʐau⁴² pu⁰ ʐau⁴²

一五一十过黄河，　　i²⁴ u⁵⁵ i²⁴ ʂʅ⁴² kuə²¹³ xuaŋ⁴² xə⁴²

问问县官儿活不活。　　uən²¹³ uən⁰ ɕian²¹³ kuor²⁴ xuə⁴² pu⁰ xuə⁴²

此为儿童游戏谣；游戏规则等详情待考。

蜗牛（一）＊

说它是头牛，　　ʂʻuə²⁴ tʻa⁵⁵ ʂʅ²¹³ tʻou⁴² niou⁴²

不会拉车走；　　pu²⁴ ⌐ ⁴² xuei²¹³ la²⁴ tʂʻʅə²⁴ tsou⁵⁵

说它力气小，　　ʂʻuə²⁴ tʻa⁵⁵ li²⁴ tɕʻiᵒ ɕiau⁵⁵

它能背 ᴰ 屋跑。　　tʻa⁵⁵ nəŋ⁴² pɛ²⁴ u²⁴ pʻau⁵⁵

此为谜语的谜面；谜底：蜗牛。　　背 ᴰ：背着，动词变韵表持续义。

蜗牛（二）＊

一物生嘞怪，　　i²⁴ ⌐ ⁴² u²¹³ ʂəŋ²⁴ lɛ⁰ kuai²¹³

骨头长 ᴰ 皮外；　　ku⁴² tʻouᵒ tʂæŋ⁵⁵ pʻi⁴² uai²¹³

不怕龙和虎，　　pu²⁴ ⌐ ⁴² pʻa²¹³ lyŋ⁴² xə⁴² xu⁵⁵

就怕太阳晒。　tɕiou²¹³ pʻa²¹³ tʻai²¹³ iaŋ⁰ ʂai²¹³

此为谜语的谜面；谜底：蜗牛。　长 ᴰ：长到，动词变韵表终点义。　皮：肉皮。

我给 ᴰ 奶奶嗑瓜子儿

小板凳儿，四条腿儿，　　ɕiau⁵⁵⁻⁴² pan⁵⁵ tər⁰ sʅ²¹³ tʻiau⁴² tʻuər⁵⁵

我给 ᴰ 奶奶嗑瓜子儿，　　uə⁵⁵ kɛ⁵⁵⁻²¹³ nai⁵⁵ nai⁰ kʻə²¹³ kua²⁴ tsər⁵⁵

奶奶嫌我嗑嘞慢；　　nai⁵⁵ nai⁰ ɕian⁴² uə⁵⁵ kʻə²¹³ lɛ⁰ man²¹³

我给 ᴰ 奶奶下挂面，　　uə⁵⁵ kɛ⁵⁵⁻²¹³ nai⁵⁵ nai⁰ ɕia²¹³ kua²¹³ mian⁰

奶奶嫌我下嘞稠；　　nai⁵⁵ nai⁰ ɕian⁴² uə⁵⁵ ɕia²¹³ lɛ⁰ tʂʻou⁴²

我给 ᴰ 奶奶加香油，　　uə⁵⁵ kɛ⁵⁵⁻²¹³ nai⁵⁵ nai⁰ tɕia²⁴ ɕiaŋ²⁴ iou⁴²

奶奶嫌我加嘞多；　　nai⁵⁵ nai⁰ ɕian⁴² uə⁵⁵ tɕia²⁴ lɛ⁰ tuə²⁴

我给 ᴰ 奶奶刷刷锅，　　uə⁵⁵ kɛ⁵⁵⁻²¹³ nai⁵⁵ nai⁰ ʂua²⁴ ʂua⁰ kuə²⁴

奶奶嫌我刷不净；　　nai⁵⁵ nai⁰ ɕian⁴² uə⁵⁵ ʂua²⁴ pu²⁴⁻⁴² tɕiŋ²¹³

我给 ᴰ 奶奶买个杏，　　uə⁵⁵ kɛ⁵⁵⁻²¹³ nai⁵⁵ nai⁰ mai⁵⁵ kə⁰ ɕiŋ²¹³

奶奶嫌我买嘞酸；　　nai⁵⁵ nai⁰ ɕian⁴² uə⁵⁵ mai⁵⁵ lɛ⁰ suan²⁴

我给 ᴰ 奶奶买个砖，　　uə⁵⁵ kɛ⁵⁵⁻²¹³ nai⁵⁵ nai⁰ mai⁵⁵ kə⁰ tʂuan²⁴

买嘞砖头硬又硬，　　mai⁵⁵ lɛ⁰ tʂuan²⁴ tʻou⁴² iŋ²¹³ iou²¹³ iŋ²¹³

急嘞奶奶双脚蹦。　　tɕi⁴² lɛ⁰ nai⁵⁵ nai⁰ ʂuaŋ²⁴ tɕyə²⁴ pəŋ²¹³

五指谣（一）

大拇指，二拇弟，　　ta²¹³ mən⁰ tʂʅ⁵⁵ ər²¹³ mən⁰ ti²¹³

高唐指，同学义，　　kau²⁴ tʻaŋ⁴² tʂʅ⁵⁵ tʻuaŋ⁴² ɕyə⁴² i²¹³

小拇指头是弟弟。　　ɕiau⁵⁵ mən⁰ tʂʅ⁵⁵⁻⁴² tʻou⁰ ʂʅ²¹³ ti²¹³ ti⁰

高唐指：中指。　　同学义：四指。

五指谣（二）*

五个兄弟，　　u⁵⁵ kə⁰ ɕyŋ²⁴ ti⁰

住在一起。　　tʂʅ²¹³ tsai⁰ i²⁴ tɕʻi⁵⁵

名字不同，　　miŋ⁴² tsʅ⁰ pu²⁴ tʻuəŋ⁴²

高低不齐。　　kau²⁴ ti²⁴ pu²⁴ tɕʻi⁴²

此为谜语的谜面；谜底：五个手指。　兄弟：弟兄。

西瓜 *

身穿绿衣裳，　　　ʂən²⁴ tʂʻuan²⁴ ly²⁴ i²⁴ ʂaŋ⁰

肚里 ᴴ 水汪汪。　　tu²¹³ liou⁰ ʂuei⁵⁵ uaŋ⁰ uaŋ⁰

生嘞儿子多，　　　ʂəŋ²⁴ lɛ⁰ ər⁴² tsʅ⁰ tuə²⁴

个个儿黑脸膛。　　kə²¹³ kɤr⁰ xɛ²⁴ lian⁵⁵ tʻaŋ⁴²

此为谜语的谜面；谜底：西瓜。

西瓜籽 *

一个黑孩儿，　　　i²⁴ ⎮ ⁴² kə⁰ xɛ²⁴ xor⁴²

从不开口；　　　　tsʻuəŋ⁴² pu²⁴ kʻai²⁴ kʻou⁵⁵

只要开口，　　　　tʂʅ⁴² iau²¹³ kʻai²⁴ kʻou⁵⁵

掉出 ᴴ 舌头。　　tiau²¹³ tʂʻuai⁰ ʂʅə⁴² tʻou⁰

此为谜语的谜面；谜底：西瓜籽。

稀肚虫　大懒汉

咯儿——咯儿——咯儿，大天明，　　kər²¹³ kər⁵⁵ kər⁰ ta²¹³ tʻian²⁴ miŋ⁴²

盖的窝里有个稀肚虫。　　kai²¹³ ti⁰ uə²⁴ li⁰ iou⁵⁵ kə⁰ ɕi²⁴ tu²⁴ tʂʻuəŋ⁴²

稀肚虫，大懒汉，　　ɕi²⁴ tu²⁴ tʂʻuəŋ⁴² ta²¹³ lan⁵⁵ xan²¹³

鸡儿叫天明不咕涌。　　tɕiər²⁴ tɕiau²¹³ tʻian²⁴ miŋ⁴² pu²⁴ ku²⁴ yŋ⁰

此谣用于打趣赖床不起的小孩子。　咯儿——咯儿——咯儿：拟公鸡
打鸣之声。　盖的窝：被窝。　稀肚：赤身裸体。　咕涌：本义指（虫子等）

259

蠕动，泛指（人或动物等）动弹。

席子 *

立 ᴰ 那儿没用，　　lie²⁴ nɐr⁰ mu⁴² yŋ²¹³

躺 ᴰ 那儿有用；　　t'æŋ⁵⁵ nɐr⁰ iou⁵⁵ yŋ²¹³

白日儿没用，　　pɛ⁴² iər⁰ mu⁴² yŋ²¹³

□ ᴰ 黑有用。　　xo²¹³ xɛ²⁴ iou⁵⁵ yŋ²¹³

此为谜语的谜面；谜底：席子。　立 ᴰ、躺 ᴰ：动词变韵表终点义，可分别替换为"立到""躺到"。　□ ᴰ 黑：夜里。

洗脸盆 *

又扁又圆肚里空，　　iou²¹³ pian⁵⁵ iou²¹³ yan⁴² tu²¹³ li⁰ kuəŋ²⁴

一面镜子在当中。　　i²⁴∣⁴² mian²¹³ tɕiŋ²¹³ tsʐ⁰ tsai²¹³ taŋ²⁴ tʂuəŋ²⁴

谁要用它先低头，　　ʂei⁴² iau²¹³ yŋ²¹³ t'a⁵⁵ ɕian²⁴ ti²⁴ t'ou⁴²

搓手搓脸又鞠躬。　　ts'uə²⁴ ʂou⁵⁵ ts'uə²⁴ lian⁵⁵ iou²¹³ tɕy²⁴ kuəŋ²⁴

此为谜语的谜面；谜底：洗脸盆。

细粮不够红薯凑

够不够，三百六，　　kou²¹³ pu⁰ kou²¹³ san²⁴ pɛ²⁴ liou²¹³

要吃细粮米麦豆，　　iau²¹³ tʂʅ²⁴ ɕi²¹³ lian⁴² mi⁵⁵ mɛ²⁴ tou²¹³

细粮不够红薯凑。　　ɕi²¹³ lian⁴² pu²⁴∣⁴² kou²¹³ xuəŋ⁴² ʂʅ⁰ ts'ou²¹³

指计划经济时代，随着粮食产量的提高，国家对农村人口供给粮食的"免购点"（详见"都怨上级不发粮"条）亦随之提高到每人每年360斤；如果粮食不足，就用4斤红薯折1斤粮食抵算。

下山捎个泥泥狗

大会首，小会首，　　ta²¹³ xuei²¹³ ʂou⁰ ɕiau⁵⁵ xuei²¹³ ʂou⁰

下山 ① 捎个泥泥狗。　　　ɕia²¹³ ʂan²⁴ ʂau²⁴ kə⁰ ni⁴² ni⁰ kou⁵⁵

恁要不捎泥泥狗，　　　nən⁵⁵ iau²¹³ pu²⁴ ʂau²⁴ ni⁴² ni⁰ kou⁵⁵

来 ᴰ 家死 ᴰ 恁老两口。　　lɛ⁴² tɕia²⁴ sʅə⁵⁵ nən⁰ lau⁵⁵ liaŋ⁵⁵ | ⁴² kʻou⁰

此为叫卖泥咕咕者所念的歌谣。　　泥泥狗：泥咕咕。　　会首：民间社火玩会的组织者。　　来 ᴰ 家：回到家；动词变韵表终点义，可替换为"来到"。　　死 ᴰ：死了，动词变韵均表完成义。

下雨潲湿 ᴰ 屋前墙 *

下雨潲湿 ᴰ 屋前墙，　　ɕia²¹³ y⁵⁵ ʂau²¹³ sʅə²⁴ u²⁴ tɕʻian⁴² tɕʻian⁴²

孔明涉急自过江，　　kuaŋ⁵⁵ miŋ⁰ sʅə⁵⁵ tɕʻi⁴² tsʅ²¹³ kuə²¹³ tɕiaŋ²⁴

关爷牵不住胭脂马，　　kuan²⁴ iɛ⁰ tɕʻian²⁴ pu⁰ tʂʅ⁰ ian²⁴ tʂʅ⁰ ma⁵⁵

刘备西南不安康 ②。　　liou⁴² pei²¹³ ɕi²⁴ nan⁴² pu²⁴ an²⁴ kʻaŋ²⁴

此为谜语的谜面；谜底依次是：盐、酱、姜、饼。　　潲：雨点被风吹得斜落下来。　　湿 ᴰ：湿了，形容词变韵表完成义。　　自：独自。

先生兄弟后生哥 *

弟兄生来三十 ᴴ 多，　　ti²¹³ ɕyŋ⁰ ʂən²⁴ lai⁴² san²⁴ ʂo²⁴ tuə²⁴

先生弟来后生哥。　　ɕian²⁴ ʂən²⁴ ti²¹³ lai⁰ xou²¹³ ʂən²⁴ kə⁵⁵

小事儿去找兄弟，　　ɕiau⁵⁵ ʂər²¹³ tɕy²¹³ tʂau⁵⁵ ɕyŋ²⁴ ti⁰

大事儿去找他哥。　　ta²¹³ ʂər²¹³ tɕy²¹³ tʂau⁵⁵ | ⁴² tʻa⁰ kə⁵⁵

此为谜语的谜面；谜底：牙齿。　　三十 ᴴ："三十个"的合音。

---

① 浚县正月古庙会，从正月初一一直持续到二月二；赶庙会者，去大伾、浮丘二山礼神拜佛是必不可少的。故以"上山"代指赶庙会、"下山"代指赶庙会结束。

② 此谜语来自一个民间传说：一主人吩咐用人去买东西，用人问需要买什么，主人说了上边四句话。用人稍加思索，买回了上述四样东西。主人见状，问为何买了这些东西。用人答道："下雨"句是说房屋墙壁没有房檐（谐音"盐"）遮挡，"孔明"句是说没有将（谐音"酱"）帅跟随，"关爷"句是说没有缰（谐音"姜"）绳，"刘备"句是说没有兵（谐音"饼"）。

先长兄弟后长哥 *

一母所生弟 ^H 们儿多，　　i²⁴ mu⁵⁵ suə⁵⁵ ʂəŋ²⁴ tiɛ²¹³ mər⁰ tuə²⁴

先长兄弟后长哥。　　ɕian²⁴ tʂaŋ⁵⁵ ɕyŋ²⁴ ti⁰ xou²¹³ tʂaŋ⁵⁵⌐⁴² kə⁵⁵

有了小事儿兄弟办，　　iou⁵⁵ lə⁰ ɕiau⁵⁵ ʂər²¹³ ɕyŋ²⁴ ti⁰ pan²¹³

有了大事儿来找哥。　　iou⁵⁵ lə⁰ ta²¹³ ʂər²¹³ lai⁴² tʂau⁵⁵⌐⁴² kə⁵⁵

此为谜语的谜面；谜底：牙齿。　弟 ^H："弟兄"的合音。　兄弟：弟弟。

贤良女劝夫

贤良女儿劝丈夫为妻坐下，　　ɕian⁴² liaŋ⁰ nyr⁵⁵ tɕ'yan²¹³ tʂaŋ²¹³ fu⁰ uei²¹³ tɕ'i²⁴
tsuə²¹³ ɕia²¹³

又吃嘴又抹牌全不顾家；　　iou²¹³ tʂʅ²⁴ tsuei⁵⁵ iou²¹³ ma²⁴ p'ai⁴² tɕ'yan⁴² pu²⁴⌐⁴²
ku²¹³ tɕia²⁴

爹娘儿女你不管又不问，　　tiɛ²⁴ niaŋ⁴² ər⁴² ny⁵⁵ ni⁵⁵ pu²⁴ kuan⁵⁵ iou²¹³ pu²⁴⌐⁴²
uən²¹³

为妻我也跟着担心受怕。　　uei²¹³ tɕ'i²⁴ uə⁵⁵ iɛ⁵⁵ kən²⁴ tʂʅ⁰ tan²⁴ ɕin²⁴ ʂou²¹³
p'a²¹³

嫌你秃　嫌你麻

麻 ₁ 骨朵，编笊篱，　　ma⁴² ku²⁴ tuə⁰ pian²⁴ tʂau²¹³ li⁰

寻 ^D 个老婆 ^Z 不要你。　　ɕiɛ⁴² kə⁰ lau⁵⁵⌐²⁴ p'au⁴² pu²⁴⌐⁴² iau²¹³ ni⁰

嫌你秃，嫌你麻 ₂，　　ɕian⁴²⌐⁵⁵ ni⁰ t'u²⁴ ɕian⁴²⌐⁵⁵ ni⁰ ma⁴²

踢你个蹬褂 ^Z 来回爬。　　t'i²⁴ ni⁰ kə⁰ təŋ²⁴ kuæu²¹³ lai⁴² xuei⁰ p'a⁴²

麻 ₁ 骨朵：用麻类植物的纤维捆绑制成，用以扫床等；因长期使用，
造成枝条脱落，成为"麻骨朵"。　笊篱：能漏水的勺子。　麻 ₂：生天花
后，身上脸上留下的坑状疤痕。　踢蹬褂 ^Z：从后边照着他人的屁股上踢。

县长和社员

县长见 ^D 县长，　　ɕian²¹³ tʂaŋ⁵⁵ tɕiæ²¹³ ɕian²¹³ tʂaŋ⁵⁵

比比新大氅；　pi⁵⁵ ˈ⁴² pi⁰ ɕin²⁴ ta²¹³ tʂʻaŋ⁵⁵

社员见 ᴰ 社员，　ʂɿə²¹³ yan⁴² tɕiæ²¹³ ʂɿə²¹³ yan⁴²

哭嘞泪涟涟。　kʻu²⁴ lɛ⁰ luei²¹³ lian⁴² lian⁴²

见 ᴰ：见到，动词变韵表终点义。　大氅：大衣。

乡下人想 ᴰ 学上海洋

乡下人想 ᴰ 学上海洋，　ɕiaŋ²⁴ ɕia⁰ zən⁴² ɕiæŋ⁵⁵ ɕyə⁴² ʂaŋ²¹³ xai⁵⁵ iaŋ⁴²

学来学去学不像。　ɕyə⁴² lai⁴² ɕyə⁴² tɕʻy²¹³ ɕyə⁴² pu²⁴ ˈ⁴² ɕiaŋ²¹³

学嘞<u>将将</u>有点儿像，　ɕyə⁴² lɛ⁰ tɕiaŋ²⁴ tɕiaŋ²⁴ iou⁵⁵ tior⁰ ɕiaŋ²¹³

上海又变 ᴰ 新花样。　ʂaŋ²¹³ xai⁵⁵ iou²¹³ piæ²¹³ ɕin²⁴ xua²⁴ iaŋ²¹³

洋：洋气，时髦。　想 ᴰ：想着，动词变韵表持续义。　<u>将将</u>：稍微。　变 ᴰ：动词变韵表完成义，可替换为"变了"。

象棋 *

四四方方一座城，　sɿ²¹³ sɿ⁰ faŋ²⁴ faŋ²⁴ i²⁴ ˈ⁴² tsuə²¹³ tʂʻəŋ⁴²

里头住着两国兵。　li⁵⁵ tʻou⁰ tʂʅ²¹³ tsuə⁰ liaŋ⁵⁵ kuɛ²⁴ piŋ²⁴

将帅兵马来作战，　tɕiaŋ²¹³ ʂuai²¹³ piŋ²⁴ ma⁵⁵ lai⁴² tsuə²⁴ tʂan²¹³

不用腿走用手行。　pu²⁴ ˈ⁴² yŋ²¹³ tʻuei⁵⁵ ˈ⁴² tsou⁵⁵ yŋ²¹³ ʂou⁵⁵ ɕiŋ⁴²

此为谜语的谜面；谜底：象棋。

像鸡不是鸡 *

像鸡不是鸡，　ɕiaŋ²¹³ tɕi²⁴ pu²⁴ ˈ⁴² sɿ²¹³ tɕi²⁴

尾巴拖着地；　i⁵⁵ pa⁰ tʻuə²⁴ tʂʅ⁰ ti²¹³

张开像把扇 ᶻ，　tʂaŋ²⁴ kʻai²⁴ ɕiaŋ²¹³ pʻa⁵⁵ ʂæ²¹³

颜色真美丽。　ian⁴² ʂɛ⁰ tʂən²⁴ mei⁵⁵ li⁰

此为谜语的谜面；谜底：孔雀。

小巴狗儿　上南山（一）

小巴狗儿，上南山，　　çiau⁵⁵ pa²⁴ kər⁵⁵ ʂaŋ²¹³ nan⁴² ʂan²⁴

籴大米，捞干饭。　　ti⁴² ta²¹³mi⁵⁵ lau⁴² kan²⁴ fan⁰

爹一碗，娘一碗，　　tie²⁴ i⁰ uan⁵⁵ niaŋ⁴² i⁰ uan⁵⁵

看嘞巴狗儿一头汗。　　kan²¹³ nɛ⁰ pa²⁴ kər⁵⁵ i²⁴ t'ou⁴² xan²¹³

巴狗儿好吃锅圪渣儿，　　pa²⁴ kər⁵⁵ xau²¹³ tʂ'ʅ²⁴ kuə²⁴ kɛ²⁴ tʂɐr⁰

搂头打它一巴掌儿。　　lou²⁴ t'ou⁴² ta⁵⁵ | ⁴² t'a⁰ i²⁴ pa²⁴ tʂɐr⁰

干饭：大米饭。　锅圪渣儿：沉积在锅底的、烧焦了的米或粥等。　搂头：对着头（打）。"搂头"又作"抻手"。

小巴狗儿　上南山（二）

小巴狗儿，上南山，　　çiau⁵⁵ pa²⁴ kər⁵⁵ ʂaŋ²¹³ nan⁴² ʂan²⁴

小小儿吃，小妮儿看。　　çiau⁵⁵ | ⁴² çior⁵⁵ tʂ'ʅ²⁴ çiau⁵⁵ niɚ²⁴ kan²¹³

小小儿呼噜喝两碗，　　çiau⁵⁵ | ⁴² çior⁵⁵ xu²⁴ lu²⁴ xə²⁴ liaŋ⁵⁵ | ⁴² uan⁵⁵

小妮儿饿嘞哭丧脸。　　çiau⁵⁵ niɚ²⁴ ə²¹³ lɛ⁰ k'u²⁴ saŋ⁰ lian⁵⁵

俺奶瞧ᴰ俺怪可怜，　　an⁵⁵ | ⁴² nɛ⁵⁵ tɕ'io⁴² an⁰ kuai²¹³ k'ə⁵⁵ lian⁰

拿块冷馍塞给ᴰ俺。　　na⁴² k'uai⁰ ləŋ⁵⁵ muə⁴² sɛ²⁴ kɛ⁰ an⁰

小妮儿：女孩儿。　瞧ᴰ：瞧着，动词变韵表持续义。

小白菜（一）

小白菜，满地黄，　　çiau⁵⁵ pɛ⁴² ts'ai²¹³ man⁵⁵ ti²¹³ xuaŋ⁴²

仨生儿四岁离了娘。　　sa²⁴ ʂɚ²⁴ ʅ²¹³ suei²¹³ li²¹³ liau⁰ niaŋ⁴²

有俺亲娘待俺好，　　iou⁵⁵ | ⁴² an⁰ tɕ'in²⁴ niaŋ⁴² tai²¹³ an⁰ xau⁵⁵

娶ᴰ个后娘心变了。　　tɕ'yɛ⁵⁵ kə⁰ xou²¹³ niaŋ⁴² çin²⁴ pian²¹³ liau⁰

仨生儿：三周岁。　离了娘：指娘去世。　娶ᴰ：动词变韵表完成义，可替换为"娶了"。

小白菜（二）

小白菜，叶儿黄，　　çiau^{55} pɛ^{42} tsʻai^{213} iɛ^{24} ər^{0} xuaŋ^{42}

仨生儿四岁死了娘。　sa^{24} ʂər^{24} sʅ^{213} suei^{213} sʅ^{55} liau^{0} niaŋ^{42}

跟着爹爹还好过，　　kən^{24} tʂʻʯ^{0} tiɛ^{24} tiɛ^{0} xai^{24} xau^{55} kuə^{213}

就怕爹爹娶后娘。　　tɕiou^{213} pʻa^{213} tiɛ^{24} tiɛ^{0} tɕʻy^{55} xou^{213} niaŋ^{42}

娶^{D}个后娘三年整，　tɕʻyɛ^{55} kə^{0} xou^{213} niaŋ^{42} san^{24} nian^{42} tʂən^{55}

生^{D}个弟弟比^{D}我强。　ʂo^{24} kə^{0} ti^{213} ti^{0} piɛ$^{55 \,|\, 42}$ uə^{55} tɕʻiaŋ^{42}

我穿嘞是破烂衣，　　uə^{55} tʂʻuan^{24} nɛ^{0} ʂʅ^{213} pʻuə^{213} lan^{213} i^{24}

弟弟光穿新衣裳。　　ti^{213} ti^{0} kuaŋ^{24} tʂʻuan^{24} ɕin^{24} i^{24} ʂaŋ^{0}

我吃蜀黍黄窝窝，　　uə^{55} tʂʻʅ^{24} ʂʅ^{42} ʂʯ^{0} xuaŋ^{42} uə^{24} uə^{0}

他吃蒸馍喝肉汤。　　tʻa^{55} tʂʻʅ^{24} tʂən^{24} muə^{0} xə^{24} zou^{213} tʻaŋ^{24}

拿起^{H}衣裳先落泪，　na^{42} tɕʻiai^{0} i^{24} ʂaŋ^{0} ɕian^{24} luə^{24} luei^{213}

端起^{H}饭碗想亲娘。　tuan^{24} tɕʻiai^{0} fan^{213} uan^{55} ɕiaŋ^{55} tɕʻin^{24} niaŋ^{42}

娶^{D}、生^{D}：动词变韵均表完成义，可分别替换为"娶了""生了"。

小白菜（三）

小白菜儿，就地黄，　çiau^{55} pɛ^{42} tsʻor^{213} tɕiou^{213} ti^{213} xuaŋ^{42}

小妮儿七岁离了娘。　çiau^{55} niər^{24} tɕʻi$^{24 \,|\, 42}$ suei^{213} li^{213} liau^{0} niaŋ^{42}

后娘娶^{D}来两年整，　xou^{213} niaŋ^{42} tɕʻyɛ^{55} lai^{0} lian^{55} nian^{42} tʂən^{55}

添^{D}个弟弟比^{D}我强。　tʻiæ^{24} kə^{0} ti^{213} ti^{0} piɛ$^{55 \,|\, 42}$ uə^{55} tɕʻiaŋ^{42}

弟弟盖嘞花盖的，　　ti^{213} ti^{0} kai^{213} lɛ^{0} xua^{24} kai^{213} ti^{0}

叫我盖嘞破衣裳。　　tɕiau^{213} uə^{55} kai^{213} lɛ^{0} pʻuə^{213} i^{24} ʂaŋ^{0}

弟弟枕嘞花枕头，　　ti^{213} ti^{0} tʂən^{213} nɛ^{0} xua^{24} tʂən^{213} tʻou^{0}

我就枕在狗身上。　　uə^{55} tɕiou^{213} tʂən^{213} tsai^{0} kou^{55} ʂən^{24} ʂaŋ^{0}

尾巴甩到我脖^{Z}上，　i^{55} pa^{0} ʂuai^{55} tau^{0} uə^{55} pau^{42} ʂaŋ^{0}

梦里^{H}当是来了娘。　məŋ^{213} liou^{0} taŋ$^{24 \,|\, 213}$ ʂʅ^{0} lai^{42} liau^{0} niaŋ^{42}

娶^{D}：动词变韵仅作为单趋式中的一个强制性形式成分，不表实际意义。　添^D：生育；动词变韵表完成义，可替换为"添了"。　"当"无规则变调。

小白菜（四）

小白菜儿，就地黄，　　　ɕiau⁵⁵ pɛ⁴² tsʻor²¹³ tɕiou²¹³ ti²¹³ xuaŋ⁴²

俩生儿三岁死了娘，　　　lia⁵⁵ ʂər²⁴ san²⁴ ｜⁴² suei²¹³ sʅ⁵⁵ liau⁰ niaŋ⁴²

娶^D个后娘狠心肠。　tɕʻyɛ⁵⁵ kə⁰ xou²¹³ niaŋ⁴² xən⁵⁵ ɕin²⁴ tʂʻaŋ⁴²

干活儿慢了挨皮鞭，　　　kan²¹³ xuɤr⁴² man²¹³ liau⁰ ai⁴² pʻi⁴² pian²⁴

打嘞浑身稀糊烂，　　　　ta⁵⁵ lɛ⁰ xuən⁴² ʂən²⁴ ɕi²⁴ xu⁰ lan²¹³

俺嘞时光有多难。　　　　an⁵⁵ nɛ⁰ ʂʅ⁴² ｜²¹³ kuaŋ⁰ iou⁵⁵ ｜⁴² tuə⁵⁵ nan⁴²

俩生儿：两周岁。　娶^D：动词变韵表完成义，可替换为"娶了"。"时"无规则变调。

小白菜（五）

小白菜儿，一股水儿，　　ɕiau⁵⁵ pɛ⁴² tsʻor²¹³ i²⁴ ku⁵⁵ ｜⁴² ʂuər⁵⁵

俺娘杀鸡^Z我逮腿儿。　an⁵⁵ niaŋ⁴² ʂa²⁴ tɕiau²⁴ uə⁵⁵ tai⁵⁵ ｜⁴² tʻuər⁵⁵

"娘啊娘，吃点儿肉。"　niaŋ⁴² ŋa⁰ niaŋ⁴² tʂʻʅ⁴²⁴ tior⁰ ʐou²¹³

"妮^Z啊妮^Z，甭为嘴，　niːau²⁴ ua⁰ niːau²⁴ piŋ⁴² uei²¹³ tsuei⁵⁵

到^D恁婆^Z家打你嘞嘴。"　to²¹³ nən⁰ pʻau⁴² tɕia⁰ ta⁵⁵ ｜⁴² ni⁰ lɛ⁰ tsuei⁵⁵

"打俺嘞嘴，俺不怕，　ta⁵⁵ ｜⁴² an⁰ nɛ⁰ tsuei⁵⁵ an⁵⁵ pu²⁴ ｜⁴² pʻa²¹³

拿起^H擀杖^Z打一架。"　na⁴² tɕʻiai⁰ kan⁵⁵ tʂæŋ⁰ ta⁵⁵ i²⁴ ｜⁴² tɕia²¹³

一股水儿：形容小白菜很嫩，能掐出水汁儿。　逮腿儿：捉住鸡腿。为嘴：嘴馋贪吃。　到^D：到了，动词变韵表完成义。

小白孩儿

小白孩儿，戴兜兜，　　　ɕiau⁵⁵ pɛ⁴² xor⁴² tai²¹³ tou²⁴ tou⁰

刮南风儿，往北走；　　　kua²⁴ nan⁴² fər²⁴ uaŋ⁵⁵ pei²⁴ tsou⁵⁵

北嘞有个卖碗嘞，　　　　pei²⁴ lɛ⁰ iou⁵⁵ kə⁰ mai²¹³ uan⁵⁵ nɛ⁰

尿到碗里 ^H 洗脸嘞；　　niau²¹³ tau⁰ uan⁵⁵ liou⁰ ɕi⁵⁵ ｜ ⁴² lian⁵⁵ nɛ⁰

北嘞有个卖盆嘞，　　pei²⁴ lɛ⁰ iou⁵⁵ kə⁰ mai²¹³ p'ən⁴² nɛ⁰

摔个捞盆 ^① 埋人嘞；　　ʂuai²⁴ kə⁰ lau⁴² p'ən⁰ mai⁴² zən⁴² nɛ⁰

北嘞有个卖蒜嘞，　　pei²⁴ lɛ⁰ iou⁵⁵ kə⁰ mai²¹³ suan²¹³ nɛ⁰

小孩儿都是猴儿变嘞；　　ɕiau⁵⁵ xor⁴² tou²⁴ ｜ ⁴² ʂʅ²¹³ xər⁴² pian²¹³ nɛ⁰

不知 ^H 香，不知 ^H 臭，　　pu²⁴ tʂo²⁴ ɕiaŋ²⁴ pu²⁴ tʂo²⁴ tʂ'ou²¹³

一脚踢 ^D 你猪圈里 ^H。　　i²⁴ tɕyə²⁴ t'iɛ²⁴ ni⁰ tʂʅ²⁴ tɕyan²¹³ liou⁰

埋人：出殡。　　踢 ^D：踢到，动词变韵表终点义。

小白鸡儿（一）

小白鸡儿，叨白菜，　　ɕiau⁵⁵ pɛ⁴² tɕiər²⁴ tau²⁴ pɛ⁴² ts'ai²¹³

一下 ^Z 叨出 ^H 个李奶奶；　　i²⁴ ｜ ⁴² ɕiæu²¹³ tau²⁴ tʂ'uai⁰ kə⁰ li⁵⁵ ｜ ⁴² nai⁵⁵ nai⁰

李奶奶，去蒸馍，　　li⁵⁵ ｜ ⁴² nai⁵⁵ nai⁰ tɕ'y²¹³ tʂəŋ²⁴ muə⁴²

一下 ^Z 蒸出 ^H 个李玉和；　　i²⁴ ｜ ⁴² ɕiæu²¹³ tʂəŋ²⁴ tʂ'uai⁰ kə⁰ li⁵⁵ y²¹³ xə⁴²

李玉和，去拿锤，　　li⁵⁵ y²¹³ xə⁴² tɕ'y²¹³ na²⁴ tʂ'uei⁴²

一下 ^Z 锤出 ^H 个李铁梅；　　i²⁴ ｜ ⁴² ɕiæu²¹³ tʂ'uei⁴² tʂ'uai⁰ kə⁰ li⁵⁵ t'iɛ²⁴ mei⁴²

李铁梅，去搬砖，　　li⁵⁵ t'iɛ²⁴ mei⁴² tɕ'y²¹³ pan²⁴ tʂuan²⁴

一下 ^Z 搬出 ^H 个贼鸠山。　　i²⁴ ｜ ⁴² ɕiæu²¹³ pan²⁴ tʂ'uai⁰ kə⁰ tsei⁴² tɕiou⁵⁵ ʂan²⁴

李奶奶、李玉和、李铁梅、鸠山：均为《红灯记》中的人物。

小白鸡儿（二）

小白鸡儿，叫嘎嘎，　　ɕiau⁵⁵ pɛ⁴² tɕiər²⁴ tɕiau²¹³ ka²⁴ ka²⁴

好吃啥？吃黄瓜；　　xau²¹³ tʂ'ʅ²⁴ ʂa⁵⁵ tʂ'ʅ²⁴ xuaŋ⁴² kua⁰

黄瓜有水儿，　　xuaŋ⁴² kua⁰ iou⁵⁵ ｜ ⁴² ʂuər⁵⁵

---

① 摔捞盆：汉族传统的丧葬习俗之一；人寿终正寝、棺材放在正厅的时候，棺头放一个
底部钻有圆孔的小瓦盆儿——捞盆；灵柩出门时，棺前地上放一块新砖，由继承家业
的孝子（多为长子）将瓦盆儿摔掉，而且摔得越碎越好，据说是取"岁岁（碎碎）平
安"之意。

好吃白饼儿；　　xau²¹³ tʂ'ʅ²⁴ pɛ⁴² piər⁵⁵

白饼儿有花儿，　pɛ⁴² piər⁵⁵ iou⁵⁵ xuɐr²⁴

好吃毛豆；　　　xau²¹³ tʂ'ʅ²⁴ mau⁴² tou²¹³

毛豆有毛，　　　mau⁴² tou²¹³ iou⁵⁵ mau⁴²

好吃仙桃；　　　xau²¹³ tʂ'ʅ²⁴ ɕian²⁴ t'au⁴²

仙桃有核儿，　　ɕian²⁴ t'au⁴² iou⁵⁵ xuər⁴²

下个牛犊儿；　　ɕia²¹³ kə⁰ niou⁴² tuər⁴²

牛犊儿哞哞叫，　niou⁴² tuər⁴² mər²⁴ mər²⁴ tɕiau²¹³

吓嘞小孩儿哇哇叫。　ɕia²¹³ lɛ⁰ ɕiau⁵⁵ xor⁴² ua²⁴ ua²⁴ ⌐ ⁴² tɕiau²¹³

白饼儿：猜测当为烧饼花（学名蜀葵）的果实，扁圆形，白色，果片背面有网状纹理；待考。　毛豆：新鲜带荚的黄豆。　下：动物产崽。

小白鸡儿（三）

小白鸡儿，挠粉粉儿，　　ɕiau⁵⁵ pɛ⁴² tɕiər²⁴ nau⁴² fən⁵⁵ fər⁰

俺家娶 ᴰ 个花婶婶儿。　　an⁵⁵ tɕia²⁴ tɕ'ye⁵⁵ kə⁰ xua²⁴ ʂən⁵⁵ ʂər⁰

花婶婶儿，手儿巧，　　xua²⁴ ʂən⁵⁵ ʂər⁰ ʂou⁵⁵ ər⁰ tɕ'iau⁵⁵

拿住剪子铰一铰。　　na⁴² tʂ'ʅ⁰ tɕian⁵⁵ tsʅ⁰ tɕiau⁵⁵ i⁰ tɕiau⁵⁵

先铰一朵牡丹花儿，　　ɕian²⁴ tɕiau⁵⁵ i²⁴ tuə⁵⁵ mu⁵⁵ tan⁰ xuɐr²⁴

再铰一棵灵芝草。　　tsai²¹³ tɕiau⁵⁵ i²⁴ k'uə²⁴ liŋ⁴² tʂʅ²⁴ ts'au⁵⁵

婶婶铰，大家瞧，　　ʂən⁵⁵ ʂən⁰ tɕiau⁵⁵ ta²¹³ tɕia⁰ tɕ'iau⁴²

手把手儿把我教。　　ʂou⁵⁵ ⌐ ⁴² pa⁵⁵ ʂou⁵⁵ ər⁰ pa²¹³ uə⁵⁵ tɕiau²⁴

婶婶夸我最灵巧，　　ʂən⁵⁵ ʂən⁰ k'ua²⁴ uə⁵⁵ tsuei²¹³ liŋ⁴² tɕ'iau⁰

给 ᴰ 我做 ᴰ① 件花棉袄。　　kɛ⁵⁵ ⌐ ²¹³ uə⁵⁵ tsuə²¹³ tɕian²¹³ xua²⁴ mian⁴² au⁰

娶 ᴰ、做 ᴰ：动词变韵均表完成义，可分别替换为"娶了""做了"。

小白鸡儿（四）

小白鸡儿，挠墙根儿，　　ɕiau⁵⁵ pɛ⁴² tɕiər²⁴ nau⁴² tɕ'iaŋ⁴² kər²⁴

①　做：浚县方言中基本音为 tsu²¹³，变韵后为 tsuə²¹³。

挠出 ^H 个钱儿，　　nau⁴² tʂʻuai⁰ kə⁰ tɕʻior⁴²

买罗申儿。　 mai⁵⁵ luə⁰ ʂər²⁴

不叫爷爷吃，　　pu^{24 ︱ 42} tɕiau²¹³ iɛ⁴² iɛ⁰ tʂʻʅ²⁴

打死 ^D 你个小龟孙儿。　　ta⁵⁵ sʅə⁰ ni⁵⁵ kə⁰ ɕiau⁵⁵ kuei²⁴ suər²⁴

死 ^D：动词变韵表加强肯定语气。

小白鸡儿（五）

小白鸡儿，　 ɕiau⁵⁵ pɛ⁴² tɕiər²⁴

挠墙根儿，　 nau⁴² tɕʻiaŋ⁴² kər²⁴

一挠挠出 ^H 个焦罗申儿。　i²⁴ nau⁴² nau⁴² tʂʻuai⁰ kə⁰ tɕiau²⁴ luə⁴² ʂər²⁴

不叫爷爷吃，　　pu^{24 ︱ 42} tɕiau²¹³ iɛ⁴² iɛ⁰ tʂʻʅ²⁴

不叫奶奶吃，　　pu^{24 ︱ 42} tɕiau²¹³ nai⁵⁵ nai⁰ tʂʻʅ²⁴

打你个小鳖孙儿。　ta^{55 ︱ 42} ni⁰ kə⁰ ɕiau⁵⁵ piɛ²⁴ suər²⁴

小白鸡儿（六）

小白鸡儿，挠墙根儿，　 ɕiau⁵⁵ pɛ⁴² tɕiər²⁴ nau⁴² tɕʻiaŋ⁴² kər²⁴

一挠挠出 ^H 个花媳妇儿。　 i²⁴ nau⁴² nau⁴² tʂʻuai⁰ kə⁰ xua²⁴ ɕi⁴² fər⁰

盘 ^D 那脚，坐 ^{D-0} 那椅儿，　 pʻæ⁴² na⁰ tɕyə²⁴ tsuə²¹³ na⁰ iər⁵⁵

骨朵朵嘞小红嘴儿。　 ku²⁴ tuə⁰ tuə^{55 ︱ 42} lɛ⁰ ɕiau⁵⁵ xuəŋ⁴² tsuər⁵⁵

盘 ^D、坐 ^{D-0}：动词变韵均表持续义，可分别替换为"盘着""坐着"。

骨朵朵：圆润饱满。

小白鸡儿（七）

小白鸡，挠墙根儿，　 ɕiau⁵⁵ pɛ⁴² tɕiər²⁴ nau⁴² tɕʻiaŋ⁴² kər²⁴

一挠挠出 ^H 俩罗申儿。　 i²⁴ nau⁴² nau⁴² tʂʻuai⁰ lia⁵⁵ luə⁴² ʂər²⁴

俩罗申儿，卖俩钱儿，　 lia⁵⁵ luə⁴² ʂər²⁴ mai²¹³ lia⁵⁵ tɕʻior⁴²

寻个媳妇儿生俩孩儿。　 ɕin⁴² kə⁰ ɕi⁴² fər⁰ ʂəŋ²⁴ lia⁵⁵ xor⁴²

小白鸡儿（八）

小白鸡儿，卧门墩儿，　　ɕiau⁵⁵ pɛ⁴² tɕiər²⁴ uə²¹³ mən⁴² tuər²⁴

吃面条儿，厮扁食儿。　　tʂʻʅ²⁴ mian²¹³ tʻior⁴² ə²⁴ pian⁵⁵ ʂər⁰

嘟啦一堆，嘟啦一堆儿。　　tu²⁴ la²⁴ iᵒ tsuər²⁴ tu²⁴ la²⁴ iᵒ tsuər²⁴

扁食：浚县方言对"饺子"的俗称。

小柏树

小柏树，开柏花，　　ɕiau⁵⁵ pɛ²⁴ ʂʅᵒ kʻai²⁴ pɛ²⁴ xua²⁴

轻易不住姥娘家。　　tɕʻiŋ²⁴ iᵒ pu⁴²ᐟ⁴² tʂʅ²¹³ lau⁵⁵ niaŋᵒ tɕiaᵒ

姥娘给 ᴰ俺搽胭脂儿，　　lau⁵⁵ niaŋᵒ kɛ⁵⁵ᐟ²¹³ anᵒ tʂʻa⁴² ian²⁴ tʂərᵒ

俺妗给 ᴰ俺说婆 ᶻ家。　　an⁵⁵ tɕin²¹³ kɛ⁵⁵ᐟ²¹³ anᵒ ʂɥə²⁴ pʻau⁴² tɕiaᵒ

哪儿嘞？　　nər⁵⁵ lɛᵒ

城里 ᴴ嘞，大户儿家。　　tʂʻəŋ⁴² liou⁵⁵ lɛᵒ ta²¹³ xuor²⁴ tɕiaᵒ

又有马，又有骡 ᶻ，　　iou²¹³ iou⁵⁵ᐟ⁴² ma⁵⁵ iou²¹³ iou⁵⁵ luau⁴²

又有马车走娘家。　　iou²¹³ iou⁵⁵ ma⁵⁵ tʂʻʅ²⁴ tsou⁵⁵ niaŋ⁴² tɕiaᵒ

轻易：经常。　　大户儿家：有钱有势之家。

小棒槌儿

小棒槌儿，哗啦啦，　　ɕiau⁵⁵ paŋ²¹³ tʂʻuərᵒ xua²⁴ laᵒ la²⁴

姐织布，娘纺花。　　tɕiɛ⁵⁵ tʂʅ²⁴ pu²¹³ niaŋ⁴² faŋ⁵⁵ xua²⁴

小闺女儿，打笼袱，　　ɕiau⁵⁵ kuei²⁴ nyərᵒ ta⁵⁵ luəŋ⁴² fuᵒ

扑扑啦啦十二仨。　　pʻu²⁴ pʻuᵒ la²⁴ la²⁴ ʂʅ⁴² ər²¹³ sa²⁴

笼袱：芦苇秆制成的织布用的工具；详见"爹织布 娘纺花"条。

小包袱儿

小包袱儿，四角儿叠，　　ɕiau⁵⁵ pau²⁴ fərᵒ sʅ²¹³ tɕyɤr²⁴ tie⁴²

里头包嘞大花鞋。　　li⁵⁵ tʻouᵒ pau²⁴ lɛᵒ ta²¹³ xua²⁴ ɕie⁴²

谁做嘞？娘做嘞。　　şei⁴² tsu²¹³ lɛ⁰ niaŋ⁴² tsu²¹³ lɛ⁰

见 ᴰ 谁亲？见 ᴰ 娘亲，　　tɕiæ²¹³ şei⁴² tɕ'in²⁴ tɕiæ²¹³ niaŋ⁴² tɕ'in²⁴

买个蒸馍给 ᴰ 娘分。　　mai⁵⁵ kə⁰ tʂəŋ²⁴ muə⁰ kɛ⁵⁵ ︳²¹³ niaŋ⁴² fən²⁴

俺嘞多，娘嘞少，　　an⁵⁵ nɛ⁰ tuə²⁴ niaŋ⁴² lɛ⁰ şau⁵⁵

俺娘打俺俺就跑。　　an⁵⁵ niaŋ⁴² ta⁵⁵ ︳⁴² an⁰ an⁵⁵ tɕiou²¹³ p'au⁵⁵

见 ᴰ：介词，对。

小扁嘴儿

小扁嘴儿，坑边儿卧，　　ɕiau⁵⁵ pian⁵⁵ ︳⁴² tsuər⁰ k'əŋ²⁴ pior²⁴ uə²¹³

爹挑水，娘推磨，　　tiɛ²⁴ t'iau²⁴ şuei⁵⁵ niaŋ⁴² t'uei²⁴ muə²¹³

呱呱呱，景死 ᴰ 我。　　ka²⁴ ka²⁴ ka²⁴ tɕiŋ⁵⁵ sʐə⁰ uə⁰

扁嘴儿：鸭子。　　死 ᴰ：动词变韵表加强肯定语气。

小草帽儿

小草帽儿，尖又尖，　　ɕiau⁵⁵ ︳⁴² ts'au⁵⁵ mor²¹³ tɕian²⁴ iou²¹³ tɕian²⁴

两口吃饭把门儿关。　　liaŋ⁵⁵ ︳⁴² k'ou⁵⁵ tʂ'ʅ²⁴ fan²¹³ pa²¹³ mər⁴² kuan²⁴

蝇 ᶻ⁻⁰ 去衔 ᴰ 他半颗米，　　iŋ⁴² tɕ'y²¹³ ɕiæ⁴² t'ə⁰ pan²¹³ k'ə⁰ mi⁵⁵

他一下 ᶻ 撺到太行山。　　t'a⁵⁵ i²⁴ ︳⁴² ɕiæu²¹³ nian⁵⁵ tau⁰ t'ai²¹³ xaŋ⁴² şan²⁴

太行山上有座庙，　　t'ai²¹³ xaŋ²¹³ şan²⁴ şaŋ⁰ iou⁵⁵ tsuə⁰ miau²¹³

又烧香来又祷告。　　iou²¹³ şau²⁴ ɕiaŋ²⁴ lai⁰ iou²¹³ tau⁵⁵ kau²¹³

祷告天，祷告地，　　tau⁵⁵ kau²¹³ t'ian²⁴ tau⁵⁵ kau²¹³ ti²¹³

祷告恁俩不出奇。　　tau⁵⁵ kau²¹³ nən⁵⁵ ︳⁴² lia⁵⁵ pu²⁴ tʂ'ʅ²⁴ tɕ'i⁴²

抽一签 ᶻ，算一卦，　　tʂ'ou²⁴ i⁰ tɕ'iæ²⁴ suan²⁴ i⁰ kua²¹³

恁两口回去吧。　　nən⁵⁵ liaŋ⁵⁵ ︳⁴² k'ou⁵⁵ xuei⁴² tɕ'y⁴² pa⁰

衔 ᴰ：动词变韵表完成义，可替换为"衔了"。　　不出奇：不大方，非
常容啬。

小车儿进村儿

小车儿进村儿喇叭响， ɕiau⁵⁵ tʂʻʅɣr²⁴ tɕin²¹³ tsʻuər²⁴ la⁵⁵ paº ɕiaŋ⁵⁵

来了一车乡镇长。 lai⁴² ləº i²⁴ tʂʻʅ²⁴ ɕiaŋ²⁴ tʂən²¹³ tʂaŋ⁵⁵

小嘞能喝二三斤， ɕiau⁵⁵ lɛº nəŋ⁴² xə²⁴ ər²¹³ san²⁴ tɕin²⁴

老嘞也喝七八两。 lau⁵⁵ lɛº iɛ⁵⁵ xə²⁴ tɕʻi²⁴ pa²⁴ liaŋ⁵⁵

喝：指喝酒。

小车儿一拉

小车儿一拉， ɕiau⁵⁵ tʂʻʅɣr²⁴ i²⁴ la²⁴

十块到家。 ʂʅ⁴² kʻuai²¹³ tau²¹³ tɕia²⁴

三块交公， san²⁴ ⎮ ⁴² kʻuai²¹³ tɕiau²⁴ kuaŋ²⁴

七块□花。 tɕʻi²⁴ ⎮ ⁴² kʻuai²¹³ tsʅə²¹³ xua²⁴

不怕断条， pu²⁴ ⎮ ⁴² pʻa²¹³ tuan²¹³ tʻiau⁴²

就怕嘣叭， tɕiou²¹³ pʻa²¹³ pəŋ²⁴ pʻa²⁴

嘣叭一响， pəŋ²⁴ pʻa²⁴ i²⁴ ɕiaŋ⁵⁵

腰包掏光。 iau²⁴ pau²⁴ tʻau²⁴ kuaŋ²⁴

十块：十元（人民币）。　□：自己。　条：车轮上的钢质辐条。　嘣叭：拟车胎崩爆之声。

小二姐给 ᴰ 姐夫嘞爹吊孝

哭声姐嘞公公姐夫爹， kʻu²⁴ ʂəŋ²⁴ tɕiɛ⁵⁵ ləº kuəŋ²⁴ kuəŋº tɕiɛ⁵⁵ fuº tiɛ²⁴

哭声外甥孩儿他爷， kʻu²⁴ ʂəŋ²⁴ uai²¹³ ʂəŋ²⁴ xor⁴² tʻaº iɛ⁴²

叽溜咣当哭二大爷。 tɕi⁴² liouº kuaŋ²⁴ taŋ²⁴ kʻu²⁴ ər²¹³ ta²¹³ iɛº

大姐忙把二姐劝： ta²¹³ tɕiɛ⁵⁵ maŋ⁴² pa²¹³ ər²¹³ tɕiɛ⁵⁵ tɕʻyan²¹³

"甭哭了，甭哭了， piŋ⁴² kʻu²⁴ ləº piŋ⁴² kʻu²⁴ ləº

不哭他个死肉鳖。" pu²⁴ kʻu²⁴ tʻaº kəº ʂʅ⁵⁵ ʐou²¹³ piɛ²⁴

姐夫闻听心不快： tɕiɛ⁵⁵ fuº uən⁴² tʻiŋ²⁴ ɕin²⁴ pu²⁴ ⎮ ⁴² kʻuai²¹³

"不哭不哭不哭罢， pu²⁴ kʻu²⁴ pu²⁴ kʻu²⁴ pu²⁴ kʻu²⁴ pa²¹³

你不可灵前卷俺爹。"　　ni⁵⁵ pu²⁴ k'ə⁵⁵ liŋ⁴² tɕ'ian⁴² tɕyan⁵⁵ ⏐ ⁴² an⁰ tiɛ²⁴

和尚说 ①：　　xuə⁴² tʂ'æŋ⁰ ʂʮə²⁴

"二姐嘞头，二姐嘞脚，　　ər²¹³ tɕiɛ⁵⁵ lɛ⁰ t'ou⁴² ər²¹³ tɕiɛ⁵⁵ lɛ⁰ tɕyə²⁴

二姐长嘞真不错。"　　ər²¹³ tɕiɛ⁵⁵ tʂaŋ⁵⁵ lɛ⁰ tʂən²⁴ pu⁰ ts'uə²¹³ ⏐ ²⁴

二姐一听心好恼：　　ər²¹³ tɕiɛ⁵⁵ i²⁴ t'iŋ²⁴ ɕin²⁴ xau⁵⁵ ⏐ ⁴² nau⁵⁵

"今 ᴰ 个恁二姨来吊孝，　　tɕiɛ²⁴ kə⁰ nən⁵⁵ ər²¹³ i⁴² lai⁴² tiau²¹³ ɕiau²¹³

你跟 ᴰ 恁二姨玩儿不着。"　　ni⁵⁵ kɛ²⁴ nən⁵⁵ ər²¹³ i⁴² uor⁴² pu²⁴ tʂuə⁴²

吊孝：指灵前祭奠。　　叽溜吭当：拟声词，这里指哭声如车轮滚动之声。　　肉鳖：被戴了绿帽子的人；用作骂人之语。　　罢：完毕，结束。　　卷：骂。　　"错"无规则变调。　　玩儿：开玩笑；"玩儿不着"即不能开玩笑。

小二妮儿

小二妮儿，刨茅根儿，　　ɕiau⁵⁵ ər²¹³ niər²⁴ p'au⁴² mau⁴² kər²⁴

刨嘞茅根儿喂驴驹儿。　　p'au⁴² lɛ⁰ mau⁴² kər²⁴ uei²¹³ ly⁴² tɕyər²⁴

驴驹儿长大了，　　ly⁴² tɕyər²⁴ tʂaŋ⁵⁵ ta²¹³ lə⁰

二妮儿出嫁了。　　ər²¹³ niər²⁴ tʂ'ʮ²⁴ tɕia⁰ lə⁰

爹也哭，娘也哭，　　tiɛ²⁴ iɛ⁰ k'u²⁴ niaŋ⁴² iɛ⁰ k'u²⁴

她玛扒住驴屁股。　　t'a⁵⁵ ⏐ ⁴² ma⁵⁵ pa²⁴ tʂʮ⁰ ly⁴² p'i²¹³ ku⁰

茅根：茅草之茎状根，色白味甘。

小风匣

小风匣 ②，呼嗒嗒，　　ɕiau⁵⁵ fəŋ²⁴ ɕiɛ⁰ xu²⁴ ta⁰ ta⁰

里头坐 ᴰ⁻⁰ 她姊妹仨。　　li⁵⁵ t'ou⁰ tsuə²¹³ t'a⁰ tsʮ⁴² mei²¹³ sa²⁴

大嘞会绣枕头顶 ③，　　ta²¹³ lɛ⁰ xuei²¹³ ɕiou²¹³ tʂən²¹³ t'ou⁰ tiŋ⁵⁵

---

① 意思是说一个正在念经的和尚想调戏二姐，说了下边两句。
② 风匣：风箱。
③ 枕头顶：旧时的枕头多为长圆形或长方形，两端的立面称为"枕头顶"，也叫"枕头花儿"或"枕头画"。枕头顶一般半尺见方，多用丝、绒、棉等各种彩色线，绣成"福寿双全""狮子滚绣球""五子连科""麒麟送子"以及花卉、鸟兽、风景、人（转下页注）

二嘞会绣牡丹花。　　ər²¹³ lɛ⁰ xuei²¹³ ɕiou²¹³ mu⁵⁵ tan⁰ xua²⁴

剩 ᴰ 个三妮 ᶻ 不会绣，　　ʂo²¹³ kə⁰ san²⁴ niːau²⁴ pu²⁴ ｜ ⁴² xuei²¹³ ɕiou²¹³

提着毛篮 ᶻ 去摘花 ①。　　tʻi⁴² tʂʅ⁰ mau⁴² læ⁴² tɕʻy²¹³ tʂɛ²⁴ xua²⁴

一摘摘到地南头儿，　　i²⁴ tʂɛ²⁴ tʂɛ²⁴ tau⁰ ti²¹³ nan⁴² tʻər⁴²

摘出 ᴴ 一个大西瓜。　　tʂɛ²⁴ tʂʻuai²⁴ ｜ ⁵⁵ i²⁴ ｜ ⁴² kə⁰ ta²¹³ ɕi²⁴ kua⁰

抱着西瓜走娘家，　　pu²¹³ tʂʅ⁰ ɕi²⁴ kua⁰ tsou⁵⁵ niaŋ⁴² tɕia⁰

娘家有个大黄狗，　　niaŋ⁴² tɕia⁰ iou⁵⁵ kə⁰ ta²¹³ xuaŋ⁴² kou⁵⁵

不咬屁股都咬手，　　pu²⁴ iau⁵⁵ pʻi²¹³ ku⁰ tou⁰ iau⁵⁵ ｜ ⁴² ʂou⁵⁵

一辈 ᶻ 也不往娘家走。　　i²⁴ ｜ ⁴² pɛau²¹³ iɛ⁵⁵ pu²⁴ uaŋ⁵⁵ niaŋ⁴² tɕia⁰ tsou⁵⁵

坐 ᴰ⁻⁰：坐着，动词变韵表持续义。　　剩 ᴰ：动词变韵表完成义，可替换为"剩了"。

小擀杖儿（一）

小擀杖儿，两头儿尖，　　ɕiau⁵⁵ ｜ ⁴² kan⁵⁵ tʂɐr⁰ liaŋ⁵⁵ tʻər⁴² tɕian²⁴

奶奶领 ᴰ 俺上南山；　　nai⁵⁵ nai⁰ lio⁵⁵ an⁰ ʂaŋ²¹³ nan⁴² ʂan²⁴

南山有个老奶庙，　　nan⁴² ʂan²⁴ iou⁵⁵ kə⁰ lau⁵⁵ ｜ ²⁴ nɛ⁵⁵ miau²¹³

远近香客都知道。　　yan⁵⁵ tɕin²¹³ ɕiaŋ²⁴ kɛ⁰ tou²⁴ tʂʅ²⁴ ｜ ⁴² tau²¹³

烧把香，敬敬神儿，　　ʂau²⁴ pa⁵⁵ ɕiaŋ²⁴ tɕiŋ²¹³ tɕiŋ⁰ ʂər⁴²

给 ᴰ 小妮儿找个意中人儿。　　kɛ⁵⁵ ｜ ²¹³ ɕiau⁵⁵ niər²⁴ tʂau⁵⁵ kə⁰ i²¹³ tʂuaŋ²⁴ zər⁴²

初二定好儿初三娶，　　tʂʻu²⁴ ər²¹³ tiŋ²¹³ xor⁵⁵ tʂʻu²⁴ san²⁴ tɕʻy⁵⁵

嘀嘀嗒嗒娶过门儿。　　ti²⁴ ti⁰ ta²⁴ ta²⁴ tɕʻy⁵⁵ kuə²¹³ mər⁴²

过上三年并两载，　　kuə²¹³ ʂaŋ⁰ san²⁴ nian⁴² piŋ²¹³ liaŋ⁵⁵ ｜ ⁴² tsai⁵⁵

生下一个小外甥儿。　　ʂəŋ²⁴ ɕia⁰ i²⁴ ｜ ⁴² kə²¹³ ɕiau⁵⁵ uai²¹³ ʂər⁰

全家欢喜谢奶奶，　　tɕʻyan⁴² tɕia²⁴ xuan²⁴ ɕiː⁵⁵ ɕiɛ²¹³ nai⁵⁵ nai⁰

（接上页注③）物、文字等吉祥喜庆的图案。近几十年，随着生活方式的巨大变化，长圆形或长方形枕头基本上销声匿迹，取而代之的是由枕芯、枕套组成的扁形枕头，花花绿绿的枕头顶子也淡出了人们的视野，只有在农家老屋里、极个别年长者的床铺上，偶尔还能见到。

① 花：在浚县方言中专指棉花。

奶奶早都进了坟儿。　　nai⁵⁵ nai⁰ tsau⁵⁵ tou⁰ tɕin²¹³ liau⁰ fər⁴²

领 ᴰ：领着，动词变韵表持续义。　南山：浮丘山。　老奶庙：浮丘山碧霞宫。　香客：去寺庙烧香的人。　定好儿：择定吉日。　嘀嘀嗒嗒：指鸣炮奏乐。

小擀杖儿（二）

小擀杖儿，两头儿尖，　　ɕiau⁵⁵ ˈ⁴² kan⁵⁵ tʂɐr⁰ liaŋ⁵⁵ tʻər⁴² tɕian²⁴

打罢日本打汉奸。　　ta⁵⁵ pa²¹³ zʅ²¹³ pən⁰ ta⁵⁵ xan²¹³ tɕian²⁴

打嘞日本回家转，　　ta⁵⁵ lɛ⁰ zʅ²¹³ pən⁰ xuei⁴² tɕia²⁴ tʂuan⁵⁵

打嘞汉奸没头儿窜。　　ta⁵⁵ lɛ⁰ xan²¹³ tɕian²⁴ mu⁴² tʻər⁰ tsʻuan²⁴

没头儿窜：无处可逃。

小公鸡儿（一）

小公鸡儿，上草垛，　　ɕiau⁵⁵ kuəŋ²⁴ tɕiər⁰ ʂaŋ²¹³ tsʻau⁵⁵ tuə²¹³

没娘嘞孩儿真难过。　　mu⁴² niaŋ⁴² lɛ⁰ xor⁴² tʂən²⁴ nan⁴² kuə²¹³

跟 ᴰ 爹睡，爹打我；　　kɛ²⁴ tiɛ²⁴ ʂei²¹³ tiɛ²⁴ ta⁵⁵ ˈ⁴² uə⁰

跟 ᴰ 爷睡，爷罚我；　　kɛ²⁴ iɛ⁴² ʂei²¹³ iɛ⁴² fa⁴² uə⁰

俺□睡，狗咬脚；　　an⁵⁵ tsʅə²¹³ ʂei²¹³ kou⁵⁵ ˈ⁴² iau⁵⁵ tɕyə²⁴

拿个小棍儿戳戳戳。　　na⁴² kə⁰ ɕiau⁵⁵ kuər²¹³ tʂʻuə⁴² tʂʻuə⁴² tʂʻuə⁴²

难过：时日艰难。　□：自己。

小公鸡儿（二）

小公鸡儿，一头花，　　ɕiau⁵⁵ kuəŋ²⁴ tɕiər⁰ i²⁴ tʻou⁴² xua²⁴

白日儿叨食在农家，　　pɛ⁴² iər⁰ tau²⁴ ʂʅ⁴² tsai²¹³ nuəŋ⁴² tɕia²⁴

黑价卧在树枝 ᶻ 上，　　xɛ²⁴ tɕia⁰ uə²¹³ tsai⁰ ʂʅ²¹³ tʂʅau²⁴ ʂaŋ²⁴

大树小树是它家。　　ta²¹³ ʂʅ²¹³ ɕiau⁵⁵ ʂʅ²¹³ ʂʅ²¹³ tʻa⁵⁵ tɕia²⁴

小姑儿出嫁

豇豆角儿，两头儿爹，　　tɕiaŋ²⁴ tou⁰ tɕyɤr²⁴ liaŋ⁵⁵ t'ər⁴² tʂa²¹³

盘头闺女要出嫁。　　p'an⁴² t'ou⁴² kuei²⁴ ny⁰ iau²¹³ tʂ'ʅ²⁴ tɕia²¹³

爹爹哭嘞娇养女，　　tiɛ²⁴ tiɛ⁰ k'u²⁴lɛ⁰ tɕiau²⁴ iaŋ⁰ ny⁵⁵

亲娘哭嘞一枝花，　　tɕ'in²⁴ niaŋ⁴² k'u²⁴lɛ⁰ i²⁴ tʂʅ²⁴ xua²⁴

哥哥哭嘞小妹妹，　　kə⁵⁵ kə⁰ k'u²⁴lɛ⁰ ɕiau⁵⁵ mei²¹³ mei⁰

嫂嫂哭嘞小姑儿出嫁谁当家。　　sau⁵⁵ sau⁰ k'u²⁴lɛ⁰ ɕiau⁵⁵ kuər⁰ tʂ'ʅ²⁴ tɕia⁰ ʂei⁴² taŋ²⁴ tɕia²⁴

爹：张开。　　盘头：把头发盘成发髻。

小闺女儿　戴银坠儿

小闺女儿，戴银坠儿，　　ɕiau⁵⁵ kuei²⁴ nyər⁰ tai²¹³ in⁴² tʂuər²¹³

一熬熬成个小媳妇儿；　　i²⁴ au⁴² au⁴² tʂ'əŋ⁰ kə⁰ ɕiau⁵⁵ ɕi⁴² fər⁰

小媳妇儿，戴手镯儿，　　ɕiau⁵⁵ ɕi⁴² fər⁰ tai²¹³ ʂou⁵⁵ tʂuor⁴²

一熬熬成个小老婆儿；　　i²⁴ au⁴² au⁴² tʂ'əŋ⁰ kə⁰ ɕiau⁵⁵ lau⁵⁵｜²⁴ p'or⁴²

小老婆儿，拄拐棍儿，　　ɕiau⁵⁵ lau⁵⁵｜²⁴ p'or⁴² tʂʅ⁵⁵｜⁴² kuai⁵⁵ kuər⁰

一熬熬成个墓孤堆儿。　　i²⁴ au⁴² au⁴² tʂ'əŋ⁰ kə⁰ mu²¹³ ku²⁴ tsuər⁰

小闺女儿：小姑娘。　　墓孤堆儿：坟堆儿。

小孩儿睡　娘□碓

小孩儿睡，娘□碓；　　ɕiau⁵⁵ xor⁴² ʂei²¹³ niaŋ⁴² tɕ'yə²⁴ tuei²¹³

小孩儿醒，娘擀饼；　　ɕiau⁵⁵ xor⁴² ɕiŋ⁵⁵ niaŋ⁴² kan⁵⁵｜⁴² piŋ⁵⁵

小孩儿瞌，娘蒸馍；　　ɕiau⁵⁵ xor⁴² k'ə⁴² niaŋ⁴² tʂəŋ²⁴ muə⁴²

小孩儿哭，娘杀猪；　　ɕiau⁵⁵ xor⁴² k'u²⁴ niaŋ⁴² ʂa²⁴ tʂʅ²⁴

小孩儿号，娘变猫；　　ɕiau⁵⁵ xor⁴² xau⁴² niaŋ⁴² pian²¹³ mau⁴²

小孩儿笑，娘坐轿。　　ɕiau⁵⁵ xor⁴² ɕiau²¹³ niaŋ⁴² tsuə²¹³ tɕiau²¹³

此为哄小孩儿睡觉的"摇篮曲"，"小孩儿"又作"娃娃"。　　□碓：用白锤在石臼里舂米。

小孩儿小孩儿都来玩

小孩儿小孩儿都来玩儿，　　çiau⁵⁵ xor⁴² çiau⁵⁵ xor⁴² tou²⁴ lai⁴² uor⁴²

一把金，两把钱儿。　　i²⁴ pa⁵⁵ tçin²⁴ liaŋ⁵⁵ ⎸⁴² pa⁵⁵ tç'ior⁴²

给你小钱儿你不要，　　kei⁵⁵ ⎸⁴² ni⁰ çiau⁵⁵ tç'ior⁴² ni⁵⁵ pu²⁴ ⎸⁴² iau²¹³

给你大钱儿买核桃。　　kei⁵⁵ ⎸⁴² ni⁰ ta²¹³ tç'ior⁴² mai⁵⁵ xɛ⁴² t'au⁰

小孩儿小孩儿上井台儿

小孩儿小孩儿上井台儿，　　çiau⁵⁵ xor⁴² çiau⁵⁵ xor⁴² şaŋ²¹³ tçiŋ⁵⁵ t'or⁴²

摔个跟头拾个钱儿。　　şuai²⁴ kə⁰ kən²⁴ t'ou⁰ şʅ⁴² kə⁰ tç'ior⁴²

又打醋，又买盐儿，　　iou²¹³ ta⁵⁵ ts'u²¹³ iou²¹³ mai⁵⁵ ior⁴²

又娶媳妇儿又过年儿。　　iou²¹³ tç'y⁵⁵ çi⁴² fər⁰ iou²¹³ kuə²¹³ nior⁴²

打醋：买醋。

小黑孩儿

小黑孩儿，　　çiau⁵⁵ xɛ²⁴ xor⁴²

上庙台儿；　　şaŋ²¹³ miau²¹³ t'or⁴²

庙台儿高，　　miau²¹³ t'or⁴² kau²⁴

跘住他嘞腰。　　pan⁵⁵ tşʅ⁰ t'a⁵⁵ lɛ⁰ iau²⁴

他娘在家哭娇娇，　　t'a⁵⁵ niaŋ⁴² kai²¹³ tçia²⁴ k'u²⁴ tçiau²⁴ tçiau⁰

他爹在街里 ᴴ 叫宝宝。　　t'a⁵⁵ tie²⁴ kai²¹³ tçiɛ²⁴ liou⁰ tçiau²¹³ pau⁵⁵ ⎸⁴² pau⁰

跘：摔。

小河流水哗啦啦

小河流水哗啦啦，　　çiau⁵⁵ xə⁴² liou⁴² şuei⁵⁵ xua²⁴ la⁰ la²⁴

我和奶奶去摘花。　　uə⁵⁵ xə⁴² nai⁵⁵ nai⁵⁵ tç'y²¹³ tşɛ²⁴ xua²⁴

奶奶摘了八斤半，　　nai⁵⁵ nai⁰ tşɛ²⁴ lə⁰ pa²⁴ tçin²⁴ pan²¹³

我摘了一朵马兰花。　　uə⁵⁵ tşɛ²⁴ lə⁰ i²⁴ tuə⁵⁵ ma⁵⁵ lan⁴² xua²⁴

一朵，两朵，三朵， i²⁴ tuə⁵⁵ liaŋ⁵⁵ | ⁴² tuə⁵⁵ san²⁴ tuə⁵⁵
采四朵，采五朵。 tsʻai⁵⁵ sʅ²¹³ tuə⁵⁵ tsʻai⁵⁵ u⁵⁵ | ⁴² tuə⁵⁵
…… ……

此为儿童跳皮筋歌谣。

小花狗（一）

小花狗，戴铃铛， ɕiau⁵⁵ xua²⁴ kou⁵⁵ tai²¹³ liŋ⁴² taŋ⁰
一蹦一跳到ᴰ集上。 i²⁴ | ⁴² pəŋ²¹³ i²⁴ | ⁴² tʻiau²¹³ to²¹³ tɕi⁴² ʂaŋ⁰
想ᴰ吃桃，桃有毛； ɕiæŋ⁵⁵ tʂʻʅ²⁴ tʻau⁴² tʻau⁴² iou⁵⁵ mau⁴²
想ᴰ吃杏，杏儿酸； ɕiæŋ⁵⁵ tʂʻʅ²⁴ ɕiŋ²¹³ ɕiŋ²¹³ ər⁰ suan²⁴
吃个花红面① 丹丹。 tʂʻʅ²⁴ kə⁰ xua²⁴ xuəŋ⁰ mian²¹³ tan²⁴ tan²⁴
想ᴰ吃苹果下河南， ɕiæŋ⁵⁵ tʂʻʅ²⁴ pʻiŋ⁴² kuə⁰ ɕia²¹³ xə⁴² nan⁴²
想ᴰ吃甜瓜上瓜园。 ɕiæŋ⁵⁵ tʂʻʅ²⁴ tʻian⁴² kua⁰ ʂaŋ²¹³ kua²⁴ yan⁴²

到ᴰ：到了，动词变韵表完成义。 集：集市，集镇。 想ᴰ：动词变韵表加强肯定语气。 花红：又名沙果、文林果、联珠果等，是蔷薇科植物林檎的果实。 面丹丹：状态形容词，"丹丹"为叠音后缀。 下/上：去、到（某个地方）。

小花狗（二）

小花狗，汪汪叫。 ɕiau⁵⁵ xua²⁴ kou⁵⁵ uaŋ²⁴ uaŋ²⁴ tɕiau²¹³
谁来了？俺姥姥。 ʂei⁴² lai⁴² lə⁰ an⁵⁵ | ⁴² lau⁵⁵ lau⁰
穿嘞啥？新棉袄。 tʂʻuan²⁴ nɛ⁰ ʂa⁵⁵ ɕin²⁴ mian⁴² au⁰
扛嘞啥？鸡蛋糕。 kʻuai⁵⁵ lə⁰ ʂa⁵⁵ tɕi²⁴ tan⁰ kau²⁴
我给ᴰ姥姥倒碗水， uə⁵⁵ kɛ⁵⁵ | ²¹³ lau⁵⁵ lau⁰ tau²¹³ uan⁰ ʂuei⁵⁵
姥姥夸我好宝宝。 lau⁵⁵ lau⁰ kʻua²⁴ uə⁰ xau⁵⁵ pau⁵⁵ | ⁴² pau⁰

① 面：浚县话中一个常用义项为"食物绵软酥松的口感"，如"面南瓜""面红薯"等。

小花狗（三）

小花狗，汪汪叫。　çiau⁵⁵ xua²⁴ kou⁵⁵ uaŋ²⁴ uaŋ²⁴ tçiau²¹³

谁来了？他姥姥。　ṣei⁴² lai⁴² lə⁰ t'a⁵⁵ | ⁴² lau⁵⁵ lau⁰

扤嘞啥？干软枣 ①　。　k'uai⁵⁵ lɛ⁰ ṣa⁵⁵ kan²⁴ ẓuan⁵⁵ tsau⁰

想 ᴰ 吃吧，咬不动；　çiæŋ⁵⁵ tṣ'ʅ²⁴ pa⁰ iau⁵⁵ pu²⁴ | ⁴² tuəŋ²¹³

馏馏吧，那刚好。　liou²¹³ liou⁰ pa⁰ na²¹³ kaŋ²⁴ xau⁵⁵

想 ᴰ：动词变韵表加强肯定语气。

小花猫（一）

小花猫，咪咪叫，　çiau⁵⁵ xua²⁴ mau⁴² mi²⁴ mi²⁴ tçiau²¹³

它去□老鼠，　t'a⁵⁵ tç'y²¹³ k'ɛ⁴² lau⁵⁵ | ⁴² ṣʅ⁰

老鼠一见就跑了。　lau⁵⁵ | ⁴² ṣʅ⁰ i²⁴ | ⁴² tçian²¹³ tçiou²¹³ p'au⁵⁵ liau⁰

大花猫，　ta²¹³ xua²⁴ mau⁴²

一声也不叫，　i²⁴ ṣəŋ²⁴ iɛ⁵⁵ pu²⁴ | ⁴² tçiau²¹³

轻轻走，轻轻跑，　tç'iŋ²⁴ tç'iŋ²⁴ tsou⁵⁵ tç'iŋ²⁴ tç'iŋ²⁴ p'au⁵⁵

上前猛一跳，　ṣaŋ²¹³ tç'ian⁴² məŋ⁵⁵ i⁰ t'iau²¹³

就把老鼠□住了。　tçiou²¹³ pa²¹³ lau⁵⁵ | ⁴² ṣʅ⁰ k'ɛ⁴² tṣʅ⁰ liau⁰

□：捉，逮。

小花猫（二）

小花猫，咪咪叫，　çiau⁵⁵ xua²⁴ mau⁴² mi²⁴ mi²⁴ tçiau²¹³

不去□老鼠，　pu²⁴ | ⁴² tçy²¹³ k'ɛ⁴² lau⁵⁵ | ⁴² ṣʅ⁰

光会睡大觉，　kuaŋ²⁴ | ⁴² xuei²¹³ ṣei²¹³ t'a²¹³ tçiau²¹³

人人都说它不好。　ẓən⁴² ẓən⁰ tou²⁴ ṣʅə²⁴ t'a⁵⁵ pu²⁴ xau⁵⁵

□：捉，逮。

---

① 软枣：学名"君迁子"，别名"黑枣、野柿子、小柿子"等，柿科、柿属落叶乔木，果
　实近球形或椭圆形，直径 1~2 厘米，初熟时为淡黄色，成熟时变为蓝黑色，常带有白色
　薄蜡层。

小花猫（三）

小花猫，上学校，　　ɕiau⁵⁵ xua²⁴ mau⁴² ʂaŋ²¹³ ɕyə⁴² ɕiau²¹³

老师讲课它睡觉。　　lau⁵⁵ ʂʅ²⁴ tɕiaŋ⁵⁵ kʻə²¹³ tʻa⁵⁵ ʂei²¹³ tɕiau²¹³

左耳朵 ① 听，　　tsuə⁵⁵ ⁴² ər⁵⁵ tor⁰ tʻiŋ²⁴

右耳朵冒，　　iou²¹³ ər⁵⁵ tor⁰ mau²¹³

你说可笑不可笑。　　ni⁵⁵ ʂɥə⁰ kʻə⁵⁵ ɕiau²¹³ pu²⁴ kʻə⁵⁵ ɕiau²¹³

小花猫（四）

小花猫，屋挛头，　　ɕiau⁵⁵ xua²⁴ mau⁴² u²⁴ luan⁰ tʻou⁴²

骑着白马上高楼；　　tɕʻi⁴² tʂʅ⁰ pɛ⁴² ma⁵⁵ ʂaŋ²¹³ kau²⁴ lou⁴²

上去高楼瞧俺家，　　ʂaŋ²¹³ tɕʻy⁰ kau²⁴ lou⁴² tɕʻiau⁴² an⁵⁵ tɕia²⁴

俺家条件儿也不差。　　an⁵⁵ tɕia²⁴ tʻiau⁴² tɕior²¹³ iɛ⁵⁵ pu²⁴ tʂʻa²⁴

前头院ᶻ里石榴树，　　tɕian⁴² tʻou⁰ yæ²¹³ li⁰ ʂʅ⁴² liou⁰ ʂʅ²¹³

后头院ᶻ里牡丹花；　　xou²¹³ tʻou⁰ yæ²¹³ li⁰ mu⁵⁵ tan⁰ xua²⁴

牡丹花儿上一点儿油，　　mu⁵⁵ tan⁰ xuɐr²⁴ ʂaŋ⁰ i²⁴ tior⁵⁵ iou⁴²

大姐二姐来梳头。　　ta²¹³ tɕiɛ⁵⁵ ər²¹³ tɕiɛ⁵⁵ lai⁴² ʂu²⁴ tʻou⁴²

大姐梳嘞盘龙髻，　　ta²¹³ tɕiɛ⁵⁵ ʂu²⁴ lɛ⁰ pʻan⁴² luən⁴² tɕi²⁴

二姐梳嘞转花儿楼；　　ər²¹³ tɕiɛ⁵⁵ ʂu²⁴ lɛ⁰ tʂuan²¹³ xuɐr²⁴ lou⁴²

掉ᴰ个三姐没啥儿梳，　　tio²¹³ kə⁰ san²⁴ tɕiɛ⁵⁵ mu⁴² ʂɐr²¹³ ʂu²⁴

梳ᴰ个狮子滚绣球。　　ʂuə²⁴ kə⁰ ʂʅ²⁴ tsʅ⁰ kuən⁵⁵ ɕiou²¹³ tɕʻiou⁴²

一滚滚到黄河里ᴴ，　　i²⁴ kuən⁵⁵ kuən⁵⁵ tau⁰ xuaŋ⁴² xə⁴² liou⁰

挡住黄河水不流。　　taŋ⁵⁵ tʂʅ⁰ xuaŋ⁴² xə⁴² ʂuei⁵⁵ pu²⁴ liou⁴²

屋挛:（毛发）卷曲。　掉ᴰ:（其他人除外），剩余；动词变韵表完成义，可替换为"掉了"。　梳ᴰ:梳了，动词变韵表完成义。

小姐送饭

□ᴰ起ᴰ起来冷飕飕，　　tɕʻiæŋ²⁴ tɕʻiɛ⁵⁵ tɕʻi⁵⁵ lai⁰ ləŋ⁵⁵ sou⁰ sou⁰

_____

① 浚县方言"耳朵"本音为"ər⁵⁵ tau⁰"，儿化音变为"ər⁵⁵ tor⁰"。

遇见个短工儿扛锄勾。　　y²¹³ tɕian⁰ kə⁰ tuan⁵⁵ kuər⁰ k'aŋ⁵⁵ tʂ'u⁴² kou²⁴

一起走到地头儿起，　　i²⁴ tɕ'i⁵⁵ tsou⁵⁵ tau⁰ ti²¹³ t'ər⁴² tɕ'i⁰

一锄三垄儿把苗儿留。　　i²⁴ tʂ'u⁴² san²⁴ lyər⁵⁵ pa²¹³ mior⁴² liou⁴²

锄了草儿，把苗儿留，　　tʂ'u⁴² liau⁰ tsor⁵⁵ pa²¹³ mior⁴² liou⁴²

想要歇歇坐地头儿。　　ɕian⁵⁵ iau²¹³ ɕiɛ²⁴ ɕiɛ⁰ tsuə²¹³ ti²¹³ t'ər⁴²

□有草帽儿坐草帽儿，　　iæ⁴² iou⁵⁵ ts'au⁵⁵ mor²¹³ tsuə²¹³ ts'au⁵⁵ mor²¹³

我没草帽儿坐锄勾。　　uə⁵⁵ mu⁴² ts'au⁵⁵ mor²¹³ tsuə²¹³ tʂ'u⁴² kou²⁴

锄地不是容易嘞，　　tʂ'u⁴² ti²¹³ pu²⁴ |⁴² ʂʅ²¹³ yŋ⁴² i⁰ lɛ⁰

脊梁 ᶻ 沟里 ᴴ 流黄油。　　tɕi²⁴ |⁴² niæŋ²¹³ kou²⁴ liou⁰ liou⁴² xuaŋ⁴² iou⁴²

短工儿抬起头来看，　　tuan⁵⁵ kuər⁰ t'ai⁴² tɕ'i⁰ t'ou⁴² lai⁴² k'an²¹³

□ ᴴ 地儿来到西南头。　　ʐou²⁴ tiər²¹³ lai⁴² tau²¹³ ɕi²⁴ nan⁴² t'ou⁴²

这个说：　　tʂʅ̩ə⁵⁵ kə⁰ ʂ̩uə²⁴

再迟一会儿不送饭，　　tsai²¹³ tʂ'ʅ̩⁴² i²⁴ |⁴² xuər²¹³ pu²⁴ |⁴² suəŋ²¹³ fan²¹³

连苗儿带草儿掀劲儿搂。　　lian⁴² mior⁴² tai²¹³ tsor⁵⁵ iɛ²⁴ tɕiər²¹³ lou²⁴

短工儿抬起头来看，　　tuan⁵⁵ kuər⁰ t'ai⁴² tɕ'i⁰ t'ou⁴² lai⁴² k'an²¹³

那不是 ①，　　na²¹³ pu⁰ ʂʅ²¹³

送饭嘞人露了头。　　suəŋ²¹³ fan²¹³ lɛ⁰ ʐən⁴² lou²¹³ liau⁰ t'ou⁴²

送饭嘞不是掌柜男子汉，　　suəŋ²¹³ fan²¹³ nɛ⁰ pu²⁴ |⁴² ʂʅ²¹³ tʂaŋ⁵⁵ kuei²¹³ nan⁴²

tsʅ̩⁰ xan²¹³

二八个小妮儿女姣流。　　ər²¹³ pa²⁴ kə⁰ ɕiau⁵⁵ niər²⁴ ny⁵⁵ tɕiau²⁴ liou⁴²

小姐送饭喊一声，　　ɕiau⁵⁵ |⁴² tɕiɛ⁰ suəŋ²¹³ fan²¹³ xan⁵⁵ i⁰ ʂəŋ²⁴

慌嘞短工儿扎锄勾。　　xuaŋ²⁴ lɛ⁰ tuan⁵⁵ kuər⁰ tʂa²⁴ tʂ'u⁴² kou²⁴

掀开篮子看一看，　　ɕian²⁴ kai²⁴ lan⁴² tsʅ̩⁰ k'an²¹³ i⁰ k'an²¹³

小白饼儿卷腊肉，　　ɕiau⁵⁵ pɛ⁴² piər⁵⁵ tɕyan⁵⁵ la²⁴ ʐou²¹³

大米干饭肉浇头，　　ta²¹³ mi⁵⁵ kan²⁴ fan⁰ ʐou²¹³ tɕiau²⁴ t'ou⁴²

细米白汤丢 ᴰ 豇豆，　　ɕi²¹³ mi⁵⁵ pɛ⁴² t'aŋ⁰ tio²⁴ tɕiaŋ²⁴ tou⁰

黄豆芽儿使 ᴰ 醋溜。　　xuaŋ⁴² tou²¹³ iər⁴² ʂʅ̩ə⁵⁵ ts'u²¹³ liou²⁴

这个又是抢大碗，　　tʂʅ̩ə⁵⁵ kə⁰ iou²¹³ ʂʅ̩⁰ tɕ'iaŋ⁵⁵ ta²¹³ uan⁵⁵

---

① 那不是：提示语，相当于"那不，正好来了。"

那个又是拉勺 ^Z 头。　　na²¹³ kə⁰ iou²¹³ ʂʅ⁰ la²⁴ ʂuau⁴² t'ou⁴²

这个说：　　tʂʅə⁵⁵ kə⁰ ʂɥə²⁴

吃个小白饼儿卷腊肉，　　tʂ'ʅ²⁴ kə⁰ ɕiau⁵⁵ pɛ⁴² piɚ⁵⁵ tɕyan⁵⁵ la²⁴ ʐou²¹³

那个说：　　na²¹³ kə⁰ ʂɥə²⁴

吃碗大米干饭肉浇头；　　tʂ'ʅ²⁴ uan⁰ ta²¹³ mi⁵⁵ kan²⁴ fan⁰ ʐou²¹³ tɕiau²⁴ t'ou⁴²

这个说：　　tʂʅə⁵⁵ kə⁰ ʂɥə²⁴

喝碗细米白汤丢豇豆，　　xə²⁴ uan⁰ ɕi²¹³ mi⁵⁵ pɛ⁴² t'aŋ⁰ tiou²⁴ tɕian²⁴ tou⁰

那个说：　　na²¹³ kə⁰ ʂɥə²⁴

吃个黄豆芽儿使 ^D 醋溜。　　tʂ'ʅ²⁴ kə⁰ xuaŋ⁴² tou²¹³ iɚ⁴² ʂʅə⁵⁵ ts'u²¹³ liou²⁴

正是短工儿来抢饭，　　tʂəŋ²¹³ ʂʅ⁰ tuan⁵⁵ kuɚ⁰ lai⁴² tɕ'iaŋ⁵⁵ fan²¹³

喀嚓咬住手指头。　　k'ɛ²⁴ tʂ'a⁰ iau⁵⁵ tʂʅ⁰ ʂou⁵⁵ tʂʅ⁵⁵ ⌐ ⁴² t'ou⁰

只听喀嚓一声响，　　tʂʅ²⁴ t'iŋ²⁴ k'ɛ²⁴ tʂ'a²⁴ i²⁴ ʂəŋ²⁴ ɕiaŋ⁵⁵

咕嘟嘟鲜血往外流。　　ku²⁴ tu⁰ tu⁵⁵ ⌐ ⁴² ɕian²⁴ ɕiɛ²⁴ uaŋ⁵⁵ uai²¹³ liou⁴²

小姐闻听咬牙恨，　　ɕiau⁵⁵ ⌐ ⁴² tɕiɛ⁰ uən⁴² t'iŋ²⁴ iau⁵⁵ ia⁴² xən²¹³

该，该，该，　　kai²⁴ kai²⁴ kai²⁴

疼死 ^D 恁个扒灰头！　　t'əŋ⁴² ʂə⁰ nən⁵⁵ kə⁰ pa²⁴ xuei⁰ t'ou⁴²

我要是一天三遍来送饭，　　uə⁵⁵ iau²¹³ ʂʅ⁰ i²⁴ t'ian²⁴ san²⁴ ⌐ ⁴² pian²¹³ lai⁴² suəŋ²¹³
fan²¹³

叫恁个个儿都没手指头。　　tɕiau²¹³ nən⁵⁵ kə²¹³ kɤ⁰ tou²⁴ mu⁴² ʂou⁵⁵ tʂʅ⁵⁵ ⌐ ⁴² t'ou⁰

□ ^D 起 ^D：清早，早晨。　短工儿：短期受雇用的人，有别于长工。　起：边上。　垄：土埂。　□：人家，别人。　□ ^H 地儿：太阳光照到的地方；"日 ^H"为"日头"合音。　掖劲儿：（不辨苗草）一股劲儿。　搂：锄掉。　二八：十六岁。　细米白汤：大米汤。　丢 ^D：放；动词变韵表持续义，可替换为"丢着"。　使 ^D：介词，用。　死 ^D：动词变韵表加强肯定语气。

小老鸹（一）

小老鸹儿，白脖脖儿，　　ɕiau⁵⁵ lau⁵⁵ ⌐ ⁴² kuɤ⁰ pɛ⁴² puə⁴² puɤ⁰

给 ^D 俺二姐说个婆儿。　　kɛ⁵⁵ ⌐ ²¹³ an⁵⁵ ər²¹³ tɕiɛ⁵⁵ ʂɥə²⁴ kə⁰ p'uɤ⁴²

不图庄儿，不图地，　　pu²⁴ t'u⁴² tʂuɐr²⁴ pu²⁴ t'u⁴² ti²¹³

只图寻个好女婿。　　tʂ̩²⁴ t'u⁴² ɕin⁴² kə⁰ xau⁵⁵ ﹨⁴² ny⁵⁵ ɕy⁰

哪怕三天不吃饭，　　na⁵⁵ p'a²¹³ san²⁴ t'ian²⁴ pu²⁴ tʂ'ʅ²⁴ fan²¹³

回头瞧瞧也乐意。　　xuei⁴² t'ou⁴² tɕ'iau⁴² tɕ'iau⁰ iɛ⁵⁵ luə²⁴ i²¹³

婆儿：婆家。　　庄儿：宅院。

小老鸹（二）

小老鸹，黑丁丁，　　ɕiau⁵⁵ lau⁵⁵ ﹨⁴² kua⁰ xɛ²⁴ tiŋ⁰ tiŋ⁰ ﹨⁴²

在姥姥家住一冬。　　kai²¹³ lau⁵⁵ lau⁰ tɕia⁰ tʂʅ²¹³ i⁰ tuəŋ²⁴

姥姥瞧见怪喜欢，　　lau⁵⁵ lau⁰ tɕ'iau⁴² tɕian⁰ kuai²¹³ ɕi⁵⁵ xuan⁰

妗妗瞧见瞅两眼。　　tɕin²¹³ tɕin⁰ tɕ'iau⁴² tɕian⁰ tʂ'ou⁵⁵ liaŋ⁵⁵ ﹨⁴² ian⁵⁵

妗，妗，你甭瞅，　　tɕin²¹³ tɕin²¹³ ni⁵⁵ piŋ⁴² tʂ'ou⁵⁵

豌豆开 ᴰ 花儿俺都走。　　uan²⁴ tou⁰ k'ɛ²⁴ xuɐr²⁴ an⁵⁵ tou⁰ tsou⁵⁵

山上是石头，　　ʂan²⁴ ʂaŋ⁰ ʂʅ²¹³ ʂʅ⁴² t'ou⁰

河里 ᴴ 是泥鳅，　　xə⁴² liou⁰ ʂʅ²¹³ ni⁴² tɕ'iou⁰

娘嘞兄弟俺嘞舅。　　niaŋ⁴² lɛ⁰ ɕyŋ²⁴ ti⁰ an⁵⁵ nɛ⁰ tɕiou²¹³

开 ᴰ：开了，动词变韵表完成义。

小老鼠（一）

小老鼠，上灯台，　　ɕiau⁵⁵ lau⁵⁵ ﹨⁴² ʂʅ⁰ ʂaŋ²¹³ təŋ²⁴ t'ai⁴²

偷油吃，下不来。　　t'ou²⁴ iou⁴² tʂ'ʅ²⁴ ɕia²¹³ pu²⁴ lai⁴²

小妮儿小妮儿□猫来，　　ɕiau⁵⁵ niər²⁴ ɕiau⁵⁵ niər²⁴ k'ɛ⁴² mau⁴² lai⁴²

出溜吱扭下来了。　　tʂ'ʅ²⁴ liou²⁴ tʂʅ²⁴ niou²⁴ ɕia²¹³ lai⁰ lə⁰

□：捉，逮。　　出溜：速度较快地滑行。

小老鼠（二）

小老鼠，上灯台，　　ɕiau⁵⁵ lau⁵⁵ ﹨⁴² ʂʅ⁰ ʂaŋ²¹³ təŋ²⁴ t'ai⁴²

偷油吃，下不来。　　t'ou²⁴ iou⁴² tʂʻɿ²⁴ ɕia²¹³ pu²⁴ lai⁴²

猫来了，　　　mau⁴² lai⁴² lə⁰

吱扭一声滚下来。　　tʂɿ²⁴ niou²⁴ i⁰ ʂəŋ⁰ kuən⁵⁵ ɕia⁰ lai⁰

小两口儿打架不记仇

天上下雨雷对雷，　　t'ian²⁴ ʂaŋ⁰ ɕia²¹³ y⁵⁵ luei⁴² tuei²¹³ luei⁴²

小两口儿打架捶对捶；　　ɕiau⁵⁵ lian⁵⁵˧⁴² kʻər⁵⁵ ta⁵⁵ tɕia²¹³ tʂʻuei⁴² tuei²¹³ tʂʻuei⁴²

天上下雨地下流，　　t'ian²⁴ ʂaŋ⁰ ɕia²¹³ y⁵⁵ ti²¹³ ɕia⁰ liou⁴²

小两口儿打架不记仇。　　ɕiau⁵⁵ lian⁵⁵˧⁴² kʻər⁵⁵ ta⁵⁵ tɕia²¹³ pu²⁴˧⁴² tɕi²¹³ tʂʻou⁴²

白日儿吃嘞一锅饭，　　pɛ⁴² iər⁰ tʂʻɿ²⁴ lɛ⁰ i²⁴ kuə²⁴ fan²¹³

黑价枕嘞一个枕头。　　xɛ²⁴ tɕia⁰ tʂən²¹³ nɛ⁰ i²⁴˧⁴² kə⁰ tʂən²¹³ t'ou⁰

小两口儿斗嘴

夫：

我问几句你能对？　　uə⁵⁵ uən²¹³ tɕi⁵⁵ tɕy²¹³ ni⁵⁵ nəŋ⁴² tuei²¹³

妻：

你问个地来我对个天。　　ni⁵⁵ uən²¹³ kə⁰ ti²¹³ lai⁰ uə⁵⁵ tuei²¹³ kə⁰ t'ian²⁴

夫：

先有地来先有天？　　ɕian²⁴ iou⁵⁵ ti²¹³ lai⁰ ɕian²⁴ iou⁵⁵ t'ian²⁴

先有女来先有男？　　ɕian²⁴ iou⁵⁵ ny⁵⁵ lai⁰ ɕian²⁴ iou⁵⁵ nan⁴²

先有鸡来先有蛋？　　ɕian²⁴ iou⁵⁵ tɕi²⁴ lai⁰ ɕian²⁴ iou⁵⁵ tan²¹³

与我详细说根源。　　y²¹³ uə⁵⁵ ɕiaŋ⁴² ɕi²¹³ ʂʻʯ²⁴ kən²⁴ yan⁴²

妻：

先有天来后有地，　　ɕian²⁴ iou⁵⁵ t'ian²⁴ lai⁰ xou²¹³ iou⁵⁵ ti²¹³

先有女来后有男。　　ɕian²⁴ iou⁵⁵ ny⁵⁵ lai⁰ xou²¹³ iou⁵⁵ nan⁴²

先有鸡来后有蛋，　　ɕian²⁴ iou⁵⁵ tɕi²⁴ lai⁰ xou²¹³ iou⁵⁵ tan²¹³

难道你没听人言？　　nan⁴² tau²¹³ ni⁵⁵ mu⁴² t'iŋ²⁴ zən⁴² ian⁴²

夫：

女子是俺男子造，　　　ny⁵⁵ tsʅ⁰ ʂʅ²¹³ an⁵⁵ nan⁴² tsʅ⁰ tsau²¹³

鸡蛋先是公鸡产。　　　tɕi²⁴ tan⁰ ɕian²⁴ ʂʅ²¹³ kuaŋ²⁴ tɕi⁰ tʂʻan⁵⁵

没地天怎能不翻，　　　mu⁴² ti²¹³ tʻian²⁴ tsən⁵⁵ nəŋ⁴² pu²⁴ fan²⁴

不信你去问神仙。　　　pu²⁴ ⌐ ⁴² ɕin²¹³ ni⁵⁵ tɕʻy²¹³ uən²¹³ ʂən⁴² ɕian⁰

妻：

无女怎能生下男，　　　u⁴² ny⁵⁵ tsən⁵⁵ nəŋ⁴² ʂəŋ²⁴ ɕia²¹³ nan⁴²

无蛋怎能往下传？　　　u⁴² tan²¹³ tsən⁵⁵ nəŋ⁴² uaŋ⁵⁵ ɕia²¹³ tʂʻuan⁴²

天是清气在上悬，　　　tʻian²⁴ ʂʅ²¹³ tɕʻiŋ²⁴ tɕʻi²¹³ tsai²¹³ ʂaŋ²¹³ ɕyan⁴²

神仙早就对我言。　　　ʂən⁴² ɕian⁰ tsau⁵⁵ tɕiou²¹³ tuei²¹³ uə⁵⁵ yan⁴²

夫：

女孩儿都是男孩儿办。　　ny⁵⁵ xor⁴² tou²⁴ ⌐ ⁴² ʂʅ²¹³ nan⁴² xor⁴² pan²¹³

妻：

男孩儿都是女孩儿添。　　nan⁴² xor⁴² tou²⁴ ⌐ ⁴² ʂʅ²¹³ ny⁵⁵ xor⁴² tʻian²⁴

说嘞相公无言对，　　　ʂчə²⁴ lε⁰ ɕian²¹³ kuaŋ⁰ u⁴² ian⁴² tuei²¹³

捋捋胳膊要打拳。　　　ly²⁴ ly⁰ kε⁴² puə⁰ iau²¹³ ta⁵⁵ tɕʻyan⁴²

小家人儿一见抿嘴儿笑：　ɕiau⁵⁵ tɕia²⁴ zər⁰ i²⁴ ⌐ ⁴² tɕian²¹³ min⁵⁵ ⌐ ⁴² tsuər⁵⁵
ɕiau²¹³

咱今 ᴰ 个说嘞是玩儿话，　tsan⁴² tɕie²⁴ kə⁰ ʂчə²⁴ lε⁰ ʂʅ²¹³ uor⁴² xua²¹³

谁知 ᴴ 相公不识玩。　　ʂei⁴² tʂo²⁴ ɕian²¹³ kuaŋ⁰ pu²⁴ ʂʅ⁴² uan⁴²

咱不玩不玩不玩了，　　tsan⁴² pu²⁴ uan⁴² pu²⁴ uan⁴² pu²⁴ uan⁴² lə⁰

咱谁要再玩是个老圆。　tsan⁴² ʂei⁴² iau²¹³ tsai²¹³ uan⁴² ʂʅ²¹³ kə⁰ lau⁵⁵ ⌐ ²⁴ yan⁴²

相公：指丈夫。　小家人儿：指妻子。　玩儿话：玩笑话。　不识玩：
经不起开玩笑。　老圆：代指乌龟。

小两口儿对饮

你吃吧，你喝吧，　　　ni⁵⁵ tʂʻʅ²⁴ pa⁰ ni⁵⁵ xə²⁴ pa⁰

有啥话，你说吧。　　　iou⁵⁵ ⌐ ⁴² ʂa⁵⁵ xua²¹³ ni⁵⁵ ʂчə²⁴ pa⁰

喝一杯，暖暖心儿，　　xə²⁴ i²⁴ pei²⁴ nuan⁵⁵ ⌐ ⁴² nuan⁰ ɕiər²⁴

喝两杯，自家人儿，　　xə²⁴ liaŋ⁵⁵ pei²⁴ tsʅ²¹³ tɕia⁰ zər⁴²

俩枕头，放 ᴰ 一头儿。　　lia⁵⁵ tʂən²¹³ t'ou⁰ fæŋ²¹³ i²⁴ t'ər⁴²

你吃吧，你喝吧，　　ni⁵⁵ tʂ'ʅ²⁴ pa⁰ ni⁵⁵ xə²⁴ pa⁰

不吃不喝咱脱吧。　　pu²⁴ tʂ'ʅ²⁴ pu²⁴ xə²⁴ tsan⁴² t'uə²⁴ pa⁰

天又冷来地又寒，　　t'ian²⁴ iou²¹³ ləŋ⁵⁵ lai⁰ ti²¹³ iou²¹³ xan⁴²

冻病 ᴰ 还得咱花钱，　　tuəŋ²¹³ pio²¹³ xai⁴² tɛ⁰ tsan⁴² xua²⁴ tɕ'ian⁴²

咱俩挨紧 ᴰ 先暖暖。　　tsan⁴² lia⁵⁵ ɛ²⁴ tɕie⁵⁵ ɕian²⁴ nuan⁵⁵ | ⁴² nuan⁰

放 ᴰ：放到，动词变韵表终点义。　　一头儿：朝着一个方向、一块儿。　　病 ᴰ：病了，动词变韵表完成义。　　紧 ᴰ：动词变韵表加强肯定语气。　　暖：相互取暖。

小两口儿争灯明儿

日落西山黑了天，　　zʅ²¹³ luə²⁴ ɕi²⁴ ʂan²⁴ xɛ²⁴ liau⁰ t'ian²⁴

小两口儿商商量量把门儿关。　　ɕiau⁵⁵ liaŋ⁵⁵ | ⁴² k'ər⁵⁵ ʂaŋ²⁴ ʂaŋ⁰ liaŋ⁰ liaŋ⁰ pa²¹³ mər⁴² kuan²⁴

行路嘞客人都住店，　　ɕiŋ⁴² lu²¹³ lɛ⁰ k'ɛ²⁴ zən⁴² tou²⁴ | ⁴² tʂʅ²¹³ tian²¹³

各家儿嘞买卖都上了闩。　　kə²⁴ tɕiɐr²⁴ lɛ⁰ mai⁵⁵ mai⁰ tou²⁴ | ⁴² ʂaŋ²¹³ liau⁰ ʂuan²⁴

大船小船都靠岸，　　ta²¹³ tʂ'uan⁴² ɕiau⁵⁵ tʂ'uan⁴² tou²⁴ | ⁴² k'au²¹³ an²¹³

小学生 ① 放学回家銮。　　ɕiau⁵⁵ ɕyə⁴² tʂ'əŋ⁰ faŋ²¹³ ɕyə⁴² xuei⁴² tɕia²⁴ luan⁴²

顺着大街往前走，　　ʂuən²¹³ tʂʅ⁰ ta²¹³ tɕie²⁴ uaŋ⁵⁵ tɕ'ian⁴² tsou⁵⁵

来到一个大门儿前。　　lai⁴² tau²¹³ i²⁴ | ⁴² kə⁰ ta²¹³ mər⁴² tɕ'ian⁴²

小学生来到大门外，　　ɕiau⁵⁵ ɕyə⁴² tʂ'əŋ⁰ lai⁴² tau²¹³ ta²¹³ mər⁴² uai²¹³

瞧见临街房三间。　　tɕ'iau⁴² tɕian⁰ lin⁴² tɕie²⁴ faŋ⁴² san²⁴ tɕian²⁴

小学生直把大门儿进，　　ɕiau⁵⁵ ɕyə⁴² tʂ'əŋ⁰ tʂʅ⁴² pa²¹³ ta²¹³ mər⁴² tɕin²¹³

吃罢晚饭把灯玩。　　tʂ'ʅ²⁴ pa²¹³ uan⁵⁵ fan²¹³ pa⁵⁵ təŋ²⁴ uan⁴²

学生说：　　ɕyə⁴² tʂ'əŋ⁰ ʂʅ̩⁴²

① 学生：老年人口中读为 ɕyə⁴² tʂ'əŋ⁰。

一盏银灯你占 ^{D} 半盏，　　i^{24} tʂan^{55} in^{42} təŋ^{24} ni^{55} tʂæ^{213} pan^{213} tʂan^{55}

小家人儿说：　　ɕiau^{55} tɕia^{24} zər^{42} ʂʯə^{24}

一张方桌你占 ^{D} 半边；　　i^{24} tʂaŋ^{24} faŋ^{24} tʂuə^{0} ni^{55} tʂæ^{213} pan^{213} pian^{24}

学生说：　　ɕyə^{42} tʂ‘əŋ^{0} ʂʯə^{24}

我要读书国家用，　　uə^{55} iau^{213} tu^{42} ʂʯ^{24} kuɛ^{24} tɕia^{0} yŋ^{213}

小家人儿说：　　ɕiau^{55} tɕia^{24} zər^{42} ʂʯə^{24}

我要绣花儿娘娘穿；　　uə^{55} iau^{213} ɕiou^{213} xuɐr^{24} niaŋ^{42} niaŋ^{0} tʂ‘uan^{24}

学生说：　　ɕyə^{42} tʂ‘əŋ^{0} ʂʯə^{24}

万岁爷爱我嘞文章好，　　uan^{213} suei^{213} iɛ^{42} ai^{213} uə^{55} lɛ^{0} uən^{42} tʂaŋ^{0} xau^{55}

亲笔点 ^{D} 我个文状元；　　tɕ‘in^{24} pei^{24} tiæ^{55} uə^{0} kə^{0} uən^{42} tʂuaŋ^{213} yan^{0}

小家人儿说：　　ɕiau^{55} tɕia^{24} zər^{42} ʂʯə^{24}

娘娘爱我嘞花草好，　　niaŋ^{42} niaŋ^{0} ai^{213} uə^{55} lɛ^{0} xua^{24} ts‘au$^{55｜42}$ xau^{55}

情愿认到她跟前。　　tɕ‘iŋ^{42} yan^{213} zən^{213} tau^{0} t‘a^{55} kən^{24} tɕ‘ian^{0}

俺本是金枝玉皇姑，　　an^{55} pən^{55} ʂʯ^{213} tɕin^{24} tʂʯ^{24} y^{213} xuaŋ^{42} ku^{0}

强似你那个文状元。　　tɕ‘iaŋ^{42} sʯ^{213} ni^{55} na^{0} kə^{0} uən^{42} tʂuaŋ^{213} yan^{0}

学生说：　　ɕyə^{42} tʂ‘əŋ^{0} ʂʯə^{24}

我说一句你掉两句。　　uə^{55} ʂʯə^{24} i$^{24｜42}$ tɕy^{213} ni^{55} tiau^{213} liaŋ^{55} tɕy^{213}

小家人儿说：　　ɕiau^{55} tɕia^{24} zər^{42} ʂʯə^{24}

你说个地来我对个天。　　ni^{55} ʂʯə^{24} kə^{0} ti^{213} lai^{0} uə^{55} tuei^{213} kə^{0} t‘ian^{24}

此为小夫妻为争灯而斗嘴。　灯明儿：灯光。　家銮：家里；"銮"意义及来源待考。　把灯玩：在灯下玩耍，做事。　学生：指丈夫。　占^D、点^D：动词变韵均表完成义，可分别替换为"占了""点了"。　方桌：桌面呈方形的桌子。　认……跟前：认……作干爹/干娘。　花草：代指绣花的手艺。

小麻□ ^{Z}

小麻□^{Z}，叼石滚，　　ɕiau^{55} ma^{42} kæu^{42} tiau^{24} ʂʯ^{42} kuən^{55}

打发老头儿去买粉；　　ta^{55} pa^{0} lau$^{55｜24}$ t‘ər^{42} tɕ‘y^{213} mai$^{55｜42}$ fən^{55}

买^{D}来粉，你不搭，　　mɛ^{55} lai^{0} fən^{55} ni^{55} pu^{24} tʂ‘a^{42}

打发老头儿去买麻；　　ta⁵⁵ pa⁰ lau⁵⁵|²⁴ t'ər⁴² tɕ'y²¹³ mai⁵⁵ ma⁴²

买 ᴰ 来麻，你不搓，　　mɛ⁵⁵ lai⁰ ma⁴² ni⁵⁵ pu²⁴ ts'uə²⁴

打发老头儿去买锅；　　ta⁵⁵ pa⁰ lau⁵⁵|²⁴ t'ər⁴² tɕ'y²¹³ mai⁵⁵ kuə²⁴

买 ᴰ 来锅，你不烧，　　mɛ⁵⁵ lai⁰ kuə²⁴ ni⁵⁵ pu²⁴ ʂau²⁴

打发老头儿去买刀；　　ta⁵⁵ pa⁰ lau⁵⁵|²⁴ t'ər⁴² tɕ'y²¹³ mai⁵⁵ tau²⁴

买 ᴰ 来刀，你不切，　　mɛ⁵⁵ lai⁰ tau²⁴ ni⁵⁵ pu²⁴ tɕ'iɛ²⁴

打发老头儿去买铁；　　ta⁵⁵ pa⁰ lau⁵⁵|²⁴ t'ər⁴² tɕ'y²¹³ mai⁵⁵ t'iɛ²⁴

买 ᴰ 来铁，你不打，　　mɛ⁵⁵ lai⁰ t'iɛ²⁴ ni⁵⁵ pu²⁴ ta⁵⁵

打发老头儿去买马；　　ta⁵⁵ pa⁰ lau⁵⁵|²⁴ t'ər⁴² tɕ'y²¹³ mai⁵⁵|⁴² ma⁵⁵

买 ᴰ 来马，你不骑，　　mɛ⁵⁵ lai⁰ ma⁵⁵ ni⁵⁵ pu²⁴ tɕ'i⁴²

打发老头儿去买驴；　　ta⁵⁵ pa⁰ lau⁵⁵|²⁴ t'ər⁴² tɕ'y²¹³ mai⁵⁵ ly⁴²

买 ᴰ 来驴，你不套，　　mɛ⁵⁵ lai⁰ ly⁴² ni⁵⁵ pu²⁴|⁴² t'au²¹³

打发老头儿去买轿；　　ta⁵⁵ pa⁰ lau⁵⁵|²⁴ t'ər⁴² tɕ'y²¹³ mai⁵⁵ tɕ'iau²¹³

买 ᴰ 来轿，你不坐，　　mɛ⁵⁵ lai⁰ tɕ'iau²¹³ ni⁵⁵ pu²⁴|⁴² tsuə²¹³

腌臜妮 ᶻ 是赔钱货。　　a²⁴ tsa⁰ ni:au²⁴ ʂʅ²¹³ p'ei⁴² tɕ'ian⁴² xuə²¹³

麻□ ᶻ：灰喜鹊，又叫"麻尾雀 ᶻ"。　　石滚：滚轧农具；石制圆柱
形石头，装在架子上，用来碾轧小麦等，以使其脱粒。　　打发：派出，安
排。　　粉：化妆用的粉末。　　买 ᴰ：动词变韵仅作为单趋式中的一个强制
性形式成分，不表示实际意义。　　搓：用粉末、油膏等在脸上或手上涂
擦。　　麻：指麻类植物的茎皮纤维，可以搓成绳子。

小蚂蚱

小蚂蚱，学跳高，　　ɕiau⁵⁵ ma²⁴ tʂa⁰ ɕyə⁴² t'iau²¹³ kau²⁴

一跳跳 ᴰ 上狗尾巴草。　　i²⁴|⁴² t'iau²¹³ t'io²¹³ ʂaŋ⁰ kou⁵⁵|⁴² i⁵⁵ pa⁰ ts'au⁵⁵

腿一弹，脚一翘：　　t'uei⁵⁵ i²⁴ t'an⁴² tɕyə²⁴ i²⁴|⁴² tɕ'iau²¹³

"瞧瞧谁有我跳嘞高！"　　tɕ'iau⁴² tɕ'iau²¹³ ʂei⁴² iou⁵⁵|⁴² uə⁵⁵ t'iau²¹³ lɛ⁰ kau²⁴

草一摇，摔 ᴰ 一跤，　　ts'au⁵⁵ i²⁴ iau⁴² ʂuɛ²⁴ i⁰ tɕiau²⁴

头上摔 ᴰ 个大青包。　　t'ou⁴² ʂaŋ⁰ ʂuɛ²⁴ kə⁰ ta²¹³ tɕ'iŋ²⁴ pau²⁴

蚂蚱：蝗虫，农业上的害虫。　跳 ^D：动词变韵仅作为单趋式中的一个强制性形式成分，不表实际意义。　狗尾巴草：又名狗尾草，一年生草本植物。　摔 ^D：摔了，动词变韵表完成义。

小猫儿（一）

小猫儿，大花脸，　ɕiau⁵⁵ mau⁴² ər⁰ ta²¹³ xua²⁴ lian⁵⁵

走长路，没盘缠；　tsou⁵⁵ tʂʻaŋ⁴² lu²¹³ mu⁴² pʻan⁴² tʂʻan⁰

卖老婆 ^Z，不值钱；　mai²¹³ lau⁵⁵ ⁱ ²⁴ pʻau⁴² pu²⁴ tʂʐ⁴² tɕʻian⁴²

卖小孩儿，俺心酸；　mai²¹³ ɕiau⁵⁵ xor⁴² an⁵⁵ ɕin²⁴ suan²⁴

圪嘚儿圪嘚儿气死 ^D 俺。　kɛ²⁴ tər²⁴ kɛ²⁴ tər²⁴ tɕʻi²¹³ sʐə⁰ an⁰

盘缠：路途上的费用。　圪嘚儿：拟声词，拟哭泣时的缓气（倒吸气）之声，意为哭得上气不接下气。　死 ^D：动词变韵表加强肯定语气。

小猫儿（二）

小猫儿，　ɕiau⁵⁵ mau⁴² ər⁰

上树偷桃儿。　ʂaŋ²¹³ ʂʐ²¹³ tʻou²⁴ tʻau⁴² ər⁰

听见街上狗咬，　tʻiŋ²⁴ tɕian⁰ tɕie²⁴ ʂaŋ⁰ kou⁵⁵ ⁱ ⁴² iau⁵⁵

急忙下来都跑。　tɕi⁴² maŋ⁴² ɕia²¹³ lai⁰ tou²⁴ pʻau⁵⁵

瓦渣 ^Z 绊住摔倒，　ua⁵⁵ ⁱ ⁴² tʂæu⁰ pan²¹³ tʂʐ⁰ ʂuai²⁴ tau⁵⁵

很咬！很咬！　xən⁵⁵ ⁱ ⁴² iau⁵⁵ xən⁵⁵ ⁱ ⁴² iau⁵⁵

瓦渣 ^Z：指砖头瓦块。

小门搭儿

小门搭儿，　ɕiau⁵⁵ mən⁴² tər²⁴

朝里 ^H 别。　tʂʻau⁴² liou⁵⁵ piɛ⁴²

他孙女儿，　tʻa⁵⁵ suən²⁴ nyər⁵⁵

寻 ^D 她爷。　ɕiɛ⁴² tʻa⁰ iɛ⁴²

此为流传在浚县卫贤镇公堂村一带的歌谣。解放之初，为提高全民文化素质，办夜校学文化，村民热情甚高；按街俗可称爷、孙两辈儿的吴姓男女青年在夜校学习中生情结婚，乃有此谣。　门搭儿：用铁锁锁门时使用的老式锁扣，也叫门鼻儿。　别：插。

小女姑

一更里小女姑稳坐于庙堂，　i²⁴ kən²⁴ li⁰ ɕiau⁵⁵ |⁴² ny⁵⁵ ku²⁴ uən⁵⁵ tsuə²¹³ y⁰ miau²¹³ t'aŋ⁴²

手拿着小钵盂儿俩眼儿泪汪汪。　ʂou⁵⁵ na⁴² tʂuə⁰ ɕiau⁵⁵ puə²⁴ yor⁴² lia⁵⁵ |⁴² ior⁵⁵ luei²¹³ uaŋ⁰ uaŋ⁰

女孩儿家出家去受累又受苦，　ny⁵⁵ xor⁴² tɕia⁰ tʂ'ʅ²⁴ tɕia²⁴ tɕ'y²¹³ ʂou²¹³ luei²¹³ iou²¹³ ʂou²¹³ k'u⁵⁵

再青春不能配少年郎。　tsai²¹³ tɕ'iŋ²⁴ tʂ'uən²⁴ pu²⁴ nəŋ⁴² p'ei²¹³ ʂau²¹³ nian⁴² laŋ⁴²

钵盂：多为铜、铁制成的盛饭菜的食器，多用于佛教徒化斋，也可在诵经时敲击。　出家：当尼姑。　配：婚配。

小女婿（一）

小板凳儿，凹凹腰，　ɕiau⁵⁵ |⁴² pan⁵⁵ tər⁰ ua²¹³ ua⁰ iau²⁴
寻ᴰ个女婿没多高。　ɕiɛ⁴² kə⁰ ny⁵⁵ ɕy⁰ mu⁴² tuə²⁴ |⁵⁵ kau²⁴
黑价只怕老鼠咬，　xɛ²⁴ tɕia⁰ tʂ⁴² p'a²¹³ lau⁵⁵ |⁴² ʂʅ²⁴ iau⁵⁵
白日儿又怕公鸡叨。　pɛ⁴² iər⁰ iou²¹³ p'a²¹³ kuəŋ²⁴ tɕi⁰ tau²⁴
走路一直跸骨略，　tsou⁵⁵ lu²¹³ i²⁴ |⁴² tʂʅ⁰ pan⁵⁵ ku²⁴ lyɛ⁰
我嘞时光该咋熬？　uə⁵⁵ lɛ⁰ ʂʅ⁴² |²¹³ kuaŋ⁰ kai²⁴ tsa⁵⁵ au⁴²

没多高：不高，较矮。　跸骨略：摔跟头。　"时"无规则变调。

小女婿（二）

红圪当ᶻ，水里ᴴ漂，　xuəŋ⁴² kɛ²⁴ tæŋ²¹³ ʂuei⁵⁵ liou⁰ p'iau²⁴
寻ᴰ个女婿四指高。　ɕiɛ⁴² kə⁰ ny⁵⁵ ɕy⁰ sʅ²¹³ tʂʅ⁵⁵ kau²⁴

鸡蛋头，马蜂 ① 腰， tɕi²⁴ tan⁰ tʻou⁴² ma⁵⁵ fəŋ⁰ iau²⁴

胳膊腿儿，细挑挑。 kɛ⁴² puə⁰ tʻuər⁵⁵ ɕi²¹³ tʻiau⁰ tʻiau⁰

在屋里 ᴴ，怕老鼠， kai²¹³ u²⁴ liou⁰ pʻa²¹³ lau⁵⁵ ǀ ⁴² ʂʐ̩⁰

在院 ᶻ 里，怕鹰叨。 kai²¹³ yæ²¹³ li⁰ pʻa²¹³ iŋ²⁴ tau²⁴

□ᴰ 起ᴰ 起来去担水， tɕʻiæŋ²⁴ tɕʻiɛ⁵⁵ tɕʻi⁵⁵ lai⁰ tɕʻy²¹³ tan²⁴ ʂuei⁵⁵

蛤蟆上前搂住腰。 xɛ⁴² ma⁰ ʂaŋ²¹³ tɕʻian⁴² lou⁵⁵ tʂʐ̩⁰ iau²⁴

要不是媳妇儿攥嘞快， iau²¹³ pu⁰ ʂʐ̩⁰ ɕi⁴² fər⁰ nian⁵⁵ nɛ⁰ kʻuai²¹³

就叫蛤蟆抱ᴰ② 跑了。 tɕiou²¹³ tɕiau²¹³ xɛ⁴² ma⁰ puə²¹³ pʻau⁵⁵ liau⁰

圪当ᶻ：玉米、高粱等植物的秆儿。 细挑挑：比较细；状态形容词，"挑挑"为叠音后缀。 □ᴰ 起ᴰ：清早，上午。 抱ᴰ：抱着，动词变韵表持续义。

小女婿（三）

麻尾雀儿，尾巴麥， ma⁴² i⁰ tɕʻior²¹³ i⁵⁵ pa⁰ tʂʻa²¹³

公公犁地媳妇儿耙， kuəŋ²⁴ kuəŋ⁰ li⁴² ti²¹³ ɕi⁴² fər⁰ pa²¹³

小女婿在后边儿打坷垃。 ɕiau⁵⁵ ǀ ⁴² ny⁵⁵ ɕy⁰ kai²¹³ xou²¹³ pior⁰ ta⁵⁵ ǀ ⁴² kʻɛ⁵⁵ la⁰

走路儿嘞，甭笑话， tsou⁵⁵ luər²¹³ lɛ⁰ piŋ⁴² ɕiau²¹³ xua⁰

这是俺家亲爷儿仁。 tʂʐ̩⁵⁵ ʂʐ̩²¹³ an⁵⁵ tɕia²⁴ tɕʻin²⁴ iɣr⁴² sa²⁴

旧社会婚俗，女子年龄都比丈夫大许多；这是说女婿年龄较小。 耙：耙地，即把犁过的地里的大土块弄碎整平。

小女婿（四）

嘀嘀嗒，嗒嗒嘀， ti²⁴ ti⁰ ta²⁴ ta²⁴ ta⁰ ti²⁴

娶ᴰ 个媳妇儿二十一。 tɕʻyɛ⁵⁵ kə⁰ ɕi⁴² fər⁰ ər²¹³ ʂʐ̩⁴² i²⁴

杏核眼儿，双眼皮， ɕiŋ²¹³ xu⁴² ior⁵⁵ ʂuaŋ²⁴ ian⁵⁵ pʻi⁴²

会绣花儿来会做活儿， xuei²¹³ ɕiou²¹³ xuər²⁴ lai⁰ xuei²¹³ tsu²¹³ xuɣr⁴²

---

① 马蜂：见民谣"四不摸"条。

② "抱"基本韵为 u，变韵后音 puə²¹³。

会纳袜底儿上鞋帮儿。　　xuei²¹³ na²⁴ ua²⁴ tiər⁵⁵ ʂaŋ²¹³ ɕiɛ⁴² pɐr²⁴

白白胖胖嘞小女婿儿，　　pɛ⁴² pɛ⁴² pʻaŋ²¹³ pʻaŋ²¹³ lɛ⁰ ɕiau⁵⁵ ǀ ny⁵⁵ ɕyər⁰

今年才够整七岁，　　tɕin²⁴ nian⁰ tsʻai⁴² kou²¹³ tʂəŋ⁵⁵ tɕʻi²⁴ ǀ ⁴² suei²¹³

想起 ᴴ 这事儿光掉泪。　　ɕiaŋ⁵⁵ tɕʻiai⁰ tʂʐə⁵⁵ ʂər²¹³ kuaŋ²⁴ ǀ ⁴² tiau²¹³ luei²¹³

　　娶 ᴰ：娶了，动词变韵表完成义。　　活儿：指针线活儿。　　上鞋帮儿：
把做好的鞋帮和鞋底缝到一起。

小苹果

小苹果，圆又圆，　　ɕiau⁵⁵ pʻiŋ⁴² kuə⁰ yan⁴² iou²¹³ yan⁴²

阿姨 ① 带我上公园。　　a²⁴ i²⁴² tai²¹³ uə⁵⁵ ʂaŋ²¹³ kuən²⁴ yan⁴²

我不哭，我不闹，　　uə⁵⁵ pu²⁴ kʻu²⁴ uə⁵⁵ pu²⁴ ǀ ⁴² nau²¹³

阿姨夸我好宝宝。　　a²⁴ i²⁴² kʻua²⁴ uə⁵⁵ xau⁵⁵ pau⁵⁵ ǀ ⁴² pau⁰

小曲儿　四句儿

小曲儿 ②，四句儿，　　ɕiau⁵⁵ tɕʻyər²⁴ sʐ²¹³ tɕyər²¹³

放 ᴰ 你嘴里 ᴴ 个热屁儿 ③；　　fæŋ²¹³ ni⁰ tsuei⁵⁵ liou⁰ kə⁰ ʐʅə²⁴ pʻiər²¹³

小曲儿，四句儿，　　ɕiau⁵⁵ tɕʻyər²⁴ sʐ²¹³ tɕyər²¹³

噌唥唥，煞戏儿。　　tʻaŋ²⁴ laŋ⁰ laŋ²⁴ ʂa²⁴ ɕiər²¹³

　　小曲儿：顺口溜。　　放 ᴰ：动词变韵表终点义，可替换为"放到"。　　噌
唥唥：拟敲锣之声。

小三 ᶻ

小三 ᶻ，　　ɕiau⁵⁵ sæ²⁴

偷□₁ 嘞萝卜干 ᶻ。　　tʻou²⁴ iæ⁰ lɛ⁰ luə⁴² pu⁰ kæ²⁴

叫□₂ □₃ 住，　　tɕiau²¹³ iæ⁰ kʻɛ⁴² tʂʯ⁰

---

① "阿姨"不是浚县方言固有的词，此谣当来自普通话。

② "曲儿"又音 tɕʻyɐr²⁴。

③ 本句又作"放他娘那小热屁儿"。

打一笤帚； ta⁵⁵ i⁰ t'iau⁴² tʂ'ʮ⁰

叫□₄撵上， tɕiau²¹³ iæ⁰ nian⁵⁵ ʂaŋ⁰

打一擀杖 ᶻ。 ta⁵⁵ i⁰ kan⁵⁵ tʂæŋ⁰

小三 ᶻ：乳名，一般都是弟兄中排行第三的男孩子。 □₁□₂□₄：人家。 □₃：捉，逮。

小扇儿有风

小扇儿有风， ɕiau⁵⁵ ʂor²¹³ iou⁵⁵ fəŋ²⁴

拿在手中。 na⁴² tsai²¹³ ʂou⁵⁵ tʂuəŋ²⁴

谁要来借， ʂei⁴² iau²¹³ lai⁴² tɕiɛ²¹³

等到秋冬。 təŋ⁵⁵ tau⁰ tɕ'iou²⁴ tuəŋ²⁴

小兔儿

小兔儿，当街卧， ɕiau⁵⁵ t'u²¹³ ər⁰ taŋ²⁴ tɕiɛ²⁴ uə²¹³

小车儿过来辗着我， ɕiau⁵⁵ tʂ'ɤr²⁴ kuə²¹³ lai⁰ nian⁵⁵ tʂʮ⁰ uə⁵⁵

哎哟哟，吓死 ᴰ 我。 ai²⁴ io⁰ io²⁴ ɕia²¹³ sʮ⁰ uə⁵⁵

当街：大街。 死 ᴰ：动词变韵表加强肯定语气。

小兔乖乖

"小兔乖乖， ɕiau⁵⁵ t'u²¹³ kuai²⁴ kuai⁰

把门儿开开， pa²¹³ mər⁴² k'ai²⁴ k'ai⁰

我要进来。" uə⁵⁵ iau²¹³ tɕin²¹³ lai⁰

"不开不开就不开， pu²⁴ k'ai²⁴ pu²⁴ k'ai²⁴ tɕiou²¹³ pu²⁴ k'ai²⁴

妈妈不回来， ma²⁴ ma⁰ pu²⁴ xuei⁴² lai⁰

谁来也不开。" ʂei⁴² lai⁴² iɛ⁵⁵ pu²⁴ k'ai²⁴

此为儿歌，用以教育幼童不要随便给陌生人开门。

小小虫儿（一）*

不走光跳，　　pu²⁴ tsou⁵⁵ kuaŋ²⁴ ⌐⁴² tʻiau²¹³

吵吵闹闹。　　tʂʻau⁵⁵ ⌐⁴² tʂʻau⁵⁵ nau²¹³ nau²¹³

吃虫儿吃粮，　　tʂʅ²⁴ tʂʻuər⁴² tʂʻʅ²⁴ liaŋ⁴²

功大过小。　　kuaŋ²⁴ ta²¹³ kuə²¹³ ɕiau⁵⁵

此为谜语的谜面；谜底：小小虫儿（浚县方言对"麻雀"的俗称）。

小小虫儿（二）*

一身毛，尾巴翘，　　i²⁴ ʂən²⁴ mau⁴² i⁵⁵ pa⁰ tɕʻiau²¹³

不会走，光会跳。　　pu²⁴ ⌐⁴² xuei²¹³ tsou⁵⁵ kuaŋ²⁴ ⌐⁴² xuei²¹³ tʻiau²¹³

此为谜语的谜面；谜底：小小虫儿。

小小两只船 *

小小两只船，　　ɕiau⁵⁵ ⌐⁴² ɕiau⁵⁵ liaŋ⁵⁵ tʂʅ²⁴ tʂʻuan⁴²

没浆又没帆。　　mu⁴² tɕiaŋ²⁴ iou²¹³ mu⁴² fan⁴²

白日儿带着走，　　pɛ⁴² iər⁰ tai²¹³ tʂʅ⁰ tsou⁵⁵

黑<u>价</u>停 ᴰ 床前。　　xɛ²⁴ tɕia⁰ tʻio⁴² tʂʻuaŋ⁴² tɕʻian⁴²

此为谜语的谜面；谜底：鞋子。　　停 ᴰ：动词变韵表终点义，可替换
为"停到"。

小 ᶻ 小 ᶻ 快点儿长（一）

小 ᶻ，小 ᶻ，快点儿长，　　ɕiæu⁵⁵ ɕiæu⁵⁵ kʻuai²¹³ tior⁰ tʂaŋ⁵⁵

长大当个事务长，　　tʂaŋ⁵⁵ ta²¹³ taŋ²⁴ kə⁰ ʂʅ²¹³ u⁰ tʂaŋ⁵⁵

多吃点儿，多占点儿，　　tuə²⁴ tʂʻʅ²⁴ tior⁰ tuə²⁴ tʂan²¹³ tior⁰

都是百姓嘞免购点儿。　　tou⁴² ʂʅ²¹³ pɛ²⁴ ⌐⁴² ɕiŋ⁰ lɛ⁰ mian⁵⁵ ⌐⁴² kou²¹³ tior⁵⁵

小 ᶻ：儿子；"小 ᶻ，小 ᶻ"为呼语。　"百""免"无规则变调。　免购点儿：
见"都怨上级不发粮"条。

小 ^Z 小 ^Z 快点儿长（二）

小 ^Z，小 ^Z，快点儿长，　　ɕiæu⁵⁵ ɕiæu⁵⁵ k'uai²¹³ tior⁰ tʂaŋ⁵⁵

长大当个事务长。　　tʂaŋ⁵⁵ ta²¹³ taŋ²⁴ kə⁰ ʂʅ²¹³ u⁰ tʂaŋ⁵⁵

又能穿皮鞋，　　iou²¹³ nəŋ⁴² tʂ'uan²⁴ p'i⁴² ɕiɛ⁴²

又能穿大氅，　　iou²¹³ nəŋ⁴² tʂ'uan²⁴ ta²¹³ tʂ'aŋ⁵⁵

走起 ^H 路来咔咔响。　　tsou⁵⁵ tɕ'iɛ⁰ lu²¹³ lai⁰ k'a²⁴ k'a²⁴ ɕiaŋ⁵⁵

小娃娃

小娃娃，上高山，　　ɕiau⁵⁵ ua⁴² ua⁰ ʂaŋ²¹³ kau²⁴ ʂan²⁴

籴大米，熬干饭。　　ti⁴² ta²¹³ mi⁵⁵ au⁴² kan²⁴ fan⁰

他爹吃，他娘看，　　t'a⁵⁵ tiɛ²⁴ tʂ'ʅ²⁴ t'a⁵⁵ niaŋ⁴² k'an²¹³

气嘞娃娃一头汗。　　tɕ'i²¹³ lɛ⁰ ua⁴² ua⁰ i²⁴ t'ou⁴² xan²¹³

他爹一扭脸儿，　　t'a⁵⁵ tiɛ²⁴ i²⁴ niou⁵⁵ | ⁴² lior⁵⁵

偷给 ^D 他娘盛 ^D 一碗；　　t'ou²⁴ kɛ⁵⁵ | ²¹³ t'a⁵⁵ niaŋ⁴² tʂ'o⁴² i⁰ uan⁵⁵

他爹一扭脖 ^Z，　　t'a⁵⁵ tiɛ²⁴ i²⁴ niou⁵⁵ pau⁴²

又给 ^D 他娘盛 ^D 一勺 ^Z。　　iou²¹³ kɛ⁵⁵ | ²¹³ t'a⁵⁵ niaŋ⁴² tʂ'o⁴² i⁰ ʂuau⁴²

盛 ^D：盛了，动词变韵表完成义。

小眼儿蒙

小眼儿蒙，打烧饼，　　ɕiau⁵⁵ | ⁴² ior⁵⁵ məŋ²⁴ ta⁵⁵ ʂau²⁴ piŋ⁰

打到脸上红通通。　　ta⁵⁵ tau⁰ lian⁵⁵ ʂaŋ⁰ xuaŋ⁴² t'uəŋ²⁴ t'uəŋ²⁴

戏谑谣，用于打趣小孩子的眼睛比较小。

小榆树

小榆树儿，挂锡锣，　　ɕiau⁵⁵ y⁴² ʂuər²¹³ kua²¹³ t'aŋ²⁴ luə⁴²

唱个小曲儿叫恁学；　　tʂ'aŋ²¹³ kə⁰ ɕiau⁵⁵ tɕ'yər²⁴ tɕiau²¹³ nən⁵⁵ ɕyə⁴²

小榆树儿，一阵风，　　ɕiau⁵⁵ y⁴² ʂuər²¹³ i²⁴ | ⁴² tʂən²¹³ fəŋ²⁴

唱个小曲儿叫恁听。　　tʂʻaŋ²¹³ kə⁰ ɕiau⁵⁵ tɕʻyər²⁴ tɕiau²¹³ nən⁵⁵ tʻiŋ²⁴

锡锣：小铜锣，指榆钱儿。

小枣树

小枣树儿，弯弯枝儿，　　ɕiau⁵⁵ ˩ ⁴² tsau⁵⁵ ʂuər⁰ uan²⁴ uan⁰ tʂər²⁴

上头趴 ᴰ⁻⁰ 个小白妮儿。　　ʂaŋ²¹³ tʻou⁰ pʻa²⁴ kə⁰ ɕiau⁵⁵ pɛ⁴² niər²⁴

白妮儿白妮儿弄啥嘞？　　pɛ⁴² niər²⁴ pɛ⁴² niər²⁴ nəŋ²¹³ ʂa⁵⁵ lɛ⁰

掐花儿嘞。　tɕʻia²⁴ xuɐr²⁴ lɛ⁰

掐几朵儿？　tɕʻia²⁴ tɕi⁵⁵ ˩ ⁴² tuɣr⁵⁵

掐三朵儿。　tɕʻia²⁴ san²⁴ tuɣr⁵⁵

爹一朵，娘一朵，　tiɛ²⁴ i⁰ tuə⁵⁵ niaŋ⁴² i⁰ tuə⁵⁵

掉 ᴰ 这一朵给 ᴰ 哥哥。　tio²¹³ tʂʐə⁵⁵ i⁰ tuə⁵⁵ kɛ⁵⁵ ˩ ⁴² kə⁵⁵ kə⁰

趴 ᴰ⁻⁰：动词变韵表持续义，可替换为"趴着"。　掉 ᴰ：剩；动词变韵表完成义，可替换为"掉了"。

小蒸馍儿

小蒸馍儿，鼓腾腾，　　ɕiau⁵⁵ tʂəŋ²⁴ muɣr⁰ ku⁵⁵ tʻəŋ⁰ tʻəŋ⁴² ˩ ²⁴

里头包嘞莲花儿经。　　li⁵⁵ tʻou⁰ pau²⁴ lɛ⁰ lian⁴² xuɐr⁰ tɕiŋ²⁴

小牡丹，在两边，　　ɕiau⁵⁵ ˩ ⁴² mu⁵⁵ tan⁰ tsai²¹³ liaŋ⁵⁵ pian²⁴

水里划，水里漂，　　ʂuei⁵⁵ li⁰ xua⁴² ʂuei⁵⁵ li⁰ pʻiau²⁴

过罢金桥过银桥。　　kuə²¹³ pa²¹³ tɕin²⁴ tɕʻiau⁴² kuə²¹³ in⁴² tɕʻiau⁴²

新年到

新年到，放鞭炮，　　ɕin²⁴ nian⁴² tau²¹³ faŋ²¹³ pian²⁴ pʻau²¹³

噼噼啪啪真热闹。　　pʻi²⁴ pʻi⁰ pʻa²⁴ pʻa⁰ tʂən²⁴ ʐʅə²⁴ nau⁰

扭秧歌儿，踩高跷，　　niou⁵⁵ iaŋ²⁴ kɣr⁰ tsʻai⁵⁵ kau²⁴ tɕʻiau²⁴

包饺子，蒸花糕。　　pau²⁴ tɕiau⁵⁵ tsʅ⁰ tʂəŋ²⁴ xua²⁴ kau⁰

奶奶笑嘞直流泪，　　nai⁵⁵ nai⁰ ɕiau²¹³ lɛ⁰ tʂʅ⁴² liou⁴² luei²¹³

爷爷笑嘞胡子翘。　　iɛ⁴² iɛ⁰ ɕiau²¹³ lɛ⁰ xu⁴² tʂ̩⁰ tɕ'iau²¹³

"热"无规则变调。

新三年　旧三年

新三年，旧三年，　　ɕin²⁴ san²⁴ nian⁴² tɕiou²¹³ san²⁴ nian⁴²

缝缝补补又三年。　　fəŋ⁴² fəŋ⁴² pu⁵⁵ | ⁴² pu⁵⁵ iou²¹³ san²⁴ nian⁴²

淹三年，旱三年，　　ian²⁴ san²⁴ nian⁴² xan²¹³ san²⁴ nian⁴²

不淹不旱又三年。　　pu²⁴ ian²⁴ pu²⁴ | ⁴² xan²¹³ iou²¹³ san²⁴ nian⁴²

新媳妇儿（一）

新媳妇儿，掉叠肚儿，　　ɕin²⁴ ɕi⁴² fər⁰ tiau²¹³ tiɛ⁴² tuər⁰

掉 ᴰ 那屋？　　tio²¹³ na⁵⁵ u²⁴

掉 ᴰ 厨屋，　　tio²¹³ tʂ'u⁴² u²⁴

黑价白日儿喂头牯。　　xɛ²⁴ tɕia⁰ pɛ⁴² iər⁰ uei²¹³ t'ou⁴² fu⁰

叠肚：医学上称为"脱肛"，即直肠脱垂，肛管、直肠外翻而脱垂于肛门之外。　掉 ᴰ：掉到，动词变韵表终点义。　厨屋：厨房。　头牯：牲口。

新媳妇儿（二）

新媳妇儿，掉叠肚儿；　　ɕin²⁴ ɕi⁴² fər⁰ tiau²¹³ tiɛ⁴² tuər⁰

掉 ᴰ 哪屋？　　tio²¹³ na⁵⁵ u²⁴

掉 ᴰ 牛屋，　　tio²¹³ ou⁴² u²⁴

黑价半夜伴头牯。　　xɛ²⁴ tɕia⁰ pan²¹³ iɛ²¹³ pan²¹³ t'ou⁴² fu⁰

新媳妇儿，掉叠肚儿；　　ɕin²⁴ ɕi⁴² fər⁰ tiau²¹³ tiɛ⁴² tuər⁰

掉 ᴰ 哪屋？　　tio²¹³ na⁵⁵ u²⁴

掉 ᴰ 磨屋；　　tio²¹³ muə²¹³ u²⁴

磨屋有个芝麻秆 ᶻ，　　muə²¹³ u²⁴ iou⁵⁵ kə⁰ tʂ̩²⁴ ma⁰ kæ⁵⁵

扎住新媳妇儿嘞屁股眼 ᶻ。　　tʂa²⁴ tʂ̩ʅ⁰ ɕin²⁴ ɕi⁴² fər⁰ lɛ⁰ p'i²¹³ ku⁰ iæ⁵⁵

磨屋：磨坊。

新媳妇儿（三）

新媳妇儿，掉叠肚儿；　　ɕin²⁴ ɕi⁴² fər⁰ tiau²¹³ tiɛ⁴² tuər⁰

掉 ᴰ 哪屋？　　tio²¹³ na⁵⁵ u²⁴

掉 ᴰ 堂 ᶻ 屋，　　tio²¹³ t'æŋ⁴² u²⁴

跟 ᴰ 她男人对屁股。　　kɛ²⁴ t'a⁰ nan⁴² ʐən⁰ tuei²¹³ p'i²¹³ ku⁰

掉 ᴰ：动词变韵表终点义，可替换为"掉到"。　堂 ᶻ 屋：坐北朝南的房屋。　男人：指丈夫。

星星草

星星草，草星星，　　ɕiŋ²⁴ ɕiŋ⁰ ts'au⁵⁵ ts'au⁵⁵ ɕiŋ²⁴ ɕiŋ⁰

恁爹都是俺公公。　　nən⁵⁵ tiɛ²⁴ tou⁰ ʂʅ²¹³ an⁵⁵ kuəŋ²⁴ kuəŋ⁰

俺是恁嘞老丈人，　　an⁵⁵ ʂʅ²¹³ nən⁵⁵ nɛ⁰ lau⁵⁵ tʂaŋ²¹³ ʐən⁰

恁是俺嘞小女婿儿。　　nən⁵⁵ ʂʅ²¹³ an⁵⁵ nɛ⁰ ɕiau⁵⁵˩⁴² ny⁵⁵ ɕyər⁰

星星草：禾本科，碱茅属多年生、疏丛型草本植物；秆直立，节膝曲；圆锥花序，疏松开展，小穗含小花，带紫色；6~8 月开花结果。

行好与作恶

行好不见好，　　ɕin⁴² xau⁵⁵ pu²⁴˩⁴² tɕian²¹³ xau⁵⁵

终究跑不了；　　tʂuəŋ²⁴ tɕiou⁰ p'au⁵⁵ pu⁰ liau⁵⁵

作恶不见恶，　　tsuə²⁴ ə²⁴ pu²⁴˩⁴² tɕian²¹³ ə²⁴

终究跑不脱。　　tʂuəŋ²⁴ tɕiou⁰ p'au⁵⁵ pu⁰ t'uə²⁴

恶有恶报，　　ə²⁴ iou⁵⁵ ə²⁴ pau²¹³

善有善报。　　ʂan²¹³ iou⁵⁵ ʂan²¹³ pau²¹³

不是不报，　　pu²⁴˩⁴² ʂʅ²¹³ pu²⁴˩⁴² pau²¹³

时候儿不到；　　ʂʅ⁴² xər⁰ pu²⁴˩⁴² tau²¹³

时候儿一到，　　ʂʅ⁴² xər⁰ i²⁴˩⁴² tau²¹³

一定要报。　　i²⁴˩⁴² tiŋ²¹³ iau²¹³ pau²¹³

行好：行善。

行酒令（一）

高高山上一铜杯， kau²⁴ kau²⁴ ʂan²⁴ ʂaŋ⁰ i²⁴ tʻuəŋ⁴² pei²⁴

俩人喝酒打嘞得； lia⁵⁵ zən⁴² xə²⁴ tɕiou⁵⁵ ta⁵⁵ lɛ⁰ tɛ²⁴

嘞得打，打嘞得， lɛ²⁴ tɛ²⁴ ta⁵⁵ ta⁵⁵ lɛ⁰ tɛ²⁴

不打嘞得罚三杯。 pu²⁴ ta⁵⁵ lɛ⁰ tɛ²⁴ fa⁴² san²⁴ pei²⁴

哥儿俩好，打嘞得， kɤr⁵⁵｜⁴² lia⁵⁵ xau⁵⁵ ta⁵⁵ lɛ⁰ tɛ²⁴

俩人喝酒打嘞得； lia⁵⁵ zən⁴² xə²⁴ tɕiou⁵⁵ ta⁵⁵ lɛ⁰ tɛ²⁴

嘞得打，打嘞得， lɛ²⁴ tɛ²⁴ ta⁵⁵ ta⁵⁵ lɛ⁰ tɛ²⁴

不打嘞得罚三杯。 pu²⁴ ta⁵⁵ lɛ⁰ tɛ²⁴ fa⁴² san²⁴ pei²⁴

…… ……

此行酒令规则：忘记说"打嘞得"者为输，罚酒三杯。

行酒令（二）

高高山上一头牛， kau²⁴ kau²⁴ ʂan²⁴ ʂaŋ⁰ i²⁴ tʻou⁴² niou⁴²

两只尖角一个头。 liaŋ⁵⁵ tʂʅ²⁴ tɕian²⁴ tɕyə²⁴ i²⁴｜⁴² kə⁰ tʻou⁴²

四个蹄ᶻ，分八瓣儿， sʅ²¹³ kə⁰ tʻiːau⁴² fən²⁴ pa²⁴｜⁴² por²¹³

尾巴长在腚后头。 i⁵⁵ pa⁰ tʂaŋ⁵⁵ tsai⁰ tiŋ²¹³ xou²¹³ tʻou⁰

此行酒令规则为：一只手出拳，另一只手摸着屁股，否则为输，罚酒一杯。 腚：屁股。

行酒令（三）

一只螃蟹八只脚， i²⁴ tʂʅ²⁴ pʻaŋ⁴² ɕiɛ⁰ pa²⁴ tʂʅ²⁴ tɕyə²⁴

两只眼睛□大嘞壳。 liaŋ⁵⁵ tʂʅ²⁴ ian⁵⁵ tɕiŋ⁰ nən²¹³ ta²¹³ lɛ⁰ kʻə²⁴

这杯酒该谁喝？ tʂʅə⁵⁵ pei²⁴ tɕiou⁵⁵ kai²⁴ ʂei⁴² xə²⁴

哥儿俩好，该谁喝？ kɤr⁵⁵｜⁴² lia⁵⁵ xau⁵⁵ kai²⁴ ʂei⁴² xə²⁴

哥儿俩好，该我喝。 kɤr⁵⁵｜⁴² lia⁵⁵ xau⁵⁵ kai²⁴ uə⁵⁵ xə²⁴

此行酒令规则为：忘记说"该谁喝"或"该我喝"者为输，罚酒一杯。 □：副词，那么。

行酒令（四）

一只蛤蟆一张嘴，　　i²⁴ tʂʅ²⁴ xɛ⁴² ma⁰ i²⁴ tʂaŋ²⁴ tsuei⁵⁵

两只眼睛四条腿，　　liaŋ⁵⁵ tʂʅ²⁴ ian⁵⁵ tɕiŋ⁰ sʅ²¹³ tʻiau⁴² tʻuei⁵⁵

扑通一声跳下水；　　pʻu⁵⁵ tʻuəŋ²⁴ i⁰ ʂəŋ²⁴ tʻiau²¹³ ɕia²¹³ ʂuei⁵⁵

两只蛤蟆两张嘴，　　liaŋ⁵⁵ tʂʅ²⁴ xɛ⁴² ma⁰ liaŋ⁵⁵ tʂaŋ²⁴ tsuei⁵⁵

四只眼睛八条腿，　　sʅ²¹³ tʂʅ²⁴ ian⁵⁵ tɕiŋ⁰ pa²⁴ tʻiau⁴² tʻuei⁵⁵

扑通扑通跳下水；　　pʻu⁵⁵ tʻuəŋ²⁴ pʻu⁵⁵ tʻuəŋ²⁴ tʻiau²¹³ ɕia²¹³ ʂuei⁵⁵

三只蛤蟆三张嘴，　　san²⁴ tʂʅ²⁴ xɛ⁴² ma⁰ san²⁴ tʂaŋ²⁴ tsuei⁵⁵

六只眼睛十二条腿，　liou²¹³ tʂʅ²⁴ ian⁵⁵ tɕiŋ⁰ sʅ⁴² ər²¹³ tʻiau⁴² tʻuei⁵⁵

扑通扑通扑通跳下水；　pʻu⁵⁵ tʻuəŋ²⁴ pʻu⁵⁵ tʻuəŋ²⁴ pʻu⁵⁵ tʻuəŋ²⁴ tʻiau²¹³ ɕia²¹³ ʂuei⁵⁵

…… ……

此行酒令规则：以此类推；数字和"扑通"重复的次数不能说错，否则罚酒一杯。

行酒令（五）

一棵柳树搂一搂，　　i²⁴ kʻuə²⁴ liou⁵⁵ ʂʮ⁰ lou⁵⁵ i²⁴ lou⁵⁵

走一步，扭一扭；　　tsou⁵⁵ i²⁴ ｜ ⁴² pu²¹³ niou⁵⁵ i²⁴ niou⁵⁵

两棵柳树搂两搂，　　liaŋ⁵⁵ kʻuə²⁴ liou⁵⁵ ʂʮ⁰ lou⁵⁵ liaŋ⁵⁵ ｜ ⁴² lou⁵⁵

走两步，扭两扭；　　tsou⁵⁵ ｜ ⁴² liaŋ⁵⁵ pu²¹³ niou⁵⁵ liaŋ⁵⁵ ｜ ⁴² niou⁵⁵

三棵柳树搂三搂，　　san²⁴ kʻuə²⁴ liou⁵⁵ ʂʮ⁰ lou⁵⁵ san²⁴ lou⁵⁵

走三步，扭三扭；　　tsou⁵⁵ san²⁴ ｜ ⁴² pu²¹³ niou⁵⁵ san²⁴ niou⁵⁵

四棵柳树搂四搂，　　sʅ²¹³ kʻuə²⁴ liou⁵⁵ ʂʮ⁰ lou⁵⁵ sʅ²¹³ lou⁵⁵

走四步，扭四扭；　　tsou⁵⁵ sʅ²¹³ pu²¹³ niou⁵⁵ sʅ²¹³ niou⁵⁵

…… ……

此行酒令规则：参与者一人一句依次快速递接，说错"一、二、三、四"等数字为输，罚酒一杯。

姓"儿"也比姓"孙"强

埋怨祖宗太窝囊，　　man⁴² yan²¹³ tsu⁵⁵ tsuəŋ⁰ t'ai²¹³ uə²⁴ naŋ⁰

为啥不姓李张王？　　uei²¹³ ʂa⁵⁵ pu²⁴ ɕiŋ⁴² li⁵⁵ tʂaŋ²⁴ uaŋ⁴²

人人面前低两辈儿，　zən⁴² zən⁴² mian²¹³ tɕ'ian⁴² ti²⁴ liaŋ⁵⁵ pər²¹³

姓"儿"也比ᴰ姓"孙"强。　ɕiŋ⁴² ər⁴² iɛ⁵⁵ | ⁴² piɛ⁵⁵ ɕiŋ⁴² suən²⁴ tɕ'iaŋ⁴²

学二话儿　长不大儿

学二话儿，　　　ɕyə⁴² ər²¹³ xuɐr²¹³

长不大儿；　　　tʂaŋ⁵⁵ pu²⁴ | ⁴² tɐr²¹³

推小车儿，　　　t'uei²⁴ ɕiau⁵⁵ tʂ'ɣr²⁴

卖南瓜儿。　　　mai²¹³ nan⁴² kuɐr⁰

卖嘞不够本儿，　mai²¹³ lɛ⁰ pu²⁴ | ⁴² kou²¹³ pər⁵⁵

来ᴰ家跟ᴰ恁老婆ᶻ亲亲嘴儿。　lɛ⁴² tɕia²⁴ kɛ²⁴ nən⁵⁵ lau⁵⁵ | ²⁴ p'au⁴² tɕ'in²⁴ tɕ'in⁰ tsuər⁵⁵

学二话儿：模仿、重复别人说的话。　来ᴰ家：回到家；动词变韵表终点义，可替换为"来到"。

雪花膏

雪花儿膏，桂花儿油，　　ɕyə²⁴ xuɐr²⁴ kau²⁴ kuei²¹³ xuɐr²⁴ iou⁴²

大脚妮ᶻ，剪发头。　　ta²¹³ tɕyə²⁴ ni:au²⁴ tɕian⁵⁵ fa²⁴ t'ou⁴²

中华民国兴自由，　　tʂuəŋ²⁴ xua²⁴ min⁴² kuɛ²⁴ ɕiŋ²⁴ tsʅ²¹³ iou⁴²

穿旗袍，握握手，　　tʂ'uan²⁴ tɕ'i⁴² p'au⁴² uə²⁴ uə⁰ ʂou⁵⁵

圪挤圪挤眼儿成ᴰ两口。　kɛ²⁴ tɕi⁰ kɛ²⁴ tɕi⁰ ior⁵⁵ tʂ'o⁴² liaŋ⁵⁵ | ⁴² k'ou⁵⁵

兴：流行。　圪挤眼：眨眼，挤眉弄眼。　成ᴰ：成了，动词变韵表完成义。

浚县地方特产（一）

大碾 ^D 嘞萝卜，　　　ta²¹³ niæ²¹³ lɛ⁰ luə⁴² pu⁰

香菜嘞葱，　　　ɕiaŋ²⁴ tsʻai⁰ lɛ⁰ tsʻuən²⁴

小河嘞白菜进北京 ①；　　ɕiau⁵⁵ xɣ⁰ lɛ⁰ pɛ⁴² tsʻai⁰ tɕin²¹³ pei²⁴ tɕiŋ²⁴

王桥嘞豆腐 ②，　　　uaŋ⁴² tɕʻiau⁰ lɛ⁰ tou²¹³ fu⁰

井固嘞席 ^{Z-0}，　　　tɕiŋ⁵⁵ ku⁰ lɛ⁰ ɕi⁴²

角场营嘞元宵 ③，　　　tɕɣə²⁴ tʂʻaŋ⁰ iŋ⁴² lɛ⁰ yan⁴² ɕiau²¹³

窑头嘞梨 ④ 。　　tɕiau²¹³ tʻou⁰ lɛ⁰ li⁴²

大碾、香菜、小河、王桥、井固、角场营、窑头均为浚县行政村名。
席 ^{Z-0}：苇席。

浚县地方特产（二）

王家嘞状元红 ⑤，　　　uaŋ⁴² tɕia⁰ lɛ⁰ tʂuaŋ²¹³ yan⁰ xuəŋ⁴²

张家嘞老碧绿 ⑥；　　　tʂaŋ²⁴ tɕia⁰ lɛ⁰ lau⁵⁵ pi²¹³ ly²⁴

---

① 浚县自古盛产蔬菜。据传，明朝成化年间，经时任兵部尚书的浚县人王越推荐，小河的白菜、大碾的萝卜、香菜的大葱，都曾作为贡品沿卫河运送到京城，进奉朝廷，名扬京城内外。

② 位于浚县城西北 1 千米处的王桥村，素有"豆腐故乡"之称。资料显示，该村制作豆腐有近 300 年的历史。王桥豆腐加工考究，制作精细，质白细嫩，软硬适度，味道纯正，为浚县名吃之一。

③ 浚县黎阳镇角场营村制作元宵已有 300 多年的历史，是远近闻名的"元宵之乡"。角场营元宵色泽洁白，形状浑圆，柔软细嫩，皮薄馅儿多，细腻黏糯，富有弹性。据传，袁世凯曾派专人来购买。

④ 浚县王庄历史上曾有"窑头梨林，绵延三里，华盖如织，遮天蔽日"的说法。因特殊的地理条件，窑头红梨还具有极高的药用价值。遗憾的是，20 世纪六七十年代，在"大造万亩丰产田"的口号下，千顷梨林毁于一旦。

⑤ 状元红：据说是明朝兵部尚书王越的后人酿制的酒。今已失传，详情待考。

⑥ 老碧绿：据传是一张姓人家（姓名、住址不详）酿制的酒，因色泽、气味好而在当时较有名气。后张姓人将制作秘方卖给了浚县新镇五四农场，以"老碧绿"品牌进行批量生产。今已停产，详情待考。

姚家 ① 嘞火烧， iau⁴² tɕia⁰ lɛ⁰ xuə⁵⁵ ʂau⁰

蒋家 ② 嘞鸡 ᶻ。 tɕian⁵⁵ tɕia⁰ lɛ⁰ tɕi:au²⁴

火烧：浚县特色传统名吃之一；主要食材为面粉、花椒面儿、香葱等；色泽金黄，外皮酥脆，内软韧，咸香鲜美。 鸡 ᶻ：指烧鸡。

浚县地方特产及民间工艺

张 ᴰ 寨嘞好吹手， tʂæŋ²⁴ tʂai²¹³ lɛ⁰ xau⁵⁵ tʂʻuei²⁴ ʂou⁰

黄 ᴰ 庄嘞好香油， xuæŋ⁴² tʂuan⁰ lɛ⁰ xau⁵⁵ ɕian²⁴ iou⁴²

席 ᴰ 营嘞挂面头 ③， ɕie⁴² iŋ⁴² lɛ⁰ kua²¹³ mian⁴² tʻou⁴²

白寺嘞好石头 ④， pɛ⁴² sʅ²¹³ lɛ⁰ xau⁵⁵ sʅ⁴² tʻou⁰

许 ᴰ 庄嘞好高楼 ⑤， ɕyɛ⁴² tʂuɐn²⁴ lɛ⁰ xau⁵⁵ kau²⁴ lou⁴²

荆 ᴰ 寨嘞萝卜头 ⑥。 tɕio²⁴ tʂai²¹³ lɛ⁰ luə⁴² pu⁰ tʻou⁴²

张 ᴰ 寨、白寺、许 ᴰ 庄：均为白寺镇行政村，"张 ᴰ、许 ᴰ"作地名变韵。 黄 ᴰ 庄、席 ᴰ 营、荆 ᴰ 寨：均为屯子乡行政村；"黄 ᴰ、席 ᴰ、荆 ᴰ"作地名变韵。 吹手：吹奏管乐器的人。

---

① 姚家：指的是城镇南街姚家（姓名不祥）。据传，姚家以卖火烧为业，曾招一学徒，但并不善待他。学徒为了报复姚家，故意将火烧加大面团、增加调味料等，以增加成本。不料，姚家火烧却因此而大受欢迎，在浚县城很有名气。今已失传，详情待考。

② 蒋家：清顺治年间，蒋连成（号老弼）先生在家传秘方的基础上，结合宫廷烧鸡技术反复改进，所创"义兴蒋"烧鸡，至今已传 300 余载；蒋记烧鸡的色、香、味、形俱佳，闻名浚县，广销四方。

③ 浚县屯子镇席营村的手工空心挂面又称黎阳贡面，白如雪、细如丝、中空心，是富有地方特色的传统面食小吃。因其工艺独特，早在明清时期就已闻名，堪称中华民族饮食文化中的一个传统绝活儿食品。

④ 据传，浚县境内的善化山、白寺山（旧称白祀山）上出产一种花斑石，黄质紫章，质地坚硬，花纹斑斓。花斑石是很好的建筑材料，而且只有浚县出产。明代时，浚县花斑石成为贡品，皇家用以修建宫殿和陵墓。

⑤ 此句来源及理据待考。

⑥ 荆寨村盛产红萝卜、白萝卜。

浚县地貌特征 [①] 谣

六架山 [②] ，三条河，　　liou²¹³ tɕia²¹³ ʂan²⁴ san²⁴ tʻiau⁴² xə⁴²

大小三十二个坡。　　ta²¹³ ɕiau⁵⁵ san²⁴ ʂ²̩⁰ ər²¹³ kə²¹³ pʻuə²⁴

西有火龙岗，　　ɕi²⁴ iou⁵⁵ xuə⁵⁵ luəŋ⁴² kaŋ⁵⁵ ⁱ²⁴

东有大沙窝。　　tuəŋ²⁴ iou⁵⁵ ta²¹³ ʂa²⁴ uə²⁴

此谣概括了浚县的地形地貌特点。　　六架山：指大伾山、浮丘山、善化山 [③] 、紫金山、凤凰山 [④] 、同山 [⑤] 。三条河：指卫河 [⑥] 、淇河 [⑦] 、永通河 [⑧] 。　　火龙岗：指浚县境内的纵贯南北、长约四十五里的太行余脉，位

---

① 浚县地处太行山与华北平原过渡地带，地势中部略高，西、东部平缓，平原面积占 82%，丘陵面积占 18%。

② 据《浚县志》（1990）载，浚县境内共有 8 座山：大伾山、浮丘山、善化山、象山、白寺山、同山、紫金山、凤凰山。

③ 善化山：属太行山余脉；又叫尖山，因位于县城西北约 15 千米的岗东麓，又称"北山"。南北长约 1.5 千米，东西宽约 1.35 千米，面积约 2.03 平方千米。盛产青石、花斑石，是浚县石灰、石料、石雕品的重要产地之一。

④ 紫金山、凤凰山：此二山为"连筋带骨"的姊妹山，位于大伾山东，山高 60 余米。据史料记载，紫金山又名汶山，传说中浚州八景之一的"瑶池玉女留仙迹"就在紫金山上。由于这两座山青石裸露，便于开采，1936 年英国人在浚县境内修筑道楚铁路时，大量采石、烧灰于此。20 世纪 60 年代，紫金山再次遭到过度开采、挖掘、破坏，成为目前可见的一个巨大的、深达数十米的坑，那些美丽、奇妙的景象已经荡然无存，留下的只有记忆和传说。

⑤ 同山：位于县城西南 16 千米。西南东北走向，长约 2.1 千米，宽约 1.75 千米，面积 3.68 平方千米；海拔 145 米，相对高度 84 米。最早记载见于《水经注》。《中国古今地名大辞典》记载："相传武王会同诸侯于此，故名。"因其山石裸露，不生草木，又名童山。

⑥ 卫河：海河的五大支流之一，发源于河南省博爱县皂南和辉县百泉，全长 347 千米，流域面积 555 平方千米。卫河浚县段总长 79.5 千米，自新镇双鹅头入境，流经新镇、小河、城关、城镇、屯子、王庄六个乡镇，至苏村北流入内黄，自西南向东北斜贯浚县全境。卫河是浚县主要的地表水资源，自东汉至清末的 1700 余年间，一直为漕运要道，对南北交通及浚县经济的发展起过重要作用。

⑦ 淇河：海河流域卫河的支流，发源于山西省陵川县方脑岭棋子山，流经山西省陵川县、壶关县，河南省辉县市、林州市、鹤壁市淇滨区、淇县、浚县，在浚县刘庄与共产主义渠交汇，向南至浚县淇门镇西的小河口东流入卫河。全长 161 千米，流域面积 2248 平方千米。1958 年开挖的共产主义渠大致上就是《水经·淇水注》上记载的淇河故道；曹魏"遏淇水东入白沟，以通漕运"，即指淇河被曹操于新镇下枋堰遏入白沟（卫水）中。淇河是迄今为止中国北方唯一无污染的河流。

⑧ 永通河：位于浚县与鹤壁市区、汤阴县的接壤地带。发源于鹤壁市黑山，自 （转下页注）

于县城西边、钜桥镇东麓。　"岗"无规则变调。　大沙窝：指浚县城东黄河故道沙窝，详见"不往朱 ^{D} 村寻婆 ^{Z} 家"条。

浚县历史名人

王越 [1]　嘞名气，　　　aŋ⁴² yɛ⁰ lɛ⁰ miŋ⁴² tɕ'i⁰

张子白 [2]　嘞字，　　　tʂaŋ²⁴ tsʅ⁵⁵ pɛ⁴² lɛ⁰ tsʅ²¹³

卢柟 [3]　嘞孤傲，　　　u⁴² nan⁴² nɛ⁰ ku²⁴ au²¹³

王梵志 [4]　嘞诗，　　　uaŋ⁴² fan⁴² tʂʅ²¹³ lɛ⁰ ʂʅ²⁴

子贡 [5]　嘞口才，　　　tsʅ⁵⁵ uəŋ²¹³ lɛ⁰ k'ou⁵⁵ ts'ai⁰

傅青主 [6]　嘞医。　　　fu²¹³ tɕ'iŋ²⁴ tʂʅ⁵⁵ lɛ⁰ i²⁴

医：指医术。

浚县民间工艺

前毛 ^{D} 村枪刀剑戟，　　tɕ'ian⁴² mo⁴² ts'uən²⁴ tau²⁴ tɕ'iaŋ²⁴ tɕian²¹³ tɕi²⁴

（接上页注⑧）汤阴县宜沟村南入县境南流，经姬屯、翟村北至田新庄东北入汤阴县境。浚县境内长 9 千米，宽 10 米。永通河古称宜师沟。后因山洪冲程，中游渐成暗河，长约 9 千米，故有"明十八，暗十八"之说。民国年间，河道淤积，渐成季节河。

① 王越（1426~1499），字世昌，谥号"襄敏"，大名府浚县（今浚县）人。明朝中期名将、诗人，有《王襄敏集》等传世，今人辑有《王越集》。《明史·七卿年表》记王越于成化十一年（1475）晋左都御史，而《王越传》则载其于成化九年晋左都御史；后有人荐王越作兵部尚书。

② 张子白，名皙，浚县屯子乡张洼村人。闻名一方的书画名家，明末清初书画家、医学家傅青主的弟子。据说，浚县文治阁南北券洞门上的"清环黎水""黛护伾岚"匾额，就是张子白所书，《重修文治阁记》也是张子白的作品。

③ 卢柟（？~1569），字子木、次楩、少楩，明大名府浚县（今浚县县城）人。自称"浮丘山人"，恃才傲物，愤世嫉俗，当地人称其为卢太学。明朝著名文学家，有"才压江南"之誉，著有《蠛蠓集》五卷。《明史》第二百八十七卷载卢柟传。

④ 王梵志，原名梵天，卫州黎阳（今浚县）人。唐初白话诗僧；其生卒年、字、号、生平、家世均不详。

⑤ 子贡，端木赐（前 520~ 前 456），复姓端木，字子贡，春秋末年卫国黎（今浚县）人。孔子的得意门生，孔门十哲之一，善于雄辩，办事通达，曾任鲁国、卫国的丞相，还善于经商，是孔子弟子中的首富，被称为儒商鼻祖。

⑥ 见民谣"评傅青主"条。

杨玘屯 ① 咕咕叽叽，　　iaŋ⁴² tɕi⁰ t'uən⁴² ku²⁴ ku⁰ tɕi²⁴ tɕi⁰

东张 ᴰ 庄笸箩簸箕 ②，　　tuəŋ²⁴ tʂæŋ²⁴ tʂuaŋ⁰ pu⁴² luə⁰ puə²¹³ tɕ'i⁰

二郎庙 ᴰ 惊天动地 ③，　　ər²¹³ lau⁰ mio²¹³ tɕiŋ²⁴ t'ian²⁴ tuəŋ²¹³ ti²¹³

东宋 ᴰ 庄面南登基，　　tuəŋ²⁴ suo²¹³ tʂuaŋ⁰ mian²¹³ nan⁴² təŋ²⁴ tɕi²⁴

寺下头高高低低 ④，　　sʅ²¹³ ɕia²¹³ t'ou⁰ kau²⁴ kau²⁴ ti²⁴ ti²⁴

南胡村风声如雷，　　nan⁴² xu⁴² ts'uən⁰ fəŋ²⁴ ʂəŋ²⁴ ʐʅ⁴² luei⁴²

李新寨 ⑤ 哐哐叽叽，　　li⁵⁵ ɕin²⁴ tʂai⁰ k'uaŋ²⁴ k'uaŋ⁰ tɕi²⁴ tɕi⁰

孙 ᴰ 庄村蚂虾炸鱼 ⑥，　　sue²⁴ tʂuaŋ⁰ ts'uən⁰ ma⁴² ɕia²⁴ tʂa⁴² y⁴²

城里 ᴴ 嘞布虎马匹，　　tʂ'əŋ⁴² liou⁵⁵ lɤ⁰ pu²¹³ xu⁵⁵ ma⁵⁵ p'i⁴²

郑姚厂 ⑦ 石狮 ᶻ 门前立。　　tʂ'əŋ²¹³ iau⁴² tʂ'aŋ⁵⁵ sʅ⁴² ʂʅau²⁴ mən⁴² tɕ'ian⁴²

li²⁴

---

① 浚县泥玩具久负盛名，主要产于浚县黎阳镇杨玘屯村，是典型的地域文化。据《资治通鉴》记载，艺人用当地的黄胶土做原料，用夸张的手法捏制出来各种人物、动物、飞禽等造型，以黑为底色，以红、黄、蓝、绿等鲜艳的颜色绘出各种图案，与黑底形成强烈的对比。其创作题材广泛，形象生动，夸张简洁，不求形似而神采毕现，堪与大写意的中国画相媲美。无论人物、动物，千姿百态，在粗犷憨厚中凸显着一种灵气，深受好评，被民俗专家称为历史研究的活化石。

② 浚县柳编产业从明朝洪武年间延续 600 多年至今，集中产地是王庄镇小寨村和黎阳镇东张庄，工艺品是以当地优质柳条为主要原材料，辅以各种生态材料精加工而成。目前，王庄镇柳编专业户能够生产柳线、柳木等 10 大系列 300 多个品种。近年来，王庄镇柳编工艺品的生产加工工艺不断创新，工艺品花色品种不断增多，"柳篮""簸箕"等传统产品市场稳步扩大，产品销售额持续增长。

③ 本句又作"高村营震天动地"。

④ 一说"高高低低"指寺下头村的传统社火项目——高跷在浚县首屈一指，非常有名。另一说"高高低低"指制秤工艺；寺下头村的制秤工艺及其历史，待考。

⑤ 王庄镇李新寨村吉祥铜响器起源于 300 年前，是祖辈传下来的传统产业。现村内的铜器加工厂已有百余年生产历史，主要生产铙、钗、锣等打击乐器，其产品声音洪亮，经久耐用，行销全国各地。目前可生产 26 个品种，年产 2000 件，产值达 60 万元。

⑥ 浚县城关镇（今属浚州区）孙庄，炸制的鱼和蚂虾黄焦酥脆，很有特色。

⑦ 浚县石雕集中产于浚县屯子镇郑厂村，其工艺始于汉代，盛于宋元明清。20 世纪 80 年代在善化山出土的汉画石（现为国家一级保护文物）造型、雕刻之精美，足以说明浚县石雕历史之悠久。浚县浮丘山千佛洞石窟造像更是全国少见的艺术珍品，宋代的开封龙亭、明代的皇极殿、十三陵等文物胜地，都有浚县石雕的痕迹。石雕艺人还以高超的技艺参加过北京人民大会堂等十大建筑的雕刻工程。目前，浚县石雕石刻生产厂家 400 多家，雕刻技术人员 3000 多人，产品种类有石牌坊、古建栏板、壁画、人物、动物等十余种，年产值达 2 亿元。

　　"毛^D村、杨玘屯、东张^D庄、二郎庙^D、东宋^D庄、寺下头、南胡村、李新寨、孙^D庄"均为行政村名，"毛^D、张^D、庙^D、宋^D、孙^D"作地名变韵。　枪刀剑戟：指代木制玩具。　咕咕叽叽：泥咕咕，指代泥塑工艺。　筐箩簸箕：指代柳编业。　惊天动地：指代制作鞭炮。　面南登基：指代编织布袋。　高高低低：指代制秤工艺。　风声如雷：指代制作风箱。　哐哐叽叽：指代铜器加工。　蚂虾炸鱼：将蚂虾、鱼经过油炸而成熟食，黄焦酥脆。　城里^H：指浚县县城。　布虎马匹：指代制作布玩具。　石狮门前立：指代石雕工艺。

Y

鸭子 *

嘴像铲 ^Z，脚像扇 ^Z；   tsuei^{55} ɕiaŋ^{213} tʂʻæ^{55} tɕyə^{24} ɕiaŋ^{213} ʂæ^{213}

走路摇晃像摆架 ^Z。   tsou^{55} lu^{213} iau^{42} xuaŋ^{213} ɕiaŋ^{213} pai^{55} tɕiæu^{213}

此为谜语的谜面；谜底：鸭子。   摆架 ^Z：摆架子；装腔作势。

牙疼不算病

牙疼不算病，   ia^{42} tʻəŋ^{0} pu^{24} | ^{42} suan^{213} piŋ^{213}

疼起 ^H 要人命。   tʻəŋ^{42} tɕʻiai^{0} iau^{213} zən^{42} miŋ^{213}

亲戚不来瞧，   tɕʻin^{24} tɕʻi^{0} pu^{42} lai^{42} tɕʻiau^{42}

邻家不打听。   lin^{42} tɕia^{0} pu^{24} ta^{55} tʻiŋ^{0}

"要人命"又作"能要命"。   邻家：邻居。   打听：问询，慰问。

淹吃鱼儿

淹吃小鱼儿，   ian^{24} tʂʻʅ^{24} ɕiau^{55} yər^{42}

旱吃地梨儿 ^①，   xan^{213} tʂʻʅ^{24} ti^{213} liər^{42}

不淹不旱吃白馍儿。   pu^{24} ian^{24} pu^{24} | ^{42} xan^{213} tʂʻʅ^{24} pɛ^{42} mor^{42}

末句又作：风调雨顺吃粮食儿。

---

① 地梨儿：又名梭草、莎草、香附，多年生草本植物，由地下块茎、根茎、鳞茎和地上茎
叶组成。繁殖能力强，且大水淹不死，大旱旱不死，永不断种。野生在湿地里，不用播
种，不用耕耘，便能结出果实。其果实个头不大，一般直径 1~2 厘米，皮色黑，内肉雪
白，含较多淀粉和糖，可以生食，也可粉碎磨面，是一种较好的代食。

掩面呼

掩面呼，掩面呼，　　ian⁵⁵ mian⁰ xu²⁴ ian⁵⁵ mian⁰ xu²⁴

我嘞破鞋你嘞屋。　　uə⁵⁵ lɛ⁰ p'uə²¹³ ɕiɛ⁴² ni⁵⁵ lɛ⁰ u²⁴

掩面呼，快来到，　　ian⁵⁵ mian⁰ xu²⁴ k'uai²¹³ lai⁴² tau²¹³

快来住进你嘞屋 ①。　k'uai²¹³ lai⁴² tʂʅ²¹³ tɕin²¹³ ni⁵⁵ lɛ⁰ u²⁴

掩面呼：蝙蝠。

眼睛 *

上边儿毛，下边儿毛，　　ʂaŋ²¹³ pior²⁴ mau⁴² ɕia²¹³ pior²⁴ mau⁴²

当间儿夹 ᴰ⁻⁰ 个黑葡萄。　　taŋ²⁴ tɕior²¹³ tɕia²⁴ kə⁰ xɛ²⁴ p'u⁴² t'au⁰

此为谜语的谜面；谜底：眼睛。　　夹 ᴰ：动词变韵表持续义，可替换为"夹着"。

杨树和羊尿

杨树底下拴 ᴰ 个羊，　　ian⁴² ʂʅ²¹³ ti⁵⁵ ɕiɛ⁰ ʂuæ²⁴ kə⁰ ian⁴²

叫羊尿，羊不尿。　　tɕiau²¹³ ian⁴² niau²¹³ ian⁴² pu²⁴ |⁴² niau²¹³

杨树底下尿羊尿，　　ian⁴² ʂʅ²¹³ ti⁵⁵ ɕiɛ⁰ niau²¹³ ian⁴² niau²¹³

叫羊尿，羊不尿，　　tɕiau²¹³ ian⁴² niau²¹³ ian⁴² pu²⁴ |⁴² niau²¹³

不叫羊尿羊要尿。　　pu²⁴ |⁴² tɕiau²¹³ ian⁴² niau²¹³ ian⁴² iau²¹³ niau²¹³

此为绕口令。　　拴 ᴰ：拴着，动词变韵表持续义。

养猪歌

猪吃百样儿草，　　tʂʅ²⁴ tʂ'ʅ²⁴ pɛ²⁴ iɐr²¹³ ts'au⁵⁵

看你找不找。　　k'an²¹³ ni⁰ tʂau⁵⁵ pu⁰ tʂau⁵⁵

只要手勤勤，　　tʂʅ²⁴ |⁴² iau²¹³ ʂou⁵⁵ tɕ'in⁴² tɕ'in⁰

---

① 由于"蝠""福"同音，蝙蝠在民间有"鼠仙"之称，被视为吉祥的象征，蝙蝠飞进屋里是吉兆，故有此谣。

到处是饲料。　　tau²¹³ tʂʻʅ²¹³ ʂʅ²¹³ ʂʅ⁴² liau²¹³

先喂粗食后喂料，　　ɕian²⁴ uei²¹³ tsʻu²⁴ ʂʅ⁴² xou²¹³ uei²¹³ liau²¹³

先长个儿来后长膘。　　ɕian²⁴ tʂaŋ⁵⁵ kɤ²¹³ lai⁰ xou²¹³ tʂaŋ⁵⁵ piau²⁴

一天喂它三遍食，　　i²⁴ tʻian²⁴ uei²¹³ tʻa⁰ san²⁴ ˈ⁴² pian²¹³ ʂʅ⁴²

年底五百跑不了。　　nian⁴² ti⁵⁵ u⁵⁵ pɛ²⁴ pʻau⁵⁵ pu²⁴ liau⁵⁵

　　料：喂牲口的高粱、豆子、玉米等杂粮。　勤勤：勤谨，勤快。　五百：五百斤。　跑不了：意即有保证。

样ᶻ窝儿嘞事儿说不清

样ᶻ窝儿嘞事儿说不清，　　iæŋ²¹³ uor⁰ le⁰ ʂər²¹³ ʂʮ²⁴ pu⁰ tɕʻiŋ²⁴

街上出ᴰ很多偏头疯。　　tɕie²⁴ ʂaŋ⁰ tʂʻʮ²⁴ xən⁵⁵ tuə²⁴ pʻian²⁴ tʻou⁴² fən²⁴

知道嘞说是打电话，　　tʂʅ²⁴ ˈ⁴² tau²¹³ le⁰ ʂʮ²⁴ ʂʅ²¹³ ta⁵⁵ tian²¹³ xua²¹³

不知ᴴ嘞说是乱哼哼。　　pu²⁴ tʂo²⁴ le⁰ ʂʮ²⁴ ʂʅ²¹³ luan²¹³ xəŋ²⁴ xəŋ⁰

　　20世纪末21世纪初，随着手机的诞生和普及，边走路边接打电话的情况屡见不鲜，乃有此谣。　样ᶻ窝儿：现在，当时。　出ᴰ：动词变韵表完成义，可替换为"出了"。

要彩礼（一）

一两星星二两月，　　i²⁴ liaŋ⁵⁵ ɕiŋ²⁴ ɕiŋ⁰ ər²¹³ liaŋ⁵⁵ yɛ²⁴

三两清风四两云。　　san²⁴ liaŋ⁵⁵ tɕʻiŋ²⁴ fəŋ²⁴ sʅ²¹³ liaŋ⁵⁵ yn⁴²

天上嘞星星要一个，　　tʻian²⁴ ʂaŋ⁰ le⁰ ɕiŋ²⁴ ɕiŋ⁰ iau²¹³ i²⁴ ˈ⁴² kə²¹³

蛤蟆嘞眉毛要半斤。　　xɛ⁴² ma⁰ le⁰ mei⁴² mau⁰ iau²¹³ pan²¹³ tɕin²⁴

一步一个摇钱树，　　i²⁴ ˈ⁴² pu²¹³ i²⁴ ˈ⁴² kə²¹³ iau⁴² tɕʻian⁴² ʂʮ²¹³

两步一个聚宝盆。　　liaŋ⁵⁵ pu²¹³ i²⁴ ˈ⁴² kə²¹³ tɕy²¹³ pau⁵⁵ pʻən⁴²

摇钱树上拴银马，　　iau⁴² tɕʻian⁴² ʂʮ²¹³ ʂaŋ⁰ ʂuan²⁴ in⁴² ma⁵⁵

聚宝盆里ᴴ坐银人。　　tɕy²¹³ pau⁵⁵ pʻən⁴² liou⁰ tsuə²¹³ in⁴² zən⁴²

一个银人三丈二，　　i²⁴ ˈ⁴² kə²¹³ in⁴² zən⁴² san²⁴ ˈ⁴² tʂaŋ²¹³ ər²¹³

不要寸铁光要金。　　pu²⁴ ˈ⁴² iau²¹³ tsʻuən²¹³ tʻiɛ²⁴ kuaŋ²⁴ ˈ⁴² iau²¹³ tɕin²⁴

此为豫剧传统剧目《杨八姐游春》中佘太君要彩礼一折（节选）。

要彩礼（二）

砖瓦房，带走廊，　　　tṣuan²⁴ ua⁵⁵ faŋ⁴² tai²¹³ tsou⁵⁵ laŋ⁰

三转一响不用讲。　　　san²⁴ ˈ⁴² tṣuan²¹³ i²⁴ ɕiaŋ⁵⁵ pu²⁴ ˈ⁴² yŋ²¹³ tɕiaŋ⁵⁵

电视机，录音机，　　　tian²¹³ ʂɻ²¹³ tɕi²⁴ lu²⁴ in²⁴ tɕi²⁴

样样儿家具都配齐。　　iaŋ²¹³ iɐr²¹³ tɕia²⁴ tɕy⁰ tou²⁴ ˈ⁴² pʻei²¹³ tɕʻi⁴²

手表得挂星期天儿，　　ʂou⁵⁵ ˈ⁴² piau⁵⁵ tɛ²⁴ kua²¹³ ɕin²⁴ tɕʻi²⁴ tʻior²⁴

洋车儿必须会冒烟儿。　iaŋ⁴² tʂʻɣr²⁴ pi⁵⁵ ɕy⁰ xuei²¹³ mau²¹³ ior²⁴

缝纫机外加能锁边儿，　fən⁴² zən⁰ tɕi²⁴ uai²¹³ tɕia²⁴ nəŋ⁴² suə⁵⁵ pior²⁴

电视机必须带彩色儿。　tian²¹³ ʂɻ²¹³ tɕi²⁴ pi⁵⁵ ɕy⁰ tai²¹³ tsʻai⁵⁵ ʂor²⁴

得：必须。　挂星期天儿：指手表上带着日历。　会冒烟儿：指摩托车。　锁边儿：一种缝纫方法，用于衣物边缘或扣眼儿上。

要饭谣

行好儿嘞给俺一块馍，　ɕin⁴² xor⁵⁵ lɛ⁰ kei⁵⁵ ˈ⁴² an⁰ i²⁴ ˈ⁴² kʻuai²¹³ muə⁴²

保恁嘞小孩儿上大学；　pau⁵⁵ ˈ⁴² nən⁵⁵ nɛ⁰ ɕiau⁵⁵ xor⁴² ʂaŋ²¹³ ta²¹³ ɕyə⁴²

行好儿嘞给俺几个钱，　ɕin⁴² xor⁵⁵ lɛ⁰ kei⁵⁵ ˈ⁴² an⁰ tɕi⁵⁵ kə⁰ tɕʻian⁴²

保恁一辈ᶻ不作难。　　pau⁵⁵ ˈ⁴² nən⁵⁵ i²⁴ ˈ⁴² pɛau²¹³ pu²⁴ tsuə²⁴ nan⁴²

行好儿：行善。　保：保佑，保证。

要陪送

小喜鹊儿，叫喳喳，　　ɕiau⁵⁵ ˈ⁴² ɕi⁵⁵ tɕʻyɣr⁰ tɕiau⁵⁵ tʂa²⁴ tʂa²⁴

婆ᶻ家嘞喜帖到ᴰ俺家。　pʻau⁴² tɕia⁰ lɛ⁰ ɕi⁵⁵ tʻiɛ²⁴ to²¹³ an⁵⁵ tɕia²⁴

喜事儿临门心欢喜，　　ɕi⁵⁵ ʂər²¹³ lin⁴² mən⁴² ɕin²⁴ xuan²⁴ ɕi⁵⁵

再过三天俺出嫁。　　　tsai²¹³ kuə²¹³ san²⁴ tʻian²⁴ an⁵⁵ tʂʻɻ²⁴ tɕia⁰

"爹呀爹，陪送啥？"　　tiɛ²⁴ ia⁰ tiɛ²⁴ pʻei⁴² suəŋ²¹³ ʂa⁵⁵

"新柜旧柜有俩仨；　　ɕin²⁴ kuei²¹³ tɕiou²¹³ kuei²¹³ iou⁵⁵ lia⁵⁵ ˈ⁴² sa²⁴

个个儿都是樟木嘞， kə²¹³ kɤr⁰ tou²⁴ ｜⁴² ʂʅ²¹³ tʂaŋ²⁴ mu²⁴ lɛ⁰

不怕鼠咬和虫儿打。" pu²⁴ ｜⁴² pʻa²¹³ ʂʅ⁵⁵ ｜⁴² iau⁵⁵ xə⁴² tʂʻuər⁴² ta⁵⁵

"娘啊娘，陪送啥？" niaŋ⁴² ŋa⁰ niaŋ⁴² pʻei⁴² suəŋ²¹³ ʂa⁵⁵

"新衣衫有两包袱， ɕin²⁴ i²⁴ ʂan²⁴ iou⁵⁵ liaŋ⁵⁵ pau²⁴ fu⁰

都是绫罗加绸缎， tou²⁴ ｜⁴² ʂʅ²¹³ liŋ⁴² luə⁴² tɕia²⁴ tʂʻou⁴² tuan²¹³

有棉有单还有夹。" iou⁵⁵ mian⁴² iou⁵⁵ tan²⁴ xai⁴² iou⁵⁵ tɕia²⁴

"哥啊哥，陪送啥？" kə⁵⁵ ia⁰ kə⁵⁵ pʻei⁴² suəŋ²¹³ ʂa⁵⁵

"金银戒指儿有七八， tɕin²⁴ in⁴² tɕiɛ²¹³ tʂər⁰ iou⁵⁵ tɕʻi²⁴ pa²⁴

玉环金镯 ᶻ 整两对儿， y²¹³ xuan⁴² tɕin²⁴ tʂuau⁴² tʂəŋ⁵⁵ ｜⁴² liaŋ⁵⁵ tuər²¹³

满头首饰哗啦啦。" man⁵⁵ tʻou⁴² ʂou⁵⁵ ʂʅ⁰ xua²⁴ la⁰ la²⁴

"嫂啊嫂，陪送啥？" sau⁵⁵ ua⁰ sau⁵⁵ pʻei⁴² suəŋ²¹³ ʂa⁵⁵

"一只箩头配 ᴰ 粪权， i²⁴ tʂʅ²⁴ luə⁴² tʻou⁴² pʻɛ²¹³ fən²¹³ tʂʻa²⁴

还有一个破脚盆， xai⁴² iou⁵⁵ i²⁴ ｜⁴² kə⁰ pʻuə²¹³ tɕyə²⁴ pʻən⁴²

死丫头，你拿去吧。" sʅ⁵⁵ ia²⁴ tʻou⁴² ni⁵⁵ na⁴² tɕʻy²¹³ pa⁰

嫂嫂说话理太差， sau⁵⁵ sau⁰ ʂuə²⁴ xua²¹³ li⁵⁵ tʻai²¹³ tʂʻa²⁴

气嘞妹妹咬碎牙： tɕʻi²¹³ lɛ⁰ mei²¹³ mei⁰ iau⁵⁵ suei²¹³ ia⁴²

"不为 ᴰ 爹娘和俺哥， pu²⁴ ｜⁴² uɛ²¹³ tiɛ²⁴ niaŋ⁴² xə⁴² an⁵⁵ ｜⁴² kə⁵⁵

过门儿永不来恁家。" kuə²¹³ mər⁴² yŋ⁵⁵ pu²⁴ lai⁴² nən⁵⁵ tɕia²⁴

陪送：名词，指嫁妆。 到 ᴰ：到了，动词变韵表完成义。 虫儿打：
虫子蛀蚀器物。 包袱：包裹。 棉：棉衣。 单：单衣。 夹：夹衣，
即有里有面的双层衣服。 配 ᴰ：配着，动词变韵表持续义。 脚盆：尿
盆。 过门儿：结婚，嫁出去。

要使 ᴰ 荆笆往外拉

七十七，八十八， tɕʻi²⁴ ʂʅ⁰ tɕʻi²⁴ pa²⁴ ʂʅ⁰ pa²⁴

抱不了孩 ᶻ， pu²¹³ pu²⁴ liau⁰ xɛau⁴²

纺不了花， faŋ⁵⁵ pu²⁴ liau⁰ xua²⁴

织不了布， tʂʅ²⁴ pu²⁴ liau⁰ pu²¹³

要她□ ᴴ？ iau²¹³ tʻa⁰ tsua⁴²

要使 ^D 荆笆往外拉。　　iau²¹³ ʂʅə⁵⁵ tɕiŋ⁵⁵ pa²⁴ uaŋ⁵⁵ uai²¹³ la²⁴

小孩儿一边儿说了话：　　ɕiau⁵⁵ xor⁴² i²⁴ pior²⁴ ʂʅə²⁴ liau⁰ xua²¹³

"把荆笆挂到山墙上，　　pa²¹³ tɕiŋ⁵⁵ pa²⁴ kua²¹³ tau⁰ ʂan²⁴ tɕ'iaŋ⁰ ʂaŋ⁰

咱一辈儿一辈儿往外拉，　　tsan⁴² i²⁴｜⁴² pər²¹³ i²⁴｜⁴² pər²¹³ uaŋ⁵⁵ uai²¹³ la²⁴

咱一辈儿一辈拉荆笆。"　　tsan⁴² i²⁴｜⁴² pər²¹³ i²⁴｜⁴² pər²¹³ la²⁴ tɕiŋ⁵⁵ pa²⁴

　　此谣来自一个民间传说：有一对夫妻，不孝敬长辈，认为老人没用，欲将其逐出家门，便准备用车子将老人拉到外边，任其自生自灭，其子女目睹，便说自己以后也会效仿父母，正所谓上行下效；父母从中受到了教育，此后再也不敢不孝敬老人了。　　□ ^H："做啥"的合音。　　使 ^D：介词，用。　　荆笆：用荆条、柳条等编织的一种小篱笆；围在车厢前后两端或四周，其作用是增加载货的容量。

要想 ^D 坐 上钢磨

要想 ^D 坐，上钢磨；　　iau²¹³ ɕiæŋ⁵⁵ tsuə²¹³ ʂaŋ²¹³ kaŋ²⁴ muə²¹³

要想 ^D 躺，上林场；　　iau²¹³ ɕiæŋ⁵⁵｜⁴² t'aŋ⁵⁵ ʂaŋ²¹³ lin⁴² tʂ'aŋ⁵⁵

要想 ^D 睡，上大队；　　iau²¹³ ɕiæŋ⁵⁵ ʂei²¹³ ʂaŋ²¹³ ta²¹³ tuei²¹³

要想 ^D 闹，上学校；　　iau²¹³ ɕiæŋ⁵⁵ nau²¹³ ʂaŋ²¹³ ɕyə⁴² ɕiau²¹³

想 ^D 作难，领剧团；　　ɕiæŋ⁵⁵ tsuə²⁴ nan⁴² liŋ⁵⁵ tɕy²¹³ t'uan⁴²

想 ^D 生气，去唱戏。　　ɕiæŋ⁵⁵ ʂəŋ²⁴ tɕ'i²¹³ tɕ'y²¹³ tʂ'aŋ²¹³ ɕi²¹³

　　想 ^D：想着，动词变韵表持续义。　　上：去。　　钢磨：代指磨坊。大队："大队部"之简称，指人民公社时期生产大队的办公场所。　　闹：喧闹。

爷爷给 ^D 俺编花篮

小板凳儿，腿儿短，　　ɕiau⁵⁵｜⁴² pan⁵⁵ tər⁰ t'uei⁵⁵ ər⁰ tuan⁵⁵

爷爷坐上编花篮。　　iɛ⁴² iɛ⁰ tsuə²¹³ ʂaŋ⁰ pian²⁴ xua²⁴ lan⁴²

新柳条 ^Z，白杉杉，　　ɕin²⁴ liou⁵⁵ t'iæu⁴² pɛ⁴² ʂan⁰ ʂan²⁴

又细又长又绵软。　　iou²¹³ ɕi²¹³ iou²¹³ tʂ'aŋ⁴² iou²¹³ mian⁴² ʐuan⁰

左一编，右一编，　　tsuə⁵⁵ i²⁴ pian²⁴ iou²¹³ i²⁴ pian²⁴

编嘞花篮儿真好看。　　pian²⁴ nɛ⁰ xua²⁴ lor⁴² tʂən²⁴ xau⁵⁵ k'an²¹³

我一个，妹一个，　　uə⁵⁵ i⁰ kuə⁰ mei²¹³ i⁰ kuə⁰

剩 ^D 这一个给 ^D 哥哥。　　ʂo²¹³ tʂʐə⁰ i⁰ kə⁰ kɛ⁵⁵ | ⁴² kə⁵⁵ kə⁰

剩 ^D、给 ^D：动词变韵均表完成义，可分别替换为"剩了""给了"。

一辈 ^Z 没吃过祭灶糖

正月传起二月娶，　　tʂən²⁴ yɛ⁰ tʂ'uan⁴² tɕ'i⁵⁵ ər²¹³ yɛ⁰ tɕ'y⁵⁵

三月添 ^D 个小儿郎。　　san²⁴ yɛ⁰ t'iæ²⁴ kə⁰ ɕiau⁵⁵ ər⁴² laŋ⁴²

四月都学会走路，　　sʅ²¹³ yɛ⁰ tou⁰ ɕyə⁴² xuei²¹³ tsou⁵⁵ lu²¹³

五月六月叫爹娘。　　u⁵⁵ yɛ⁰ liou²¹³ yɛ⁰ tɕiau²¹³ tiɛ²⁴ niaŋ⁴²

七月南学把书念，　　tɕ'i²⁴ yɛ⁰ nan⁴² ɕyə⁴² pa²¹³ ʂʅ²⁴ nian²¹³

八月学会作文章。　　pa²⁴ yɛ⁰ ɕyə⁴² xuei²¹³ tsuə²¹³ uən⁴² tʂaŋ⁴²

九月上京去赶考，　　tɕiou⁵⁵ yɛ⁰ ʂaŋ²¹³ tɕiŋ²⁴ tɕ'y²¹³ kan⁵⁵ | ⁴² k'au⁵⁵

十月得个状元郎。　　ʂʅ⁴² yɛ⁰ tɛ²⁴ kə⁰ tʂuaŋ²¹³ yan⁰ laŋ⁴²

十一月大雪在平地，　　ʂʅ⁴² i²⁴ yɛ⁰ ta²¹³ ɕyɛ²⁴ tsai²¹³ p'iŋ⁴² ti²¹³

腊月二十见 ^D 阎王。　　la²⁴ yɛ⁰ ər²¹³ ʂʅ⁴² tɕiæ²¹³ ian⁴² uaŋ⁰

人人说小孩儿死嘞苦，　　zən⁴² zən⁰ ʂʅə²⁴ ɕiau⁵⁵ xor⁴² sʅ⁵⁵ lɛ⁰ k'u⁵⁵

一辈 ^Z 没吃过祭灶糖 ①。　　i²⁴ | ⁴² pɛau²¹³ mu⁴² tʂ'ʅ²⁴ kuə⁰ tɕi²¹³ tsau²¹³ t'aŋ⁴²

传起：送彩礼，择吉日。　　见 ^D：见了，动词变韵表完成义。

一堆老婆儿去赶集 *

一堆老婆儿去赶集，　　i²⁴ tsuei²⁴ lau⁵⁵ | ²⁴ p'or⁴² tɕ'y²¹³ kan⁵⁵ tɕi⁴²

买了一堆老烂梨。　　mai⁵⁵ lə⁰ i²⁴ tsuei²⁴ lau⁵⁵ lan²¹³ li⁴²

一个人六 ^H，余剩六 ^H；　　i²⁴ | ⁴² kə⁰ zən⁴² lio²¹³ y⁴² tʂ'əŋ⁰ lio²¹³

一个人七 ^H，争仨梨。　　i²⁴ | ⁴² kə⁰ zən⁴² tɕ'iɛ²⁴ tʂəŋ²⁴ sa²⁴ li⁴²

---

① 祭灶糖：农历腊月二十三祭灶神的日子所吃之糖，表皮黏附芝麻，今称"麻糖"。传说灶神每年腊月二十三（俗称"小年"）都会上天庭向玉帝述说人间的事情，这个时候给灶神吃糖，为的是粘上他的嘴，不让他在玉帝面前说坏话。

算算一共几个老婆儿几个梨。　　suan²¹³ suan⁰ i²⁴ ⌐ ⁴² kuəŋ²¹³ tɕi⁵⁵ kə⁰ lau⁵⁵ ⌐ ²⁴

p'or⁴² tɕi⁵⁵ kə⁰ li⁴²

此为谜语的谜面；谜底：九个老婆儿、六十个梨。　　余剩：剩余。　　七 [H]：
"七个"的合音。　　争：欠，缺。

一二三四五（一）

一二三四五，	i²⁴ ⌐ ⁴² ər²¹³ san²⁴ ⌐ ⁴² sʅ²¹³ u⁵⁵
上山打老虎；	ʂaŋ²¹³ ʂan²⁴ ta⁵⁵ lau⁵⁵ ⌐ ⁴² xu⁰
老虎不吃人，	lau⁵⁵ ⌐ ⁴² xu⁰ pu²⁴ tʂʻʅ²⁴ zən⁴²
下山找敌人，	ɕia²¹³ ʂan²⁴ tʂau⁵⁵ ti⁴² zən⁴²
敌人不害怕，	ti⁴² zən⁴² pu²⁴ ⌐ ⁴² xai²¹³ p'a²¹³
下山找他爸。	ɕia²¹³ ʂan²⁴ tʂau⁵⁵ ⌐ ⁴² t'a⁵⁵ pa²¹³

一二三四五（二）

一二三四五，	i²⁴ ⌐ ⁴² ər²¹³ san²⁴ ⌐ ⁴² sʅ²¹³ u⁵⁵
上山打老虎；	ʂaŋ²¹³ ʂan²⁴ ta⁵⁵ lau⁵⁵ ⌐ ⁴² xu⁰
老虎不吃人，	lau⁵⁵ ⌐ ⁴² xu⁰ pu²⁴ tʂʻʅ²⁴ zən⁴²
光吃杜鲁门。	kuaŋ²⁴ tʂʻʅ²⁴ tu²¹³ lu⁰ mən⁴²

杜鲁门：Harry S. Truman（1884~1972），美国第 33 任总统。

一二三四五（三）

一二三四五，	i²⁴ ⌐ ⁴² ər²¹³ san²⁴ ⌐ ⁴² sʅ²¹³ u⁵⁵
上山打老虎；	ʂaŋ²¹³ ʂan²⁴ ta⁵⁵ lau⁵⁵ ⌐ ⁴² xu⁰
老虎不吃人，	lau⁵⁵ ⌐ ⁴² xu⁰ pu²⁴ tʂʻʅ²⁴ zən⁴²
就去打敌人；	tɕiou²¹³ tɕ'y²¹³ ta⁵⁵ ti⁴² zən⁴²
敌人一开炮，	ti⁴² zən⁴² i²⁴ k'ai²⁴ p'au²¹³
炸毁火车道；	tʂa²¹³ xuei⁵⁵ xuə⁵⁵ tʂʻʅə²⁴ tau²¹³
火车一拉鼻 [Z]，	xuə⁵⁵ tʂʻʅə²⁴ i²⁴ la²⁴ pi:au⁴²

惊到刘少奇；　　tɕiŋ²⁴ tau⁰ liou⁴² ʂau²¹³ tɕʻi⁴²

刘少奇一开枪，　　liou⁴² ʂau²¹³ tɕʻi⁴² i²⁴ kʻai²⁴ tɕʻiaŋ²⁴

打到老蒋嘞大裤裆。　　ta⁵⁵ tau⁰ lau⁵⁵˙²⁴ tɕiaŋ⁵⁵ lɛ⁰ ta²¹³ kʻu²¹³ taŋ²⁴

拉鼻 ᶻ：鸣笛。

一二三四五（四）

一二三四五，　　i²⁴˙⁴² ər²¹³ san²⁴˙⁴² sʅ²¹³ u⁵⁵

上山打老虎；　　ʂaŋ²¹³ ʂan²⁴ ta⁵⁵ lau⁵⁵˙⁴² xu⁰

老虎没打着，　　lau⁵⁵˙⁴² xu⁰ mu⁴² ta⁵⁵ tʂuə⁴²

打着小松鼠；　　ta⁵⁵ tʂʅ⁰ ɕiau⁵⁵ suəŋ²⁴ ʂu⁵⁵

松鼠打几只？　　suəŋ²⁴ ʂu⁵⁵ ta⁵⁵˙⁴² tɕi⁵⁵ tʂʅ²⁴

叫我数一数。　　tɕiau²¹³ uə⁰ ʂu⁵⁵ i⁰ ʂu⁵⁵

数来又数去，　　ʂu⁵⁵ lai⁴² iou²¹³ ʂu⁵⁵ tɕʻy²¹³

还是一二三四五。　　xai⁴² sʅ²¹³ i²⁴˙⁴² ər²¹³ san²⁴˙⁴² sʅ²¹³ u⁵⁵

叫：介词，让。

一个鸡蛋磕八瓣儿

八八嘞，六 ᴴ 六 ᴴ 嘞，　　pa²⁴ pa²⁴ lɛ⁰ lio²¹³ lio²¹³ lɛ⁰

二十四碗净肉嘞；　　ər²¹³ sʅ⁰ sʅ²¹³ uan⁵⁵ tɕiŋ²¹³ ʐou²¹³ lɛ⁰

一个鸡蛋磕八瓣儿，　　i²⁴˙⁴² kə⁰ tɕi²⁴ tan⁰ kʻə²¹³ pa²⁴˙⁴² por²¹³

愿意吃哪瓣吃哪瓣儿。　　yan²¹³ i⁰ tʂʻʅ²⁴ na⁵⁵ por²¹³ tʂʻʅ²⁴ na⁵⁵ por²¹³

肉嘞：指荤菜。　　六 ᴴ："六个" 的合音。　　磕：切开。

一个老头儿八十八

一个老头儿八十八，　　i²⁴˙⁴² kə⁰ lau⁵⁵˙²⁴ tʻər⁴² pa²⁴ sʅ⁴² pa²⁴

一辈 ᶻ 没说过大瞎话。　　i²⁴˙⁴² pɛau²¹³ mu⁴² ʂʯə²⁴ kuə⁰ ta²¹³ ɕia²⁴ xua⁰

窗台 ᶻ 上种 ᴰ 二亩瓜，　　tʂʻuaŋ²⁴ tʻɛau⁴² ʂaŋ⁰ tʂuo²¹³ ər²¹³ mu⁵⁵ kua²⁴

还没开花儿嘞，　　　xai⁴² mu⁴² k'ai²⁴ xuɐr²⁴ lɛ⁰

叫稀巴肚孩 ᶻ 腰里 ᴴ 别走仁。　　tɕiau²¹³ ɕi²⁴ pa⁰ tu²⁴ xɛau⁴² iau²⁴ liou⁰ piɛ⁴²
tsou⁰ sa²⁴

瞎 ᶻ 瞧见了，　　ɕiæu²⁴ tɕ'iau⁴² tɕian⁰ lə⁰

哑巴喊 ᴰ 去了，　　ia⁵⁵ pa⁰ xæ⁵⁵ tɕ'y⁰ lə⁰

瘸 ᶻ 撵上了，　　tɕ'yau⁴² nian⁵⁵ ʂaŋ⁰ lə⁰

没胳膊小 ᶻ 搂住了。　　mu⁴² kɛ⁴² puə⁰ ɕiæu⁵⁵ lou⁵⁵ tʂʅ⁰ lə⁰

种 ᴰ：种了，动词变韵表完成义。　　别：塞，插。　　喊 ᴰ：喊着，动词变韵表持续义。小 ᶻ：男孩子。

一个老头儿七十七

一个老头儿七十七，　　i²⁴ ︳⁴² kə⁰ lau⁵⁵ ︳²⁴ t'ər⁴² tɕ'i²⁴ ʂʅ⁴² tɕ'i²⁴

再过四年八十一。　　tsai²¹³ kuə²¹³ sʅ²¹³ nian⁴² pa²⁴ ʂʅ⁴² i²⁴

又会弹琵琶，　　iou²¹³ xuei²¹³ t'an⁴² p'i⁴² p'a²¹³

又会吹长笛；　　iou²¹³ xuei²¹³ tʂ'uei²⁴ tʂ'aŋ⁴² ti⁴²

弹嘞琵琶噔噔响，　　t'an⁴² nɛ⁰ p'i⁴² p'a²¹³ təŋ²⁴ təŋ²⁴ ɕiaŋ⁵⁵

吹嘞长笛嗒嗒滴。　　tʂ'uei²⁴ lɛ⁰ tʂ'aŋ⁴² ti⁴² ta²⁴ ta⁰ ti⁰

一个萝卜土里 ᴴ 生

一个萝卜土里 ᴴ 生，　　i²⁴ ︳⁴² kə⁰ luə⁴² pu⁰ t'u⁵⁵ liou⁰ ʂəŋ²⁴

吃了萝卜会念经。　　tʂ'ʅ²⁴ liau⁰ luə⁴² pu⁰ xuei²¹³ nian²¹³ tɕiŋ²⁴

行好人打那金桥银桥过，　　ɕin⁴² xau⁵⁵ zən⁴² ta⁵⁵ na⁰ tɕin²⁴ tɕ'iau⁴² in⁴² tɕ'iau⁴²
kuə²¹³

作恶人打到奈河坑 ①。　　tsuə²⁴ ə²⁴ zən⁴² ta⁵⁵ tau⁰ nai²¹³ xə⁴² k'əŋ²⁴

"行好人恁拉拉我。"　　ɕin⁴² xau⁵⁵ zən⁴² nən⁵⁵ la²⁴ la⁰ uə⁰

---

① 奈河坑：推测当为奈河桥边的血河池。奈河桥是中国民间神话观念中送人转世投胎必经的地点，在奈河桥边会有一名叫孟婆的年长女性神祇，给予每个鬼魂一碗孟婆汤以忘掉前世记忆，以便投胎到下一世。传说死者到了奈河桥，生前有罪者会被两旁的牛头马面推入血河池遭受虫蚁毒蛇的折磨，而生前行善者则会有神佛护佑顺利过桥。

"不中不中真不中，　　　pu²⁴ tʂuəŋ²⁴ pu²⁴ tʂuəŋ²⁴ tʂən²⁴ pu²⁴ tʂuəŋ²⁴

谁叫你那厢不念经？！"　　şei⁴² tɕiau²¹³ ni⁵⁵ na²¹³ ɕiaŋ²⁴ pu²⁴ ǀ ⁴² nian²¹³ tɕiŋ²⁴

"我要知 ᴴ 阳间念经好，　　uə⁵⁵ iau²¹³ tʂo²⁴ iaŋ⁴² tɕian²⁴ nian²¹³ tɕiŋ²⁴ xau⁵⁵

再一辈 ᶻ 我学会 ᴰ 说话都念经。"　　tsai²¹³ iᵒ pɛau²¹³ uə⁵⁵ ɕyə⁴² xuɛ²¹³ ʂʮə²⁴

xua²¹³ touᵒ nian²¹³ tɕiŋ²⁴

那厢：指阳间。　会 ᴰ：会了，动词变韵表完成义。

一个屁（一）

一个大屁擂似鼓，　　i²⁴ ǀ ⁴² kəᵒ ta²¹³ pʻi²¹³ luei⁴² ʂʮ²¹³ ku⁵⁵

崩死 ᴰ 山上一只虎。　　pəŋ²⁴ ʂʮəᵒ ʂan²¹³ ʂaŋᵒ i²⁴ tʂʮ²⁴ xu⁵⁵

还有一只没崩死，　　xai⁴² iou⁵⁵ i²⁴ tʂʮ²⁴ mu⁴² pəŋ²⁴ ʂʮᵒ

崩嘞鼻 ᶻ 眼儿都是土。　　pəŋ²⁴ lɛᵒ pi:au⁴² ior⁵⁵ tou²⁴ ǀ ⁴² ʂʮ²¹³ tʻu⁵⁵

来 ᴰ 家洗 ᴰ 洗 ᴰ 脸，　　lɛ⁴² tɕia²⁴ ɕie⁵⁵ ǀ ⁴² ɕieᵒ lian⁵⁵

盖 ᴰ 三间大瓦屋。　　kɛ²¹³ san²⁴ tɕian²⁴ ta²¹³ ua⁵⁵ u²⁴

死 ᴰ、洗 ᴰ、盖 ᴰ：动词变韵均表完成义，可分别替换为"死了""洗了""盖了"。　来 ᴰ 家：回到家；动词变韵表终点义，可替换为"来到"。　瓦屋：砖瓦房。

一个屁（二）

一个屁，放嘞高，　　i²⁴ ǀ ⁴² kəᵒ pʻi²¹³ faŋ²¹³ lɛᵒ kau²⁴

一下 ᶻ 招着杨树梢。　　i²⁴ ǀ ⁴² ɕiæu²¹³ tʂau²⁴ tʂuəᵒ iaŋ⁴² ʂʮᵒ ʂau²⁴

他爹在上够，　　tʻa⁵⁵ tiɛ²⁴ kai²¹³ ʂaŋᵒ kou²¹³

他娘抻 ᴰ 那包。　　tʻa⁵⁵ niaŋ⁴² tʂʻɛ²⁴ naᵒ pau²⁴

两口争屁吃，　　lian⁵⁵ ǀ ⁴² kʻou⁵⁵ tʂəŋ²⁴ pʻi²¹³ tʂʻʮ²⁴

打嘞热闹闹。　　ta⁵⁵ lɛᵒ ʐʮə²⁴ nauᵒ nauᵒ ǀ ⁴²

招着：挨到，碰到。　抻 ᴰ：抻着，动词变韵表持续义。　包：女中式上衣的衣襟。

一个屁（三）

一个屁，放嘞古，　　i²⁴ ｜ ⁴²kə⁰ p'i²¹³ faŋ²¹³ lɛ⁰ ku⁵⁵

一下 ᶻ 崩到彰德府。　i²⁴ ｜ ⁴²ɕiæu²¹³ pəŋ²⁴ tau⁰ tʂaŋ²⁴ tɛ²⁴ fu⁵⁵

三千人马来拿屁，　　san²⁴ tɕ'ian²⁴ zən⁴² ma⁵⁵ lai⁴² na⁴² p'i²¹³

一下 ᶻ 崩死 ᴰ 两千五。　i²⁴ ｜ ⁴²ɕiæu²¹³ pəŋ²⁴ sʐə⁰ liaŋ⁵⁵ tɕ'ian²⁴ u⁵⁵

掉 ᴰ 这五百没崩死，　tio²¹³ tʂʐə⁰ u⁵⁵ pɛ²⁴ mu⁴² pəŋ²⁴ sʐ⁰

崩嘞鼻 ᶻ 眼儿都是土，　pəŋ²⁴ lɛ⁰ pi:au⁴² ior⁵⁵ tou²⁴ ｜ ⁴²sʐ²¹³ t'u⁵⁵

扫 ᴰ 扫 □ ᴰ □ ᴰ 盖 ᴰ 三间瓦屋。　so⁵⁵ so⁰ lyæ⁵⁵ lyæ⁰ kɛ²¹³ san²⁴ tɕian²⁴ ua⁵⁵ u²⁴

古：怪异。　死 ᴰ、掉 ᴰ、盖 ᴰ：动词变韵均表完成义，可分别替换为"死了""掉了""盖了"。　掉 ᴰ：剩余。　扫 ᴰ 扫、□ ᴰ □ ᴰ：动词变韵、重叠均表完成义，可分别替换为"扫了扫""□了□"；"□"本音 lyan⁵⁵，用铁锨等将东西拢到一起。

一个小孩儿真稀罕

一个小孩儿真稀罕，　　i²⁴ ｜ ⁴²kə⁰ ɕiau⁵⁵ xor⁴² tʂən²⁴ ɕi²⁴ xan⁰

论个儿不过三寸三。　　luən²¹³ kɣr²¹³ pu²⁴ ｜ ⁴²kuə²¹³ san²⁴ ｜ ⁴²ts'uən²¹³ san²⁴

二寸大衫 ᶻ 拖拉地，　　ər²¹³ ts'uən²¹³ ta²¹³ ʂæ²⁴ t'uə²⁴ la⁰ ti²¹³

一寸小帽 ᶻ 盖过肩。　　i²⁴ ｜ ⁴²ts'uən²¹³ ɕiau⁵⁵ mæu²¹³ kai²¹³ kuə²¹³ tɕian²⁴

背起 ᴴ 锄儿去锄地，　　pei²⁴ tɕ'iai⁰ tʂ'u⁴² ər⁰ tɕ'y²¹³ tʂ'u⁴² ti²¹³

三天锄了九棵田。　　san²⁴ t'ian²⁴ tʂ'u⁴² liau⁰ tɕiou⁵⁵ k'uə²⁴ t'ian⁴²

放下锄儿去歇息，　　faŋ²¹³ ɕia⁰ tʂ'u⁴² ər⁰ tɕ'y²¹³ ɕiɛ²⁴ ɕi⁰

豆棵 ᶻ 底下打秋千。　　tou²¹³ k'uau²⁴ ti⁵⁵ ɕiɛ⁰ ta⁵⁵ tɕ'iou²⁴ tɕ'ian²⁴

天到晌 ᴰ 午去送饭，　　t'ian²⁴ tau²¹³ ʂæŋ⁴² u⁰ tɕ'y²¹³ suəŋ²¹³ fan²¹³

不见小孩儿在哪边。　　pu²⁴ ｜ ⁴²tɕian²¹³ ɕiau⁵⁵ xor⁴² tsai²¹³ na⁵⁵ pian²⁴

蹚着豆棵 ᶻ 往前找，　　t'aŋ²⁴ tʂʐ⁰ tou²¹³ k'uau²⁴ uaŋ⁵⁵ tɕ'ian⁴² tʂau⁵⁵

豆棵 ᶻ 底下打秋千。　　tou²¹³ k'uau²⁴ ti⁵⁵ ɕiɛ⁰ ta⁵⁵ tɕ'iou²⁴ tɕ'ian²⁴

送饭嘞一见心好恼，　　suəŋ²¹³ fan²¹³ nɛ⁰ i²⁴ ｜ ⁴²tɕian²¹³ ɕin²⁴ xau⁵⁵ ｜ ⁴²nau⁵⁵

抻手掂 ᴰ 个半截砖。　　tʂ'ən²⁴ ʂou⁵⁵ tiæ²⁴ kə⁰ pan²¹³ tɕiɛ⁴² tʂuan²⁴

小孩儿一看事儿不好，　　ɕiau⁵⁵ xor⁴² i²⁴ | ⁴² kʻan²¹³ ʂər²¹³ pu²⁴ xau⁵⁵

骑着蚂蚁赶紧窜。　　　　tɕʻi⁴² tʂʮ⁰ ma⁴² iᵒ kan⁵⁵ | ⁴² tɕin⁰ tsʻuan²⁴

一窜窜到坷垃上，　　　　i²⁴ tsʻuan²⁴ tsʻuan²⁴ tauᵒ kʻɛ⁵⁵ laᵒ ʂaŋᵒ

真像上了大王山。　　　　tʂən²⁴ ɕiaŋ²¹³ ʂaŋ²¹³ liauᵒ tai²¹³ uaŋᵒ ʂan²⁴

一窜又到路沟沿，　　　　i²⁴ tsʻuan²⁴ iou²¹³ tau²¹³ lu²¹³ kou²⁴ ian⁴²

好似黄河没渡船。　　　　xau⁵⁵ sʮ²¹³ xuaŋ⁴² xə⁴² mu⁴² tu²¹³ tʂʻuan⁴²

也算小孩儿时运低，　　　iɛ⁵⁵ suan²¹³ ɕiau⁵⁵ xor⁴² sʮ⁴² ynᵒ ti²⁴

飞 ᴰ 来一只恶老雕，　　　fɛ²⁴ laiᵒ i²⁴ tʂʮ²⁴ ə²¹³ lau⁵⁵ tiau²⁴

衔起 ᴴ 小孩儿半天高。　　ɕian⁴² tɕʻiaiᵒ ɕiau⁵⁵ xor⁴² pan²¹³ tʻian²⁴ kau²⁴

把他摔到溜平地，　　　　pa²¹³ tʻa⁵⁵ ʂuai²⁴ tauᵒ liouᵒ pʻiŋ⁴² ti²¹³

摔嘞小孩儿直嗷号。　　　ʂuai²⁴ lɛᵒ ɕiau⁵⁵ xor⁴² tʂʮ⁴² au²⁴ xauᵒ

个儿：个子。　大衫ᶻ：身长过膝的中式单衣。　拖拉地：拖着地。　豆棵ᶻ：豆秧子。　晌ᴰ午：中午。　掂ᴰ：动词变韵表完成义，可替换为"掂了"。　飞ᴰ：动词变韵仅作为单趋式中的一个强制性形式成分，不表实际意义。　溜平地：地面。　嗷号：呻吟，大叫。

一棵红薯（一）

一棵红薯赛东山，　　i²⁴ kʻuə²⁴ xuəŋ⁴² ʂuᵒ sai²¹³ tuəŋ²⁴ ʂan²⁴

全县人民吃ᴰ三天；　　tɕʻyan⁴² ɕian²¹³ zən⁴² min⁴² tʂʻʮ²⁴ san²⁴ tʻian²⁴

一根圪当ᶻ盖ᴰ座楼，　i²⁴ kən²⁴ kɛ²⁴ tæŋ²¹³ kɛ²¹³ tsuəᵒ lou⁴²

全家能住一百年。　　　tɕʻyan⁴² tɕia²⁴ nəŋ⁴² tʂʮ²¹³ i²⁴ pɛ²⁴ nian⁴²

此为"大跃进"之"浮夸风"的产物。　东山：大伾山，见"大伾山高又高"条。　吃ᴰ、盖ᴰ：动词变韵均表完成义，可分别替换为"吃了""盖了"。

一棵红薯（二）

一棵红薯赛东山，　　i²⁴ kʻuə²⁴ xuəŋ⁴² ʂuᵒ sai²¹³ tuəŋ²⁴ ʂan²⁴

运到北京搬三搬。　　yn²¹³ tauᵒ pei²⁴ tɕiŋ²⁴ pan²⁴ san²⁴ pan²⁴

毛主席见了真喜欢，　　mau⁴² tʂʮ⁰ ɕi⁰ tɕian²¹³ liau⁰ tʂən²⁴ ɕi⁵⁵ xuan⁰

夸奖咱们真能干。　　k'ua²⁴ tɕiaŋ⁰ tsan⁴² mən⁰ tʂən²⁴ nəŋ⁴² kan²¹³

一棵小树儿 *

一棵小树儿长嘞高，　　i²⁴ k'uə²⁴ ɕiau⁵⁵ ʂuər²¹³ tʂaŋ⁵⁵ lɛ⁰ kau²⁴

上头挂着许多刀。　　ʂaŋ²¹³ t'ou⁰ kua²¹³ tʂuə⁰ ɕy⁵⁵ tuə²⁴ tau²⁴

一棵小树儿不算高，　　i²⁴ k'uə²⁴ ɕiau⁵⁵ ʂuər²¹³ pu²⁴∣⁴² suan²¹³ kau²⁴

上头挂满小镰刀。　　ʂaŋ²¹³ t'ou⁰ kua²¹³ man⁵⁵ ɕiau⁵⁵ lian⁴² tau²⁴

此为谜语的谜面；谜底：前两句指皂角树 ①，后两句指黄豆秧。

一块豆腐四角儿齐

一块豆腐四角儿齐，　　i²⁴∣⁴² k'uai²¹³ tou²¹³ fu⁰ sʅ²¹³ tɕyɣr²⁴ tɕ'i⁴²

没有骨来也没皮。　　mu⁴² mau⁰ ku²⁴ lai⁰ iɛ⁵⁵ mu⁴² p'i⁴²

老年人吃了美味香，　　lau⁵⁵ nian⁰ zən⁴² tʂ'ʅ²⁴ lə⁰ mei⁵⁵ uei²¹³ ɕiaŋ²⁴

少年人吃了到西房；　　ʂau²¹³ nian⁰ zən⁴² tʂ'ʅ²⁴ lə⁰ tau²¹³ ɕi²⁴ faŋ⁴²

西房有道河，　　ɕi²⁴ faŋ⁴² iou⁵⁵ tau²¹³ xə⁴²

扶着花船慢慢儿挪。　　fu⁴² tʂʮ⁰ xua²⁴ tʂ'uan⁴² man²¹³ mor⁰ nuə⁴²

老年人上船欢天喜地，　　lau⁵⁵ nian⁰ zən⁴² ʂaŋ²¹³ tʂ'uan⁴² xuan²⁴ t'ian²⁴ ɕi⁵⁵ ti²¹³

少年人上船扬扬得意。　　ʂau²¹³ nian⁰ zən⁴² ʂaŋ²¹³ tʂ'uan⁴² iaŋ⁴² iaŋ⁴² tɛ²⁴ i²¹³

西房：意义不明，待考。

一年土　二年洋

一年土，二年洋，　　i²⁴ nian⁴² t'u⁵⁵ ər²¹³ nian⁴² iaŋ⁴²

三年不认爹和娘，　　san²⁴ nian⁴² pu²⁴∣⁴² zən²¹³ tiɛ²⁴ xə⁴² niaŋ⁴²

四年不愿回家乡。　　sʅ²¹³ nian⁴² pu²⁴∣⁴² yan²¹³ xuei⁴² tɕia²⁴ ɕiaŋ²⁴

流行于 20 世纪七八十年代，讥讽某些大学生忘本。

---

① 皂角树：学名"皂荚"，豆科植物，属于落叶乔木，皂角是豆荚状，可以入药，也可当
　　肥皂用。

一条腿儿　地里^H生 *

一条腿儿，地里^H生，　　i²⁴ tʻiau⁴² tʻuər⁵⁵ ti²¹³ liou⁰ ʂəŋ²⁴

两条腿儿，叫五更，　　i²⁴ tʻiau⁴² tʻuər⁵⁵ tɕiau²¹³ u⁵⁵ kəŋ²⁴

三条腿儿，打战战①，　　san²⁴ tʻiau⁴² tʻuər⁵⁵ ta⁵⁵ tʂan²¹³ tʂan⁰

四条腿儿，钻窟窿。　　sʐ²¹³ tʻiau⁴² tʻuər⁵⁵ tsuan²⁴ kʻu²⁴ luəŋ⁰

此为谜语的谜面；谜底依次为：蘑菇、公鸡、耧、老鼠。　打战战：发抖。

一天吃一两（一）

一天吃一两，　　i²⁴ tʻian²⁴ tʂʻʐ²⁴ i²⁴ liaŋ⁵⁵

饿不死事务长；　　ə²¹³ pu⁰ sʐ⁵⁵ sʐ²¹³ u⁰ tʂaŋ⁵⁵

一天吃一钱，　　i²⁴ tʻian²⁴ tʂʻʐ²⁴ i²⁴ tɕʻian⁴²

饿不死炊事员。　　ə²¹³ pu⁰ sʐ⁵⁵ tsʻuei²⁴ sʐ⁰ yan⁴²

社员见^D社员，　　sʐə²¹³ yan⁴² tɕiæ²¹³ sʐə²¹³ yan⁴²

哭嘞泪涟涟。　　kʻu²⁴ lɛ⁰ luei²¹³ lian⁴² lian⁴²

问问你哭啥了^H，　　uən²¹³ uən⁰ ni⁵⁵ kʻu²⁴ ʂa⁵⁵ lia⁰

俺嘞饭票差三天。　　an⁵⁵ nɛ⁰ fan²¹³ pʻiau²¹³ tʂʻa²⁴ san²⁴ tʻian²⁴

指的是人民公社"吃大锅饭"的年代，食堂工作人员利用工作之便多吃多占。　见^D：动词变韵均表终点义，可替换为"见到"。　了^H："了呀"的合音。　差三天：指少了三天的（饭票）。

一天吃一两（二）

一天吃一两，　　i²⁴ tʻian²⁴ tʂʻʐ²⁴ i²⁴ liaŋ⁵⁵

饿不死事务长；　　ə²¹³ pu⁰ sʐ⁵⁵ sʐ²¹³ u⁰ tʂaŋ⁵⁵

一天吃一钱，　　i²⁴ tʻian²⁴ tʂʻʐ²⁴ i²⁴ tɕʻian⁴²

① 用耧播种时，前方有人牵引，后方有人把扶；扶耧人要像发抖一样边走边晃，以便装在耧里的种子顺利下落到地里，故有此说。

饿不死炊事员。　ə²¹³ pu⁰ sʅ⁵⁵ ts‘uei²⁴ ʂʅ⁰ yan⁴²

饲养员一边儿开了腔：　sʅ⁴² ian⁵⁵ yan⁴² i²⁴ pior²⁴ k‘ai²⁴ liau⁰ tɕ‘iaŋ²⁴

只要牲口有料，　tʂʅ²⁴ ⎮ iau²¹³ ʂəŋ²⁴ k‘ou⁰ iou⁵⁵ liau²¹³

谁都敢跟ᴰ恁摽。　ʂei⁴² tou⁰ kan⁵⁵ kɛ²⁴ nən⁵⁵ piau²¹³

一边儿：一旁。　料：喂牲口的高粱、豆子、玉米等杂粮。　谁：任指用法，指（事务长和炊事员中的）任何一个人。　摽：比；摽劲儿。

一天七两嫌不够

一天七两嫌不够，　i²⁴ t‘ian²⁴ tɕ‘i²⁴ liaŋ⁵⁵ ɕian⁴² pu²⁴ ⎮ ⁴²kou²¹³

萝卜白菜都填ᴰ里ᴴ。　luə⁴² pu⁰ pɛ⁴² ts‘ai²¹³ tou²⁴ t‘iæ⁴² liou⁰

不够吃，再研究，　pu²⁴ ⎮ ⁴²kou²¹³ tʂ‘ʅ²⁴ tsai²¹³ ian⁴² tɕiou⁰

研究不好你还受。　ian⁴² tɕiou⁰ pu²⁴ xau⁵⁵ ni⁵⁵ xai⁴² ʂou²¹³

此为人民公社时期的民谣。　一天七两：指当时农民的口粮标准是每人每天七两。　填ᴰ：填到，动词变韵表终点义。　受：遭受，忍受（饥饿）。

一问到底

头门里ᴴ，二门外ᶻ①，　t‘ou⁴² mən⁴² liou⁵⁵ ər²¹³ mən⁴² uæ²¹³

小当院ᶻ里种白菜。　ɕiau⁵⁵ taŋ²⁴ yæ²¹³ li⁰ tʂuəŋ²¹³ pɛ⁴² ts‘ai²¹³

白菜嘞？卖了。　pɛ⁴² ts‘ai²¹³ lɛ⁰ mai²¹³ lə⁰

钱嘞？割肉了。　tɕ‘ian⁴² nɛ⁰ kə²⁴ ʐou²¹³ lə⁰

肉嘞？猫吃了。　ʐou²¹³ lɛ⁰ mau⁴² tʂ‘ʅ²⁴ lə⁰

猫嘞？上树了。　mau⁴² lɛ⁰ ʂaŋ²¹³ ʂʅ²¹³ lə⁰

树嘞？水泡了。　ʂʅ²¹³ lɛ⁰ ʂuei⁵⁵ p‘au²¹³ lə⁰

水嘞？牛喝了。　ʂuei⁵⁵ lɛ⁰ ou⁴² xə²⁴ lə⁰

牛嘞？上山了。　ou⁴² lɛ⁰ ʂaŋ²¹³ ʂan²⁴ lə⁰

山嘞？山倒了，　ʂan²⁴ nɛ⁰ ʂan²⁴ tau⁵⁵ lə⁰

俩神仙，都跑了。　lia⁵⁵ ʂən⁴² ɕian⁰ tou²⁴ p‘au⁵⁵ lə⁰

① "外"作ᶻ变韵，其来源及理据待考。

头门：正门。　二门：较大院落大门里面的一道门。　割肉：买
肉。　水泡：用水浸。

一物真奇怪 *

一物真奇怪，　　i²⁴ ｜ ⁴² u²¹³ tʂən²⁴ tɕʻi⁴² kuai²¹³
胡 ᶻ⁻⁰ 长 ᴰ 腰里来。　　xu⁴² tʂæŋ⁵⁵ iau²⁴ li⁰ lai⁴²
拔胡脱 ᴰ⁻⁰ 布衫 ᶻ，　　pa⁴² xu⁴² tʻuə²⁴ pu²¹³ ʂæ⁰
露出 ᴴ 牙齿一排排。　　lou²¹³ tʂʻuai⁰ ia⁴² tʂʻʐ⁵⁵ i²⁴ pʻai⁴² pʻai⁴²

此为谜语的谜面；谜底：玉米。　长 ᴰ：长到，动词变韵表终点
义。　脱 ᴰ⁻⁰：脱了，动词变韵表完成义。

"应"字谜 *

一点儿一横长，　　i²⁴ tior⁵⁵ i²⁴ ｜ ⁴² xəŋ²¹³ tʂʻaŋ⁴²
一撇儿拉南乡。　　i²⁴ pʻiɣr²⁴ la²⁴ nan⁴² ɕiaŋ²⁴
仨小小虫儿，　　sa²⁴ ɕiau⁵⁵ ｜ ⁴² ɕiau⁵⁵ tʂʻuər⁰
卧 ᴰ⁻⁰ 一个枝儿上。　　uə²¹³ i²⁴ ｜ ⁴² kə⁰ tʂər²⁴ ʂaŋ⁰

此为谜语的谜面；谜底："应"字。　卧 ᴰ⁻⁰：动词变韵表终点义，可
替换为"卧到"。

有儿没冇孙儿

有儿没冇孙儿，　　iou⁵⁵ ər⁴² mu⁴² mau⁰ suər²⁴
等于没有根儿。　　təŋ⁵⁵ y⁰ mu⁴² mau⁰ kər²⁴
有儿不见孙，　　iou⁵⁵ ər⁴² pu²⁴ ｜ ⁴² tɕian²¹³ suər²⁴
死 ᴰ 也不放心。　　sʐə⁵⁵ iɛ⁰ pu²⁴ ｜ ⁴² faŋ²¹³ ɕin²⁴

此谣反映的是旧时人们重男轻女的封建思想。　死 ᴰ：动词变韵表完
成义，可替换为"死了"。

有俩大嫂剥葱嘞 *

东坑嘞，西坑嘞，　　tuəŋ²⁴ k'əŋ²⁴ lɛ⁰ ɕi²⁴ kəŋ²⁴ lɛ⁰

有俩大嫂剥葱嘞。　　iou⁵⁵ ⁼ ⁴² lia⁵⁵ ta²¹³ sau⁵⁵ puə²⁴ ts'uəŋ²⁴ lɛ⁰

东庙嘞，西庙嘞，　　tuəŋ²⁴ miau²¹³ lɛ⁰ ɕi²⁴ miau²¹³ lɛ⁰

有俩小孩儿上吊嘞。　iou⁵⁵ ⁼ ⁴² lia⁵⁵ ɕiau⁵⁵ xor⁴² ʂaŋ²¹³ tiau²¹³ lɛ⁰

此为谜语的谜面；谜底：前两句指手工揭麻 ①，后两句指耳坠儿。

有俩小孩儿哭娘嘞 *

东场嘞，西场嘞，　　tuəŋ²⁴ tʂ'aŋ⁴² lɛ⁰ ɕi²⁴ tʂ'aŋ⁴² lɛ⁰

有俩小孩儿哭娘嘞。　iou⁵⁵ ⁼ ⁴² lia⁵⁵ ɕiau⁵⁵ xor⁴² k'u²⁴ niaŋ⁴² lɛ⁰

东店嘞，西店嘞，　　tuəŋ²⁴ tian²¹³ nɛ⁰ ɕi²⁴ tian²¹³ nɛ⁰

有俩小孩儿下面嘞。　iou⁵⁵ ⁼ ⁴² lia⁵⁵ ɕiau⁵⁵ xor⁴² ɕia²¹³ mian²¹³ nɛ⁰

此为谜语的谜面；谜底：前两句指石磙碾场 ②，后两句指屙屎。　面：喻指大便。

有面没冇口 *

有面没冇口，　　iou⁵⁵ mian²¹³ mu⁴² mau⁰ k'ou⁵⁵

有脚没冇手。　　iou⁵⁵ tɕyə²⁴ mu⁴² mau⁰ ʂou⁵⁵

虽长 ᴰ 四只脚，　suei²⁴ tʂæŋ⁵⁵ sʅ²¹³ tʂʅ²⁴ tɕyə²⁴

□也不会走。　　tsʅə²¹³ iɛ⁰ pu²⁴ ⁼ ⁴² xuei²¹³ tsou⁵⁵

此为谜语的谜面；谜底：桌子。　长 ᴰ：动词变韵表持续义，可替换为"长着"。　□：自己。

———————————

① 麻：一种茎皮纤维植物；要将纤维麻做成编织麻绳、麻布、麻袋的原料，首先要将麻棵沤一段时间后再将麻皮一根根剥离出来。故有此谜语。

② 碾场时，碌框两端各有一个碌杵，插入石磙两端的臼窑中；碾场时碌杵与臼窑摩擦发出吱哇吱哇的声音，故有此谜语。

有女不嫁船家郎

有女不嫁船家郎，　　iou⁵⁵ ⁴² ny⁵⁵ pu²⁴ ⁴² tɕia²¹³ tʂʻuan⁴² tɕia²⁴ laŋ⁴²

困在船上睡廒仓。　　kʻuən²¹³ tsai⁰ tʂʻuan⁴² ʂaŋ⁰ ʂei²¹³ au⁴² tsʻaŋ²⁴

每天闻嘞腥臭味，　　mei⁵⁵ tʻian²⁴ uən⁴² nɛ⁰ ɕiŋ²⁴ tʂʻou²¹³ uər²¹³

围着锅台喝稀汤。　　uei⁴² tʂʅ⁰ kuə²⁴ tʻai⁴² xə²⁴ ɕi²⁴ tʻaŋ²⁴

这首民谣道出了船民生活的艰辛。　　廒仓：粮仓。

有钱都有理

公说公有理，　　　kuəŋ²⁴ ʂʅə²⁴ kuəŋ²⁴ iou⁵⁵ ⁴² li⁵⁵

婆ᶻ说婆ᶻ有理。　　pʻau⁴² ʂʅə²⁴ pʻau⁴² iou⁵⁵ ⁴² li⁵⁵

你说你嘞理，　　　ni⁵⁵ ʂʅə²⁴ ni⁵⁵ lɛ⁰ li⁵⁵

他说他嘞理。　　　tʻa⁵⁵ ʂʅə²⁴ tʻa⁵⁵ lɛ⁰ li⁵⁵

有钱都有理，　　　iou⁵⁵ tɕʻian⁴² tou²⁴ iou⁵⁵ ⁴² li⁵⁵

没钱没人理。　　　mu⁴² tɕʻian⁴² mu⁴² zən⁰ li⁵⁵

有钱儿还是盖堂房

阴西屋，亮堂ᶻ屋，　　in²⁴ ɕi²⁴ u²⁴ lian²¹³ tʻæŋ⁴² u²⁴

傻媳妇儿，住南屋。　　ʂa⁵⁵ ɕi⁴² fər⁰ tʂʅ²¹³ nan⁴² u²⁴

有钱儿还是盖堂房，　　iou⁵⁵ tɕʻior⁴² xai⁴² ʂʅ²¹³ kai²¹³ tʻaŋ⁴² faŋ⁴²

冬天暖和天热凉。　　tuəŋ²⁴ tʻian⁰ nuan⁵⁵ xuə⁰ tʻian²⁴ zʅə²⁴ lian⁴²

此谣意为住宅以坐北朝南的走向为最佳。　　阴：暗。　堂ᶻ屋、堂房：坐北朝南的房子。　　天热：名词，浚县方言对"夏天"的俗称。

有啥甭有病

有啥甭有病，　　iou⁵⁵ ⁴² ʂa⁵⁵ piŋ⁴² iou⁵⁵ piŋ²¹³

没啥甭没钱。　　mu⁴² ʂa⁵⁵ piŋ⁴² mu⁴² tɕʻian⁴²

得啥甭得意，　　tɛ²⁴ ʂa⁵⁵ piŋ⁴² tɛ²⁴ i²¹³

缺啥甭缺德。　　tɕʻyɛ²⁴ ʂa⁵⁵ piŋ⁴² tɕʻyɛ²⁴ tɛ²⁴

失啥甭失信，　şʅ²⁴ şa⁵⁵ piŋ⁴² şʅ²⁴ ɕin²¹³
忘啥甭忘本。　uaŋ²¹³ şa⁵⁵ piŋ⁴² uaŋ²¹³ pən⁵⁵

啥：什么；表任指。　得：得到。　失：失去。

有事儿甭往心里搁

该吃吃，该喝喝，　kai²⁴ tşʻʅ²⁴ tşʻʅ²⁴ kai²⁴ xə²⁴ xə²⁴
有事儿甭往心里搁。　iou⁵⁵ şər²¹³ piŋ⁴² uaŋ⁵⁵ ɕin²⁴ li⁰ kə²⁴
该玩儿玩儿，该乐乐，　kai²⁴ uor⁴² uor⁴² kai²⁴ luə²⁴ luə²⁴
痛快一刻是一刻。　tʻuaŋ²¹³ kʻuai⁰ i²⁴ kʻə²⁴ şʅ²¹³ i²⁴ kʻə²⁴

有事儿没事儿胡呱嗒 *

红油门儿，白板的 ①，　xuəŋ⁴² iou⁴² mər⁴² pɛ⁴² pan⁵⁵ tə⁰
里头坐 ᴰ⁻⁰ 个小耍拉 ②，　li⁵⁵ tʻou⁰ tsuə²¹³ kə⁰ ɕiau⁵⁵ ⎮ ⁴² şua⁵⁵ lə⁰
有事儿没事儿胡呱嗒。　iou⁵⁵ şər²¹³ mu⁴² şər²¹³ xu⁴² kua²⁴ ta⁰

此为谜语的谜面；谜底：嘴唇、牙齿、舌头。　板的：旧时商铺的门板，这里喻指牙齿。　坐 ᴰ⁻⁰：坐着，动词变韵表持续义。　小耍拉：喻指舌头。

鸳鸯（一）*

白日儿一齐儿玩，　pɛ⁴² iər⁰ i²⁴ tɕʻiər⁴² uan⁴²
黑价一块儿眠，　xɛ²⁴ tɕiaⁿ⁰ i²⁴ ⎮ ⁴² kʻuor²¹³ mian⁴²
永远不分离，　yŋ⁴² yan⁵⁵ pu²⁴ fən²⁴ li²¹³
人夸好姻缘。　zən⁴² kʻua²⁴ xau⁵⁵ in²⁴ yan⁴²

此为谜语的谜面；谜底：鸳鸯。

---

① 旧时商铺的门板，长方形，由若干木板按照一定的次序排在一起。现代社会，商铺大门一般都是卷闸门、防盗门、玻璃门，"板的"已淡出了人们的视野。

② 耍拉：在浚县话中有只说不干、善于耍嘴皮子的意思。

鸳鸯（二）*

像鸭 ^{Z-0} 水里游， ɕiaŋ²¹³ ia²⁴ ʂuei⁵⁵ li⁰ iou⁴²

像鸟儿天上飞。 ɕiaŋ²¹³ nior⁵⁵ t'ian²⁴ ʂaŋ⁰ fei²⁴

结伴儿成双对儿， tɕie²⁴ por²¹³ tʂ'əŋ⁴² ʂuaŋ²⁴ tuər²¹³

恩爱永不离。 ən²⁴ ai²¹³ yŋ⁵⁵ pu²⁴ ⌐ ⁴² li²¹³

此为谜语的谜面；谜底：鸳鸯。

圆圆棍儿白又胖 *

圆圆棍儿白又胖， yan⁴² yan⁴² kuən²¹³ ər⁰ pɛ⁴² iou²¹³ p'aŋ²¹³

春夏它在泥里 ^H 藏。 tʂ'uən²⁴ ɕia²¹³ t'a⁵⁵ kai²¹³ ni⁴² liou⁰ ts'aŋ⁴²

浑身上下心眼儿多， xuən⁴² ʂən²⁴ ʂaŋ²¹³ ɕia²¹³ ɕin²⁴ ior⁵⁵ tuə²⁴

生嘞熟嘞都能尝。 ʂəŋ²⁴ lɛ⁰ ʂu⁴² lɛ⁰ tou²⁴ nəŋ⁴² tʂ'aŋ⁴²

此为谜语的谜面；谜底：莲藕。

远看像座庙 *

远看像座庙， yan⁵⁵ k'an²¹³ ɕiaŋ²¹³ tsuə⁰ miau²¹³

近看没神道； tɕin²¹³ k'an²¹³ mu⁴² ʂən⁴² tau²¹³

脚蹬两块板， tɕyə²⁴ təŋ²⁴ liaŋ⁵⁵ k'uai²¹³ pan⁵⁵

手拿罗纹翘； ʂou⁵⁵ na⁴² luə⁴² uən⁴² tɕ'iau²¹³

越翘越热闹。 yɛ²⁴ tɕ'iau²¹³ yɛ²⁴ zɻə²⁴ nau⁰

此为谜语的谜面；谜底：织布机。 罗纹翘：喻指梭子。

鱼（一）*

好似一把刀， xau⁵⁵ sɻ²¹³ i²⁴ pa⁵⁵ tau²⁴

只在水里 ^H 漂。 tʂɻ²⁴ ⌐ ⁴² tsai²¹³ ʂuei⁵⁵ liou⁰ p'iau²⁴

光有眼睛， kuaŋ²⁴ iou⁵⁵ ⌐ ⁴² ian⁵⁵ tɕiŋ⁰

没长眉毛。　　mu⁴² tʂaŋ⁵⁵ mei⁴² mau⁰

此为谜语的谜面；谜底：<u>鱼</u>。　　眉毛：指眼睫毛。

鱼（二）*

银盔银甲耀眼明，　　in⁴² kʻuei²⁴ in⁴² tɕia²⁴ ʐau²¹³ ian⁵⁵ miŋ⁴²
浑身上下凉冰冰。　　xuən⁴² ʂən²⁴ ʂaŋ²¹³ ɕia²¹³ liaŋ⁴² piŋ⁰ piŋ⁰
有翅它却不能飞，　　iou⁵⁵ tʂʻʅ²¹³ tʻa⁵⁵ tɕʻye²⁴ pu²⁴ nən⁴² fei²⁴
没脚五湖四海行。　　mu⁴² tɕye²⁴ u⁵⁵ xu⁴² sʅ²¹³ xai⁵⁵ ɕiŋ⁴²

此为谜语的谜面；谜底：<u>鱼</u>。　　耀：照。

鱼（三）*

有头没冇脖 ᶻ，　　iou⁵⁵ tʻou⁴² mu⁴² mau⁰ pau⁴²
有翅没冇脚。　　iou⁵⁵ tʂʻʅ²¹³ mu⁴² mau⁰ tɕye²⁴
身上滑溜溜，　　ʂən²⁴ ʂaŋ⁰ xua⁴² liou⁰ liou⁵⁵ ⁴²
没脚也能跑。　　mu⁴² tɕye²⁴ iɛ⁰ nəŋ⁴² pʻau⁵⁵

此为谜语的谜面；谜底：<u>鱼</u>。

鱼（四）*

坐 ᴰ⁻⁰ 也是行，　　tsuə²¹³ iɛ⁵⁵ sʅ²¹³ ɕiŋ⁴²
立 ᴰ 也是行，　　liɛ²⁴ iɛ⁵⁵ sʅ²¹³ ɕiŋ⁴²
走 ᴰ⁻⁰ 也是行，　　tsou⁵⁵ iɛ⁵⁵ sʅ²¹³ ɕiŋ⁴²
卧 ᴰ⁻⁰ 也是行。　　uə²¹³ iɛ⁵⁵ sʅ²¹³ ɕiŋ⁴²

此为谜语的谜面；谜底：<u>鱼</u>。　　坐 ᴰ⁻⁰、立 ᴰ、走 ᴰ⁻⁰、卧 ᴰ⁻⁰：动词变韵均表状态义，可分别替换为“坐着”“立着”“走着”“卧着”。

榆树 *

一棵小树儿不低不高，　　i²⁴ kʻuə²⁴ ɕiau⁵⁵ ʂuər²¹³ pu²⁴ ti²⁴ pu²⁴ kau²⁴

上头挂嘞烧饼火烧 ^① 。　şaŋ²¹³ t'ou⁰ kua²¹³ lɛ⁰ şau²⁴ piŋ⁰ xuə⁵⁵ şau⁰

此为谜语的谜面；谜底：榆树。　烧饼、火烧：指榆钱儿。

月亮（一）*

老嘞时儿有牙，　　lau⁵⁵ lɛ⁰ şər⁴² iou⁵⁵ ia⁴²

小嘞时儿有牙。　　ɕiau⁵⁵ lɛ⁰ şər⁴² iou⁵⁵ ia⁴²

不老不小嘞儿时，　pu²⁴ ɕiau⁵⁵ pu²⁴ lau⁵⁵ lɛ⁰ şər⁴²

偏偏没冇牙。　p'ian²⁴ p'ior⁰ mu⁴² mau⁰ ia⁴²

此为谜语的谜面；谜底：月亮。

月亮（二）*

普天下一女人，　　p'u⁵⁵ t'ian²⁴ ɕia²¹³ i²⁴ ny⁵⁵ zən⁴²

十五十六正当春；　şʅ⁴² u⁵⁵ şʅ⁴² liou²¹³ tşən²¹³ taŋ²⁴ tʂ'uən²⁴

二十四五得了病，　ər²¹³ şʅ⁰ sʅ²¹³ u⁵⁵ te²⁴ liau⁰ piŋ²¹³

三十以后命归阴。　san²⁴ şʅ⁴² i²⁴ | ⁴² xou²¹³ miŋ²¹³ kuei²⁴ in²⁴

此为谜语的谜面；谜底：月亮。　十五、十六：指农历每月十五、

十六。

月亮（三）*

有嘞时儿圆，　　iou⁵⁵ lɛ⁰ şər⁴² yan⁴²

有嘞时儿弯。　　iou⁵⁵ lɛ⁰ şər⁴² uan²⁴

圆嘞时儿像镜 ^{Z-0}，　yan⁴² nɛ⁰ şər⁴² ɕian²¹³ tɕiŋ²¹³

弯嘞时儿像镰。　uan²⁴ nɛ⁰ şər⁴² ɕian²¹³ lian⁴²

它离咱们实在远，　t'a⁵⁵ li²¹³ tsan⁴² mən⁰ şʅ⁴² tsai²¹³ yan⁵⁵

光放光芒不刺眼。　kuaŋ²⁴ | ⁴² faŋ²¹³ kuaŋ²⁴ maŋ⁴² pu²⁴ | ⁴² ts'ʅ²¹³ ian⁵⁵

此为谜语的谜面；谜底：月亮。

---

① 火烧：见民谣"浚县地方特产（二）"。

月亮地儿（一）

月亮地儿，明晃晃， ye²⁴ liaŋ⁰ tiər²¹³ miŋ⁴² xuaŋ⁰ xuaŋ⁰

开开大门儿洗衣裳。 k'ai²⁴ k'ai²⁴ ta²¹³ mər⁴² ɕi⁵⁵ i²⁴ ʂaŋ⁰

洗嘞白，浆嘞光， ɕi⁵⁵ lɛ⁰ pɛ⁴² tɕiaŋ²¹³ lɛ⁰ kuaŋ²⁴

打发哥哥上学堂。 ta⁵⁵ pa⁰ kə⁵⁵ kə⁰ ʂaŋ²¹³ ɕyə⁴² t'aŋ⁴²

读私塾，作文章， tu⁴² sɿ²⁴ ʂʅ⁴² tsu²¹³ uən⁴² tʂaŋ⁰

一举得中状元郎。 i²⁴ tɕy⁵⁵ tɛ²⁴ tʂuəŋ²¹³ tʂuaŋ²¹³ yan⁰ laŋ⁴²

旗杆 ᶻ 插到大门儿上， tɕ'i⁴² kæ²⁴ tʂ'a²⁴ tau⁰ ta²¹³ mər⁴² ʂaŋ⁰

你瞧排场不排场！ ni⁵⁵ tɕ'iau⁴² p'ai⁴² tʂ'aŋ⁰ pu²⁴ p'ai⁴² tʂ'aŋ⁰

排场：体面，光彩。

月亮地儿（二）

月亮地儿，明晃晃， ye²⁴ liaŋ⁰ tiər²¹³ miŋ⁴² xuaŋ⁰ xuaŋ⁰

开开后门儿搂豆秧 ᶻ。 k'ai²⁴ k'ai²⁴ xou²¹³ mər⁴² lou²⁴ tou²¹³ iæŋ²⁴

一搂搂出 ᴴ 个甜瓜， i²⁴ lou²⁴ lou²⁴ tʂ'uai⁰ kə⁰ t'ian⁴² kua

到 ᴰ 家变成个娃娃。 to²¹³ tɕia²⁴ pian²¹³ tʂ'əŋ⁰ kə⁰ ua⁴² ua⁰

又会哭，又会笑， iou²¹³ xuei²¹³ k'u²⁴ iou²¹³ xuei²¹³ ɕiau²¹³

景嘞奶奶双脚儿跳。 tɕiŋ⁵⁵ lɛ⁰ nai⁵⁵ nai⁰ ʂuaŋ²¹³ tɕyɤr²⁴ t'iau²¹³

到 ᴰ：到了，动词变韵表完成义。

月亮地儿（三）

月亮地儿，明晃晃， ye²⁴ liaŋ⁰ tiər²¹³ miŋ⁴² xuaŋ⁰ xuaŋ⁰

骑着白马到 ᴰ 尚庄； tɕ'i⁴² tʂʅ⁰ pɛ⁴² ma⁵⁵ to²¹³ ʂæŋ²¹³ ｜ ⁴² tʂuaŋ⁰

尚庄有个狗， ʂæŋ²¹³ ｜ ⁴² tʂuaŋ⁰ iou⁵⁵ kə⁰ kou⁵⁵

咬住屁股不能扭。 iau⁵⁵ tʂʅ⁰ p'i²¹³ ku⁰ pu²⁴ nəŋ⁴² niou⁵⁵

到 ᴰ：动词变韵表完成义，可替换为"到了"。 "尚"作地名变韵，无规则变调。

四个省份名称 *

雾雾绰绰刮北风,	u²¹³ u⁰ tʂ'uə⁵⁵ tʂ'uə⁰ kua²⁴ pei²⁴ fəŋ²⁴
蝎子掉进江当中,	ɕiɛ²⁴ tsɿ⁰ tiau²¹³ tɕin²¹³ tɕiaŋ²⁴ taŋ²⁴ tʂuaŋ²⁴
百两银圆一顿饭,	pɛ²⁴ liaŋ⁵⁵ in⁴² yan⁴² i²⁴ ǀ ⁴² tuən²¹³ fan²¹³
一双草鞋四人蹬。	i²⁴ ʂuaŋ²⁴ ts'au⁵⁵ ɕiɛ⁴² sɿ²¹³ zən⁴² təŋ²⁴

此为谜语的谜面；谜底依次为：云南、浙江、贵州、四川。"刮北风"句意为云彩向南，谐指云南。"蝎子"句意为蝎子蜇江水，谐音浙江。"银圆"句意思为粥饭太贵，谐指贵州。"草鞋"句意思为一双草鞋四人穿，谐指四川。

在娘家青枝绿叶儿 *

在娘家青枝绿叶儿， kai²¹³ niaŋ⁴² tɕia⁰ tɕ'iŋ²⁴ tʂ̩²⁴ ly²⁴ iɤr²⁴

到 ᴰ 婆 ᶻ 家面黄肌瘦。 to²¹³ p'au⁴² tɕia⁰ mian²¹³ xuaŋ⁴² tɕi²⁴ ʂou²¹³

不提起 ᴴ 倒还罢了， pu²⁴ t'i⁴² tɕ'iai⁰ tau²¹³ xai⁴² pa²¹³ liau⁰

一提起 ᴴ 泪洒江河。 i²⁴ t'i⁴² tɕ'iai⁰ luei²¹³ sa⁵⁵ tɕiaŋ²⁴ xə⁴²

此为谜语谜面；谜底：篙，即撑船用的竹竿。 到 ᴰ：动词变韵表完成义，可替换为"到了"。

再告叫你喝马尿

告，告，再去告， kau²¹³ kau²¹³ tsai²¹³ tɕ'y²¹³ kau²¹³

再告叫你喝马尿； tsai²¹³ kau²¹³ tɕiau²¹³ ni⁵⁵ xə²⁴ ma⁵⁵ niau²¹³

你喝完 ᴰ， ni⁵⁵ xə²⁴ uæ⁴²

我给 ᴰ 你倒。 uə⁵⁵ kɛ⁵⁵ ｜ ²¹³ ni⁰ tau²¹³

童谣，用于讥骂向老师或家长打小报告者。 完 ᴰ：动词变韵表完成义，可替换为"完了"。

再来还是一烟袋

倾盆大雨下门外， tɕ'iŋ²⁴ p'ən⁴² ta²¹³ y⁵⁵ ɕia²¹³ mən⁴² uai²¹³

我去找她谈恋爱。 uə⁵⁵ tɕy²¹³ tʂau⁵⁵ ｜ ⁴² t'a⁵⁵ t'an⁴² luan⁴² ai²¹³

她爹忽然闯进来， t'a⁵⁵ tiɛ²⁴ xu²⁴ zan⁰ tʂ'uan⁵⁵ tɕin⁰ lai⁰

照我就是一烟袋。 tʂau²¹³ uə⁵⁵ tɕiou²¹³ ʂ̩²¹³ i²⁴ ian²⁴ tai²¹³

问我再来不再来，　　uən²¹³ uə⁵⁵ tsai²¹³ lai⁴² pu²⁴ | ⁴² tsai²¹³ lai⁴²

再来还是一烟袋。　　tsai²¹³ lai⁴² xai⁴² ʂʅ²¹³ i²⁴ ian²⁴ tai²¹³

"恋"读音特殊。

咱俩好

咱俩好，咱俩好，　　tsan⁴² lia⁵⁵ | ⁴² xau⁵⁵ tsan⁴² lia⁵⁵ | ⁴² xau⁵⁵

咱俩兑钱买手表。　　tsan⁴² lia⁵⁵ tuei²¹³ tɕ'ian⁴² mai⁵⁵ ʂou⁵⁵ | ⁴² piau⁵⁵

你戴戴，我戴戴，　　ni⁵⁵ tai²¹³ tai⁰ uə⁵⁵ tai²¹³ tai⁰

你是地主嘞老太太。　　ni⁵⁵ ʂʅ²¹³ ti²¹³ tʂʅ⁵⁵ lɛ⁰ lau⁵⁵ t'ai²¹³ t'ai⁰

兑：分摊。

咱俩老伙计

咱俩老伙计，　　tsan⁴² lia⁵⁵ lau⁵⁵ | ²⁴ xuə⁵⁵ tɕi⁰

放个屁和吃。　　faŋ²¹³ kə⁰ p'i²¹³ xuə⁵⁵ tʂ'ʅ²⁴

我去称盐了，　　uə⁵⁵ tɕy²¹³ tʂ'əŋ²⁴ ian⁴² nə⁰

你把屁吃完了。　　i⁵⁵ pa²¹³ p'i²¹³ tʂ'ʅ²⁴ uan⁴² nə⁰

戏谑谣。　　老伙计：老相识、老熟人儿。　　称盐：买盐；过去食盐散装并论斤售卖，故有此说。

枣 *

小时儿胖乎乎，　　ɕiau⁵⁵ ʂər⁴² p'aŋ²¹³ xu⁰ xu⁰

老来皮儿枯绌。　　lau⁵⁵ lai⁰ p'iər⁴² k'u²⁴ tʂ'u⁰

吃了它嘞肉，　　tʂ'ʅ²⁴ liau⁰ t'a⁵⁵ lɛ⁰ ʐou²¹³

吐出 ᴴ红骨头。　　t'u⁵⁵ tʂ'uai⁰ xuəŋ⁴² ku⁴² t'ou⁰

此为谜语的谜面；谜底：枣。

灶爷经　灶爷念

灶爷经，灶爷念，　　tsau²¹³ iɛ⁰ tɕiŋ²⁴ tsau²¹³ iɛ⁰ nian²¹³

灶爷坐 ^{D-0} 那花花殿。　　tsau²¹³ iɛ⁰ tsuə²¹³ na⁰ xua²⁴ xua⁰ tian²¹³

青似绿叶儿红似火，　　tɕ'iŋ²⁴ sʅ²¹³ ly²⁴ iɣr²⁴ xuəŋ²⁴ sʅ²¹³ xuə⁵⁵

□锅攮灶都是我。　　tɕ'yə²⁴ kuə²⁴ naŋ⁵⁵ tsau²¹³ tou²⁴ ﹘ ⁴² sʅ²¹³ uə⁵⁵

煤灰不用簸箕掏，　　mei⁴² xuei²⁴ pu²⁴ ﹘ ⁴² yŋ²¹³ puə²¹³ tɕ'i⁰ t'au²⁴

锅台上不搁切菜刀。　　kuə²⁴ t'ai⁴² ʂaŋ⁰ pu²⁴ kə²⁴ tɕ'iɛ²⁴ ts'ai²¹³ tau²⁴

切菜刀，重半斤，　　tɕ'iɛ²⁴ ts'ai²¹³ tau²⁴ tʂuəŋ²¹³ pan²¹³ tɕin²⁴

压住灶爷半颗身。　　ia²⁴ tʂʅ⁰ tsau²¹³ iɛ⁰ pan²¹³ k'ə²⁴ ʂən²⁴

坐 ^D：动词变韵表终点义，可替换为"坐到"。　　□锅攮灶：烧火做饭。　　半颗：半边。

择婿歌（一）

嫁鸡随鸡，　　tɕia²¹³ tɕi²⁴ suei⁴² tɕi²⁴

嫁狗随狗，　　tɕia²¹³ kou⁵⁵ suei⁴² kou⁵⁵

嫁个扁担抱着走。　　tɕia²¹³ kə⁰ pian⁵⁵ tan⁰ pu²¹³ tʂʅ⁰ tsou⁵⁵

能寻瘸 ^{Z-0}，　　nəŋ⁴² ɕin⁴² tɕ'yɛ⁴²

能寻瞎 ^{Z-0}，　　nəŋ⁴² ɕin⁴² ɕia²⁴

不寻眼角 ^Z 长疤瘌。　　pu²⁴ ɕin⁴² ian⁵⁵ tɕ'yau²⁴ tʂaŋ⁵⁵ pa²⁴ la⁰

买地买个莲花儿土，　　mai⁵⁵ ti²¹³ mai⁵⁵ kə⁰ lian⁴² xuɐr⁰ t'u⁵⁵

寻老婆 ^Z 寻个小脚儿大屁股 ^①。　　ɕin⁴² lau⁵⁵ ﹘ ²⁴ p'au⁴² ɕin⁴² kə⁰ ɕiau⁵⁵ tɕyɣr² ta²¹³ p'i²¹³ ku⁰

寻：嫁、娶，与……结婚。

择婿歌（二）

人老实，又能干，　　zən⁴² lau⁵⁵ ʂʅ⁰ iou²¹³ nəŋ⁴² kan²¹³

---

① 旧时以妇女裹小脚儿为美，旧俗认为屁股大的女子能多生男孩子。

能挑能拉会种田。　　nəŋ⁴² t'iau²⁴ nəŋ⁴² la²⁴ xuei²¹³ tʂuəŋ²¹³ t'ian⁴²

赶车扶犁样样儿中，　　kan⁵⁵ tʂ'ɻə²⁴ fu⁴² li⁴² iaŋ²¹³ iɐr⁰ tʂuəŋ²⁴

种庄稼行行都精通，　　tʂuəŋ²¹³ tʂuaŋ²⁴ tɕia⁰ xaŋ⁴² xaŋ⁴² tou²⁴ tɕiŋ²⁴ t'uəŋ²⁴

嫁到婆ᶻ家不受穷。　　tɕia²¹³ tau⁰ p'au⁴² tɕia⁰ pu²⁴ ⌐ ⁴² ʂou²¹³ tɕ'yŋ⁴²

择婿歌（三）

手表洋车儿挂皮鞋，　　ʂou⁵⁵ ⌐ ⁴² piau⁵⁵ iaŋ⁴² tʂ'ɻɤr²⁴ kua²¹³ p'i⁴² ɕiɛ⁴²

门儿上要有军属牌。　　mər⁴² ʂaŋ⁰ iau²¹³ iou⁵⁵ tɕyn²⁴ ʂu⁰ p'ai⁴²

一工二干三教员，　　i²⁴ kuəŋ²⁴ ər²¹³ kan²¹³ san²⁴ ⌐ ⁴² tɕiau²¹³ yan⁴²

死活不寻庄稼汉。　　sɿ⁵⁵ xuə⁰ pu²⁴ ɕin⁴² tʂuaŋ²⁴ tɕia⁰ xan²¹³

挂：加上。　　教员：教师。

择婿歌（四）

姨贫农，玛贫农，　　i⁴² p'in⁴² nuəŋ⁴² ma⁵⁵ p'in⁴² nuəŋ⁴²

寻个女婿老贫农。　　ɕin⁴² kə⁰ ny⁵⁵ ɕy⁰ lau⁵⁵ ⌐ ²⁴ p'in⁴² nuəŋ⁴²

只要成分① 好，　　tʂɿ⁴² iau²¹³ tʂ'əŋ⁴² fən⁰ xau⁵⁵

别嘞不计较。　　piɛ⁴² lɛ⁰ pu²⁴ ⌐ ⁴² tɕi²¹³ tɕiau⁰

吃工分儿，喝工分儿，　　tʂ'ɻ²⁴ kuəŋ²⁴ fər²⁴ xə²⁴ kuəŋ²⁴ fər²⁴

找个老憨置工分儿。　　tʂau⁵⁵ kə⁰ lau⁵⁵ xan²⁴ tʂɿ²¹³ kuəŋ²⁴ fər²⁴

沙地薄，淤地黏，　　ʂa²⁴ ti²¹³ puə⁴² y²⁴ ti²¹³ nian⁴²

找个婆ᶻ家种良田。　　tʂau⁵⁵ kə⁰ p'au⁴² tɕia⁰ tʂuəŋ²¹³ liaŋ⁴² t'ian⁴²

成分：代指家庭出身。　　工分儿：劳动工分，是农业生产合作社和人民公社时期计算社员劳动量和劳动报酬的单位。　　置：挣。

---

① 成分：一个时代的用语，主要适用于新中国成立初期至"文化大革命"期间。中国进行土改运动时，将农民阶级划分为地主、富农、中农、贫农，中农又分上中农、中农和下中农。其中，地主、富农是打击对象，属"成分不好"；中农是团结对象；贫农、下中农是依靠对象，是"好成分"。

择婿歌（五）

一要有车子，　　　i²⁴ | ⁴² iau²¹³ iou⁵⁵ tʂʻʅə²⁴ tsʅ⁰

二要有门市，　　　ər²¹³ iau²¹³ iou⁵⁵ mən⁴² ʂʅ⁰

三要笔杆子，　　　san²⁴ iau²¹³ pei²⁴ kan⁵⁵ tsʅ⁰

四要好脾气。　　　sʅ²¹³ iau²¹³ xau⁵⁵ pʻi⁴² tɕʻi⁰

车子：指自行车。　　有门市：代指家庭副业。　　笔杆子：指有一定的文化水平。

战争贩子胆包天

战争贩子胆包天，　　tʂan²¹³ tʂəŋ²⁴ fan²¹³ tsʅ⁰ tan⁵⁵ pau²⁴ tʻian²⁴

美国出兵打朝鲜。　　mei⁵⁵ kuɛ⁰ tʂʻʯ²⁴ piŋ²⁴ ta⁵⁵ tʂʻau⁴² ɕian⁰

一面你又派遣队，　　i²⁴ | ⁴² mian²¹³ ni⁵⁵ iou²¹³ pʻai²¹³ tɕʻian²⁴ tuei²¹³

帮助蒋匪占台湾。　　paŋ²⁴ tʂʯ⁰ tɕian⁴² fei⁵⁵ tʂan²¹³ tʻai⁴² uan⁰

台湾本是中国地，　　tʻai⁴² uan⁰ pən⁵⁵ ʂʅ²¹³ tʂuəŋ²⁴ kuɛ²⁴ ti²¹³

朝鲜本该自己管。　　tʂʻau⁴² ɕian⁰ pən⁵⁵ kai²⁴ tsʅ²¹³ tɕi⁰ kuan⁵⁵

美国行凶是霸道，　　mei⁵⁵ kuɛ⁰ ɕiŋ⁴² ɕyŋ²⁴ ʂʅ²¹³ pa²⁴ tau⁰

仗凭他有原子弹。　　tʂaŋ²¹³ pʻiŋ⁴² tʻa⁵⁵ | ⁴² iou⁵⁵ yan⁴² tsʅ⁵⁵ tan²¹³

派遣队：推测当为"派舰队"。

张大嫂　李大嫂

张大嫂，李大嫂，　　tʂaŋ²⁴ ta²¹³ sau⁵⁵ li⁵⁵ ta²¹³ sau⁵⁵

半夜黑价睡不着，　　pan²¹³ iɛ²¹³ xɛ²⁴ tɕia⁰ ʂei²¹³ pu²⁴ tʂuə⁴²

爬起 ᴴ □屹蚤。　　pʻa⁴² tɕʻiɛ⁰ kʻɛ⁴² kɛ²⁴ tsau⁰

半夜黑价：半夜，夜里。　　□：捉。　　屹蚤：跳蚤。

长嘞虽丑　浑身是宝 *

耳大眼小，　　ər⁵⁵ ta²¹³ ian⁵⁵ | ⁴² ɕiau⁵⁵

身胖嘴短。　　şən²⁴ p'aŋ²¹³ tsuei⁵⁵ ˈ⁴² tuan⁵⁵

好吃懒做，　　xau²¹³ tʂ'ʐ²⁴ lan⁵⁵ tsuə²¹³

爱睡大觉。　　ai²¹³ şei²¹³ ta²¹³ tɕiau²¹³

长嘞虽丑，　　tʂaŋ⁵⁵ lɛ⁰ suei²⁴ tʂ'ou⁵⁵

浑身是宝。　　xuən⁴² şən²⁴ ʂʐ²¹³ pau⁵⁵

此为谜语的谜面；谜底：猪。

长相与命运

要要发，胖娃娃；　　iau²¹³ iau²¹³ fa²⁴ p'aŋ²¹³ ua⁴² ua⁰

要要穷，看人形。　　iau²¹³ iau²¹³ tɕyŋ⁴² k'an²¹³ zən⁴² ɕiŋ⁴²

能生穷命，　　nəŋ⁴² şəŋ²⁴ tɕ'yŋ⁴² miŋ²¹³

不生穷相。　　pu²⁴ şəŋ²⁴ tɕ'yŋ⁴² ɕiaŋ²¹³

此谣反映的是迷信认为人的命运与长相有关，胖是福相；因此，宁愿生"穷命"，也不生尖嘴猴腮的"穷酸相"。

丈母娘有病我心焦

抓地秧ᶻ，就地挠，　　tʂua²⁴ ti²¹³ iæŋ²⁴ tɕiou²¹³ ti²¹³ nau⁴²

开黄花儿，结樱桃，　　k'ai²⁴ xuaŋ⁴² xuɐr²⁴ tɕiɛ²⁴ iŋ²⁴ t'au⁴²

丈母娘有病我心焦。　　tʂaŋ²¹³ mu⁰ niaŋ⁴² iou⁵⁵ piŋ²¹³ uə⁵⁵ ɕin²⁴ tɕiau²⁴

买点儿麻糖我去瞧，　　mai⁵⁵ tior⁰ ma⁴² t'aŋ⁰ uə⁵⁵ tɕ'y²¹³ tɕ'iau⁴²

喝稀糊涂尿大泡。　　xə²⁴ ɕi²⁴ xu⁴² tu⁰ niau²¹³ ta²¹³ p'au²⁴

抓地秧ᶻ：又叫抓地龙，学名马唐草，生长于路旁或田里；5~6月开始出苗，7~9月抽穗、开花，8~10月结实并成熟。　　稀糊涂：稀玉米粥。

找对象歌（一）

白嘞漂亮，　　pɛ⁴² lɛ⁰ p'iau²¹³ liaŋ⁰

黑嘞健康，　　xɛ²⁴ lɛ⁰ tɕian²¹³ k'aŋ²⁴

高嘞利亮，　　kau²⁴ lɛ⁰ li²¹³ liaŋ⁰

胖嘞大方。　　p'aŋ²¹³ lɛ⁰ ta²¹³ faŋ⁰

利亮：身材瘦长，动作灵活、敏捷。

找对象歌（二）

一要挂红牌，　i²⁴⁝⁴² iau²¹³ kua²¹³ xuən⁴² p'ai⁴²

二要有真才，　ər²¹³ iau²¹³ iou⁵⁵ tʂən²⁴ ts'ai⁴²

三要行为美，　san²⁴ iau²¹³ ɕiŋ⁴² uei²¹³ mei⁵⁵

四要不摇摆。　sɿ²¹³ iau²¹³ pu²⁴ iau⁴² pai⁵⁵

红牌：指文凭。　　不摇摆：喻指对婚姻忠贞不贰。

找对象歌（三）

一要文化高，　i²⁴⁝⁴² iau²¹³ uən⁴² xua²¹³ kau²⁴

二要手艺巧，　ər²¹³ iau²¹³ ʂou⁵⁵ i⁰ tɕ'iau⁵⁵

三要长嘞俊，　san²⁴ iau²¹³ tʂaŋ⁵⁵ lɛ⁰ tɕyn²¹³

四要脾气好。　sɿ²¹³ iau²¹³ p'i⁴² tɕ'i⁰ xau⁵⁵

赵钱孙李 *

天下头一家，　　t'ian²⁴ ɕia⁰ t'ou⁴² i⁰ tɕia²⁴

出门儿都用它，　tʂ'ʮ²⁴ mər⁴² tou⁰ yŋ²¹³ t'a⁵⁵

家家儿数 ᴰ 它小，　tɕia²⁴ tɕiɐr⁰ ʂuə⁵⁵ t'a⁵⁵ ɕiau⁵⁵

三月开白花。　　san²⁴ yɛ⁰ k'ai²⁴ pɛ⁴² xua²⁴

此为谜语的谜面；谜底为四个姓氏，依次为：赵、钱、孙、李。　头一：第一（"百家姓"中的第一个姓氏）。　数 ᴰ：（比较起来）最突出；动词变韵表加强肯定语气。

这人生来性儿急

这人生来性儿急，　　tʂʅə⁵⁵ zən⁴² ʂəŋ²⁴ lai⁴² ɕiŋ²¹³ ər⁰ tɕi⁴²

□ᴰ起ᴰ起来去赶集，　　tɕ'iæŋ²⁴ tɕ'iɛ⁵⁵ tɕ'i⁵⁵ lai⁰ tɕ'y²¹³ kan⁵⁵ tɕi⁴²

错穿ᴰ绿布裤，　　ts'uə²¹³ tʂ'uæ²⁴ ly²⁴ pu²¹³ k'u²¹³

倒骑ᴰ小毛驴。　　tau²¹³ tɕ'iɛ⁴² ɕiau⁵⁵ mau⁴² ly⁴²

□ᴰ起ᴰ：清早。　穿ᴰ、骑ᴰ：动词变韵均表持续义，可分别替换为"穿着""骑着"。

这样嘞日子没法儿混

进了财主门，　　tɕin²¹³ lə⁰ ts'ai⁴² tʂʅ⁰ mən⁴²

饭汤一大盆。　　fan²¹³ t'aŋ²⁴ i²⁴ ¦ ⁴² ta²¹³ p'ən⁴²

勺子搅三搅，　　ʂuə⁴² tsʅ⁰ tɕiau⁵⁵ san²⁴ tɕiau⁵⁵

浪头打死人。　　laŋ²¹³ t'ou⁰ ta⁵⁵ sʅ⁰ zən⁴²

窝窝长了毛，　　uə²⁴ uə⁰ tʂaŋ⁵⁵ lə⁰ mau⁴²

锅饼生了鳞。　　kuə²⁴ piŋ⁰ ʂəŋ²⁴ lə⁰ lin⁴²

使嘞碗不刷，　　sʅ⁵⁵ lɛ⁰ uan⁵⁵ pu²⁴ ʂua²⁴

筷子剌嘴唇。　　k'uai²¹³ tsʅ⁰ la⁴² tsuei⁵⁵ tʂ'uən⁴²

干活儿不给钱，　　kan²¹³ xuɤ⁴² pu²⁴ kei⁵⁵ tɕ'ian⁴²

说话噎死人。　　ʂʅə²⁴ xua²¹³ iɛ²⁴ sʅ⁰ zən⁴²

这样嘞日子，　　tʂʅə⁵⁵ iaŋ⁰ lɛ⁰ ʐʅ²¹³ tsʅ⁰

实在没法儿混。　　sʅ⁴² tsai²¹³ mu⁴² fɐr⁰ xuən²¹³

此谣为旧社会长工为富人打短工的写照。　锅饼：贴在饭锅上蒸（烤）熟的饼状食品。　使：用。

知冷知热结发妻

论吃还是家常饭，　　luən²¹³ tʂ'ʅ²⁴ xai⁴² sʅ²¹³ tɕia²⁴ tʂ'aŋ⁴² fan²¹³

论穿还是粗布衣。　　luən²¹³ tʂ'uan²⁴ xai⁴² sʅ²¹³ ts'u²⁴ pu²¹³ i²⁴

破衣破裤能挡寒，　　p'uə²¹³ i²⁴ p'uə²¹³ k'u²¹³ nəŋ⁴² taŋ⁵⁵ xan⁴²

粗茶淡饭能顶饥。　　tsʻu²⁴ tʂʻa⁴² tan²¹³ fan²¹³ nəŋ⁴² tiŋ⁵⁵ tɕi²⁴

家常饭，粗布衣，　　tɕia²⁴ tʂʻaŋ⁴² fan²¹³ tsʻu²⁴ pu²¹³ i²⁴

知冷知热结发妻。　　tʂʅ²⁴ ləŋ⁵⁵ tʂʅ²⁴ zˌ̩ə²⁴ tɕiɛ²⁴ fa²⁴ tɕʻi²⁴

织布（一）*

小孩儿娘，上大床，　　ɕiau⁵⁵ xor⁴² niaŋ⁴² ʂaŋ²¹³ ta²¹³ tʂʻuaŋ⁴²

上了床，着了忙，　　ʂaŋ²¹³ liau⁰ tʂʻuaŋ⁴² tʂuə⁴² liau⁰ maŋ⁴²

抻手抓住一拃长。　　tʂʻən²⁴ ʂou⁵⁵ tʂua²⁴ tʂʅ⁰ i²⁴ tʂa⁵⁵ tʂʻaŋ⁴²

抻抻腿儿，　　tʂʻən²⁴ tʂʻən⁰ t'uər⁵⁵

挎 挎筋儿，　　təŋ²¹³ təŋ⁰ tɕiər²⁴

挨住肚皮再使力儿。　　ɛ²⁴ tʂʅ⁰ tu²¹³ p'iər⁴² tsai²¹³ ʂʅ⁵⁵ liər²⁴

此为谜语的谜面；谜底：织布。　大床：喻指织布机。　一拃① 长：喻指梭子。　挎（拃）：扯，拽；两头同时用力，或一头固定而另一头用力，把线、绳子、衣服等猛一拉，以使其更平整。　使力儿：使劲儿，用力。

织布（二）*

一个床，八尺长，　　i²⁴ ⁴²kə⁰ tʂʻuaŋ⁴² pa²⁴ tʂʻʅ²⁴ tʂʻaŋ⁴²

抻手抓住一拃长。　　tʂʻən²⁴ ʂou⁵⁵ tʂua²⁴ tʂʅ⁰ i²⁴ tʂa⁵⁵ tʂʻaŋ⁴²

抻抻腿儿，挎 挎筋儿，　　tʂʻən²⁴ tʂʻən⁰ t'uər⁵⁵ təŋ²¹³ təŋ⁰ tɕiər²⁴

挨住肚皮儿再吃力儿。　　ɛ²⁴ tʂʅ⁰ tu²¹³ p'iər⁴² tsai²¹³ tʂʻʅ²⁴ liər²⁴

此为谜语的谜面；谜底：织布。

蜘蛛（一）*

先修十字路，　　ɕian²⁴ ɕiou²⁴ ʂʅ⁴² tsʅ⁰ lu²¹³

后修转花台。　　xou²¹³ ɕiou²⁴ tʂuan²¹³ xua²⁴ t'ai⁴²

---

① 一拃：大拇指和中指张开，两端的距离。

老爷当堂坐，　　　lau⁵⁵ iɛ⁰ taŋ²⁴ t'aŋ⁴² tsuə²¹³

吃头自己来。　　　tʂʻʅ²⁴ t'ou⁰ tsʅ²¹³ tɕi⁰ lai⁴²

此为谜语的谜面；谜底：蜘蛛。　　吃头：能吃的东西，代指食物。

蜘蛛（二）*

小小诸葛亮，　　　ɕiau⁵⁵│⁴² ɕiau⁵⁵ tʂʅ²⁴ kə⁰ liaŋ²¹³

独坐中军帐。　　　tu⁴² tsuə²¹³ tʂuəŋ²⁴ tɕyn²⁴ tʂaŋ²¹³

摆下八卦阵，　　　pai⁵⁵ ɕia⁰ pa²⁴│⁴² kua²¹³ tʂən²¹³

专捉飞来将。　　　tʂuan²⁴ tʂuə²⁴ fei²⁴ lai⁴² tɕiaŋ²¹³

此为谜语的谜面；谜底：蜘蛛。

只图钱财不应当

大姐哭嘞泪汪汪，　　ta²¹³ tɕiɛ⁵⁵ k'u²⁴ lɛ⁰ luei²¹³ uaŋ⁰ uaŋ⁰

怨声亲爹和亲娘。　　yan²¹³ ʂəŋ²⁴ tɕ'in²⁴ tiɛ²⁴ xə⁴² tɕ'in²⁴ niaŋ⁴²

今年我都十八岁，　　tɕin²⁴ nian⁰ uə⁵⁵ tou⁰ ʂʅ⁴² pa²⁴│⁴² suei²¹³

寻 ᴰ 个男人还尿床。　　ɕiɛ⁴² kə⁰ nan⁴² zən⁰ xai⁴² niau²¹³ tʂʻuaŋ⁴²

睡到半夜说胡话，　　ʂei²¹³ tau⁰ pan²¹³ iɛ²¹³ ʂʅə²⁴ xu⁴² xua²¹³

钻 ᴰ 我怀里叫亲娘。　　tsuæ²⁴ uə⁵⁵ xuai⁴² li⁰ tɕiau²¹³ tɕ'in²⁴ niaŋ⁴²

抓住麦麦要吃奶，　　tʂua²⁴ tʂʅ⁰ me²⁴ me⁰ iau²¹³ tʂʻʅ²⁴ nai⁵⁵

一气打 ᴰ⁻⁰ 他两巴掌。　　i²⁴│⁴² tɕ'i²¹³ ta⁵⁵│⁴² t'a⁰ liaŋ⁵⁵ pa²⁴ tʂaŋ⁰

哇哇大哭没个头儿，　ua²⁴ ua²⁴ ta²¹³ k'u²⁴ mu⁴² kə⁰ t'ər⁴²

只好哄他买块糖。　　tʂʅ²⁴ xau⁵⁵ xuəŋ⁵⁵│⁴² t'a⁰ mai⁵⁵ k'uai²¹³ t'aŋ⁴²

我是你嘞娇娇妻，　　uə⁵⁵ ʂʅ²¹³ ni⁵⁵ lɛ⁰ tɕiau²⁴ tɕiau²⁴ tɕ'i²⁴

不是你嘞亲生娘。　　pu²⁴│⁴² ʂʅ²¹³ ni⁵⁵ lɛ⁰ tɕ'in²⁴ ʂəŋ²⁴ niaŋ⁴²

要吃麦麦甭找我，　　iau²¹³ tʂʻʅ²⁴ me²⁴ me⁰ piŋ⁴² tʂau⁵⁵│⁴² uə⁵⁵

天明去找你嘞娘。　　t'ian²⁴ miŋ⁴² tɕ'y²¹³ tʂau⁵⁵ ni⁵⁵ lɛ⁰ niaŋ⁴²

二老爹娘太糊涂，　　ər²¹³ lau⁵⁵ tiɛ²⁴ niaŋ⁴² t'ai²¹³ xu⁴² tu⁰

只图钱财不应当。　　tʂʅ²⁴ t'u⁴² tɕ'ian⁴² ts'ai⁴² pu²⁴│⁴² iŋ²¹³ taŋ²⁴

此谣抨击的是旧时大妻小女婿的婚姻陋俗。　寻^D、打^{D-0}：动词变韵均表完成义，可分别替换为"寻了""打了"。　钻^D：钻到，动词变韵表终点义。

只要男人一肩驮

不怕乔公公乔婆，　　　pu²⁴ | ⁴² pʻa²¹³ tɕʻiau⁴² kuəŋ²⁴ kuəŋ⁰ tɕʻiau⁴² pʻuə⁴²

就怕破房漏锅；　　　　tɕiou²¹³ pʻa²¹³ pʻuə²¹³ faŋ⁴² lou²¹³ kuə²⁴

不怕乔公公乔婆，　　　pu²⁴ | ⁴² pʻa²¹³ tɕʻiau⁴² kuəŋ²⁴ kuəŋ⁰ tɕʻiau⁴² pʻuə⁴²

只要男人一肩驮。　　　tʂʅ²⁴ | ⁴² iau²¹³ nan⁴² zən⁰ i²⁴ tɕian²⁴ tʻuə⁴²

乔：詈词，指人刁钻蛮横。

指甲草（一）*

青枝绿叶儿一朵儿红，　　tɕʻiŋ²⁴ tʂʅ²⁴ ly²⁴ iɣr²⁴ i²⁴ tuɣr⁵⁵ xuəŋ⁴²

小姐待俺真有情。　　　ɕiau⁵⁵ | ⁴² tɕiɛ⁰ tai²¹³ an⁰ tʂən²⁴ iou⁵⁵ tɕʻiŋ⁴²

把俺带到绣楼上，　　　pa²¹³ an⁵⁵ tai²¹³ tau⁰ ɕiou²¹³ lou⁴² ʂaŋ²¹³

一夜黑价冇放红。　　　i²⁴ | ⁴² iɛ²¹³ xɛ²⁴ tɕia⁰ mu⁴² faŋ²¹³ xuəŋ⁴²

此为谜语的谜面；谜底：指甲草。　首句又作"一母所生一点儿红"。　一夜黑价：一整夜。

指甲草（二）

指甲草^Z，红根儿，　　tɕi⁴² tɕiɛ²¹³ tʂʻæu⁵⁵ xuəŋ⁴² kən²⁴ ər⁰

姐姐坐嘞门墩儿。　　　tɕiɛ⁵⁵ tɕiɛ⁰ tsuə²¹³ lɛ⁰ mən⁴² tuən²⁴ ər⁰

吃烧饼，啃梨儿，　　　tʂʅ²⁴ ʂau²⁴ piŋ⁰ kʻən⁵⁵ li⁴² ər⁰

谁是俺嘞亲侄儿？　　　ʂei⁴² ʂʅ²¹³ an⁵⁵ nɛ⁰ tɕʻin²⁴ tʂʅ⁴² ər⁰

指甲草^Z：读音非常特殊；"草"的变韵来源及理据，待考。

忠孝节义 *

牛皋下书 ① 　牛头山，　　niou⁴² kau⁵⁵ ɕia²¹³ ʂʅ²⁴ niou⁴² tʻou⁴² ʂan²⁴

王祥卧冰 ② 　惊动天；　　uaŋ⁴² ɕiaŋ⁴² uə²¹³ piŋ²⁴ tɕiŋ²⁴ tuaŋ²¹³ tʻian²⁴

孟姜女哭嘞长城断 ③ ，　məŋ²¹³ tɕiaŋ²⁴ ny⁵⁵ kʻu²⁴ lɛ⁰ tʂʻaŋ⁴² tʂʻəŋ⁴² tuan²¹³

弟兄结拜在桃园 ④ 。　　ti²¹³ ɕyŋ⁰ tɕiɛ²⁴ pai²¹³ tsai²¹³ tʻau⁴² yan⁴²

此为谜语的谜面；谜底为一四字成语：忠孝节义。

周扒皮

周扒皮，五十一，　　tʂou²⁴ pa²⁴ pʻi⁴² u⁵⁵ ʂʅ⁴² i²⁴

半夜三更来偷鸡。　　pan²¹³ iɛ²¹³ san²⁴ kəŋ²⁴ lai⁴² tʻou²⁴ tɕi²⁴

我们正在做游戏，　　uə⁵⁵ mən⁰ tʂəŋ²¹³ tsai²¹³ tsuə²⁴ iou⁴² ɕi²¹³

一把抓住周扒皮。　　i²⁴ pa⁵⁵ tʂua²⁴ tʂʅ⁰ tʂou²⁴ pa²⁴ pʻi⁴²

用棍打，用脚踢，　　yŋ²¹³ kuən²¹³ ta⁵⁵ yŋ²¹³ tɕyə²⁴ tʻi²⁴

瞧你还偷鸡不偷鸡。　　tɕʻiau⁴² ni⁰ xai⁴² tʻou²⁴ tɕi²⁴ pu²⁴ tʻou²⁴ tɕi²⁴

此为跳皮筋谣。

妯娌俩商量打她婆

大清一统镇江河，　　ta²¹³ tɕʻiŋ²⁴ i²⁴ tʻuəŋ⁵⁵ tʂən²¹³ tɕiaŋ²⁴ xə⁴²

妯娌俩商量打她婆。　　tʂu⁴² li⁰ lia⁵⁵ ʂaŋ²⁴ liaŋ⁰ ta⁵⁵ | ⁴² tʻa⁰ pʻuə⁴²

---

① “牛皋下书”的故事来源于《说岳全传》：牛皋是民族英雄岳飞手下的一员猛将。宋兵与
　金兵对峙于牛头山，岳飞欲下战书，意在与金兵决一死战。牛皋讨令，亲至金兵大营。
　金兀术故意以严兵示威，牛皋毫无畏惧，并反唇相讥，金兀术不得不以宾礼待之。

② “王祥卧冰”故事最早出自《搜神记》第 11 卷，讲述了晋代琅邪临沂人王祥自幼丧母，
　继母不慈，对其百般刁难；但是王祥却非常孝顺，冬天卧冰为继母捕鱼而感动上天，被
　后世奉为奉行孝道的楷模。房玄龄等编撰《晋书》亦收录此事，元代郭居敬则将其列入
　《二十四孝》中。

③ “孟姜女哭长城”为中国古代四大爱情传奇故事之一，在民间广为流传：其夫万喜良被
　魏王征召修筑长城劳累而死，埋于长城之下；后演变为秦始皇修筑长城，孟姜女万里寻
　夫，历尽千难万险，并将计就计，诱使秦始皇厚葬其夫后，纵身跳进了大海。

④ 指刘备、关云长、张飞桃园三结义的故事。

（媳妇儿说：）

"老妖婆你在那儿叫唤啥，　　lau⁵⁵ iau²⁴ pʻuə⁴² ni⁵⁵ kai²¹³ nɐr⁰ tɕiau²¹³ xuan⁰

ʂa⁵⁵

使 ᴰ 烧火棍烙你嘞嘴角。"　　ʂʅə⁵⁵ ʂau²⁴ xuə⁵⁵ kuən²¹³ luə²⁴ ni⁵⁵ lɛ⁰ tsuei⁵⁵ tɕyə²⁴

（婆婆说：）

"东北地里杀蜀黍，　　　tuəŋ²⁴ pei²⁴ ti²¹³ li⁰ ʂa⁵⁵ ʂʅ⁴² ʂʅ⁰

西北地里杀芝麻。　　　ɕi²⁴ pei²⁴ ti²¹³ li⁰ ʂa⁵⁵ tʂ⁻ian²⁴ ma⁰

做熟饭灶爷你先吃，　　tsu²¹³ ʂu⁴² fan²¹³ tsau²¹³ iɛ⁰ ni⁵⁵ ɕian²⁴ tʂʅ²⁴

我一天也没敢歇着。　　uə⁵⁵ i²⁴ tʻian²⁴ iɛ⁵⁵ mu⁴² kan⁵⁵ ɕiɛ²⁴ tʂuə⁰

灶爷你咋不去汇报？　　tsau²¹³ iɛ⁰ ni⁵⁵ tsa⁵⁵ puʅ⁴² tɕʻy²¹³ xuei⁴² pau²¹³

快叫老天爷来救我。"　　kʻuai²¹³ tɕiau²¹³ lau⁵⁵ tʻian²⁴ iɛ⁴² lai⁴² tɕiou²¹³ uə⁰

老灶爷上天去汇报，　　lau⁵⁵ tsau²¹³ iɛ⁰ ʂaŋ²¹³ tʻian²⁴ tɕʻy²¹³ xuei⁴² pau²¹³

老天爷差 ᴰ 龙来抓她，　　lau⁵⁵ tʻian²⁴ iɛ⁴² tʂʻɛ²⁴ luəŋ⁴² lai⁴² tʂua²⁴ tʻa⁰

她上去抓住老龙角，　　tʻa⁵⁵ ʂaŋ⁵⁵ tɕʻyʅ⁰ tʂua²⁴ tʂʅʅ⁴² lau⁵⁵ ²⁴ luəŋ⁴² tɕyə²⁴

龙耳朵咬 ᴰ 来多半颗。　　luəŋ⁴² ər⁵⁵ tau⁰ io⁵⁵ lai⁰ tuə²⁴ pan²¹³ kʻə²⁴

疼嘞青龙嗒啦颤，　　　tʻəŋ⁴² lɛ⁰ tɕʻiŋ²⁴ luəŋ⁴² ta²⁴ la⁰ tʂan²¹³

吓嘞黄龙不敢落。　　　tʻəŋ⁴² lɛ⁰ xuaŋ⁴² luəŋ⁴² pu²⁴ kan⁵⁵ luə²⁴

使 ᴰ：介词，用。　　差 ᴰ：派，差遣；动词变韵表完成义，可替换为
"差了"。　　咬 ᴰ：动词变韵仅作为单趋式中的一个强制性形式成分，不表
实际意义。　　多半颗：一大半。　　嗒啦颤：形容颤抖的样子。

猪毛尾

猪毛尾，黑咕咚，　　tʂʅ²⁴ mau⁴² i⁰ xɛ²⁴ ku⁰ tuəŋ²⁴

俺在姥姥家住 ᴰ 一冬。　　an⁵⁵ kai²¹³ lau⁵⁵ lau⁰ tɕia⁵⁵ tʂʅə²¹³ i⁰ tuəŋ²⁴

姥姥瞧见怪喜欢，　　lau⁵⁵ lau⁰ tɕʻiau⁴² tɕian⁰ kuai²¹³ ɕi⁵⁵ xuan⁰

俺妗瞧见瞅两眼。　　an⁵⁵ tɕin²¹³ tɕʻiau⁴² tɕian⁰ tʂʻou⁵⁵ liaŋ⁵⁵ ⁴² ian⁵⁵

妗，妗，你甭瞅，　　tɕin²¹³ tɕin²¹³ ni⁵⁵ piŋ⁴² tʂʻou⁵⁵

扁豆开 ᴰ 花儿俺都走。　　pian⁵⁵ tou⁰ kʻɛ²⁴ xuɐr²⁴ an⁵⁵ tou⁰ tsou⁵⁵

一走走到庙后头，　　i²⁴ tsou⁵⁵ tsou⁵⁵ tau⁰ miau²¹³ xou²¹³ tʻou⁰

遇见一只大黄狗，　　　y²¹³ tɕian⁰ i²⁴ tʂʅ²⁴ ta²¹³ xuaŋ⁴² kou⁵⁵

不咬屁股都咬手；　　　pu²⁴ iau⁵⁵ pʻi²¹³ ku⁰ tou⁰ iau⁵⁵ˌ⁴² ʂou⁵⁵

咬嘞手儿紫溜溜，　　　iau⁵⁵ lɛ⁰ ʂou⁵⁵ ər⁰ tsʅ⁵⁵ liou⁰ liou²⁴

咬嘞屁股红丢丢。　　　iau⁵⁵ lɛ⁰ pʻi²¹³ ku⁰ xuəŋ⁴² tiou⁰ tiou²⁴

妗，妗，你甭气，　　　tɕin²¹³ tɕin²¹³ ni⁵⁵ piŋ⁴² tɕʻi²¹³

一辈ᶻ不来恁家串亲戚。　i²⁴ˌ⁴² pɛau²¹³ pu²⁴ lai⁴² nən⁵⁵ tɕia²⁴ tʂʻuan²¹³ tɕʻin²⁴
tɕʻi⁰

住ᴰ、开ᴰ：动词变韵均表完成义，可分别替换为"住了""开了"。

抓金抓银

一抓金，二抓银，　　　i²⁴ tʂua²⁴ tɕin²⁴ ər²¹³ tʂua²⁴ in⁴²

三抓不笑是好人，　　　san²⁴ tʂua²⁴ pu²⁴ˌ⁴² ɕiau²¹³ ʂʅ²¹³ xau⁵⁵ zən⁴²

小小儿拾ᴰ个聚宝盆。　ɕiau⁵⁵ˌ⁴² ɕior⁵⁵ ʂʅə⁴² kə⁰ tɕy²¹³ pau⁵⁵ pʻən⁴²

这首歌谣是成年人逗小孩儿嬉笑玩闹时哼唱的：用手轻轻抓挠孩子的手心、腋窝、肚子、膝盖骨等易痒处，使孩子哈哈大笑并手舞足蹈。　抓：挠。　小小儿：男孩儿。　拾ᴰ：动词变韵表完成义，可替换为"拾了"。

自行车 *

远瞧ᴰ是个龙，　　　yan⁵⁵ tɕʻio⁴² ʂʅ²¹³ kə⁰ lyŋ⁴²

近瞧ᴰ铁丝拧。　　　tɕin²¹³ tɕʻio⁴² tʻiɛ²⁴ sʅ²⁴ niŋ⁴²

好路儿龙驮鳖，　　　xau⁵⁵ luər²¹³ lyŋ⁴² tʻuə⁴² piɛ²⁴

赖路儿鳖驮龙。　　　lai²¹³ luər²¹³ piɛ²⁴ tʻuə⁴² lyŋ⁴²

此为谜语的谜面；谜底：自行车。　瞧ᴰ：动词变韵表持续义，可替换为"瞧着"。　路儿：道路。

走满月 ①

三官儿五秀才，	san²⁴ kuor²⁴ u⁵⁵ ɕiou²¹³ ts'ai⁰
七娘娘八太太。	tɕ'i²⁴ niaŋ⁴² niaŋ⁰ pa²⁴ǀ⁴² t'ai²¹³ t'ai⁰
七机灵，八眯瞪，	tɕ'i²⁴ tɕi²⁴ liŋ⁰ pa²⁴ mi⁴² təŋ²¹³
十天过来打不动。	ʂʅ⁴² t'ian²⁴ kuə²¹³ lai⁰ ta⁵⁵ pu²⁴ǀ⁴² tuəŋ²¹³

指妇女在娘家"走满月"的时间有讲究：生男孩儿宜在娘家住三天、五天；生女孩儿宜住七天、八天；无论生男生女，均以住七天为最佳，不宜住十天以上。　眯瞪：迷糊。

走娘家

烟布袋儿，哆三哆，	ian²⁴ pu²¹³ tor⁰ tuə²⁴ san²⁴ tuə²⁴
娘家兄弟来叫我。	niaŋ⁴² tɕia⁰ ɕyŋ²⁴ ti⁰ lai⁴² tɕiau²¹³ uə⁰
上楼房，问婆 ᶻ娘，	ʂaŋ²¹³ lou⁴² faŋ⁰ uən²¹³ p'au⁴² niaŋ⁴²
问问婆 ᶻ娘做啥饭。	uən²¹³ uən⁰ p'au⁴² niaŋ⁴² tsu²¹³ ʂa⁵⁵ fan²¹³
烙油饼，炒鸡蛋，	luə²⁴ iou⁴² piŋ⁰ tʂ'au⁵⁵ tɕi²⁴ tan⁰
荷包鸡蛋下挂面。	xə⁴² pə⁰ tɕi²⁴ tan⁰ ɕia²¹³ kua²¹³ mian⁰
打发兄弟吃罢饭，	ta⁵⁵ pa⁰ ɕyŋ²⁴ ti⁰ tʂʅ²⁴ pa²¹³ fan²¹³
上楼房，去打扮。	ʂaŋ²¹³ lou⁴² faŋ⁰ tɕ'y²¹³ ta⁵⁵ pan⁰
穿一套，又一套，	tʂ'uan²⁴ i⁰ t'au²¹³ iou²¹³ i⁰ t'au²¹³
耀嘞屋里花花儿闹。	ʐau²¹³ lɛ⁰ u²⁴ li⁰ xua²⁴ xuɐr⁰ nau²¹³
上楼房，问婆 ᶻ娘，	ʂaŋ²¹³ lou⁴² faŋ⁰ uən²¹³ p'au⁴² niaŋ⁴²
问问婆 ᶻ娘捎啥嘞。	uən²¹³ uən⁰ p'au⁴² niaŋ⁴² ʂau²⁴ ʂa⁵⁵ lɛ⁰
一对儿大鞋对对对，	i²⁴ǀ⁴² tuər²¹³ ta²¹³ ɕiɛ⁴² tuei²¹³ tuei²¹³ tuei²¹³
两对儿小鞋对对花。	liaŋ⁵⁵ tuər²¹³ ɕiau⁵⁵ ɕiɛ⁴² tuei²¹³ tuei²¹³ xua²⁴
还有四两棉花线，	xai⁴² iou⁵⁵ sʅ²¹³ liaŋ⁵⁵ mian⁴² xua⁰ ɕian²¹³
还有两对儿漂白袜。	xai⁴² iou⁵⁵ liaŋ⁵⁵ tuər²¹³ p'iau⁵⁵ pɛ⁴² ua²⁴

① "走满月"为浚县习俗：妇女生孩子后，在新生儿满月前两三日，娘家人要接回娘家住，谓之"叫满月"；妇女住在娘家，谓之"走满月"或"住满月"。

问问婆^Z娘住几天？　uən²¹³ uən⁰ p'au⁴² niaŋ⁴² tʂʅ²¹³ tɕi⁵⁵ t'ian²⁴

刮风儿下雨都不算，　kua²⁴ fər²⁴ ɕia²¹³ y⁵⁵ tou²⁴ pu²⁴ | ⁴² suan²¹³

连走带来十二天。　lian⁴² tsou⁵⁵ tai²¹³ lai⁴² ʂʅ⁴² ər²¹³ t'ian²⁴

兄弟：弟弟。　婆^Z娘：婆婆。　荷包鸡蛋：用作动词短语，煮荷包蛋。　漂白：雪白色。

咀头街

咀头街，真不怯，　tsuər⁵⁵ | ⁴² t'ou⁰ tɕiɛ²⁴ tʂən²⁴ pu²⁴ tɕ'iɛ²⁴

两夹弦儿 ①，唱^D半月。　lian⁵⁵ tɕia²⁴ ɕior⁴² tʂ'æŋ²¹³ pan²¹³ yɛ²⁴

十八闺女跑^D十七^H，　ʂʅ⁴² pa²⁴ kuei²⁴ ny⁰ p'o⁵⁵ ʂʅ⁴² tɕ'iɛ²⁴

掉^D这一个没冇跑，　tio²¹³ tʂʅə⁰ i²⁴ | ⁴² kə⁰ mu⁴² mau⁰ p'au⁵⁵

拽住小戏^Z叫干爹。　tʂuai²¹³ tʂʅ⁰ ɕiau⁵⁵ ɕiau²¹³ tɕiau²¹³ kan²⁴ tiɛ²⁴

咀头：浚县黎阳镇行政村。　唱^D、跑^D、掉^D：动词变韵均表完成义，可分别替换为"唱了""跑了""掉了"。　十七^H："十七个"的合音。　掉^D：剩下；动词变韵表完成义，可替换为"掉了"。　小戏^Z：戏子；含贬义。

嘴上没胡

嘴上没胡，　tsuei⁵⁵ ʂaŋ⁰ mu⁴² xu⁴²

说话转轴；　ʂʅə²⁴ xua²¹³ tʂuan²¹³ tʂu⁴²

嘴上没毛，　tsuei⁵⁵ ʂaŋ⁰ mu⁴² mau⁴²

办事儿不牢。　pan²¹³ ʂər²¹³ pu²⁴ lau⁴²

毛：指胡子。

最好偷油吃 *

两撮儿小胡子，　lian⁵⁵ | ⁴² tsuɣ⁵⁵ ɕiau⁵⁵ xu⁴² tsʅ⁰

① 两夹弦儿：中国传统戏曲剧种之一，是流行于山东西部、河南东部及北部、江苏北部、安徽北部一带的地方戏；因其伴奏乐器四胡（四弦胡琴）是每两根弦夹着一股马尾拉奏，故称为"两夹弦儿"。

尖嘴小牙齿。　tɕian²⁴ tsuei⁵⁵ ɕiau⁵⁵ ia⁴² tʂ‘ʅ⁵⁵

贼头又贼脑，　tsei⁴² t‘ou⁴² iou²¹³ tsei⁴² nau⁵⁵

最好偷油吃。　tsuei²¹³ xau²¹³ t‘ou²⁴ iou⁴² tʂ‘ʅ²⁴

此为谜语的谜面；谜底：老鼠。　　好：喜欢。

作文儿周记

作文儿周记，　　tsuə²¹³ uər⁴² tʂou²⁴ tɕi²¹³

提起 ᴴ 生气。　t‘i⁴² tɕ‘iai⁰ ʂəŋ²⁴ tɕ‘i²¹³

不作不行，　　pu²⁴ tsuə²⁴ pu²⁴ ɕiŋ⁴²

老师批评。　　lau⁵⁵ ʂʅ²⁴ p‘i²⁴ p‘iŋ⁰

作嘞潦草，　　tsuə²⁴ lɛ⁰ liau⁴² ts‘au⁰

老师不要；　　lau⁵⁵ ʂʅ²⁴ pu²⁴ ⁴² iau²¹³

作嘞欻囊，　　tsuə²⁴ lɛ⁰ ɛ²⁴ naŋ⁰

老师嘟囔。　　lau⁵⁵ ʂʅ²⁴ tu²⁴ naŋ⁰

周记：一周记事。　欻囊：（书面）不整洁。

做小买卖儿难上难

做小买卖儿难上难，　　tsu²¹³ ɕiau⁵⁵ ⁴² mai⁵⁵ mor⁰ nan⁴² ʂaŋ²¹³ nan⁴²

一天两天不卖钱。　　i²⁴ t‘ian²⁴ liaŋ⁵⁵ t‘ian²⁴ pu²⁴ ⁴² mai²¹³ tɕ‘ian⁴²

管你开市不开市，　　kuan⁵⁵ ⁴² ni⁰ k‘ai²⁴ ʂʅ²¹³ pu²⁴ k‘ai²⁴ ʂʅ²¹³

先给宪兵一盒儿烟。　　ɕian²⁴ kei⁵⁵ ɕian²¹³ piŋ²⁴ i²⁴ xɤ⁴² ian²⁴

开市：开张。

主要参考文献

李琳：《河南浚县方言俗语志》，中国社会科学出版社，2020。

马金章、张东宇主编《浚县歌谣》，中州古籍出版社，2014。

马金章、张东宇主编《浚县儿歌》，中州古籍出版社，2014。

浚县地方史志编纂委员会编《浚县志》，中州古籍出版社，1990。

浚县民间文学集成编委会：《中国歌谣谚语集成·河南浚县卷》，
    1989。

浚县民间文学集成编委会：《中国民间故事集成·河南浚县卷》，
    1989。

浚县人民文化馆志编纂委员会：《浚县人民文化馆志》，2019年稿。

张东宇、周学超主编《浚县歌谣》，中国文化出版社，2012。

中国社会科学院语言研究所：《方言调查字表》（修订本），商务印书馆，
    1999。

中国社会科学院语言研究所词典编辑室：《现代汉语词典》（第6版），
    商务印书馆。

后　记

　　时光如梭，转眼我已到了耳顺之年。自 1982 年外出求学至今，我离开家乡已近四十载。如烟往事渐行渐远，倒是那些便于诵记的民谣、儿歌，成为脑海中最深刻、最浓重的故乡印记。然而，随着岁月的流逝，那些古老的民谣、儿歌，已逐渐淡出人们的日常生活，尘封于老年人的记忆之中。

　　几年前的一次聚会，使我萌生了搜集整理家乡民谣谜语的念头。约是 2015 年春天，机缘巧合，三十多年未曾谋面的闺蜜、发小欢聚一堂，推杯换盏之间，话题总离不开童年趣事。跳皮筋儿、藏老闷儿、摔纱袋儿、扯紧紧，"筛，筛，筛麦糠，琉璃蛋蛋儿打冰糖……""鸡鸡翎，开麻刀，恁嘞弟儿仨尽 ^D 俺挑……"，童年时一起玩过的游戏，扯着嗓子一起喊过的歌谣，似乎让我们回到了无忧无虑、天真烂漫的童年时代。

　　"扯紧紧？扯紧紧是啥？"

　　"啊？扯紧紧你都忘了？一边扯紧紧，一边还说顺口溜嘞：扯、扯，扯紧紧，石榴开花儿结手巾；手巾掉了，不要了；谁拾嘞，俺拾嘞……"

　　大家你一句，我一句，最终还算勉强拼凑完整了。

　　然而，许多歌谣却已记忆模糊，或忘了开头，或忘了结尾，或说了上句忘了下句。我们不由得慨叹时光飞逝、容颜已老，感喟自己老来愚钝，忘记了不该忘记的欢乐岁月……聚会之后，我久久不能平静，不甘心这些充满童年乐趣的歌谣在我们这一代销声匿迹。于是，我下决心搜集整理浚县民谣，并很快付诸行动。

　　我的母亲赵兰英是我获取语料的"近水楼台"。母亲生逢乱世，目不识丁，却精通戏剧曲艺，通晓三皇五帝，并有着惊人的记忆力。耄耋之年的老母亲，虽然"新嘞记不住"，但是"老嘞忘不掉"，常"高谈长论"山野传说、历史典故，能说评书，会唱豫剧、坠子、平调等多种剧目，民谣、俗语更是"信口拈来","张口成串","出口成曲",为本书提供了大量的第一手语料。然而，母亲年事日高而脑力日减，让我有了搜集民谣的紧迫感。

查阅相关资料，更让我体会到了整理家乡民谣的必要性。因为《中国歌谣谚语集成·河南浚县卷》《浚县民谣》《浚县儿歌》等文献，在文字记录方面存在两个突出问题：第一，从语音到词汇，"失真"现象非常普遍。例如：

清早起来冷飕飕……

姐姐盖着花被子，俺就盖个破狗皮……

瞎子看见了，瘸子撵上了……

从语音上说，变韵、合音等特殊的语音现象未被显示；从用词上说，浚县方言根本没有"清早""被子""瞎子""瘸子"等词，它们都是普通话的对译形式。第二，或用字（词）不当，或当注不注，致使意义难以理解，例如：

老娘吃的剩干饭……

年糕不让媳妇着……

寻个女婿二指高……

从用字上说，浚县方言不存在助词"的"和介词"让"；从意义上说，"着""寻"的意义未加解释，定会给非本地人甚至包括本地人的阅读带来困扰。

如此等等，这些用非浚县话记录的浚县民谣，已经读不出"浚县味儿"了，缺失的不仅仅是乡韵，也冲淡了民谣的地方文化特色。

搜集语料的过程中，我深入农村，甚至走上田间地头，先后进行了几次大规模的调查。其间，得到了李文俊、李文修、李文相、李文化、李文全、杨爱英、周国娥等诸位长辈及李忠新、耿永兰、李桂花、张金字、蔡俊凤、冯文玲、陈俊秀、刘永莲等亲朋好友的大力支持。

初稿完成之后，承蒙河南大学文学院博士生导师、河南省语言学会会长张生汉教授欣然作序。承蒙安阳师范学院周国瑞教授作序并多次补正。承蒙同窗好友、辽宁师范大学原新梅教授提出了宝贵的修改意见。承蒙安阳师范学院王太阁、李学军二位教授审阅修正。承蒙社会科学文献出版社李建廷先生的鼓励和支持。承蒙文稿编辑张金木女士为本书逐行逐字校点勘误，付出了辛勤劳动。在此，一并表示最诚挚的谢意！

最后，感谢河南省汉语国际推广汉字文化基地和安阳师范学院文学院的鼎力支持！感谢文学院全体领导和教师的关心与鼓励！感谢2019级研究生李梦月承担了全书目录及条目排序任务！感谢我的爱人李忠义为本书题写书名！

由于水平所限，粗浅疏漏之处在所难免，衷心期待专家、学者批评指正！

郑献芹

2021年4月6日 于安阳师范学院 园鼎苑

图书在版编目（CIP）数据

河南浚县方言民谣志 / 郑献芹著. -- 北京：社会
科学文献出版社，2021.10
ISBN 978 - 7 - 5201 - 8957 - 6

Ⅰ.①河…　Ⅱ.①郑…　Ⅲ.①方言 - 民谣 - 文学研究
- 浚县　Ⅳ.①I207.7

中国版本图书馆 CIP 数据核字（2021）第 178977 号

河南浚县方言民谣志

著　　者 / 郑献芹

出 版 人 / 王利民
责任编辑 / 李建廷
责任印制 / 王京美

出　　版 / 社会科学文献出版社
　　　　　地址：北京市北三环中路甲 29 号院华龙大厦　邮编：100029
　　　　　网址：www.ssap.com.cn
发　　行 / 市场营销中心（010）59367081　59367083
印　　装 / 三河市东方印刷有限公司

规　　格 / 开　本：787mm × 1092mm　1/16
　　　　　印　张：24.5　字　数：387 千字
版　　次 / 2021 年 10 月第 1 版　2021 年 10 月第 1 次印刷
书　　号 / ISBN 978 - 7 - 5201 - 8957 - 6
定　　价 / 298.00 元

本书如有印装质量问题，请与读者服务中心（010 - 59367028）联系